살아 있는 루쉰

중국 루쉰연구 명가정선집 10

살아 있는 루쉰

초판 인쇄 2022년 5월 20일 **초판 발행** 2022년 5월 31일
글쓴이 첸리췬 **옮긴이** 홍상훈 **펴낸이** 박성모 **펴낸곳** 소명출판 **출판등록** 제13-522호
주소 서울시 서초구 서초중앙로6길 15, 2층
전화 02-585-7840 **팩스** 02-585-7848 **전자우편** somyungbooks@daum.net **홈페이지** www.somyong.co.kr

값 31,000원 ⓒ 소명출판, 2022
ISBN 979-11-5905-698-7 94820
ISBN 979-11-5905-232-3 (세트)

중국 루쉰 연구
명가 정선 집

10

살아 있는 루쉰

LU XUN, WHO IS STILL ALIVE

첸리췬 지음 | 홍상훈 역

중국 루쉰연구 명가정선집

일러두기

• 이 책은 錢理群, 『活着的魯迅』, 北京師範大學出版集團安徽大學出版社, 2013을 번역한 것이다.
• 원서의 제3편 "魯迅論中國人和社會的改造與發展"은 국내 현실과 맞지 않은 부분이 있어서 번역에서 제외했다.
• 가급적 원저를 그대로 옮겼으며, 설명이 필요한 경우에는 【역주】로 표시하였다.
• 제2편의 「예술가 루쉰」에서는 독자의 이해를 돕기 위해 원서에 없는 삽화를 보충해 넣었다.

'중국 루쉰연구 명가정선집'을 펴내며

린페이林非

100년 전인 1913년 4월, 『소설월보小說月報』 제4권 제1호에 '저우춰周連'로 서명한 문언소설 「옛일懷舊」이 발표됐다. 이는 뒷날 위대한 문학가가 된 루쉰이 지은 것이다. 당시의 『소설월보』 편집장 윈톄차오惲鐵樵가 소설을 대단히 높이 평가해 작품의 열 곳에 방점을 찍고 또 「자오무焦木 · 부지附志」를 지어 "붓을 사용하는 일은 금침으로 사람을 구해 내는 것이라 할 수 있다", "전환되는 곳마다 모두 필력을 보였다", 인물을 "진짜 살아있는 듯이 생생하게 썼다", "사물이나 풍경 묘사가 깊고 치밀하다", 또 "이해하고 파악해 문장을 논하고 한가득 미사여구를 늘어놓기에 이르지 않은" 젊은이는 "이런 문장을 본보기로 삼는 것이 아주 좋다"라고 말했다. 이런 글은 루쉰의 작품에 대한 중국의 정식 출판물의 최초의 반향이자 평론이긴 하지만, 또 문장학의 각도에서 「옛일」의 의의를 분석한 것이다.

한 위대한 인물의 출현은 개인의 천재적 조건 이외에 시대적인 기회와 주변 환경에서 비롯되기도 한다. 1918년 5월에, '5 · 4' 문학혁명의 물결 속에서 색다른 양식의 깊고 큰 울분에 찬, '루쉰'이라 서명한 소설 「광인일기狂人日記」가 『신청년新靑年』 월간 제4권 제5호에 발표됐다. 이로써 '루쉰'이란 빛나는 이름이 최초로 중국에 등장했다.

8개월 뒤인 1919년 2월 1일 출판된 『신조新潮』 제1권 제2호에서

'기자'라고 서명한 「신간 소개」에 『신청년』 잡지를 소개하는 글이 실렸다. 그 글에서 '기자'는 최초로 「광인일기」에 대해 평론하면서 루쉰의 "「광인일기」는 사실적인 필치로 상징주의symbolism 취지에 이르렀으니 참으로 중국의 으뜸가는 훌륭한 소설이다"라고 말했다.

이 기자는 푸쓰녠傅斯年이었다. 그의 평론은 문장학의 범위를 뛰어넘어 정신문화적 관점에서 중국 사상문화사에서의 루쉰의 가치를 지적했다. 루쉰은 절대로 단일한 문학가가 아닐 뿐 아니라 중국 근현대 정신문화에 전면적으로 영향을 끼친 심오한 사상가이다. 그래서 루쉰연구도 정신문화 현상의 시대적 흐름에 부응해 필연적으로 일어난 것이고, 시작부터 일반적인 순수 학술연구와 달리 어떤 측면에서는 지난 100년 동안의 중국 정신문화사의 발전 궤적을 반영하게 됐다.

이로부터 루쉰과 그의 작품에 대한 평론과 연구도 새록새록 등장해 갈수록 심오해지고 계통적이고 날로 세찬 기세를 많이 갖게 됐다. 연구자 진영도 한 세대 또 한 세대 이어져 창장의 거센 물결처럼 쉼 없이 세차게 흘러 중국 현대문학연구에서 전체 인문연구에 이르기까지 하나의 큰 경관을 형성했다. 그 가운데 주요 분수령은 마오둔茅盾의 「루쉰론魯迅論」, 취추바이瞿秋白의 「『루쉰잡감선집魯迅雜感選集』·서언序言」, 마오쩌둥毛澤東의 「신민주주의론新民主主義論」, 어우양판하이歐陽凡海의 「루쉰의 책魯迅的書」, 리핑신李平心(루쭤魯座)의 「사상가인 루쉰思想家的魯迅」 등이다. 1949년 이후에 또 펑쉐펑馮雪峰의 「루쉰 창작의 특색과 그가 러시아문학에서 받은 영향魯迅創作的特色和他受俄羅斯文學的影響」, 천융陳涌의 「루쉰소설의 현실주의를 논함論魯迅小說的現實主義」과 「문학예술의 현실주의를 위해 투쟁한 루쉰爲文學藝術的現實主義而鬪爭的魯迅」, 탕타오唐弢의 「루쉰 잡문의 예술적 특징

魯迅雜文的藝術特徵」과 「루쉰의 미학사상을 논함論魯迅的美學思想」, 왕야오王瑤의 「루쉰 작품과 중국 고전문학의 역사 관계를 논함論魯迅作品與中國古典文學的歷史關係」 등이 나왔다. 이 시기에는 루쉰연구마저도 왜곡당했을 뿐 아니라, 특히 '문화대혁명' 중에 루쉰을 정치적인 도구로 삼아 최고 경지로 추어 올렸다. 그렇지만 이런 정치적 환경 속에서라고 해도 리허린李何林으로 대표된 루쉰연구의 실용파가 여전히 자료 정리와 작품 주석이란 기초적인 업무를 고도로 중시했고, 그 틈새에서 숨은 노력을 묵묵히 기울여왔다. 그래서 길이 빛날 의미를 지닌 많은 성과를 얻었다. 결론적으로 루쉰에 대해 우러러보는 정을 가졌건 아니면 다른 견해를 담았건 간에 모두 루쉰과 루쉰연구의 존재를 무시할 수 없다.

귀중한 것은 20세기 1980년대 이후에 루쉰연구가 사상을 제한해온 오랜 속박에서 벗어나 영역을 확장해 철학, 사회학, 심리학, 비교문학 등 새로운 시야로 루쉰 및 그의 생애와 작품에 대해 더욱 심오하고 두텁게 통일적이고 종합적으로 연구하며 해석하게 됐고, 시종 선두에 서서 중국의 사상해방운동과 학술문화업무의 발전을 촉진시키기 위해 불멸의 역사적 공훈을 세웠다. 동시에 또 왕성한 활력과 새로운 지식구조, 새로운 사유방식을 지닌 중·청년 연구자들을 등장시켰다. 이는 중국문학연구와 전체 사회과학연구 가운데서 모두 보기 드문 것이다.

그래서 이 연구자들의 저작에 대해 총결산하고 그들의 성과에 대해 진지한 검토를 하는 것이 매우 필요한 일이 되었다. 안후이安徽대학출판사가 이 무거운 짐을 지고, 학술저서의 출판이 종종 적자를 내고 경제적 이익을 얻을 수 없는 시대에 의연히 편집에 큰 공을 들여 이 '중국 루쉰연구 명가정선집中國魯迅研究名家精選集' 시리즈를 출판해 참으로 사람을 감격하게 했다. 나는 그들의 노력이 수포로 돌아갈 리 없고, 이 저작들이 중국의 루쉰연구학술사에서 틀림없이 중요한 가치를 갖고 대대로 계승돼 미래의 것을 창조해내서 중국에서 루쉰연구가 더욱 큰 발전을 이룰 것을 굳게 믿는다.

　　이로써 서문을 삼는다.

2013년 3월 3일

횃불이여, 영원하라
지난 100년 중국의 루쉰연구 회고와 전망

1913년 4월 25일에 출판된 『소설월보』 제4권 제1호에 '저우춰'로 서명한 문언소설 「옛일」이 발표됐다. 잡지의 편집장인 윈톄차오는 이 소설에 대해 평가하고 방점을 찍었을 뿐 아니라 또 글의 마지막에서 「자오무·부지」를 지어 소설에 대해 호평했다. 이는 상징성을 갖는 역사적 시점이다. 즉 '저우춰'가 바로 뒷날 '루쉰'이란 필명으로 세계적인 명성을 누리게 된 작가 저우수런周樹人이고, 「옛일」은 루쉰이 창작한 첫 번째 소설로서 중국 현대문학의 전주곡이 됐고, 「옛일」에 대한 윈톄차오의 평론도 중국의 루쉰연구의 서막이 됐다.

1913년부터 헤아리면 중국의 루쉰연구는 지금까지 이미 100년의 역사를 갖게 됐다. 그동안에 사회적 상황의 변화로 인해 수많은 곡절을 겪었음에도 불구하고, 그러나 여전히 저명한 전문가와 학자들이 쏟아져 나와 중요한 학술적 성과를 냈음은 물론 20세기 1980년대에 점차 중요한 영향력을 지닌 학문인 '루학魯學'을 형성하게 됐다. 지난 100년 동안의 중국의 루쉰연구사를 돌이켜보면, 정치적인 요소가 대대적으로 루쉰연구의 역사과정에 커다란 영향을 끼쳤음을 볼 수 있다. 그래서 우리도 정치적인 각도에서 중국의 루쉰연구사 100년을 대체로 중화민국 시기와 중화인민공화국 시기로 구분할 수 있다.

중화민국 시기1913~1949의 루쉰연구는 중국의 100년 루쉰연구의 맹아기와 기초기라고 말할 수 있다. 비공식 통계에 따르면, 이 기간 중국의 간행물에 루쉰과 관련한 글은 모두 96편이 발표됐고, 그 가운데서 루쉰의 생애와 관련한 역사 연구자료 성격의 글이 22편, 루쉰사상 연구 3편, 루쉰작품 연구 40편, 기타 31편으로 나뉜다. 이런 글 가운데 비교적 중요한 것은 장딩황張定璜이 1925년에 발표한 「루쉰 선생魯迅先生」과 저우쮜런周作人의 『아Q정전阿Q正傳』 두 편이다. 이외에 문화 방면에서 루쉰의 영향이 점차 확대됨에 따라 점차 더욱더 많은 평론가들이 루쉰과 관련한 연구에 몰두하기 시작해 1926년에 중국의 첫 번째 루쉰연구논문집인 『루쉰과 그의 저작에 관하여關於魯迅及其著作』를 출판했다.

중국의 100년 루쉰연구의 기초기는 중화민국 난징국민정부 시기1927년 4월~1949년 9월이다. 비공식 통계에 따르면, 이 기간에 중국의 간행물에 루쉰과 관련한 글은 모두 1,276편이 발표됐고, 그 가운데 루쉰의 생애 관련 역사 연구자료 성격의 글 336편, 루쉰사상 연구 191편, 루쉰작품 연구 318편, 기타 431편으로 나뉜다. 중요한 글에 팡비方璧(마오둔茅盾)의 「루쉰론魯迅論」, 허닝何凝(취추바이瞿秋白)의 「『루쉰잡감선집魯迅雜感選集』·서언序言」, 마오쩌둥毛澤東의 「루쉰론魯迅論」과 「신민주주의적 정치와 신민주주의적 문화新民主主義的政治與新民主主義的文化」, 저우양周揚의 「한 위대한 민주주의자의 길一個偉大的民主主義者的路」, 루쮜魯座(리핑신李平心)의 「사상가인 루쉰思想家魯迅」과 쉬서우창許壽裳, 징쑹景宋(쉬광핑許廣平), 펑쉐펑馮雪峰 등이 쓴 루쉰을 회고한 것들이 있다. 이외에 또 중국에서 출판한 루쉰연구 관련 저작은 모두 79권으로 그 가운데 루쉰의 생애와 사료연구 저작 27권, 루쉰사상 연구 저작 9권, 루쉰작품 연구 저작 9권, 기타 루쉰연구 저작(주제 연구 및 집록류輯錄類 연구 저작) 34권이다. 중요한 저작에 리창즈李長之의 『루쉰 비판魯迅批判』, 루쉰기념위원회魯迅紀念委員會가 편집한 『루쉰 선생기념집魯迅先生紀念集』, 샤오훙蕭紅의 『루쉰 선생을 추억하며回憶魯迅先生』, 위다푸郁達夫의 『루쉰 추억과 기타回憶魯迅及其他』, 마오둔이 책임 편집한 『루쉰을 논함論魯迅』, 쉬서우창의 『루쉰의 사상과 생활魯迅的思想與生活』과 『망우 루쉰 인상기亡友魯迅印象記』, 린천林辰의 『루쉰사적고魯迅事迹考』, 왕스징王士菁의 『루쉰전魯迅傳』 등이 있다. 이 시기의 루쉰연구가 전체적으로 말해 학술적인 수준이 높지 않다고 해도, 그러나 루쉰 관련 사료연구, 작품연구와 사상연구 등 방면에서는 중국의 100년 루쉰연구를 위한 기초를 다졌다.

중화인민공화국 시기에 루쉰연구와 발전이 걸어온 길은 비교적 복잡하다. 정치적인 요소의 영향을 받았기 때문에 여러 단계로 구분된다. 즉 발전기, 소외기, 회복기, 절정기, 분화기, 심화기가 그것이다.

중화인민공화국 '17년' 시기[1949~1966]는 중국의 100년 루쉰연구의 발전기이다. 신중국 성립 이후 당국이 루쉰을 기념하고 연구하는 업무를 매우 중시해 연이어 상하이루쉰기념관, 베이징루쉰박물관, 사오싱紹興루쉰기념관, 샤먼廈門루쉰기념관, 광둥廣東루쉰기념관 등 루쉰을 기념하는 기관을 세웠다. 또 여러 차례 루쉰 탄신 혹은 서거한 기념일에 기념행사를 개최했고, 아울러 1956년에서 1958년 사이에 신판 『루쉰전집魯迅全集』을 출판했다. 『인민일보人民日報』도 수차례 현실 정치의 필요에 부응해 루쉰서거기념일에 루쉰을 기념하는 사설을 게재했다. 예를 들면 「루쉰을 배워 사상투쟁을 지키자學習魯迅, 堅持思想鬪爭」1951년 10월 19일, 「루쉰의 혁명적 애국주의의 정신적 유산을 계승하자繼承魯迅的 革命愛國主義的精神遺産」1952년 10월 19일, 「위대한 작가, 위대한 전사偉大的作家 偉 大的戰士」1956년 10월 19일 등이다. 그럼으로써 학자와 작가들이 루쉰을 연구하도록 이끌었다. 정부의 대대적인 추진 아래 중국의 루쉰연구가 점차 발전하기 시작했다.

비공식 통계에 따르면 이 기간에 중국의 간행물에 발표된 루쉰연구와 관련한 글은 모두 3,206편이다. 그 가운데 루쉰의 생애 관련 역사연구자료 성격의 글이 707편, 루쉰사상 연구 697편, 루쉰작품 연구 1,146편, 기타 656편이 있다. 중요한 글에 왕야오王瑤의 「중국문학의 유산에 대한 루쉰의 태도와 중국문학이 그에게 끼친 영향魯迅對於中國文學遺産的態度和他所受中國文學的影響」, 천융陳涌의 「한 위대한 지식인의 길一個偉大的知識分子的道路」, 저우양周揚의 「'5·4'문학혁명의 투쟁전통을 발휘하자發揚"五四"文學革命的戰鬪傳統」, 탕타오唐弢의 「루쉰의 미학사상을 논함論魯迅的美學思想」 등이 있다. 이외에 또 중국에서 출판된 루쉰연구와 관련한 저작은 모두 162권이 있고, 그 가운데 루쉰의 생애와 사료연구 저작은 모두 49권, 루쉰사상 연구 저작 19권, 루쉰작품 연구 저작 57권, 기타 루쉰연구 저작(주제 연구 및 집록류 연구 저작) 37권이다. 중요한 저작에 『루쉰 선생 서거 20주년 기념대회 논문집魯迅先生逝世二十周年紀念大會論文集』, 왕야오의 『루쉰과 중국문학魯迅與中國文學』, 탕타오의 『루쉰 잡문의 예술적 특징魯迅雜文的藝術特徵』, 펑쉐펑의 『들풀을 논함論野草』, 천바이천陳白塵이 집필한 『루쉰魯迅』(영화 문학시나리오), 저우샤서우周遐壽, 저우쭤런의 『루쉰의 고향魯迅的故家』과 『루쉰 소설 속의 인물魯迅小說裏的人物』 그리고 『루쉰의 청년시대魯迅的靑年時代』 등이 있다. 이 시기의 루쉰연구는 루쉰작품 연구 영역, 루쉰사상 연구 영역, 루쉰 생애와 사료 연구 영역에서 모두 중요한 학술적 성과를 얻었고, 전체적인 학술적 수준도 중화민국 시기의 루쉰연구보다 최대한도로 심오해졌고, 중국의 100년 루쉰

연구사에서 첫 번째로 고도로 발전한 시기이다.

중화인민공화국의 '문화대혁명' 10년 동안은 중국의 100년 루쉰연구의 소외기이다. '문화대혁명' 초기에 중국공산당 중앙이 '프롤레타리아 문화대혁명'을 발동하고, 아울러 루쉰을 빌려 중국의 '문화대혁명'을 공격하는 소련의 언론에 반격하기 위해 7만여 명이 참가한 루쉰서거30주년 기념대회를 열었다. 여기서 루쉰을 마오쩌둥의 홍소병紅小兵(중국소년선봉대에서 이름이 바뀐 초등학생의 혁명조직으로 1978년 10월 27일에 이전 명칭과 조직을 회복했다-역자)으로 만들어냈고, 홍위병(1966년 5월 29일, 중고대학생을 중심으로 조직됐고, 1979년 10월에 이르러 중국공산당 중앙이 정식으로 해산을 선포했다-역자)에게 루쉰의 반역 정신을 배워 '문화대혁명'을 끝까지 하도록 호소했다. 이는 루쉰의 진실한 이미지를 대대적으로 왜곡했고, 게다가 처음으로 루쉰을 '문화대혁명'의 담론시스템 속에 넣어 루쉰을 '문화대혁명'에 봉사토록 이용한 것이다. 이후에 '비림비공批林批孔'운동, '우경부활풍조 반격反擊右傾飜案風'운동, '수호水滸'비판운동 중에 또 루쉰을 이 운동에 봉사토록 이용해 일정한 정치적 목적을 달성했다. '문화대혁명' 후기인 1975년 말에 마오쩌둥이 '루쉰을 읽고 평가하자讀點魯迅'는 호소를 발표해 전국적으로 루쉰 학습 열풍을 일으켰다. 이에 대대적으로 전국 각지에서 루쉰 보급업무를 추진했고, 루쉰연구가 1980년대에 활발하게 발전하는데 기초를 놓았다.

비공식 통계에 따르면 전체 '문화대혁명' 기간1966~1976에 중국의 간행물에 발표된 루쉰 관련 연구는 모두 1,876편이 있고, 그 가운데 루쉰 생애와 사료 관련 글이 130편, 루쉰사상 연구 660편, 루쉰작품 연구 1,018편, 기타 68편이다. 이러한 글들은 대부분 정치적 운동에 부응해 편찬된 것이다. 중요한 글에 『인민일보』가 1966년 10월 20일 루쉰 서거30주년 기념을 위해 발표한 사설 「루쉰적인 혁명의 경골한 정신을 학습하자學習魯迅的革命硬骨頭精神」, 『홍기紅旗』 잡지에 게재된 루쉰 서거30주년 기념대회에서의 야오원위안姚文元, 귀머뤄郭沫若, 쉬광핑許廣平 등의 발언과 사설 「우리의 문화혁명 선구자 루쉰을 기념하자紀念我們的文化革命先驅魯迅」, 『인민일보』의 1976년 10월 19일 루쉰 서거40주년 기념을 위해 발표된 사설 「루쉰을 학습하여 영원히 진격하자學習魯迅 永遠進擊」 등이 있다. 그 외에 중국에서 출판한 루쉰연구 관련 저작은 모두 213권이고, 그 가운데 루쉰 생애와 사료연구 관련 저작 30권, 루쉰사상 연구 저작 9권, 루쉰작품 연구 저작 88권, 기타 루쉰연구 저작주제 연구 및 집록류 연구 저작 86권이 있다. 이러한 저작은 거의 모두 정치적 운동의 필요에 부응해 편찬된 것이기 때문에 학술적 수준이 비교적 낮다. 예를 들면 베이징대학 중문과 창작교학반이 펴낸 『루쉰작품선강魯迅作品選講』 시리즈총서, 인민문학출판사가 출판한 『루쉰을 배워 수정주의 사상을 깊이 비판하자學習魯迅深入批修』 등이 그러하다. 이 시기는 '17년' 기간에 개척한 루쉰연구의 만족스러운 국면을 이어갈 수 없었고 루쉰에 대한 학술연구는 거의 정체되었으며, 공개적으로 발표한 루쉰과 관련한 각종 논저는 거의 다 왜곡되어 루쉰을 이용한 선전물이었다. 이는 중국의 루쉰연구에 대해 말하면 의심할 바 없이 악재였다.

'문화대혁명'이 막을 내린 뒤부터 1980년에 이르는 기간1977~1979은 중국의 100년 루쉰연구의 회복기이다. 1976년 10월 '문화대혁명'이 막을 내렸을 때는 루쉰에 대해 '문화대혁명'이 왜곡하고 이용하면서 초래한 좋지 못한 영향이 여전히 상당한 정도로 존재하고 있었다.

'문화대혁명'이 막을 내린 뒤 국가의 관련 기관이 이러한 좋지 못한 영향 제거에 신속하게 손을 댔고, 루쉰 저작의 출판 업무를 강화했으며, 신판『루쉰전집』을 출판할 준비에 들어갔다. 아울러 중국루쉰연구학회를 결성하고 루쉰연구실도 마련했다. 그리하여 루쉰연구에 대해 '문화대혁명'이 가져온 파괴적인 면을 대대적으로 수정했다. 이외에 인민문학출판사가 1974년에 지식인과 노동자, 농민, 병사의 삼결합 방식으로 루쉰저작 단행본에 대한 주석 작업을 개시했다. 그리하여 1975년 8월에서 1979년 2월까지 잇따라 의견모집본'붉은 표지본'이라고도 부른다을 인쇄했고, '사인방'이 몰락한 뒤에 이 '의견모집본''녹색 표지본'이라고도 부른다들을 모두 비교적 크게 수정했고, 이후 1979년 12월부터 연속 출판했다. 1970년대 말에 '삼결합' 원칙에 근거하여 세운, 루쉰저작에 대한 루쉰저작에 대한 주석반의 각 판본의 주석이 분명한 시대적 색채를 갖지만, '문화대혁명' 기간의 루쉰저작에 대한 왜곡이나 이용과 비교하면 다소 발전된 것임을 의심할 여지는 없다. 그래서 이러한 '붉은 표지본' 루쉰저작 단행본은 '사인방'이 몰락한 뒤에 신속하게 수정된 뒤 '녹색 표지본'의 형식으로 출판됨으로써 '문화대혁명' 뒤의 루쉰 전파에 중요한 공헌을 했다.

비공식 통계에 따르면, 이 동안에 중국의 간행물에 발표된 루쉰 관련 연구는 모두 2,243편이고, 그 가운데 루쉰의 생애와 사료 관련 179편, 루쉰사상 연구 692편, 루쉰작품 연구 1,272편, 기타 100편이 있다. 중요한 글에 천융의 「루쉰사상의 발전 문제에 관하여關於魯迅思想發展問題」, 탕타오의 「루쉰 사상의 발전에 관한 문제關於魯迅思想發展的問題」, 위안량쥔袁良駿의 「루쉰사상 완성설에 대한 질의魯迅思想完成說質疑」, 린페이林非와 류짜이푸劉再復의 「루쉰이 '5·4' 시기에 제창한 '민주'와 '과학'의 투쟁魯迅在五四時期倡導"民主"和"科學"的鬪爭」, 리시판李希凡의 「'5·4'문학혁명의 투쟁적 격문－'광인일기'로 본 루쉰소설의 '외침' 주제"五四"文學革命的戰鬪檄文－從『狂人日記』看魯迅小說的"吶喊"主題」, 쉬제許傑의 「루쉰 선생의 '광인일기' 다시 읽기重讀魯迅先生的『狂人日記』」, 저우젠런周建人의 「루쉰의 한 단면을 추억하며回憶魯迅片段」, 펑쉐펑의 「1936년 저우양 등의 행동과 루쉰이 '민족혁명전쟁 속의 대중문학' 구호를 제기한 경과 과정과 관련하여有關一九三六年周揚等的行動以及魯迅提出"民族革命戰爭中的大衆文學"口號的經過」, 자오하오성趙浩生의 「저우양이 웃으며 역사의 공과를 말함周揚笑談歷史功過」 등이 있다. 이외에 중국에서 출판한 루쉰연구 관련 저작은 모두 134권이고, 그 가운데 루쉰의 생애와 사료 연구 관련 저작 27권, 루쉰사상 연구 저작 11권, 루쉰작품 연구 저작 42권, 기타 루쉰연구 저작주제 연구 및 집록류 연구 저작 54권이다. 중요한 저작에 위안량쥔의 『루쉰사상논집魯迅思想論集』, 린페이의 『루쉰소설논고魯迅小說論稿』, 류짜이푸의 『루쉰과 자연과학魯迅與自然科學』, 주정朱正의 『루쉰회고록 정오魯迅回憶錄正誤』 등이 있다. 전체적으로 말하면 이 시기의 루쉰연구는 '문화대혁명'이 루쉰을 왜곡한 현상에 대해 바로잡고 점차 정확한 길을 걷고, 또 잇따라 중요한 학술적 성과를 얻었으며, 1980년대의 루쉰연구를 위해 만족스런 기초를 다졌다.

20세기 1980년대는 중국의 100년 루쉰연구의 절정기이다. 1981년에 중국공산당 중앙이 '문화대혁명'의 영향을 철저하게 제거하기 위해 인민대회당에서 루쉰 탄신100주년을 위한 기념대회를 성대하게 거행했다. 그리하여 '문화대혁명' 시기에 루쉰을 왜곡하고 이용하면서 초래된 좋지 못한 영향을 최대한도로 청산했다. 후야오방胡耀邦은 중

국공산당을 대표한 「루신 탄신100주년 기념대회에서의 연설在魯迅誕生
一百周年紀念大會上的講話」에서 루쉰정신에 대해 아주 새로이 해석하고, 아
울러 루쉰연구 업무에 대해 새로운 요구 사항을 제기했다. 『인민일
보』가 1981년 10월 19일에 사설 「루쉰정신은 영원하다魯迅精神永在」를
발표했다. 여기서 루쉰정신을 당시의 세계 및 중국 정세와 결합시켜
새로이 해독하고, 루쉰정신을 계승하고 발전시킬 중요한 현실적 의미
를 제기했다. 그리고 전국 인민에게 '루쉰을 배우자, 루쉰을 연구하자'
고 호소했다. 그리하여 루쉰에 대한 전국적 전파를 최대한 촉진시켜
1980년대 루쉰연구의 열풍을 일으켰다. 왕야오, 탕타오, 리허린 등 루
쉰연구의 원로 전문가들이 '문화대혁명'을 겪은 뒤에 다시금 학술연구
업무를 시작하여 중요한 루쉰연구 논저를 저술했고, 아울러 193,40년
대에 출생한 루쉰연구 전문가들이 쏟아져 나왔다. 예를 들면 린페이,
쑨위스孫玉石, 류짜이푸, 왕푸런王富仁, 첸리췬錢理群, 양이楊義, 니모옌倪墨
炎, 위안량쥔, 왕더허우王德後, 천수위陳漱渝, 장멍양張夢陽, 진훙다金宏達 등
이다. 이들은 중국의 루쉰연구를 시대의 두드러진 학파가 되도록 풍성
하게 가꾸어 민족의 사상해방 면에서 중요한 작용을 발휘하도록 했다.
그러나 1980년대 말에 정치적인 이유로 인해 루쉰은 또 당국에 의해
점차 주변부화되었다.

　비공식 통계에 따르면 20세기 1980년대 10년 동안에 중국 전역에서
루쉰연구와 관련한 글은 모두 7,866편이 발표됐고, 그 가운데 루쉰 생
애 및 사적과 관련한 글 935편, 루쉰사상 연구 2,495편, 루쉰작품 연구
3,406편, 기타 1,030편이 있다. 루쉰의 생애 및 사적과 관련해 중요한
글에 후펑胡風의 「'좌련'과 루쉰의 관계에 관한 약간의 회상關於"左聯"及與魯

迅關係的若干回憶」, 옌위신閻愈新의「새로 발굴된 루쉰이 홍군에게 보낸 축하 편지魯迅致紅軍賀信的新發現」, 천수위의「새벽이면 동쪽 하늘에 계명성 뜨고 저녁이면 서쪽 하늘에 장경성 뜨니 – 루쉰과 저우쭤런이 불화한 사건의 시말東有啓明西有長庚 – 魯迅周作人失和前後」, 멍수훙蒙樹宏의「루쉰 생애의 역사적 사실 탐색魯迅生平史實探微」 등이 있다. 또 루쉰사상 연구의 중요한 글에 왕 야오의「루쉰사상의 한 가지 중요한 특징 – 깨어있는 현실주의魯迅思想的 一個重要特點 – 淸醒的現實主義」, 천융의「루쉰과 프롤레타리아문학 문제魯迅與無 産階級文學問題」, 탕타오의「루쉰의 초기 '인생을 위한' 문예사상을 논함論魯 迅早期"爲人生"的文藝思想」, 첸리췬의「루쉰의 심리 연구魯迅心態硏究」와「루쉰 과 저우쭤런의 사상 발전의 길에 대한 시론試論魯迅與周作人的思想發展道路」, 진 훙다의「루쉰의 '국민성 개조' 사상과 그 문화 비판魯迅的"改造國民性"思想及其 文化批判」 등이 있다. 루쉰작품 연구의 중요한 글에는 왕야오의「루쉰과 중국 고전문학魯迅與中國古典文學」, 옌자옌嚴家炎의「루쉰 소설의 역사적 위 상魯迅小說的歷史地位」, 쑨위스의「'들풀'과 중국 현대 산문시『野草』與中國現代散 文詩」, 류짜이푸의「루쉰의 잡감문학 속의 '사회상' 유형별 형상을 논함論 魯迅雜感文學中的"社會相"類型形象」, 왕푸런의『중국 반봉건 사상혁명의 거울 – '외침'과 '방황'의 사상적 의미를 논함中國反封建思想革命的一面鏡子 – 論『吶喊』『彷 徨』的思想意義」과「인과적 사슬 두 줄의 변증적 통일 – '외침'과 '방황'의 구 조예술兩條因果鏈的辨證統一 –『吶喊』『彷徨』的結構藝術」, 양이의「루쉰소설의 예술적 생명력을 논함論魯迅小說的藝術生命力」, 린페이의「'새로 쓴 옛날이야기'와 중국 현대문학 속의 역사제재소설을 논함『故事新編』與中國現代文學中的歷史題 材小說」, 왕후이汪暉의「역사적 '중간물'과 루쉰소설의 정신적 특징歷史的 "中間物"與魯迅小說的精神特徵」과「자유 의식의 발전과 루쉰소설의 정신적 특

징自由意識的發展與魯迅小說的精神特徵」 그리고 「'절망에 반항하라'의 인생철학
과 루쉰소설의 정신적 특징"反抗絶望"的人生哲學與魯迅小說的精神特徵」 등이 있다.
그리고 기타 중요한 글에 왕후이의 「루쉰연구의 역사적 비판魯迅研究的歷
史批判」, 장명양의 「지난 60년 동안 루쉰잡문 연구의 애로점을 논함論六十
年來魯迅雜文研究的症結」 등이 있다. 이외에 중국에서 출판한 루쉰연구에 관
한 저작은 모두 373권으로, 그 가운데 루쉰 생애와 사료 연구 저작 71
권, 루쉰사상 연구 저작 43권, 루쉰작품 연구 저작 102권, 기타 루쉰연
구 저작주제 연구 및 집록류 연구 저작 157권이 있다. 저명한 루쉰연구 전문가들
이 중요한 루쉰연구 저작을 출판했고, 예를 들면 거바오취안戈寶權의 『세
계문학에서의 루쉰의 위상魯迅在世界文學上的地位』, 왕야오의 『루쉰과 중국
고전소설魯迅與中國古典小說』과 『루쉰작품논집魯迅作品論集』, 탕타오의 『루쉰
의 미학사상魯迅的美學思想』, 류짜이푸의 『루쉰미학사상논고魯迅美學思想論
稿』, 천융의 『루쉰론魯迅論』, 리시판의 『'외침'과 '방황'의 사상과 예술「吶
喊」「彷徨」的思想與藝術』, 쑨위스의 『'들풀' 연구「野草」研究』, 류중수劉中樹의 『루
쉰의 문학관魯迅的文學觀』, 판보췬范伯群과 쩡화펑曾華鵬의 『루쉰소설신론魯
迅小說新論』, 니모옌의 『루쉰의 후기사상 연구魯迅後期思想研究』, 왕더허우의
『'두 곳의 편지' 연구「兩地書」研究』, 양이의 『루쉰소설 종합론魯迅小說綜論』,
왕푸런의 『루쉰의 전기 소설과 러시아문학魯迅前期小說與俄羅斯文學』, 진홍다
의 『루쉰 문화사상 탐색魯迅文化思想探索』, 위안량쥔의 『루쉰연구사(상권)魯
迅研究史上卷』, 린페이와 류짜이푸의 공저 『루쉰전魯迅傳』 및 루쉰탄신100
주년기념위원회 학술활동반이 편집한 『루쉰 탄신 100주년기념 학술세
미나논문선紀念魯迅誕生100周年學術討論會論文選』 등이 있다. 전체적으로 말하
면 이 시기의 루쉰연구는 중국의 100년 루쉰연구사상의 폭발기로 '문

화대혁명' 10년 동안의 억압을 겪은 뒤, 왕야오, 탕타오 등으로 대표되는 원로 세대 학자, 왕푸런, 첸리췬 등으로 대표된 중년 학자, 왕후이 등으로 대표되는 청년학자들이 루쉰사상 연구 영역과 루쉰작품 연구 영역에서 모두 풍성한 연구 성과를 거두었다. 아울러 저명한 루쉰연구 전문가들이 쏟아져 나왔을 뿐 아니라 중국 루쉰연구의 발전을 최대로 촉진시켰고, 루쉰연구를 민족의 사상해방 면에서 선도적인 핵심 작용을 발휘하도록 했다.

20세기 1990년대는 중국의 100년 루쉰연구의 분화기이다. 1990년대 초에, 1980년대 이래 중국에 나타난 부르주아 자유화 사조를 청산하기 위해 중국공산당 중앙이 1991년 10월 19일 루쉰 탄신110주년 기념을 위하여 루쉰 기념대회를 중난하이中南海에서 대대적으로 거행했다. 장쩌민江澤民이 중국공산당 중앙을 대표해「루쉰정신을 더 나아가 학습하고 발휘하자進一步學習和發揚魯迅精神」는 연설을 했다. 그는 이 연설에서 새로운 형세에 따라 루쉰에 대해 새로운 해독을 하고, 아울러 루쉰연구 및 전체 인문사회과학연구에 대해 새로운 요구 사항을 제기하고 또 새로운 방향을 제시했다. 루쉰을 본보기와 무기로 삼아 사상문화전선의 정치적 방향을 명확하게 바로잡았던 것이다. 이로 인해 루쉰도 재차 신의 제단에 초대됐다. 하지만 시장경제의 발전에 따라 시장경제라는 큰 흐름의 충격 아래 1990년대 중·후기에 당국이 다시 점차 루쉰을 주변부화시키면서 루쉰연구도 점차 시들해졌다. 하지만 195, 60년대에 태어난 중·청년 루쉰연구 전문가들이 줄줄이 나타났다. 예를 들면 왕후이, 장푸구이張福貴, 왕샤오밍王曉明, 양젠룽楊劍龍, 황젠黃健, 가오쉬둥高旭東, 주샤오진朱曉進, 왕첸쿤王乾坤, 쑨위孫郁, 린셴즈林賢

治, 왕시룽王錫榮, 리신위李新宇, 장훙張閎 등이 새로운 이론과 새로운 연구 방법으로 루쉰연구의 공간을 더 나아가 확장했다. 1990년대 말에 한 둥韓冬 등 일부 젊은 작가와 거훙빙葛紅兵 등 젊은 평론가들이 루쉰을 비판하는 열풍도 일으켰다. 이 모든 것이 다 루쉰이 이미 신의 제단에서 내려오기 시작했음을 나타냈다.

비공식 통계에 따르면 20세기 1990년대에 중국에서 발표된 루쉰연구 관련 글은 모두 4,485편이다. 그 가운데 루쉰 생애와 사적 관련 글 549편, 루쉰사상 연구 1,050편, 루쉰작품 연구 1,979편, 기타 907편이다. 루쉰 생애와 사적과 관련된 중요한 글에 저우정장周正章의 「루쉰의 사인에 대한 새 탐구魯迅死因新探」, 우쥔吳俊의 「루쉰의 병력과 말년의 심리魯迅的病史與暮年心理」 등이 있다. 또 루쉰사상 연구 관련 중요한 글에 린셴즈의 「루쉰의 반항철학과 그 운명魯迅的反抗哲學及其命運」, 장푸구이의 「루쉰의 종교관과 과학관의 역설魯迅宗敎觀與科學觀的悖論」, 장자오이張釗貽의 「루쉰과 니체의 '반현대성'의 의기투합魯迅與尼采"反現代性"的契合」, 왕첸쿤의 「루쉰의 세계적 철학 해독魯迅世界的哲學解讀」, 황젠의 「역사 '중간물'의 가치와 의미 - 루쉰의 문화의식을 논함歷史"中間物"的價値與意義 - 論魯迅的文化意識」, 리신위의 「루쉰의 사람의 문학 사상 논강魯迅人學思想論綱」, 가오위안바오郜元寶의 「루쉰과 현대 중국의 자유주의魯迅與中國現代的自由主義」, 가오위안둥高遠東의 「루쉰과 묵자의 사상적 연계를 논함論魯迅與墨子的思想聯系」 등이 있다. 루쉰작품 연구의 중요한 글에는 가오쉬둥의 「루쉰의 '악'의 문학과 그 연원을 논함論魯迅"惡"的文學及其淵源」, 주샤오진의 「루쉰 소설의 잡감화 경향魯迅小說的雜感化傾向」, 왕자량王嘉良의 「시정 관념 - 루쉰 잡감문학의 시학 내용詩情觀念 - 魯迅雜感文學的詩學內蘊」, 양젠룽의 「상호텍스트성 -

루쉰의 향토소설의 의향 분석文本互涉－魯迅鄕土小說的意向分析」, 쉐이薛毅의 「'새로 쓴 옛날이야기'의 우언성을 논함論『故事新編』的寓言性」, 장훙의 「'들 풀' 속의 소리 이미지『野草』中的聲音意象」 등이 있다. 이외에 기타 중요한 글 에 펑딩안彭定安의 「루쉰학－중국 현대문화 텍스트의 이론적 구조魯迅學－ 中國現代文化文本的理論構造」, 주샤오진의 「루쉰의 문체 의식과 문체 선택魯迅的 文體意識及其文體選擇」, 쑨위의 「당대문학과 루쉰 전통當代文學與魯迅傳統」 등이 있다. 그밖에 중국에서 출판된 루쉰연구 관련 저작은 모두 220권으로, 그 가운데 루쉰 생애 및 사료 연구와 관련된 저작 50권, 루쉰사상 연구 저작 36권, 루쉰작품 연구 저작 61권, 기타 루쉰연구 저작주제 연구 및 집록 류 연구 저작 73권이 있다. 그 가운데 중요한 루쉰의 생애 및 사료 연구와 관련된 저작에 왕샤오밍의 『직면할 수 없는 인생－루쉰전無法直面的人生－ 魯迅傳』, 우쥔의 『루쉰의 개성과 심리 연구魯迅個性心理硏究』, 쑨위의 『루쉰 과 저우쭤런魯迅與周作人』, 린셴즈의 『인간 루쉰人間魯迅』, 왕빈빈王彬彬의 『루쉰 말년의 심경魯迅－晩年情懷』 등이 있다. 또 루쉰사상 연구 관련 중요 한 저작에 왕후이의 『절망에 반항하라－루쉰의 정신구조와 '외침'과 '방황' 연구反抗絶望－魯迅的精神結構與「吶喊」「彷徨」硏究』, 가오쉬둥의 『문화적 위 인과 문화적 충돌－중서 문화충격의 소용돌이 속에 있는 루쉰文化偉人與文 化衝突－魯迅在中西文化撞擊的漩渦中』, 왕첸쿤의 『중간에서 무한 찾기－루쉰의 문화가치관由中間尋找無限－魯迅的文化價値觀』과 『루쉰의 생명철학魯迅的生命哲 學』, 황젠의 『반성과 선택－루쉰의 문화관에 대한 다원적 투시反省與選擇 －魯迅文化觀的多維透視』 등이 있다. 루쉰작품 연구 관련 중요한 저작에는 양 이의 『루쉰 작품 종합론』, 린페이의 『중국 현대소설사에서의 루쉰中國現 代小說史上的魯迅』, 위안량쥔의 『현대산문의 정예부대現代散文的勁旅』, 첸리췬의『영혼의 탐색心靈的探尋』, 주샤오진의『루쉰 문학관 종합론魯迅文學觀綜論』, 장멍양의『아Q신론-아Q와 세계문학 속의 정신적 전형문제阿Q新論-阿Q與世界文學中的精神典型問題』등이 있다. 그리고 기타 루쉰연구 저작주제 연구 및 집록류 연구 저작에 위안량쥔의『당대 루쉰연구사當代魯迅研究史』, 왕푸런의『중국 루쉰연구의 역사와 현황中國魯迅研究的歷史與現狀』, 천팡징陳方競의『루쉰과 저둥문화魯迅與浙東文化』, 예수쑤이葉淑穗의『루쉰의 유물로 루쉰을 알다從魯迅遺物認識魯迅』, 리윈징李允經의『루쉰과 중외미술魯迅與中外美術』등이 있다. 전체적으로 말하면 루쉰이 1990년대 중·후기에 신의 제단을 내려오기 시작함에 따라서 중국의 루쉰연구가 비록 시장경제의 커다란 충격을 받기는 했어도, 여전히 중년 학자와 새로 배출된 젊은 학자들이 새로운 이론과 연구방법을 채용해 루쉰사상 연구 영역과 루쉰작품 연구 영역에서 계속 상징적인 성과물들을 내놓았다. 1990년대의 루쉰연구의 성과가 비록 수량 면에서 분명히 1980년대의 루쉰연구의 성과보다는 떨어진다고 해도 그러나 학술적 수준 면에서는 1980년대의 루쉰연구의 성과보다 분명히 높았다고 말할 수 있다. 이러한 현상은 루쉰연구가 이미 기본적으로 정치적 요소의 영향에서 벗어나 정상궤도로 진입했고, 아울러 큰 정도에서 루쉰연구의 공간이 개척되었음을 나타내고 있다고 말할 수 있다.

21세기의 처음 10년은 중국의 100년 루쉰연구의 심화기이다. 21세기에 들어서면서 루쉰을 기념하는 행사를 개최하려는 당국의 열의는 현저히 식었다. 2001년 루쉰 탄신120주년 무렵에 당국에서는 루쉰기념대회를 개최하지 않았고 국가 최고지도자도 루쉰에 관한 연설을 발표하지 않았을 뿐 아니라『인민일보』도 루쉰에 관한 사설을 더

이상 발표하지 않았다. 이와 동시에 루쉰을 비판하는 발언이 새록새록 등장했다. 이는 루쉰이 이미 신의 제단에서 완전히 내려와 사람의 사회로 되돌아갔음을 상징한다. 하지만 중국의 루쉰연구는 오히려 꾸준히 발전하였다. 옌자옌, 쑨위스, 첸리췬, 왕푸런, 왕후이, 정신링鄭心伶, 장멍양, 장푸구이, 가오쉬둥, 황젠, 쑨위, 린셴즈, 왕시룽, 장전창張振昌, 쉬쭈화許祖華, 진충린靳叢林, 리신위 등 학자들이 루쉰연구의 진지를 더욱 굳게 지켰다. 더불어 가오위안바오, 왕빈빈, 가오위안둥, 왕쉐첸王學謙, 왕웨이둥汪衛東, 왕자핑王家平 등 1960년대에 출생한 루쉰연구 전문가들도 점차 성장하면서 루쉰연구를 계속 전수하게 되었다.

2000년에서 2009년까지 비공식 통계에 따르면 중국에서 발표한 루쉰연구 관련 글은 7,410편으로, 그 가운데 루쉰 생애와 사료 관련 글 759편, 루쉰사상 연구 1,352편, 루쉰작품 연구 3,794편, 기타 1,505편이 있다. 루쉰 생애 및 사적과 관련된 중요한 글에 옌위신의「루쉰과 마오둔이 홍군에게 보낸 축하편지 다시 읽기再讀魯迅茅盾致紅軍賀信」, 천핑위안陳平原의「경전은 어떻게 형성된 것인가? – 저우씨 형제의 후스를 위한 산시고經典是如何形成的 – 周氏兄弟爲胡適刪詩考」, 왕샤오밍의「'비스듬히 선' 운명"橫站"的命運」, 스지신史紀辛의「루쉰과 중국공산당과의 관계의 어떤 사실 재론再論魯迅與中國共産黨關係的一則史實」, 첸리췬의「예술가로서의 루쉰作爲藝術家的魯迅」, 왕빈빈의「루쉰과 중국 트로츠키파의 은원魯迅與中國托派的恩怨」 등이 있다. 또 루쉰사상 연구의 중요한 글에 왕푸런의「시간, 공간, 사람 – 루쉰 철학사상에 대한 몇 가지 견해時間·空間·人 – 魯迅哲學思想芻議」, 원루민溫儒敏의「문화적 전형에 대한 루쉰의 탐구와 우려魯迅對文化典型的探求與焦慮」, 첸리췬의「'사람을 세우다'를 중심으로 삼다 – 루쉰 사상과 문학의 논리적 출발점以"立人"爲中心 - 魯迅思想與文學的邏輯起點」, 가오쉬둥의 「루쉰과 굴원의 심층 정신의 연계를 논함論魯迅與屈原的深層精神聯系」, 가오위안바오의 「세상을 위해 마음을 세우다 - 루쉰 저작 속에 보이는 마음 '심'자주석爲天地立心 - 魯迅著作中所見"心"字通詮」 등이 있다. 그리고 루쉰작품 연구의 중요한 글에 옌자옌의 「다성부 소설 - 루쉰의 두드러진 공헌復調小說 - 魯迅的突出貢獻」, 왕푸런의 「루쉰 소설의 서사예술魯迅小說的敘事藝術」, 팡쩡위逢增玉의 「루쉰 소설 속의 비대화성과 실어 현상魯迅小說中的非對話性和失語現象」, 장전창의 「'외침'과 '방황' - 중국소설 서사방식의 심층 변환『吶喊』『彷徨』 - 中國小說敘事方式的深層嬗變」, 쉬쭈화의 「루쉰 소설의 기본적 환상과 음악魯迅小說的基本幻象與音樂」 등이 있다. 또 기타 중요한 글에는 첸리췬의 「루쉰 - 먼 길을 간 뒤1949~2001, 魯迅 - 遠行之後1949~2001」, 리신위의 「1949 - 신시기로 들어선 루쉰1949 - 進入新時代的魯迅」, 리지카이李繼凱의 「루쉰과 서예 문화를 논함論魯迅與書法文化」 등이 있다. 이외에 중국에서 출판한 루쉰연구 관련 저작은 모두 431권이다. 그 가운데 루쉰 생애 및 사료 연구 관련 저작 96권, 루쉰사상 연구 저작 55권, 루쉰작품 연구 저작 67권, 기타 루쉰연구 저작(주제 연구 및 집록류 연구 저작) 213권이다. 그 가운데 루쉰 생애 및 사료 연구의 중요한 저작에 니모옌의 『루쉰과 쉬광핑魯迅與許廣平』, 왕시룽의 『루쉰 생애의 미스테리魯迅生平疑案』, 린셴즈의 『루쉰의 마지막 10년魯迅的最後十年』, 저우하이잉周海嬰의 『나의 아버지 루쉰魯迅與我七十年』 등이 있다. 또 루쉰사상 연구의 중요한 저작에 첸리췬의 『루쉰과 만나다與魯迅相遇』, 리신위의 『루쉰의 선택魯迅的選擇』, 주서우퉁朱壽桐의 『고립무원의 기치 - 루쉰의 전통과 그 자원의 의미를 논함孤絶的旗幟 - 論魯迅傳統及其資源意義』, 장닝張寧의 『수많은 사람과 한없이 먼 곳 - 루쉰과 좌익

無數人們與無窮遠方 - 魯迅與左翼』, 가오위안등의 『현대는 어떻게 '가져왔나'? -루쉰 사상과 문학 논집現代如何"拿來" - 魯迅思想與文學論集』 등이 있다. 루쉰 작품 연구의 중요한 저작에 쑨위스의 『현실적 및 철학적 '들풀' 연구現實的與哲學的 - 「野草」研究』, 왕푸런의 『중국 문화의 야경꾼 루쉰中國文化的守夜人 - 魯迅』, 첸리췬의 『루쉰 작품을 열다섯 가지 주제로 말함魯迅作品十五講』 등이 있다. 그리고 주제 연구 및 집록류 연구의 중요한 저작에는 장멍양의 『중국 루쉰학 통사中國魯迅學通史』, 펑딩안의 『루쉰학 개론魯迅學導論』, 펑광롄馮光廉의 『다원 시야 속의 루쉰多維視野中的魯迅』, 첸리췬의 『먼 길을 간 뒤 - 루쉰 접수사의 일종 묘사1936~2000, 遠行之後 - 魯迅接受史的一種描述1936~2000』, 왕자핑의 『루쉰의 해외 100년 전파사1909~2008, 魯迅域外百年傳播史1909~2008』 등이 있다. 전체적으로 말하면, 21세기 처음 10년의 루쉰연구는 기본적으로 정치적인 요소의 영향에서 벗어났고, 루쉰작품에 대한 연구에 더욱 치중했으며, 루쉰작품의 문학적 가치와 미학적 가치를 훨씬 중시했다. 그래서 얻은 학술적 성과는 수량 면에서 중국의 100년 루쉰연구의 절정기에 이르렀을 뿐 아니라 학술적 수준 면에서도 중국의 100년 루쉰연구의 절정기에 이르렀다.

21세기 두 번째 10년에 들어서면서 중국의 루쉰연구는 노년, 중년, 청년 등 세 세대 학자의 노력으로 여전히 만족스러운 발전을 보인 시기이다.

비공식 통계에 따르면 2010년 중국에서 발표된 루쉰 관련 글은 모두 977편이고, 그 가운데 루쉰 생애 및 사료 관련 글 140편, 루쉰사상 연구 148편, 루쉰작품 연구 531편, 기타 158편이다. 이외에 2010년에 중국에서 출판된 루쉰 관련 연구 저작은 모두 37권이고, 그 가운데 루쉰 생애 및 사료 관련 연구 저작 7권, 루쉰사상 연구 저작 4권, 루쉰 작품 연구 저작 3권, 기타 루쉰연구 저작주제 연구 및 집록류 연구 저작 23권이 다. 대부분이 모두 루쉰연구와 관련된 옛날의 저작을 새로이 찍어냈다. 새로 출판한 루쉰연구의 중요한 저작에 왕더허우의 『루쉰과 공자魯迅與孔子』, 장푸구이의 『살아있는 루쉰-루쉰의 문화 선택의 당대적 의미"活着的魯迅"-魯迅文化選擇的當代意義』, 우캉吳康의 『글쓰기의 침묵-루쉰 존재의 의미書寫沈默-魯迅存在的意義』 등이 있다. 2011년 중국에서 발표된 루쉰 관련 글은 모두 845편이고, 그 가운데 루쉰 생애 및 사료 관련 글 128편, 루쉰사상 연구 178편, 루쉰작품 연구 279편, 기타 260편이 다. 이외에 2011년 한 해 동안 중국에서 출판된 루쉰 관련 연구 저작은 모두 66권이고, 그 가운데 루쉰 생애 및 사료 관련 연구 저작 18권, 루쉰사상 연구 저작 12권, 루쉰작품 연구 저작 8권, 기타 루쉰연구 저작주제 연구 및 집록류 연구 저작 28권이다. 중요한 저작에 류짜이푸의 『루쉰론魯迅論』, 저우링페이周令飛가 책임 편집한 『루쉰의 사회적 영향 조사보고魯迅社會影響調査報告』, 장자오이의 『루쉰, 중국의 '온화'한 니체魯迅-中國"溫和"的尼采』 등이 있다. 2012년에 중국에서 발표된 루쉰 관련 글은 모두 750편이고, 그 가운데 루쉰 생애 및 사료 관련 글 105편, 루쉰사상 연구 148편, 루쉰작품 연구 260편, 기타 237편이다. 이외에 2012년 한 해 동안 중국에서 출판된 루쉰 관련 연구 저작은 모두 37권이고, 그 가운데 루쉰 생애 및 사료 관련 연구 저작 14권, 루쉰사상 연구 저작 4권, 루쉰작품 연구 저작 8권, 기타 루쉰연구 저작주제 연구 및 집록류 연구 저 작 11권이다. 중요한 저작에 쉬쭈화의 『루쉰 소설의 예술적 경계 허물기 연구魯迅小說跨藝術研究』, 장멍양의 『루쉰전魯迅傳』제1부, 거타오葛濤의

『'인터넷 루쉰' 연구"網絡魯迅"研究』 등이 있다. 상술한 통계 숫자에서 현재 중국의 루쉰연구는 21세기 처음 10년에 얻은 성과를 바탕으로 계속 만족스러운 발전 시기에 있었음을 알 수 있다.

마지막으로 지난 100년 동안의 루쉰연구사를 돌이켜보면 중국에서 발표된 루쉰연구 관련 글과 출판된 루쉰연구 논저에 대해서도 거시적으로 숫자적인 분석이 필요하다. 비공식 통계에 따르면 1913년에서 2012년까지 중국에서 발표된 루쉰과 관련한 글은 모두 31,030편이다. 그 가운데 루쉰 생애 및 사료 관련 글이 3,990편으로 전체 수량의 12.9%, 루쉰사상 연구 7,614편으로 전체 수량의 24.5%, 루쉰작품 연구 14,043편으로 전체 수량의 45.3%, 기타 5,383편으로 전체 수량의 17.3%를 차지한다. 상술한 통계 결과에서 중국의 루쉰연구는 전체적으로 루쉰작품과 관련한 글이 주로 발표되었고, 그다음은 루쉰사상 연구와 관련한 글이다. 가장 취약한 부분은 루쉰의 생애 및 사료와 관련해 연구한 글임을 알 수 있다. 루쉰연구계가 앞으로 더 나아가 이 영역의 연구를 보강할 수 있기를 희망한다. 이외에 통계 결과에서 다음과 같은 사실도 알 수 있다. 중화민국 기간[1913~1949년 9월]에 발표된 루쉰연구와 관련한 글은 모두 1,372편으로, 중국의 루쉰연구 글의 전체 분량의 4.4%를 차지하고 매년 평균 38편씩 발표되었다. 중화인민공화국 시기에 발표된 루쉰연구와 관련한 글은 모두 29,658편으로 중국의 루쉰연구 글의 전체 분량의 95.6%를 차지하며 매년 평균 470편씩 발표되었다. 그 가운데 '문화대혁명' 후기의 3년[1977~1979], 20세기 1980년대[1980~1989]와 21세기 처음 10년 기간[2000~2009]은 루쉰연구와 관련한 글의 풍작 시기이고, 중국의 루쉰연구 문장 가운데서 56.4%[모두 17,519편]

에 달하는 글이 이 세 시기 동안에 발표된 것이다. 그 가운데 '문화대혁명' 후기의 3년 동안에 해마다 평균 748편씩 발표되었고, 또 20세기 1980년대에는 해마다 평균 787편씩 발표되었으며, 또한 21세기 처음 10년 동안에는 해마다 평균 740편씩 발표되었다. 이외에 '17년' 기간 1949년 10월~1966년 5월과 '문화대혁명' 기간1966~1976은 신중국 성립 뒤에 루쉰연구와 관련한 글의 발표에 있어서 침체기이다. 그 가운데 '17년' 기간에는 루쉰연구와 관련한 글이 모두 3,206편으로 매년 평균 188편씩 발표되었고, '문화대혁명' 기간에 루쉰연구와 관련한 글은 1,876편으로 매년 평균 187편씩 발표되었다. 하지만 20세기 1990년대는 루쉰연구와 관련한 글의 발표에 있어서 안정기로 4,485편이 발표되어 매년 평균 448편이 발표되었다. 이 수치는 신중국 성립 뒤 루쉰연구와 관련한 글이 발표된 매년 평균 451편과 비슷하다.

이외에 비공식 통계에 따르면 중국에서 루쉰연구와 관련해 발표된 저작은 모두 1,716권이고, 그 가운데서 루쉰 생애 및 사료 관련 연구 저작이 382권으로 전체 수량의 22.3%, 루쉰사상 연구 저작 198권으로 전체 수량의 11.5%, 루쉰작품 연구 저작 442권으로 전체 수량의 25.8%, 기타 루쉰연구 저작주제 연구 및 집록류 연구 저작 694권으로 전체 수량의 40.4%를 차지한다. 상술한 통계 결과에서 중국에서 출판된 루쉰연구 저작은 주로 루쉰작품 연구 저작이고, 루쉰사상 연구 저작이 비교적 적은 것을 알 수 있다. 학술계가 더 나아가 루쉰사상 연구를 보강해 당대 중국에서 루쉰사상 연구가 더욱 큰 작용을 발휘할 수 있기를 희망한다. 또 이외에 통계 결과에서 중화민국 기간1913~1949년 9월에 루쉰연구 저작은 모두 80권으로 중국의 루쉰연구 저작의 출판 전체 수량의 대략

5%를 차지하고 매년 평균 2권씩 발표되었지만, 중화인민공화국 시기에 루쉰연구 저작은 모두 1,636권으로 중국의 루쉰연구 저작 출판 전체 수량의 95%를 차지하며, 매년 평균 거의 26권씩 발표됐음도 볼 수 있다. '문화대혁명' 후기의 3년, 20세기 1980년대[1980~1989]와 21세기 처음 10년 기간[2000~2009]은 루쉰연구 저작 출판의 절정기로 이 세 시기 동안에 루쉰연구 저작은 모두 835권이 출판되었고, 대략 중국의 루쉰연구 저작 출판 전체 수량의 48.7%를 차지했다. 그 가운데서 '문화대혁명' 후기의 3년 동안에 루쉰연구 저작은 모두 134권이 출판되었고, 매년 평균 거의 45권이다. 또 20세기 1980년대에 루쉰연구 저작은 모두 373권이 출판되었고, 매년 평균 37권이다. 또한 21세기 처음 10년 기간에 루쉰연구 저작은 모두 431권이 출판되었고, 매년 평균 43권에 달했다. 그리고 이외에 '17년' 기간[1949~1966], '문화대혁명' 기간과 20세기 1990년대[1990~1999]는 루쉰연구 저작 출판의 침체기이다. 그 가운데 '17년' 기간에 루쉰연구 저작은 모두 162권이 출판되었고, 매년 평균 거의 10권씩 출판되었다. 또 '문화대혁명' 기간에 루쉰연구 저작은 모두 213권이 출판되었고, 매년 평균 21권씩 출판되었다. 20세기 1990년대에 루쉰연구 저작은 모두 220권이 출판되었고, 매년 평균 22권씩 출판되었다.

'문화대혁명' 후기와 20세기 1980년대가 루쉰연구와 관련한 글의 발표에 있어서 절정기가 되고 또 루쉰연구 저작 출판의 절정기인 것은 루쉰에 대한 국가적인 정치 이데올로기의 새로운 자리매김과 루쉰연구에 대한 대대적인 추진과 관계가 있다. 21세기 처음 10년에 루쉰연구와 관련한 글을 발표한 절정기이자 루쉰연구 논저 출판의 절정기가 된 것은 사람으로 돌아간 루쉰이 학술연구의 대상이 되었고 또 중국에 루쉰연구의 새로운 역군들이 대량으로 쏟아져 나온 것과 커다란 관계가 있다. 중국의 루쉰연구가 지난 100년 동안 복잡하게 발전한 역사를 갖고 있긴 하지만, 루쉰연구 분야는 줄곧 신선한 생명력을 유지해왔고 또 눈부신 발전 가능성을 지니고 있다. 미래를 전망하면 설령 길이 험하다고 해도 앞날은 늘 밝을 것이고, 21세기 둘째 10년의 중국 루쉰연구는 더욱 큰 성과를 얻으리라 믿는다!

미래로 향하는 중국의 루쉰연구는 다음과 같은 중요한 문제 몇 가지에 주목해야 한다.

우선, 루쉰연구 업무를 당국이 직면한 문화전략과 긴밀히 결합시켜 루쉰을 매체로 삼아 중서 민간문화 교류를 더 나아가 촉진시키고 루쉰을 중국 문화의 '소프트 파워'의 걸출한 대표로 삼아 세계 각지로 확대해야 한다. 루쉰은 중국의 현대 선진문화의 걸출한 대표이자 세계적인 명성을 누리는 대문호이다. 거의 100년에 이르는 동안 루쉰의 작품은 많은 외국어로 번역되어 세계 각지에서 출판되었고, 외국학자들은 루쉰을 통해 현대중국도 이해했다. 하지만 부인할 수 없는 현실은 바로 거의 20년 동안 해외의 루쉰연구가 상대적으로 비교적 저조하고, 루쉰연구 진지에서 공백 상태를 드러낸 점이다. 이러한 배경 아래 중국의 루쉰연구자는 해외의 루쉰연구를 활성화할 막중한 임무를 짊어져야 한다. 루쉰연구 방면의 학술적 교류를 통해 한편으로 해외에서의 루쉰의 전파와 연구를 촉진하고 또 다른 한편으로는 루쉰을 통해 중화문화의 '소프트 파워'를 드러내고 중국과 외국의 민간문화 교류를 촉진해야 한다. 지금 중국의 학자 거타오가 발기에 참여해 성립한 국제루쉰연구회國際魯迅研究會가 2011년에 한국에서 정식으로 창립되어, 20여 개 나라와 지역에서 온 중국학자 100여 명이 이 학회에 가입하였다. 이 국제루쉰연구회의 여러 책임자 가운데, 특히 회장 박재우朴宰雨 교수가 적극적으로 주관해 인도 중국연구소 및 인도 자와하랄 네루 대학교, 미국 하버드대학, 한국외국어대학교와 전남대학에서 속속 국제루쉰학술대회를 개최하였다. 또한 앞으로도 이집트 아인 샴스 대학교, 러시아 상트페테르부르크 국립대학, 일본 도쿄대학, 말레이시아 푸트라대학교 등 세계 여러 대학에서 계속 국제루쉰학술대회를 개최하고 세계 각 나라의 루쉰연구 사업을 발전시켜 갈 구상을 갖고 있다 (국제루쉰연구회 학술포럼은 그 후 실제로는 중국 쑤저우대학蘇州大學, 독일 뒤셀도르프대학, 인도 네루대학과 델리대학, 오스트리아 비엔나대학, 말레이시아 쿠알라룸푸르 중화대회당中華大會堂 등에서 계속 개최되었다 – 역자). 해외의 루쉰연구가 다시금 활기를 찾은 대단히 고무적인 조건 아래서 중국의 루쉰연구자도 한편으로 이 기회를 다잡아 당국과 호흡을 맞추어 중국 문화를 외부에 내보내, 해외에서 중국문화의 '소프트 파워' 전략을 펼치고, 또 다른 한편으로는 해외의 루쉰연구자와 긴밀히 협력해 공동으로 해외에서의 루쉰의 전파와 연구 업무를 추진해야 한다.

다음으로, 루쉰연구 사업을 중국의 당대 현실과 긴밀하게 결합시켜야 한다. 지난 100년 동안의 루쉰연구사를 돌이켜보면, 루쉰연구가 20세기 1990년대 이전의 중국 역사의 진전과 긴밀한 관계를 갖고 있었음을 볼 수 있다. 하지만 20세기 1990년대 이후 사회적 사조의 전환에 따라 루쉰연구도 점차 현실 사회에서 벗어나 대학만의 연구가 되었다. 이러한 대학만의 루쉰연구는 비록 학술적 가치가 없지 않다고 해도, 오히려 루쉰의 정신과는 크게 거리가 생겼다. 루쉰연구가 응당 갖추어야 할 중국사회의 현실생활에 개입하는 역동적인 생명력을 잃어 버린 것이다. 18대(중국공산당 제18기 전국대표대회-역자) 이후 중국의 지도자는 여러 차례 '중국의 꿈'을 실현시킬 것을 강조했는데, 사실 루쉰은 일찍이 1908년에 이미 「문화편향론文化偏至論」에서 먼저 '사람을 세우고立人' 뒤에 '나라를 세우는立國' 구상을 제기한 바 있다.

오늘날 것을 취해 옛것을 부활시키고, 달리 새로운 유파를 확립해 인생의 의미를 심오하게 한다면, 나라 사람들은 자각하게 되고 개성이 풍부해져서 모래로 이루어진 나라가 그로 인해 사람의 나라로 바뀔 것이다.

중국의 루쉰연구자는 이 기회의 시기를 다잡아 루쉰연구를 통해 루쉰정신을 발전시키고 뒤떨어진 국민성을 개조하고, 그럼으로써 나라 사람들이 '중국의 꿈'을 실현시키도록 하고, 동시에 또 '사람의 나라'를 세우고자 했던 '루쉰의 꿈魯迅夢'을 실현해야 한다.

마지막으로 중국의 루쉰연구도 창조를 고도로 중시해야 한다. 당국이 '스얼우十二五'(2011~2015년의 제12차 5개년 계획-역자) 계획 속에서 '철학과 사회과학 창조프로젝트'를 제기했다. 중국의 루쉰연구도 창조프로젝트를 실시해야 한다. 『중국 루쉰학 통사』를 편찬한 장멍양 연구자는 20세기 1990년대에 개최된 한 루쉰연구회의에서 중국의 루쉰연구 성과의 90%는 모두 앞사람이 이미 얻은 기존의 연구 성과를 되풀이한 것이라고 말했다. 일부 학자들이 이견을 표출한 뒤 장멍양 연구자는 또 이 관점을 다시금 심화시켰으니, 나아가 중국의 루쉰연구

성과의 99%는 모두 앞사람이 이미 얻은 기존의 연구 성과를 되풀이한 것이라고 수정했다. 설령 이러한 말이 커다란 논쟁을 불러일으켰다고 해도, 의심할 바 없이 지난 100년 동안 중국의 루쉰연구는 전체적으로 창조성이 부족했고, 많은 연구 성과가 모두 앞사람의 수고를 중복한 것이었다고 말할 수 있다. 푸른색이 쪽에서 나오기는 하나 쪽보다 더 푸른 법이다. 최근에 배출된 젊은 세대의 루쉰연구자는 지식구조 등 측면에서 우수하고, 게다가 더욱 좋은 학술적 환경 속에 처해 있다. 그리하여 그들이 열심히 탐구해서 창조적으로 길을 열고, 그로부터 중국의 루쉰연구의 학술적 수준이 높아질 수 있기를 희망한다.

'중국 루쉰연구 명가정선집' 총서 편집위원회
2013년 1월 1일

1

여기서 말하고자 하는 것은 '나 자신'이다. 더 확실히 말하자면 '나와 루쉰'이다. 이것은 본래 "내가 보는 루쉰"이라는 주제에 응당 들어가야 할 글이다. 또한 '나'는 결코 고립된 존재가 아니라 똑같이 어떤 '사회관계의 총화總和'이다. '나와 루쉰'을 통해서 특정한 측면으로부터 5, 60년대에 중국의 성장을 목격한 지식인들과 20세기 중국 변혁의 선구자인 루쉰의 동질성과 차이점, 이해와 오해, 감응感應과 불통不通의 거리 등을 얘기할 수 있으리라.

50년대부터 시작하자.

소년 시절의 나는 당연히 루쉰에 대한 독자적인 관점이 있었으나, 기묘하게도 그에 대한 나의 인식은 한 편의 시와 하나의 시 제목으로부터 영향을 받았다. 이 하나의 시는 지금도 암송할 수 있는 장커자臧克家[1]의 「어떤 이有的人」[2]이다.

---

1 【역주】장커자(臧克家 : 1905~2004, 필명은 사오취안[少全], 허자[何嘉])는 중국 현대시인이자 작가, 편집자이다. 전국인민대표회의 대표와 중국시가학회 회장 등을 역임한 그는 1933년에 시집 『낙인(烙印)』을 발표한 이래, 1959년에는 『춘풍집(春風集)』과 『환호집(歡呼集)』 등을 발표했다. 2002년에 『전집』이 출판되었다.
2 【역주】인용된 시는 원작 그대로가 아니라 일부를 발췌한 것이다. 본 번역에서도 원작은 따로 인용하지 않겠다.

어떤 이는 살아 있으나
이미 죽었고
어떤 이는 죽었으나
아직 살아 있다

어떤 이는
돌에 이름을 새겨 넣으며 '불후'를 생각하고
어떤 이는
진정으로 들판의 풀이 되어 지상의 불길을 기다리고자 한다.

돌에 이름을 새겨 넣은 이는
이름이 시체보다 먼저 썩어 버리고
그저 봄바람 부는 곳에는
곳곳에 푸릇푸릇 들판의 풀들이 있다.

有的人活着
他已經死了;
有的人死了
他還活着.

有的人
把名字刻入石頭想"不朽";
有的人

情願作野草, 等着地下的火燒.

把名字刻入石頭的
名字比尸首爛得更早;
只要春風吹到的地方
到處是青青的野草.

'하나의 시 제목' — 그렇다. 그저 시 제목만 남아 있을 뿐 시의 내용은 진즉 전혀 인상적이지 않게 변해 버렸는데 — 은 궈모뤄郭沫若[3]의 「루쉰이 웃었다鲁迅笑了」이다.

지금 돌이켜 생각하면 "루쉰이 웃은" 것은 바로 50년대라는 시대와 개인의 쾌락 정서에 호응한 것이었다. 우리 세대가 보기에 루쉰의 첫 번째 인상은 '성난 눈으로 차갑게 쏘아보는橫眉冷對' 게 아니라 '웃는' 것이었는데, 이게 아주 재미있다. 그렇지 않은가?

그리고 장커자의 「어떤 이」는 불후의 생명을 대하는 순진한 소년에게 한없는 상상에 빠져서 몽롱하게 무언가를 추구追求하게 해 준다. 이때 루쉰은 자신과 비교적 멀리 떨어져 있다.

3　【역주】 궈모뤄(郭沫若: 1892~1978, 본명은 카이전[開貞], 자는 딩탕[鼎堂], 호는 상우[尙武], 필명은 궈모뤄 외에 마이커앙[麥克昂], 스퉈[石沱], 가오루훙[高汝鴻], 양이즈[羊易之] 등이 있음)는 중국 현대 작가이자 역사학자, 고고학자이다. 1921년에 시집 『여신(女神)』을, 1923년에 역사극 『탁문군(卓文君)』을 비롯해서 희곡과 산문을 연이어 발표하다가 1931년에 『갑골문자연구』와 『은주청동기명문연구(殷周靑銅器銘文硏究)』 등을 발표했다. 이후에도 『산앵두나무 꽃[棠棣之花]』을 비롯한 많은 역사극을 창작하고, 정무원부총리 겸 문화교육위원회 주임, 중국과학기술대학 총장 등을 역임하면서 1969년에는 『이백과 두보』를 발표하기도 했다.

루쉰의 글을 진지하게 읽은 것은 대학 시절이었다. 요즘 대학생은 이미 이해하기 어렵겠지만, 당시의 대학생이 "목숨을 걸고 책을 읽은" 행위는 '정치에 무관심한 채 전문 분야에만 뛰어나려는' 의도로 여겨져서 호되게 비판 당했다. 그런데 나는 하필 구제 불능의 독서벽이 있어서 비판을 받고 경건하게 자기를 점검한 적도 없지 않았으나, 다른 한편으로는 도저히 참지 못하고 남몰래 책을 읽었다. 1959년에는 얼마 동안 상황이 조금 느슨해져서 심지어 '진지한 독서'를 호소하기도 했다. 그 참에 나도 출판된 지 얼마 되지 않은 『루쉰 전집』을 공개적, 반半 공개적으로 맛보기 시작했다. '맛보는' 데에는 무척 힘을 들여야 했으니, 당시에 나는 인생 경험이 전혀 없었고 지식도 극도로 빈곤해서 자획字劃의 의미조차 몰랐기 때문이다. 그러나 결국은 전체를 한 번 통독했고, 또 나도 모르는 사이에 '미소 짓던' 루쉰이 '눈살을 찌푸린' 모습으로 변했다. 이것은 아마 나 자신의 심경 변화와 관련이 있었을 것이다.

진정으로 루쉰을 '연구'하기 시작한 것은 60년대 초로서, 내 삶에 거대한 전환이 일어난 시점이었다. 그때 나는 대학을 졸업한 후 베이징에서 구이저우貴州의 어느 외지고 낙후된 작은 도시로 파견되었고 또 그 기아飢餓의 시대에 직면했다. 물질적 기아, 특히 정신적 기아로 인해 나는 또 루쉰의 책을 받들었다. 1962년의 첫 아침에 나는 배를 곯은 채 작고 싸늘한 방 안에서 펜을 들고 『루쉰 연구 찰기魯迅研究札記』를 쓰기 시작했다. 첫 번째 연구 제목은 「루쉰과 마오쩌둥」으로서 그들 사이에 내재적으로 통하는 무언가가 있다고 여겼다. 이것은 아마 평쉐평馮雪峰[4]의 영향 때문일 텐데, 내 가장 유력한 논거가 바로 평쉐평의 「루쉰에 대한 기억魯迅回憶」에 들어 있는 몇 문장이었기 때문이다. 나는 글의 첫머리에서 예젠잉葉劍英[5]의 시에 들어 있는 "동방의 풍격 영원하리니, 온 세상이 요란해도 부질없는 짓東方風格千秋在, 擧世囂囂亦枉然"이라는 구절을 인용하여 루쉰과 마오쩌둥을 똑같이 '동방의 풍격' 즉 "무산계급 사상에 환하게 비추어진 우리 민족의 성격"을 대표하는 위대한 인물로 간주했다. 아울러 이런 '동방의 풍격'과 '민족 성격'을 "단단한 뼈와 같은 정신과 강인한 근성을 가진 정신의 결합"으로 개괄했다. 이것이 루쉰에 관한 내 첫 번째 '관점'이었다. 그것은 60년대 초에 중국에 대한 소련의 봉쇄 조치로 격발된 강렬한 민족주의 정서를 직접 반영한 것이었다. 1950, 60년대에 중국 내부에서는 외부에 의한 봉쇄를 두 차례나 겪었다. 50년대는 미국을 중심으로 한 서양 사회의 봉쇄였고, 60년대에는 소련을 중심으로 한 국제공산주의운동의 봉쇄였다. 이것은 마침 그 20년 동안 중국 내부에서 성장하기 시작한 지식인 세대의 사상과 성격, 문화 심리 구조의 형성과 발전에 지극히 심각한 영향을 주었다. 이 영향에 대해서는 지금도 충분히 평가하지 못하고 있다. 바로 이 두 차례의 봉쇄 와중에 마오쩌둥은 "민족의 독립과

---

4 【역주】펑쉐펑(馮雪峰 : 1903~1976, 본명은 푸춘[福春], 필명으로 쉐펑 외에 화스[畵室], 뤄양[洛陽] 등이 있음)은 1922년부터 동인시집(同人詩集)『호반(湖畔)』과『봄의 노래[春的歌集]』등에 시를 발표했다. 1926년부터 일본과 소련의 문학 작품과 이론 저작을 번역하기 시작했으며, 1927년에 중국공산당에 가입했고, 1928년에 루쉰과 함께『과학과 예술론 총서』를 편집했다. 1929년부터 중국좌익작가연맹 창설 준비에 참여했고, 1934년에는 '장정(長征)'에 참여하기도 했다. 1937년에는 고향으로 돌아와 장편소설『루다이의 죽음[盧代之死]』을 발표하기도 했다. 1957년에는 우파로 낙인이 찍혀 수난을 겪다가 죽었는데, 1979년에야 명예가 회복되었다.

5 【역주】예젠잉(葉劍英 : 1897~1986, 본명은 이웨이[宜偉], 자는 창바이[滄白])은 인민해방군 창설자 가운데 하나로서, 덩샤오핑 정권의 핵심 성원이었다. 중화인민공화국 헌법과 형법, 형사소송법 등을 제정하는 데에도 주도적으로 참여했다. 1983년에는『예젠잉 시사 선집[葉劍英詩詞選集]』이 출판되기도 했다.

통일, 존엄을 수호하자!"라는 커다란 깃발을 높이 들어 올렸고, 그것이 그 시대 지식인들에게 보편적으로 받아들여지면서 점차 그들 마음속의 영웅과 지도자의 형상이 만들어졌다. 지금도 또렷하게 기억한다. 최초의 논문에서 나는 마오쩌둥이 50년대에 쓴 「안녕, 레이튼[6]別了, 司徒雷登」에 들어 있는 다음 구절을 인용했다.

봉쇄할테면 해 봐라. 10년이든 8년이든 봉쇄하고 나면 중국의 모든 문제가 해결될 것이다. 중국인은 죽음도 두려워하지 않거늘 곤란을 두려워하겠는가? 노자老子도 "백성이 죽음을 두려워하지 않는데 어떻게 죽음으로 겁줄 수 있겠는가?"[7]라고 말했다. 미국이 없으면 살아갈 수 없는가?

당시 나는 글을 쓰면서 눈물을 흘렸다. 그때 우리는 또 소련의 봉쇄에 직면했기 때문이었다. 이 때문에 그 시대 지식인들은 마오쩌둥의 "자력갱생하여 강국을 이루도록 분발하자!"라는 이론, 그리고 그가 추진한 '대약진大躍進' 운동과 '수정주의修正主義에 반대하고 방비해야 한다反修防修'라는 사상을 자발적으로 받아들였다. '대약진' 운동이 이 시대 지식인들을 포함한 전체 민족에게 거대한 재난을 안겨 주었음에도,

---

6 【역주】레이튼 스튜어트(John Leighton Stuart, 1876~1962)는 미국 기독교 장로회의 선교사이자 외교관, 교육가이다. 그는 1876년 항저우[杭州]에서 선교 활동을 하던 미국인 부부에게서 태어나 1940년부터 중국에서 선교활동을 시작했고, 훗날 즈장대학(之江大學)의 모체인 항주육영서원(杭州育英書院)을 건립하는 데에 참여했다. 1919년에 옌징대학(燕京大學) 총장 겸 교무장을 역임하고, 1946에는 주중미국대사를 지낸 후, 1949년 8월에 중국을 떠났다가 미국 워싱턴에서 죽었다.
7 【역주】『노자(老子)』 제74장 : "民不畏死, 奈何以死懼之"

사람들은 여전히 그것이 조국의 '1궁 2백一窮二白[8]' 상황을 신속하게 바꿔서 '낙후된 채 몰매를 감수하는' 피동적 국면에서 벗어나야 한다는, 봉쇄에 처한 중국 인민의 절박한 요구에 담긴 민족 정서와 바람을 왜곡된 형식으로 반영했다고 여기고 있다. 그리고 바로 이런 민족 정서와 사회 심리 아래에서 "전혀 비굴하게 아첨하지 않는" 루쉰의 '강직한 사나이硬骨漢' 정신은 이 시대 지식인 사이에서 거대한 영향력을 발휘했고, 루쉰 자신도 마오쩌둥과 마찬가지로 그들 마음속의 민족 영웅이 되었다. 나도 이런 사회 문화적 심리의 배경 아래에서 루쉰과 마오쩌둥을 정신적 지주로 선택했다. 나에게 이 선택의 실제 의미는 개인적 삶의 역경에 처해서 문화의 중심인 베이징에서 문화의 사막인 구이저우로 내쫓겼음에도 시종일관 강해지기 위해 분발하면서 향상하기를 바라는 적극적이고 진취적인 정신상태를 유지하게 했다는 점이다. 마오쩌둥의 가르침과 인도에 따라 자각적으로 나 자신의 본래 직업 ― 자그마한 중등실업학교의 국어 교사 ― 을 나라와 민족 전체의 진흥 사업과 연계하여 대단히 열정적이고 신중하게 학생들을 가르쳤다. 그와 동시 거의 침식을 잊은 채 책을 읽으며 루쉰을 연구했다.『전집』을 한 편 한 편씩 읽고 많은 글을 써 놓아서, 지금의 연구를 위한 비교적 튼실한 기초를 다져 놓았다. 이런 정신상태는 나와 동시대 사람들의 그것을 대표하는 것이었다.

그러나 그와 동시에 슬픈 오해와 곡해曲解가 있어서 두려운 역사의

---

8 【역주】이것은 마오쩌둥이 「열 가지 큰 관계를 논함[論十大關係]」에서 열 번째로 제기한 것으로서, 농업과 공업 등 기초가 박약하고[一窮], 문화와 과학의 수준이 낮은[二白] 당시의 상황을 요약한 말이다.

퇴보가 나타났다. 이 시대 지식인들은 영웅이자 지도자로서 마오쩌둥의 지위를 확인하고, 그의 많은 이론을 받아들였는데, 처음에는 확실히 이지적理智的인 선택이었다. 그는 민족의 이익을 대표했고, 성공적으로 중국 혁명을 영도하고 사회주의 국가를 건설했기 때문이다. 그러나 발전 과정에서 오히려 점점 맹종盲從으로 변해 갔다. 처음에 신임으로 시작했던 이들이 나중에는 맹목적인 관성 때문에 점차 이런 이론을 받아들였다. 즉 중국이 발전하는 길을 탐색하는 것과 같은 '큰일'은 마오쩌둥 같은 지도자의 특권이고, 우리 같은 (지식인을 포함해서) 보통 국민은 그저 마오쩌둥의 지시에 따라 행사하면서 착실하게 본업에 종사해야 한다는 것이다. 나를 포함해서 5, 60년대의 중국에서 성장한 지식인들 가운데 대다수가 이렇게 치명적으로 잘못된 선택을 했다. 그들은 반쯤 압박당하고 반쯤은 능동적으로 진리를 탐색할 권리, 독립적으로 사고할 권리를 포기했다. 이것은 루쉰이 창립해 열어놓은 중국 현대 지식인의 역사 전통을 근본적으로 위배하는 일일 뿐만 아니라, 지식인의 역사적 품격을 상실한 것이기도 했다. 사회의 분업에서 사유와 고찰을 본업으로 삼는 지식인들이 갑작스럽게 그 일을 멈추고 기꺼이 잘 길들어진 도구가 되었으니, 이야말로 역사의 크나큰 퇴보이자 크나큰 비극이었으며, 역사의 크나큰 야유이기도 했다. 그러나 우리는 오래도록 여기에 무감해져서 평소처럼 편안하게 여겼고, 심지어 우쭐거리기도 했다. 이 책을 쓰면서 나는 루쉰의 다음과 같은 말을 다시 읽었다.

스스로 노예임을 분명히 알고서 참고 견디며, 아울러 불평하고 몸부림치면서 벗어나려고 '꾀하다가' 탈출을 실행한다. 설령 잠깐만에 실패하여 다시 족쇄와 수갑을 차더라도 그는 그저 노예에 지나지 않는다. 노예 생활에서 '아름다움'을 찾아서 찬탄하고, 무마하고, 도취한다면 그야말로 영원히 회복 불가능한 노비奴才가 된다.[9]

돌이켜 보면 나도 오랫동안 순순히 복종하는 자기에게 '도취'해 있었으니, 마치 루쉰이 내 영혼을 채찍질하는 것 같았다. 쥐구멍에라도 들어가고 싶었다!

괴롭고 난감하더라도 우리는 이 엄준한 사실을 직시해야 한다. 즉, 우리 세대 지식인에게는 길들어지고 노예화되는 경향이 나타난 적이 있다는 사실이다. 사실 루쉰은 진즉에 경고했다. '전 중국이 함께 외부 세력에게 응대할 것一致對外'을 강조할 때 국민의 정당한 권리가 박탈되는 것을 방비해야 했다.[10] 그러나 20세기 중국에서는 이런 오해가 거듭 나타났다. 즉 민족과 사회에 대한 지식인의 책임감을 강조하게 되면 항상 지식인의 개성 상실이라는 대가를 치러야 한다는 것이다. 사실 이것은 근본적으로 유가 문화 전통을 반영한 것이어서, 전통문화의 담당자로서 중국의 지식인은 자각적이든 그렇지 않은 간에 이 전통을 계승했다. 루쉰의 세대는 용감하게 반발하면서 아울러 그들 세대부터 시작해서 (지식인을 포함한) 중국 국민이 이후로는 정신적 노예 상태를 끝내기를 희망했다. 그러나 뜻밖에 5, 60년대에 성장한 지식인 세대는 또 옛날의 지독했던 생활로 되돌아갔다. 여기서 발생한 것이

---

9   魯迅, 「漫輿」, 『南腔北調集』(『魯迅全集』 제4권, 北京 : 人民文學出版社, 1981), 588쪽.
10   魯迅, 「忽然想到」, 『華蓋集』(『魯迅全集』 제3권), 92쪽.

바로 루쉰이 예언한 비극이었다. "전 중국이 함께 외부 제국주의와 패권주의에 반대하자"라는 주장에만 주목함으로써 오히려 국내의 봉건주의에 대한 경계심이 느슨해져 버렸던 것이다.

5, 60년대의 외부 세력에 의한 봉쇄는 또 그 세대 지식인 문화의 구성에도 엄중한 결함을 야기했다. 중국 전통문화와 '5·4' 이래의 '좌익左翼' 문화[11]를 대략으로 받아들인 것 외에도 정신문화를 가져온 주요한 원천은 러시아와 60년대 이전의 소련 문화, 그리고 르네상스 이래 서양의 인문주의 문화 전통이었다. 20세기, 특히 제2차 세계대전 이후의 서양 문화와 60년대 이후로 새롭게 발전한 소련 문화와는 기본적으로 단절되었다. 게다가 우리에게는 또 하나의 이론이 있었다. 즉 즈다노프Andrei A. Zhdanov[12]가 말했던 18, 19세기 '자본주의 번영기'가 창조한 '위대한 작품'을 무산계급은 비판적으로 받아들일 수 있으며, '자본주의 몰락기'인 20세기 서양 문화는 이미 '쇠퇴하고 부패하여' 무산계급이 단호하게 거절해야 한다는 것이다.[13] 즈다노프의 이론과 그 실천이 이 세대 지식인들의 정신적 소질에 미친 깊은 영향을 절대 저평가할 수는 없으며, 어쩌면 지금도 많은 이들이 그 그늘에서 철저히 벗어나지 못하고 있을 것이다. 이런 상황은 루쉰의 사상에 대한

---

11 '5·4' 이래의 '좌익'이 아닌 문화는 우리가 실질적으로 거절했다.
12 【역주】즈다노프(Andrei Alexandrovich Zhdanov, 1896~1948)는 1937년 제17차 소련 공산당 대회에서 중앙위원회의 위원장 겸 정치국 후보위원이 되어 스탈린의 급진적 정책을 지지했고, 이듬해 러시아 소비에트 최고회의 주석이 되었다. 1939년부터 스탈린의 대숙청에 적극 가담했고, 문화 부분의 사회주의 리얼리즘 노선을 추진했다. 그러나 1948년 이후 스탈린의 눈 밖에 나는 바람에 공직에서 해임되었다가, 복귀하지 못한 채 심장마비로 사망했다.
13 [蘇] 日丹諾夫, 「제1차 소련 전체 작가대표대회 강연」, 『日丹諾夫論文學與藝術』, 北京 : 人民出版社, 1959, 7쪽.

우리의 이해를 지극히 단편적으로 만들어 버렸다. 우리는 그저 루쉰의 사상 가운데 인도주의와 이상주의, 낭만 정신과 같이 19세기 인문주의 사조와 상통하는 부분에만 주의하거나 혹은 이해할 수밖에 없었다. 내가 일찍이 반복적으로 강조했던 그의 회의주의 정신이나 개성주의 사상 속에 담긴 절망과 고독, 강렬한 허망감과 자조自嘲 의식 등 20세기 모더니즘과 상통하는 부분을 우리는 전혀 이해할 수 없었다. 그런데 하필 우리에게는 쉽게 끌어다 쓸 수 있는 또 하나의 이론이 있었으니, 우리가 이해할 수 없는 것을 일률적으로 '역사적 한계성'이라고 규정해 버리는 것이다. 이런 사상의 논리는 당연히 간단하고 명쾌하나 루쉰의 신도라고 자칭하는 우리 몇몇과 루쉰 사이에 두려운 거리를 만들어 놓았다.

루쉰처럼 과감하게 사실을 직면할 수 있다면 한 층 더 나아가 다음과 같은 사실을 인정해야 한다. 어느 정도는 이것이 개방된 세대와 봉쇄된 세대 사이의 거리, 회의주의적인 부정 정신을 가진 세대와 형이상학적 독단론 및 절대주의라는 시대 문화의 분위기에서 성장하기 시작한 세대 사이의 거리라고 할 수 있다. 수십 년 동안 루쉰을 연구한 끝에 이제 드디어 나 자신이 일부 기본적인 측면에서 (당연히 전부는 아니고) 루쉰과 거리가 있음을 발견했다. 이것은 자연스럽게 말하기 어려운, 폐부를 긁는 듯한 고통을 유발한다. 아, 역사는 우리 세대에게 이토록 잔혹하구나! 그러나 어쩌랴? 시대가 빚어낸 쓴 열매를 우리도 삼킬 수밖에 없으며, 또 루쉰처럼 홀로 숲으로 숨어 들어가 심령의 상처에 묻은 핏자국을 핥아야 한다. 그런 뒤에야 새로운 희망을 품고 새롭게 시작할 수 있을 것이다.

2

　나와 내 세대의 지식인은 이미 길들어진 상황에서 역사에 전례前例가 없는 시대를 맞이했다. 이것은 중국 현대 지식인에게 확실히 전례 없이 엄중한 시험이었다.

　내 개인의 운명에는 또 한 번 급격한 변화가 생겼다. 운동이 시작되자 하룻밤 사이에 나는 '수정주의의 후예'이자 '반혁명분자'가 되어 버렸다. 나는 격리되어 기숙사 독방에 갇혔다. 끊임없이 조서調書를 쓰고 비판받은 것 외에, 뜻밖에도 독서가 허락되었다. 소장하고 있던 상당히 많은 책들은 모두 몰수되었으나, 『마오쩌둥 선집選集』과 『루쉰 전집』은 남았다.

　그래서 이 어이없는 광란의 시대에 굴욕적인 처지에 놓인 혼란스럽고 미혹되고 왜곡된 심령이 두 명의 '정신적 부친'인 마오쩌둥, 루쉰과 더불어 '정신적 대화'를 진행했다. 당연히 이것은 다시는 학술 연구가 될 수 없었고, 영혼의 초월이 필요했다. 갑작스럽게 강제된 굴욕적인 지위에 대해 합리적이고 나 스스로 납득할 수 있는 어떤 해석을 제시해야 했던 것이다. 처음부터 과제의 선택이 잘못되었으나, 당시 나의 사상은 이미 길들어졌거나 반쯤 길들어져 있었고, 또 이 혁명은 내가 숭배하던 마오쩌둥과 루쉰의 기치에 타격을 주고 있었다. 이로 인해 나와 내 세대 지식인들 가운데 대다수는 운명적으로 혁명의 폭풍이 처음 일어났을 때 그 혁명 자체에 대해 의심하지 못하고, 그저 자기의 영혼 깊숙한 곳에서 "혁명을 폭발하게" 하는 수밖에 없었다. 하물며 우리 중국 지식인들은 역대로 공자와 맹자의 유학이 강조한 자기반성의 전통을 가지고 있어서, 신중국이 성립된 후에도 줄곧 이런 자기 반성 형식의 수양을 장려하지 않았던가? 이렇게 공전절후의 크나큰 역사적 시험이 시작되자 나와 내 세대 지식인들 가운데 대다수가 가지고 있던 자기 정신상태와 역사에 대한 반응은 곧바로 갈림길로 들어섬으로써 극도의 비극성과 황당무계함을 띠게 되었다.

그러나 나는 뜻밖에도 마오쩌둥과 루쉰에게서 합리적인 해석을 찾아냈다. 이것은 바로 마오쩌둥과 루쉰이 모두 중국 지식인의 약점에 대해 엄준한 비판의 태도를 취했다는 사실이었다. 일찍이 루쉰은 「지식 계급에 관하여關於知識階級」에서, "지식과 강력한 권세는 충돌할"[14] 수밖에 없다고 지적했다. 그리고 루쉰 자신은 중국 전통문화에 대해 특별히 엄준한 태도를 견지했고, 나아가 전통문화의 주요 담당자인 중국 지식인의 약점에 대해 대단히 민감하게 반응하며 일관되게 냉정한 비판을 퍼부었다. 그러나 1966년에 시작된 혼란 와중에 나는 이런 구별을 할 수 없었다. 당시에는 마오쩌둥과 루쉰이 모두 지식인과 보통 국민 사이의 관계라는 관점에서 지식인의 약점을 엄혹하게 비판했다는 사실로 인해 내 사상에 진동이 일어났다.

바로 여기에 핵심이 있다.

굴원屈原이 "길게 한숨 지으며 눈물 닦나니, 인생이 너무 고생스러움을 애도하기 때문[離騷: 長太息以掩涕兮, 哀民生之多艱]"이라고 반복적으로 읊조렸던 것처럼, 재난이 너무 많은 중국이라는 이 땅에 사는 인민의 고난은 중국 지식인의 영혼을 시종일관 괴롭히고 있었다. 중국 지식인의

---

14   魯迅, 「關於知識階級」, 『集外集拾遺補編』(『魯迅全集』 제8권), 189쪽.

마음속에서 '조국'은 시종일관 '인민'과 연결되어 있었고, '애국'은 필연적으로 '인민에 대한 염려'로 이어질 수밖에 없었다. 인민과 운명을 함께하는 것이야말로 중국 지식인에게 가장 중요한 전통이었다. 그러나 중국 20세기의 위대한 변혁의 선구자인 루쉰 세대가 처음으로 강렬하게 느낀 것은 현대 의식과 변혁의 필요성, 그리고 각성하지 못한 인민의 상태에 대해 일으키는 첨예한 갈등이었다. 이 때문에 그들은 인민의 "불행을 아파"하면서도 "그들이 투쟁하지 않는 데에 대해 더욱 분노"했다. 루쉰은 또 이렇게 상상했다.

　　지금은 어쩔 수 없이 그저 지식인 계급을 따를 수밖에 없다. (사실 중국에는 러시아에서 말하는 바와 같은 지식인 계급이 없는데, 이것은 너무 긴 이야기이므로 일단 일반적인 화법에 따라 이렇게 말하고 본다.) 지식인들이 먼저 방법을 설정하면, 민중은 나중에 다시 얘기하는 것이다.[15]

　　그러나 무정한 현실은 금방 그에게 그저 정신을 비판하는 무기만 장악한 지식인은 강력한 국가 기구를 점유한 반동 계급 앞에서 연약하고 무기력할 수밖에 없음을 강렬하게 느끼게 했다. 그가 "한 편의 시로는 쑨촨팡孫傳芳[16]이 놀라 달아나게 할 수 없으나 대포 한 발이면 그

15　魯迅, 「通訊」, 『華蓋集』(『魯迅全集』 제3권), 24~25쪽.
16　【역주】쑨촨팡(孫傳芳 : 1885~1935, 자는 신위안[馨遠])은 일본 육군사관학교를 졸업하고 귀국하여 1909년부터 북양군벌(北洋軍閥)의 일파인 직계군벌(直系軍閥)의 우두머리로서 위세를 떨치다가 1925년 11월에 오성연군총사령(五省聯軍總司令)이 되었고, 이듬해 국민혁명군의 북벌을 저지하기도 했다. 1931년에 '9·18 사변'이 일

가 놀라 달아나게 할 수 있다"[17]라는 결론을 내렸을 때, 그는 자연히 '물질적 비판'을 담당한 노동자, 농민, 병사들에게서 역량을 흡수해야 할 강한 필요성이 생겼다. 루쉰이 이렇게 인민에 대한 지식인의 계몽을 강조하다가 지식인이 인민에게서 역량을 흡수해야 한다는 쪽으로 초점이 바뀐 것은 20세기 지식인의 정신 역정에서 전형적인 특성을 보여준다. 이 때문에 마오쩌둥이 '5·4운동'을 주제로 한 유명한 강연에서 "지식인이 노동자, 농민 대중과 결합하지 않으면 아무 일도 이루지 못할 것"이라고 단언했을 때는 이미 객관적인 실제를 반영했을 뿐만 아니라, '5·4' 이래 지식인이 발전해 온 길에서 겪은 역사적 경험을 과학적으로 총결했다. 그뿐 아니라 루쉰을 포함하여 광대한 규모의 대오각성한 지식인들의 자각적 요구를 나타내고, 아울러 앞서 언급했던 바와 같이 "지식인과 인민이 운명을 공유하는" 역사적 전통으로부터 강력한 지지를 얻어냈다. 이로 인해 "지식인이 노동자, 농민 대중과 결합해야" 한다는 마오쩌둥의 호소가 중국의 광대한 지식인의 자각적인 호응을 얻음으로써 그들의 행동 노선이 되었던 것은 결코 우연이 아니었다. 그러나 마오쩌둥의 이 정확한 역사적 명제는 집행 과정에서 오류가 생겼다. 40년대에 '대중화'가 바로 "철두철미하게 안팎으로 모두" '변화'하는 것[18]이라고 강조했을 때 이미 편파적인 측면이 드러났다. 또 50년대에는 '지식인의 노동자, 농민화' 필요성을 제

어나자 톈진[天津]의 사찰에 은거한 채 일본에게 협력하기를 거부하다가 시젠차오 [施劍翹]에게 암살당했다.

17   魯迅, 「革命時代的文學」, 『而已集』(『魯迅全集』 제3권), 423쪽.

18   毛澤東, 「反對黨八股」(『毛澤東全集』, 北京 : 人民出版社, 1991, 798쪽).

기함으로써 더욱 실제적인 면에서 노동자, 농민을 주체로 하는 인민에 대한 지식인의 사상 계몽 임무를 근본적으로 부정하고, 나아가 현대의 과학과 문화 지식을 부정하고 인민의 우매한 상태를 미화할 위험을 미리 잠복해 놓았다. 5, 60년대에 성장한 우리 세대 지식인들은 이전 세대에서 전해 내려온 '지식인과 노동자, 농민 대중의 결합'이라는 정확한 전통을 계승할 때 '지식인의 노동자, 농민화'라는 이론을 동시에 받아들였다. 보통의 노동자, 농민과 동등해지는 것을 갈수록 분명하게 투쟁의 목표로 삼았을 때, 지식인과 노동자, 농민의 관계에는 왜곡이 일어났다. 그들은 더이상 서로 지지하고, 서로 역량을 흡수하며 보충해 주는 평등한 사회 변혁의 역량이 아니라 개조자와 피被 개조자라고 인위적으로 획분되었고, 지식인은 '탈태환골'하지 않으면 존재가 허락되지 않는 '입장이 다른 지異己力量, dissident'가 되어 버렸다. 먼저 지식인에게 확실히 존재했던 약점을 과장했다. ('반성'의 전통을 가진 중국 지식인은 아주 쉽게 이런 과장을 받아들여서, 다들 다투어 자발적으로 자책했다.) 그런 다음에 "무산계급을 진흥하고 자본주의를 멸절하며, 수정주의에 반대한다!"라는 기치를 내걸었다. (서양과 소련의 봉쇄에 대한 극단적인 반감에서 민족주의와 애국주의 열정에 자극을 받은 중국 지식인도 "중국 이데올로기의 순결성과 독립성을 지키려는" 관점에서 이 구호를 받아들였다.) 이어서 "무산계급을 진흥하고 자본주의를 멸절하며, 수정주의에 반대하는" 신성한 기치 아래 과학과 민주를 중심으로 한 현대 의식의 전통은 모조리 '자산계급과 수정주의 사상'의 범위로 포괄되어 근본적으로 부정되고 철저히 짓밟혔다. 이렇게 현대 지식인이 의지하고 있던 존재의 기초, 그리고 역사의 진보 방향을 대표하는 현대 과학 문화의 밀접한 연계는 근본적으로 부정되고 훼손되어, 결국에는 "책을 많이 읽을 수록 바보가 되는", 지식 자체가 죄악으로 변하는 지경까지 이르렀다. 이것은 두려워할 만한 '논리의 미궁'이었다. ('지식인과 노동자, 농민의 결합'이라는) 전제가 역사적 합리성을 갖추고 있었을 뿐만 아니라, 추리를 거듭할수록 받아들일 수밖에 없는 이유가 나타나서 논리에 부합하는 듯했다. 추상적인 추리와 논리적 유희를 즐기던 중국 지식인들은 (이것이 바로 지식인의 치명적인 약점 가운데 하나인데) 이렇게 한 걸음 한 걸음씩 자기도 모르게 자기를 매도했다. 그리하여 결국은 자기가 유죄이며, 철두철미하게 안팎으로 모두 근본적인 개조를 이루지 못했다고 믿음으로써 존재의 가치를 잃어버렸다.

이것은 이 세대 지식인의 영혼 깊숙한 곳에 스며든 일종의 정신적 미혹이었는데, 심지어 그것은 이 세대 지식인들의 전문적인 연구를 지배하기도 했다. 나와 같은 세대 사람들이 루쉰을 관찰하는 것이 바로 이러했다. 루쉰은 탈태환골한 개조의 전형이 되었고, 그의 전후기 사상은 인위적으로 쪼개져서 대립되기 시작했으며, 그의 일생을 관통하는 계몽의식은 한계가 있다고 여겨졌다. 지식인의 약점에 대한 그의 비판은 임의로 강화되고 과장되었다. 지식인은 '대중 속의 개인'이라든가, 자기뿐만 아니라 남을 경시해서도 안 되며, '대중의 새로운 어용문인'에게 반대한다는 등등 후기 루쉰의 또 다른 몇몇 중요한 사상[19]도 관찰의 시야 밖으로 사라졌다. 그는 다시 우리 '신도'에 의해 해체되어, 거꾸로 또 우리의 새로운 역사상의 운명 앞에 놓인 자아의

---

19   魯迅, 「門外文談」, 『且介亭雜文』(『魯迅全集』 제6권), 101~102쪽.

길에서 사고하고 선택하는 데에 영향을 주었다.

'문화대혁명' 초기에 내가 받은 각종 비판은 이러했다. 내가 '반혁명'임은 부인했으나 '수정주의의 후예'이고 '유죄'임은 진심으로 인정했다. 당시 나와 같은 운명에 처한 같은 세대의 지식인 대다수가 이와 유사한 역사적 선택을 했다. 우리 세대 지식인의 비극적 운명은 여기에서 정점에 이르렀다.

여기서 루쉰의 '중간자中間者 의식'이 내게 미친 심각한 영향을 언급하지 않을 수 없다. 대학을 졸업하고 인생의 길을 걷기 시작할 때, 즉 독자적으로 루쉰을 연구하기 시작할 때 나는 루쉰을 모델로 확정하고 자각적으로 '역사의 중간자'로서 인생길을 걷기로 했다. 나의 역사적 사명을 '인습이라는 무거운 짐을 스스로 짊어지는 것'으로 귀결하고, 젊은 세대를 위해 길을 개척하기로 했다. 지금도 그것이 역사적 수요에 부합하는 올바른 선택이었다고 생각한다. 낡은 중국에서 현대의 중국으로 향하는 역사의 전환이 특별히 험난함으로 인해 20세기 중국의 '역사의 중간자'는 여러 세대를 포괄할 수밖에 없었다. 5, 60년대에 성장하기 시작한 우리 세대 지식인은 또 신중국을 개창한 늙은 세대에 속하니, 새로운 시기 중국의 비약을 이끄는 주력군인 젊은 세대에 비하면 20세기 중국의 몇 세대 지식인 가운데 정신적 부담이 가장 무거운 세대이다. 역사는 우리 자신을 충분히 발휘하는 것을 제한했기 때문에, 우리에게는 '역사의 중간자'라는 특징이 더욱 뚜렷했다. 바로 '중간자' 의식으로 인해 나는 나와 루쉰의 심령이 통하는 길을 찾아냈다. 루쉰의 계시 아래 나는 비교적 일찍이 내 한계를 뚜렷하게 보았고, '절망 속에서 싸우는' 그의 인생 철학을 자각적으로 받아들였다.

그래서 수십 년 동안 역경을 만나든 일이 잘 풀리든 간에 시종일관 '영원히 진격하는' 전투 정신을 유지했다. 그러나 그와 동시에 그의 속죄의식과 희생정신의 영향도 비교적 일찍이 받아들였다. 특히 마오쩌둥이 현대 지식인과 노동자-농민의 차이에 계급론적 색채를 부여하면서 우리 세대 지식인을 모두 '자산계급 지식인'으로 단정함으로써, '착취계급 출신'이라는 것이 내게 지극히 엄중한 사상적 부담으로 변해 버렸을 때, 속죄의식과 희생정신은 지극히 훌륭한 일종의 정신적 해탈이었다. 억압받는 지위가 '역사적 필요에 의한 희생'으로 해석되었고, 또 이런 자각적인 속죄의식과 희생정신 속에서 "내가 아니면 누가 지옥에 가랴!"라는 숭고하고 비장한 느낌을 찾았다. 본래 루쉰의 속죄의식과 희생정신에는 어떤 병적인 성분이 함유되어 있었는데, 이제 우리 '신도'를 통해 발휘됨으로써 마침내 이렇게 진한, 루쉰이 그렇게도 증오하던 '아큐阿Q 기질'을 가지게 되어서, 결국은 우리가 현실의 우매하고 반동적인 세력에게 비겁하게 굴복하게 되었다. 이것은 아마 루쉰이 절대 예상하지 못했을 것이다. 이것은 확실히 20세기 이래 중국 지식인의 정신 역정歷程에서 가장 슬프고 처량한 기록이다.

3

이 때문에 베이징에서 '자산계급 반동 노선'과 '순종도구론馴服工具論20'을 비판할 때, 내륙의 작은 도시에 구금된 나와 같은 지식인의 마음속에 어떤 반응이 일어났을지 상상할 수 있을 것이다. 투쟁의 전체적인 국면, 특히 상층의 투쟁 상황을 알 수 없는 보통의 인민은 (나와 같은 지식인을 포함해서) 그저 자기의 실제 처지에 비춰서 이해할 수밖에 없었다. 당시 나는 전례 없는 사상의 대大 해방을 느끼고, 속죄의식과 사상개조 의식에 강압 당하던 반항의식이 마침내 터져 나와서, 사유와 고찰이라는 지식인의 본능을 처음으로 거의 회복한 듯했다. 그러나 그 역시 기형적일 수밖에 없었다. 그와 동시에 대대적으로 강화된 마오쩌둥 개인에 대한 숭배로 인해 이런 사유와 고찰은 진정으로 독립적으로 이루어져서 부분적 범위의 사상 속박을 타파할 수 없었고, 오히려 더 큰 범위에서 더 근본적인 속박을 받고 있었기 때문이다. 게다가 반항의식은 처음부터 (전면적으로) 잘못된 방향으로 끌려 들어갔다. 바로 이런 상황에서 우리는 일종의 왜곡된 형식으로 사고하여 자기만의 결론을 얻었다.

루쉰의 회의주의적 부정 정신은 바로 이런 상황에서 나의 강렬한 공명을 유발했다. 「광인일기」에서 그가 제기한 "예전부터 이러했다면 그대로 옳은 것인가?"라는 역사적인 질문과 그가 인용한 "길은 아득히 멀기만 한데, 나는 오르내리며 찾으리라離騷: 路漫漫其修遠兮, 吾將上下而求索"라는 굴원의 시구절은 이후 기나긴 정신적 곤혹 속에서 나와 몇몇 젊은 벗들의 좌우명이 되었다. 특히 린뱌오林彪[21] 사건이 일어나고 한바탕 사상적

---

20 【역주】원래 류사오치[劉少奇]에 의해 제기된 것으로서, 하위 계급은 상부 계급에 부조건 복종하여 그 도구가 되어야 한다는 주장이다.

21 【역주】린뱌오(林彪 : 1907~1971)는 본명이 린쭤다[林祚大]이고 자(字)는 양춘[陽春], 호(號)는 위롱[毓蓉]이다. 그는 1925년에 황푸[黃埔] 군관학교에 들어가면서 중국공산당에 가입했고, 1955년에는 원수(元帥)가 되었다. 그러나 1971년에 쿠데타를 일으켜 마오쩌둥을 제거하려던 음모가 적발되어 비행기로 탈출하다가 몽고에서 추락사했다.

진통을 겪은 후, 신속하게 '중화민족의 역사적 운명과 역사의 길'에 대한 사고와 탐색으로 전환했다. 내가 오늘날 중국 개혁 사업의 주력인 젊은 세대와 정신적으로 깊이 연계되기 시작한 것도 바로 이 시기였고, 이것은 훗날 내 사상의 발전에 결정적인 역할을 했다. 지금도 잊을 수 없다. '사인방四人幇'이 만들어 낸 '붉은 공포' 아래에서 어떻게 모든 감시를 피해 비밀리에 모여서 기근과 갈증에 시달리듯이 마르크스와 엥겔스, 레닌의 원작을 비롯해서 우리가 수집할 수 있는 고금의 중국 바깥의 철학과 역사, 정치경제학 등의 저작을 공부하면서 중국과 세계의 과거와 현재, 미래에 대해 열렬하게 토론했던 일들을.

이런 자리에서 나는 늘 젊은 벗들에게 내가 아는 루쉰에 관해 설명해 주었다. 중국 사회와 역사에 대한 그의 깊은 분석은 젊은 세대의 지대한 흥미를 유발했다. 사실상 우리는 생전의 루쉰과 유사한 정신적 탐색의 역정을 경험하고 있었는데, 우리가 얻은 결론이 루쉰의 그것과 유사했다는 것은 의미 있는 일이었다. 우리는 각자의 독립적인 사고와 선택을 통해 마르크스주의의 변증법적 유물론과 역사 유물주의 철학을 받아들였다. 그리고 가장 흥미로웠고 가장 열렬히 토론했던 주제도 중국의 상황에서 어떻게 마르크스주의를 실천하며 발전시키느냐 하는 것이었다. 루쉰은 이 특별한 시대에 이런 방식으로 6, 70년대에 성장하기 시작한 젊은 세대와 심령의 감응을 일으키기 시작했다. 내가 알기로, 당시 중국의 전국 각지에서 형식은 다를지라도 이와 유사한 공부와 사고, 토론이 벌어졌다. 60년대 말엽과 70년대 초에 젊은 세대를 주력으로 한 중국 지식인들이 진행한 이 자발적인 탐색은 사실상 1976년 이후 중국 사상 해방 운동의 선구가 되었고, 오늘날 진행하고 있는 개혁 사업의 많은 사상적 맹아도 모두 그때 배태되었다. 그리고 나 자신은 바로 이 탐색에서 중국의 상황에 대해 나날이 깊이 사고하고 이해함에 따라 점차 루쉰에게 다가가면서 이해하게 되었다.

그러나 나의 사상 해방은 젊은 세대에 비해 훨씬 지난했다. 이렇게 얘기할 수 있겠다. '사인방'이 분쇄되기 전에는 나도 오랜 기간에 걸쳐 형성된 개인적 미신의 속박에서 철저하게 벗어날 수 없었다. 그것은 자연스러운 일이었다. 마오쩌둥 시대에 성장한 세대의 일원이었기에, 그는 나의 정신적 지주였고 이미 내 생명의 일부분이 되어 있었다. '문화대혁명' 와중에는 또 "무산계급의 독재 아래 혁명을 지속하라"는 마오쩌둥의 이론을 받아들였다. 이것은 오히려 내 사고를 엄중히 속박해서, "중국은 어디로 나아가는가?"라는 문제를 탐구할 때 내가 본래 도달할 수 있었던 높이와 깊이에 이르지 못하게 했다. 내 사상 인식의 이러한 한계성은 심지어 주위의 젊은 벗들에게도 영향을 주었으니, 이에 대해서는 지금도 죄스럽다.

"무산계급의 독재 아래 혁명을 지속하라"는 마오쩌둥의 이론을 진정으로 받아들인 중요한 원인 가운데 하나는 내 마음에 울적하게 쌓인 일종의 원망과 분노의 정서였다. 이것은 오랫동안 억압당했던 지위로 인해 형성되었기도 했고, 사회의 거의 최하층에 처한 우리가 당 안에서 부정한 기풍을 일으키는 일부 권력을 쥔 간부들과 대중 사이에 형성된 첨예한 갈등을 대단히 구체적이고 강렬하게 느낌으로써 상당히 심각한 대립을 일으켰기 때문이었다. 가슴 가득한 원망과 분노를 급격히 터뜨리려는 심리와 정서에 지배를 받으니, 자연히 마오쩌둥이 갈등과 대립을 절대화한 '투쟁 철학'을 아주 쉽게 받아들였다. 그리고 나는 한 걸음 더 나아가 루쉰의 투쟁 정신을, 중국의 중용주의적인 전통문화에 대한 그의 비판을 절대화함으로써 또 다른 극단에서 루쉰을 곡해했다. 이런 곡해가 지난한 탐색 과정에서 내 마음이 나날이 루쉰에게 근접할 때 발생했다는 것이 특히 슬퍼할 만한 일이었다. 그 전에 몇 년 동안 『루쉰 전집』을 다시 읽으면서 그가 이미 1925년에 내놓은 경고를 보았다. 그는 "중국인이 마음에 품고 있는 원망과 분노가 이미 충분히 많다고 느끼므로", "그들의 감정을 고무할 때는 전력을 다해 명백한 이성을 계발해야지", 그렇지 않으면 "대단히 위험하다"라고 했다.[22] 이 말에 큰 충격을 받고 생각해 보니, 20세기 이래 중국에서는 이미 전全 민족이 비이성적으로 열광하는 일이 여러 차례 일어났고, 나도 1958년의 '대약진운동'과 문화대혁명이라는 십 년 동안의 중대한 혼란을 직접 겪었다. 매번 광란의 열기는 억압받는 원망과 분노의 정서가 충동함으로써 시작되었으나, 최후에는 오히려 반대로 나아갔다. 이런 비극은 자기의 지위 변화를 절박하게 요구하는 낙후된 국가의 억압받는 계층에서 늘 발생했다. 부분적인 합리성을 지닌 역사의 요구가 이용됨으로써 사람들은 특별히 비애와 실망감을 느끼게 된다. 이것은 미성숙한 민족과 계층, 그리고 거기에 속한 지식인에 대한 역사의 징벌이다. 중국 민족뿐만 아니라 나 자신에게도 이것은 항상 침통한 역사적 교훈이다.

---

22   魯迅, 「雜憶」, 『墳』(『魯迅全集』 제1권), 225쪽.

4

나는 탐구의 갈망을 품고 또 정신적 부담을 짊어진 채, 1978년 이후 시작된 중국 역사 발전의 새로운 시기로 들어섰다. 사상 해방 운동이 진행되는 와중에 역사에 대한 마오쩌둥의 평가 문제가 첨예하게 제기되었다. 그가 거듭해서 자기 마음이 루쉰과 '상통'한다고 공언했기 때문에, 루쉰에 대한 평가도 사실상 몇 세대 지식인과 학술계에서 공개적이거나 비공개적인 논쟁거리 가운데 하나가 되었다. 마오쩌둥과 루쉰은 모두 오랫동안 나의 정신적 지주였으므로, 이 논쟁이 내게 지극히 중요한 의의가 있었음은 거의 말할 필요가 없는 사실이었다. 여러 차례 역사적 경험을 통해 얻은 교훈으로 나는 이미 성숙해지고 있었으며, 다시는 어떤 의견이라도 맹목적으로 따르지 않고 모든 것을 자기의 독립적인 사고를 통해 판단하는 태도를 견지하고자 했다. 이 것은 고통과 곤혹으로 충만한 역사에 대한 반성이자 자기 분석이었으며, 아울러 사상의 해방이자 심령의 개방이었기에, 힘들면서도 유쾌한 새로운 탐색이 시작되었다. 거의 7, 8년 동안 루쉰과 관련된 글을 아주 조금밖에 쓰지 못했으니, 미성숙한 사고가 다시 루쉰을 왜곡할까 두려웠기 때문이었다. 그러나 마음 깊은 곳에서는 줄곧 나 자신을 소환하는 목소리가 있었다. 운명적으로 이처럼 루쉰과 비범하게 연관되었으니, 루쉰에 대한 우리 세대의 인식을 글로 써서 루쉰 연구에서 '중간자'로서 역사적 책임을 다하라는 것이었다. 나는 여전히 굳게 믿었다. 진정으로 루쉰의 사상과 상통하는 이들은 당대 중국의 선진적인 청년들이 될 것이라고. 그들도 루쉰과 마찬가지로 역사의 대대적인 개방과 변혁, 전환의 시대에 처해 있으니 그와 유사하게 연구하고 사고할 것이기 때문이다. 더욱 중요한 것은 바로 당대 중국의 선진적 청년들이 더욱 과학적인 태도로 루쉰을 대함으로써 나처럼 그를 숭배의 대상으로 삼거나 몇몇 사람들처럼 경솔하게 루쉰을 부정하지 않을 것이라는 점이다. 루쉰 앞에서 그들은 평등하고 독립적이지만, 오히려 그로 인해 진정으로 루쉰에게 다가가게 되는 것이다. 그들 가운데는 장차 우리 세대보다 훨씬 뛰어난 루쉰 연구자가 나와서 우리보다 더 깊이 인식하고 발견하게 될 것이다. 다행스럽게도 나는 베이징대학교와 화차오華僑 대학교에서 수백 명의 젊은 학생들에게 이 책의 내용을 강의하여 뜻밖에도 열렬한 호응을 받은 적이 있다. 강의실에서 교류하고 강의가 끝난 뒤에서 열심히 대화를 나누었을 뿐만 아니라, 글쓰기와 시험에서 학생들이 보여준 루쉰에 대한 진심 어린 사랑과 루쉰에게 내재한 모순 및 그 독특한 가치에 대한 깊은 이해[23]에 나는 여러 차례 한없이 감동했고 또 갈수록 확신하게 되었다. 루쉰은 당대 젊은이들의 것이다. 그래서 내 연구의 목표를 하나로 귀결했다. 내가 인식한 루쉰의 본래 면모를 가능한 한 사실대로 당대의 젊은이들에게 소개하여 그들이 각종 곡해와 오해가 만들어낸 안개를 극복하고 직접 루쉰의 작품과 접촉하여 그와 마음의 교류를 진행하게 하자는 것이다.[24] 나도 안다. 시대가 만든 결함으로 인해 내 지식 구조에 제한이 있어서

---

23 글을 쓰는 과정에서 많은 학생의 의견을 받아들였고, 때로는 원문을 인용하거나 내 분석에 융합하기도 했다. 이 지면을 빌려 내 강의를 수강한 모든 학생과 관련 작자들에게 진심으로 감사하고자 한다.
24 본서에서 루쉰의 원문을 많이 인용함으로 인해 글이 딱딱해지는 것을 감내한 것도 바로 이런 목적에서이다.

젊은 세대에게 성숙된 연구 성과를 제공할 수 없음을. 내가 제공할 수 있는 것은 겨우 불완전하고 미성숙한 반제품과 진일보한 연구와 토론을 위한 조금의 정보와 단서뿐이다. 내가 기대하는 내 연구 성과의 가장 훌륭한 효과는 이런 것이다. 즉 젊은 세대의 벗들이 여기서 조금이나마 계발을 얻어서 어떤 만족을 느끼고, 또 많은 결함을 발견하여 불만족을 느끼며, 나아가 창조의 욕망을 격발하는 것이다. 그리하여 스스로 수정하고 보충하여 발전시킴으로써 부정 속에서 새로운 탐색을 시작하는 데에 이르게 되는 것이다. 영원한 학술 가치를 추구하지는 않으나 그저 내 연구가 루쉰과 당대 젊은이들이 소통할 수 있는 심령의 다리 역할을 할 수 있기 바랄 뿐이다. 이것은 대단히 높은 기준이자 요청이지만, 이로 인해 나는 여전히 두려움과 긴장을 피하지 못한다. 사실 이 또한 불필요하다. 나는 이미 하고자 하는 말들을 가능한 한 진실하게 모두 얘기했다. 내 마음속의 루쉰을 이미 최대한 담백하게 해부하고, 나 자신을 세인들 앞에 더 담백하게 드러냈다. 몇십 년 동안 줄곧 내 영혼을 괴롭히며 좌불안석하게 만들었던 감정의 무거운 짐을 이미 내려놓았는데 또 무얼 기대하겠는가? 설마 우리 세대는 이렇게 영원히 두려워하고 긴장해야 한다는 것인가?

아니다. 루쉰이 말했듯이 "위로 도약하여辣身一搖" 모든 것을 "털어버리고擺脫" "자신을 홀가분하게 할給自己輕鬆一下"[25] 때가 되었다.

25　魯迅, 「爲了忘却的記念」, 『南腔北調集』(『魯迅全集』 제4권), 479쪽.

차례

'중국 루쉰연구 명가정선집'을 펴내며 3

횃불이여, 영원하라—지난 100년 중국의 루쉰연구 회고와 전망 7

서문_나와 루쉰 33

|제1편| 의미 있는 참조

의미 있는 참조 ──────────────────────── 63
　　루쉰 형제 비교론

베이징대학 교수들의 서로 다른 선택 ──────────── 87
　　루쉰과 후스[胡適]를 중심으로

1930년대 전통문화와 관련된 몇 차례 사상 논쟁 ────── 169
　　루쉰을 중심으로

|제2편| 문장가[文章家] 루쉰

소설가 루쉰 ──────────────────────── 271

산문가 루쉰 ──────────────────────── 307

예술가 루쉰 ──────────────────────── 355

|제3편| 현대 사상사와 문화사 속의 루쉰

루쉰과 중국 현대 문화 ───────────────────── 405

|제4편| 루쉰과의 만남

원행[遠行] 이후 ────────────────────── 433
　　루쉰 수용사[受容史]에 대한 하나의 독해(1980~1990년대)

아버지와 아들 ─────────────────────── 463
　　중학생 대상 강연

타이완 '90후' 청년과 루쉰의 만남 ──────────── 497
　　타이완 칭화[清華]대학 "루쉰 선독" 과목의 시험 답안을 읽고

첸리췬의 루쉰연구 논저 목록 518

후기 525

역자 후기 531

제
1
편

의미 있는 참조

의미 있는 참조
루쉰 형제 비교론

베이징대학 교수들의 서로 다른 선택
루쉰과 후스(胡適)를 중심으로

1930년대 전통문화와 관련된 몇 차례 사상 논쟁
루쉰을 중심으로

의미 있는 참조

루쉰 형제 비교론

어떤 중대한 사상이나 문화적 명제에 관해 루쉰과 저우쮜런周作人이 보여준 같거나 혹은 다른 관점을 별도로 논의한 뒤에도, 그 형제의 사상과 인생의 선택에 대한 종합적 분석과 비교가 필요하다. 그 형제에 관한 비교 연구가 최근 몇 년 동안 어떤 패러다임paradigm을 이루었는데, 루쉰을 칭송하고 저우쮜런을 비판하거나 그 반대인 경우도 있다. 이 두 가지 패러다임은 완전히 상반된 듯하나 실제로는 사유 방식이 똑같다. 양자 모두 그 형제를 절대 양립할 수 없는 대립자로 보고 오로지 한쪽만 중시해서, 마치 둘 중에 하나만 선택할 수 있고 둘을 동시에 선택하는 것은 대단히 거북스러운 듯하다. 사실 그 형제는 한 쌍의 의미 있는 참조로 보아야 하는데, 이 관점은 쑨위孫郁의『루쉰과 저우쮜런魯迅與周作人』이라는 책에서 알게 되었다. 이제부터 이런 관점에 대해 조금 의견을 제시해 보겠다. 전체적으로 세 층위의 의미가 있다.

첫째는 바로 그 형제의 사상의 뿌리가 일치한다는 것이니, 곧 그들에게는 공통적인 사상의 출발점과 귀결점이 있다는 사실이다. 이것은 바로 '사람으로 바로 서기ㅍㅅ' 사상이다. 그들이 가장 관심을 기울인 것은 '개인의 정신적 자유'인데, 이것은 그들 사상의 뿌리였다. 다만 동시에 그들에게는 각자 다른 관심사와 다른 영역이 있었으므로 또 사상적으로 지극히 큰 상호 보완성이 있어서 서로 발휘해 주거나 서로 참조할 수 있었다. 예를 들어서 성性과 부녀자, 아동 문제에서 그들의 기본 관점은 일치했고, 그것이 저우쭤런을 통해서 충분히 발휘되었다. 루쉰은 주로 국민의 사상을 개조하는 데에 치중했다. 때로 동일한 문제에 대한 그들의 관심 방식이 다르기도 했다. 아동 문제에 관해 루쉰은 계몽주의 관점에서 출발하여 고지에 올라 "아이들을 구하자!"라고 호소했는데, 저우쭤런은 대부분 학문의 원리 원칙이라는 관점에서 논술했다. 서로 보충하고 발휘하는 가운데 둘의 사상도 확장되고 심화되었다.

둘째, 그들 사이에는 대단히 큰 차이가 있었다. 사상의 층위에서는 같은 점이 많았으나, 현실의 삶에서 선택한 것은 아주 달랐다. 그들 모두 중국 사회의 전면적인 위기에 직면했으나 사유 방식과 심리, 감정의 차이로 인해 가치 지향과 자기 인격 형성이라는 측면에서 선택이 달랐다. 이런 선택은 20세의 전면적인 위기 상황에서 지식인들이 택한 두 가지 패러다임을 대표한다고 할 수 있다. 이 두 가지 패러다임은 각자의 가치와 위기가 있으니, 이것이 아니면 저것이라는 가치 판단을 내려서는 안 된다. 바로 이 두 가지 패러다임이 서로 보충하고 서로 견제하면서 20세기 지식인들이 발전시킨 생태적 균형을 유지했다.

20세기 지식인들이 모두 루쉰이나 저우쭤런의 패러다임 가운데 하나만 추구했더라면 당연히 균형을 잃었을 것이다. 그러나 구체적으로 개인을 놓고 보면 그들은 지극히 편파적이고 상호 배타적이었다. 그리고 가치에서 결코 이것이 아니면 저것을 추구하지 않았다.

셋째, 그들의 상호 배타적인 이 두 가지 인생의 선택은 본질적으로 국가와 민족, 시대를 초월하여 그 자신에게 속한 것이었다고 할 수 있다. 앞에서는 현실적 층위에서 살펴본 것이고, 여기서 말하는 것은 초월적 층위 즉 사람의 천성에 나타난 역설paradox이다. 사람은 늘 극적인 변화-안정, 파괴-응고, 창조-보수, 조급함-안정, 격정-온화함, 불균형-균형, 무질서-질서, 충돌-화해, 비분강개-느긋함, 숭고함-평범함, 난폭함-온화함 등의 양극단 사이에서 동요한다. 그리고 루쉰과 저우쭤런은 인성의 이 양면 가운데 한쪽을 극단적으로 발휘하여 투르게네프Ivan S. Turgenyev, 1818~1883가 분석한 돈키호테Don Quijote와 햄릿Hamlet처럼 이 둘의 전형도 "인류의 천성에 있는 근본적으로 대립적인 두 개의 특성 즉, 인류의 천성이 변천하는 데에 기대는 두 개의 극단을 구현했다". 이렇게 이 형제는 인성의 두 기호가 되었거나 혹은 문화와 정신, 인격의 공생체계symbiotic system를 구성했다. 이런 관점에서 이 형제를 고찰하면 각자를 단독으로 고찰할 때보다 새로운 것을 발견함으로써 이전의 개별 연구가 구성해 놓은 좁은 국면을 타파하고 신천지를 개척할 수 있을 듯하다.

이제 이 형제의 서로 다른 인생의 선택을 구체적으로 살펴보자. 1921년에 저우쭤런은 큰 병을 앓아서 시산西山에서 요양했는데, 이것은 그의 인생 선택에서 하나의 전환점이 되었다. 루쉰은 거의 매일 문

병하러 찾아갔다. 당시 저우쭤런은 「지나간 생명過去的生命」이라는 시를
한 수 지었는데, 루쉰이 보더니 무척 즐거워하면서 그 자리에서 낭독
했다.

지나간 내 석 달의 그 생명은 어디로 갔는가?
없다. 영원히 지나가 버렸다!
나는 직접 들었지, 그가 침울하고 천천히 한 걸음 한 걸음
내 침대맡을 지나가는 소리를.
일어나 펜을 들고 종이에 어지럽게 점을 찍었지
그것을 종이 위에 눌러 흔적을 남기려고…….
하지만 한 줄도 쓰지 못했지
한 줄도 쓰지 못했어.
나는 여전히 침대에 누운 채
직접 들었지, 그가 침울하고 천천히 한 걸음 한 걸음
내 침대맡을 지나가는 소리를.

這過去的我的三个月的生命, 哪里去了?
沒有了, 永遠地走過去了!
我親自聽見他沉沉的緩緩的一步一步的
在我床頭走過去了.
我坐起來, 拿了一支筆, 在紙上亂點,
想將他按在紙上, 留下一些痕迹, ——
但是一行也不能寫,

一行也不能寫.

我仍是睡在床上,

親自聽見他沉沉的他緩緩的, 一步一步的,

在我的床頭走過去了.

　저우쭤런의 회상에 따르면, 루쉰이 낭독할 때 그들은 마치 무언가가 정말 지나가는 듯이 느꼈다고 한다. 만년에 『지당회상록知堂回想錄』을 쓸 때도 그는 이 경험을 기록했다. 그들이 느낀 것은 어떤 생명의 유동, 영원한 생명의 유동이었다. 이 생명의 운동에서 개인의 자아는 어떤 선택을 해야 할까? 이것은 그들이 함께 고민하던 문제였는데, 각자 완전히 다른 대답을 내놓았다. 이런 대답은 그들의 완전히 다른 역사관에 근원을 두고 있다. 저우쭤런은 영국의 성 심리학자 엘리스Henry H. Ellis, 1859~1939의 영향을 많이 받았다. 그는 엘리스가 '대단히 훌륭한 인생관'을 제공해 준 것을 높이 평가하고, 아울러 그에 관해 이렇게 해석하고 해명했다.

　　엘리스는 밤이 새벽으로, 새벽이 밤으로 변하는 것만 보았는데, 세상사가 오랫동안 이렇게 변화하는 것은 윤회도 아니고, 반드시 천국이 가까워지는 것도 아니었다.

　이것은 후퇴도 전진도 아니니, 역사 운동의 실질은 중성적이고 자연적인 발전이다. 이 때문에 저우쭤런의 역사관에서 과거와 현재, 미래는 순수하게 객관적이고 자연적인 시간 개념일 뿐이지, 어떠한 가치 판단도 지니고 있지 않다. 그의 사전에는 신구新舊의 구분이 없으며, 그가 가장 즐겨 인용했던 "해 아래 새것이 없다"라는 구절은 그가 지향한 것이 황혼의 세계였음을 말해 준다. 그는 이렇게 말했다.

> 황혼의 몽롱한 어둠 속에서 모든 생물과 무생물은 소실되고, 서로 친근해졌다고 느끼며, 서로 화해한다.

이것이 바로 그가 추구하던 것이다. 이 때문에 그는 세계에 절대적이고 객관적인 진리는 없고, 모든 것은 상대적이라고 여겼다. 그는 불교에서 비롯된 두 가지 기본 개념 즉 '업業, Karma'과 '연緣, pratyaya'을 가지고 있었다. 그는 '업'이 '종성種性[1]' 그러니까 인간의 유전이라고 해석하면서 종성과 유전의 두려움을 누차 제기했다. 그는 "인간의 일은 모두 귀신이 주관하며, 미라가 부활하면 귀신이 돌아온다"라는 프랑스 사회학자 르봉Gustave le Bon, 1841~1931의 관점을 믿었다. 그는 "이미 있었던 일은 훗날에 반드시 다시 나타나고, 이미 행해진 일은 훗날에 반드시 다시 행해지니, 이것이야말로 인생이 공허하기 그지없는 까닭이 아니겠는가!"라는 것을 믿었다. 여기에는 대단히 분명한 순환론의 관점이 담겨 있다. 저우쭤런은 역사의 운동이 상대적이면서 또 순환적이고 중성적이라고 여겼는데, 이것은 역사에 대한 그의 기본 관점이었다.

---

1 【역주】종성(種性)은 만물이 선천적으로 부여받은 자체의 특성을 가리키기도 하고, 특히 불교에서는 중생이 수행을 통해 이룬 최종적인 성취가 서로 다르게 만드는 본성 [根性]을 의미하기도 한다.

루쉰도 강렬한 순환론적 관점을 가지고 있었으나, 그와 동시에 그는 "인류는 항상 진화한다"라고 믿었다. 역사의 순환은 그저 역사의 곡절을 나타낸 것일 뿐, 역사는 결국에 전진한다. 그가 보기에 역사의 운동은 일종의 신진대사新陳代謝 운동으로서 '미래'와 '과거'가 교체되는 것이지, 중성적인 것이 결코 아니었다. 일반적으로 '미래'는 역사가 전진하는 방향을 대표하는, 역사 운동 속의 새롭고 긍정적인 요소이고, '과거'는 역사에서 적극적인 작용을 일으킨 적은 있으나 역사가 전진함에 따라 이미 역사 운동 속에서 낡고 부정적으로 변해 버린 요소이다. 그래서 그는 나중에 나타난 생명이 이전의 그것보다 더 의미 있고 완전하며, 또 더 가치 있다고 굳게 믿었다. 이것이 루쉰의 역사관이다.

이런 역사관의 차이로 인해 역사에서 자기의 역할을 선택하는 데에 차이가 생겼다. 저우쭤런이 보기에 과거와 미래의 교체는 황혼과 새벽의 교체와 마찬가지로 중성적이고 자연적일 뿐만 아니라 인간의 주관적 관여와는 아무 관계가 없으니, 인간의 관여와 상관없이 변한다. 주관의 관여를 받지 않는 이런 자연 운동 속에서 인간의 채택할 수 있는 유일한 태도는 자연에 순응하는 것이다. '자연에 순응'한다는 것은 그의 화법을 빌리자면, "그들이 상상하는 미래를 열심히 올라갈 필요도 없고 열심히 움켜쥘 필요도 없다"라는 것이다. 그는 가장 좋은 태도는 관조하는 것이라고 했다.

느긋하고 차분하게 저 희미한 새벽을 불러라. 다급히 앞으로 달려갈 필요도 없고, 새벽을 위해 죽어가며 빛을 드리워 준 낙일에게 감사하는 것을 잊어서는 안 된다.

그러니까 막아서도 안 되고 또 길을 개척해야 하는 문제도 없으니, 역사의 운동에 참여하지 말아야 하고, 책임도 의무도 없다는 것이다. 그러므로 그의 선택은 자연에 순응하여 아무 책임도 지지 않는 것이었다. 그는 방관자이자 구경꾼, 묘사자의 입장을 택했다.

그와 정반대로 루쉰은 역사가 신진대사의 과정이라고 믿었다. 그래서 그는 역사에 대해 적극적이고 참여적인 태도를 택했다. 그가 자기에게 규정한 역사적 위상은 주지하다시피 '역사의 중간자'라는 사회적 배역이었다. '역사의 중간자'란 무엇인가? 바로 과거에서 미래로 나아가는 역사의 전진 운동 속에서 자기가 과도적인 인물이 되는 것이다. 그는 과거에 대해 반격하면서 미래에 대해서는 어둠의 갑문閘門을 어깨로 막아 버티면서 젊은 세대가 밝은 곳으로 갈 수 있게 해 주고자, 그러니까 미래를 위해 희생하고자 했다. 과거와 싸우면서 또 미래를 위해 길을 개척하려 했으니, 그는 과거에 대해서도 미래에 대해서도 모두 대단히 큰 역사적 책임을 지려 했다. 이것은 어쩌면 과중한 역사적 책임일 것이다. 그는 역사라는 무거운 짐을 책임진 참여자이자 희생자였다.

이 형제의 서로 다른 자기 선택은 서로 다른 가치를 획득했는데, 두 선택 모두 자체의 모순과 곤혹을 내포하고 있었다.

먼저 루쉰부터 살펴보자. 그는 구진영에 대한 반격을 강조하면서도 동시에 자기의 고향이 바로 그곳이라는 것을 발견했다. 그래서 과거를 부정하려면 먼저 어느 정도 자기를 부정해야 했다. 「광인일기」에서 얘기했던 것처럼, 몇천 년 동안 유지된 식인의 역사 속에서 자기도 늘 고기를 먹었다. 그래서 그 식인의 역사를 고발하고 폭로하고 소멸하려면, 자기도 그 안에 포함되기 때문에 먼저 자기를 고발해야 한다. 그러니까 그는 과거를 소멸하려 할 뿐만 아니라 과거의 모든 역사라는 무거운 짐을 짊어지고자 했다. 다른 한편에서 그는 미래를 위해 희생하며 길을 개척했다. 그러나 그는 대단히 분명하게 알고 있었다, 미래가 진정으로 도래할 때 자기는 소멸해야 한다는 사실을. 자기의 존재 가치가 과거와 싸우는 중에 어느 정도 자기는 과거와 공생하게 되었으니, 과거가 소멸하고 광명이 실현되면 자기도 소멸해야 하기 때문이다. 그래서 '그림자의 작별'이 생기게 된다. 그는 이렇게 말했다.

어둠 속에서 나는 소멸할 것이다. 광명이 도래할 때 나도 소멸할 것이다.

그가 자기에게 부여한 역사적 사명은 과거를 박멸하고 광명을 영접하는 것이었다. 이것은 그에게 어떤 의미인가? 과거의 박멸은 자기의 소멸을 의미하고, 광명의 영접도 마찬가지 의미였다. 다시 말해서 그는 결국에 설 자리를 찾지 못한 채 방황하게 된다는 것이다. 이렇게 역사의 중간자로서 자기 역할을 선택했다는 것은 바로 자기를 몸 둘 곳이 없고 너무나도 고통스러운 자리에 두는 일이었다. 그는 과중한 역사적 부담을 떠안았고, 또 역사에서 자기의 자리를 찾지 못했다. 그의 역사적 선택은 자기에게 극단적으로 곤란한 지위를 가져왔는데, 이것이 루쉰이었다.

다시 저우쭤런의 선택을 보자. 그의 전제는 인류와 자연의 발전 운동에 모두 간섭과 주관적인 노력이 필요 없다는 것이었다. 그의 이런 전제는 20세기 중국의 사회 상황과 어울리지 않았다. 20세기 중국 사회는 농업 문명에서 점차 공업 문명으로 진화하고 있었다. 이런 역사 과정에 대해 그는 이론적으로는 자기가 구경꾼에 지나지 않는다고 선포할 수 있었으나, 사실상 완전히 방관할 수는 없었다. 그의 이론은 실제 처지와 거대한 대조를 이루고 있었다. '과거'와 '미래', '새것'과 '낡은 것'의 싸움에서 그는 완전히 중립을 지킬 수 없었다. 그도 스스로 인정했다.

내가 낡은 사람이라는 것은 나도 안다. 중국의 예술과 사상에서 상당히 많은 전통이 내 마음을 점거하고 있다.

그는 전통적인 지식인이었으며, 전통과 어떤 생명의 연계를 맺고 있었다. 그와 동시에 미래에 대해서는 어떤 오래된 두려움을 지니고 있어서, 어쩌면 미래가 자기가 지금 지닌 모든 것을 타파해 버릴 수도 있다고 늘 생각했다. 그는 또 이렇게 말했다.

그러니까 간밤의 상황도 오늘보다 흥미롭다. 사실은 이런 과거만이 우리의 느릿한 어루만짐과 완상玩賞을 견뎌낼 수 있기 때문이다.

과거와 전통에 대한 이런 깊은 감정으로 인해 그는 실제로 이미 '과거'가 되어 버린 전통에 더 경도되어 있었다. 때를 잘못 만나는 바람에 역사는 그에게 유달리 잔혹해서, 그는 중일전쟁을 겪어야 했다. 일본이 베이징을 점령하여 그의 가슴 앞에 총구가 다가왔을 때, 중립이 불가능했던 그는 선택해야 했다. 당시의 저우쭤런은 항일전쟁이 폭발한 뒤에도 남쪽으로 내려가지 않고 자기 서재인 고우재苦雨齋에 숨어 중일전쟁에 대해 일종의 중립적인 태도를 취하려 했다. 처음에는 그도 결코 일본에 협조하지 않고 숨으려 했으나, 숨지 못했다. 어쩌면 다른 사람은 숨을 수 있었으나 그는 불가능했으니, 역사는 상당히 무정했다. 당시 위핑보俞平伯도 베이징에 있었으나, 그는 저우쭤런만큼 영향력이 크지 않았다. 역사는 그를 '중국 지식인의 대표자'라는 지위에 올려놓았으니, 일본으로는 그를 이용하지 않을 수 없었다. 당시에는 미국과 국민당, 공산당을 비롯한 모든 정치 세력들이 그를 쟁취하려 했다. 이런 상황에서 중립을 지키기는 불가능했고, 결국에 그는 자기 목숨을 보전하는 길을 택해서 일본에 협력했다. 그리고 그 한 번의 잘못된 선택이 끝내 천고의 한이 되었다.

그들 두 사람의 자기 목숨에 대한 선택에 관해 다시 얘기해 보자. 루쉰은 어둠과 투쟁하는 길을 택했다. 그는 쉬광핑許廣平에게 이렇게 말했다.

당신의 반항은 광명이 도래하기를 바라는 것이겠지. 하지만 내 반항은 그저 어둠과 소란을 피우는 것일 뿐이지.

그가 술을 끊고 어간유魚肝油를 먹는 것은 목숨을 연장하기 위한 것인데, 이것은 절대 아내나 자식을 위해서가 아니라 자기의 적을 위해서라고 거듭 천명했다. 이 시커먼 악마 같은 루쉰을 그들 앞에 세워서 그들이 이 세상이 그다지 원만하지 않고 그런 결함이 있음을 깨닫게 하겠다는 것이다. 루쉰은 적과 목숨을 걸고 싸우는 와중에 애증의 극치를 체험하고, 자기 생명의 비상飛翔에 도달했다. 여기서 말하는 항쟁은 조금 전에 언급한 적에 대한 항쟁과 타인에 대한 항쟁, 그리고 자기에 대한 항쟁까지 포함하는 광범한 의미로 이해해야 한다. 누차 얘기했듯이, 루쉰의 기본 신념은 개인의 정신적 자유였다. 이에 따라 어디에서 비롯된 것이든 간에, 개인의 정신적 자유를 억압하는 모든 것에 대해 반항했다. 그래서 그의 반항은 전방위적으로서 상하좌우를 가리지 않았고, 마지막에는 자기에게 이르렀다. 바로 이런 전면적이고 철저한 반항 속에서 그는 일종의 가치를 얻었다. 자기 생명의 비상을 실현한 것이다. 그의 생명의 경계는 전례 없이 자유롭고 광대해져서, 어떤 의미에서 그것은 인간 생명의 극치라고 할 수 있었다.

저우쭤런은 루쉰과 같은 방식의 생명 상태를 선망하지 않은 적이 없으나, 그를 너무 단순하게 여겨서는 안 된다. 그는 이렇게 말했다.

현대의 난세에 청년에게는 두 가지 출구만 있을 뿐이다. 강한 자는 달려들어 인류 진화의 증인이 되고, 약한 자는 물러나 탄식하고 저주하며 타고난 수명을 마칠 것이다.

그는 자기가 약자라고 생각하고 서슬을 피해 자기에게 되돌아갔다. 그의 말에 따르면, "바쁜 가운데 구차하게 여유를 찾고, 고통 속에서 즐겼으며", "불완전한 가운데 아름다움과 조화를 누렸다". 그는 즐겁고 조화로우며 한적하고 달콤한, 그리고 영원한 자기 인생을 추구했다. 어쩌면 그것을 자기의 아름다움을 추구하는 인생이라고 개괄할 수도 있겠다. 이것이 그의 선택이었다.

사실 이 형제는 모두 현실에 대해 뚜렷하게 인식하고 있었다. 현실은 바쁘고 괴롭고 불완전하고 짧다. 이 점은 형제가 공통으로 인식했다. 그러나 현실에 대한 절실한 인식은 조금 달랐다. 루쉰이 보기에 인생의 본래 모습은 바쁘고 어지러우며 고뇌에 차고 불완전하며 짧은 것이었다. 어쩌면 루쉰은 저 세상과 이 세상을 대단히 분명하게 구별하고 있었다. 이 세상은 바쁘고 어지러우며 고뇌에 차고 불완전하며 짧으며, 조화롭고 한적하며 달콤하고 영원한 인생은 오직 저 세상에서만 존재할 수 있었다. 그의 유일한 선택은 바로 이 바쁘고 어지러우며 고뇌에 차고 불완전하며 짧은 인생과 목숨을 걸고 항쟁하며 싸움으로써 자기 생명의 가치를 획득하는 것이었다. 저우쭤런은 현실이 바쁘고 어지러우며 괴롭고 불완전하며 짧음을 인정하면서도 그와 동시에 하나의 환상을 품고 있었다. 즉 현실에서도 아름다움과 즐거움을 얻을 가능성이 있으니, 그게 짧은들 무슨 상관이냐는 것이다. 이 점에서 그는 더 이상주의적인 색채를 띠고 있었다고 할 수 있다. 그러나 루쉰은 철저한 회의주의자이자 현실주의자여서, 현실 속에서 조화의 아름다움을 얻을 수 있음을 절대 인정하지 않았다. 그는 모든 것을 꿰뚫어 보고 철저하게 절망했으나, 반항을 선택했다.

저우쭤런의 글 가운데 「폐문독서론廢門讀書論」이란 게 있다. 많은 이들이 이 글에 대해 오해하면서, '폐문'이 바로 현실도피라고 여기는데, 사실은 절대 그렇게 간단하지 않다. 그는 이 순간 중국 사회는 혼란 덩어리여서, 세 종류의 인간이 나타났다고 했다. 공무원이나 성현을 자칭하는 지식인은 번민하지 않고, 중국의 현상이 아주 괜찮다고 여긴다. 이런 이들은 실제로 통치자이거나 통치자의 노예이다. 다른 두 종류는 바로 사람들 대다수로서, 모두 번민하면서도 각자 달리 선택한다. 일부는 번민을 없애려고 용감하게 치고 나가서 어두운 현실과 정면으로 싸우고, 미래의 영생을 추구하지 않는다. 그들은 영웅이 된다. 그러나 대다수는 평범하고 미천한 이들이어서 적진으로 돌격할 용기가 없고, 어떤 이들은 갖가지 자극을 찾아 마취 속에서 생존을 추구한다. 그리고 몇몇 사람들은 온 마음을 집중하여 문을 걸어 닫고 책을 읽음으로써 지식인의 본업으로 돌아가는데, 사실 그들도 책 속에서 마취를 찾는 셈이다. 무엇을 읽는가? 성현의 책도 정식 역사도 아니고, 야사野史를 읽는다. 야사에는 역사의 진상眞相이 비교적 많이 보존되어 있으므로 야사 연구를 통해 현실을 더 깊이 이해할 수 있으니, 그들도 현실을 완전히 잊지는 않았음을 알 수 있다.

  옛날 책을 펼쳐서 살아 있는 사람과 마주하게 하면, 죽은 책도 살아
  난다.

이러면 "득도하고 양생養生할 수 있다". 인생도 수양하고 자기 목숨도 보전하는 것이다. 이것은 사실 그 자신과 많은 지식인의 선택이었다. 문화를 굳건히 지키면서 자기의 아름다움을 추구하는 인생을 지향하는 것이다. 이것이 바로 역사의 크나큰 혼란기이자 중대한 전환기에 처한 지식인들이 선택한 두 가지 패러다임이다. 루쉰 방식의

'정신세계의 전사戰士'와 저우쮀런 방식의 '서재 안의 평범한 사람'은 각자 다른 삶의 의의를 획득하고 또 각자 다른 부조리와 곤혹에 직면했다.

먼저 루쉰을 분석해 보자. 항쟁의 길을 선택함으로써 그는 '정신세계의 전사'가 되었으니, '입인立人'의 이상을 품고 억압받는 인류의 입장에서 (여기서 말하는 억압은 광범한 개념으로서, 물질적 계급적 억압뿐만 아니라 정신적 억압까지 포괄한다.) 인간을 노예로 부리는 모든 형식에 반항하여 인간 개인의 정신적 자유를 쟁취하고자 했다. 그는 신앙을 가지고 있으면서 동시에 회의주의자였으니, 신앙과 회의주의를 한 몸에 응집함으로써 지극히 강력한 비판성을 만들어냈다. 이런 비판적 지식인은 당연히 사회를 발전시키는 동력인데, 개인의 생명이라는 측면에서 보면, 이를 통해 사람의 본성 가운데 어떤 부분을 충분히 발휘할 수 있게 해 준다. 이것이 조금 전에 언급했던 생명의 자유로움과 광대함이다. 이것은 일종의 생명 경계를 획득하는 것이자 미적 의의를 획득하는 것이기도 하다. 루쉰의 문학에는 악하고 난폭하며 생명의 의지를 품은 아름다움이 충만해 있다. 어떤 연구자들은 루쉰의 작품을 읽을 때 부처의 대자대비 같은 것을 느낀다고 했다. 억압받는 약자의 입장에서 싸우다 보면 자연히 대자대비한 심정과 잠재의식을 갖게 된다. 강인함과 대자대비함이 결합된 이런 인생과 인정, 인성은 매력적이다.

저우쮀런의 선택에도 자기만의 특수한 가치가 담겨 있다. 루쉰의 선택은 일종의 영웅적 인생이자 특별한 인생으로서, 사람들 대다수는 대단히 하기 어려운 것이었다. 그에 비해 저우쮀런의 선택은 평범한 사람의 평범한 인생으로서, 더 많은 사람이 끌어들이고 받아들이는 것이었다. 저우쭤런의 선택에는 숭고한 아름다움이 없으나, 일반인들은 더 친밀하게 느낀다. 다른 한편, 앞서 언급했듯이, 저우쭤런의 인생 선택은 이상주의의 토대 위에 건축되었으므로, 근본적으로 유토피아적인 색채를 띠고 있다. 그러나 루쉰은 반反 유토피아적이어서 일체의 허망한 이상을 분쇄한다. 저우쭤런이 추구한 인생에 담긴 이 유토피아 색채로 인해 그의 개인적이고 아름다움을 추구하는 인생에도 미래 요소가 갖춰져 있었다. 아름다움을 추구하는 그의 인생은 완전히 물질적인 게 절대 아니며, 그는 물질과 정신의 풍요로운 조화를 추구했다. 아울러 그의 정신 경계는 절대 협소하지 않았다. 그가 제기한 '삶의 예술'이라는 명제는 미래 가치를 갖추고 있다. 그것은 현대 물질문명과 정신문명의 토대 위에서 일종의 삶의 현대화를 요구한다. 미래의 어떤 시대에 사회 전체가 조화와 건강을 추구할 때 저우쭤런의 이런 선택은 더욱 매력적인 게 될 것이다. 문화를 굳건히 지키겠다는 그의 선택도 사실상 동란의 시대에 처한 중국 지식인의 선택으로서 대단히 중요한 패턴을 제공했다. 이 부분에서 그의 영향력은 대단히 크다. 8, 90년대에 인류학과 아동학, 동화학, 신화학, 민속학을 연구하면서 현대 중국에서 이런 연구들의 원류를 고찰할 때면 늘 저우쭤런을 언급하게 된다. 이것은 응당 그의 독특한 가치라고 할 수 있다.

그들의 서로 다른 선택은 동시에 자기에게 거대한 부조리와 곤혹, 고통, 내지 위기를 가져다주었다. 루쉰은 항쟁의 길을 택했다. 게다가 그것은 인간을 노예로 부리는 일체의 현상에 항쟁하는 길이었다. 이로써 이 항쟁은 영원히 끝나지 않고 또 영원히 결과를 맺지 못하는 것으로 결정되었다. 게다가 그가 최종적으로 반항해야 하는 것은 대다수가 조직한 '무물지진無物之陣'[2]이었다. 이로 인해 그는 고독감과 적막감을 영원히 떨칠 수 없으며, 돈키호테가 풍차와 싸우는 것과 같은 황당한 경우에 수시로 직면하게 된다. 이런 고독과 적막, 황당함은 그림자처럼 그를 따라다니므로 영원히 떨칠 수 없다. 이로 인해 그는 운명적으로 과중한 짐을 짊어진 고통스러운 삶을 살 수밖에 없었으나, '풍부한 고통'은 엄중한 대가를 치름과 동시에 일종의 깊고 광대한 생명의 역량과 가치를 자연스럽게 지니게 했다. 다른 한편으로 그가 투쟁과 충돌, 거대한 변화, 파괴, 창조를 강조하여 생명의 이 한 자락을 극도로 발휘할 때에도 일종의 위험이 존재했다. 그에게 이 위험은 그다지 분명히 드러나지 않았으나, 이런 극단적 선택은 위험하고, 위기가 잠복된 것이었다.

저우쭤런은 그런 선택을 함으로서 확실히 방금 언급했던 의의를 획득할 수 있었다. 그러나 투쟁과 부조리, 반항, 파괴를 극단으로 밀고 나가면 병폐가 생기듯이 안녕과 조화, 안정을 극단으로 밀고 나가도 대단히 위험하다. 그것은 생명의 보수성과 평범성, 위축됨을 초래할 수 있다. 루쉰의 소설 「사자死者에 대한 애도傷逝」에서 묘사하고 있는 게 바로 이런 비극이다. 처음에 주인공 쯔쥔子君과 주안성涓生은 반항적이었으나, 일단 가정이 건립되고 나자 바로 삶의 안녕을 추구하기 시작함으로써 사소한 일상생활에 빠져들게 된다. 이 자체는 잘못되었다고 할

---

2 【역주】'무물지진(無物之陣)'은 루쉰의 『야초(野草)』에 보이는 어휘이다. 이것은 적대 세력에게 포위된 게 분명하나 확실한 적을 찾지 못하고, 당연히 벗과 적을 분명히 구별할 수도 없어서 전선이 형성되지 못한 채, 수시로 각양각색의 '무형의 벽'에 부딪치는 상황을 비유한다.

수 없을 듯하나, 이로 인해 새로 분투해야 할 목표와 이상의 추구를 상실한다면 생명은 응고되어 버리고, 생명력도 쇠퇴해 버릴 것이다. 하루아침에 주안성이 직업을 잃고 외부의 타격에 직면하자 반항할 힘이 없어서 "날개를 펴고 날아오르지 못했다". 이것은 사실 저우쭤런 방식의 선택이 초래할 수 있는 위기이다. 그의 제자인 페이밍廢名[3]도 그의 인생을 배웠는데, 루쉰은 그에 대해 날카롭게 비판하면서 그가 자기의 희비喜悲를 전 세계의 희비로 간주하여 자기 그림자를 돌아보며 스스로 한탄하는 지경에 빠지고 말았다고 했다. 아름다움을 추구하는 저우쭤런의 인생을 잘못 배우면 바로 이렇게 변할 수도 있다. 특히 저우쭤런의 선택을 거대한 동란의 현대 사회에 놓고 보면, 그 폐단이 더욱 분명해진다. 이 점에서 루쉰은 저우쭤런과 같은 '현대의 은사隱士'들을 거듭 비판했다. 저우쭤런이 고우재에 앉아 차를 마시고, 서예를 하고, 한가로운 책을 읽고, 한담을 나누는 모습은 대단히 멋져 보인다. 그러나 이런 은거 생활에는 물질적 토대가 필요하다는 것을 루쉰은 날카롭게 지적했다. 은사도 밥을 먹어야 하니 세속의 일을 피할 수 없다. 특히 크나큰 동란의 시대에 사회적 갈등이 전례 없이 첨예해졌을 때 문을 걸어 닫고 은사 노릇을 하려고 하면, 루쉰이 「병후잡담病後雜談」에서 말했듯이, "현실에 대해 '눈과 귀를 막고' 냉정하게 마비되어 아무 감각도 느끼지 않아야 하는데, 처음에는 노력이 필요했으나 나중에는 자연스럽

---

3   【역주】페이밍(廢名, 1901~1967)은 본명이 펑원빙[馮文炳]이다. 1922년 베이징대학에 입학하여 저우쭤런의 제자가 되었고, 1925년에 단편소설집 『대숲 이야기[竹林的故事]』를 출판한 이래 단편소설집 『도원(桃園)』(1928)과 장편소설 『다리[橋]』(1932) 등을 발표했다. 베이징대학과 창춘[長春]의 동베이런민[東北人民] 대학 교수를 역임했다.

게 된다". 이야말로 실상을 폭로한 말이다. "서로 거짓말하면서 자기를 속이고 남을 속이며" 주방에 숨어서 쇠고기와 양고기를 입에 가득 씹고 있으니, 사실 이것이야말로 허위이다. 이렇듯 '은거'도 '먹고사는 길'이 되니, 그 말류末流는 바로 이런 모습이 된다.

　　태산이 무너지고 황하가 넘쳐도 은사들은 보지도 듣지도 않는다. 논의가 자기들과 그 일당에게 미쳐서 1,000리 밖에서 반 마디 정도만 나오더라도 금방 이목이 밝아져서 소매를 떨치고 일어나서, 마치 우주의 멸망보다 훨씬 중대한 사건이 일어난 것처럼 여긴다.

　당연하다. 구체적으로 저우쮀런을 보더라도 부조리를 지니고 있었다. 그래서 스스로 "여가餘暇는 있으나 한가하지는 않다"라고 했듯이, 현실을 완전히 망각할 수는 없었다. 이런 부조리도 그 자신의 선택에 기반을 두고 있다. 그가 지향했던 '아름다움을 추구하는 인생'은 자기에게만 관련된 것이나, '문화를 굳건히 지키려면' 현실과 대화해야 한다. 이마 이것도 세상을 벗어나는 것과 세상으로 들어가는 것 사이의 모순일 것이다. 그가 결국에 침략자에게 접근한 것은 위기의 총체적인 폭발에 지나지 않았다.
　이 형제의 세 번째 차이는 자기에 대한 태도이다. 저우쮀런의 글 가운데 「죽음의 묵상死之黙想」이라는 게 있는데, 거기서 그는 이렇게 썼다.

　　아마 우리는 이 허용된 시간, 이 평범한 환경 속에서 평안과 즐거움을 찾을 수밖에 없을 것이다. 이것이 최대의 행복이다. 사후死後의 문제는 신비주의 시인의 영역이다. 평범한 우리는 신선이나 귀신에 대해 모두 무관심하다.

말이 나온 김에 덧붙이자면, 그가 귀신을 말하더라도 "내가 귀신을 이야기하면 귀신 속의 인간을 이야기한다"라고 강조할 것이니, 그는 귀신을 통해 인간 정서를 얘기할 것이다. 그의 관심은 현실의 인생에 있으며, 삶과 죽음 같은 초월적 문제에는 관심이 없었다. 그는 이렇게 말했다.

죽음의 문제에 관해 나도 한가할 때 묵상해 본 적이 있으나(단, 나무 아래에 앉아서가 아니라 대개 차 안에서) 아무것도 생각해 내지 못했다. 이것은 어쩌면 내가 낙천적인 시인이기 때문일 것이다. 그러나 사실 내가 죽음을 숭배해야 했던 적이 있었던가? …… 나는 죽음의 신비를 그다지 느낄 수 없으므로 열흘 밤낮을 사색해야 할 필요를 느끼지 못하며, 형이상학의 측면에서도 쓸데없는 말을 늘어놓을 수 없다.

저우쮀런은 그저 현실의 즐거움에만 관심을 가질 뿐, 현실의 경험을 초월한 형이상학의 정신적 명제에는 흥미가 없었다. 물론 그의 일부 저작에서 그런 것을 언급하기도 했으나 언급을 회피한 경우가 더 많았으니, 그는 형이상학의 영역, 초월론의 입구에서 걸음을 멈췄다고 할 수 있다. 그러나 그가 걸음을 멈춘 바로 그곳에서 루쉰은 계속 나아가려 했다.

루쉰은 현실에 관심이 많았을 뿐만 아니라, 인간의 생명 존재가 처한 곤경에 더욱 직접적으로 다가가 인성의 근본을 탐구했다. 『야초野草』에서 그는 "네 이름은 무엇이냐? 어디서 와서 어디로 가느냐?"라고 캐물었는데, 대답은 "모르겠다"였다. 자기 생명의 발판을 캐물으면서, "어둠이 또 나를 삼키겠지만, 광명도 나를 소멸시킬 것"이니 "차라리 몸 둘 곳 없는 상황에서 방황하겠다"라고 했다. 그가 개인의 생명에 대해 캐물은 것은 자아를 지향한 것이며, 영혼을 고문한 것으로서, 도스토옙스키Fyodor M. Dostoevsky, 1821~1881와 같은 방식의 자기 심문이었다.

저우쭤런은 마침 자기를 고문하고 싶어 하지 않았다. 페이밍의 말에 따르면, 저우쭤런은 타인에게 관용적이었을 뿐만 아니라 자기에게는 더욱 관용적이어서, 자기를 절대 괴롭히지 않았다. 이것은 그를 잘 아는 사람의 말이다. 저우쭤런이 타인과 자기에게 관용적이었던 것은 오직 현실 경험의 층위에서 '자기의 정원'을 조성하고자 한 것이었다. 그의 좌우명은 "각자 자기 앞가림만 할 뿐 남의 일에 간섭하지 말라"는 것이었으니, 남에게 간섭하지 않을 뿐만 아니라 남이 자기를 간섭하는 것도 허용하지 않았다. 그는 완전히 자기 소유로서 침범당하지 않는 정원을 보존하면서, 다른 사람이 들어올 수도 없고 자기도 쉽게 의심하거나 부정하지 않도록 하려고 했다.

루쉰은 달랐다. 그는 사회를 성가시게 할 뿐만 아니라 자기에게는 더 성가시게 굴었고, 게다가 직접 '황룡부黃龍府'[4]로 쳐들어가서 자기

---

4   【역주】오늘날 지린성[吉林省] 창춘시[長春市]에 있다. 1127년에 금나라가 송나라의
     휘종(徽宗)과 흠종(欽宗)을 사로잡아 여기에 구금한 적이 있는데, 남송의 악가(岳珂)
     가 편찬한 『금타속편(金佗續編)』에 따르면 명장 악비(岳飛)는 부하들에게 "곧장 황

뒤뜰까지 뒤집어 버렸으니, '본래의 맛'을 알고 싶어서 '자기 살을 먹기로 결심'하는 것도 불사했으나, "상처의 고통이 지독하니 본래 맛을 어찌 알 수 있으랴?" 하는 사실을 분명히 알고도 절대 그만두려 하지 않았다.[5] 이것은 루쉰이 자기를 위해 쓴 '묘갈문墓碣文'이며, 바로 그의 숙명이었다. 이렇게 영원히 멈추지 않고 또 영원히 결론이 나지 않을 '본래의 맛'에 대한 추구와 '본체本體'에 대한 캐물음으로 인해 그는 중요한 수확을 거두었다. 이것은 저우쭤런이 도달하지 못한 것이었다. 그는 그저 경험과 지식의 층위에 머물렀으나, 루쉰은 생명철학과 시적인 철학의 경지까지 올라갔다. 이것이 '정신세계의 전사' 루쉰의 특징이다. 즉 현실적이면서 또 현실을 초월한 것이다. 그는 『야초』가 있으나 저우쭤런에게는 없다. 저우쭤런은 『야초』와 같은 책을 쓸 수 없으나, 그의 「비오는 날의 글雨天的書」과 「자기의 정원自己的園地」도 다른 것으로 대체할 수 없다. 저우쭤런은 학자형이고, 루쉰은 문학가형이다. 어쩌면 둘 다 문학가지만 저우쭤런은 산문가형이고 루쉰은 시인형이라고 할 수 있다. 저우쭤런의 최고 성취는 소품문小品文이고, 루쉰은 시적 성향이 풍부한 소설과 잡문, 산문시에서 최고의 성취를 이루었다. 두 사람 모두 대단히 훌륭하게 발전했다고 해야 할 것이다. 학자로서, 산문가로서 자우쭤런은 중국에서 최고로 손꼽히고 사상가로서 문학가, 시인으로서 루쉰도 마찬가지이다.

룽부로 쳐들어가 여러분들과 통렬하게 술을 마시겠노라![直抵黃龍府, 與諸君痛痛耳]" 하고 말했다고 한다.

5 【역주】이것은 루쉰의 『야초』에 수록된 산문시 「묘갈문(墓碣文)」의 일부로서, 해당 부분의 원문은 "抉心自食, 欲知本味. 創痛酷烈, 本味何能知?"이다.

마지막으로 설명해야 할 점이 있다. 여기서 루쉰과 저우쬒런을 돈키호테와 햄릿과 같은 인류 본성의 두 측면을 대표하는 이들로 간주하여 논의할 때, 실제로는 그들의 정신적 추구와 특징을 추상화함과 동시에 단순화해 버렸다는 점이다. 구체적이고 실제적인 개인으로 돌아가면 그들이 절대 그렇게 단순하지 않으며, 풍부하고 부조리로 충만해 있음을 발견하게 될 것이다. 루쉰이 비록 파괴와 격정, 투쟁을 추구했으나 한적하고 차분한 면도 지니고 있었다. 저우쬒런의 마음 깊은 곳에도 루쉰과 같이 강맹하고 힘차며 자유로운 생명을 향한 동경이 들어 있었다. 더 중요한 것은 두 사람 모두 자기의 선택에 따라 충분히 능력을 발휘함과 동시에 자기의 한계를 의식함으로써 자기의 선택을 이상화하거나 신성화하지 않았다는 사실이다. 어떤 의미에서 그들은 자기 약점을 알고 나서 이런 선택을 했다고 할 수 있다. 두 사람 모두 찾지 못했다. 더 정확히 말하자면, 그들도 전혀 폐단과 결함이 없이 절대적으로 완벽하게 아름답고 선한 인생의 길, 문학의 길을 찾으려고 시도한 적이 없었다. 많은 학생이 묻기를, 루쉰의 책을 한참 동안 읽어도 어떻게 길을 가야 할지 모르겠다고 했다. 그럴 때마다 나는 이렇게 대답해 주었다.

루쉰은 남의 길을 가리켜 주는 의무를 절대 지려 하지 않았네. 그저 자기가 한 선택과 그것으로 인한 곤혹과 가치를 자네에게 알려 줄 뿐일세.

루쉰과 저우쬒런 모두 그 시대에 자기에게 부합하는 어떤 패러다임을 제공하는 데에 공헌했으니, 후세 사람들에게 계시를 줄 수 있었을 뿐만 아니라 후세 사람들이 끊임없이 관찰하고 반박하는 대상이 될 수도 있다. 나는 일찍이 루쉰의 저작을 읽을 때면 읽으면서 동시에 반박해야 한다고 말한 적이 있다. 루쉰과 논쟁하고, 나아가 자기와 논쟁하는 것이다. 논쟁의 과정은 바로 사고가 점점 깊어지는 과정이다. 루쉰, 그리고 저우쭤런은 절대 우리의 종점이 아니라 출발점이다. 우리는 그들의 지점에서 다시 출발하여 자기의 길을 가야 한다. 또한 루쉰이 「고향故鄉」에서 말했듯이, "땅에는 본래 길이 없었으나, 다니는 사람이 많아지자 길이 되었다".

베이징대학 교수들의 서로 다른 선택

루쉰과 후스[胡適]를 중심으로

5·4시기 베이징대학의 교수들은 분명히 두 파로 나뉘니, 이른바 '신파新派'와 '구파舊派'가 그것이다. 차이위안페이蔡元培의 '함께 포용하자兼容并包'라는 사상의 지도 아래 두 파벌은 서로 싸우고 견제하면서 어느 정도 평형을 이루었다. 지금 이야기하고자 하는 것은 '신파' 교수 내부의 서로 다른 선택이며, 차이위안페이 자신도 거기에 포함된다. 그런데 베이징대학 교수들의 서로 다른 선택은 어떤 의미에서 5·4 이후 중국 지식인의 분화를 의미한다. 5·4시기에 베이징대학은 사상 및 문화계 전체의 중심이었으니, 그 대학 교수들의 분기分岐가 미치는 영향도 당연히 가볍게 여길 수 없다. 여기서는 루쉰과 후스를 중심으로 논의할 것인데, 둘 다 5·4신문화운동의 주요 인물로서 청년 학생들에게 중요한 영향을 미쳤으니, 그들 사이의 갈등과 충돌도 당연히 특별히 눈길을 끈다.

1

그들의 서로 다른 선택을 분석하기 전에 먼저 역사 현장으로 들어가 보자. 루쉰과 후스는 베이징대학에서 어떻게 강의했고, 학생들의 반응은 어떠했을까?

루쉰은 1920년 12월 24일에야 베이징대학 강사가 되었다. 당시에는 다른 직업이 있고 강의를 겸하는 사람은 강사로만 임용할 수 있고 교수로 초빙할 수는 없다는 규정이 있었다. 루쉰은 베이징대학에서 주로 두 과목을 강의했다. 하나는 중국 대학의 중문과 교육에서 처음으로 개설한 '중국소설사'였고, 나중에는 또 『고민의 상징苦悶의象徵』[1]을 주요 교재로 삼아 '문예이론'을 강의했다. 루쉰의 강의는 학생들에게 대단한 환영을 받았다. 당시 학생의 회고에 따르면, 중문과 학생뿐만 아니라 다른 학과 학생들도 모두 청강하러 와서, 두 명이 앉을 수 있는 교실의 의자에는 늘 서너 명이 끼어 앉았고, 자리가 없는 이들은 서서 듣기도 하고 창틀이나 바닥에 앉아 듣기도 했다고 한다. 루쉰에게는 한 가지 습관이 있었으니, 항상 강의가 시작되기 30분 전에 교원 휴게실에 도착하는 것이었다. 그리고 그가 도착하면 종종 그곳에서 기다리고 있던 학생들에게 둘러싸였다. 루쉰은 검은 바탕에 붉은 격자무늬가 들어간 보따리를 열고 교열校閱하거나 고쳐서 바로잡아야

---

1   일본의 문학평론가 쿠리야가와 하쿠손(厨川白村 : 1880~1923, 본명은 다츠오[辰夫])의 저서이다. 하쿠손은 1904년 교토[京都]제국대학 영문과를 졸업하고 훗날 같은 대학 문학부 조교수를 역임했다. 1912년에 『근대문학 10강』으로 유명해졌으며 『인상기(印象記)』 등의 저작이 8권의 『전집』에 수록되어 있다.

할 많은 청탁 원고를 꺼내어 일일이 자세하게 지적해 주고, 또 새 원고를 접수했다. 강의 시작을 알리는 종소리가 울리면 곧 학생들에게 둘러싸여 강의실로 들어갔다. 어느 학생은 자기의 첫인상을 이렇게 회고했다.

> 젊은이들 사이에는 키도 절대 크지 않고, 그래도 아마 중화민국 초기에는 '최신 유행'이었을 좁은 소매의 긴 장삼을 입은 중년의 선생이 끼어 있었다. 머리카락은 아주 길었고, 얼굴에는 진지함과 고달픔을 나타내는 아주 깊은 주름이 새겨져 있었다. 그는 젊은이 무리에서 벗어나 강단으로 가서, 빛나지는 않으나 무언가를 추구하는 듯이 살짝 움푹 들어간 두 눈으로 점점 조용해지는 학생들을 묵묵히, 그리고 천천히 훑어보았다. 그것은 순수하게 중국적으로 평범하고 엄숙한 선생의 모습이었으니, 유명한 학자로서 숭고한 분위기를 자랑하지도 않았고 교수이자 신사로서 자부심이 팽배한 풍도도 보이지 않았다. 이런 전형은 『납함吶喊』의 곳곳에서 볼 수 있을 뿐만 아니라, 중국 각 지역에서도 곳곳에 모두 그 그림자가 있는 듯했다.[2]

베이징대학 강단에 편안하게 선 사람은 이렇게 신사의 풍도도 보이지 않고 유명 학자의 분위기도 없는 보통의 중년인이었다. 그의 강의는 대단히 자연스러웠고 끊임없이 도도하게 이어졌으나, 큰소리를 지르지도 않고 차분하게 하나하나 얘기하면서 우스갯소리도 끼워 넣지

---

2 尙鉞, 「懷念魯迅先生」, 『魯迅回憶錄』 "散篇" 上冊, 北京 : 北京出版社, 1999, 133~134쪽.

않았다. 그러나 몇 마디 느긋한 말은 봄날 맑은 하늘의 연을 띄우는 한 가닥 줄처럼 마음대로 늘어놓고 또 전혀 신경 쓰지 않고 거둬들였다. 강의실 분위기는 편안해서 학생들이 귀를 기울일 수도 있었고, 그러지 않더라도 대단히 차분했다. 그리고 강사와 학생들 간에 항상 현장에서 대화가 이루어졌다. 예를 들어서 『홍루몽』에 대한 강의를 마치면서 그 김에 "임대옥林黛玉이 사랑스럽나요?" 하고 물으면, 학생들은 왁자지껄 얘기하기 시작한다. 개중에 장난기 많은 녀석이 "저우 선생님은 어떠신가요?" 하고 물으면, 그는 조금도 주저하지 않고 "나는 안 좋아해요" 하고 대답한다.

"왜요?"

"훌쩍훌쩍 울어 대는 게 싫거든요."

그러면 강의실 안에 폭소가 일어난다.[3] 강의 도중에도 종종 대단히 심각한 논의를 끼워 넣어서 다른 이들은 할 수 없는 말을 해서, 학생들이 평생 잊지 못하게 했다. 당시에 그의 강의를 들었던 펑즈馮至[4]는 만년에도 '전통적인 관점과는 대단히 다르고' '정곡을 찌르면서 사리 적절한中肯剴切' 루쉰의 논의를 기억하고 있었다.

---

3 孫世哲, 『魯迅敎育思想硏究』, 沈陽 : 遼寧敎育出版社, 1988, 120쪽.
4 【역주】 펑즈(馮至 : 1905~1993, 본명은 펑청즈[馮承植])는 1923년 천초사(淺草社)에 가입해서 문학 활동을 시작했고, 1925년에는 양후이[楊晦]와 천샹허[陳翔鶴] 등과 침종사(沉鐘社)를 설립하여 주간지 『침종(沉鐘)』을 발간했다. 1929년에는 시집 『어제의 노래[昨日之歌]』를 발표했다. 1930년에 독일로 가서 베를린 대학과 하이델베르크 대학 등지에서 공부하고, 1935년에 하이델베르크 대학 철학박사 학위를 받았다. 1935년부터 1946년까지 통지[同濟] 대학과 쿤밍[昆明]의 서남연합대학 교수를 역임했으면서 시집 『14행집(十四行集)』과 산문집 『산수(山水)』 등을 발표했다. 1964년부터는 중국사회과학원 소속이 되어서 외국문학연구소 소장을 역임하기도 했다.

인물에 대한 많은 역사서의 평가는 모두 믿을 수 없다. 역대 왕조 가운데 통치 기간이 길었던 것은 그에 대해 논평한 이들이 모두 해당 왕조의 인물이어서 자기 왕조의 황제에 대해 대부분 공적을 노래하고 덕망을 칭송했다. 통치 기간이 짧았던 왕조의 황제는 아주 쉽게 '폭군'으로 폄하되었으니, 논평하는 이가 다른 왕조의 인물이었기 때문이다. 진시황은 역사에 공헌한 바가 있으나 진나라 역사가 너무 짧았던 탓에 손해를 보았다.[5]

이런 주장은 당시에도 놀라운 것이었으리라. 루쉰은 강의 도중에 쉬는 시간이 없었으며, 강의가 끝난 뒤에는 바로 학생들이 둘러싸고 각양각색의 질문을 퍼부었다. 한번은 학생들이 한 무더기 질문을 쏟았다.

"선생님은 작가이신데, 선생님의 작품에는 어떤 깊은 뜻이 담겨 있습니까? 어떻게 쓰시는 겁니까?"

이런 등등의 질문을 받고 나자 그는 끝까지 한마디도 하지 않고, 칠판에 '산刪, 깎아내다'이라고 한 글자만 썼다.[6]

그와 마찬가지로 베이징대학에서 강의하여 학생들에게 환영받은 사람이 바로 후스였다. 그의 강의는 루쉰과는 풍모가 달랐다. 그의 학생은 "후 선생은 신장이 크지 않고, 안경을 낀 채 구두를 신고 긴 코트

5   馮至, 「笑談虎尾記猶新」, 『魯迅回憶錄』 "散篇" 上冊, 北京 : 北京出版社, 1999, 331~332쪽.
6   孫席珍, 「魯迅先生怎樣敎導我們的」, 『魯迅回憶錄』 "散篇" 上冊, 北京 : 北京出版社, 1999, 152쪽.

와 서양식 바지를 입었는데, 깔끔하고 잘 다듬어져서 대단히 말쑥하고 멋스러운 풍도"였다고 회상했다. 한 학생은 후스의 강의에서 받은 인상을 이렇게 얘기했다.

후 선생이 넓은 뜰에서 대중을 상대로 한 강연이 훌륭했던 것은 강연의 개요가 분명해서가 아니라, 그분이 모든 역량을 발휘해서 연설가의 표정과 자세를 보여주고, 안후이安徽 지시현績溪縣 발음에 영향을 받은 중국어의 억양을 최대한 발휘했기 때문이었다. 게다가 그분은 순정한 학자의 분위기를 지니셨으므로 말투가 늘 대단히 열정적이고 진지하면서도 자연스러운 어리숙함도 조금 띠고 있어서 특별히 듣는 이를 감동하게 했다.

이 학생은 또 후스가 강의했던 강의실의 풍경에 대한 사실적인 기록을 남겨놓기도 했다.

이제 『수호전水滸傳』에 대해 얘기해 보자. 지금의 『수호전』 이야기에는 완전히 4, 500년 남짓한 변천의 역사가 담겨 있다. 처음에는 무수히 많은 지극히 짧은 이야기들이었는데, 한 부의 작품으로 엮였다. 명대, 명대 중엽에 이르러서 비로소 전체적으로 정리된 장편 이야기가 나타났다. 이때 『수호전』 텍스트는 바로 100회본과 120회본, 125회본이 있었는데, 나중에 또 개편되어서 100회와 71회의 이야기가 되었다. 원나라 잡극雜劇에 묘사된 이규李逵는 대단히 고상하고 우아하여 시를 읊고 산수를 유람할 줄 알았다. 이런 이규의 형상에서 두 손으로 도끼를 휘두르는 흑

선풍黑旋風 이규로 변했고, 모두가 존경하고 사랑했던 송강宋江은 욕을 먹는 형상으로 변했다. 이런 변천은 모두 조금 조금씩, 아주 작은 차이를 보이며 진행된 Variation변화이었다.[7]

확실히 깔끔하고 간명하게, 쓸데없는 이야기라고는 조금도 없는 강의로서 특별한 풍모를 갖추고 있다.

당시 베이징대학에서 루쉰과 후스는 지위가 달랐다. 베이징대학에서 후스는 차이위안페이처럼 모든 것을 주관하지도 않았고, 천두슈陳獨秀처럼 명성이 두드러지지도 않았으나, 확실히 베이징대학의 중심적인 위치에 있었다. 베이징대학에서 일어난 몇 가지 큰 사건은 모두 그와 관련이 있었다. 그는 베이징대학 평의회評議會 설립을 최초로 건의했고 『북경대학월간北京大學月刊』을 창간했으며, 오늘날과 같은 전공 선택 제도 등등은 모두 그가 처음 건립한 것이었다. 나중에 베이징대학 총장이 되자 자연스럽게 지위가 올라갔다. 게다가 월급도 대단히 많아서, 당시 아내에게 쓴 편지에서 자기가 오자마자 바로 베이징대학 교수들 가운데 최고의 월급 즉 매달 280위안元을 받았다고 득의양양하게 말했다.

그러면 루쉰은? 그는 보잘것없는 강사로서 임시로 강의하며 주변에 있었다. 사실상 『신청년』 동인들 가운데, 그리고 5·4신문화운동 전체에서도 루쉰은 '객경客卿'의 자리에 있었다. 『신청년』에서 루쉰과 저우쭤런의 지위와 역할에 대한 천두슈의 평가는 객관적이었다.

---

[7]　柳存仁, 「記北京大學的敎授」, 『宇宙風乙刊』 第27·29·30期, 1940.8~10.

루쉰 선생과 그의 동생 치밍啓明, 저우쭤런의 필명 선생은 모두 『신청년』의 작가 가운데 하나로서, 비록 가장 중요한 작가는 아니었으나 발표한 글도 아주 많았다. 특히 치밍 선생이 그러했다. 그러나 그 두 분은 모두 자기들만의 독립적인 사상을 지니고 있어서 『신청년』 작가들 가운데 어느 한 사람에게 부화뇌동하여 참가한 게 아니었다. 그래서 그분들의 작품은 『신청년』에서 특별한 가치가 있었다.[8]

『신청년』 집단 가운데 루쉰과 저우쭤런은 자기들의 독립성을 유지하면서 동시에 최대한 능동적으로 협력했으니, 루쉰의 말을 빌리자면 바로 "장수의 지시에 따른聽將令" 것이었다. 그래서 5·4시기에 그와 천두슈, 후스, 리다자오李大釗 사이에는 모두 대단히 훌륭한 어떤 묵계默契가 있었다. 루쉰의 「나의 절개我之節烈觀」은 저우쭤런이 번역한 「정조론貞操論」 및 후스의 「정조 문제」와 호응하는 글이다. 그들 사이의 관계를 가장 잘 성명하는 것은 후스가 시집 『상시집嘗試集』증정[增訂] 4판을 편집할 때 5명의 친구에게 수록할 시 작품을 고르거나 빼도록 부탁했는데, 거기에는 그의 오랜 벗과 학생 외에 바로 루쉰과 저우쭤런이 포함되어 있었다. 일찍이 후스는 이렇게 말했다.

내가 아는 '신시인新詩人'은 콰이지會稽, 지금의 紹興 출신의 저우 씨 형제 외에는 대부분 전통적인 사詞나 곡曲에서 탈태환골한 이들이다.[9]

---

8   陳獨秀, 「我對魯迅之認識」, 『宇宙風』 第52期, 1937.11.
9   胡適, 「談新詩」, 『胡適文集』 제2권, 北京 : 北京大學出版社, 1998, 138쪽.

이 '대부분'에는 자기도 포함되어 있었다. 신시를 "제창할 마음은 있으나 창작할 힘은 없는" 사람이라고 자처한 후스는 일기에서도 루쉰과 저우쭤런이 "타고난 재능이 모두 대단히 뛰어난" 이들이라고 극구 칭찬하면서, 아울러 "위차이豫才, 루쉰의 자[字]는 감상과 창작의 능력을 겸비했으나, 치밍啓明은 감상 능력은 훌륭하나 창작이 상대적으로 적었다"라고 평가했다.[10] 천핑위안陳平原의 말처럼 후스는 "일을 중시하고 글은 가볍게 여겼"으니, 그의 감상 능력은 그다지 충분하지 않았다. 이것은 그의 소설 연구에도 영향을 주었으니, 전체적인 서술과 구체적인 작가에 대한 평가를 놓고 보면 후스는 루쉰에게 훨씬 미치지 못했다.[11] 그러나 영향으로 보면 후스가 더 컸다고 할 수 있다. 진정으로 중국 전통 소설을 경학經學과 나란한 지위로 끌어올린 공로는 후스에게 돌아간다. 후스는 기풍을 여는 역할을 했고, 루쉰은 연구를 통해 실천하여 『중국소설사략』을 저술하여 후스를 지지했다. 학술 연구뿐만 아니라 창작도 그러했다. 루쉰은 자신의 공헌이 「광인일기」 등의 소설을 창작함으로써 "'문학혁명'의 실적을 보여준 것"이라고 했다. 어떤 의미에서 5·4문학혁명 와중에 천두슈와 후스는 고지에 올라 소리친 창도자唱導者였고, 루쉰은 가장 뛰어난 실천가였다고 할 수 있다. 그들은 서로 지지하고 보완해 주었으므로, 하나라도 빠질 수 없었다. 5·4신문학에는 후스가 없어서도 루쉰이 없어서도 안 되었다.

조금 전에 루쉰이 '객경'의 자리에 있었다고 했는데, 그 때문에 그

---

10   胡適, 『胡適日記全編』, 合肥 : 安徽教育出版社, 2001, 755쪽.
11   陳平原, 「作爲文學史家的魯迅」, 『魯迅硏究的歷史批判-論魯迅(2)』, 石家莊 : 河北教育出版社, 2000, 357쪽.

는 신문화운동에 참여한 사람들에 대해 냉정한 시선으로 방관할 수 있었다. 루쉰이 관찰한 후스의 모습은 대단히 흥미롭다. 류반눙劉半農을 기념하는 글에서 그는 이렇게 말했다.

『신청년』의 한 기期가 나올 때마다 한 차례 편집회의를 열어서 다음 기의 원고에 대해 논의했다. 이때 내가 가장 주목한 이는 천두슈와 후스였다(이들 두 사람이 중심인물이었음을 알 수 있다). 병법轄略을 창고에 비유하자면('사령관主將'이 있으니 자연히 '병법'이 있는 것), 천두슈는 외부에 세워진 큰 깃발로서, 거기에는 "무기가 들어 있으니 조심하시오!"라고 큰 글씨로 적혀 있다. 그러나 그 문은 열려 있고, 안에 있는 총과 칼들이 일목요연하게 보여서 경계할 필요가 없다. 후스는 문을 단단히 잠그고, 그 위에 "안에 무기는 없으니, 의심하지 마시오"라고 적힌 작은 쪽지를 붙여 놓을 것이다. 당연히 이것은 사실일 수도 있으나 어떤 사람들, 적어도 나와 같은 사람은 이따금 고개를 갸웃거리며 잠깐 생각해 볼 것이다. 그런데 류반눙은 다른 사람이 그가 '무기고'를 가지고 있는지도 모르게 하기 때문에, 나는 천두슈와 후스에게는 탄복하지만, 류반눙은 친근하게 느낀다.[12]

여기서 냉정한 시선으로 방관하는 루쉰의 태도를 볼 수 있다. 그가 '얕고 맑은淺而淸' 류반눙에게 '친근함'을 느끼고, '무기고'를 가진 천두슈와 후스에게 탄복하면서, '경계하지 않는' 천두슈와 '고개를 갸웃거

---

12   魯迅, 「憶劉半農君」, 『且介亭雜文』(『魯迅全集』 제6권), 71~72쪽.

리며 잠깐 생각하게' 하는 후스라고 묘사한 것은 모두 의미심장하다. 특히 후스에 대해 그는 살펴보고 '잠깐 생각'하는데, 이렇게 관찰하고 생각한 뒤에는 곧 수많은 갈림길을 끌어냈다. 그러니 어쩌면 여기에 이후의 갖가지 불만과 분화가 미리 잠복해 있었다고 할 수도 있겠다.

2

이제 본론으로 들어가서 5·4 이후의 "베이징대학 이야기"를 해 보자. 나는 그다지 중요하지도 않고 보잘것없지도 않은 '강의안 소동'에서 이야기를 시작하고자 한다.[13]

소동은 강의안으로 말미암아 일어났다. 차이위안페이는 베이징대학을 주관한 뒤로 교수들에게 수업시간에 반드시 강의안을 제시하라고 요구했다. 그런데 루쉰과 후스의 강의안은 기풍이 달랐다. 학생들의 회고에 따르면 루쉰의 요강要綱은 대단히 간략하게 요약되어서 몇 자밖에 되지 않았으나, 후스의 강의안은 늘 많은 책의 목록을 늘어놓고 매우 상세하게 되어 있었으므로 당연히 학생들에게 환영을 받았다. 그러나 시간이 한참 흐른 뒤에 학교 관계자들은 두 가지 큰 병폐를 발견했다. 일부 학생들은 어쨌든 강의안이 있으니 시험을 볼 때 그냥 한 번 외우고 대충 넘어가 버리면 된다고 생각했으니, 이것은 게으른 학

---

13   張華와 公炎氷이 쓴 「1922年北京大學講義風潮述評」이 『魯迅研究月刊』 2000년 제12기에 게재되었는데, 이하의 논의에서는 이 글의 자료를 이용했음을 밝히면서, 아울러 작자들에게 감사를 표한다.

생들에게 기회를 제공했다. 그 외에 베이징대학 강의는 모두 개방되어 있었다. 예전부터 지금까지 늘 그러했으며, 심지어 그것이 전통이 되어 있었다. 그래서 강의를 들어야 할 이들은 듣지 않고, 듣지 말아야 할(즉, 재학생이 아닌) 이들은 더욱 적극적으로 강의를 들었다. 허가 없이 다른 학교의 수업을 청강하는 이들이 일찍 와서 강의안을 모조리 가져가 버리니, 정식 학생들이 오면 강의안이 없는 상황이 발생한 것이다. 어쩔 수 없이 계속 인쇄해야 했으니, 강의안에 들어가는 비용을 감당할 수 없게 되었다. 이 두 부분에 대한 고려를 바탕으로 차이위안페이를 통해 제출한 의견을 대학평의회에서 결의한 결과 강의안 값을 받기로 했다. 하지만 그것은 뜻밖에도 학생들의 불만을 불러일으켜서, 1922년 10월 17일 오후에 수십 명의 학생이 홍러우紅樓 앞으로 달려가 청원했다. 차이위안페이가 급히 달려갔을 때는 학생들이 이미 해산한 뒤였다. 이튿날 오전에 또 수십 명의 학생이 총장실로 찾아와 강의안 값을 취소하라고 요구했고, 모이는 인원이 갈수록 늘어나서 결국에는 수백 명에 이르는 바람에 질서가 무척 어지러워졌다. 이에 차이위안페이는 이렇게 해명했다.

"강의안 값을 받는 것은 대학평의회에서 결정한 사항이니, 나는 그저 여러분의 요청을 대학평의회에 전달하여 거기서 최종적으로 결정하도록 하는 수밖에 없습니다."

아울러 우선적으로 잠시 강의안 값을 받지 않고, 나중에 대학평의회에서 최종적으로 결정하면 다시 거두든지 할 테니, 그 사이에는 강의안 제작 비용을 자기가 개인적으로 부담하겠다고 했다. 이것은 지극히 어질고 의로운 제안이라고 할 수 있었다. 그러나 혈기 왕성한 젊은 학생들은 그 제안을 따르지 않고 그에게 당장 결정하라고 계속 요구했고, 말도 갈수록 격렬하고 극단적으로 변했다. 평소 온화하던 차이위안페이도 격노하여 잘 써 놓았던 증명서를 찢어 버렸다. 당시 그 자리에 있었던 장멍린蔣夢麟의 회고에 따르면, 차이위안페이는 책상을 치고 일어나 눈을 부릅뜨고 이렇게 고함을 질렀다고 한다.

"그래, 싸워 보자!"

총장이 학생들과 싸우려 한 것은 베이징대학, 심지어 중국 교육의 역사에서 전례 없는 일이었다. 게다가 이튿날 그는 사직을 선언하면서, 사직서에서 학생들이 "위협하고 소리를 질러 대며 질서가 완전히 사라져 버렸다. 이렇게 법도를 벗어난 행위를 전국 최고 학부의 학생들이 저질렀다는 것이 너무나 애석하다. 강의안 값을 폐지하는 일은 대단히 사소하지만, 학교 기강을 무너뜨린 일은 정말 중대하다"라고 비판하고, 아울러 자기도 "평소에 학생들을 가르칠 올바른 방도가 없었음"을 자책하면서 "그저 간곡히 사직을 청할 뿐"이라고 했다. 곧이어 총무장總務長과 기타 행정담당자들이 모두 다투어 사직서를 제출했고, 전체 교직원들도 잠시 업무를 중단하거나 사직한다고 선포함으로써 상황은 더욱 어지러워졌다. 학생들은 회의를 열어 학교 상황에 대한 대책을 논의했다. 당시에는 세 가지 의견이 있었다. 학생들이 조금 과격했으나 총장이 그만두려 한다면 학생들도 만류할 필요가 없다는 이들도 있었고, 잘못을 인정하고 차이 총장을 힘껏 만류해야 한다는 학생들도 있었다. 세 번째 부류는 강의안 값을 취소하고 재무를 공개하는 조건으로 만류하자고 주장했다. 이들 세 파벌은 한 시간 남짓 논쟁했으나 아무 결론도 내리지 못했다. 이렇게 논쟁만 실컷 하고 결론을 내리지 못하는 것도 베이징대학의 '전통'이었다. 그러자 어떤 학생이 모두 함께 운동장으로 가서 같은 의견을 가진 사람끼리 세 무리로 나누어 서 보자고 건의했다. 당시 그 학생은 아직 민주주의의 절차를 몰랐으므로 달리 방법이 없어서 무리를 나누어 서자고 한 것인데, 결과적으로 질서가 더욱 어지러워졌다. 그러나 보아하니 총장을 만류하자는 쪽과 조건부로 만류하자는 쪽이 대다수를 차지하고 있어서, 찬성자들은 다시 모여서 대표를 보내 차이위안페이와 면담하려 했다. 그러나 차이위안페이는 그날 바로 학교를 떠나 시산西山으로 가 버려서 만나지 못했다.

게다가 교무회의에서 이미 이번 소동을 '학생 폭동'으로 규정하고, 학생인 펑성싼馬省三을 "장외의 학생이 강의실에 들어가 구타하도록 사주"했으니 "즉각 제명해야" 한다고 결정한 상태였다. 그와 동시에 "이번에 폭동 책임자의 성명을 밝히기 위해 전체 학생들은 이번 주 내에 각자 학과장에게 폭동에 참여했는지 아닌지 서면으로 밝혀야 하며, 그러지 않으면 폭동에 참여한 것으로 간주하여 총장에게 학칙에 따라 징계하도록 요청할 것"이라고 선포했다.

학교 측의 강한 압력 아래 몇몇 학생 지도부가 대책을 상의했다. 전하는 바에 따르면 누군가 책임을 위안스카이袁世凱에게 황제로 자칭하라고 권하여 명성이 자자해진 양두楊度[14]에게 책임을 떠밀자는 의견을

---

14 【역주】양두(楊度 : 1875~1931, 본명은 청짠[承瓚], 자는 시쯔[晳子])는 무술변법
(戊戌變法)이 일어났을 때 유신파(維新派)의 사상을 받아들여 제국주의에 반대하고
입헌군주론을 주장했다. 광서(光緒) 33년(1907)에는 헌정편사관(憲政編查館)에서
선자번[沈家本]이 주도하는 법률 수정 작업에 참여했고, 선통(宣統) 2년(1910) 이
후로 '국가주의'를 주장했다. 이후 공화 혁명에 반대하며 위안스카이의 복벽(復辟)에

내놓았다고 한다. 그가 총장이 되려고 당시 소란을 피운 이들 가운데 는 몇몇을 사주하여 선동했다는 것이다. 이렇게 이유 없는 모함은 분 명히 그다지 광명정대하지 않았다. 마지막으로 학생들은 "두세 명의 혼란을 조장한 자들이 다른 의도를 품고 기회를 이용하고자 강의안 값 을 취소하라고 요구한 시점에서 법도에서 벗어나는 갖가지 행위를 저 질렀다"라고 만장일치로 의결했다. 그리고 이에 따라 펑성싼의 제명 에 동의하고, 아울러 "다시 혼란을 조장하는 행위를 하는 자가 있으면 반드시 전체가 일치단결하여 그 못된 자를 축출하겠다"라고 선언했 다. 차이위안페이와 대학평의회는 이에 대해 만족을 표시했고, 차이 위안페이는 학교로 돌아옴으로써 이 소동도 모두가 무척 기뻐하는 가 운데 끝났다.

오늘날 이 '강의안 소동'을 다시 살펴보면 몇 가지 흥미로운 문제를 발견할 수 있다.

우선 차이위안페이와 후스, 루쉰과 저우쭤런 등 5·4신문화운동의 몇몇 주요 인물이 이 소동에 대해 보인 반응과 태도가 서로 달랐다는 사실은 대단히 의미심장하다.

차이위안페이는 당사자였다. 그의 태도에는 두 가지 주의할 점이 있다. 첫째, 그가 격분하여 학생과 싸우자고 선포한 것은 그의 독특한 사상과 개성을 잘 보여준다. 나중에 그는 전교회의全校會議에서 이 소동 을 "타인의 인격을 멸시하고 자기 인격을 팽개친" '폭거'라고 불렀다. 그러므로 그가 자기에게 무례하게 압력을 행사한 학생들과 싸우려고

참여했다가 실패했고, 5·4 이후로는 생각을 전향하여 1929년에는 중국공산당에 가 입하여 비밀당원으로 활동했다.

한 것은 바로 자기 인격의 독립과 존엄을 지키기 위해서였음을 알 수 있다. 그가 보기에 자신과 학생은 총장과 학생이라는 신분의 차이가 있을 뿐만 아니라, 나아가 독립적인 개인들 사이의 관계에서도 피차 평등한 관계였다. 학생들은 자기들이 학생이기 때문에, 혹은 다수의 세력을 믿고 자기를 포위 공격할 권리가 절대 없으며, 그 자신도 어떤 압력에도, 설령 자기 학생들이 행한 압력일지라도, 거기에 굴복할 수 없었다. 그의 이런 태도는 당연히 감동적인 힘을 지니고 있다. 그러나 그는 어쨌든 일반적인 개인이 아니었다. 그와 학교 행정부는 학생들의 과격한 행위를 '폭동'으로 선포하고 "핑계를 이용해 사달을 일으키고 파괴를 의도"했다는 등의 죄명을 씌웠다. 그리고 충분히 조사하지도 않고 펑성싼을 희생양으로 삼아 제명한 행위였을 뿐만 아니라, 모든 학생에게 '참가 여부'를 밝히라고 요구하면서 아울러 사직을 내세워 위협함으로써 분명히 총장의 권력을 이용하여 학생들에게 압력을 행사했다. 전하는 바에 따르면, 그는 총장실 비서 추안다오川島[15]에게, 자기가 사직하려는 이유가 "힘없는 종이호랑이이기 때문"이라고 말했다고 한다. 당시 그가 지키려 한 것은 개인의 인격이 아니라 총장의 권력과 권위였다.

후스의 반응은 대단히 흥미롭다. 사건이 일어났을 때 그는 베이징

---

15 【역주】추안다오(川島 : 1901~1981, 본명은 장팅쳰[章廷謙], 자는 마오천[矛塵])는 1919년에 베이징대학 철학과에 입학하여 5·4신문화운동에 참가하여 베이징 학생 연맹의 대표가 되었고, 1922년에 졸업하여 차이위안페이 총장실의 서문비서(西文祕書) 겸 철학과 조교로 있었다. 1924년에는 산문집 『월야(月夜)』를 발표했고, 1926년부터 저장[浙江] 대학과 샤먼[夏門] 대학 등지에서 강의했다. 1946년에는 베이징대학 중문과 부교수가 되었고, 중국민주촉진회에 가입해 활동하기도 했다.

에 없었다. 그러나 사건이 일어난 뒤에 즉시 『노력주간努力週刊』에 글을 발표하여 이것이 '소수 학생'의 '포악한 난동'이라고 규정하면서 아울러 이렇게 제시했다.

수십 명의 난폭분자가 2,600명의 단체 명예를 훼손하고 학교 전체를 무정부 상태로 만들 수 있으니, 이것은 어떤 위기인가?[16]

그러나 개인 일기에서는 또 학교 측이 "전체 사직을 이용해 규율을 집행하는 무기로 삼은" 것은 "전혀 도리에 맞지 않은" 일이라고 썼다.[17] 학교의 소동이 가라앉고 나서 전교의 교수와 학생이 모인 회의에서 그는 또 한 걸음 더 나아가 "이번 소동은 순전히 건설적이지 않았음"을 비판하면서, 그러므로 자기는 이제부터 "건설의 길로 나아가 베이징대학의 신기원을 열고, 다시는 강의안 값과 같은 이런 사소한 일에 신경 쓰지 않기를" 바란다고 했다.[18] 그는 분명히 학교의 소동을 제도 건설로 이끌려고 했다. 전하는 바에 따르면, 그는 나중에 학생들에게 자치회를 조직하라고 건의한 바 있다고 한다. 즉, 각 반班의 대표로 중의원衆議院을, 각 과와 각 학년에 한 명씩 대표를 뽑아 참의원參議院을 구성하여 베이징대학 내부에서 서양 민주주의를 실험하고, 학생들이 민주주의를 훈련하여 소수에게 이용당하지 않도록 하자는 것이었다. 이것이 바로 그의 전형적인 사고방식이었다. 그러나 그의 주장은 실

---

16 胡適, 「這一週・43」(『胡適文集』 제3권), 438~439쪽.
17 胡適, 『胡適日記全編』, 856쪽.
18 胡適, 「在北大學潮平定後之師生大會上的講話」, (『胡適文集』 제12권), 445~446쪽.

베이징대학 교수들의 서로 다른 선택 **103**

제 학교 업무를 총괄하는 총무장 장멍린의 반대에 부딪혔다. 참의원이니 중의원이니 하는 것을 구성하면 학생들이 더욱 소란을 일으킬 거라는 이유였다. 펑성싼은 제명된 뒤에 후스를 찾아가서 학교로 돌아가 청강할 수 있게 해 달라고 도움을 청했으나 거절당했다. 후스는 분명히 펑성싼을 좋아하지 않고, 그를 '난폭분자'로 간주했다. 어떤 연구자는 후스가 제자의 이단적 사상은 용납할 수 있어도 과격한 행위는 용납할 수 없었다고 하는데, 이것이 아마 후스의 실제 사상과 일을 처리하는 원칙에 부합할 것이다.

가장 흥미로운 것은 루쉰과 저우쭤런의 반응이다. 앞서 얘기했듯이 이 형제는 『신청년』 내부에서뿐만 아니라 베이징대학에서도 모두 '객경'이었으니 강의안 사건은 본래 그들과 무관했고, 소동이 일어나는 과정에서도 아무 말도 하지 않아서, "태도를 나타내지 않을 수 없는" 후스의 심리와는 완전히 달랐다. 그러나 소동이 지나고 나서 총장과 교수, 학생을 포함한 거의 모든 이들이 무척 기뻐하며 아무 일 아니라고 여기고 있을 때, 루쉰은 문제를 제기했다. 1922년 11월 18일, 그러니까 소동이 끝나고 한 달 뒤에, 그는 『신보부간晨報副刊』에 「작은 것을 통해 큰 것을 본다卽小見大」라는 글을 발표하여, 이미 흐릿하게 잊힌 이 '작은' 사건을 내버려 두지 않고 계속 추궁했다. 강의안의 값으로 인한 소동은 "화약 불꽃처럼 반짝 피어올라 또 그렇게 소멸했는데, 그 사이에 펑성싼이라는 학생 하나가 제명되었다. 이것은 대단히 특이한 일이다. 한차례 소동이 일어났다가 사라졌는데 결국은 한 사람에게만 관련이 있었다. 정말 그랬다면 그 한 사람의 기백이 너무 크고 많은 이들의 기백이 너무 작았던 게 아닌가?" 이 소동을 설마 정말로 펑성싼

혼자 일으킨 것인가? 루쉰은 의문을 제기했다. 사실 다들 마음속으로는 분명히 알고 있었다. 평성싼은 희생양에 불과했고, 모든 책임을 그에게 떠넘김으로써 소란을 피운 학생들부터 사직을 선언한 총장과 교직원들까지 모두 곤경에서 벗어날 수 있었다. 이것은 굳이 말하지 않아도 서로 마음으로 이해하는 게임의 규칙이었는데, 루쉰은 굳이 진상을 폭로하려 했다. 이것이야말로 남의 눈치를 보지 않는, 루쉰다운 행동이었다. 게다가 그는 한 걸음 더 나아가 이렇게 추궁했다.

> 지금 강의안 값은 이미 취소되어 학생들이 승리했으나(사실 학교 측도 승리했다 : 첸리췬), 누군가 이 사건의 희생자를 위해 축복했다는 이야기는 들어보지 못했다.

그러니까 다들 만족했을 것이다. 학교 측은 권위를 지켰고, 학생들은 요구를 달성했다. 그러나 희생자 평성싼을, 그의 개인적 처지와 고통을 생각하는 이는 아무도 없다. 바로 여기에 핵심이 있다.

> 무릇 제단 앞에서 희생이 피를 흘린 뒤에 사람들에게 남겨진 것은 사실 '고기를 나누는散胙' 일뿐이다.[19]

'고기를 나누는' 것은 바로 고대 중국에서 제사를 지낸 후에 제사에 쓰인 고기를 나눠주는 일을 가리킨다. 군중을 위해 희생한 사람이 결

---

19 魯迅, 「熱風·卽小見大」(『魯迅全集』 제1권), 407쪽.

국에는 오히려 군중에게 잡아먹힌다. '작은 것을 통해 큰 것을 본' 것은 루쉰이 베이징대학 강의안 소동에서 목격한 것으로서, 그야말로 피비린내 나는 '식인의 잔치'였다. 이러한 역사적 비극이 신해혁명辛亥革命 와중에 일어났기 때문에 루쉰은 소설 「약藥」을 썼다. 그런데 지금 5·4의 발원지인 베이징대학에서 그런 일이 다시 벌어지자, 그의 우려와 분노도 특별히 심원해졌다.

루쉰과 함께 서서 희생자를 주목한 이는 저우쭤런뿐이었다. 그는 전체 사건에서 홀시되고 은폐된 실존하는 개인 펑성싼을 주목했다. 그리고 훗날 펑성싼이라는 이 '사람'을 전문적으로 변호하는 글을 썼는데, 그는 펑성싼을 이렇게 소개했다.

그는 에로센코Vasilii Y. Eroshenko, 1890~1952가 중국에서 가르친 세 학생 가운데 하나로서 세계어世界語 운동에 아주 열심이고, 발언도 가장 많이 했다. 그는 대단히 솔직하고 거칠어서, 처음 그의 말을 들으면 그다지 좋은 인상을 받지 못할 수도 있다. (그러나 많이 접하고 보면) 그가 커다란 아이 같은 사람이기 때문에 늘 남에게 미움을 사게 된다는 사실을 알게 된다. 그러나 나는 그의 사랑스러운 면이 바로 여기에 있다고 생각한다.

그는 산동 지역 출신이다. 그의 말에 따르면 농부 집안인데, 5살 때 부친이 혼처를 정하는 바람에 결혼을 피하려고 베이징대학에 온 것이라고 했다. 임시 노동자로 일하면서 공부하여 베이징대학 예과豫科 프랑스어 반에 들어갔는데, 학비가 없어서 여태 졸업하지 못하고 있었다고 한다. 이렇게 힘들게 공부하는 학생이어서 강의안 소동이 일어났던 그 날도 교실에서 영어 과목을 수강했다고 한다. 수업이 끝났을 때 아래층에서 시끄러운 소리가 들려서 구경하러 갔는데, 자기도 모르게 말려들었고, 또 본래 격렬한 산둥 출신의 사내답게 몇 마디 했다는 것이다.

"쳐들어가서 그자들을 에워싸고 이 일을 해결합시다!"

이런 선동적인 말을 하고 나서, 나중에 일을 꾸민 이들이 모두 빠져나간 뒤에도 그는 그곳에 남아 소리치고 있다가 학교 측과 군중에게 희생양으로 선택되었다. 저우쮜런의 회상에 따르면, 펑성싼은 매우 열정적으로 자기에게 물었다고 했다.

"저우 선생님, 제 결점이 뭐라고 생각하십니까?"

그는 이렇게 대답해 주었다고 했다.

"사람이 너무 좋지. 이것도 아주 큰 결점이야. 성선설性善說을 너무 믿고 남들의 공격을 방비하지 않아."[20]

차이위안페이든 후스든 간에 펑성싼은 모두 '폭도'로 보였으나, 루쉰과 저우쮜런이 보기에 그는 결점은 있어도 사랑스러운 '커다란 아이'였다. 차이위안페이가 제명하고 후스가 문전박대했을 때, 이 형제가 글을 써서 펑성싼을 변호한 것은 아주 자연스러운 일이었다. 그들이 중시한 것은 개인이었고, 학생이 설령 잘못을 저지르더라도 이해하고 동정하는 태도로 포용해야 했다. 펑성싼이 세계어 학교를 세우자 저우쮜런은 그가 편찬한 『세계어독본』에 서문을 써 주었다. 루쉰은 학교 이사직을 수락했을 뿐만 아니라, 무료로 일 년 동안 강의까지

20　周作人,「世界語讀本」,『自己的園地』, 石家莊 : 河北教育出版社, 2002, 118~119쪽.

해 주었다. 재미있는 것은 차이위안페이도 펑성싼이 세운 학교의 이사를 맡았다는 사실이다. 예전에 그는 총장의 권위를 지키기 위해 펑성싼을 제명했는데, 이제 아마 잘잘못의 진상眞相을 이해했는지 그들 동정하고 지지했다. 이 역시 그의 사람됨을 잘 보여주는 예이다.

좀 더 깊이 논의해 보자. 본래 강의안 소동은 크지 않은 사건이었는데, 왜 차이위안페이와 후스는 이처럼 중시하며 '폭동'이라고 여기고, 이런 비상수단(사직으로 위협한 데에서부터 속죄양에게 칼을 휘두른 데까지)으로 억누를 수밖에 없었는가? 이것은 차이위안페이는 기본적인 교육 사상과 거기에 내재한 모순, 그리고 그로 인해 조성된 5·4 이후 베이징대학의 교내 갈등이라는 두 측면에서 더 깊이 고찰할 필요가 있다.

우선 차이위안페이의 교육 사상에 모순이 있음에 주목한다. 그는 베이징대학이 "학술 연구에 헌신하고 자아를 수양하는 밀폐된 성지"가 되어 사회와 단절된 채 차분한 마음으로 학문에 정진하기를 기대하면서도, 동시에 대학(특히 베이징대학)이 "사회를 지도하는" 책임을 지기 바랐다.[21] 이 때문에 그는 베이징대학의 교수들이 『신청년』을 발행하고, 학생들이 『신조新潮』를 발행하여 현대적인 매체를 통해 베이징대학 캠퍼스 안의 사상을 사회에 전파하는 것을 지지했다. 그리고 평민교육을 제창하여 학생들이 학교 밖으로 나가 일반 국민을 대상으로 선전과 교육 활동을 하도록 장려했다. 그는 이런 방식을 통해 베이징대학의 캠퍼스 문화를 사회 문화로 만들려고 했다. 이러한 배후의 이념은 바로 지식인이 국가와 사회를 위해 응당 발휘해야 하는 역할이

---

21   蔡元培, 『北京大學與中國政治文化』, 北京 : 北京大學出版社, 1998, 171·191쪽.

다. 말하자면 베이징대학 총장으로서 차이위안페이는 교문을 닫아 밀폐된 학술 성지를 만들려고 하면서, 또 교문을 열어 사회에 영향을 주려고 했던 셈이다. 처음에 그는 이런 영향을 사상과 학술, 문화의 범위 안으로 제한하여 베이징대학이 사상과 문화, 학술의 중심이 되면서도 정치와는 거리를 두는 게 최선이라고 생각했다. 이것은 중국 현실에는 거의 불가능한 일이었다. 게다가 가장 중요한 시기가 되자 그 자신마저도 학생들을 동원해서 정치에 관여하려 했다. 현재 볼 수 있는 자료에 따르면, 1919년 5월 2일 저녁에 외교부장이 비밀리에 사람을 보내 차이위안페이에게 당시의 국무총리가 아미 파리 강화 회의에 참석하고 있는 중국 대표단에게 조약에 서명하게 하려고 결정했음을 알렸다. 상황이 너무나 위급했기 때문에 그가 할 수 있는 유일한 방법은 학생들을 통해 민중을 일깨우는 것뿐이었다. 이에 그는 그날 밤 학생대표들을 불러 회의를 열고 이 소식을 알렸다. 곧이어 또 베이징대학 교직원 회의를 소집하여 학생운동을 지지하며 학생들의 활동을 방해하지 않기로 만장일치로 결정했는데, 사실상 학생들에게 거리로 나가 시위하도록 장려한 셈이었다. 그래서 결국에는 5·4애국운동이 일어났다. 5·4운동이라는 이 불길은 어느 정도 차이위안페이가 붙인 셈이었는데, 설령 그것이 그의 초심을 위배하는 것이라 할지라도 어쩔 수 없었다. 이 때문에 당시에 학생들이 체포되었을 때 차이위안페이의 심적인 고통을 완전히 이해할 수 있다. 그는 분명히 어떤 양심의 가책을 느꼈을 테니, 양지良知와 책임감 때문에 용감하게 나서서 학생들을 보호할 수밖에 없었다. 그러나 학생들이 석방되고 나자 그는 즉시 "공부하되 나라를 구하려는 마음을 잊지 말고, 나라를 구하되 공부를 잊지 말 것"을 주장하면서, "대다수 국민이 정치에 참여한다는 이유로 (자기의 학업을) 절대 희생해서는" 안 된다고 했다.[22] 그러나 학생은 절대로 나라를 구하고 싶다고 해서 바로 그렇게 하거나 공부하고 싶다고 해서 즉각 돌아올 수 있는 존재가 아니었고, 그가 아무리 총장으로서 위신이 있더라도 마음대로 학생들을 소집하고 부릴 수는 없었다. 이는 자기의 교육 이념에 내포된 모순 때문에 스스로 곤경에 빠진 셈이었다. 더욱 중요한 것은 베이징대학 총장으로서 그는 또 다른 측면을 고려해야 했다는 것이다. 장멍린의 회고에 따르면, 그는 당시에 이런 점을 염려했다고 한다.

이제부터는 질서를 유지하기가 쉽지 않을 테니, 학생들이 승리에 도취될 가능성이 크기 때문이다. 권력의 맛을 알고 나면 학생들의 욕망을 충족시켜 주기 어려울 것이다.[23]

학생들을 '법규 안으로 들여놓기' 위해, 또 학교를 근본적으로 발전시키는 데에 착안하여, 5·4 이후 차이위안페이는 베이징대학 캠퍼스에 비교적 안정적인 질서와 완비된 조직 체계를 수립함으로써 학교 체제를 건설하기 시작했다. 이것은 필요하고도 합리적인 일이었으나, 체제화 과정은 바로 일종의 새로운 권력 관계를 확정하는 일이었고, 질서를 건립하는 과정에서는 필연적으로 학생들과 일정한 충돌이 발

22 蔡元培,「告北京大學學生暨全國學生聯合會書」,『蔡子民先生言行錄』, 濟南 : 山東人民 出版社, 1998, 190~191쪽.
23 蔣夢麟,「西湖」,『西湖・新潮』, 長沙 : 岳麓書社, 2000, 125~126쪽.

생할 수밖에 없었다. 그가 강의안 소동에 이렇게 강렬하게 반응하고 이렇게 강경한 태도를 보인 까닭은 바로 자기가 보기에 이것이 총장으로서 자기의 권위를 지킬 수 있는가, 나아가 그가 베이징대학 특히 이 대학 학생들을 아카데미 체제라는 큰 국면에 들여놓을 수 있는가 하는 문제와 관련되어 있었기 때문이었다.

그러나 사실상 5·4운동 이후 학생들의 정치 활동은 여전히 끝내고 싶어도 그럴 수 없었고, 베이징대학은 처음부터 끝까지 평온해지지 않았다. 1919년 10월에 베이징대학 학생들은 '식빵 나눠주기 운동[24]'을 시작했고, 1919년 11월에서 12월, 그리고 1920년 봄까지 일본 제국주의의 침략에 대한 반항 운동을 끊임없이 유지하면서 교내의 소란이 계속 이어졌고, 그 여파가 전국에 미쳤다. 이 시기의 신문을 살펴보면 전국 각 대학에서 교내 소란이 잇달아 일어났음을 발견할 수 있다. 처음에 그 소란들은 주로 외부와 상부에 대항하여 애국의 격정에서 비롯해서 일어났는데, 이것은 그래도 차이위안페이 같은 이들이 이해할 수 있는 것이었다. 그러나 나중에는 창끝이 내부를 겨냥하게 되어서, 많은 학교에서 아무개 교수나 아무개 총장을 축출하려는 교내 시위가 일어났다. 게다가 필연적으로 쫓겨난 학생과 지켜주려는 학생이 생길 수밖에 없어서 대단히 큰 혼란이 조성되었다. 학생들뿐만 아니라 교사들도 쟁의를 일으키려 했다. 북양정부北洋政府가 늘 월급을 제대로 주지 않았기 때문에, 연속해서 몇 년 동안 월급을 요구하는 쟁의가 벌어졌고, 학교 내부에서도 파업해야 하는지를 놓고 논쟁이 그치지 않았

---

24 【역주】1919년 10월 10일 베이징대학 학생들이 거리를 행진하고 쌍십절(雙十節) 경축 행사를 벌이면서 시행한 이벤트 가운데 하나였다.

다. 후스는 파업이 학생들의 학업에 영향을 주기 때문에, 교수는 어떤 상황에서도 파업해서는 안 된다는 주장을 견지했다.

하나의 학교는 주로 총장과 교수, 학생이라는 세 부분으로 구성된다. 이제 학교 측이 아카데미 체제를 만들기 위해 노력하면서 급진적 경향의 학생들과 늘 충돌이 생기게 되었으니, 중간에 놓인 교수들이 어떻게 반응했는지가 주목할 만한 문제가 되었다.

3

제일 먼저 반응한 이는 후스였다. 아마 당연한 일이겠지만, 후스는 베이징대학의 중심적 위치에 있었을 뿐만 아니라 자칭 '공부벌레學覇'가 되고 싶어 했기 때문이다. 이 '공부벌레'는 폄하하는 말이 아니라 학계 전체에 영향을 주고, 나아가 "인민의 사상에 중대한 영향을 줌"[25] 으로써 스스로 학계의 영수領袖이자 지식인의 대표, 민중의 영도자가 되겠다는 뜻이었다. 이런 야심을 품고 있었으니 자연히 이런 혼란한 시기에 자기의 책임을 남에게 전가하지 못하고 나서서 "학생을 지도해야" 되겠다고 생각했다. 5·4운동 1주년이 되었을 때 그는 장멍린과 함께 「학생들에 대한 우리의 바람我們對學生的希望」이라는 글을 썼다. 이 글에서는 우선 5·4학생애국운동의 합리성과 거대한 역할을 긍정했으나, 그와 동시에 이렇게 지적했다. 즉, "사회가 일정 수준 이상의

25   胡適, 「在北京大學典禮上的講話」(『胡適文集』, 439쪽).

청명함을 유지할 수 있다면 모든 정치상의 고취와 시설, 제도상의 비판과 혁신도 성인이 처리해야 한다. 미성년의 일반인(학창시절의 남녀)은 안심하고 학문을 추구할 권리가 있으며, 그들의 학교생활 외의 활동을 사회도 용납하지 않을 것"이다. 다만 "변화하는 사회와 국가 안에서 정부는 너무 비열하게 부패했고, 국민도 정식 교정기관(국민의 뜻을 대표하는 국회와 같은)이 없는 상황에서는 정치에 관여하는 운동이 학생계에서 일어날 것이다". 그런데 글의 중심은 "이런 운동은 비상시의 일이고, 변화하는 사회에서 부득이하게 일어나는 일로서" "장기간에 걸쳐 존재할 수 없음을 잊지 말아야 함"을 강조하는 데에 있었다. 그렇다면 정상적인 상태에서 학생은 무엇을 해야 하는가? 후스는 세 가지를 지적했다. 첫째, '학문적 생활'을 위해 진지하게 책을 읽어야 하고 둘째, '단체 생활'에 참가하여 민주 질서를 추구함으로써 "반대파의 의견을 용납하고" "누구나 책임을 지는" 등등의 민주주의를 훈련해야 한다. 셋째, 일반 국민을 위한 야학夜學을 열어 일반인이 이해하기 쉬운 강연을 하는 등의 '사회봉사'에 참가해야 한다. 이로 보건대 후스의 지도는 여전히 차이위안페이의 기본 교육 이념을 견지하고 있었다. 즉 베이징대학을 학술의 성지이자 사회사상과 문화의 중심으로 만들고, 정치 참여는 일종의 "잠시 부득이한 구급책"으로 삼겠다는 것이다. 현실적 측면에서도 학교 측과 함께 학생들을 다시 교실로 이끌어서, 베이징대학을 아카데미 체제로 만들려는 노력에 보조하려 했다. 그는 자기의 목적이 "활동의 방향을 바꾸어서 5·4와 6·3[26]의 정신을

---

26 【역주】1919년 6월 3일에 베이징의 학생들이 애국 운동을 탄압하는 베이징 정부에 반대하며 대거 거리로 나서서 강연 등을 통해 시위하자, 군벌 정부가 군경을 동원해 진

학교 안팎에서 유익하고 유용한 학생 활동으로 활용하는"것이라고 전혀 숨김없이 밝혔다. 후스는 만년까지도 이런 관점을 견지했다. 즉 5·4신문화운동이 정치 운동으로 발전하는 것은 신문화운동에 대한 일종의 교란이므로, "혼란을 바로잡아 정상을 회복撥亂反正"하고자 한다는 것이다.

그러나 그는 영원한 역사적 곤경에 직면할 수밖에 없었다. 그의 이론과 주장의 전제 즉, 정치적으로 청명하고 국민의 뜻을 충분히 표달表達할 수 있는 현대적인 민주 제도가 중국에는 나타나지 않았기 때문이다. 그와 반대로 그가 매번 희망을 부쳤던 정부는 모두 대외적으로 타협하여 투항하고, 내부적으로는 국민을 탄압하는 전제 정권이었다. 1926년에 북양군벌 정부가 3·18참사[27]를 저질렀을 때부터 국민당 정부가 1935년의 12·9운동[28]과 1948년의 12·1운동[29]에서 학생들

<hr />

압하면서 170여 명의 학생을 체포했다. 이튿날도 수백 명의 학생이 체포되자 전국적인 분노가 폭발했고, 마침내 6월 5일에는 베이징의 고등학생 2,000여 명이 전에 체포된 학생들이 수감된 감옥으로 나아가 석방을 요구하며 군경과 싸웠다. 바로 이날 상하이의 노동자 8만여 명이 동맹파업을 거행했고 이어서 톈진[天津]과 항저우[杭州], 우한[武漢], 지난[濟南], 우후[蕪湖] 등지의 노동자들이 동참하여 베이징 학생들을 지지하면서, 베이징 정부의 탄압에 항의했다.

27 【역주】1926년 3월에 펑위샹[馮玉祥]의 국민군(國民軍)과 장쭤린[張作霖]의 봉군(奉軍)이 교전하는 상황에서 12일에 일본 군함의 엄호를 받은 봉군이 톈진의 다구커우[大沽口]에 진입하여 국민군 진지에 포격을 가해 격퇴한 후, 16일에 일본과 영국, 미국 등 8개 연합국이 '신축조약(辛丑條約)'을 내세워 돤치루이[段祺瑞] 정부를 압박했다. 이에 리다자오[李大釗] 등이 이끈 5,000여 명의 베이징 학생들이 18일에 톈안먼[天安門]에 집결하여 8개국의 통첩을 거부하고 제국주의 공사(公使)를 추방하라는 등의 사항을 결의하고 청원하러 나섰다가 돤치루이의 호위부대에게 도살당하여 47명이 죽고 199명이 부상당했다. 이튿날 정부는 리다자오와 쉬첸[徐謙] 등 50명을 체포했다.

28 【역주】'12·9 항일구망운동(抗日救亡運動)'이라고도 부른다. 1935년 12월 9일에 베이징대학 학생 수천 명이 시위를 벌여서 화베이[華北]의 자치에 반대하고 일본 제국

을 잔혹하게 살해하기까지 그는 모두 극단적으로 피동적인 상황에 빠져 버렸다. 그는 학생들이 정치에 관여하지 못하게 하려 했으나 정치가 학교에 관여하려 했고, 아울러 끊임없이 학생들을 도살했다. 그의 '정치 불간섭' 주장은 사실상 정부의 관점과 구별하기가 아주 어려웠으며, 국민당 정부는 학생들의 정치 참여를 금지하는 정식 명령을 선포했다. 그러나 이런 상황에서도 후스는 전체적으로 여전히 학생 편에 서 있었음을 알 수 있다. 3·18참사나 12·9운동, 심지어 1940년대 학생운동을 막론하고 후스는 늘 학생을 보호하려고 노력하면서, 기본적으로 자기의 민주적이고 자유적인 입장을 유지했다. 그러나 그는 학생들을 보호함과 동시에 학생들에게 정치에 관여하지 말고 교실로 돌아오라는 요구를 계속했다. 이렇게 그의 일생과 학생들 사이의 관계에는 어떤 순환이 이루어졌다. 학생들이 소요를 일으켜 정부가 진압하면 그는 학생들을 지지했고, 그게 끝나면 다시 학생들에게 돌아오라고 요구했다. 정부가 또 진압하면 그도 또 나섰다. 마지막엔 양쪽과 모두 사이가 나빠져서, 그가 학생을 위해 얘기하면 정부가 당연히 좋아하지 않았고, 늘 학생들에게 교실로 돌아오라고 하나 혈기왕

주의에 반항하며 중국 영토의 보전을 요구한 사건이다. 그러나 쉬안우먼[宣武門]에서 천여 명의 군경이 잔혹하게 진압함으로써 2~30명이 체포되고 400명 가까이 부상당했다. 중국공산당이 이끈 이 애국 운동으로 16일에는 베이징 학생과 가계의 군중 1만여 명이 시위하고, 톈진과 항저우, 광저우, 우한, 난징, 상하이 등지로 시위가 확산했다.

29　【역주】1945년 12월 1일에 중국공산당의 지도로 쿤밍[昆明]의 청년 학생들이 내전에 반대하고 민주주의를 쟁취할 것을 요구하며 시위를 벌이다가 국민당 특무대의 공격으로 4명이 죽고 60여 명이 중경상을 당한 사건이다. 12월 4일에는 희생자들을 위한 제사를 거행하고 모금 운동을 벌였으며, 이후 충칭[重慶]과 청두[成都], 상하이 등지에서 추도회와 시위가 이어졌다.

성한 학생들은 항상 "이렇게 큰 중국에는 평온한 책상을 놓을 수 없다"라고 생각했으니 그 말을 들었겠는가? 게다가 학생들은 그가 너무 연약하고 심지어 정부를 위해 얘기한다고 여길 수도 있었다. 아마 여기에 후스와 같은 지식인의 비극이 있지 않을까?

후스가 다급히 나서서 '치우친 것을 바로잡고糾偏' '학생들을 인도하고' 있을 때, 루쉰은 침묵을 지키고 있었다. 『루쉰 연보』를 보면 5·4 이후 몇 년 동안, 대략 1924년까지 루쉰은 창작과 번역, 그리고 중국 소설사 연구에 정력을 쏟으면서(1920년부터 베이징대학에서 주로 소설사를 강의했으니) 잡문도 아주 적게 썼다. 말하자면 사회 문제와 사상계 및 문화계의 문제에 대해 의견을 발표한 것이 아주 적었으며, 베이징대학에 대해서도 그저 강의하듯이 상당히 특별한 관점을 한 번 발표했을 뿐이라는 것이다. 그는 학교 측과 학생 집단에 대해 모두 의문을 제기하면서 단지 희생양이 된 학생 개인에게만 관심을 기울였다. 루쉰의 침묵은 상당히 음미할 만하다. 루쉰을 연구하면 당연히 그의 말에 주의해야 하지만, '침묵'도 소홀히 여겨서는 안 될 것이다. '침묵'은 우선 그가 자신의 자리를 정립하는 것과 관련이 있다. 이미 얘기했듯이, 5·4시기에는 루쉰도 상대적으로 주변적인 자리에 있었다. 그는 '객경'이자 '지휘를 받는' 처지로 어느 쪽을 편드는 사람이었다. 그는 이제껏 후스처럼 '공부벌레學覇'나 '지도교수'로서 사회의 충동을 이끌면서, "내가 아니면 누가 나서랴?(어찌 얘기하지 않을 수 있겠는가?)" 하는 의식을 가져본 적이 없다. 베이징대학에서 그는 겨우 몇 과목을 강의하는 일개 강사에 지나지 않았고, 얘기하지 않을 수 없는 상황이 아니라면 마음대로 발언할 수도 없었다. 더욱 내재적 원인으로는 당연히 그의 생각이 더욱 심원했다는 것을 들 수 있다. 5·4 및 그 이후의 중국 (중국의 사상과 문화, 학술, 교육계를 포함한)에 대해서 그는 다시 살펴보고 사색해야 했다. 그래서 1920년 5월 4일, 그러니까 5·4 1주년에 그가 저장浙江의 양급사범학당兩級師範學堂에서 가르쳤던 어느 학생에게 보낸 편지에 주목하게 된다. (이 편지와 앞서 언급했던, 같은 시기에 후스 등이 쓴 글을 대조해서 읽어 보는 것도 특별한 재미가 있을 것이다.) 그 편지에서 그는 이렇게 냉정하게 관찰했다.

근년 이래 나라 안이 어지러워서 학계에까지 영향을 미치는 바람에 이미 한 해 동안 분란을 겪고 있네. 수구주의자들은 이것을 사실상 혼란 의 원인이라고 여기고, 유신을 꾀하는 이들은 또 너무 지나치게 찬양하고 있네. 전국의 학생들은 재앙의 싹이라고 불리기도 하고, 지사志士라고 칭송받기도 하네. 그러나 내가 보기에 중국에는 사실상 아무 영향을 주지 못하는, 그저 일시적인 현상일 뿐이네. 그런 학생들을 지사라고 하는 것은 당연히 지나친 칭송이고, 재앙의 싹이라고 하는 것도 너무 억울한 일일세.

요약하자면, 중국의 모든 옛것은 어쨌든 붕괴될 수밖에 없네. 새로운 학설을 채용하여 그 변천을 도울 수 있다면 개혁이 비교적 질서 있게 이루어지고, 그 재앙도 자연적으로 붕괴할 때처럼 심하지는 않을 걸세. 그런데 사회는 옛것을 고수하고, 새로운 당파도 언행이 일치하지 않아서, 흩어진 모래처럼 붙일 방법이 없으니, 장차 수습할 수도 없을 뿐만 아니라 달리 방법도 없을 듯하네.

요컨대 옛 상황은 유지할 방법이 없다는 점은 거의 의심의 여지가 없네. 그런데 그것을 변화시키는 것은 관리들이 바라는 현상이 아닐뿐더러 새로운 학문을 추구하는 학자들이 고취하는 새로운 형식도 아니네. 그저 뒤죽박죽일 뿐이지.

내 생각에는 학문적 기초가 없는 애국 따위는 모두 공허한 담론이고, 지금 중요한 것은 정말 열심히 학문을 추구하는 일인데, 애석하게도 이 또한 오늘날 학자들이 듣고 싶어 하지 않은 말이지.[30]

여기서 5·4에 대해 저평가하고, 현상을 냉엄하게 관찰하며, '장래'에 대해 감히 낙관하지 못하는 루쉰의 태도에는 사실상 '개혁할 수밖에 없다'라는 확고한 인식과 중국 개혁의 지난함 및 복잡함에 대한 인식이 내포되어 있다. '학문적 기초'를 강조할 때 그가 중시한 것은 중국 개혁의 기초 작업이었다. 이것은 경박한 중국 사상계와 문화계에서 당연히 뜻이 맞는 사람을 찾기 힘든 생각이었다.

그래서 또 5·4 이후 중국 사상계와 문화계에서 벌어진 '문제와 주의'의 논쟁과 '과학과 현학玄學'의 논쟁에서부터 '비종교대동맹非宗敎大同盟'의 논박論駁에 이르기까지 몇 차례의 열렬한 논쟁에 루쉰이 전혀 말려들지 않았다는 사실에 주목하게 된다. 여기에는 두 측면의 원인이 있을 수 있다. 첫째, 이런 논쟁의 배후에는 모두 이게 아니면 저것이라는 이원대립二元對立의 모델이 있어서, 어느 정도는 사람들의 태도 표명과 줄서기를 요구했다. 그러니까 '문제'에 찬성하지 않으면 '주의'에 찬성하고, '과학파'가 아니면 '현학파'가 되어야 함으로써 둘 가운데

---

30 魯迅, 「致宋崇義」(『魯迅全集』 제11권, 369~370쪽).

반드시 하나의 선명한 태도를 보이고 한쪽 입장에 서야 했다는 것이다. 그런데 마침 다방면으로 사유했던 루쉰은 반복적인 질의를 통해 나아가는 사고방식을 지니고 있어서 관념이 복잡했으므로, 자기가 어느 편인지 명확하게 나타낼 방법이 없었다. 예를 들어서 과학과 현학의 논쟁에서 루쉰은 동방의 문명을 강조하는 현학파에 무척 찬동하면서도 거기에 내재한 복고주의 경향에는 경계심을 품었고, 그와 동시에 과학주의를 고취하는 과학파도 무척 인정하기 어려웠다. 그는 일본에 있을 때 과학 숭배에 대해 비판을 제기한 적이 있으니, 당연히 당시의 요구에 태도를 표명하기 어려웠다. '비종교대동맹' 문제에서 루쉰은 '종교와 신앙의 자유'를 주장을 제기한 저우쭤런을 당연히 깊이 이해하고 공감했으나, 문제의 복잡성도 더욱 분명하게 파악하고 있던 듯하다. 현실의 중국에서는 종교 문제의 배후에 확실히 또 외국 세력의 간섭과 이용이라는 문제가 존재했고, 이것은 바로 저우쭤런이 의식적이든 무의식적이든 소홀히 취급했던 것이었다. 이 때문에 저우쭤런의 관점을 간단하게 인정할 수 없었을 뿐만 아니라, 또 저우쭤런을 비판하는 이들의 독단적인 논리에도 찬성하지 않았으니, 그는 침묵할 수밖에 없었다. 사유가 복잡해지고, 또 그로 인해 입장이 상대적으로 될 수밖에 없었다. 이에 그는 중국 지식인들에게 습관이 된 이원대립의 논쟁 속에서 늘 말하기 곤란한 처지에 놓일 수밖에 없었다. 둘째, 중국의 문제에 대한 루쉰의 사유에는 독특한 사고의 맥락이 있었으므로 그는 주류 지식인의 사고와 논쟁 범위에 편입될 수 없었다. '주의'와 '문제'의 논쟁을 놓고 보자면, 루쉰은 "중국인에게는 감염성이 없어서 다른 나라의 사조思潮를 이식하기가 무척 어렵기" 때문에 '주의’를 제창하고 수입하는 행위는 완전히 헛수고라고 여겼으니, ‘주의’를 수입하는 데에 대해 의구심을 갖는 것은 더욱 쓸데없는 것이었다.[31] 그리고 후스 등이 ‘문제’를 얘기하면서 구체적인 제도의 건설을 강조했을 때, 루쉰은 중국은 ‘타락의 온상大染缸’이므로 아무리 좋은 제도라도 중국에 오면 변질되고 만다는 사실을 간파했다. 현재의 중국인이 생존하고 발전하는 데에 관심을 기울였던 그가 보기에 당시의 중국인에게는 ‘문제’나 ‘주의’, 심지어 ‘과학’이나 ‘현학’이나 모두 지나치게 높고 심원한 문제였다. 그러니까 리다자오李大釗 등이 ‘주의’에 대해, 후스 등이 ‘문제’에 대해 고담준론을 펼칠 때, 루쉰은 시종일관 인간의 영혼, 곤경에 처한 중국인의 생존에 관심을 기울였다. 그러므로 루쉰의 ‘침묵’과 논쟁에 대한 ‘불개입’은 사실상 그의 사유와 처지의 주변성이 반영된 것이었다.

4

5·4 이후 루쉰은 침묵하면서 냉정하게 방관했다고 했는데, 그에 비해 후스는 시종일관 사상계와 문화계의 중심적 위치에서 활약하고 있었다. 게다가 그는 자각적이고 능동적으로 영도자의 지위, 심지어 일종의 전방위적인 영도자의 지위를 추구하고 있었다고 할 수 있다. 당시 그는 일련의 비중 있는 글들을 썼다. 개중에는 앞서 언급했던

---

31 魯迅, 「致宋崇義」(『魯迅全集』 제11권, 370쪽).

「학생에 대한 우리의 바람我們對於學生的希望」과 「문제와 주의問題與主義」 외에도 「새로운 사조의 의의新思潮的意義」가 있다. 이것은 '5·4라는 새로운 사조'에 대한 자기 나름의 해석을 시도한 것인데, 여기서 그는 '문제 연구와 학술 이론의 수입, 국고國故 정리, 문명 재창조'에 관한 강령적綱領的 주장을 제기했다. 이것은 실제로 신문화운동 전체의 장기적 발전에 관한 총체적 설계였다. 그는 특히 "옛 문화에 대한 새로운 사조의 태도는 소극적 측면에서는 맹종에 대한 반대이자 조화에 대한 반대이고(첸리췬: 그래서 다들 후스가 전통문화를 미화하지 않고 자기만의 비판적 태도를 취한 데에 주목하는데), 적극적 측면에서는 과학적 방법으로 정리 작업을 하는 것"이라고 강조하면서, '새로운 사조의 유일한 목적'은 바로 '문명의 재창조'라고 했다.[32] 이러한 사고의 맥락은 "오늘날의 상황에 맞게 옛것을 회복하여 새로운 종파를 수립하자取今復古, 別立新宗"라는, 루쉰이 20세기 초에 제기했던 주장과 대체로 일치하며 전혀 모순되지 않는다. 나중에 「『국학계간國學季刊』 발간 선언」에서 후스는 국고를 정리하는 방법에 관해 구체적인 의견을 제시하면서, '전문 역사專史[33] 방식의 정리'를 특별히 강조했는데, 공교롭게도 루쉰은 최초로 '중국소설사'를 다룬 사람이었다. 후스는 또 "역사가는 두 가지 필수적인 능력을 갖춰야 하니, 정밀한 공력功力과 높고 심원한 상상想像이 그것[34]"이라고 강조했는데, 이 두 분야에서 루쉰은 최고였다. 그러므

---

32   胡適, 「新思潮的意義」(『胡適文集』 제2권, 558쪽).
33   【역주】 예를 들어서 민족사(民族史)와 언어문자사(語言文字史), 경제사, 정치사, 국제교통사(國際交通史), 사상학술사, 종교사, 문예사, 풍속사, 제도사(制度史) 등을 가리킨다.
34   胡適, 「『國學季刊』發刊宣言」(『胡適文集』 제3권, 14~15쪽).

로 후스가 루쉰의 중국소설사 연구에 대해 시종일관 지극히 높이 평가하고, 아울러 그에 대한 잘못된 비판에 거듭 해명했던 것도 결코 우연이 아니었다. 후스 본인의 '국고 정리'에 대한 태도를 더욱 잘 설명하는 것은 「국고 정리와 '귀신 잡기'整理國故與'打鬼'」라는 글이다. 그는 국고 정리를 제창한 이유에 대해 이렇게 설명했다.

> 저는 허심탄회하게 말씀드립니다. 그저 제가 '묵은 종이 더미' 속에 무수히 많은, 사람을 잡아먹고 미혹하며 해치는, 파스퇴르L. Pasteur, 1822~1895가 발견한 각종 병균보다 해로운 귀신들이 있음을 충분히 믿기 위해서입니다. 그저 제가 살균할 수는 없으나 '요괴를 잡고' '귀신을 잡는' 재능은 제법 있음을 스스로 믿기 위해서입니다.[35]

루쉰과 마찬가지로 후스는 중국 전통문화 속의 '귀기鬼氣'에 대해, 중국 전통문화가 만들어낸 중국인의 정신적 상처와 정신병에 대해 깊고 절실하게 이해했다. 그러므로 중국 전통 문명에 대한 비판을 견지하면서 외래문화를 최대한 받아들인다는 두 측면에서 루쉰과 후스는 기본적으로 일치했다. 이것은 5·4신문화운동의 두 가지 기본점이기도 했다. 그런데 여기에 한 가지 흥미로운 현상이 있다. 루쉰과 후스의 관계를 연구하다 보면, 루쉰이 이따금 후스를 비판하기도 하지만, 후스는 죽을 때까지도 루쉰을 자기 동료로 여겼다는 사실을 발견하게 된다. 이것은 충분히 가능한 일이었으니, 아무리 큰 충돌이 일어나더라

---

35 胡適, 「整理國故與打鬼」(『胡適文集』 제4권, 117쪽).

도 그들은 어쨌든 5·4신문화운동의 동인同人이고, 끝까지 5·4정신을 견지한다는 점을 후스는 분명히 간파했기 때문이다.

그러나 이 두 가지 기본점에도 그들 사이에는 차이가 있었다. 예를 들어서 후스에게 '귀신 잡기'는 서양에서 귀신 잡는 무기를 훔쳐 온 문화 영웅과 전통문화 속의 귀신 사이에 벌어지는 전투로서, 사상과 문화로 범주가 국한된 비판과 논쟁이었다. 그러나 루쉰은 맨 먼저 자기 목숨 속에 깃든 귀기와 독기毒氣를 느꼈다. 그러니까 전통문화의 귀기와 독기가 국민의 영혼 깊숙한 곳에 스며들었고, 무엇보다도 자기 영혼 속에 먼저 스며들었음을 느낀 것이다. 이 때문에 그의 처지에서 '귀신을 잡기' 위해서는 우선 자기 마음속의 귀신을 잡아야 했으니, 이른바 '귀신 잡기 운동'은 학술 이론상의 논쟁과 비판일 뿐만 아니라 영혼의 싸움이자 생명의 싸움이었다. '귀신 잡기'와 관련된 그의 글에 단단히 새겨진 생명감이 후스의 글에서는 결여되어 있었다. 바로 이런 이유로 후스는 그저 노심초사할 수밖에 없었으나, 루쉰은 벗어날 길 없는 절망감에 가득 차 있었다. 다른 한편으로, 똑같이 '학술 이론의 수입'이지만 후스에게는 사실 대단히 간단했다. 그는 그저 미국의 학술 이론만 수입하면 그만이라고 여겼다. 그에게 미국의 사상과 문화, 제도는 의심할 여지 없이 신뢰할 수 있는 것이었다. 그러니까 후스는 회의주의를 제창했음에도 회의하지 않은 두 가지가 있었으니, 미국과 자기 자신이었다. 그러나 루쉰은 무슨 일에 대해서도 곰곰이 생각했다. 20세기 초부터 그는 학술 이론을 수입하면서 다른 한편으로는 끊임없이 의문을 제기했으니, 이야말로 "믿지만 의심하는信而疑" 태도였다. 이 때문에 후스는 확신을 가지고, 굴복하거나 흔들림 없이, 믿음으로 충만한 채 자기가 선택한 길을 걸어갈 수 있었다. 그는 절대 낙담하지 않고 어떤 자신감을 가졌으며, 절대 동요하지 않고 확고부동했으며, 절대 실망하지 않고 대단히 낙관적이었다. 그러나 루쉰은 그럴 수 없었다. 그는 길을 걸으면서도 회의하고, 심각한 비관과 실망을 품은 채 나아갈 길을 탐색했다. 두 사람 모두 견지하는 바가 있었는데, 후스는 희망으로 충만한 견지였으니 당연히 매력적인 면이 있었으나, 루쉰은 절망적인 견지였고 '절망에 반항하는' 어떤 몸부림이었으므로 더욱 특별한 감동을 준다.

후스의 '국고 정리' 주장에 대해 루쉰은 확실히 비판 의견, 게다가 대단히 첨예한 비판 의견을 제시했으나, 그것은 후스가 그 구호를 제시하고 나서 이미 5년이 지난 뒤였다. 이것은 아마 그가 후스의 언행에 대해 '고개를 갸웃하며' 생각해 본 결과였으리라. 이것은 그의 기풍을 대단히 전형적으로 반영한다. 어떤 관점이나 구호가 제시되면 그는 즉각 반응하지 않고 이런 관점이나 구호가 제기된 후 사회에서 불러일으킨 반향과 실제로 발생시킨 작용을 차분히 살펴보고, 다시 그 진정한 의미를 곰곰이 생각해 본 뒤에야 자기 의견을 발표하는 것이다. 이렇듯 차분하고 묵묵한 관찰을 통해 얻은 결론은 다시는 바뀌지 않는데, 만약 중대한 국면과 관련된 것이라면 반드시 눌러 둔 채 내놓지 않다가, 일단 기회가 생기면 몇 마디로 요약해서 제시한다. '국고 정리' 구호는 이렇게 해서 1924년부터 루쉰의 비판 대상이 되기 시작했다. 첫 번째는 베이징 사범대학 부속 중학교 동문회에서 행한 강연에서 나왔다.

지금 사회의 논조와 추세는 천재를 요구하면서도 그를 절망하게 하려 하고, 심지어 준비된 자리조차 쓸어 없애 버리려고 합니다. 몇 가지 예를 들어봅시다.

첫째, '국고 정리'입니다. 새로운 사조가 중국에 들어온 이후 실제로 무슨 힘을 발휘한 적이 있습니까? 그런데도 일군의 늙은이들과 소년들은 이미 낙심하여 '국고'를 얘기합니다. 그들은 이렇게 얘기합니다.

"중국에는 본래 좋은 게 아주 많은데, 그것들을 정리하여 보존하지 않고 오히려 새로운 것을 구하려고 하니, 그야말로 조상의 유산을 버리는 것과 같이 못난 짓입니다."

조상을 거론하며 얘기하니 자연스럽게 대단한 위엄을 지니지만, 저는 낡은 조끼를 깨끗이 세탁해서 개어 두기 전에는 새 조끼를 만들 수 없다고는 절대 믿지 않습니다. 현상을 놓고 보더라도, 일이란 본래 각자 편한 대로 하는 것입니다. 연로한 선생이 국고를 정리하고 싶으면 당연히 서재의 창문 아래에서 쓸모없는 책을 읽어도 괜찮습니다만, 젊은이들은 그들 나름의 살아 있는 학문과 새로운 예술이 있습니다. 그렇게 각자의 일을 해도 큰 방해가 되지 않습니다. 그런데 이 깃발을 들고 호소한다면 중국은 세계와 영원히 단절되고 말 것입니다. 모든 사람이 이렇게 해야 한다고 여긴다면, 그것은 더욱 황당무계하기 짝이 없지요! 골동품 상인과 이야기를 나누면 그는 당연히 자기의 골동품이 얼마나 훌륭한지 계속 칭찬하겠지만, 그렇다고 그 사람이 화가나 농부, 기술자 등을 향해 조상을 잊었다고 꾸짖지는 않을 것입니다. 그는 사실상 많은 국학자國學者보다 훨씬 총명합니다.[36]

이 말을 자세히 살펴보면, 두 가지 주목할 점이 있다. 루쉰은 우선 '국고 정리'를 일종의 사회 사조思潮로 간주한다. 이것은 당연히 그 운동을 제창한 후스와 관련이 있으나, 더 넓은 범위를 포괄하기도 한다. 예를 들어서 루쉰이 여기서 말한 것처럼 후스와 같은 '젊은이'도 있고 '늙은이'도 있는데, 그들 사이에는 의견이 완전히 일치하는 것이 아니다. 루쉰의 이 말은 단지 '보존'만을 얘기할 뿐 '새로운 것을 구하는' 데에는 반대하는 것이 반드시 후스 본인의 생각인 것은 아니라는 것이다. 다만 일종의 사회 사조로 간주하여 고찰하면, 이런 차이는 전혀 중요하지 않다. 그러니까 루쉰이 주목하는 것은 '국고 정리'가 현실의 삶에서 발휘하는 실제 작용과 그것이 낳은 실제 영향 속에 나타난 실제 의의인데, 이 실제 의의가 제창자의 초심과 반드시 일치한다고는 할 수 없다. 앞서 설명했듯이, 5·4시기에 유가 학술을 비판할 때 루쉰은 공자가 애초에 어떻게 생각했는지, 이른바 '원시原始 유학'의 교의教義에 관해서는 전혀 관심이 없었다. 그보다는 '유교 효과' 즉, 유가 학설이 중국에서 낳은 효과에 착안했다. 그리고 지금 그는 또 이런 방법으로 후스의 주장을 고찰한다. 이 자체로도 대단히 흥미롭다. 후스는 바로 자기가 공자처럼 '당대當代의 성인'이 되려고 했다.

그렇다면 일종의 사회 사조로서 '국고 정리'라는 구호가 낳은 실제 효과는 어떠했는가? 역시 1924년 3월 26일에 차오쥐런曹聚仁[37]이 『국

---

36   魯迅, 「未有天才之前」, 『墳』(『魯迅全集』 제1권), 167쪽.
37   【역주】차오쥐런(曹聚仁 : 1900~1972)은 저장[浙江] 제일사범(第一師範)을 졸업하고 애국여중(愛國女中)과 푸단[復旦] 대학 등에서 강의하고, 『도성(濤聲)』과 『망종(芒種)』 등의 잡지 편집을 주관하다가, 중일전쟁이 발발하자 종군기자로 활동하기도 했다. 1950년에 홍콩으로 가서 싱가포르 『남양상보(南洋商報)』의 홍콩 특파원으로

민일보國民日報』부간副刊『각오覺悟』에 발표한 글에 이와 같은 묘사와 분석이 들어 있다.

국고라는 명사는 학자들이 각기 하나의 단서를 잡고 서로 응답하고 있으나, 여태 확실하고 합당한 정의定義가 내려지지 않고 있다. 그래서 유로遺老와 젊은이들 모두 이것을 빌려 호신부護身符로 삼고, 국내 학자들이 국고를 연구하는 경향이 생긴 것을 기회로 '사상의 복벽復辟' 사업을 벌이고 있다.

후스의 벗 천위안陳源[38]도 나중에 후스가 "민중의 눈에는 신문학운동을 대표하는 유일한 인물"이었고(이 말은 당연히 과장인데), 자기가 국고를 연구하는 것은 중요하지 않았으나, "나머지 사람들도 모두 선장본線裝本을 끌어안고 어린애가 말을 배우듯이 옹알옹알 읽기 시작했으니, 그래서 바로 큰일이 났다"라고 했다.[39] 그러나 후스 자신은 나중에 자기가 국고 정리를 제창함으로써 가져온 폐단을 발견했다.

지금 일반 소년들도 우리를 따라 낡은 종이 더미를 어지럽게 파고드

있다가 『순환일보(循環日報)』와 『정오보(正午報)』의 발간을 주도하기도 했다.

38 【역주】천위안(陳源 : 1896~1970, 자는 통보[通伯], 필명은 시잉[西瀅])은 1912년 영국에서 중학교를 마치고 에딘버그(Edinburgh) 대학과 런던 대학에서 공부한 후, 귀국하여 베이징대학 외국문학과[外文系] 교수가 되었다. 1924년에는 후스의 지지를 받아 쉬즈모[徐志摩] 등과 함께 주간지 『현대평론(現代評論)』을 창간하고 문예부 편집국장이 되었다. 그 외에 투르게네프(Ivan S. Turgenev, 1818~1883)의 소설을 번역하기도 했고, 우한[武漢]대학 교수를 역임하기도 했다. 『시잉한화[西瀅閑話]』와 『다수와 소수』 등의 저작을 남겼다.

39 西瀅,「閑話」(『現代評論』 제3권 제64기, 1926.2.20).

는데, 이것은 가장 개탄할 만한 현상이다. 우리는 그들이 일찌감치 잘못을 뉘우치기 바란다.[40]

동시에 그는 앞서 언급했던 「국고 정리와 '귀신 잡기'」를 썼으니, 이 역시 그런 생각을 보완하기 위해서였을 것이다. 그러나 이것은 이미 1927년과 1928년, 그러니까 루쉰 등이 비판을 제기하고 서너 해가 지난 뒤였다. 그리고 후스가 이 '개탄할 만한 현상' 자체를 공개적으로 인정한 것은 그의 솔직하고 성실함을 나타낸 것이었으며, 그것이 확실히 그의 본의가 아니었음을 말해 준다. 여기에서 생긴 제창자의 초심과 실제 효과 사이의 차이는 참으로 '가장 개탄할 만한' 것이었으니, 이것도 후스의 비극이라고 할 수 있으리라.

이제 1924년에 루쉰이 제기한 비판으로 다시 돌아가 보자. 사실 그의 관점은 대단히 명확했다. 개인적 흥미에서든 아니면 학술 연구의 필요에서든 '국고 정리'는 필요했고, 심지어 "쓸모없는 책을 읽을" 필요도 있음은 모두 부정할 수 없다. 문제는 '국고 정리'를 '깃발로 삼아 호소'하고, 나아가 청년들을 인도하여 "모두 이렇게 할 수밖에 없다"라고 여기는 것이다. 바로 여기가 후스의 급소이며, 루신이 반박하는 지점이다. 루쉰이 보기에 그것은 사람의 생기生氣를 죽이고, 아울러 중국이 "세계와 영원히 단절"되게 할 수 있다.

그래서 또 1925년의 '청년필독서' 사건이 일어나게 되었다. 이 사건은 본래 『경보부간京報副刊』에서 '청년필독서'를 모집함으로써 유발

---

40   胡適, 「治學的方法與材料」(『胡適文集』 제4권, 114쪽).

되었다. 그 사건 전에 후스와 량치차오^{梁啓超}가 모두 '최저한의 국학 도서 목록'을 작성한 적이 있고, 그에 대한 회답에서 루쉰은 어느 정도 후스와 대척점에 섰다고 할 수 있으니, 적어도 '국고 정리' 사조에 대한 어떤 반응 가운데 하나였던 셈이다. 그는 회답에서 "이제껏 관심을 두지 않았으므로 지금은 얘기할 수 없다"라고 하면서 백지를 제출했으나, 또 거기에 다음과 같은 '주석^{注釋}'을 붙였다.

이 기회에 약간의 독자들이 참고하도록 제 경험을 간략하게 얘기하겠습니다.

중국의 책을 볼 때면 늘 기분이 가라앉아 실제 인생과 분리되는 느낌이 드는데, 외국의 책(인도의 것은 제외)을 읽을 때는 종종 인생과 접촉하여 무언가 일을 하고 싶어집니다.

중국의 책에는 세상 속으로 들어가라고 권하는 말이 있으나 대부분 좀비^{僵尸}의 낙관일 뿐이고, 외국의 책은 비록 퇴폐적이고 염세적이라도 살아 있는 사람의 퇴폐와 염세입니다.

저는 중국의 책은 적게 보고 (혹은 아예 보지 않고) 외국의 책을 많이 보려고 합니다.

중국의 책을 적게 보더라도 결과적으로 작문을 하지 못하는 데에 지나지 않을 뿐입니다. 그러나 지금의 청년들에게 가장 중요한 것은 '행동'이지 '말'이 아닙니다. 살아 있는 사람이면 그만이지, 작문을 하지 못한다는 게 무슨 큰일이라고 할 수는 없습니다.[41]

---

41   魯迅, 「靑年必讀書」, 『花蓋集』(『魯迅全集』 제3권), 12쪽.

이 의견은 당시뿐만 아니라 지금까지도 큰 논쟁을 불러일으킬 만하다. 많은 이들이 이것을 근거로 루쉰이 '전통을 전면적으로 부인'했다고 여기며, 이것이 큰 '죄'인 것처럼 얘기한다. 그러나 원문을 자세히 읽어 보면, 여기서 그가 주로 논의하는 것은 "중국 전통문화를 어떻게 평가할 것인가?"라는 학술 이론의 문제가 아니라, "지금의 청년들에게 가장 중요한 것은 무엇인가?"라는 현실의 문제임을 어렵지 않게 알 수 있다. 이것이 바로 앞서 얘기했던, '지금 중국인의 생존과 발전'이라는 루쉰의 기본 명제의 연장선에 있는 것이다. 그가 보기에 당시 중국 청년들에게 가장 중요한 것은 '좀비'가 아니라 '살아 있는 사람'이 되는 것이고, '말'만 하는 게 아니라 '행동'하는 것이었다. 이것은 반드시 실제 생활과 연계되어야지 거기에서 이탈해서는 안 된다. 지금의 중국 청년의 생존과 발전이라는 바로 이 관점에서 그는 '중국의 책'과 '외국의 책'이 청년들의 정신에 미치는 영향과 작용에 대해 달리 평가했다. 그리고 그가 중국의 책이 늘 "기분을 가라앉혀 실제 인생과 분리"시킨다고 한 것은 결코 일시적으로 내뱉은 과격한 말이 아니라, 오랫동안 고찰하고 사고한 결과였다. 주지하다시피 일찍이 20세기 초에 루쉰은 중국 문화가 "사람의 마음을 흔들지 못한다不攖人心"라고 개괄하고 비판한 바 있다.[42] 더욱이 이것은 그의 가장 절실한 생명의 체험이자 인생의 기억이었다. 이 때문에 그는 "중국의 책을 적게 보겠다(혹은 아예 보지 않겠다)"라고 반복적으로 강조했는데, 이것은 엄청난 고통과 맞바꾼 진심에서 우러난 말이었다. 그것은 절대 잠시 기분을 풀

---

42   魯迅, 「摩羅詩力說」, 『花蓋集』(『魯迅全集』 제3권), 67~68쪽.

기 위해, 혹은 무슨 농담이나 격분한 말이 아니었다.

　스스로 이 오래된 귀신들에게서 등을 돌리려고 애쓰지만 떨쳐내지 못하고 늘 답답한 무게감을 느낀다…….
　옛사람이 책에 쓴 혐오스러운 사상이 내 마음속에도 항상 있는 듯하다…….
　나의 이 사상을 늘 저주하면서 또 후세의 청년들에게 다시는 보이지 않게 되기를 바란다.[43]

　이로 보건대 루쉰은 지도자의 모습으로 나타난 게 아니고, 더욱이 자기를 '앞날의 목표이자 모범'으로 여기지 않았음을 알 수 있다. 그는 청년에게 자기 마음을 전하면서 자기의 고통스러운 경험을 젊은이들에게 하소연하고, 예전에 자기를 괴롭히고 극도의 고통을 가져다준 '오래된 귀신들'이 다시 나타나서 청년 세대를 괴롭히지 않기를 바란다. 그리고 그들은 자기가 걸었던 길을 다시 걷지 않고 자기를 비롯한 이전 사람들과는 다른 새로운 길을 걷기를 기대한다. 그는 여전히 "스스로 인습의 무거운 짐을 등에 진 채 어둠의 갑문을 어깨에 받친 채 그 청년들을 드넓은 광명의 땅으로 내보내려 하는" 기본 입장과 태도를 고수한다. 그는 청년들에게 고서古書를 읽으며 낡은 종이 더미를 파고 들어가라고 호소하면, 청년들에게 필요한 비판 정신과 과학적 방법이 결핍되어서 '들어'가기는 하되 '나오'지는 못한 채 그 종이 더미의 포

43　魯迅, 「寫在『墳』後面」, 『墳』(『魯迅全集』 제1권), 285~286쪽.

로가 되어 '살아 있는 사람'이 '좀비'로 변하는 결과가 나타나지 않을까 염려했다. 그는 확실히 이것을 "무척 두려워했다".

나중에 루쉰은 또 청년들에게 낡은 종이 더미를 파고 들어가라고 장려하여 실제 생활에서 이탈하게 하는 경향을 '연구실 진입' 주의主義라고 개괄하고, 더욱 첨예하게 비판했다. 1925년의 「통신通訊」에서 그는 이렇게 썼다.

> 서너 해 전에 하나의 사조가 일을 상당히 망쳐 버렸다. 학자들은 대개 사람들에게 연구실로 들어가라고 권하고, 문인들은 예술의 궁전으로 들어가는 것이 최선이라고 얘기해서, 지금까지도 그다지 많이 나오지 않고 있는데, 그들이 거기에서 어떻게 지내고 있는지 모르겠다. 이것은 자기가 원한 일이기는 하지만, 태반은 새로운 사상을 가졌으나 '오래된 수법'의 계책에 당했기 때문이다.[44]

여기서 말하는 '학자'에는 응당 후스가 포함될 것이다. 다만 후스의 저작을 살펴보면 '연구실로 들어가라'와 같이 분명한 주장은 전혀 없는 듯하다.[45] 그러므로 이것은 여전히 일종의 사조에 대한 개괄인데, 여기에는 대체로 두 가지 의미가 포함되어 있다. 첫째, 청년들에게 연

44　魯迅, 「通訊」, 『花蓋集』(『魯迅全集』 제3권), 25쪽.
45　1919년 6월 29일에 후스가 『매주평론(每週評論)』에 발표한 「연구실과 감옥[研究室與監獄]」에서는 천두슈[陳獨秀]의 다음과 같은 말을 인용했다. "청년이 뜻을 세우고 연구실을 나오면 바로 감옥으로 들어가고, 감옥을 나오면 바로 연구실로 들어가는 것이야말로 인생에서 가장 고상하고 아름다운 삶이다."(『胡適文集』 제11권, 17쪽) 다만 이 주장은 루쉰이 개괄한 '연구실 진입' 주의와는 무관한 듯하다.

구실로 들어가서 창밖의 일을 듣지 않고 실제 사회와 현실 생활에서 이탈한 채, 문을 걸어 닫고 책을 읽으라고 권한다. 둘째, 쓸모없는 책을 읽어서 박학하나 실제에는 우원迂遠한 '서생書櫃'이 되게 하면 결과적으로 사상이 "점차 굳어서 죽어 갈" 뿐이라는 것이다. 나중에 그는 "내가 예전에 청년들이 연구실로 들어가는 데에 반대한 것도 이런 뜻"이라고 했다.[46]

한 달 뒤에 루쉰은 「봄 끝의 한담春末閑談」에서 '연구실 진입' 주의를 중국 역사와 현실의 전제專制 체제에 놓고 그것의 실제 작용을 고찰하고, 더욱 날카롭게 비판했다. 그는 전제적 통치자는 자기 신민臣民, 피통치자에게 두 가지를 요구한다고 했다. 즉 자기에게 절대복종하면서 '진수성찬珤食'을 바치라는 것이다. 그런데 이 둘 사이에는 어떤 모순이 있을 수가 있다. "복종을 요구하며 위세를 부리면 (신민이) 살 수 없고, 진수성찬을 바치라고 하면 (신민이) 죽어서는 안 된다. 통치를 받으려면 살아서는 안 되는데, 통치자를 공양하려면 또 죽어서는 안 된다." 그래서 최선은 '일종의 기묘한 약품을 발명'하여 신민의 몸에 주사해서 그들의 지각 신경을 '완전히 마비'시킴으로써, 생각은 하지 못하게 하고 그저 운동신경의 기능만 남겨 두는 것이다. 그러면 육체적인 일은 할 수 있으니, 바로 '머리는 없으나 노역과 전쟁은 수행할 수 있는 기계'인 것이다. 그는 이렇게 통치자를 위해 고안한 '훌륭한 약'은 '유로들이 전하는 성인의 경전이나 현자의 해설방법'을 제외하면 바로 '학자들의 연구실 진입 주의'이고, 또 "문학가와 차를 파는 노점상이 나라의 정치

---

46   魯迅, 「讀書雜談」, 『而已集』(『魯迅全集』 제3권), 443쪽.

에 관해서는 얘기하지 않는 원칙, 교육가가 보지도 듣지도 말고 말하지도 논란을 일으키지도 말아야 하는 원칙" 따위라고 했다.[47]

이런 비판은 이미 구체적인 사람과 사건에서 벗어나서, 진정으로 '연구실 진입' 주의를 일종의 사회 사조로 간주하여 그 실질을 드러냈다. 처음에는 너무 수준이 높아 받아들이기 어려운 듯하나, 자세히 생각하며 음미해 보면 급소를 찌른 비판임을 인정할 수밖에 없다.

5

앞서 우리는 이미 루쉰과 후스가 '지금 청년에게 가장 중요한 것'이라는 문제에서 의견이 갈렸음을 살펴보았다. 그렇다면 이제 5·4 이후 그들 두 사람이 청년에게 행한 몇 차례 연설에 나타난 사상 경향을 비교함으로써 이 문제를 더 깊이 파고들어 논의해도 좋을 듯하다.

먼저 후스를 살펴보자. 1920년 베이징대학 개학식에서 그는 베이징대학이 진정으로 '새로운 사조의 선구'이자 '신문화의 중심'이 되어야 하며, 반드시 "현재의 이 천박한 '전파傳播' 사업에서 어떤 '제고된' 연구 역량으로 돌아가야" 한다고 명확히 제시했다.

베이징대학이 움직이지 않는다고 욕하는 사람이 있더라도 신경 쓰지 말고, 베이징대학이 열심히 하지 않는다고 욕해도 신경 쓰지 말아야 합

---

47 魯迅, 「春末閑談」, 『墳』(『魯迅全集』 제1권), 204~206쪽.

니다. 다만 베이징대학의 수준이 높지 않고, 학생들의 학문이 훌륭하지 않으며, 학풍이 좋지 않다고 말하는 사람이 있다면, 그것이야말로 진정한 치욕입니다! 나는 여러분이 그것을 씻어 버리기를 희망합니다. 베이징대학은 그 천박한 '보급' 운동을 하기보다는 동문들이 일제히 전력을 다해 '제고'의 방향으로 노력하기 바랍니다. 문화와 학술, 사상을 창조하려면 오로지 진정으로 제고할 수 있어야만 진정으로 보급할 수 있습니다.[48]

1921년 베이징대학 개학식에서 그는 또 '외부인들이 우리를 학벌學閥이라고 하는 것'을 겨냥하여 이렇게 말했다.

저는 학벌이 되려면 반드시 군벌이나 재벌처럼 두렵고 유용한 세력을 만들어 인민의 사상에 중대한 영향을 줄 수 있어야 한다고 생각합니다……. 그러므로 우리는 차이위안페이 총장이 말씀하신 것처럼 지식을 위해 지식을 구하는 정신을 갖추는 한편, 중국의 역사를 창조하고 문화의 신기원을 개척하는 실력 있는 학벌이 되어야 합니다. 이것이 바로 우리의 이상적인 목적입니다.[49]

후스가 베이징대학 학생들을 이끌면서 그들에게 요구하는 바에 두 가지 뚜렷한 중점이 있음을 어렵지 않게 알 수 있다. 첫째, '지식을 위해 지식을 구하는 정신'으로 '고등의 학문을 추구'하여 '문화와 학술,

48   胡適, 「普及和提高」(『胡適文集』 제12권), 436~437쪽.
49   胡適, 「在北大開學典禮會上的講話」(『胡適文集』 제12권), 438~439쪽.

사상을 창조'함과 동시에 엄격한 제도와 기강을 수립하는 것이다. 이것은 앞서 설명했던 차이위안페이의 지도 사상과 완전히 일치한다. 이런 추구와 노력이 바로 후스를 중국 현대 아카데미 학파에서 가장 중요한 대표자로 만들었으며, 당연히 그 영향도 대단히 심원했다. 둘째, 후스가 아카데미 학파의 학술을 제창한 의미는 절대 순수한 학술이 아니라, 학술을 통해 조성된 일종의 '군벌이나 재벌처럼 두렵고 유용한 세력'이었다. 그러니까 학술의 '실력'을 빌려 사회에 영향을 주고, "인민의 사상에 중대한 영향을 일으켜서", 이른바 '(천하의) 스승'이 되고, 나아가 학술 권력을 이용하여 정치 권력을 획득하고자 했다. 훗날 그가 어느 강연에서 한 말을 빌리자면, 바로 "사회가 우리에게 준 지도자의 자격은 우리가 생사가 걸린 일에 나서서 발언하고 일할 것을 요구하니"[50], "중국의 역사를 창조하고 문화의 신기원을 열게" 된다는 것이다. 이런 이유로 그가 베이징대학 학생들에게 거는 기대는 일반적인 전문가가 아니라 '세력'을 갖춘 '학벌'이 되는 것이었으며, 게다가 가능하면 '지도자'가 되라는 것이었다. 오늘날의 화법으로 말하자면, 바로 기술과 정치 분야의 '엘리트'를 양성하는 것인데, 이 양자는 또 서로 전환될 수 있어야 한다.

다시 루쉰을 살펴보자. 5·4 이후 그가 한 강연은 두 차례였다. 첫째는 1923년 12월 26일에 베이징 여자고등사범학교 문예회에서 강연한 「노라[51]가 떠난 뒤에 어떻게 되었는가?娜拉走後怎樣」이고, 둘째는

---

50 胡適, 「學術救國」(『胡適文集』 제12권), 454쪽.
51 【역주】노라(Nora Helmer)는 입센(Henrik Ibsen, 1828~1906)의 희극 『인형의 집 (A Doll's House)』에 등장하는 여주인공이다.

1924년 1월 17일에 베이징 사범대학 부속 중학교 동창회에서 강연한 「천재가 나오기 전未有天才之前」이다. 이 외에 같은 시기의 잡문 가운데 도 청년과 관련된 말들이 약간 있다.

루쉰의 당시 강연을 읽으면 우선 강연자의 태도에 주목하게 된다. 「노라가 떠난 뒤에 어떻게 되었는가?」의 첫머리는 "인생에서 가장 고통스러운 것은 꿈에서 깨어났는데 갈 길이 없다는 것"이라는 말로 시작한다. (훗날 그는 젊은이에게 보낸 편지에서도 이렇게 말했다 : "나 자신도 기로에 서 있는데", 젊은이들에게 어떻게 길을 알려 줄 수 있겠는가?)[52] 이어서 "지금 사회에서는 경제권이 가장 중요하게 여겨진다"라고 한 후에, 곧바로 "애석하게도 나는 이 권력의 칼자루를 어떻게 취득하는지 모르며, 그저 계속해서 싸워야 한다는 것만 알 뿐"이라고 인정했다. 마지막으로 "등짝에 큰 채찍을 맞지 않는 한 중국은 스스로 움직이려 하지 않는다"라고 하고, 또 솔직하게 이렇게 말했다.

그러나 (그 채찍이) 어디서 어떻게 오는지는 나도 확실히 알 수 없다.[53]

자기가 '아는' 것뿐만 아니라 '모르는' 게 무엇인지도 얘기했다. 자기가 이미 진리를 장악하고 학생들에게 기성의 길을 가게 한 게 아니라, 자기도 길을 찾는 중이라는 것이다. 앞으로 나아가야 한다는 것만 알 뿐이니, 어떻게, 어디로 가야 하는지는 학생들과 함께 탐구하고 실천해야 한다고 했다. 루쉰의 강연을 듣는 것은 후스의 연설을 듣는 것

---

52   魯迅, 「北京通信」, 『花蓋集』(『魯迅全集』 제3권), 51쪽.
53   魯迅, 「娜拉走後怎樣」, 『墳』(『魯迅全集』 제1권), 159·161·164쪽 참조.

보다 힘들 수도 있으니, 모든 게 불명확해서 청자가 스스로 생각해야 하기 때문이다.

당연히 루쉰도 자기만의 관점이 있다. 「천재가 나오기 전」에서 그는 학생들에게 이렇게 말했다.

천재는 깊은 숲이나 황량한 들판에서 스스로 태어나 성장하는 괴물이 전혀 아니며, 천재가 태어나 성장할 수 있게 해 주는 민중을 통해 태어나 육성되므로, 이런 민중이 없으면 천재도 없습니다……. 천재가 나오기를 요구하기 전에 먼저 천재가 태어나 성장하게 해 줄 수 있는 민중이 있어야 합니다.

이 자리에 계신 여러분도 아마 열에 아홉은 천재가 나오기를 바랄 것입니다. 그러나 상황이 이러하니, 천재가 나오기도 어려울 뿐만 아니라 단순히 천재를 육성할 토양이 있기를 바라기도 어렵습니다. 제 생각에 천재는 태반이 천부적입니다. 단지 천재를 육성할 토양만 있다면 여러분 모두 천재가 될 수 있을 것입니다. 토양을 만드는 효과는 천재를 요구하는 것보다 가까이 있습니다. 그렇지 않다면 설령 수백 수천 명의 천재가 있더라도 토양이 없으면 자라지 못하고 접시에 담긴 녹두 싹처럼 되고 말 것입니다.

토양을 만들려면 정신을 확대해야 하니, 말하자면 새로운 사조를 받아들이고 낡은 틀에서 벗어나서 장래에 나타날 저 천재를 용납하고 이해할 수 있어야 합니다. 또 작은 일이라도 두려워하지 말아야 합니다. 그러니까 창작할 수 있는 이는 당연히 창작하고, 그게 아니면 번역하거나 소개하고, 감상하고, 읽고, 보면 됩니다. 한가한 시간도 모두…….

토양은 천재에 비하면 당연히 거론할 가치도 없으나, 강인하고 각고의 노력을 하는 정신을 지닌 탁월한 사람이 아니면 쉽게 만들 수 없을 것입니다. 그러나 일은 사람이 하기에 달린 것이니, 부질없이 천부의 천재를 기다리는 것보다는 가능성이 있습니다. 이 점이 토양의 위대한 부분이며, 오히려 큰 희망이 있는 부분이기도 합니다.[54]

확실히 관점이 다르다. 후스는 소수의 엘리트와 천재에게 관심을 보였다. 그런데 루쉰은 천재를 부인하지는 않았으나 천재가 태어나 성장하게 해 줄 수 있는 민중을 육성하는 데에 더 관심을 기울였다. 그는 이것이 더 기본적인 작업이라고 여겼다. 그래서 그는 청년들에게 "사조를 받아들이고 낡은 틀에서 벗어난" '토양'이 되라고 장려하면서 "작은 일이라도 두려워하지 않는" '강인하고 각고의 노력을 하는 정신을 지닌 탁월한 사람'에게 더 큰 '희망'을 기탁했다. 그리고 자신도 똑같은 범위에 들여놓아서, 자기도 일개 '속인'이자 '보통 사람' 즉, '토양'이라고 했다. 그는 절대 '천재'의 '지도자'가 아니었다.

청년에 대해서, 그리고 그들의 문제를 포함해서 루쉰도 나름의 관점이 있었다.

최근 몇 년 동안 학생들이 소란을 피운다는 얘기를 늘 듣는데, 선생뿐만 아니라 막 졸업해서 하급 공무원이나 교원이 된 이들도 종종 이렇게 말했다. 그러나 나는 절대 그렇게 생각하지 않는다…… 사실 지금의 학

---

54   魯迅, 「未有天才之前」, 『墳』(『魯迅全集』 제1권), 169쪽.

생은 온순한데, 어쩌면 지나치게 온순하다고 할 수 있을 정도이다.[55]

이른바 '소란'을 피운다는 것은 아마 차이위안페이나 후스도 상당히 골머리를 썩일 '끊임없는 학내 소요'를 일으키고 '규범의 틀에 편입하기 어려운' 학생들을 가리킬 터이다. 루쉰은 학내 소요에 무조건 찬동하는 것은 절대 아니었으며, 특히 시위하고 청원하는 데에는 찬성하지 않았다. 다만 그에게는 다른 이유가 있었다. 그는 학생의 목숨을 아끼는 차원에서 무의미한 '희생'에 반대하고, 아울러 학생들에게 한 강연에서 "우리는 다른 이에게 희생하라고 권유할 권리가 없음"[56]을 명확하게 나타냈다. 그는 학생들을 규범의 틀에 편입해야 한다고 주장하지 않고, 오히려 젊은이들이 지나치게 '온순'한 것을 염려했다. 그가 보기에 이것은 바로 '지식인의 가정교육'이 "숨을 죽이고 고개를 숙인 채 감히 경거망동하지 못하게 한다. 두 눈은 황천黃泉을 내려다봐야지 하늘을 쳐다보면 오만하다고 여겨지고, 만면에 죽을상을 해야지 웃으며 말하면 건방지게 보임"을 주입한 데에서 비롯되었다. 그의 교육 이념에서는 이렇게 "쓸모없는 책만 죽어라 읽히는" 우민교육愚民敎育을 더 계속해서는 안 되고, 오히려 그 반대였다.

세상에 정말 살아가려는 사람들이 있다면 먼저 과감하게 얘기하고, 웃고, 울고, 분노하고, 욕하고, 때릴 수 있어야 한다. 그래야만 이 저주할 만한 땅에서 저주할 만한 시대를 격퇴할 것이다![57]

---

55   魯迅, 「後記」, 『花蓋集』(『魯迅全集』 제3권), 177~178쪽.
56   魯迅, 「娜拉走後怎樣」, 『墳』(『魯迅全集』 제1권), 163쪽.

이런 어떤 정신적 자유 상태와 구속되지 않은 생명, 반항 상태야말로 '활기 있고 건강한 생명'이 응당 가져야 할 정신상태이다. 그가 보기에 진정한 교육은 "삶을 가르치는 것이지 죽음을 가르치는 게 아니어야" 했다. 그러니까 이런 교육관에서 출발해서 루쉰은 "움직이지 말라고 가르치는" '옛날의 교훈'에 의문을 제기했다.

나는 인류가 향상 즉 발전하기 위해서는 마땅히 활동해야 하며, 활동하면서 약간 잘못을 저지르더라도 별로 문제가 되지 않는다고 생각한다. 오로지 반쯤 죽은 듯이 구차하게 사는 것은 완전히 잘못된 삶이다. 그것은 삶이라는 간판을 걸고 실제로는 죽음의 길로 인도하는 것이기 때문이다!

나는 어쨌든 우리가 청년들을 감옥에서 꺼내야 한다고 생각한다. 도중의 위험은 당연히 있을 테지만, 이것은 삶을 추구하는 과정에서 우연히 나타난 위험인지라 피할 곳이 없다.[58]

인용문의 뜻은 아주 분명하다. 당연히 학생들을 다시는 '감옥'에 가둬 두지 말아야 한다는 것이다.

(청년을 포함한) 많은 이들이 '현상에 불만족할' 때, 루쉰은 사람들의 주의를 일깨운다. 그런데 여기에는 한 가지 인도引導의 문제 즉, '어느 길로 가야 하는가?'라는 문제가 존재한다. 그는 이렇게 말한다. 보아 하니 저 "국학자들은 국수國粹를 떠받들고, 문학가들은 고유 문명을 찬

57   魯迅, 「忽然想到(五)」, 『花蓋集』(『魯迅全集』 제3권), 42~43쪽.
58   魯迅, 「北京通信」, 『花蓋集』(『魯迅全集』 제3권), 52~53쪽.

탄하고, 도학가道學家들은 복고復古에 열심인데", 그들은 젊은 세대를 후
퇴하여 모두 "300년 전의 태평성대를 선망하도록" 이끈다. 그러나 그
는 한 가지 회피할 수 없는 문제 즉, '태평성대'란 무엇인가라는 질문
을 제기한다. 아울러 그는 한마디로 잘라 말한다, 이른바 '태평성대'
는 바로 '잠시 안정적으로 노예가 되었던 시대'라고. '노예가 되고 싶
어도 그럴 수 없는 시대'에 살면 '잠시 안정적으로 노예가 되었던 시
대'를 미화하고 선망하게 된다는 것이다. 그래서 중국도 '노예가 되고
싶어도 그럴 수 없는 시대'와 '잠시 안정적으로 노예가 되었던 시대'
사이에서 순환하는 역사의 기현상奇現象에서 영원히 헤어나지 못한다.
이것은 교육에 첨예한 문제를 제기하게 된다. 학생들이 '후퇴'하여 역
사의 순환 속에 편입되도록 이끌어야 하는가, 아니면 '전진'하여 그
순환을 타파하도록 이끌어야 하는가? 루쉰의 관점은 분명했다.

　돌아보지 마라, 앞쪽에도 길이 있으니. 그리하여 이 중국 역사에서 미
　증유의 세 번째 시대를 창조하는 것이 바로 오늘날 청년의 사명이다![59]

　동시에 그는 다시 자기의 경험을 들어 청년들에게 경계를 주었다.
자기 목숨을 아껴야지 "스스로 특별한 신력神力을 지니고 있으니 마음
먹은 대로 성공하리라" 여기지 말고, "참을성 있게 싸워 나가야" 한다
는 것이다.[60] 그는 또 이렇게 일깨웠다. '불을 붙이는 청년'은 "군중의

59　魯迅, 「燈下漫筆(一)」, 『墳』(『魯迅全集』 제1권), 213쪽.
60　魯迅, 『花蓋集』 「朴白(三)」 (『魯迅全集』 제3권, 105쪽) 「노라가 떠난 뒤에 어떻게 되었
　　는가?」라는 강연에서도 똑같이 '참을성' 정신을 강조했다.(『魯迅全集』 제1권, 162쪽)

공분公憤을 불러일으키고 나서, 또 깊은 용기를 주입할 방법을 생각해야 한다. 그리고 군중의 감정을 고무할 때는 온 힘을 다해 명백한 이성을 계발해야 한다".[61] 이런 예들은 모두 그가 청년들과 교유할 때 시종일관 5·4의 이성 정신을 견지했음을 보여주며, 아울러 곳곳에서 청년에 대한 사랑과 보호하려는 마음을 나타냈다. 그는 절대 누군가의 말처럼 급진적인 선동가가 아니었다.

6

한층 더 깊이 논의해 보자. 청년에 대해 서로 달리 기대하고 인도하게 된 배후에는 더 중요한 어떤 갈림이 있었을까?

비교적 뚜렷한 것은 당연히 교육 이념과 대학의 기능에 대한 인식의 차이인데, 그 가운데는 어쩌면 베이징대학의 전통에 대한 해석과 상상의 차이가 포함될 수도 있을 것이다.

후스의 대학관은 대단히 명확하다. 대학의 직책은 '전문 기술 인재'와 '지도자가 될 인재'를 양성하는 것이다. 1930년대에 그는 또 한 걸음 더 나아가서 '전문가 정치'와 '연구소 정치'의 이상을 제기하면서, "신경의 중추가 될 고등의 '두뇌 집단'뿐만 아니라 손발과 이목이 되어 줄 100만 명의 전문 인재들이 필요"하다고 했다.[62] 이것은 그가 추

---

61 魯迅, 「雜憶」, 『墳』(『魯迅全集』 제1권), 225쪽.
62 胡適, 「中國無獨裁的必要與可能」, 「一年來關於民治與獨裁的討論」(『胡適文集』 제11권, 504·509~510쪽).

구한 것이 '전문가 정치'('연구소 정치')를 위해 봉사할 엘리트 교육임을 나타낸다.

그러나 루쉰의 기대는 달랐다. 1925년에 쓴 통신에서 그는 이렇게 썼다. "내 생각에 현재의 방법은 우선 몇 년 전 『신청년』에서 이미 얘기한 바 있는 '사상 혁명'을 활용하고", "또 '사상 혁명'의 전사戰士를 준비하는 게 나을 듯하다".[63] 그는 분명히 대학이 5·4시기의 베이징 대학처럼 '사상 혁명'의 전사를 준비하는 데에 특수한 역할을 하기를 기대했다. 그래서 그는 「중산대학의 개학에 부침中山大學開學致語」에서 이렇게 썼다.

> 중산대학과 혁명의 관계는 아마 많은 책과 같을 것이다. 다만 쓸모없는 책이 아니라. 그것은 혁명 정신을 분발하고, 혁명의 재능을 키우며, 혁명 기백의 역량을 견고하게 하는 것이어야 한다.
>
> 지금은 사방에 전쟁과 강제, 압제가 없으니 반항도 혁명도 없다. 모든 것은 대부분 혁명을 겪었고 장차 혁명할, 혹은 혁명을 선망하는 청년들은 평온한 분위기 속에서 학술을 탐구하는 삶을 보낼 것이다. 다만 이 평온한 분위기는 반드시 혁명 정신에 충만해 있어야 한다. 이 정신은 햇빛처럼 영원히 발산되어 아무리 먼 곳일지라도 모두 도달할 것이다.
>
> 그렇지 않으면 혁명이 지나간 곳이 곧 나태한 자들이 복을 누리는 곳으로 변할 것이다.
>
> 중산대학도 의미가 없어진다.

---

63   魯迅, 「通信」, 『而已集』(『魯迅全集』 제3권), 22쪽.

국내에 쓸데없이 많은, 보기에만 그럴싸한 학위만 늘어날 뿐이다.

나는 우선 중산대학 사람들이 앉아서 공부하고 있더라도 최전선^{最前線}을 영원히 기억하기만을 바랄 뿐이다.[64]

여기서 말하는 '혁명'은 당연히 좁은 의미가 아니다. 필자가 보기에, 그것은 응당 현상에 영원히 만족하지 않고 부단히 혁신하며 향상하는 정신,[65] 그리고 비판과 회의, 자유로운 창조 정신을 포괄하는 듯하다. 대학의 기능은 절대로 지식의 전파와 사회의 합법적 지식인을 생산하는 데에만 국한되는 게 아니라, 사상과 문화, 학술, 그리고 사회의 변혁과 발전을 위해 비판적이고 창조적인 정신적 자원을 제공해야한다. 그가 '대학'과 '혁명'을 연계시킨 것은 중요한 의미가 있다. 그는 분명히 '평온한 분위기 속에서 학술을 탐구하는 삶을 보내는' 데에 반대하지 않으며, 이런 '평온' 역시 원래 정상적인 학습과 연구를 위한 필요조건이다. 다만 루쉰은 '평온한 분위기'에 잠재해 있을 수 있는 위험도 간파했다. 일단 그것이 응고되면 자아가 폐쇄되어 캠퍼스의 교수와 학생들이 "아무 문제도, 결함도, 불평도 없고 또 그래서 아무것도 해결하거나 개혁하거나 반항하지 못하는" 상태에 빠질 수 있다는 것이다.[66] 그렇게 되면 지식인의 비판과 창조 기능을 완전히 상실하여 정신이 평범해지고 위축되는 상황을 초래할 것이다. 그래서

---

64 魯迅, 「中山大學開學致語」, 『集外集拾遺補編』(『魯迅全集』 제8권), 159~160쪽.
65 루쉰은 이렇게 말한 적이 있다. "'혁명'이라는 말을 무척 두려워하는 사람도 있으나, 사실 그것은 '혁신'에 지나지 않으니, 글자 하나만 바꾸면 매우 평화로워진다."(魯迅, 「無聲的中國」, 『魯迅全集』 제4권, 13쪽)
66 이것은 루쉰의 「論睜了眼看」에 담긴 주장을 차용한 설명이다.

그는 "이 평온한 분위기는 반드시 혁명 정신에 충만해 있어야 한다"라고 강조함으로써 생명과 학술의 활력을 시종일관 견지했다. 그는 또 "학문이 있어야만 구국救國의 자격을 갖춘다"라는 관점(후스는 아마 이런 관점을 장려한 사람 가운데 하나일 텐데)을 겨냥하여 이렇게 말했다.

'애송이束髮小生'가 선생으로 변해서 연구실에서 기어 나오면 구국의 자격이 조금 있겠지만, 뜻밖에도 여전히 정신적으로 여러 분야에서 충분히 발달하지 못한 기형물畸形物일 뿐이다.[67]

이것도 바로 루쉰이 염려하는 바였다. 대학이 배양한 존재가 지식은 가득 차 있으나 정신은 기형인 이른바 '전문가'라면, 그것은 정말 보기만 그럴싸한 몇 개의 '학자'라는 직함이나 '머리는 없어도 노역하고 전쟁할 줄은 아는 기계'[68]만 조금 더해 준 셈이니, 이런 대학은 그야말로 '무의미한' 것이다.

이로 인해 루쉰은 베이징대학의 전통에 대해 독특하게 이해하고 해석하고 상상하게 되었다. 1925년에 그는 베이징대학 학생회의 요청에 따라 「내가 보는 베이징대학我觀北大」이라는 중요한 글을 써서, 베이징대학에 대한 그의 관점을 제시했다.

첫째, 베이징대학은 늘 새롭고 개진改進하는 운동의 선봉으로서 중국을 좋은 방향, 발전의 길로 나아가게 하려 한다. 암중의 공격을 많이 맞

67   魯迅, 「碎話」, 『花蓋集』(『魯迅全集』 제3권), 161쪽.
68   魯迅, 「春末閑談」, 『墳』(『魯迅全集』 제1권), 206쪽.

고 많은 유언비어에 시달렸으나 교수와 학생도 해가 갈수록 바뀌어서 향상의 정신은 여전히 시종일관하여 해이解弛해지지 않고 있다. 우연스럽게 방향을 돌리고 싶은 적도 당연히 있을 수밖에 없었지만, 그것도 대체大體를 해치지 않았으니, '모두가 한마음'이라는 것은 원래 책에 적힌 허울 좋은 말에 지나지 않는다.

둘째, 베이징대학은 설령 혼자일지라도 늘 어둠의 세력과 싸워 왔다. 장스자오章士釗가 '학풍學風 정돈'의 명분을 내세워 '스승을 세우고作之師'[69] '교육비金款'[70]를 나누어 쓴 이래, 베이징대학은 여전히 그를 펑윈이彭允彛처럼 대우했다······.[71] 당시에는 당연히 조금 음울한 모습을 보였으나, 그것이 대체를 해치지 않았으므로 첫째 항목과 같다.

(···중략···) 내가 느끼기에 베이징대학은 어쨌든 아직 살아 있고, 게다가 아직 생장하고 있다. 살아 있는 모든 것은 또 생장하는 중이니, 항상 희망찬 앞길이 있다.[72]

---

69 【역주】『상서(尙書)』「태서(泰誓)」: "하늘이 백성을 보우하기 위해 군주를 세우고 스승을 세웠다[天祐下民, 作之君, 作之師]."

70 【역주】1925년 8월에 돤치루이[段祺瑞] 정부는 국민의 반대를 무릅쓰고 프랑스에 경자(庚子) 배상금을 지불하기 위해 염세(鹽稅)를 담보로 배상금을 지불하고, 남은 잔액 천여만 위안을 회수했는데, 이것이 '금관(金款)'이라고 불렸다. 이 돈은 대부분 북양정부(北洋政府)의 군비(軍費)로 지출되었고, 개중에 150만 위안을 덜어서 교육비로 쓰려고 했다. 당시 일부 사립대학이 이 돈을 나눠 써야 한다고 의견을 제시했으나 장스자오[章士釗]는 8개 국립대학의 부채를 정리하는 데에 써야 한다는 주장을 견지했다.

71 【역주】1923년에 펑윈이(彭允彛 : ?~?, 자는 징런[靜仁])가 북양정부의 교육총장(敎育總長)이 되었을 때 베이징대학은 그에 반대하여 교육부와 관계를 끊었으며, 1925년 8월에는 또 장스자오의 "사상이 진부하고 행위가 비루"하다는 이유로 그가 교육총장이 되는 데에 반대하고 교육부와 관계를 끊었다.

72 魯迅,「我觀北大」,『花蓋集』(『魯迅全集』제3권), 158쪽.

여기서 그가 강조하는 베이징대학의 정신은 일종의 '향상'하는 '살아 있는' 것으로서, 그가 시종일관 강조했던 교육 사상 즉, '살아 있는 사람'을 육성하고, "삶을 가르치는 것이지 죽음을 가르치는 게 아니"라는 생각과 완전히 일치한다. 그리고 그가 베이징대학이 '늘 새롭고 개진하는 운동의 선봉'이었으며 아울러 '늘 어둠의 세력과 싸웠음'을 강조한 것도 앞서 설명한 바의 저 '대학'과 '혁명'을 연계시킨 사상과 일맥상통한다. 여기서 말하는 '새롭고 개진하는 운동의 선봉'으로는 당연히 새로운 사상과 문화 운동을 우선 꼽을 수 있으나, 그와 동시에 새로운 사회 운동과의 관계를 강조하고 있다. 이른바 '늘 어둠의 세력과 싸웠다'라고 했을 때 그 대상은 당연히 사상과 문화, 교육, 정치 분야의 '어둠의 세력'을 포괄한다. 이것은 본래 5·4시기 베이징대학의 전통이었다. 당시 베이징대학은 신문화운동의 중심이었을 뿐만 아니라, 5·4 애국학생운동을 직접 촉발하기도 했다. 이제 루쉰은 베이징대학이 '시종일관' 이러한 5·4 전통을 유지해야 한다는 것을 강조했는데, 이는 베이징대학 내부에 이 문제에 대한 논쟁이 있었기 때문이다. 그의 글에서는 '모두가 한마음'이라는 국면은 절대 존재하지 않는다고 거듭 얘기하면서, 누군가 '방향을 돌리고 싶어' 하고 '음울한 모습을 보이기도' 했다고 얘기했는데, 이것은 확실히 가리키는 바가 있었다. 『후스 문집』에는 후스와 왕스제王世傑, 딩셰린丁燮林, 리쓰광李四光, 천위안陳源 등이 연합하여 서명한 「이번에 본교가 교육부와 관계를 끊고 항의한 사건의 시말這回本校脫離教育部事抗議的始末」이 수록되어 있다. 이에 따르면 베이징대학은 교육총장教育總長 펑윈이와 장스자오에게 반대하여 교육부와 관계를 끊고 항쟁한 이유는 "본교는 응당 하루속히 일반적인 정치적 소요와 학내 소요에서 벗어나 학문의 길을 가기 위해 노력함으로써 국가의 학문 연구 기관으로 남아야" 하기 때문이라고 했다.[73] 이것은 확실히 베이징대학에 대한 또 다른 관점이며, 후스를 중심으로 한 이 베이징대학의 교수들이 가진 베이징대학의 정신과 전통에 대한 또 다른 해석이자 인도引導라고 할 수 있다. 앞서 설명했듯이 후스는 만년까지도 줄곧 이런 관점을 견지했다. 5·4신문화운동이 정치 운동으로 발전한 것은 신문화운동에 대한 교란이라는 것이다. 그리고 신문화운동에 대해서도 그는 천박한 '전파'에서 연구 역량의 '제고'로 이끌기 위해 노력했다. 그러니까 차이위안페이가 원래 베이징대학의 두 가지 위상을 '학술 연구와 개인 수양에 헌신하는 폐쇄된 성지聖地'이자 '정치와 문화 활동의 중심'으로 설정했다고 한다면,[74] 이것은 자체로 모순이다. 그런데 이제 후스 등은 베이징대학의 두 번째 기능과 작용을 취소하는 방식으로 이 모순을 근본적으로 해소하려고 했다. 이렇게 함으로써 그들은 베이징대학을 순수한 '학문 연구 기관'으로 만들고, 베이징대학의 전통도 순수 학술의 범위 안으로 제한하려 했다.

7

루쉰과 후스 사이의 교육 관념의 갈림과 베이징대학에 대한 상상의 차이는 사실 현대 중국 지식인의 두 가지 모델에 대한 두 사람의 서로

73   胡適 等, 「這回本校脫離敎育部事抗議的始末」(『胡適文集』 제11권, 123쪽).
74   魏定熙, 『北京大學與中國政治文化』, 北京 : 北京大學出版社, 1998, 191쪽.

다른 선택과 자기 위상의 정립에 근원을 두고 있다.

이것은 '훌륭한 정부주의政府主意'의 제기와 그에 관해 논쟁에서 집중적으로 구현되었다.

1922년에 후스 등은 정치와 사상, 문화를 포괄하는 주간지 『노력주간努力週刊』을 창간하고, 아울러 거기에 「우리의 정치 주장我們的政治主張」을 발표했다. 서명한 이들 가운데 베이징대학 소속으로 신분을 밝힌 이가 68.75%였고, 개중에는 베이징대학 총장인 차이위안페이와 교무장敎務長 후스, 도서관장 리다자오 등이 포함되어 있었다. 인문학자 외에 사회과학자가 상당히 많았으며, 게다가 대부분 유럽이나 미국에서 유학했다는 배경을 지니고 있었다. 그래서 「우리의 정치 주장」은 베이징대학 구미파歐美派 지식인의 정치 선언으로 볼 수 있었고, '정치 개혁'을 목표로 제기했다는 점에서 주목을 받았다. 사상 개혁을 제창하다가 정치 개혁으로 전환한 것은 5·4신문화운동의 영도자였던 후스에게는 당연히 중대한 변화였다. 이것은 그가 '학벌'에 만족하지 않고 국가 정치를 지도하는 '나라의 스승國師'이 되고자 했음을 나타낸다. 바로 이 '나라의 스승이 되려는 잠재의식'이 후스가 끊임없이 정치에 관해 얘기하지 않겠다고 선언하고, 나아가 청년 학생들이 정치에 관여하는 데에 반대하면서도 결국에는 스스로 정치를 얘기할 수밖에 없었을 뿐만 아니라, 더 나아가 정치적 의도를 실천하고자 하는 내재적 사상과 심리적 동인動因이 되었다. 진정으로 정치에 열중했던 이는 사실 후스 자신이었다. 후스 등이 제기한 정치 개혁의 핵심은 바로 '훌륭한 정부주의'를 제창하는 것이었다. 이것은 후스의 일생을 관철하는 정치적 목표였다고 할 수 있다. 그 요점은 두 가지이다. 우선, '정부(국가)'의 지위와 역할을 강조한다. 즉, "정부는 조직된 공공의 권력인데, 권력은 힘의 일종이니, 무슨 일을 하려면 힘이 있어야 하기 때문"이라고 했다.[75] 다음으로 정치와 경제, 문화생활에 대한 국가의 전면적인 간섭을 강조하면서, 그러므로 일종의 '계획적인 정치'가 필요하다고 제창했다.[76] 인민의 사회와 정치, 경제, 문화생활을 모두 국가의 통일적인 '계획' 속에 편입해야 한다는 것이다. 1928년 후스는 소련을 방문하고 나서, 소련과 같은 방식으로 '이상과 계획, 방법을 갖춘 원대한 정치적 시험'에 대해 "기꺼운 마음으로 진정 감복"했다고 했는데, 이는 절대 우연이 아니었다. 그는 심지어 '신자유주의' 혹은 '자유적 사회주의' 개념을 제기하기도 했다.[77]

후스가 '강력한 정부'의 '계획적인 정치'를 강조한 배경에는 중국의 현대화를 실현하기 위한 모델 가운데 하나가 있었다. 즉 국가의 강력한 권력과 유력한 정치 지도자에게 의지해서 사회의 총동원과 고도의 조직화를 실행함으로써 전국의 인력과 물질력을 집중해서 현대화를 실현하자는 것이었다. 이런 사고방식은 20세기를 관통했다. 최초의 양무운동洋務運動과 무술변법戊戌變法이 바로 청 왕조 내부의 변혁을 통해 황제 권력의 권위를 다시 진작하거나, 혹은 광서제光緒帝 개인의 권위를 다시 건립해서 국가가 점차 현대화의 길로 나아가게 하자는 것이었다. 그러나 감당할 수 없는 부패에 만연된 청 정부는 이미 황제의 권력

---

75 胡適, 「好政府主義」(『胡適文集』 제12권, 716쪽).

76 胡適 等, 「我們的政治主張」(『胡適文集』 제3권, 329쪽).

77 胡適, 「歐遊道中寄書」(『胡適文集』 제4권, 42~43쪽). 만년에 후스는 이에 대해 반성하면서, "일체의 계획경제는 모두 자유와 양립할 수 없고, 모두 자유에 반대되는 것"이라고 했다(胡適, 「從「到奴役之路」說起」(『胡適文集』 제12권, 831~832쪽)).

을 다시 진작할 가망이 없었고, 그래서 황제 통치를 뒤집는 신해혁명辛亥革命이 일어나게 되었다. 혁명에서 승리한 뒤의 혼란으로 인해 또 일부 지식인들은 황제로 자칭하려는 위안스카이袁世凱를 아낌없이 지지하여 다시 권위를 건립하려 했다. 그러나 위안스카이의 복벽復辟으로 개인의 독재를 실행하고, 유교를 국교國敎로 삼아 사상 통제를 강화함으로써 '권위를 통해 나라를 바로 세우려는' 환상이 깨지고 나자, 현대화를 실현하는 새로운 길을 모색하기 시작했다. 바로 이 때문에 차이위안페이의 베이징대학과 5·4신문화운동이 대두했다. 이것은 지식과 지식인 자신의 역량에 기대어 사상 계몽을 통해 국민의 자각을 환기하려는, 아래에서부터 위로 진행된 중국 사회의 변혁이었다. 그런데 이제 후스 등이 제기한 '훌륭한 정부주의'는 사실상 국가의 강력한 권력에 의지해서 현대화를 실현하려는 길로 되돌아가는 것이었다. 그리고 바로 이 점에서 루쉰도 의문을 제기했다. 1925년의 통신에서 그는 이렇게 지적했다. "아마 국민이 이러하다면 절대 훌륭한 정부가 있을 수 없고, 훌륭한 정부는 어쩌면 거꾸로 쉽게 무너질 것"이니, "내 생각에는 지금으로써는 우선 몇 년 전에 『신청년』에서 이미 얘기했던 '사상 혁명'을 활용할 수밖에 없다".[78] 분명히 그가 견지하는 입장은 여전히 국민을 개조하고 계발하자는 5·4신문화운동에서 시작하여 민중에 기대어 아래로부터 위로 개혁해야 한다는 것이었으니, 이는 후스의 사고방식과 확실히 달랐다.

다만 후스에게 위안스카이의 개인 독재와 복벽에 따른 역사의 교훈

---

[78]   魯迅,「通訊」,『花蓋集』(『魯迅全集』제3권), 21~22쪽.

152 살아 있는 루쉰

은 피할 수 없는 것이었다. 강력한 권력을 지닌 정부를 건립하면 권력 남용에 이르게 되는가? 후스도 스스로 이 문제를 의식했다. 그래서 그는 "인류는 저열한 근성이 있어서 무한한 권력을 지닐 수 없으니", "'하루아침에 권력을 잡으면 곧바로 명령을 내리면서' 권력을 남용해 사적인 이익을 챙기려 하는 짓을 피하지 못한다"라고 했다.[79] 그의 대책은 '헌정憲政의 정부'와 '공개적인 정부'를 실행해야 한다는 것이었으니, 제도 건립을 통한 감독과 통제를 시도한 셈이다. 다만 그는 정치 개혁의 유일한 수단은 그래도 '훌륭한 사람'이 정권을 잡는 것이고,[80] 그것이 가장 근본적이라고 했다. 후스 등이 「우리의 정치 주장」에서 설명한 바에 따르면, 이른바 '훌륭한 사람'은 '국내의 우수한 사람'이니, 사실상 자기들과 같은 엘리트 지식인이었다. 이것이 그의 일관된 기본 사상이었으며, '훌륭한 정부주의'의 핵심이기도 했다. '양심과 지식, 도덕'의 측면에서 우세를 차지한 우수한 엘리트 지식인들이 정부를 감독하고 지도해야 하며, 민중과 청년의 지도자가 되어야 한다는 것이다. 「건국과 전제를 다시 논함再論建國與專制」이라는 또 다른 글에서 그는 자기의 뜻을 더 분명하게 나타냈다.

일류 인재가 집중된 정치, 가장 효율성 높은 '두뇌 집단'의 정치를 시행해야지 일류의 총명한 재능과 지혜를 갖춘 이들이 모두 과학과 공업에만 종사하고 나머지 일군의 용렬한 자들이 나라를 통치하게 해서는 안 된다.[81]

---

79 胡適, 「好政府主義」(『胡適文集』 제12권, 718쪽).
80 胡適 等, 「我們的政治主張」(『胡適文集』 제3권), 328~329쪽.

이에 그는 '전문가 정치' 개념을 제기했는데,[82] 그가 말하는 '훌륭한 사람의 정부'는 사실 '전문가 정치'를 실행하는 정부, 강자와 현명한 자가 통치하는 정부였다. 양무운동 이래 지식인의 위치는 모두 국가와 정부의 권력 중심을 둘러싸고 있었는데, 5·4신문화운동은 처음으로 지식인이 국가와 정부로부터 민간을 향해 나아가고, 아울러 베이징대학과 같은 민간의 사상과 문화의 중심을 건립함으로써 국가 권력의 중심과 대항했다고 하자. 그렇다면 이제 후스는 국가와 정부의 권력 구조로 돌아가고, 아울러 자기가 중심 자리를 점령하려고 시도한 셈이다. 지식인 자리의 이런 이동은 그 자체로 대단히 흥미롭다.

논의를 한층 심화하면 다음과 같은 두 가지 문제에 직면하게 된다. 첫째, 후스 등이 제기한 전문가 정치의 실질은 무엇인가? 둘째, 현대 중국이라는 역사 조건에서 후스 등의 전문가 정치라는 이상은 실현될 수 있었는가? 중국 현대 정치의 구조에서 그(그들)이 마지막으로 연출하고자 했던 것은 어떤 배역인가?

앞서 인용했던 「건국과 전제를 다시 논함」이 1930년대에 벌어진 '개명전제開明專制[83]'에 관한 논쟁의 와중에 발표되었다는 사실에 우선 주목하자. 흥미로운 것은 이 논쟁을 발동한 이들이 모두 후스의 영향권에

---

81 胡適, 「再論建國與專制」(『胡適文集』 제11권, 376쪽).

82 胡適, 「知難, 行也不易」(『胡適文集』 제5권, 600쪽).

83 【역주】영어로는 'enlightened despotism' 또는 'enlightened absolutism', 'benevolent despotism' 등으로 표기되기도 하는 전제주의 혹은 절대군주제의 형식 가운데 하나로서, 18세기 후반에 유럽 계몽주의 사상들이 제창한 것이다. 그 핵심은 기본적으로 군권신수론(君權神授論)을 부정하고, 국민은 군주 자체가 아니라 군주의 명령과 법률에 복종해야 한다는 것이다. 대표적인 인물로 프러시아(Prussia) 왕국의 프리드리히 2세(Friedrich II)와 신성 로마 제국의 요셉 2세(Joseph II), 러시아 제국의 여제 예카테리나 2세(Екатерина II Великая) 등을 들 수 있다.

있는 벗들이라는 사실인데, 그들이 개명전제를 고취한 주요 이유는 공업화의 목적을 달성하기 위해서는 "국가가 전체주의 국가^{Totalitarian state}의 역량을 갖추지 않으면 안 되기 때문"이라고 했다.[84] 이것은 후스가 '훌륭한 정부주의'에서 강력한 국가를 강조했던 것과 사고의 맥락이 같다. 다만 후스 본인은 반대 의견을 명확히 표시했다. 「건국과 전제를 다시 논함」 등의 글에서 그가 진술한 이유는 상당히 의미심장하다. 그는 그저 '오늘날 중국'은 개명전제를 시행할 조건을 갖추지 못했다고 했을 뿐, 개명전제 자체를 부인하지는 않았다. 그가 보기에 "민주 헌정은 유치한 정치 제도일 뿐"이고, "뻬어난 인재를 그다지 필요로 하지 않아서", "우리와 같이 유치한 아두阿斗[85]를 수용하기에 가장 적합하니", 당시의 중국에는 필요한 것이었다. 다만 근본적으로 후스가 추구한 것은 여전히 '엘리트英傑 정치'였다.[86] 그는 "이런 정치의 특색은 정권이 집중되고 웅대해질 뿐만 아니라 전문 인재를 충분히 집중해서 정부를 완전한 기술적 기관으로 만들어 정치를 일종의 가장 복잡한 전문 기술 사업으로 변하게" 한다고 했다.[87] 그는 전혀 회피하지 않았다. 그가 제창한 전문가 정치는 바로 개명전제였으며, 그는 그것을 '현대식 독재' 또는 '신식 독재정치'라고 불렀다.[88] 이것은 본래 전문가 정치의 필연적인 논리였다. "정치를 일종의 가장 복잡한 전문 기술 사업으로 변하게"

---

84 錢端升, 「民主政治乎? 極權政治乎?」(『東方雜志』 제31권 제1호).
85 【역주】아두(阿斗)는 삼국시대 촉한(蜀漢)의 황제 유비의 아들이자 후주(後主)로 즉위했던 유선(劉禪)의 아명(兒名)이다.
86 胡適, 「再論建國與專制」(『胡適文集』 제11권, 374~378쪽).
87 胡適, 「一年來關於民治和獨裁的討論」(『胡適文集』 제11권, 509쪽).
88 胡適, 「中國無獨裁的必要和可能」(『胡適文集』 제11권, 504~505쪽).

했다면 '아두'와 같은 이들의 참여를 배척하고 권력을 소수의 정치 엘리트(지도적 인재)와 기술 엘리트(전문기술인재)의 수중에 집중하여 엘리트 전제 독재를 실행할 수밖에 없다. 다만 후스는 또 이런 전제가 진보적이며 대다수 인민의 복리福利를 도모할 수 있다고 공언했다. 그러나 사실 그것은 중국 전통 속에서 백성의 군주가 되는 것에 지나지 않았다. 그의 엘리트 지식인의 개명전제에 의한 현대화 모델이 공민公民, 즉 그가 말한'아두'의 정치 참여를 근본적으로 거부한다는 점은 대단히 분명하다. 그 역시 거리낌 없이 직접 말했다.

독재정치의 요점은 장기적인 전제정치, 저 절대다수의 '아두'에게 투표를 승인하지 않는 데에 달려 있다.[89]

어떤 학생이 그의 「애국 운동과 학문 탐구愛國運動與求學」를 읽고 『현대평론』에 보낸 편지에서 후스의 관점을 이렇게 개괄했다.

민족 해방의 운명은 완전히 정부의 손에서 결정되며, 인민은 '민중의 의기民氣'을 표현하면 타고난 직무를 다한 셈이고, 그 외에는 모두 의문의 여지 없이 개인의 수양에만 종사하면 된다.

이 개괄은 상당히 정확하고 아울러 후스의 급소를 찔렀다고 하겠다.[90] 후스처럼 강렬한 엘리트 의식을 가진 지식인의 눈에 비친 민중

---

89 胡適, 「答丁在君先生論民主與獨裁」(『胡適文集』 제11권, 530쪽).
90 劉治熙, 「愛國運動與求學」 및 胡適, "附言"(『現代評論』 제2권 42기, 1925년 9월 26일) 胡適의 "附言"은 「劉(治)熙關於「愛國運動與求學」的來信附言」이라는 제목으로 『胡適文集』 제11권에 수록되어 있다.

과 민중 운동은 늘 비이성적인데, 그들은 거의 본능적으로 그것을 방비하고 의구심을 느낀다. 그들이 보기에 민중 운동이 의미가 있다면, 그저 이용 가능한 '민중의 의기'를 표현해 전달하는 데에 불과하고, 마지막에는 자기와 같이 '지도할 책임자'에게 기대야 했다. 이것은 바로 자칭 5·4 과학과 민주 정신을 대표하는 후스의 '잠재적인 반反민주 경향'을 드러냄으로써 내재적 모순을 구성한다.[91]

후스를 더욱 곤란하게 만든 것은 회피할 수 없는 현실이었다. 그가 어떻게 '훌륭한 정부주의'를 고취하고 전문가 정치를 제창하더라도, 그가 살던 시대의 중국 정부는 1920년대 북양정부든 1930~60년대의 국민당 정부든 간에 모두 그가 말했던 '지도자 독재'와 '일당 독재'의 정권이었다.[92] 그의 이상에 따르면 정부에 대한 지식인의 책임은 '감독하고 지도하고 지지하는' 것이었으나, 독재정권은 절대 감독을 윤허하지 않았고 지도는 더욱 말할 수도 없었으니, 남은 것은 지지밖에 없었다. 1930년대에 그와 쑹칭링宋慶齡 등이 '인권 보장'의 문제를 놓고 논쟁할 때, 후스는 이런 원칙을 제시했다.

정부가 존재하려면 당연히 정부를 뒤집으려 하거나 정부에 반항하는 일체의 행위를 제재할 수밖에 없다. 정부에게 혁명의 자유라는 권리를 요구하는 것은 호랑이에게 가죽 벗기는 일을 의논하듯이 무모한 일이 아니겠는가?[93]

---

91 (美) 格里德(J. B. Grieder), 『胡適與中國的文藝復興因－中國革命中的自由主義(1917~1937)』, 南京 : 江蘇人民出版社, 1989, 206·249쪽.

92 胡適, 「再論建國與專制」(『胡適文集』 제11권, 375쪽).

이렇게 국민당 독재정권이 반항 세력을 제재하고 탄압한 것도 그의 관점에서는 합법적이었다. 그 역시 모든 '사실상의 통치 정권'을 위해 변호하려는 입장이었다. 1920년대에 그가 처음 '훌륭한 정부주의'를 제기했을 때는 그래도 "정부가 잘못되면 훌륭한 정부로 바꿀 수 있다"라는 '간명한 혁명 원리'를 견지했고, 심지어 "정부가 너무 잘못되어 개량할 수 없거나, 못된 세력이 조금의 개량도 용납하려 하지 않는다면, 혁명이라는 수단을 취할 필요가 있다"라고 했다.[94] 그런데 1930년대에 이르자 갑자기 태도를 바꾸어서 독재 정부가 반항 세력을 탄압하는 행위의 합법성을 변호했다. 이것은 그가 정치적으로 나날이 보수화되어 가고 있음을 보여주는데, 그 역시 그의 '훌륭한 정부주의' 논리가 발전함에 따른 필연적인 결과였다.

후스의 '훌륭한 정부주의'에 담긴 또 하나의 이해할 수 없는 모순은 그의 전문가 정치와 지식인의 정치 참여, 그리고 국가와 정부를 지도해야 한다는 주장이 전제 체제에서 시종일관 상대의 생각은 고려하지 않은 일방적인 몽상이었다는 사실이다. 게다가 그도 전제적 체재에서 지식인의 정치 참여가 독재정치를 돕게 될 위험을 목격했으므로 구상했던 위치를 조정했다. 즉 정치를 논의하기는 하되 거기에 참여하지는 않는다는 것이다. 그러나 사실상 그는 정치에 대한 논의를 통해 정치에 참여하려는 노력을 전혀 버리지 않았다. 1930년대에 그는 우선 『현대평론』을 창간하여 정치평론가의 신분으로 여론 감독에 종사함과 동시에 국민당 정부 및 그 지도자들과 대화하려고 몇 차례 시도했

---

93   胡適, 「民權的保障」(『胡適文集』 제11권, 295쪽).

94   胡適, 「好政府主義」(『胡適文集』 제12권, 718~719쪽).

다. 그 후로는 국민당 정부와 시종일관 가까운 듯 먼 듯 모호한 거리를 유지했다. 그러므로 후스에게 정치 권력의 중심에 직접 진입하여 국가에 대한 지도 역할을 발휘한다는 전문가 정치의 이상은 영원한 유혹이었음을 알 수 있다. 다만 그는 또 지식인으로서 자기의 독립성을 조심스럽게 지키려고 했다. 그런데 이것이 그의 선택에서 기본적인 모순이 되었다. 이 때문에 그는 여러 차례 정치 참여 즉, 입각入閣이나 조각組閣을 해 보려고 안달했으나 결정적으로 중요한 때에 이르면 늘 발을 뺐고, 그래도 결국에는 자기의 상대적인 독립성을 유지했다. 이렇게 현대 중국의 정치 구조에서 그가 최종적으로 연출한 배역, 혹은 그이 마지막 위상은 국가의 '간쟁하는 신하諍臣'이자 집권자의 잘못을 '충고해 주는 친구諍友'가 되는 것이었다.[95]

그러나 루쉰은 다른 선택을 했고, 아울러 후스의 선택에 대한 의문을 제기했다.

루쉰이 먼저 의문을 제기한 것은 후스의 엘리트 의식과 지도자가 되려는 잠재의식이었다. 「지도자導師」에서 그는 이렇게 말했다.

발전하고 싶은 청년은 대체로 지도자를 찾으려 한다. 그러나 감히 말하건대, 그들은 영원히 찾지 못할 것이다. 그런데 찾지 못한 것이 오히려 행운이다. 자기를 아는 이는 불민不敏하다고 사양하는데, 자부하는 이가 과연 길을 알까? 스스로 길을 안다고 생각하는 모든 이들은 항상 '이립而

---

95 1935년에 쓴 「爲學生運動進一言」에서 胡適은 명확하게 제시했다. "오늘날 우리 국가에 부족한 것은 순종하는 국민이 아니라 역량 있는 諍臣과 義士이다."(『胡適文集』 제11권, 660쪽)

ㅍ' 즉 30살을 넘어서 암울한 퇴색退色과 늙은 티가 완연해져서 성품이 원만하고 신중해질 뿐인데, 스스로 길을 안다고 오해한다. 정말 길을 안 다면 진즉 자기 목표를 이루었을 텐데, 어째서 아직 지도자 노릇을 하고 있겠는가?

(…중략…) 그러나 내가 결코 감히 이런 이들을 모두 말살하지 못하 지만, 그들과 마음대로 얘기를 나눌 수는 있다. 말이야 할 수 있을 뿐이 고, 글도 쓸 수 있을 뿐이다. 다른 사람이 그가 권법拳法을 잘하기를 바란 다면 이것은 그 자신의 잘못이다. 권법을 할 수 있다면 진즉 그랬을 테지 만, 그때는 다른 사람도 아마 그가 공중제비를 넘기를 바랄 것이다.[96]

이것이 바로 루쉰의 일관된 관점이다. 지식인은 반드시 어떤 자기 한계가 있어서 자기가 할 수 있는 것과 할 수 없는 것을 분명히 알아야 지, 경솔하게 경계를 넘어서는 안 된다는 것이다. 그가 보기에 문인과 학자는 '말 잘하고' '글을 잘 쓰는' 사람에 지나지 않는다. 후스 등과 같이 지도자나 국사國師가 되어서 청년과 국가에 지도적 역할을 한다 면 그야말로 자기를 아는 현명함이 모자란 처사이다.

여기에도 루쉰의 자기 성찰과 절실한 체험이 포함되어 있다. 그는 아주 많은 글에서 반복적으로 말했다. "자기도 기로에 있고", "정치적 인 일은 사실 자기도 잘 모르며", "장님이 눈먼 말을 타고 벼랑을 가듯 이 무모하게 위험한 길로 이끌면 자기는 많은 인명을 해친 죄를 짓게 될 것"이라고 했다.[97] 그리고 또 이렇게 말했다.

---

96   魯迅, 「導師」, 『花蓋集』(『魯迅全集』 제3권), 55쪽.
97   魯迅, 「北京通信」, 『花蓋集』(『魯迅全集』 제3권), 52쪽; 魯迅, 「可笑與可慘」, 『花蓋集續

우주와 인생이라는 중대한 주제를 전문적으로 얘기하고, 신세대 청년들에게 옛 사회를 전문적으로 비판하여, 몇몇 사람들 속에서 오해에서 비롯된 '신앙'이 보존되기를 바란다면, 오히려 '독자를 기만한' 사람이 될 테니, 내게는 고통스러운 일이라고 생각한다.[98]

이렇게 청년의 목숨을 죽이고, 독자를 속일까봐 죄책감과 고통을 느끼는 것은 전형적인 루쉰의 심리이며, 지극히 심각하게 누적된 중국 역사의 참담한 경험이다. 그래서 그는 "어쩌면 자기가 그다지 신뢰할 만한 사람이 아니라는 것을 알면 그래도 비교적 신뢰할 만할 것"[99]이라고 했으니, 여기에는 일종의 역사적 책임감이 내재되어 있다.

그래서 루쉰은 후스처럼 스스로 신뢰할 만하다고 여기고 지도자이자 우두머리, 선각자로 자임하는 문인이나 학자에 대해 지극히 첨예한 의문을 제기한다. 그대들이 정말 그렇게 신뢰할 만한가?「쇄화碎話」에서 그는 후스를 예로 들어 이렇게 지적했다. 예전에 그대들이 고상하게 "(무슨 일들을) 하라!"는 '명언名言'을 하고, "폭탄이다, 폭탄!" 하며 구호를 고함치자(후스의 「네 열사 무덤의 글자 없는 비석을 노래함四烈士冢上的沒字碑歌」 참조), 정말 그대들의 말을 듣고 '바보'처럼 총을 산 청년들이 있었다. 그런데 그대들은 또 관점을 바꾸어 청년들에게 "구국을 위해서는 먼저 학문을 탐구하고", "연구실로 들어가라" 하고 호소한다. 그러나 일단 '바보' 같은 청년들이 또 정말로 그대들의 가르침에 따라 연구

編」(『魯迅全集』 제3권), 270쪽.
98 魯迅, 「咬嚼之餘」, 『集外集』(『魯迅全集』 제7권), 60쪽.
99 魯迅, 「導師」, 『花蓋集』(『魯迅全集』 제3권), 56쪽.

실에 들어갔다가 '항성恒星 하나'를 발견하고(이 또한 후스의 말이다. 즉, "한 글자의 옛 뜻을 밝히는 것과 항성 하나를 발견한 것은 모두 대단히 큰 공적이다.") 나서 또 "구국을 위해 뛰쳐나와" 준비할 때, 너희 '선각자'는 또 까마득히 날아간 황학黃鶴처럼 어디론가 떠나 버린다. 그래서 그는 이렇게 말했다. "자기만 있다면 무엇이든 할 수 있다. 오늘의 나와 어제의 내가 싸워도 되고, 오늘은 이렇게 얘기하고 내일은 저렇게 얘기해도 되지만", "'우두머리'나 '정인군자'로 자처하며" 청년 세대를 지도하려 하면, "많은 성실한 이가 재앙을 당할 수밖에 없으니" 일종의 사기가 된다는 것이다. 루쉰은 예리하게 지적했다. 나아가 문인과 학자는 본래 이리저리 변할 '특권'이 있고, '용인庸人'이나 '상인常人' 즉 평범한 국민은 "천재에게 조금 희생해야 할" '의무'가 있다고 주장한다면, 이것은 '천재, 혹은 천재의 노예가 내세우는 고명한 언론崇論宏議'에 지나지 않는다는 것이다.[100]

루쉰이 의문을 제기한 또다른 분야는 후스 등과 권력자 사이의 관계였다.

후스가 국민당 정부의 인권 위배를 비판하다가 생각을 바꾸어서 "어떤 정부도 자기를 보호하고, 자기에게 위해를 가하는 운동들을 진압할 권리가 있어야 마땅함"을 주장했을 때, 취추바이瞿秋白가 집필하고 루쉰의 필명으로 발표한 「왕도시화王道詩話」에서 즉각, 이것이야말로 "인권을 포기하고 왕권을 얘기한" 것이라고 가차 없이 지적했다.[101]

장제스蔣介石가 후스 등을 불러서 "대국大局에 대해 하문下問했을" 때,

---

100 魯迅, 「碎話」, 『花蓋集』(『魯迅全集』 제3권), 160~161쪽.
101 魯迅, 「王道詩話」, 『僞自由書』(『魯迅全集』 제5권), 47쪽.

후스도 글을 써서 '전문가 정치'를 장려하고 국민당 정부가 "전문가들에게 충분히 자문을 구하기를" 희망하자 루쉰은 또 글을 써서 비판했다. 이것은 황제가 "운수 나쁠 때" "병세가 위급하니 마구 의사를 투입하고", "문인 학사와 단번에 사이가 좋아지는" 것에 지나지 않는다. 그런데 문인 학사로서는 '정치적 의견을 희생'하는 대가로 정치에 참여하게 되니, 이렇게 되면 또 어떤 정부가 되겠느냐는 것이다.[102]

루쉰은 일찍이 이렇게 비유했다.

> 예수는 수레가 뒤집히려 하면 부축해 받쳐주라고 했고, 니체는 수레가 뒤집히려 하면 밀어주라고 했다. 나는 물론 예수의 말에 찬성하지만, 부축해 받쳐주고 싶지 않으면 억지로 그럴 필요 없이 내버려 두면 된다고 생각한다.[103]

스스로 빠져나올 수 없을 정도로 부패한 정부(북양정부나 국민당 정부처럼)에 대해 권력 중심에서 멀리 떨어진 민간의 비평가로서 루쉰의 태도는 억지로 부축해 줄 필요 없이 몰락하도록 내버려 두는 것이었다. 그에 비해 권력의 중심에 접근한 '간쟁하는 신하'이자 집권자의 잘못을 '충고해 주는 친구'로서 후스의 태도는 "안 되는 줄 알면서도 하는" 것이었다. 그는 기성 정부의 권위를 지켜야 하며, 정부에 병폐가 있으면 비판할 수는 있으나 어쨌든 부축해 주어야 한다고 생각했다. 아마 이것이 두 사람 사이의 차이일 터이다.

---

102 魯迅, 「知難行難」, 『二心集』(『魯迅全集』 제4권), 339~400쪽.
103 魯迅, 「渡河與引路」, 『集外集』(『魯迅全集』 제7권), 36쪽.

이 배후에는 지식인과 권력 및 권력자 사이의 관계에 대한 두 사람의 서로 다른 이해와 추구가 존재한다. 1922년 후스는 「나의 기로我的歧路」를, 1927년에 루쉰은 「문예와 정치의 기로文藝與政治的歧路」를 썼는데, 두 글을 대조해 보는 것도 대단히 흥미로울 것이다. 후스는 자기의 기로가 정치를 논할 것인지 사상과 문학을 논할 것인지 선택하기 곤혹스럽다고 했는데, 이것은 후스지식인의 자기 위상 정립과 관련된 문제이다. 즉 자기의 역할을 사상과 문예의 범위에 한정하느냐, 아니면 정치 영역으로 확대하느냐 하는 문제인 것이다. 그가 보기에 "모든 문화는 정치사에 영향을 주었으니, 정치를 문화 밖으로 배제하면 또 나태하고, 속세를 떠난, 비인간적인 문화가 되어 버리기" 때문에, 자기는 더욱 정치에 주의한다고 했다. 다만 그는 또 자기의 "정신이 정치에 집중할 수 없으니", "철학은 내 직업이고, 문학은 내 오락"이기 때문이라고 했다. 그가 생각하기에 더욱 중요한 것은 그의 사상 및 문예 활동이 정치 활동과 통일되었다는 것이니, 그것들은 모두 "나의 실험주의를 실천하는 일"이라고 했다.[104] 그러니까 후스에게 중요하고 강조해야 할 것은 정치와 사상, 문예의 통일성이었다.

그러나 루쉰은 정치와 문예 자체의 '갈림길'을 중시했다. 그가 보기에 "정치는 현상을 유지해야 하므로 자연히 현상에 안주하지 않는 문예와는 다른 방향에 놓여 있으며", "정치는 현상을 유지하여 통일시키려 하고, 문예는 사회 진화를 촉진하여 점점 분리하게 하려 한다. 문예는 사회를 분열하게 하지만, 이렇게 함으로써 사회는 비로소 진보하

---

104 胡適, 「我的歧路」(『胡適文集』 제3권), 363~366쪽.

기 시작한다".[105] 같은 시기에 쓴 「지식 계급에 관하여關於知識階級」에서 그는 더욱 명확하게 지적했다. "지식은 강력한 힘과 충돌하기 때문에 양립할 수 없다. 강력한 힘은 인민이 사상의 자유를 누리는 것을 허락하지 않는데, 그렇게 되면 능력이 분산되고", "개인의 사상이 발달하면 각자의 사상이 일치되지 않아서, 명령이 실행되지 않고 단체의 역량이 감소하여 점차 멸망으로 나아가기" 때문이라고 했다.[106] 이것은 사실 무의식중에 후스의 내재적 모순을 얘기한 셈이다. 그의 사상과 문예관은 자유를 강조하는데, 앞서 언급했듯이 그의 정치관은 강력한 힘을 강조한다. 그런데 강력한 힘이 있으려면 필연적으로 개인의 자유를 어느 정도 제한할 수밖에 없다. 여기에 분리와 자유를 강조하는 사상의 논리와 통일과 강력한 힘을 강조하는 정치 권력의 논리 사이에 있는 근본적인 차이가 존재한다. 루쉰이 보기에 양자를 다 가질 수는 없으니, 진정한 지식인은 사상과 문화에서 혁명적이고 비판적인 입장을 견지해야 하며, 일단 '권력자를 칭송'하면 다시는 지식인이 될 수 없다. 그 자신은 영원히 현상에 안주하지 않기에 영원한 비판 정신을 갖춘 독립적이고 자유로운 지식인의 입장을 자각적으로 선택했다. 그래서 자각적으로 자기를 권력 체제 밖으로 추방했고, 아울러 권력을 장악한 정치가의 눈엣가시가 되어 끊임없이 배제되고 박해받으며 도망자 신세가 될 운명을 받아들이려고 준비했다.[107]

후스는 두 가지를 함께 가지려고 했다. 현대 중국의 전제 체제에서

---

105 魯迅, 「文藝與政治的岐路」, 『集外集』(『魯迅全集』 第7권), 113~114쪽.
106 魯迅, 「關於知識階級」, 『集外集拾遺補編』(『魯迅全集』 第8권), 189쪽.
107 魯迅, 「文藝與政治的岐路」, 『集外集』(『魯迅全集』 第7권), 119쪽.

그는 정치 권력을 갈망하면서 또 사상의 자유를 추구하여, 스스로 모순과 곤경에 빠졌다.

마지막으로 이 글의 제목으로 돌아가 보자. 5·4 이후 후스와 루쉰은 결국에 서로 다르게 선택하고 서로 다른 길을 걸었다. 이 자체는 바로 5·4신문화운동을 일으킨 베이징대학 교수들의 분화를 의미한다.

이에 연구자들은 1925년에 후스와 루쉰이 취한 서로 다른 방향에 주목했다.

2월 1일, 후스, 돤치루이段祺瑞 정부가 조직한 '선후회의善後會議'에 참가.

2월 13일, 베이징 각계 국민회의 성립 촉진회에서 서신을 보내, 후스에게 국민회의 조직법 연구위원을 맡아 달라고 청함.

3월, '중영中英 경자배상금 반환 고문위원회'의 중국 위원으로 초빙됨.

4월 중순, 태평양 연안 각국이 하와이에서 국민회의를 거행했고, 후스는 대표로 추대됨.[108]

이해 연초에 루쉰은 「교문작자咬文嚼字」 1월와 「청년필독서」 2월을 씀으로서 포위 공격을 당했다. 그는 자신이 "두 개의 큰 못에 부딪혀서" "이름을 밝히거나 익명의 호걸들로부터 꾸짖음을 담은 편지들을 한 아름이나 받고",[109] '매국노'라는 터무니없는 죄명을 뒤집어썼다.[110]

8월 14일, 여자사범대 학생을 지지하여 돤치루이 정부의 교육총장 장스자오에 의해 불법적으로 교육부 첨사僉事 직위에서 면직됨.

9월 1일부터 이듬해 1월까지 과도한 분노와 과로, 지나친 음주와

108 孫郁, 『魯迅與胡適』, 沈陽 : 遼寧人民出版社, 2000, 254쪽.
109 魯迅, 「題記」, 『花蓋集』(『魯迅全集』 제3권), 4쪽.
110 魯迅, 「聊答"……"」, 『集外集拾遺』(『魯迅全集』 제7권), 248쪽.

흡연, 수면 부족으로 폐병이 재발하여 전후로 4개월 동안 투병.[111]

후스는 날마다 정치 중심에 점점 접근하면서 조금이나마 득의만면할 수밖에 없었으나, 루쉰은 면직되고 심신이 번갈아 피곤한 상황에 빠졌으니, 이것은 어쩌면 어떤 상징적 의미가 있는 듯하다.

---

111 魯迅博物館 魯迅硏究室 編,『魯迅年譜』(增訂本) 제2권, 北京 : 人民文學出版社, 2000, 181 · 232~233 · 242쪽.

1930년대 전통문화와 관련된 몇 차례 사상 논쟁

루쉰을 중심으로

머리말 – 과제와 방법의 선택

"1930년대 전통문화와 관련된 몇 차례 사상 논쟁 – 루쉰을 중심으로"라는 제목 자체에는 본래 몇 가지 의미가 포함되어 있으며, 여기에는 여러 가지 이유가 있다.

근래에 루쉰을 '중국 전통문화를 단절한 역사의 죄인'으로 판정하는 주장이 있어서, 마치 루쉰이 전통문화 일체를 매도하고 전면적으로 부정했다고 여기는 듯하다. 이제 루쉰을 매도해야 중국 전통문화가 아무 막힘 없이 21세기의 중국과 세계를 이끌 수 있다는 생각에 대해 루쉰의 관점을 통해 전면적으로 부정하고자 한다. 이런 매도론은 진지하게 응대할 필요가 없으니, 제삼자의 관점에서 보건대, 매도자들은 루쉰의 원래 저작을 진지하게 읽어 본 적이 없기 때문이다. 아마 그들도 루쉰의 원래 의도를 알고 싶지 않을 것이고, 어떤 이는 그저 유행을 좇았을 뿐일 터이다. 유일하게 걱정스러운 것은 이런 여론이 젊은이들을 오도誤導하여, 중국 전통문화에 대한 루쉰의 관점을 접하려 하지 않거나 이해할 길이 없어지게 할까 하는 점이다. 그렇게 되면 하나의 독특한 관점과 방법을 상실하게 되니, 이것은 대단히 큰 손실이자 유감스러운 일이 될 것이다. 내가 보기에 루쉰의 특징과 가치는 바로 그의 이단과 이류異類에 있다. 그의 사유 방식과 문제를 보는 관점 및 방법은 모두 일반인과 다르며, 공인된 규칙이나 일상적인 상태, 정론定論에 대해 늘 의문을 제기하고 도전함으로써 문제를 대하는 관점이 더 복잡해지고, 표현 방식도 자연히 복잡하게 얽히게 된다. 바로 이런 도전적이고 복잡하며 뒤얽힌 관점이야말로 우리의 사고를 가장 잘 촉진하고 다그칠 수 있다. 여러분은 그의 관점에 동의하지 않을 수도 있으나, 루쉰은 본래 우리가 모든 부분에서 그에게 동의해 달라고 요구할 뜻이 없었다. 심지어 그는 남들이 맹목적으로 추수追隨하는 것을 두려워했다. 왜냐하면 그 자신도 아직 회의하고 탐색하고 있었기 때문이다. 이런 의미에서 루쉰 아주 좋은 반박 대상이어서, 그의 저작은 읽으면서 반박하게 된다. 루쉰과 논쟁하고, 다시 자기와 논쟁하게 되면, 그 논쟁의 과정이 바로 하나의 사고가 점점 깊어지는 과정이 된다.

요컨대 루쉰 앞에서는 반드시 사고해야 하고, 게다가 독립적으로 사고해야 한다. 바로 이것이 우리가, 특히 젊은이들이 사람 노릇을 할 때뿐만 아니라 학문할 때도 가장 필요하다. 루쉰은 약간 자신감이 있었다. 그래서 그는 중국 고대 문학을 연구하여 중국문학사나 중국문자변천사를 쓸 때 (이것들은 그가 여러 해 동안 준비하여 집필을 계획했는데)

남들이 생각하지 못한 것을 얘기할 수 있었다. 이렇게 '남들이 생각하지 못한 것'은 고대 문학 연구에서 더 중요할 것이다. 고대 문학 연구는 현대 문학 연구에 비해 더 성숙한 분야여서 다른 사람들(옛 사람과 이전 사람, 대가, 명사 등……)의 의견과 움직일 수 없는 정론定論, 의심할 여지가 없는 공동의 생각, 한 걸음도 넘어서는 것을 허용하지 않는 이른바 '사회적으로 약정된' 공통의 견해도 특별히 많다. 그런데 내가 보기에, 고대 문학 연구야말로 특히 새로운 상상력과 창조력이 필요하다. 루쉰이 제공한 '남들이 생각하지 못한 것'의 의의와 가치가 바로 여기에 있다. 그의 독특하고 예리한 견해는 사고의 맥락을 개척해서 새로운 연구 공간을 열어 줄 뿐만 아니라 미신을 타파하고 사상을 해방하는 역할을 한다. 대체도 아니고, 더욱이 억압이 아니라 독자의 학술적 상상력과 창조력을 계발해 준다. 내가 고대 문학 연구자들에게 루쉰을 강의하여 그의 시각으로 이끌려는 이유도 여기에 있다.

그리고 내가 얘기하려는 것, 혹은 내가 더 주목하는 것은 1930년대에 루쉰이 전통문화와 문학을 대했던 관점이다. 사람들이 루쉰과 전통문화 및 문학의 관계에 대해 논할 때 늘 5·4시기에만 시선을 집중할 뿐, 1930년대를 소홀히 취급하기 때문이다. 내가 보기에 이것은 대단히 큰 문제이다. 1930년대에, 특히 자기 생의 마지막 단계에서, 루쉰은 아마 1934년부터 1936년까지 중국 전통문화와 전통 문인에 대해 상대적으로 집중하여 다시 사고하고 다시 고찰했는데, 그 주요 성과는 모두 『차개정잡문且介亭雜文』과 『차개정잡문 2집二集』, 『차개정잡문 말편末編』에 수록되었다. 루쉰 연구의 선배 학자인 일본의 마루야마 노보루丸山昇는 「20세기를 산 루쉰이 21세기를 위해 남긴 유산」에서 루쉰이 '만년에 쓴 「병후잡담病後雜談」과 「제목 미정의 초고題未定草」 등의 글'이 루쉰이 남긴 중요한 유산이라고 특별히 언급하면서, 사람들이 충분히 중시하지 않아서 연구와 감상문이 그다지 많지 않은 데에 유감을 나타냈다.[1] 그가 언급한 「병후잡담」과 「제목 미정의 초고」와 같이 비교적 장문의 잡문이 바로 지금 얘기하고 있는 '다시 고찰'한 중요한 성과이다. 1930년대에 그가 다시 고찰하고 다시 연구한 것들에 대해 내가 관심을 두게 된 것은 내 나름대로 하나의 관점, 어떤 직관이라고 할 수 있는 것이 있기 때문이기도 하다. 그것은 바로 1930년 중국과 1990년대 중국 사이에는 어떤 역사적 윤회나 중복 같은 게 있어서, 마치 저우쭤런이 말했던 것처럼 '귀신이 다시 온' 듯이, 사상과 문화 현상이 많은 부분에서 대단히 비슷하다는 것이다. 어떤 사람이 시험 삼아, 루쉰이 1930년대에 쓴 잡문에 「루쉰, 1990년대의 문화를 '논'하다」하는 제목을 붙여서 원문은 그대로 발표한 적이 있다. 그래서 1930년대에 루쉰이 전통문화를 고찰했던 것이 오늘날 우리가 전통문화와 관련된 사상과 문화 현상을 관찰하고 사고하는 데에 역사의 참고를 제공할 수 있다. 이 또한 내가 이런 제목으로 강연하게 된 원인 가운데 하나이다.

루쉰이 만년에 전통문화와 문학에 대해 다시 고찰한 것이 모두 잡문집에 집중되어 있다고 했는데, 이 역시 중시하여 분석해 볼 만한 현상이다. 일찍이 천핑위안陳平原은 학자로서 루쉰과 잡문 작가로서 루쉰은 문제를 관찰하고 생각을 표현하는 각도와 방식이 모두 다르다고 얘

---

1   丸山昇, 「活在二十世紀的魯迅爲二十一世紀留下的遺産」, 『魯迅硏究月刊』, 2004년 제12기.

기한 바 있다. 이것은 대단히 일리가 있고, 또 루쉰의 사상을 고찰할 때 특별히 주의해야 할 점이다. 오늘의 강연 제목에서 주목해야 할 점은 특히 우리가 논의하는 것이 잡문 작가로서 루쉰이 중국 전통문화와 문인을 보는 관점이기 때문에, 몇 가지 중시해야 할 특징이 있다는 사실이다. 그는 강력하게 현실을 겨냥하고 있음으로 인해, 다시 말해서 전통문화에 대해 전문적으로 연구한 게 아니라 현실에 자극을 받아서 전통문화로 거슬러 올라감으로 인해, 이런저런 관점을 발표했다. 그의 이런 말들은 대부분 대립면이 있으므로, 이 강연의 제목에 '사상 논쟁'이라는 표현이 들어 있다. 다만 이 '사상 논쟁'이라는 말을 지나치게 좁게 이해해서는 안 된다. 사실 이른바 '사상 논쟁'에는 두 가지 유형이 있다. 하나는 직접 싸우는 것으로서 흔히 논전이라고 부르는 것이다. 다른 하나는 각자 자기 얘기를 하는데 다만 동일한 시공時空과 동일한 사상 및 문화 영역 안에 있음으로 인해 자연스럽게 일종의 싸움이 이루어지는 경우이다. 이제부터 구체적으로 논의하게 될 '몇 차례의 사상 논쟁'에는 짧은 무기를 들고 벌이는 접전뿐만 아니라 숨겨진 싸움도 있다. 이렇게 우리가 논의할 것은 대단히 흥미로운 내용이다. 논쟁의 대상이 공자와 장자, 도연명 같은 중국 전통문화와 문학의 대가일 뿐만 아니라, 논쟁에 참여한 이들도 루쉰과 후스, 저우쭤런, 주광첸朱光潛, 스저춘施蟄存과 같은 현대 문화와 문학자의 중진이기 때문이다. 이런 대가들이 맞부딪치는 일은 드물기 때문에, 이것을 화제로 삼을 수 있다는 사실 자체가 일종의 행운이다. 그러나 우리의 논의는 '루쉰을 중심으로' 이루어질 것이기 때문에 구체적인 고찰 과정에서 루쉰의 특수한 잡문 논전 방식에 주목해야 한다. 이것이 이른바 '급소만 공격할 뿐 다른 곳에는 영향을 주지 않는' 방식이며, 루쉰 스스로 얘기했던 것처럼 "다른 이에 대해서 나는 수시로 그가 쓴 글의 한 단락이나 한 구절을 취할 뿐[2]"인 방식이다. 이제부터 논의할 내용, 그러니까 1930년대에 루쉰이 공자와 장자, 도연명에 대해 분석한 것은 모두 "한 단락이나 한 구절을 취한" 것이지, 전면적인 평가는 아니다. 다만 이것들은 모두 급소를 장악한 것이지 잔가지가 아니었다. 이 두 부분에 대해서는 충분히 주의해야 한다.

마지막으로 언급할 것은 나의 토론에서 취하는 입장과 방법이다. 간단히 말해서 나는 역사의 심판자가 되어 몇 차례의 논전에 대해 판결하려는 게 아니다. 그보다는 역사 서술자라는 입장에서 두 가지를 보여주기 위해 노력할 것이다. 첫째, 1930년대라는 구체적인 시공에서 논쟁을 벌인 쌍방 혹은 여러 사람이 각기 "무엇을 얘기했고" 둘째, "왜 그렇게 얘기했는가?"라는 것이다. 물론 완전히 객관적인 서술이란 존재하지 않음을 나도 알지만, 구체적인 서술에서는 개인적인 경향성을 가능한 한 최대로 숨기도록 스스로 노력할 것이다. 그와 동시에 일종의 서술 책략으로서 많은 자료를 인용하되 분석은 적게 하는 방식을 취할 것이다.

이제 구체적인 논의로 들어가서, 첫 번째 주제를 살펴보자.

---

2   魯迅, 「通信(魏猛克)」, 『集外集拾遺補編』(『魯迅全集』 제8권), 339쪽.

1. 공자에 대한 고찰 — 후스와 저우쭤런, 루쉰의 차이

1930년대의 '차이'를 얘기하기 전에 5·4시기의 '일치'를 먼저 언급할 필요가 있다. 이 자체로도 대단히 흥미롭고, 당시에도 그들은 전우로서 어깨를 나란히 하고 싸웠기 때문이다. 그것은 여성婦女 문제를 둘러싸고 『신청년』에서 벌어진 비판적 토론이었다. 먼저 『신청년』 4권 5호에서 저우쭤런이 일본 여성 작가 요사노 아키코與謝野晶子[3]의 「정조론貞操論」을 번역해서 발표했는데, 저우쭤런의 서문에는 다음과 같은 대단히 흥미로운 말이 들어 있었다.

> 여성 문제는 어쨌든 중요한 일로서 철저하게 연구되어야 한다. 여자들이 스스로 관심을 갖지 않으니 남자들도 어쩔 수 없이 먼저 연구할 수밖에 없다. 일반 남자들은 따져 묻지 않으려 하나, 결국은 극소수 먼저 깨달은 남자들이 그것을 연구하게 된다. 내가 이 글을 번역한 것은 이들 극소수 남자들에게 참고하도록 제공하기 위해서이다.

루쉰과 후스, 그리고 당연히 저우쭤런 자신까지 모두 이런 소수의 먼저 깨달은 남자였으므로, 여성 문제는 줄곧 그들의 사상과 감정에서 민감한 부분이자 관심의 중심에 있었다. 게다가 이런 관심은 죽을

---

3 【역주】요사노 아키코(與謝野晶子 : 1878~1942, 본명은 오오토리 쇼오[鳳晶])는 일본의 와카[和歌] 작가이며, 대표작으로 자유로운 애정을 노래한 『헝클어진 머리카락[凌亂的頭髮]』(1901)과 『무희(舞姬)』(1904), 『상하(常夏)』(1908), 『춘니집(春泥集)』(1911)을 비롯한 시집과 『광명을 향하여[走向光明]』을 비롯한 여러 편의 소설과 번역서들을 남겼다.

때까지 일관되게 유지되었으니, 이것은 그들 세 사람의 뼛속에 새겨진 5·4 계몽주의 정신과 감성을 나타낸다. 「정조론」의 주요 내용은 전통적인 정조관에 대해 "정조는 여자에게만 필요한 도덕인가, 아니면 남녀에게 모두 필요한 것인가?"라는 질문을 던지고, 아울러 새로운 결혼관을 제기하여 "사랑이 맞으면 협동 관계를 맺고, 사랑이 갈라지면 헤어질 수밖에 없음"을 강조했다. 당시 중국에서 이것은 당연히 세속을 놀라게 할 만한 주장이었음에도 후스의 강렬한 공명共鳴을 끌어냈다. 그는 즉시『신청년』5권 1호에「정조문제貞操問題」를 발표하여 아키코의 글과 저우쮜런의 번역문 발표를 '동방 문명의 역사에서 지극히 축하할 만한 일'이라고 칭송했다. 후스는 전통적인 절개관節烈觀을 장려하는 위안스카이 정부에게 비판의 칼날을 들이대면서, 당국이 반포한 "절개를 표창하고 남편을 따라 순절하라고 제창하는" 법령은 "잔인하고 야만적인 법령으로서, 고의적인 살인 행위를 저지르는 것"이라고 지적했다. 이것은 또 루쉰을 격발했다. 그는 즉시『신청년』5권 2호에「나의 절개관我之節烈觀」이라는 장편의 논문을 발표하여 후스에게 호응하고, 송나라 이후 '직업적인 유생業儒' 즉 유교 선전을 직업으로 삼는 도학가道學家들에게 비판의 칼날을 겨냥했다. "한나라 때부터 당나라에 이르기까지 절개를 장려한 적이 없는데", "송나라에 이르러 저 '직업적인 유생'들이 '굶어 죽는 것은 별 게 아니나 절개를 잃는 것은 중대한 일'이라고 말하기 시작했는데", "당시도 바로 '인심이 나날이 쇠락하여 나라가 나라 꼴이 아닌' 때"였다고 했다. 그리고 "청나라에 이르자 유학자들은 정말 더욱 지독해져서", "국민이 피정복자가 되려 하자 절개를 지키는 일이 성행하고 열녀도 이때부터 중시되었는데", "자기들은 정복된 국민이라 보호할 힘도 반항할 용기도 없기에 부득이하게 새로운 것을 구상하여 여자들의 자살을 장려"했다는 것이다.[4] 이를 통해 그는 하나의 규범을 제시했다. 즉 사회와 도덕, 민족, 그리고 통치의 위기에 직면할수록 절개와 같은 낡은 도덕을 고취한다는 것이다. 이것은 위안스카이 정부가 절개를 장려하는 것이 바로 사회와 도덕, 통치의 위기를 나타낸다는 것을 분명히 암시한다. 그리고 이것은 후스의 비판을 더욱 깊은 곳으로 이끌었다.

절개에 대한 일본 학자의 비판을 끌어들인 데에서부터 중국의 현실 생활에서 정부 당국이 '절개를 표창'하는 것을 비판하는 쪽으로 방향이 바뀌고, 마지막에는 근원을 거슬러 올라가서 송나라 이후 '직업적 유생'을 비판하게 되었다. 5·4신문화운동의 선구자인 이 세 사람의 묵계가 얼마나 잘 들어맞았는가! 이 토론은 5·4시기에 일어난 '공교孔教의 가치에 대한 새로운 평가'라는 논의에서 중요한 부분이었다. 후스는 「새로운 사조의 의의新思潮的意義」에서 '새로운 평가'라는 것은 바로 "고대로부터 전해 내려온 성현의 교훈이 오늘날에도 틀림이 없는지 묻는 것"이라고 했다.[5] 여기서 제기하는 것은 '새로운 평가'의 기준이다. 즉 그것이 '오늘날' 가지는 의의와 가치를 다시 평가한다는 것이다. 이것은 루쉰이 유가와 다른 전통 학설들을 관찰한 시각이자, 그에 대해 평가한 입장이기도 했다. 그런 학설들의 '원래 교지教旨' 자체가 아니라, 그것들이 현실 생활에서 일으킨 실제 영향과 역할을 살피자는 것이다. 후스는 이에 대해 더 명백하게 서술했다.

---

4   魯迅, 「我之節烈觀」, 『墳』(『魯迅全集』 제1권), 121쪽.
5   胡適, 「新思潮的意義」(『胡適文集』 제1권), 692쪽.

어떤 학설이나 종교에 대해서 그것이 실제로 일으킨 영향이 무엇인지 연구해야 한다. 그것이 어떤 예법과 제도를 만들었는가? 그 예법과 제도가 일으킨 효과는 무엇인가? 인생의 행복을 얼마나 늘리거나 거기에 어느 정도 해를 끼쳤는가? 어떤 국민성을 조성했는가? 진보를 도왔는가, 아니면 방해했는가? 이런 문제는 모두 어떤 학설이나 종교를 비평하는 기준이다.

그는 이것이 일종의 '현실주의實際主義적인 기준'이자 '가장 엄격하고 또 가장 공정한 방법'이라고 했다. 나중에 저우쭤런이 '유가'와 '유교'를 구분해야 한다고 강조한 것도 이런 맥락에서 나온 말이다.[6] 그러나 그와 동시에 후스는 이러한 '실제' 영향과 작용은 그 원래의 사상과 구별되지만, 관계가 없는 것은 아니라고 강조했다.

어째서 사람을 잡아먹는 그 갖가지 예교 제도가 모두 다른 간판이 아니라 굳이 공자님의 간판만 내걸겠는가?

이제 그는 '홀로 공씨의 가게孔家店를 때려잡는' 쓰촨四川의 늙은 '영웅' 우위吳虞[7]의 관점에 찬성하면서 이렇게 주장했다.

6　周作人, 「談儒家」(『秉燭談』, 石家莊 : 河北敎育出版社, 2002, 149쪽).

7　【역주】우위(吳虞 : 1872~1949, 본명은 지추안[姬傳] 또는 용콴[永寬], 자는 이우링 [又陵] 또는 여우링[幼陵])는 일본 유학을 다녀온 후『성군보(醒群報)』주필(主筆)로 활동하면서 신학(新學)을 장려했고, 이후 베이징대학 교수가 되어서『신청년』에 「전제주의의 근거로서 가족제도」와 「설효(說孝)」 등을 발표하며 옛날의 예교(禮敎)와 유가 학설에 맹공을 퍼부었다. 일기와『추수집(秋水集)』 등의 저작을 남겼다.

2,000년 동안 사람을 잡아먹었던 예법과 제도가 모두 공구孔丘의 간
판을 내걸었기 때문에 이 간판은 (대대로 물려 내려오는 점포든 상표를
도용한 가게든 간에) 떼어내서 부수고 불태우지 않으면 안 된다.[8]

다만 그와 동시에 그는 또 이 시기에 쓴 학술 저작인『중국 고대 철
학사』에서 공자를 적극적으로 평가하며 그가 '실제 행동을 중시한 정
치가'로서 "본래 정치 개량에 뜻을 둔" '평생토록 부지런하고 성실했
던 지사志士'이자 '적극적인 구세파救世派'라고 했다.[9] 이 역시 1930년
대 후스의 공자에 대한 평가에 기초가 되었다.

사실 1930년대에 후스와 루쉰, 저우쭤런은 앞서 언급했던 것처럼,
전체적으로는 5·4 계몽주의 입장을 견지했고, 이 때문에 중대한 갈
림이 나타나더라도 많은 문제에서 여전히 의견의 일치가 유지되고 있
었다. 예를 들어서 1934년 7월에 국민당 정부는 '중화민국 이래 두 번
째'로 '공자 추존'의 성대한 의식을 거행했다. 첫 번째는 1914년에 위
안스카이가 공자에 대한 제사 법령을 반포하고, 아울러 몸소 베이징
에서 성대한 제사를 주관한 것이었다. 이것은 훗날 '공교의 가치에 대
한 새로운 평가'에 관한『신청년』의 논의를 직접 유발했다. 나중에 국
민당 당국은 매년 음력 8월 27일 공자 탄신일을 '국가 기념일'로 정했
으니, 이에 대해 후스는 이렇게 묘사했다.

사방의 도시에서 정객政客과 군인도 관리와 사민士民을 이끌고 점잖게

---

8   胡適,「『吳虞文錄』序」(『胡適文集』제1권, 762~763쪽).
9   胡適,『中國古代哲學史』(『胡適文集』제5권, 252~254, 258쪽).

예식을 거행하고 거창하게 연설했다. 예식과 제사가 끝나고 나자 분부를 받들어 해산했다.

그런데 5·4의 노전사가 보기에 이것은 그야말로 저우쭤런의 말처럼 '귀신이 다시 온 것'이었다. 후스와 루쉰은 각기 「공자 탄신을 기념한 후寫在孔子誕辰紀念之後」와 「고기 맛을 모르는 것과 물맛을 모르는 것不知肉味和不知水味」을 써서 비판적인 반응을 보였으나, 착안점은 또 각기 달랐다. 후스가 비판한 것은 공자에 대한 제사를 빌려 '최근 20년' 즉 신해혁명 이래 사상과 문화의 변혁을 부정하고 사상의 복벽을 실현하려는 의도였다. 그는 이것이 "보살을 모셔 와서 위급한 상황을 해결하려는" 것이나, "공자로서는 도울 방법이 없고, 차를 거꾸로 몰더라도 당신들은 애초에 존재하지 않았던 '미덕으로 이루어진 황금세계[10]'로 돌아갈 수 없다"라고 단언했다.[11] 루쉰이 폭로한 것은 '예악'이 은폐하고 있는 사회의 모순이었다. 이에 그는 공자 탄신 기념 행사에서 순임금의 음악인 '소악韶樂'을 연주했다는 뉴스와 같은 날 신문에 실린, 닝보寧波의 농촌에서 물 때문에 싸움이 벌어져서 사람이 죽었다는 보도를 나란히 놓고 사람들의 주의를 일깨웠다.

'소악'을 듣는 곳과 갈증을 느끼는 곳은 다른 세계이다. 고기를 먹으

---

10 【역주】'황금세계'는 아름답고 완벽한 이상 속의 세계를 가리킨다. 이것은 청나라 광서(光緒: 1875~1908) 연간에 벽하관주인(碧荷館主人)이라는 필명을 쓴 작가가 창작한 소설의 제목이기도 하다.
11 胡適, 「寫在孔子誕辰紀念之後」(『胡適文集』 제4권, 525·534쪽).

면서도 맛을 모르는 세계와 목이 말라 물을 두고 싸우는 곳도 다른 세계이다.[12]

이것은 그의 '좌익左翼' 입장 즉, 하층에 대한 관심과 계급의식을 보여준다. 이것은 (똑같이 5·4 전통을 견지한다는 점에서) 후스와 '같으면서' 또 '다르니', 대단히 흥미롭다.

그러나 여기서 주로 논의하고자 하는 것은 1930년대에 후스와 저우쮀런, 루쉰의 공자에 대한 인식과 평가의 '차이'이다. 이것은 주로 그들이 쓴 몇 편의 글에 나타나 있으니, 바로 후스의 「유가의 유위주의儒家的有爲主義」와 「설유說儒」, 저우쮀런의 「유가를 말하다談儒家」와 「논어소기論語小記」, 「일어와 논어逸語與論語」, 루쉰의 「유술儒術」과 「흘교吃教」, 「현대 중국의 공자在現代中國的孔夫子」 등이다. 비록 각자 자기 얘기를 했음에도 앞서 얘기한 '숨겨진 싸움'을 구성했다.

먼저 후스에 대해 살펴보자. 앞서 언급했듯이, 5·4시기의 '공교 가치 재평가'에 관한 토론에서 후스는 공자를 '간판'으로 삼는 전통 예법과 제도에 대해 첨예하게 비판했으나, 학술 저작인 『중국 고대 철학사』에서는 공자에 대해 상당히 긍정적으로 평가했다. 1930년대에 이르러서는 공자에 대한 평가가 더욱 긍정적으로 변했을 뿐만 아니라, 더욱 자각적으로 공자에게서 사상과 정신의 자원을 찾으려 했다. 1930년에 쓴 『중국 중고 사상사 장편中國中古思想史長篇』에서 그는 전적으로 한 장章을 마련해서 '유가의 유위주의'를 논의했다. 공자와 그 시대의 유가를

---

12 魯迅, 「不知肉味和不知水味」, 『且介亭雜文』(『魯迅全集』 제6권, 112쪽).

얘기할 때는 특별히 두 가지를 강조했다. 먼저 이것이다.

　유가의 특별한 색채는 바로 올바른 군주를 만나 도의에 맞는 정치를 행하는 것이다. 공자가 안절부절못하고 '안 되는 줄 알면서 행한 것[13]'이 바로 이런 정신이다. 맹자는 옛 기록을 인용하여 '공자는 석 달 동안 임용되지 않으면 군주를 찾아가 안위를 물었고, 나라 밖으로 나가면 반드시 수레에 예물을 실었다'[14]라고 했다. 증자曾子는 '사인은 기개가 웅장하고 의지가 군세지 않으면 안 되니, 소임은 무거운데 갈 길은 멀기 때문'[15]이라고 했으니, 이 얼마나 훌륭한 의기意氣인가!

　그런데 후스가 특별히 주목한 것은 또 다른 일면이었다.

　열국이 대치하던 시대에 유학자는 각 나라를 자유롭게 오가며 그곳 제후와 뜻이 맞으면 머물고, 그게 아니면 그 나라를 떠났다. 그러므로 그들은 자기들의 독립적인 정신과 고상한 인격을 지켜 유지할 수 있었다.

　이어서 그는 "그런데 중국이 통일된 후에는 이런 선택의 기회가 없

13　【역주】『논어』「헌문(憲問)」: "(晨門)曰, 是知其不可爲而爲之者與."
14　【역주】「"孔子三月無君卽弔, 出疆必載質"라고 했으나, 이는 『맹자』「등문공하(滕文公下)」의 다음 문장을 뒤섞은 것이다. "전하는 바에 따르면, '공자는 석 달 동안 임용되지 않으면 불안해했고, 나라 밖으로 나가면 반드시 수레에 예물을 실었다'라고 했는데, 공명의가 설명하기를, '옛날 사람은 석 달 동안 군주에게 임용되지 않으면 찾아가 안위를 물었다'라고 했다[孔子三月無君卽皇皇如也, 出疆必載質. 公明儀曰, 古之人三月無君卽弔]."
15　【역주】『논어』「태백(泰伯)」: "曾子曰, 士不可不弘毅, 任重而道遠."

어져 버렸으나", "천하에 도의가 없으므로 안절부절못하고 뛰어다니며 호소할 필요가 있었다"라고 했다. 그래서 그는 육가陸賈와 가의賈誼 같은 한나라 때의 유생들이 사람의 일에서 뭔가 하는 게 있어야 한다는 '유위주의'의 '적극적인 태도'를 지녔던 것을 칭송했다.

이런 태도의 요점은 천하가 잘 다스려지거나 어지러워지고, 민생이 안정되거나 위태로워지는 게 모두 '하늘이 그렇게 한 것'이 아니라 그저 '사람이 그렇게 만든 것'임을 분명히 인식하는 것이다.

후스가 특히 중시한 것은 또 동중서董仲舒의 '억지로 힘씀勉强'이라는 관념이었으니, "천도天道의 자연적인 변화를 믿지 않고 그저 인간사의 성패만 믿기 때문에, 인간의 공력功力으로 치우친 것을 보충하고 폐단을 구제해야 한다고 주장했다"는 것이다. 그는 이렇게 해석했다.

치우친 것을 보충하고 폐단을 구제하며, 넘치거나 쇠락한 것을 구하여 돕고, 어지러운 것을 바로잡아 올바르게 하는 이런 것은 제도 개혁이자 변법이지, 도의를 변질시키는 게 아니다.

마지막으로 이들 한나라 때의 유생들은 모두 '유위론의 희생자'여서 "유배되어 죽기도 하고"가의, "저자에서 참수되기도 하고"조조[晁錯], "죽을 때까지 폐기되어 다시 임용되지 못하기도 했다."동중서 그러나 동중서 스스로 얘기하지 않았던가? '어진 사람은 도의에 합당한 것을 올바로 세우고 이익을 도모하지 않으며, 자기가 견지하는 도의를 밝히지 공적을 헤아리지는 않는다'[16]라고![17] 감정에 충만한 그의 이런 논술을 읽으면서 나는 『중국 중고 사상사 장편』을 썼던 1930년을 전후로 그와 저우쭤런 사이에 주고받은 통신을 떠올릴 수밖에 없었다. 1929년에 후스는 '인권'을 고취하다가 국민당 정부와 격렬하게 충돌했고, 그해 8월에 국민당 상하이 지부는 후스를 엄격히 처분한다는 결의문을 통과시켰다. 이로 인해 벗들은 그의 목숨의 안전을 염려하게 되었고, 이에 저우쭤런은 후스에게 편지를 보내 "나 자신은 이미 충분히 더우므로 다시는 불을 쬐고 싶지 않다"라는 라블레F. Rabelais, 1494?~ 1553?의 말을 이용해서 권유했다. "저는 그대가 가르치고 책을 쓰는 일(그러니까 나라와 후세에 대한 의무)을 하고 싶어 한다고 생각하는데", 지금은 "그와 상관없는 다른 일에 힘을 소모하고 있어서" "본성을 다할" 수 없으니, 권하건대, "이후로는 다른 쓸데없는 말은 하지 마시고" 상하이를 떠나 베이징에서 학생들을 가르치면서 "냉정한 적막 속에서 풍부한 작업 성과를 산출하시기 바란다"라고 했다.[18] 저우쭤런이 이렇게 건의한 마음은 당연히 공감할 수 있으나, 그는 전혀 후스를 이해하지 못했거나 아니면 후스가 그것을 받아들이지 못할 줄 잘 알면서도 그렇게 말했는지도 모르겠다. 후스는 박사 논문인 『선진명학사先秦名學史』에서 공자가 "기본적으로 정치가이자 개혁가인데, 다만 강력한 반대로 좌절을 겪은 후에야 비로소 당시 청년들을 교육하는 데에 몸을 바치겠다고 결심했다"라고 썼다.[19] 사실 후스 자신도 진한 정치 취향

---

16 【역주】『한서(漢書)』「동중서전(董仲舒傳)」: "仁人者, 正其誼不謀其利, 明其道不計其功."
17 胡適, 『中國中古思想史長篇』(『胡適文集』 제6권, 234~236·238~242쪽).
18 周作人, 「致胡適書」(『胡適來往書信選』 中冊, 北京 : 中華書局, 1997, 538~539쪽).
19 胡適, 『先秦名學史』(『胡適文集』 제5권, 33쪽).

과 포부를 지니고 있어서 주로 추구한 것은 '개혁가'가 되는 것이었다. 그래서 그는 당연히 저우쮀런이 바랐던 것처럼 정치에 관여하여 사회 변혁을 추동하려는 노력을 포기하고 싶지 않았다. 답신에서 그는 "쓸데없는 말을 잘하고 쓸데없는 일에 관여하기를 즐기며", "어떤 때는 마침내 그냥 보고 넘기거나 참아내지 못하니, '마음속의 분노가 샘솟고, 글 쓰는 손이 근심에 쌓인다心噴涌, 筆手憂'라는 왕충王充[20]의 말이 이 심경을 가장 잘 묘사한다"라고 인정했다.[21] 당연히 나의 연상은 후스가 『중국 중고 사상사 장편』에서 공자와 유가의 '유위주의'를 강조한 것이 저우쮀런의 편지 때문에 유발되었다는 뜻이 아니다. 다만 그들 사이의 통신은 확실히 후스가 글을 썼을 때의 사상과 심리적 배경을 제공해 준다. 1930년의 후스는 분명히 공자 및 한나라 때의 유생들과 심령으로 상통하는 바가 있었으니, 그 글의 행간에 담긴 비장감은 대단히 의미심장하다.

마침내 이제 후스가 1934년에 쓴 「설유」에 관해 얘기할 수 있게 되었다. 이 글이 시선을 끄는 것은 단지 그것이 "중국 고대 학술 문화사의 새로운 관점" 즉 '유생은 민족의 선교사敎士'라고 규정하는 관점을 제기한" 데에만 있는 게 아니라, 그보다는 "은상殷商 민족의 나라가 망한 후 '500년이 지나면 반드시 왕 노릇하는 이가 흥기할 것'이라는 예언이 있으니, 공자가 바로 '시운에 호응하여 태어난 성자聖者'임"을 강

---

20 【역주】 왕충(王充 : 27~97?, 자는 중임[仲任])은 반표(班彪)의 제자로 박학다식했으나 미관말직에 있다가 퇴출된 후 집에서 저술에 전념했다. 도가사상의 주요 전승자인 그는 『논형(論衡)』을 남겼다.
21 胡適, 「致周作人書」(『胡適來往書信選』 中冊, 542쪽).

조한 데에 있다. 그는 쇠망한 민족은 항상 '민족 영웅의 도래를 희망'
한다고 반복적으로 얘기했으며, 그의 글은 전체적으로 500년 동안 경
시되던 '유儒'를 공자가 어떻게 '중흥'했는가라는 문제를 중심으로 서
술되어 있다. 그가 보기에 공자의 주요 공헌은 노자로 대표되는 정통
의 '유'를 넘어서 '새로운 유교' 또는 '새로운 유행儒行'을 창조함으로
써 진정한 '성인'이 되었다는 데에 있다.

이 '새로운 유교'와 '새로운 유행' 즉, 이른바 '새로운 운동의 새로
운 정신'의 특징을 그는 세 가지로 개괄했다. 첫째, '박대博大하게 선택
하는 새로운 정신'으로 '옛 문화'하[夏], 상[商]의 문화에서 변천한 '현대 문
화'주[周] 문화를 받아들임으로써 '삼대三代의 문화를 조화롭게 한 스승師
儒'이었다. 둘째, "'어짊이 자기의 소임仁以爲己任'이라는 절대의 사명을
지고" '안 되는 줄 알면서 행하며' '소임은 무거운데 갈 길은 멀다'라
고 여기는 "천하의 무거움 소임을 짊어진 인격"을 제창하며, "'천하의
적장지嫡長子로서' 동주東周를 건국하겠다는 웅대한 마음을 품었다." 셋
째, "유약한 유가와 살신성인의 무사를 결합"하여 '웅장한 기개와 굳
센 의지로 전진하는弘毅進取' 정신을 양성하여 '쇠망을 진흥하고 나약한
성품을 일으켜 세우는振衰而起懦 위대한 사업'을 완성했다.

후스는 또 공자가 개창한 '유교 운동의 역사적 사명'을 중점적으로
논의하면서, "500년의 운수에 호응하여 흥기한 이 중국 '메시아Messiah'
의 사명은 중국 '문사文士' 계급의 영도자가 되는 것이지 대다수 민중의
종교 지도자가 되어서는 안 된다"라고 지적했다. 이것은 공자의 '이지
적理智的 태도'로 인해 '일반 민중이 이해할 수 있는 종교인'이 될 수 없었
기 때문이라고 했다.[22] 자신감에 충만한 이런 글들(그는 일찍이 자기가

"「설유」에서 제기한 '신선한 관점'이 결국에 '역사가에게 인정받을 것'"[23]이라고 분명히 밝혔는데)을 읽으면 이것이 학술상의 자신감뿐만 아니라 자기의 선택에 대한 어떤 자신감을 포함하고 있음을 느낄 수 있다. 말하자면 이런 글들은 어느 정도 '남 얘기를 했으나 사실상 자기 얘기를 한夫子自道' 듯한 냄새를 풍기며, 그 마음속의 이상과 추구를 상당히 드러냈다고 하겠다. 당시의 후스는 『독립평론獨立評論』을 창간함으로 인해 지식계에서 영향이 전성기를 구가했고, 국민당 당국과 관계도 점점 완화되고 있어서 심지어 장제스는 그를 접견하고 "대국에 관해 자문을 구하기도" 했다.[24] 어쩌면 후스로서는 이것이야말로 자기의 '전문가 정치'와 '나라의 스승國師'이 되려는 이상을 실현할 기회였을 수도 있다. 그래서 그가 공자에게서 '천하의 무거운 소임을 짊어진' 강인한 정신을 발굴하여 '스승師儒'이자 '성인'으로서 그의 특징과 '천하 문사의 영도자'로서 그의 지위를 강조한 데에는 적어도 스스로 격려하는 의미가 담겨 있었다.

재미있는 것은 이후 1936년에 저우쩌런과 후스가 또 한 번 사상의 충격을 받았다는 사실이다. 이번에도 저우쩌런이 편지를 보내서 '잠시 휴식'을 다시 권했는데, 후스의 답신은 대단히 명확했다. "나는 '호사가'로서 '일이 많은 것이 적은 것보다 낫고, 유위가 무위보다 나음'을 믿는다"라고 하면서, 자기는 공자를 '위대한 신'으로 여기며 "할 수 없음을 알면서도 행하는 태도를 취하는데", "기호嗜好가 이미 깊어져서 노장사상에도 나름의 도리가 있음을 분명히 알지만, 끝내 그것노장사상

---

22   胡適, 「說儒」(『胡適文集』 제4권, 3·55·60·58~59·63~66·73·82·88쪽).
23   胡適, 「胡適文存四集自序」(『胡適文集』 제4권, 1쪽).
24   이 일은 『신보(申報)』 1931년 10월 14일에 보도되었다.

으로 이것공자과 바꾸고 싶지 않다"라고 하여 확고부동한 생각 속에 자신감을 나타냈다. 그러나 그는 자기와 저우쭤런 사이에 근본적인 차이가 있음을 절대 인정하지 않았다.

그대 자신도 포부가 큰 사람이오. 수시로 '간곡한 말'을 하지만, 마음은 평화롭고 긴장된 기운이 없소. 그러므로 독자들은 그저 담담하고 원대하다고만 느낄 뿐, 그것을 '간곡한 말'로 했음은 깨닫지 못하오.[25]

이 역시 그가 저우쭤런을 깊이 알고 있었음을 보여주는 말이다.

이제 저우쭤런에 대해 살펴보자. 늘 그랬듯이 먼저 그의 유가관의 발전 맥락부터 정리해 보자. 저우쭤런은 초년에 유가에 대해 대단히 엄격하게 비판하는 태도를 견지했다. 1908년에 쓴 글에서 그는 직접 유가를 가리켜 '제왕의 종교帝王之教'라고 하면서 "응당 유가를 문밖으로 내쳐야" 한다고 주장했다.[26] 5·4시기에 그가 주장한 '인민문학'의 창끝도 유가를 향해 있었으니, "중국 문학에서 사람의 문학은 본래 아주 적었는데, 유교와 도교에서 나온 글은 거의 모두가 불합격"이라고 했다.[27] 유교와 도교를 동시에 역사의 심판대에 올려놓은 점은 이후에 그의 사상이 변화할 수 있는 여지를 남겨놓았다. 5·4 이후 계몽주의가 좌절되자 그가 '교훈은 무용하다'라는 결론을 내리고 5·4 낭만주

---

25 胡適, 「致周作人書」(『胡適來往書信選』 中冊, 296~298쪽).

26 周作人, 「論文章之意義曁其使命」(『周作人集外文(1904~1925)』, 海口 : 海南國際新聞出版中心, 1995, 38·58쪽).

27 周作人, 「人的文學」(『藝術與生活』, 石家莊 : 河北敎育出版社, 2002, 12~13쪽).

의에 대해 반성하기 시작할 때, 그는 비판의 화살을 완전히 도교로 돌렸다. 그가 생각하기에 중국의 주요 문제는 국민성에 담긴 '전제專制의 광신狂信'이며, 그 사상적 원류는 바로 도교의 영향이었다. 중국 국민의 "교주는 『춘추』의 미언대의微言大義를 설명하는 공자가 아니라 이제부터 천하가 태평해질 거라고 예언한 진단노조陳摶老祖[28]"라는 것이다.[29] 그리고 그가 보기에 국민성의 그 광신을 치유할 수 있는 유일한 약은 '인생의 실제를 중시'하고 '오로지 이치를 중시하는唯理 경향'이 있는 유가 학설이었다. 그래서 그는 유가 전통 속의 '예禮'로 시선을 돌림과 동시에, "이것은 본래의 '예'를 가리키는 것이며, 훗날의 예의와 예교는 모두 타락한 것이므로 이런 호칭에 합당하지 않다"라고 선언했다. 이것은 그가 5·4시기에 원시적 유가와 훗날의 유교를 구별했던 맥락을 이은 것인데, 이 때문에 그는 여전히 '송나라 이후의 도학가'에 대해서는 비판적인 입장을 견지했다. 그의 결론은 이러했다.

중국에서 지금 절실히 요구되는 것은 일종의 새로운 자유와 새로운 절제로 중국의 새로운 문명을 건설하는 것, 그러니까 1,000년 전의 옛 문명을 부흥하는 것이다.

28　【역주】진단(陳摶 : 871~989, 자는 도남[圖南], 호는 부요자[夫搖子] 또는 희이선생 [希夷先生])은 송나라 초기의 은사(隱士)로서 한나라 이래 상수역학(象數易學)의 전통을 계승하고 황로사상(黃老思想)과 도교의 방술(方術), 유가, 선불교(禪佛敎) 등을 융합함으로써 송나라의 이학(理學)이 발전하는 데에 큰 영향을 주었다. 『구실지현편 (九室指玄篇)』, 『입실환단시(入室環丹詩)』, 『적송자계(赤松子誡)』(또는 『적송자팔 계록[赤松子八誡錄]』), 『인륜풍감(人倫風鑒)』(또는 『귀감[龜鑑]』), 『고양집(『高陽 集)』, 『조담집(釣潭集)』 등의 풍부한 저작을 남겼다.

29　周作人, 「鄕村與道敎思想」(『談虎集』, 石家莊 : 河北敎育出版社, 2002, 223쪽).

그리고 이 '1,000년 전의 옛 문명'에서 핵심은 공자가 창립한 유가 학설이다. 그는 여기에 한마디를 더 보충했으니, 이 역시 "서양 문화의 기초인 그리스 문명과 합일"을 동시에 실현하는 것이라고 했다.[30] 이것은 동양의 유교 문화와 서양의 그리스 문명이 내재적으로 일치한다는 그의 인식을 나타낼 뿐만 아니라, 5·4시기와 다른 새로운 사고의 맥락을 보여준다. 그는 이제 동양과 서양의 차이를 강조하지 않고 양자가 상통한다는 것을 찾으려고 노력한다. 동시에 그것은 저우쮜런과 같은 지식인의 어떤 경향 즉, 내부로 시선을 돌려서 점점 중국 전통문화의 내부에서 사상과 정신의 자원을 찾으려 하는 경향을 보여준다. 이것은 이후에 저우쮜런이 행한 문화 선택에 직접 영향을 주었다.

1930년대에 이르러 저우쮜런은 '세상을 벗어날지出世' 아니면 '세상으로 들어갈지入世'를 두고 인생의 선택에 직면해 곤혹스러웠는데, 사고와 탐색의 촉각을 중국 전통문화 구조의 내부로 뻗으며 전통문화 각 성분 사이의 관계 속에서 출로를 찾으려고 시도했다. 이에 그는 옛사람들과 개별적으로 교유하는 데에 만족하지 않고, 전통문화에 대해 전체적으로 되돌아보기 시작했다. 바로 이런 사상적 배경 아래 그는 「논어소기」1934년 12월와 「일어와 논어」1936년 2월, 「유가를 말하다」1936년 겨울를 연속적으로 써냈다.

그는 우선 자기의 입장을 확립해야 했다. 이를 위해 그는 자기가 '지혜를 사랑하는 사람愛智者'일 뿐, '종교도'는 아니라고 강조했다. 말하자면 자기는 어떤 사상을 신봉하는 '신도'나 '교도'는 되고 싶지 않

---

30   周作人, 「生活之藝術」(『雨天的書』, 石家莊 : 河北教育出版社, 2002, 93~94쪽).

고 그저 "천지 만물에 대해 조금 흥미가 있어서 그 정황을 조금 알려고" 하는 것뿐이니 '잡가' 가운데 하나일 뿐이라는 것이다. 이것은 지식 구조의 '잡다함'뿐만 아니라 문화 선택의 '혼잡雜糅', 심지어 문화 심리의 '겸용兼容'을 가리킨다. 그런데 '겸용'의 또 다른 측면이 바로 어떤 사상에도 집착하지 않은 채 독립적이고 평등한 태세를 유지하는 것이다. 저우쬐런은 바로 이런 식으로 자기와 유가의 관계를 처리했다. "솔직히 말해서 나도 이미 유가지만, 유교 신도가 아닐 뿐이니", "공자의 많은 제자나 후손보다는 지위가 훨씬 높은, 그의 벗이라고 할 수 있다". 그가 보기에 공자의 운명은 비극적이었다. "수많은 사람이 그에게 큰절을 올리지만, 아무도 그의 말을 들어 주려 하지 않았으니, 진정으로 공자를 이해하는 사람은 아마 많지 않았을" 것이다. 그러니 "학문과 사상에서 그와 평등하게 교유할 수 있는 벗들도 그저 공손하게 서서 연신 옳다고 칭송하기만 할 뿐, 단지 하찮은 견마지로犬馬之勞만 바칠 뿐"이다. 그러니 자기가 할 것은 "공자에게 유익한 벗이 되기 위해 노력할 뿐"이라고 했다.[31]

이로 인해 그는 공자에 대해 상당히 독자적으로 이해하고 인식하게 되었다.

근래에 『논어』을 읽었는데, 어쩌면 이것은 남방에서 경서를 읽는 소리가 무척 높았기 때문이리라 (…중략…) 그런데 얻은 인상은 단지 특별할 것도 없이 평범하고 담담하다는 것뿐이었다……. 내 생각에 『논어』

31   周作人, 「逸語與論語」(『風雨談』, 石家莊 : 河北教育出版社, 2002, 95·98~99쪽).

속의 공자는 본래 한 명의 철인哲人이었을 뿐이 전지전능한 교주가 아니다. 후세의 유교도가 조사祖師로 받들었으나, 나는 항상 그가 예수가 아니라 소크라테스의 아류라고 생각한다. 『논어』 20여 편에서 말하는 것은 대부분 사람으로서 처세하는 도리로서 (…중략…) 후세 사람들에게 모범을 제공할 수는 있으나 불변의 교조敎條는 될 수 없고, 더욱이 나라를 다스리고 천하를 평정할 무슨 정치 철학의 정묘한 의미는 들어 있지 않다…….『논어』는 여전히 한 번 읽을 만하니, 상식을 완전하게 갖춘 청년에게 참고로 제공할 만하기 때문이다. 그러나 그것을 성서聖書로 삼으려 한다면 반드시 성공하지는 못할 것이다.[32]

그의 눈에 비친 공자는 앞서 후스의 글에서 설명된 공자와 완전히 다르다. 이것은 하나의 '철인'이지 '교주'나 '성인'이 아니며, 그의 책도 지혜로운 자의 인생 '참고서'일 뿐 '성서'가 아니다. 저우쭤런은 의식적으로 공자를 '범인凡人'으로 만들고, 자기가 가장 심취한 것은 공자의 '경지'인데, "한가로이 지내며 뜻을 서술하는" 가운데 자연히 '슬픈 분위기'가 담겨 있어서 공문孔門의 '진정한 기상'을 볼 수 있다고 했다.[33] 이 역시 1930년 저우쭤런이 가장 즐겨 얘기했던 '범인의 비애'였다. 그의 또 다른 노력은 유학을 학술로 만들고, 공자를 정치적 인물이 아니게 하면서 그 '상식성'을 강조함으로써 '나라를 다스리고 천하를 평정하는' 기능을 없애는 것이었다. 앞서 언급했듯이, 이것은 바로 후스가 강화하여 새롭고 더 큰 의의를 부여하려 했던 점이다.

---

32   周作人, 「論語小記」(『苦茶隨筆』, 石家莊 : 河北敎育出版社, 2002, 14~15쪽).
33   周作人, 「論語小記」(『苦茶隨筆』, 15~16쪽).

저우쭤런은 유학을 상식적이고 범속凡俗한 것으로 만듦으로써 그것을 중국 사상사와 문화사의 기타 학파, 주로 도가와 법가 같은 것들과 평등한 위치에 두고 그들 사이의 관계를 논할 수 있게 되었다.

중국의 유교도는 부처와 노자를 아울러 '이씨二氏'라고 부르고 이단으로 배척하는데, 이는 무척 가소로운 일이다. 도가와 유가, 법가는 원래 하나의 기운一氣이 삼청三淸으로 변화한 것으로서, 한 사람에게 가능한 세 가지 태도일 뿐이다. 소극적인지 적극적인지 차이는 조금 있으나, 절대적으로 대립하는 문호門戶는 아니다.

아울러 그는 "우리 자신을 비유로 들어" 유가와 도가, 법가에 대한 인생 선택의 세 가지 태도를 설명했다. "나라를 다스릴 책임을 지지 않는다고 해서 나랏일에 대해 전혀 무관심한 것은 아니니, 이때의 태도는 쉽게 유가적인 것이 되어서, 조금 합리적이면서 반쯤 고조되어 있다. 비록 사물의 이치와 인간의 정리를 대체로 위배하지는 않으나 실행하기는 어렵고, 기껏해야 자기를 통제하고 남을 정도이지 남을 다스리기에는 부족하다." "조금 소극적으로 되면, 자기가 할 수 있는 나랏일은 없고 인생에 후환만 많음을 깨달아서, 한 걸음 물러나서 평생 무능한 존재로 삶을 마치고 싶어서 도가로 들어가니, 『논어』에 기록된 '은일'이 바로 이것이다." "또 혹시 적극적으로 되면, 앞으로 나서서 일을 처리하게 되는데, 그러면 서재 안의 저 고상한 이론도 버리고 실효성 있되 반드시 엄격한 법치를 할 수밖에 없으니, 그러면 법가로 들어가게 된다."[34] 그의 이런 말은 결국에 자기 선택을 지향하게 되는데, 이때의 그는 자기 몸에 찍힌 법가 흔적의 '막료 분위기師爺氣'를 배제하고, 유가와 도가 사이에서 자기 인생의 길을 찾으려고 노력했을 것이다. 그래서 그는 유가의 '안 되는 줄 알면서도 행하는 것'과 도가의 '무위'가 하나의 원류에서 비롯되었다고 강조했다. "양자 모두 불가함을 아는데, 한쪽은 행하려 하고 한쪽은 다시 행하려 하지 않을 뿐이기 때문"이라는 것이다. 그리고 자기의 선택의 그 '가운데'인 중용의 길이었다.

나는 어려서부터 『논어』를 읽었는데, 이제 얻은 결과는 중용사상 외에 은자隱者에 대한 약간의 동정심이다.[35]

이것이 바로 필자가 예전에 분석한 바 있는 모순이다.

기꺼이 '세상을 벗어나기出世'에는 마음이 내키지 않고, '세상으로 들어가기入世'에는 무능력하여 두려운 마음이 생기는 모순. 저우쭤런이 찾은 해결 방법은 중용이니, 세상에 들어가는 정신으로 세상을 벗어나고, 세상을 벗어나는 정신으로 세상에 들어가는 것이다. 세상을 벗어나나 또 벗어나는 게 아니고, 세상에 들어가나 또 들어가는 게 아니다. 이것은 바로 세상을 벗어나려는 은자와 세상에 들어가려는 유생의 태도가 한 몸에서 조화를 이루게 함으로써 유가와 도가가 상호 보완하게 하는 중용의 길이다.[36]

34 周作人, 「談儒家」(『秉燭集』, 石家莊 : 河北教育出版社, 2002, 147~148쪽).
35 周作人, 「論語小記」(『苦茶隨筆』, 18쪽).

후스는 저우쭤런이 포부가 크면서도 마음이 평화롭다고 했으니, 이 것은 바로 유가와 도가가 상호 보완하여 도달한 정신적 경지였다. 다만 루쉰은 거기에 내재한 부조리를 간파하고 날카롭게 비판했는데, 이에 대해서는 뒤쪽에서 도연명에 대한 서로 다른 평가에 대해 논의하는 와중에 다시 자세히 분석하도록 하겠다.

이제 논의할 것은 1930년대에 루쉰이 유가와 공자에 대해 고찰한 내용과 그 태도이다.

후스나 저우쭤런과 달리 5·4시기부터 1930년대까지 유가와 공자에 대한 루쉰의 태도는 전혀 변화가 없어서 여전히 비판적 입장을 견지하면서 '원래의 교의敎義'에도 무관심한 채, 1930년 중국의 현실 생활에서 유가와 공자의 운명, 그리고 그들이 실제 일으킬 수 있는 영향과 역할에 시선을 집중했다. 그리하여 예리한 발견을 이루어낸 그는 그것을 '유술儒術'과 '흘교吃敎'라는 두 개의 중요한 개념으로 개괄했다.

먼저 '유술'을 살펴보자. 이것을 제목으로 한 글에서 루쉰이 얘기한 것은 모두 고대 유생의 이야기였다. 예를 들어서, 금나라와 원나라의 교체기에 살았던 원호문元好問 등의 저명한 유생이 어떻게 "(원나라) 세조世祖에게 유교의 대종사大宗師가 되어 달라고 청했으며", '종교를 헌납獻敎'하고 '경전을 팔아먹은賣經' 뒤에 "사대부들이 그로 말미암아 점점 입신출세하여", '유호儒戶'가 '훌륭한 열매'를 얻게 되었는가 하는 것이다. 이로 인해 그들은 "제왕의 스승은 되지 못했으나" 결국에 "평민보다는 한 등급 나은" 지위를 얻게 되었다. 그리고 남북조 시기의 대유大

---

36   錢理群, 『周作人傳』, 北京 : 十月文藝出版社, 2001, 427쪽.

儒 안지추顔之推의 『가훈家訓』을 통해서 "'천만금의 재물을 쌓은들 자기 몸에 얄팍한 기술을 지닌 것보다 못한데積財千萬, 不如薄伎在身' 기술 가운데 익히기 쉬우면서도 신분을 높일 수 있는 것으로는 공부讀書만 한 게 없고", "『논어』와 『효경孝經』을 읽으면 포로가 되더라도 스승 노릇을 할 수 있으니, 다른 모든 포로보다 높은 자리를 차지하게 된다"라는 등등의 사실을 알 수 있다고 했다. "유생의 은택이 심원한 것은 예로부터 그랬으니", "작은 것에서 큰 것을 봄으로써 우리는 '유술'을 이해하고 '유가의 효과儒效'를 알게" 된다는 것이다.[37] 1930년대에 그는 「등룡목습유登龍木拾遺」에서 '등룡'하는 데에 '나무'가 있음을 얘기했는데,[38] 사실 '유술'이 바로 '등룡목'이며, 승진하여 부자가 될 수 있는 기술 또는 벼슬살이의 '헌교獻敎', 상계商界의 '매경賣經'이다. 이것들은 모두 이득을 보게 하니, "이익이 넘치면" "다른 말을 하고 싶지 않게 되고", 천하도 이로부터 평안해진다. 여기서 말하는 '헌교'와 '매경'이 구체적으로 무엇을 가리키는지는 알 수 없으나, 아마 그저 어떤 사상과 문화 현상에 대한 총론이 아닐까 싶다. 루쉰이 더욱 관심을 기울인 것은 1934년에 중국에 왜 아직 "『논어』와 『효경孝經』을 읽으면 포로가 되더라도 스승 노릇을 할 수 있으니, 다른 모든 포로보다 높은 자리를 차지하게 된다"라는 말로 청중을 '훈계'하는 이들이 있느냐는 것이다. 그러면서 그는 "아마 그런 말을 골라서 얘기하는 이들이 근래에 크게 느낀 바가 있어서 사전에 방비한 게 아닐까?" 하고 말했다. 이것은 민족의 위난危難이 닥칠 때면 틀림없이 당대의 지식인들 가운데 '유술'로

---

37   魯迅, 「儒術」, 『且介亭雜文』(『魯迅全集』 제6권), 31~33쪽.
38   魯迅, 「登龍木拾遺」, 『準風月談』(『魯迅全集』 제5권), 274~275쪽.

수단을 부려서 자기는 "비록 포로가 되어" 나라를 망하게 한 역적이 될지라도 "스승 노릇을 할 수 있는" 자가 있으리라는 것을 이미 예언한 셈이다. 이야말로 실제 죄상과 상관없이 그 악한 속마음을 질책한 논의였다. 그러나 이후에 이 예언이 실제로, 다른 사람도 아니고 자기 동생인 저우쭤런에 의해 증명될 줄은 예상하지 못했는데, 이 역시 나중의 일이다.

또 '흘교'라는 게 있다. 그는 이 역시 역사로부터 이야기를 시작한다.

> 남북조 이래 중국의 모든 문인과 학사, 도사와 승려는 대개 '특별한 절조가 없음'이 특색이다. 진晉나라 이후의 명류名流는 누구나 늘 세 가지 재미있는 물건을 가지고 있었으니, 첫째는 『논어』와 『효경』이고 둘째는 『노자老子』, 셋째는 『유마힐경維摩詰經』이었다.

유儒·불佛·도道의 합류合流를 표방하더라도 사실은 몇 개의 '재미있는 물건'이 늘어난 것일 뿐이었다. '신도'나 '교도'로 자칭하는 이들은 애초에 믿지도 않으면서 이용만 했을 뿐이었다. 그래서 루쉰은 '흘교'라는 말이 "진정으로 교도의 '정신'을 제시하며, 또 '혁명으로 먹고 사는吃革命飯' 수많은 늙은 영웅이 써먹을 수 있다"라고 했다. 이에 붓끝을 당대當代로 돌려서, "중국에서 '교敎'가 이렇지 않았던 적이 언제 있었던가? 혁명을 강조한 것은 그때의 일이고, 충효를 강조하는 것은 또 다른 때이다"라고 했으니, 이미 비판의 화살은 국민당 정부 당국을 향해 돌려져 있었다. 그가 보기에 이것은 또 '연극하는 허무당虛無黨'[39]과 '거짓 지식인僞士'이 창궐하는 시대로서, 정치계는 물론 학계에도 진정한 신념과 신앙이 없었다. 2년 뒤인 1935년에 그는 또 한 편의 '고사신편故事新編'인 「채미采薇」에서, 유가의 거짓 신도인 화산華山의 강도 소궁기小窮奇 — 루쉰이 창조해낸 인물로서 대단히 큰 상징성을 갖추고 있음 — 가 어떻게 세상을 휘저었는지 보여주면서, 유가의 진정한 신도인 백제伯齊와 숙이叔夷는 시의時宜에 맞지 않는 '벽창호笨牛'였음을 얘기했다. 가짜 신도들은 모두 종교로 먹고 사는 '흘교자吃敎者'였다. 루쉰이 보기에 1930년대에 정부의 주도 아래 학계가 독존유가獨尊儒家를 선양宣揚하거나 삼교합류三敎合流를 고취한 것은 모두 '흘교' 행위였다. 다만 "혼자 먹는專吃 시대에 맞추려면 사람들의 마음이 '하나의 존귀한 존재一尊'로 쏠릴 수밖에 없고, 함께 먹는合吃 시대에 맞추려면 여러 종교가 본래 의취意趣가 다른 게 아닌지라 모두가 한 쟁반에 담긴 통 오리 요리全鴨요 잡채에 지나지 않는다.″⁴⁰ '통 오리 요리'에서 '잡채'로 변한다는 표현에는 당연히 조롱과 풍자의 의미가 담겨 있으니, 그것은 나날이 몰락해 가는 길이다. 흥미로운 것은 루쉰과 함께 '흘교자'를 비판한 사람이 저우쭤런이었다는 사실이다. 앞서 여러 차례 언급했던 「유가를 말하다」에서 그는 특별히 이렇게 언급했다.

　　'유儒'는 본래 '교敎'가 아니었으니, 그런 사상을 가진 사람은 응당 유가儒家라고 불러야 한다. 지금 유교라고 부른 것에 반드시 유가 사상이

39　[역주] 허무당(nihilist)은 투르게네프(I. Turgeniiev)가 만든 어휘로서 무정부주의자 또는 허무주의자를 가리킨다. 이것은 본래 폄하하는 말이 아니었으나, 중국어에서 사용될 때는 종종 그럴 듯한 허위를 날조하는 사람이라 거짓으로 연기하는 사람을 비유하는 뜻으로 쓰이곤 했다.
40　魯迅, 「吃敎」, 『準風月談』(『魯迅全集』 제5권), 310~311쪽.

담겨 있는 것은 아니고, 이 간판을 내걸어 종교로 먹고사는 부류이다.

이러한 일치는 전혀 이상하지 않다. 저우쭤런은 1930년대에 이미 상당히 소극적이었음에도 5·4신문화운동의 어떤 기본 입장을 견지했으니, 여기에서 표명한 것처럼 그는 시종일관 유교에 대한 비판을 포기하지 않았다.

가장 시선을 끌고 영향력도 가장 컸던 것은 당연히 루쉰이 1935년에 쓴 「현대 중국의 공자」이다. '현대 중국'에서 공자의 운명에 주목하는 것은 확실히 루쉰 특유의 시각이다. 글의 첫머리에서 그는 바로 자기가 젊은 시절에 공자의 고향인 산둥 지역을 여행한 적이 있다고 했다.

그 엄숙하고 점잖은 성인이 예전에는 여기서 초라한 수레를 타고 흔들흔들 바삐 뛰어다니며 일했다는 것을 떠올리자 상당히 해학적인 느낌이 들었다.

그는 "이런 감상은 당연히 좋지 않아서, 요컨대 상당히 불경에 가까웠는데, 공자의 제자였다면 절대 그런 일이 일어나지 않았을 것"이라고 했다. 후스는 아마 이런 불경한 감상을 갖지 않았을 것이다. 앞서 살펴보았듯이, 그는 공자가 '안절부절못하고' 분주했던 모습 속에서 '안 되는 줄 알면서도 행하는' 정신을 보고 숭배하며 공경하는 마음이 충만했다. 그러니까 1930년대에 루쉰과 후스는 공자에 대해 '공경'과 '불경'이라는 다른 감정을 품고 있었고, 관찰한 내용도 매우 달랐다.

예를 들어서 후스는 공자가 5, 600년 전의 역사에서 예언했던 '운수에 호응하여 태어난 성인'임을 강조했는데, 루쉰은 『맹자』「만장하萬章下」의 구절을 인용하여 그가 '성인 가운데 시대 형세에 적응한 사람聖之時者' 즉, '현대의modern 성인'이라고 하면서, "공자가 '현대의 성인'이 된 것은 죽은 뒤의 일이고, 살아 있을 때는 상당히 고생했다"라고 강조했다. 그 증거로는 공자가 일찍이 실업자가 되어 "(장저長沮와 걸닉桀溺 같은) 야인野人들에게 조롱당하고, 심지어 (광匡 땅의) 난폭한 백성들에게 포위되어 배를 곯아야 했으며", "3,000명이나 되는 제자를 거두었으나 관리로 임용된 이는 겨우 72명뿐이고, 그나마 정말 믿을 수 있는 이는 한 명뿐이었다." 게다가 그 사람자로[子路]도 난도질당해 육장肉醬이 되는 최후를 맞았다. 이런 자료들은 모두 사람들이 잘 알고 있으나 이렇게 분석한 이는 아주 드물고, 많은 이들은 아마 받아들이기가 무척 어려울 것이다. 그런데 저우쭤런은 받아들였다. 앞서 설명했던 것처럼 그 역시 "아무도 자기 말을 들어 주려 하지 않는" 공자의 쓸쓸함을 간파했기 때문이다. 다만 이를 통해 루쉰이 얻은 결론은 저우쭤런으로서도 상상하지 못한 것이었고, 더욱이 후스는 동의할 수 없는 것이었다. "중국에서 공자는 권세가들이 가장 떠받들던 이로서, 그 권세가들 또는 권세가가 되려는 자들의 성인이지 일반 민중과는 전혀 관계가 없었고", "일찍이 나라를 다스리기 위한 빼어난 방법을 계획했으나 그것은 모두 민중을 다스리기 위한 것 즉, 권세가 설정한 방법이었을 뿐, 민중 자체를 위한 것은 전혀 없었다."

이를 통해서 루쉰은 공자의 운명에 대해 이렇게 말했다. "공자라는 사람은 사실 죽은 뒤에도 항상 '대문을 두드리는 벽돌敲門磚' 즉 출세의 수단으로 쓰인 차사差使였다"라고 하면서 위안스카이나 쑨촨팡孫傳芳, 장쫑창張宗昌 같은 근대 역사의 몇몇 군벌들이 공자를 이용했던 예를 거론했다. 루쉰이 보기에 바로 이렇게 이용됨으로 인해 "공자는 더욱 비극적인 상황에 빠졌으니", 이른바 '중이 미우면 가사袈裟까지 싫어지는' 지경이 되었다. "아무리 공자라도 결점이 있을 수밖에 없는데, 평상시라면 아무도 상관하지 않을 것이다. 성인도 사람이니 본래 양해할 수 있기 때문이다." 그러나 "성인의 제자들이 나서서 헛소리를 해대는 바람에" 사람들의 반감을 야기함으로써 오히려 공자를 조소하게 되었고, 심지어 '그를 쓰러뜨리려는 욕망'을 격발했다는 것이다.[41] 그의 이런 분석은 상당히 독보적임과 동시에 '사람의 하나'로서 공자에 대한 동정을 드러내는데, 이 역시 저우쭤런과 어느 정도 같은 점이 있는 듯하다.

이렇게 1930년대 중국 사상계와 문화계, 학술계의 공자에 대한 언론과 연구에서 우리는 후스와 저우쭤런, 루쉰 사이에 잠재적으로 진행된 대화 또는 상호 보충, 상호 반박을 늘 들을 수 있다. 그리고 중심적인 화제 즉, 공자가 '성인'인가 하는 문제에서 그들의 서로 다른 입장이 집중적으로 반영되었다. 후스는 나라를 다스리는 이(1930년대에 그는 나라의 '간쟁하는 신하諍臣'이자 집권자의 잘못을 '충고해 주는 친구諍友'가 되겠다고 명확하게 나타냈으니[42])의 입장이었으므로, 공자를 민족 '중흥'과 '건국'의 '성인'으로 인정했다. 저우쭤런은 개인적인 입장에서 공자를 '범인'이자 '벗'으로 간주하면서 그를 성인으로 여기지 않았다. 루쉰

41   魯迅, 「在現代中國的孔夫子」, 『且介亭雜文二集』(『魯迅全集』 제6권), 314~318쪽).
42   胡適, 「爲學生運動進一言」(『胡適文集』 제11권, 660쪽).

은 민중과 민간 비판자의 입장에서 공자는 민중과 무관한, 권세가들
이 받들기 시작한 '현대의 성인'이라고 했다. 동시에 이것은 그들의
서로 다른 선택, 자기가 처한 시대와 사회에 대한 서로 다른 판단, 그
리고 역사에서 자기의 역할에 대한 서로 다른 인정과 담당할 부분을
반영한다. 당연히 이 부분이 더욱 흥미롭다고 하겠다.

2. 도연명에 대한 인식의 차이 - 저우쭤런, 주광첸, 루쉰

앞서 우리는 이미 유생과 은자의 서로 다른 선택에 관한 저우쭤런
의 관점을 살펴본 바 있는데, 이어서 그는 또 이렇게 말했다.

> 주周나라 이후 1,000년 동안 이 두 유파를 대표할 수 있을 듯한 사람
> 은 오직 두 명만 나왔으니, 바로 제갈량과 도연명이다. 그런데 사람들은
> 대부분 그들을 하나의 왕조에 대한 충신으로 잘못 알고 있어서 나를 고
> 민하게 한다.[43]

그가 이처럼 격한 감정으로 얘기한 것은 이 두 인물에 대한 그의 감
정이 확실히 일반적이지 않기 때문인데, 이에 관해 그는 명확하게 나
타낸 적이 있다. "고대의 문인 가운데 나는 제갈량과 도연명을 가장
좋아한다."[44] 그리고 그는 도연명에게 더 경도되어 있었으니, 이것은

---

43   周作人, 「論語小記」(『苦茶隨筆』, 18쪽).
44   周作人, 『苦茶隨筆』小引」(『苦雨齋序跋文』, 石家莊 : 河北敎育出版社, 2002, 63쪽).

"나는 평소 도연명의 시를 아주 좋아하고", "못난 저鄙人는 도연명의 시문詩文을 진심으로 애호한다"[45]라거나, "나는 그의 시 속에 나타난 삶에 대한 태도를 좋아한다. 이른바 '옷이 젖어도 애석하지 않지만, 그저 바람이 어긋나지 않게 해야지'[46]라는 것이다"[47]라는 말들에서 확인할 수 있다. 분명히 그는 도연명을 더 많이 인정하고 통하는 바가 있었는데, 1930년대에 사람들은 아마 그를 이렇게 보았던 듯하다.

이제 1930년대 주광첸의 도연명 연구를 살펴보자. 루쉰의 비평으로 말미암아 사람들은 주광첸이 「연극은 끝나 사람은 보이지 않고, 강가에는 푸른 봉우리들만[48]'에 관하여說"曲終人不見, 江上數峰靑"」에서 제기한 '혼신정목渾身靜穆'의 주장에 상당히 주목했다. 사실 이것은 도연명에 대한 주광첸의 관점 전체를 대표하지는 않는다. 그가 쓴 또 다른 장편의 도연명관은 훗날 그의 『시론詩論』에 수록된 「도연명」이고, 이것이 더 중요한 글이다. 바로 이 글에서 그는 이렇게 강조했다.

도연명이 절대 단순한 인물이 아니다. 그는 우리 일반인들처럼 많은 모순과 충돌을 지니고 있다……. 그의 정신 생활은 대단히 풍부하다.

그래서 그는 이렇게 설명한다. "그의 시를 읽으면 누구나 그의 '충담沖澹'을 감상하게 되지만, 이 '충담'이 얼마나 쓰라린 고민을 통해 나

---

45 周作人, 「陶集小記」(『苦口甘口』, 石家莊 : 河北敎育出版社, 2002, 133 · 138쪽).
46 【역주】도연명, 「귀원전거(歸園田居) · 기삼(其三)」 : "衣沾不足惜, 但使願無違."
47 周作人, 『苦茶隨筆』小引(『苦雨齋序跋文』, 68쪽).
48 【역주】이것은 당나라 때 전기(錢起 : 722?~780, 자는 중문[仲文])가 성시(省試)에서 제출한 시첩시(試帖詩)인 「성시상령고슬(省試湘靈鼓瑟)」의 마지막 구절이다.

온 것인지는 모른다.”“‘도피’는 확실히 사실이다. 그런데 도피자도 나름의 고심이 있다.”“그의 성격은 대체로 대단히 부드럽고 온화沖和하며 평범하고 담백平淡하나, 강인하면서 과단성 있는 측면도 있다.” 그래서 도연명에게는 ‘은일의 기질’ 외에 ‘협기俠氣’도 있으니, “그는 소극적으로 협조하지 않으면서도 형가荊軻나 장량張良 등이 ‘남긴 기풍有烈’에 마음을 기탁했다. 이른바 ‘형천刑天[49]이 방패와 도끼를 휘두르며 하늘에 대항한’ 것처럼 일을 이루는 데에는 도움이 되지 않더라도 ‘맹렬한 뜻은 언제나 남아 있는’[50] 것이다.” 그리고 도연명의 「한정부閑情賦」가 “남녀의 사랑 정서에 대해 확실히 지극히 자세하게 체득하고 있어서 그의 ‘충담’하고 소박한 풍격에 조금은 다른, 산뜻하고 아름다운 색채를 물들인다”라고 했다. 그러면서도 가장 강조한 것은 오히려 “도연명은 그래도 지극히 실질적이고 평범한 면을 지니고 있었고”, “그의 특색은 곳곳마다 인정에 아주 가까워서 흉금의 회포는 고상하고 초월적인데도 높은 음조로 노래하지 않은 것”이라는 등등이었다.

저우쭤런과 주광첸의 도연명에 대한 기본 태도를 이해하고 나면, 비로소 루쉰이 그들 두 사람의 도연명관에 대해 제기한 의문에 대해 논의할 수 있게 된다. 나아가 루쉰이 비판의 화살을 저우쭤런에게 돌림으로써 유발된 저 주목할 만한 논쟁을 살펴볼 수 있다.

우선 역사의 맥락을 정리해 보자. 일찍이 1927년에 행한 「위·진

---

49 【역주】『산해경(山海經)』「해외서경(海外西經)」에 기록된 신적 존재로서 천제(天帝)에게 대항하다가 머리가 잘려서 상양산(常羊山)에 묻혔으나, 젖꼭지가 눈이 되고 배꼽이 입이 된 채, 방패와 칼을 휘두르며 춤을 추었다고 한다.
50 【역주】도연명, 「독산해경(讀山海經)」·기십(其十)」:“刑天舞干戚, 猛志固常在.”

풍도 및 문장과 약, 술 사이의 관계魏晉風度及文章與藥及酒之關系」라는 저 유명한 강연에서 루쉰은 상당한 분량을 할애하여 도연명에 관해 얘기했다. 게다가 첫머리부터 그의 독특한 시각을 드러냈다. 도연명의 시문詩文을 고립적으로 글에 대해서만 논의하는 게 아니라, 그것들을 시대라는 커다란 배경 아래 두고 논의했다. 그는 도연명을 '왕조 교체기易代'의 문인으로 간주하고, "진晉나라 말엽의 도연명은 한漢나라 말엽의 공융孔融이나 위魏나라 말엽의 혜강嵆康과 대략 비슷하다. 그가 살던 시대도 왕조 교체기에 가까웠다"라고 했다. '왕조 교체기'를 장악하는 것은 도연명을 파악하는 하나의 '벼리綱'를 장악한 것이니, 도연명이라는 인물과 그의 글이 지니는 독특성과 풍부성, 복잡성이 모두 유력하게 설명되고 해석될 수 있었다. 게다가 '왕조 교체기'를 장악하는 것은 도연명의 시대와 루쉰이 살았던 시대의 내재적 관계를 장악하는 것이기도 했다. 1920년대와 1930년대도 '왕조 교체'와 같은 역사의 전환기였으니, 역사와 현실의 관계에 주목하는 것은 바로 루쉰과 같이 현실에 대해 강렬한 관심을 품은 학자의 특징이었다. 루쉰이 드러내 보여주고자 노력했던 것은 '왕조 교체기'에 도연명이 실행한 선택과 그로 말미암아 나타난 특징이었다. 루쉰이 주로 강조했던 것은 두 가지 측면이었다.

우선 주목한 것은 "그가 어떤 형태의 비분강개하거나 격앙된 심정을 나타내지 않아서 '전원시인'이라는 명칭을 널리 얻은" 사실이었다. 이것은 도연명에 대한 역대의, 그리고 당대의 공통된 인식이었고, 루쉰도 이의를 제기하지 않은 듯하다. 그러나 그가 보충한 두 가지는 대단히 중요하다. 첫째, 이것은 시대와 사회, 문화적 기풍의 변천 결과이자 그 반영이라는 것이다. "동진東晉에 이르러 기풍이 변했다. 사회사상은 대단히 차분해져서 곳곳에서 불교 사상이 끼어들었다. 다시 동진 말엽에 이르면 반란도 찬탈도 관행慣行이 되었다. 글은 더욱 평화로워졌다." 그래서 도연명과 같은 '평화로운 글을 대표하는 사람'이 나타났다. 대격변의 시대에 "지극히 많은 변천을 익히 보아 왔기에 그다지 큰 감정의 동요도 없었으니, 도연명이 공융이나 혜강보다 평화로웠던 것은 당연했다". 이것은 상당히 독보적이고 중요한 관찰임과 동시에 루쉰 자신의 삶의 체험이 뚜렷하게 주입된 설명이다. 그가 반복적으로 강조했던 또 한 가지는 도연명의 "이렇듯 자연스러운 상태는 정말 모방하기가 쉽지 않다. 그는 옷마저 감당하지 못하게 해질 정도로 가난해졌는데도 여전히 동쪽 울타리 아래에서 국화를 따고, 우연히 고개를 들었다가 느긋하게 남산을 보았으니, 이 얼마나 자연스러운가!" 하는 부분이었다. 그리고 그는 붓끝을 돌려서 다시 현실을 겨냥했다.

지금 부자들은 종종 조계租界에 살면서 꽃장사花匠를 고용하여 수십 개의 국화 화분을 두고 시를 지어서, "가을에 국화를 감상하다가 도연명의 시를 본떠서 지었다"라고 하여 스스로 도연명이 고상한 취미에 부합할 수 있다고 여기는데, 내가 보기에는 전혀 아닌 듯하다.

루쉰은 분명히 도연명의 '자연스러운' 인생의 태도와 예술 풍격을 좋아하지만, 일부러 '자연스러움' 지어내는 작태에 대해서는 무척 반대했다. 그가 추구한 것은 '참真'과 '자연'이었는데, 이 점은 저우쭤런

과도 비슷한 면이 있다.

루쉰이 더욱 중시한 것은 도연명의 또 다른 측면이었다.

다만 『도연명집陶淵明集』에 들어 있는 「술주述酒」는 당시의 정치를 얘기하고 있다. 이렇게 보면 그는 세상사에 대해서도 잊어버리거나 냉담하지 않았음을 알 수 있는데, 다만 그의 태도가 혜강이나 완적阮籍보다 훨씬 자연스러워서 사람들의 주의를 끌지 않았을 뿐이다.

이것은 도연명이 '세상사를 잊어버리지 못했음'을 두드러지게 한 것은 중요한 일깨움이며, 혜강이나 완적이 고의로 미친 듯한 작태를 벌인 데에 대한 완곡한 반대를 나타낸 것이기도 하니, 무척 주목할 만하다. 그런데 루쉰의 결론은 뜻밖이었다.

내 생각에는 이전 사람일지라도 정치에서 완전히 초월한 이른바 '전원시인'이나 '산림시인山林詩人'은 없었다. 인간 세상을 완전히 초월한 이도 없었다.

여기서 그의 '생각'은 아주 명확하다. 이것은 그가 견지하려는 사상의 마지노선으로서, 도연명에 대한 그의 기본적인 판단뿐만 아니라 문학의 본질(문학과 정치, 문학과 시대, 현실, 인생의 관계)에 대한 기본적인 인식에 관계된 것이었다. 그에게 이것은 단순히 "역사적 인물을 어떻게 대할 것인가?"라는 문제에 국한된 게 아니라, 그보다 더 현실적인 실천의 문제였다. 그가 강연했던 1927년 7월 23일과 26일은 바로 국민당 정부가 광저우廣州에서 '7·15대학살'을 자행한 뒤였기 때문이다. 백색 테러가 만연한 상황에서 "정치에서 완전히 초월한 이른바 '전원시인'이나 '산림시인山林詩人'은 없다"라고 강조한 자체가 일종의 반항이자 동시에 작가와 지식인에 대한 시의적절한 경고이기도 했다. 이것이 바로 그의 마지노선이었기 때문에, 1930년대에 이 마지노선을 돌파하려는 이가 있음을 발견했을 때 그가 그 사람과 논쟁할 수밖에 없었던 사실도 이해할 수 있다.

강연의 끝머리에서 그는 이렇게 결론을 내렸다.

> 이를 통해서 도연명이 항상 속세를 초월할 수 없었고, 게다가 조정에 대해서도 주의하면서 '죽음'에 대한 염려를 떨치지 못했으니, 이것은 그의 시문에서 수시로 제기되었다. 다른 관점에서 연구하면 아마 그는 이전의 설명과는 다른 인물이 될 수도 있을 것이다.[51]

1930년대에 이르러 루쉰은 정말로 '이전의 설명과는 다른' 도연명에 대해 강조했다. 1935년 6월부터 12월까지 반년 동안 그는 연속해서 9편의 「제목 미정의 초고」를 썼다. 그는 여전히 글에 대해서만 논의하지 않고 연구 방법으로부터 논의를 시작했다. 그는 절대 '선본選本'이나 '적구摘句'에 의거해서 문학이나 어떤 작가를 연구해서는 안 된다고 일깨웠다. 선본이나 적구가 나타내는 것은 '종종 작가의 특색이 아니라 오히려 선집選集한 사람의 시각'인데, "애석하게도 (선집한 이의)

---

51   魯迅, 「魏晉風度及文章與藥及酒之關系」, 『而已集』(『魯迅全集』 제3권), 515~517쪽.

눈은 대체로 콩알만큼 작아서 작가의 진실한 면모 가운데 말살해 버린 게 대부분이니, 이야말로 '문인의 크나큰 재난' 가운데 하나이기" 때문이라는 것이다. 루쉰이 보기에 도연명은 이런 '크나큰 재난'을 당한 전형적인 예 가운데 하나였다.

    선집가가 「귀거래사歸去來辭」와 「도화원기桃花源記」를 골라 기록하고, 논자들이 '동쪽 울타리 아래에서 국화를 따고, 느긋하게 남산을 보노라[52]'하는 도연명이 후세 사람들의 눈에는 사실 너무 오래 떠다니고 있으나, 전집全集에서는 때로 대단히 현대적이어서, "실로서 그대의 신이 되어, 그대 따라 두루 돌아다니고 싶었으나, 슬프게도 행동에 제약이 있어, 부질없이 침상 앞에 버려졌구나![53]" 하고 한탄하다가, 결국에는 "아아, 내 사랑이여!" 하고 외치는 신으로 변신하고자 한다. 나중에는 비록 '예의에서 멈춰야止於禮義' 하는지라 끝까지 나아가지 못하지만, 그 터무니없는 고백들은 어쨌든 대담했다. 시만 하더라도 논객들이 감탄하는 '느긋하게 남산을 보노라'라는 것 외에도 "정위[54]는 작은 나뭇가지 물어다가, 큰 바다를 메우려 했지. 형천은 방패와 창 휘둘렀으니, 맹렬한 뜻은 언제나 그대로 남아 있지[55]"와 같이 '눈을 부릅뜬 금강역사'처럼 무

---

52 【역주】 도연명, 「음주(飮酒)·기오(其五)」: "採菊東籬下, 悠然見南山."
53 【역주】 도연명, 「한정부(閑情賦)」: "願在絲而爲履, 附素足以周旋, 悲行止之有節, 空委棄於床前."
54 【역주】 『산해경』 「북산경(北山經)」에 등장하는, 새의 형상을 가진 신적 존재이다. 염제(炎帝)의 딸 여와(女娃)가 동해(東海)에 나들이 갔다가 익사해서 변한 존재라고 했다.
55 【역주】 도연명, 「독산해경(讀山海經)·기십(其十)」: "精衛銜微木, 將以塡滄海. 形天舞干戚, 猛志固常在."

시무시한 구절도 있으니, 그가 언제나 표연하게 우쭐거리기만 했던 아님을 증명한다. 이렇게 '맹렬한 뜻은 언제나 남아 있다'라고 외치고 '느긋하게 남산을 보노라' 하고 노래한 사람은 동일인인데, 이 가운데 어떤 것을 취하고 버리거나 하면 그의 온전한 모습이 아니고, 여기에 다시 칭찬이나 헐뜯음이 더해지면 더욱 진실에서 벗어나게 된다.

루쉰은 한 작가를 연구할 때 가장 중요한 것은 '지인론세知人論世' 즉 그 사람의 인품과 재능, 행실뿐만 아니라 그가 살았던 시대적 배경까지 고려하는 것이라고 했다. 이른바 '시대를 고려論世'한다는 것은 바로 작가와 시대의 관계를 중시한다는 것이다. 그래서 앞서 언급했듯이, 루쉰은 도연명을 '왕조 교체기'라는 크나큰 배경에 두고 고찰했다. 이른바 '인품과 재능, 행실을 안다知人'라는 것은 작가를 구체적이고 평범하며, 복잡하고, 모순적이며, 풍부하고, 다면적인 '사람'으로 간주하되 그 가운데 어떤 것을 취하고 버리거나, 칭찬이나 헐뜯음을 더하지 않은 채, '진실'하고 '온전한 사람'을 아무 거리낌 없이 보여주는 것이다. 여기에도 마찬가지로 루쉰의 삶의 체험이 스며들어 있다. 세상을 떠나기 한 달 전에 쓴 「"이것도 삶이니"…… "這也是生活"……」에서 그는 중병을 앓는 도중에 체험한 사람의 일상생활의 의미에 대해, "그러나 사람들은 이런 평범함을 모두 삶의 찌꺼기라고 여기고 눈길조차 주지 않는다"라고 얘기했다. 그리고 "가지와 잎을 잘라 버린 사람은 절대 꽃을 피우고 열매를 맺지 못할 것"이라고 결론을 내렸으니,[56] 여

---

56   魯迅, 「"這也是生活"……」, 『且介亭雜文末編』(『魯迅全集』 제6권), 601쪽.

기서 말한 '진실'하고 '온전한 사람'을 보여준다는 것과 같은 뜻이다.

『차개정잡문 2집且介亭雜文二集』「제목 미정의 초고·6」에서는 또, "근래 사람들이 도연명을 칭송하며 인용하는 것을 볼 때마다 옛사람도연명을 위해 안타까워할 수밖에 없다"라고 했다.[57] 범론泛論일 뿐일 수도 있으나, 7번째 글에서는 직접 주광첸을 논쟁의 대상으로 삼았다. 다만 그가 비판한 것은 주광첸의 「도연명」이 아니라, 그가 쓴 다른 글인 「'연극은 끝나 사람은 보이지 않고, 강가에는 푸른 봉우리들만'에 관하여」였다. 그는 특히 이 글이 『중학생中學生』에 발표되어 청년들의 환심을 끌었다는 점을 지적했는데, 어쩌면 이것이 바로 그가 이 글에 특별히 주목하고 반드시 반박해야 했던 이유였을 것이다. 그가 직접 비판한 것은 주광첸의 '정목靜穆'론이었다. 즉 "예술의 최고 경지는 열렬함에 있지 않으며", 고대 그리스인들도 "평화로움과 조용하고 장엄한 것靜穆을 시의 최고 경지로 간주"했는데, 이것은 "당연히 최고의 이상일 뿐, 일반적인 시에서는 찾을 수 없다"라는 것이다.

'정목'은 일종의 갑작스러운 깨달음이자 귀의歸依할 것을 얻은 심정心情이다. 그것은 마치 눈을 내리깔고 묵상하는 관음보살처럼 일체의 근심과 희열을 초월함과 동시에 일체의 근심과 희열을 융합할 수 있는 것이라고 할 수 있다. 중국의 시에서 이런 경지는 많이 발견되지 않는다. 굴원과 완적, 이백李白, 두보杜甫도 모두 어느 정도 사나운 감정을 격발하여 분기憤氣에 찬 불평한 심사를 나타낼 수밖에 없었다. 그런데 도연명은 온

---

57   魯迅, 「"題未定"草六」, 『且介亭雜文二集』(『魯迅全集』제6권), 421~422쪽.

몸이 '정목'이었으므로 위대했다.[58]

그러나 루쉰의 응답은 날카로운 대립이라고 할 수 있었다.

세간에 이른바 '취사론시就事論事' 즉, 사실에 입각하여 시비 득실을 논한다는 방법이 있는데, 어쩌면 문제가 없다고도 할 수 있을 것이다. 그러나 나는 글을 논하려면 작품 전체와 작가의 온전한 모습, 그리고 그가 처한 사회 상태를 살펴보는 것이 가장 좋고, 그래야만 비로소 비교적 잘 규명할 수 있다고 늘 생각한다. 그렇지 않으면 잠꼬대 같은 헛소리에 가까워지기 쉽다.

스스로 많은 작품을 보게 되면 역대의 위대한 작자들 가운데 '온몸이 정목'인 사람은 하나도 없음을 알게 된다. 도연명은 절대 "온몸이 '정목'이었으므로 위대"했던 게 아니다. 지금 그가 종종 '정목'했던 이로 받들어지는 까닭은 그가 선집가와 발췌자에 의해 축소되고 능지처참되었기 때문이다.[59]

당시 루쉰과 주광첸의 논쟁을 오늘날 다시 살펴보면, 자연히 루쉰이 강조하는 도연명의 다면성과 모순성, 풍부성, 범인성凡人性을 주광첸이 반드시 보지 못한 것은 아닐 것임에 주목하게 된다. 앞서 소개한 그의 「도연명」은 이런 부분에 관해 사실상 모두 논술했으며, 루쉰이

---

58 朱光潛, 「說"曲終人不見, 江上數峰靑"」(『朱光潛全集』 제8권, 合肥 : 安徽敎育出版社, 1993, 196쪽).
59 魯迅, 「"題未定"草七」, 『且介亭雜文二集』(『魯迅全集』 제6권), 430쪽.

특별히 인용한 도연명의 「한정부閑情賦」와 「독산해경讀山海經」을 그도 대단히 중시하고 아울러 긍정적으로 분석했다. 이런 의미에서 주광첸의 「도연명」과 루쉰의 「제목 미정의 초고·6」은 1930년대 도연명에 대한 인식이 도달한 시대의 수준을 대표한다고 할 수 있다. 이것은 도연명 수용사受容史와 학술연구사에서 중요한 의의가 있다.

그러나 루쉰과 주광첸, 그리고 그 배후의 저우쭤런 사이에 중대한 갈림이 있음을 회피할 필요는 없다. 게다가 도연명관의 갈림뿐만 아니라 문학관념, 그리고 현실에서 인생 선택에도 갈림이 있었다. 그래서 주광첸이 "도연명이 절대 단순한 인물이 아니다. 그는 우리 일반인들처럼 많은 모순과 충돌을 지니고 있다"라고 강조한 뒤에 곧바로 또 "모든 위대한 시인과 마찬가지로 그도 결국에는 조화와 '정목'에 도달"했다고 했다. 그러니까 주광첸의 두 글, 루쉰의 도연명관과 통하는 면이 있는 「도연명」과 루쉰에게 날카로운 비판을 받은 「'연극은……푸른 봉우리들만'에 관하여」 사이에는 내재적인 논리적 연계가 있는 듯하다. 「도연명」은 도연명의 제반 모순들을 얘기했고, 「'연극은……푸른 봉우리들만'에 관하여」는 일체의 모순을 '융합'한 '종합·synthesis'을 얘기했다. 주광첸이 강조하고자 한 것은 바로 이 마지막 귀결이었다. 그러니까 주광첸은 비록 도연명의 '눈을 부릅뜬 금강역사'와 같은 측면을 절대 부인하지 않았고 오히려 어느 정도는 그것을 중시했으나, 그의 가치 판단은 대단히 명확했다. 도연명의 '위대함'은 그가 최종적으로 '눈을 부릅뜬 금강역사'를 극복하고 초월하여 '온몸이 정목'인 상태에 도달했다는 데 있다는 것이다.

저우쭤런도 항상 그러했다. 그는 "바람 불고 달빛 비추는 가운데서도 부처를 꾸짖고 욕하듯 아무 거리낌이 없는" 자기의 모순과 고민을 끊임없이 얘기하면서도 "늘 충분히 소극적이지 못한" 점을 반성했다.[60] 이 자체는 주광첸이 말한 '초월'에서 '일체의 근심과 희열'을 '융합'한 '평화롭고 정목한' 경지에 대한 선망과 추구야말로 예술과 생명의 '최상의 경지極境'임을 표명한 것이다. 그리고 바로 여기에 대해서 루쉰은 의문을 제기했다. 루쉰이 보기에 '최상의 경지'를 추구하는 일 자체가 바로 마음에서 만들어낸 환영幻影이며, 게다가 사람 노릇을 할 때나 글을 쓸 때 "허황된 '최상의 경지'를 공상하면 '절망의 상태絶境'에 빠지고 말 것"이라고 했다. 그리고 이른바 '온몸이 정목'이라는 것도 "사실상 불가능한" 것이다. 한 걸음 양보해서, '평화롭고 정목함'이 예술과 인생의 이상적인 목표라고 하더라도 그것은 성취할 수 없으며, 최소한 자기의 가치와 이상에 위배된다. 주지하다시피 20세기 초에 루쉰이 중국 사상계와 문화계에 막 나타났을 때 바로 「마라시력설摩羅詩力說」에서 이른바 '평화'의 경지에 도전했으니, "예로부터 지금까지 이 평화의 조짐은 절대 없었으므로" '평화'라는 관념을 지니게 되면 "희망도, 발전도, 노력도 하지 않아" "나락으로 빠질 수밖에 없는 추세"가 되기 때문이라고 했다. 그는 그것을 겨냥하여 전혀 새로운 관념을 제기했다. 즉, "시인은 사람의 마음을 교란하는" 존재라는 것이다. 그가 보기에 사상과 문화, 문학의 기본적인 기능과 작용은 바로 사람의 영혼을 교란하고 정신을 격려함으로써 "반항의 뜻을 품고 행동을 지향하는" '정신계의 전사'를 소환하는 것이다.[61] 이것은 그의 일관된

---

60   周作人, 「『瓜豆集』題記」(『瓜豆集』, 石家莊 : 河北敎育出版社, 2003, 3쪽).
61   魯迅, 「摩羅詩力說」, 『墳』(『魯迅全集』 제1권), 66~68쪽.

이념이자 추구하는 목표가 되었다. 1920년대에도 그는 "문제도, 결함도, 불평도 없고 또 해결도, 개혁도, 반항도 없는" '6무無' 세계를 고취하는 '기만瞞과 속임수騙'의 문학을 날카롭게 비판하고,[62] '태평' 세계에서 "일제히 일어나 창을 던지는" '전사'를 소환했다.[63] 그러므로 1930년에 루쉰이 주광첸의 '정목'론을 비판한 것은 바로 자기의 기본 이념과 추구 목표를 견지한 처사였음이 분명하다.

물론 루쉰도 자기의 가치관을 다른 사람에게 강요할 뜻은 없었기에, 단지 개인의 애호와 관점일 뿐이라면 논쟁할 필요가 없다고 누차 밝혔다. 지금의 문제는 주광첸의 '정목'론이 일종의 사회 사조를 대표하면서, 아울러 지식인의 현실적 선택과 연계되어 있다는 사실이다. 게다가 이것으로 청년들을 인도하려고 시도하기 때문에 루쉰도 논쟁이 필요하다고 생각했던 것이다. 그래서 이런 논쟁이 더는 주광첸 개인과 그의 도연명관을 겨냥하지 않고, 일종의 사회적 전형典型과 사회 사조를 겨냥하게 되었다. 이에 주광첸과 논쟁한 「제목 미정의 초고·7」에서 어떤 지식인 부류의 전형에 대해 심리를 분석하고, 이들 "유무有無와 생멸生滅 사이를 배회하는 문인은 인생에 대해 소란을 꺼리면서도 떠나는 것을 두려워하고, 삶을 추구하는 데에 게으르면서도 죽음을 달가워하지 않으니 사실상 너무나 융통성 없고, 허무하고 공허하며, 휴식이 필요할 만큼 피곤한데, 휴식하자니 또 너무 처량해서 어떤 위로가 필요"하다고 했다. 그가 보기에 '정목'론은 이렇게 '힘겨운 사람들을 위로하는 성스러운 약'이었다.[64]

---

62 魯迅, 「論睜了眼看」, 『墳』(『魯迅全集』 제1권), 238쪽.
63 魯迅, 「這樣的戰士」, 『野草』(『魯迅全集』 제2권), 215쪽.

그리고 이런 문인들에게 대한 루쉰의 묘사에는 저우쭤런의 그림자가 보이는 듯하다. 1930년대 저우쭤런의 마음속에 있던 적극적인 측면을 루신도 인식하지 못했던 것은 아니니, 차오쥐런曹聚仁에게 보낸 편지에서 저우쭤런이 자수시自壽詩[65]에 '진정으로 세상을 풍자하는 뜻이 들어 있다'라고 하면서도, 아울러 "이런 완곡한 비평은 이미 오늘날 청년들이 이해할 수 없는 게 되어 버렸고, 많은 명사名士가 호응하더라도 대부분 낯간지러운 말에 가까우니, 불 위에 기름을 붓듯이 뭇사람에게 비난받는 대상이 되어 버린다"[66]라며 개탄해 마지않았다. 다만 루쉰이 더 관심을 가졌던 것은 1930년대 중국 지식계에 저우쭤런이 미친 실제 영향과 작용 즉, "많은 명사가 호응"하는 저우쭤런이었다. 그는 사실상 이미 '어떤' 지식인 무리의 대표이자 상징이 되어 있었기 때문이다. 그런 의미에서 간략하게 분석해 보자. 현대 중국의 '고상한 인사雅士'나 '은사'에 대한 루쉰의 분석은 사회의 전형인 저우쭤런을 포괄하지만, 그 개인에게만 국한된 것도 아닐 뿐만 아니라, 개인으로서 저우쭤런의 복잡성도 배제했다. 이러한 현대 중국의 '고상한 인사'와 '은사'들은 당연히 도연명과 같은 전통적인 '고상한 인사'와 '은사'의 계승자임을 표방한다. 다만 앞서 언급했듯이, 루쉰은 진즉에 도연명은 따라 배우거나 모방하기가 쉽지 않다고 얘기한 적이 있다. 그래서 그가 하려고 한 일은 바로 진짜와 가짜를 구분하여 이들 가짜 '고상

64　魯迅, 「"題未定"草七」, 『且介亭雜文二集』(『魯迅全集』 제6권), 426쪽.
65　【역주】자수시(自壽詩)는 대개 자기의 생일을 기념하면서 스스로 보중(保重)하겠다는 뜻을 담아 쓴 시를 가리킨다.
66　魯迅, 「致曹聚仁書」(『魯迅全集』 제12권, 387~389쪽).

한 인사'와 가짜 '은사'의 진상을 폭로하는 것이었다. 여기에는 두 편의 글이 있다. 하나는 마루야마 노보루丸山昇가 무척 중시한 「병후잡담病後雜談」이고 다른 하나는 「은사隱士」이다. 먼저 「은사」부터 살펴보자. 루쉰은 이른바 '은사'에 대해 자세하게 해석했다. 그는 진정으로 '산림에 은거한' 은사는 볼 수 없다고 하면서 이렇게 묻는다.

> 고금의 저작은 충분히 한우충동汗牛充棟이라고 할 만하지만, 거기에서 나무꾼과 어부의 저작을 찾을 수 있는가?

도연명과 같은 숨은 군자君子는 볼 수 있으나, 그에게는 농사를 지어줄 하인이 있어서 "조금이나마 재물이 나올 길이 있었다. 그렇지 않았더라면 그 노인은 마실 술도 없었을 뿐 아니라 먹을 밥도 없어서 진즉 동쪽 울타리 옆에서 굶어 죽었을 것이다." 그래서 도연명은 아주 자연스럽게 "우직함을 지켜 전원으로 돌아갔고"[67] 일부러 은거를 널리 알리지도 않았다. 그런데 지금의 '은사'는 저우쭤런이나 린위탕林語堂처럼 "느긋하고 한가로움을 찬송하면서 담배와 차를 즐기는 삶을 고취"하는데, 사실은 "생계를 도모하려고 몸부림치며", "벼슬길에 오르는 것도 먹고사는 길이고, 은거하는 것도 먹고사는 길"이라고 여긴다. 그래서 지금의 은사들이 권세 있는 이에게 아첨하는 것은 다시 그보다 못해지는 셈인데, 그들이 "징을 치고 '물렀거라!' 길을 여는 것은 자기가 '은거'에 어울리지 않기에 어쩔 수 없이 '은거'라는 속임수로 중간

---

67 【역주】 도연명, 「귀원전거(歸園田居)·기일(其一)」 : "守拙歸園田."

에서 이득을 챙길 수밖에 없으니, 사실 그 역시 먹고사는 길에서 벗어나는 게 아니다". 현대의 은사들은 "시대와 세상사를 묻지 않기" 때문에 "태산이 무너지고 황하가 넘쳐도 은사들은 보지도 듣지도 않는데", 다만 "논의가 자기들과 그 일당에게 미쳐서 1,000리 밖에서 반 마디 정도만 나오더라도 금방 이목이 밝아져서 소매를 떨치고 일어나서, 마치 우주의 멸망보다 훨씬 중대한 사건이 일어난 것처럼 여기"는데, 이는 바로 은사라는 자기의 간판을 지키기 위해서이다. 간판이 없으면 먹고살 길도 없어지기 때문이다. 이런 분석은 그야말로 '글자가 나무판자에 세 치 깊이로 밸入木三分' 정도로 날카롭다고 할 수 있다.

「병후잡담」은 '고상한 인사'에 대한 분석에 치중한다. 그는 "'고상雅'해지려 해도 여전히 지위가 필요하다'라는 원칙을 견지한다. 예로 든 것은 여전히 도연명이다. "'동쪽 울타리 아래에서 국화를 따고 느긋하게 남산을 본다'는 것은 도연명의 명구名句이나, 상하이에 있는 우리가 그것을 배우기는 어렵다. 남산이 없으니, '느긋하게 양옥洋屋을 본다'라거나 '느긋하게 연통烟囱을 본다'라고 고칠 수는 있다." 그러나 "정원 하나에 대나무 울타리가 있고 국화를 심을 건물이 있어야" 하니 귀찮아질 수밖에 없다. 루쉰은 그 비용을 계산한다. 단순히 임대료와 조계 경찰관에게 주는 수당만 더하더라도 매달 159위안元 6자오角가 드는데, 현실은 곤란하다.

근래의 원고료는 얼마 되지 않아서 1,000자에 최저로 4, 5자오밖에 안 된다. 도연명을 따라 하려는 고상한 인사의 원고는 이제 1,000자에 족히 3위안이 되어야 하기 때문이다. 다만 구두점과 외국어, 공백은 제외한다. 그렇다면 겨우 국화 좀 따려고 매달 꼬박 53,200자를 번역하거나 써야 한다. 밥은? 따로 방법을 마련해야지, 그렇지 않으면 '굶주림이 나를 내모는데, 결국 어디로 갈까?'[68] 하는 신세가 될 수밖에 없다.

루쉰의 결론은 중국의 현실 환경에서는 '고상함을 사는買雅' 것도 옛날보다 어려우니, 그저 위조상품을 사는 수밖에 없다.

> 책은 책장에 진열하거나 혹은 방바닥에 몇 권쯤 던져 놓아야 하고, 술잔은 탁자에 늘어놓아야 하나, 주판珠板은 서랍 안에 간수하거나 혹은 뱃속에 담아 두는 게 최선이다.

그는 이것을 일컬어 '공령空靈'[69]이라고 했다. 이것은 정말 조금은 잔혹하다. 다만 그것이 '가짜 고상한 인사'의 영혼을 그려냈기에 시공을 초월하니, 오늘날까지도 이 시대의 가짜 고상한 인사를 만나면 루쉰이 그린 초상화를 연상하고 자기도 모르게 실소하게 된다. 이때 루쉰이 그린 초상화의 모델이 누구였는지는 오히려 중요하지 않다.

루쉰은 이런 가짜 고상한 인사에게 특히 관대하지 않았는데, 이것 역시 오늘날의 고상한 인사들에게 특별히 용납되지 못한다는 사실도 부정할 수 없다. 사실 루쉰의 이유는 아주 간단했다. 그들은 모두 '총

---

68 【역주】도연명, 「걸식(乞食)」: "饑來驅我去, 不知竟何之."
69 【역주】공령(空靈)은 대개 시문(詩文)이 진부하지 않게 생동적이라거나, 동양화에서 여백 처리를 통해 신묘한 뜻을 나타내는 것을 가리킨다. 또 마음이 청정(淸淨)하다거나, 변화가 많아서 포착하기 힘들다는 뜻으로도 쓰인다.

명한 사대부'였으며, 그들의 가장 큰 재능과 가장 큰 역할은 '피바다 속에서 한적함을 찾을 줄 아는' 데에 있기 때문이다. 이 역시 단번에 핵심을 찌르는 말이다. 그는 이를 위해서 두 가지가 필요하다고 했다. 첫째, 세상사에 대해 '깊은 인상을 갖지 말고^{浮光掠影}' 수시로 망각해서 그다지 잘 알지 못함으로써, 관심은 조금 있는 듯하면서도 또 전혀 간절하지 않아야 한다. 둘째, 현실에 대해 '총명한 이목을 막고^{蔽聰塞明}' 마비된 듯 냉정한 태도로 감촉을 받아들이지 않아야 하는데, 처음에는 이것을 위해 노력해야 하지만 나중에는 자연스럽게 되어야 한다. 까놓고 말하자면 "피차 거짓말해서 자기를 속이고 남을 속임으로써", "나중에는 진실을 잊고 거짓을 믿게 된다. 그러면 마음이 편안해지고 이치에 합당해져서 자연의 정취^{天趣}가 넘쳐 흐르기 시작"한다는 것이다.[70] 이런 '기만과 속임수'는 루쉰의 마지노선을 넘어선다. '진실'과 '거짓'은 그가 글과 사람을 평가하는 기본적인 기준인데, 그는 평생 '진실'과 '진상'을 추구했다.

3. 루쉰과 스저춘의 『장자』와 『문선』 논쟁

이 논쟁에 관해서는 지금 아주 많은 '재평가'가 있고, 게다가 열띤 논쟁을 불러일으켜서, 목하 학술계의 뜨거운 화제라고 할 수 있다. 여기서도 그에 관해 고찰하겠으나, 여전히 처음 시작할 때부터 정해 놓

---

70   魯迅, 「病後雜談」, 『且介亭雜文』(『魯迅全集』 제6권), 164·170쪽.

은 원칙을 견지하겠다. 즉, 이 고찰을 통해 판결을 내릴 뜻은 없으며, 그저 '무슨 말'이 '왜 나왔는가?' 하는 데에만 주목하겠다는 뜻이다. 구체적으로 필자의 흥미는 루쉰이 왜 이 논쟁에 지극히 큰 정력을 투입했는가, 혹은 그가 왜 스저춘을 용서하지 않고 시종일관 붙들고 놓아 주지 않았는가 하는 것이다. 물론 문제의 다른 측면도 있다. 논전의 상대인 스저춘은 또 왜 똑같이 루쉰을 용서하지 않고 쉽 없이 분쟁을 일으켰는가? 당연히 그 나름대로 이유가 있을 테니, 이 역시 분명히 밝혀야 할 것이다. 다만 필자가 스저춘에 대해 연구한 바가 전혀 없으니, 지금은 논의를 보류할 수밖에 없다. 그래서 이 논의는 실제로 반쪽만 진행할 수밖에 없으나, 흥미를 느낀다면 독자 스스로 나머지 반쪽을 연구해 보시기 바란다. 양쪽의 연구가 합쳐지면 이 논쟁에 대한 전체적으로 알 수도 있을 것이다. 다만 루쉰 쪽만 살펴보는 것도 의의가 있다. 최소한 1930년대 루쉰의 문화 사상에 대해 알 수 있을 것이기 때문이다.

구체적인 논의에 앞서 루쉰의 논전 방법과 태도에서 발견되는 특징을 알아보자. 그는 일찍이 "시사를 논할 때는 체면을 세우지 않고, 고질적인 병폐를 치료하기 위해 항상 전형적인 형상을 취한다[71]"라고 했다. 그래서 취추바이瞿秋白는 루쉰의 잡문에서 논쟁 대상의 이름은 보통명사로 간주해 읽을 수 있다고 했다. 그들은 개인이 아니라 일종의 사회적 유형으로서 그의 글에 나타나기 때문이라는 것이다. 사실 스저춘과 논쟁이 시작되자 루쉰은 이미 자기의 문장 "안에서 가리키는

---

71   魯迅, 「『僞自由書』前記」: "論時事不留面子, 砭痼弊常取類型"(『魯迅全集』 제5권, 4쪽).

것은 작은 무리로 남은 이들의 기풍이지 누구누구를 꼬집어 겨냥한 게 아니다. 다만 가리키는 바가 무리이므로 거기에 포함되는 이도 당연히 적지 않을 것"이라고 했다.[72] 나중에는 더욱 분명하게 "문제는 전적으로 개인에게 있는 게 아니니, 이것은 시대사조의 일부"라고 했다.[73] 이 때문에 그는 개인적인 원수는 없으며 공공의 적만 있을 뿐이라고 했다. 개인 관계라면 이미 어떤 학자가 고증한 바 있으니, 루쉰과 스저춘은 글을 주고받으며 상당히 좋은 관계를 유지했으며, 루쉰은 스저춘이 주편主編을 맡은 잡지 『현대』의 중요한 작가였다. 그가 「망각을 위한 기념爲了忘却的記念」을 발표한 곳도 바로 이 잡지였으니, 스저춘은 어느 정도 위험을 무릅쓴 셈이었다. 이런 사실들은 루쉰과 스저춘의 논쟁이 결코 개인 간의 감정싸움이 아니었으며, 루쉰이 겨냥한 것은 일종의 사회 사조였다. 게다가 그가 보기에 그것은 논쟁이 반드시 필요한 문제였다.

이제 루쉰의 또 다른 특징을 얘기할 수 있겠다. 많은 이들이 그가 논쟁을 좋아했다고 여기지만, 사실 그는 더 많은 때, 그리고 더 많은 상황에서 논쟁하지 않고 침묵했다. 그는 몇 가지 마지노선, 양보할 수 없는 원칙이 있었다. 그것을 저촉하지만 않으면 그는 경솔하게 출격하지 않지만, 일단 그것을 저촉하고 원칙에 관련된 일이라면 출전할 수밖에 없었으며, 게다가 끝없이 싸웠다. 어쩌면 그의 사상과 감정에서 몇몇 사상과 문화 현상에 대해 특별히 민감해서, 그런 민감한 부분을 건드리면 일반인들이 이해할 수 없을 정도로 격렬하게 반응했다. 내

72   魯迅, 「"感舊"以後(上)」, 『準風月談』(『魯迅全集』 제5권), 328쪽.
73   魯迅, 「撲空」, 『準風月談』(『魯迅全集』 제5권), 349쪽.

가 보기에 스저춘의 언행이 바로 그의 민감한 부분, 루쉰으로서는 양보할 수 없는 원칙의 문제를 건드렸던 듯하다. 필자의 고찰에 따르면 대개 대여섯 가지 문제가 있다.

먼저 논쟁을 유발한 루쉰의 글 「재삼 옛날을 회상하다—1933년에 광서제光緒帝 말년을 떠올리며重三感舊——九三三年憶光緒朝末」(이하, 「재삼 옛날을 회상하다」로 약칭)를 살펴보자. 그는 우선 광서제 말년의 '옛 신당老新黨[74]'을 칭찬했다. 그들이 모두 3, 40대의 중년임에도 뻣뻣하게 굳은 혀로 괴상하게 외국어를 낭독했는데, 외국을 배워서 "부강해지는 기술을 구하려는" 하나의 목적을 위해 "진지하고 열심히" 공부했기 때문이라고 했다. 그런 뒤에 그는 붓끝을 돌려서, 1933년 중국의 '또 다른 현상'을 언급했다.

몇몇 신청년들은 '옛 신당'과 처지가 정반대여서 팔고문八股文의 해독에 전혀 물들지 않았고, 또 신식 학교 출신이어서 국학國學의 전문가는 전혀 아니었다. 다만 전서篆書를 배우고 사詞를 짓기 시작하면서 사람들에게 『장자』와 문선文選을 읽으라고 권했다. 편지도 스스로 조판해서 인쇄했고, 신시新詩도 고지식하게 지었다. 신시를 짓는 기호를 제외하면 차라리 광서 초년의 고상한 인사들과 마찬가지였는데, 다른 점은 변발이 없고 이따금 양복을 입는다는 것뿐이었다.

---

74 【역주】무술변법(戊戌變法)을 전후로 유신(維新)을 주장하거나 거기에 동조하던 이들을 가리킨다. 신해혁명 전후에 청 왕조를 철저하게 뒤엎자고 주장한 혁명당이 나타남에 따라, 이전의 유신파는 '옛 신당'이라고 불리게 되었다.

이로 말미암아 그는 "신식 청년의 몸뚱이 속에 '동성파의 잘못된 씨앗桐城謬種'이나 '문선학文選學'이라는 요괴選學妖孼'의 졸개들이 매복해 있을 가능성이 충분히 있어서", "만주족 왕조를 뒤집는 데에는 성공했으나 5·4는 이미 과거가 되어 버렸고", "지금은 또 '고아함'으로 천지간에 발을 붙이려는 새로운 시도가 또 나타났다"고 했다.[75]

여기서는 사실상 두 가지 문제를 제기했다.

우선 만청晚清 유신운동維新運動과 5·4신문화운동의 전통이 소실되고 위배되었다는 문제이다. 루쉰 세대는 의심할 바 없이 만청과 5·4의 잠재의식을 지니고 있으니, 그것 역시 그들로서는 양보할 수 없는 하나의 마지노선이라고 할 수 있다. 다만 이렇게 마지노선을 건드리는 일은 자주 벌어졌다. 일찍이 1929년에 '혁명군의 선봉'으로 봉사한 쩌우룽鄒容[76]과 같은 '선열先烈'이 '낙오자'로 취급되는 데에 대해 탄식하는 글을 쓰기도 했다.

후세의 열사들이 참으로 신속하게 전진하고 있으나, 25년 전의 일은 이미 까마득히 잊혀 버렸다.[77]

---

75 魯迅, 「重三感舊──一九三三年憶光緖朝末」, 『准風月談』(『魯迅全集』 제5권), 324~325쪽.
76 【역주】쩌우룽(鄒容 : 1885~1905, 본명은 구이원[桂文] 또는 웨이단[威丹, 蔚丹], 사오타오[紹陶])은 1901년 국비유학생 시험에 응시했으나 유신에 동조했다는 이유로 자격이 취소되어, 이듬해에 자비로 일본에 유학하여 도분 서원[同文書院]에서 공부하고 1903년 귀국에서 애국학사(愛國學社)에 가입했다. 그 무렵 『혁명군』을 발표하기도 했으나 『소보(蘇報)』 사건에 연루되어 조계의 감옥에서 고초를 겪다가 옥사했다. 1912년에 쑨원의 난징 임시정부에서 대장군에 추증했다.
77 魯迅, 「"革命軍馬前卒"和"落伍者"」, 『三閑集』(『魯迅全集』 제4권), 129쪽.

1933년에 그가 앞서 설명한 '옛날에 대한 회상'을 얘기한 것은 바로 이런 우려의 연속이었다. 1935년에 이르러 「병후잡담의 여운病後雜談之餘」에서는 민청 시기 만주족에 대한 반대와 '변발 자르기'를 둘러싸고 일어난 풍파를 회상하면서, 특별히 장쉰張勳[78]의 복벽을 언급했다. 5·4 전통에 대해서는 더욱 잊지 못해서 「재삼 옛날을 회상하다」에서 "5·4는 이미 과거가 되어 버렸다"라고 개탄했을 뿐만 아니라, 같은 말엽에 벗에게 보낸 편지에서는 다시 '5·4는 정신을 잃었다'라고 판결했다.[79] 이 세대 사람들에게 만청에서 시작하여 5·4에 이르러 상당히 완비된 사상과 문화의 원칙은 주로 두 가지였다. 첫째, 중국 봉건 전통에 대한 비판을 견지할 것. 둘째, 외래문화를 최대한 수용할 것. 필자가 일찍이 언급했듯이, 훗날 루쉰과 후스 사이에 어떤 갈림이 생겼든 간에, 이 두 가지 기본 원칙에 대해서는 두 사람 모두 시종일관 일치된 관점을 견지했으니, 후스가 죽을 때까지 루쉰을 동지로 여겼던 것도 일리가 있다. 이것은 이 세대 사람들의 공통의 선택이었다.[80] 이에 그들은 이런 원칙을 위배한 사상과 문화 경향에 대해 항상 고도의 경계심을 유지했으며, 후세 사람들이 쉽게 이해하기 어려운 특수한 민감함을 지니고 있었다. 루쉰이 「재삼 옛날을 회상하다」에서 제

---

78 【역주】 장쉰(張勳: 1854~1923, 본명은 허[和], 자는 사오쉬안[少軒, 紹軒])은 북양 군벌 가운데 하나로서 청나라 말엽에 윈난[雲南]과 간쑤[甘肅], 강남제독(江南提督)을 지냈다. 그는 청나라가 망한 뒤에도 변발을 유지했고, 1913년에는 위안스카이 군대를 진압했다. 이후 1917년에는 부(府)와 원(院)의 분쟁을 조정한다는 명분으로 베이징에 들어가서 7월 1일에 캉여우웨이[康有爲]와 함께 푸이[溥儀]를 황제로 옹립해서 복벽(復辟)을 시도했으나, 12일에 돤치루이[段祺瑞]의 군대에 패하여 네덜란드 공사관으로 도주했다. 이후 톈진[天津]에서 병사했으며, 시호는 충무(忠武)이다.

79 魯迅, 「致臺靜農書」(『魯迅全集』 제12권, 309쪽).

80 錢理群, 『與魯迅相遇』, 北京 : 三聯書店, 2003, 208쪽.

기했던 저 "전서篆書를 배우고 사詞를 지으면서 사람들에게 『장자』와 문선文選』을 읽으라고 권하는" 행위가 개인으로서 저우쭤런의 고립적인 것이었다면 전혀 문제가 되지 않는다. 그러나 루쉰은 그것을 일종의 사회와 사상, 문화 현상으로 연계하여 중국의 전통에서 고상한 취미를 찾는 어떤 경향을 민감하게 발견했다. 이에 1933년의 일부 중국인들은 "차라리 광서 초년의 고상한 인사들과 마찬가지"가 되었다. 루쉰이 보기에 이것은 '옛날의 귀신이 다시 온 것'이었다. (이것은 저우쭤런의 개념이다. 그는 「재림重來」이라는 제목의 글을 쓴 적이 있는데, 이제 그도 '재림'의 함정에 빠져 버렸으니, 이 역시 루쉰으로서는 대단히 가슴 아픈 일이었다.) 이것은 특별한 의미가 있으니, '새로운 시도'가 "'고아함'으로 천지간에 발을 붙이려" 하기 때문이었다. 이것은 대단히 중요한 문제 즉, 중국이 어떻게 "천지간에 발을 붙일" 수 있는가라는 문제와 연관된다. 루쉰은 5·4시기에 발표한 글에서 자기는 '크나큰 두려움'이 하나 있으니, 바로 세계의 생존경쟁에서 "중국인은 '세계인' 속에서 빠져나와야" 한다는 것이다. 이것은 아마 한 세대 사람들의 두려움이었을 텐데, 그들은 이를 통해 어떤 공통의 인식에 도달했다. 즉 중국은 대외적으로 자기의 봉쇄를 타파하여 세계 문명의 성과를 광범하게 흡수하고, 대내적으로는 자기 변혁을 실행하여 "진보적 지식과 도덕, 품격, 사상을 창조"해야만 비로소 '지금의 세계'에서 발을 붙이고 각 나라와 "협동으로 생장生長하여 하나의 지위를 쟁취"할 수 있다는 것이다.[81] 그리고 이제 "'고아함'으로 천지간에 발을 붙이자고" 제기한 것은 사실상

---

[81]   魯迅,「隨感錄三十六」,『熱風』(『魯迅全集』제1권), 307쪽.

만청의 '옛 신당'과 5·4신문화운동을 진행한 이들이 견지한 이 개방과 개혁, 도강圖强의 길을 부정하고, 전통을 고수하며 변혁을 거부하는 낡은 길로 되돌아가려는 것이었다. 루쉰이 보기에 이것은 실행할 수 없고 그저 새로운 민족 위기를 조성할 뿐이었다. 그래서 그는 냉랭하게 말했다. "정말 발을 붙일 수 있다면, 그것은 오히려 '생존경쟁'에 하나의 새로운 예를 덧붙일 뿐이다." 이 냉혹한 말 속에 담긴 심각한 의미는 어렵지 않게 이해할 수 있다. 보라, 루쉰은 "『장자』와 문선文選』을 읽으라고 권한", 아주 사소하게 보이는 일에서 우려스럽고 경계할 만한 경향을 간파하고, 아울러 그 배후의 크나큰 문제를 밝혀냈다. 이것은 "작은 것에서 큰 것을 보는"그의 사유 방식을 잘 보여준다.[82] 크나큰 문제를 간파했으므로 당연히 이치에 따라 힘껏 싸울 수밖에 없었고, 게다가 놓치지 않고 단단히 붙든 채 관심을 지속해야 했다.

앞서 우리는 1935년에 「병후잡담」에서 루쉰이 '고상한 인사'에 대해 분석한 것을 분석해 보았는데, 1934년도 루쉰은 「속인은 고상한 인사를 피해야 함을 논함論俗人應該避雅人」(『차개정잡문』에 수록됨)을 썼으니, 사실 이 모든 게 여기서 제기한 바와 같은 '고상한 인사'가 되려는 경향에 대한 더 깊은 사고이자 그 발전이다. 그리고 크나큰 문제에 착안함으로 인해 개인에게 얽매이지 않을 수 있었다. 사실 그가 「재삼옛날을 회상하다」에서 제기한 저 "『장자』와 『문선文選』을 읽으라고 권

---

[82] 「작은 것에서 큰 것은 보다[卽小見大]」(『魯迅全集』 제1권, 407쪽)는 1922년에 루쉰이 쓴 글의 제목이다. 이 글은 하나의 작은 일 즉, 베이징대학의 강의안으로 인한 학내 소요 뒤에 학생 한 명이 제적된 일을 통해 "군중을 위해 희생한 사람이 결국에는 군중에게 잡아먹힌" 큰일을 간파했다. 錢理群, 『루쉰과의 만남[與魯迅相遇]』, 196~197쪽을 참조할 것.

하는" 행위는 일조의 사회 사조로 간주한 것이지, 스저춘 개인을 겨냥한 것이 절대 아니었다. 나중에 스저춘이 적극적으로 대응하자, 루쉰은 그것을 '사회의 전형'으로 보고 단단히 붙든 채 놓아주지 않았다.

루쉰의 관점에서 문제의 엄중성은 또 이들 1933년의 '고상한 인사'들이 모두 "팔고문의 해독에 전혀 물들지 않았고, 또 신식 학교 출신"인 '신청년'이라는 데에 있었다. 그는 일찍이 이렇게 말했다.

처음에 문학 혁명을 한 이들의 요구는 인성의 해방이었는데, 그들은 그저 기존의 관습을 모조리 없애 버리면 남은 것은 원래의 사람, 좋은 사회이리라 생각했다.[83]

그들은 늙은 세대가 죽고 새로운 세대가 일어나면 중국이 변하리라고 순진하게 기대한 면이 없지 않았다. 다만 무정한 현실에서 늙은 세대는 역사의 무대에서 쉽게 물러나려 하지 않았고, 새로운 세대 가운데도 뼛속 깊이 새겨진 미련 때문에 "새로운 병에도 옛 술을 담을 수 있고", "신식 청년의 몸뚱이 속에 '동성파의 잘못된 씨앗'이나 '문선학이라는 요괴'의 졸개들이 매복해 있을 가능성이 충분히 있었다". 한 세대의 환상이 이렇게 파멸함으로 인해 특수하게 민감한 지점이 형성되었다. 1923년에 어느 베이징대학 학생이 맹인盲人 시인 에로셴코Vasilii Y. Eroshenko의 "신체적 장애에 대해 기분 풀이로 경박하게 조롱"했을 때, 루쉰은 즉시 글을 써서, "특별히 책임감 있게 선언한다. 나는 옛날의 도덕과 새로운

---

83   魯迅, 「『草鞋脚』小引」, 『且介亭雜文』(『魯迅全集』 제6권), 20쪽.

부도덕 사이에서 태어나서 자라고, 새로운 예술의 이름을 빌려 본래의 옛날식 부도덕을 발휘한 소년의 얼굴에 감히 침을 뱉는다!"라고 했다.[84] 그의 태도는 많은 이들이 이해하지 못할 정도로 격렬했는데, 사실 이치는 대단히 간단했다. 그는 신청년에게서 구舊 도덕의 부활을 목격한 것이다. 이후에도 그는 가오창홍高長虹[85] 등과 격렬하게 충돌했는데, 중요한 원인 가운데 하나는 바로 그가 "그들은 대체로 겉으로는 새로운 사상을 가진 것처럼 보이나, 뼛속에는 폭군暴君과 혹리酷吏가 들어 있어서 소인小人을 정탐偵探하는[86]" 것을 발견했기 때문이었다. 그러니까 젊은 세대에서 복고와 복구復舊의 경향이 나타나면 항상 그의 특별히 강렬한 감정적 반응이 유발되었다고 할 수 있다. 분격의 배경에는 사실 아주 깊은 비애가 숨겨져 있었다.

게다가 그는 더 큰 비애를 맛봐야 했다. 예전에 그의 '전우'였던 이도 복고의 대오에 가입했고, 젊은이들이 그 속에서 미혹되어 떠나지 못하는 것도 바로 그들에게 영향을 받은 결과였기 때문이다. 그래서 그는 스저춘에게 응전하는 「'옛날을 회상한' 이후感舊以後」를 쓰고 나

---

84 魯迅, 「看了魏建功君的「不敢盲從」以後的幾句申明」, 『集外集拾遺補編』(『魯迅全集』 제8권), 114쪽.
85 【역주】가오창홍(高長虹 : 1898~1954, 본명은 양위[仰愈])은 1924년부터 1929년까지 타이위안[太原]과 베이징, 상하이 등지에서 '광표운동(狂飇運動)'을 발기했고, 루쉰의 주도로 성립된 망원사(莽原社)의 주요 성원으로 활동하기도 했다. 1930년부터 1937년까지 일본과 독일, 프랑스, 스위스 등지에서 경제학을 공부하고 1938년에 귀국하여 항일운동에 종사했다. 1941년에는 옌안[延安]으로 가서 혁명에 참여했고, 1946년부터 하얼빈[哈爾濱]으로 가서 동북문협(東北文協)에 가입해 활동하다가 뇌일혈로 선양[瀋陽]에서 죽었다. 『마음의 탐험[心的探險]』, 『빛과 열[光與熱]』 등의 작품을 남겼다.
86 魯迅, 「致許廣平書」(『魯迅全集』 제11권, 275쪽).

서, 또 '하편下篇'을 써서 글자를 틀리게 쓴 중학생에 대해 시를 써서 조롱한 유반눙劉半農을 예로 들어 이렇게 지적했다. "5·4운동을 할 때 백화를 제창한 이들이 몇 글자를 틀리게 쓰고 몇 가지 전고典故를 잘못 인용한 것은 이상하게 여기지 않았으니", "당시 백화운동이 승리하고 나자, 어떤 전사는 이 덕분에 지위가 올라가서 더는 백화를 위해 싸우지 않을뿐더러 그것을 짓밟은 채 옛 글자를 가져와서 후진의 청년을 비웃는다."[87] 그의 심리는 아주 명백하다. 그의 논전 대상은 스저춘과 같은 '5·4 신청년'뿐만 아니라 '5·4 노전사'까지 포함되었는데, 그의 우려와 분노가 특히 심원해진 이유도 바로 여기에 있었다.

루쉰이 「재삼 옛날을 회상하다」를 발표한 뒤에 스저춘이 『장자』와 『문선』을 씀으로써 양자 사이에 격렬한 논전이 전개되었다. 스저춘은 이 글에서 자기가 청년들에게 『장자』와 『문선』을 추천한 이유를 강조했다. 즉 자기가 "최근 몇 년 사이에 국어 교사에서 잡지 편집자로 일하면서 청년들의 글을 접할 기회가 너무 많았다. 그런데 이들 청년의 글이 너무 우직하고 어휘력이 너무 모자랐다." 그래서 그들이 "이 두 책에서 글 쓰는 방법을 조금 깨달음과 동시에 어휘력을 조금이나마 키울 수 있으리라 생각"했다는 것이다. 그러자 루쉰은 이렇게 응대했다.

시험 감독관이 되어서 어휘로 인재를 선발하는 것은 스 선생도 동의하지 않을 텐데, 일단 교사와 편집자가 되자 『장자』와 『문선』을 청년에게 권했으니, 나는 이 두 가지가 어떻게 다른지 정말 모르겠다.

---

87 魯迅, 「"感舊"以後(下)」, 『準風月談』(『魯迅全集』 제5권), 334쪽.

여기에서 또 두 가지 문제가 제기된다.

스저춘이 강조한 것은 일반인들도 대개 그렇게 생각할 것이다. 즉, 전서체 글씨를 쓰고, 사를 짓고, 『장자』나 『문선』을 읽는 것은 모두 '개인 사정'이라는 것이다. 그러나 루쉰은 이를 위해 대대적으로 글을 썼으니, 사소한 일을 두고 너무 요란하게 떠든 듯한 느낌이다. 그러나 그는 작은 일 뒤에 커다란 배경이 있으니 논쟁을 통해 분명히 밝히지 않으면 안 된다는 생각을 견지했다. 앞서 살펴보았던 "'고아함'으로 천지간에 발을 붙이려" 하는 것 외에, 이제 또 새로운 문제가 나타났다. 루쉰은 스저춘이 단순히 개인적으로 『장자』와 『문선』을 읽는 것을 좋아한 것이라면 자기는 한마디도 하지 않았을 테지만, 이제 청년들에게 읽으라고 권함으로써 "청년을 어떻게 이끌 것인가?"라는 문제가 발생했다고 지적했다. 이것은 사소한 일이 아니므로 절대 그냥 둘 수 없었다. 자연스럽게 이것은 마찬가지로 대대적인 논쟁을 불러일으킨 '청년필독서' 사건을 연상하게 한다. 어떤 의미에서 이 '『장자』와 『문선』' 논쟁은 1925년의 그 논쟁의 연속이라고 볼 수도 있다. '청년필독서'에서 논쟁을 통해 밝히려 했던 것은 오늘날 많은 이들이 얘기하는 중국 전통문화의 평가에 대한 문제가 아니라, "지금의 청년에게 가장 필요한 것은 무엇인가?"라는 문제였다. 루쉰은 아주 분명하게 말했다. "중국의 책을 볼 때면 늘 기분이 가라앉아 실제 인생과 분리되는 느낌이 드는데, 외국의 책(인도의 것은 제외)을 읽을 때는 종종 인생과 접촉하여 무언가 일을 하고 싶어지고", "지금의 청년들에게 가장 중요한 것은 '행동'이지 '말'이 아니며", '살아 있는 사람'이 되어야지 '좀비'가 되어서는 안 되므로, "중국의 책은 적게 보고 (혹은 아예 보지 않고) 외국의 책을 많이 보아야" 한다고 했다.[88] 그가 견지한 평가 기준은 도연명에 대한 평가 문제를 고찰할 때 제기했던, '인심을 교란하는 것'이었다. 청년들에게 책을 읽으라고 인도하는 목적은 '인심을 교란'하여 청년들의 영혼을 요동치게 함으로써 그들이 "인생과 접촉"하게 하는 것인지, 아니면 "인심을 교란하지 않고" 영혼을 건드리지 않음으로써 청년들이 평화롭고 '차분하게' 변하여 "실제 인생과 결별"하게 하는 것인지는 1920년대부터 1930년대까지 논쟁이 계속되었던 문제였다.

루쉰이 보기에 스저춘이 청년들에게 『장자』와 『문선』을 읽으라고 권한 실질은 "인심을 교란하지 않고" 청년들에게 인생과 결별한 저 전통적으로 '차분한' 길을 가라고 권한 것이었다. 게다가 스저춘에게는 새로운 이유와 기도企圖가 있었다. 즉, 청년들이 "옛 책에서 살아 있는 어휘를 찾도록[89]" 인도하려 한 근거는 지금 청년들이 백화를 공부하여 글이 너무 '우직'하고 어휘력이 너무 부족하니, 옛 책에서 출로를 찾아야 한다는 것이다. 백화문을 공격하고 문언문 전통을 제창한 것도 1920년대부터 이어 내려와서 지금은 더욱 열기를 띠는 새로운 조류였다. 5·4 노전사들과 오늘날 대학교수들이 이미 "옛 책과 옛 글자로 남을 비웃고, 일부 청년들은 또 옛 책을 보는 것을 필수적인 공부로 여기고" 있지 않은가?[90] 백화문 전통을 견지하는 것도 루쉰의 마지노선 가운데 하나여서, 그는 종종 신문학을 하는 이들에게 '문언의 보호자'

88　魯迅, 「靑年必讀書」, 『花蓋集』(『魯迅全集』 제3권), 12쪽.
89　魯迅, 「古書裏尋活字彙」, 『準風月談』(『魯迅全集』 제5권), 375~376쪽.
90　魯迅, 「"感舊"以後(下)」, 『準風月談』(『魯迅全集』 제5권), 334쪽.

들이 늘 갖가지 기회를 이용하여 갖가지 깃발과 구호를 내세운 채 "그들의 당면한 대적인 백화를 공격하는데, 이것에 주의해야 한다. 그렇지 않으면 우리 스스로 무장을 해제하게 될 것이다"라고 일깨웠다.[91] 그러므로 그가 청년들이 "옛 책에서 살아 있는 어휘를 찾도록" 인도하려는 의도를 무척 경계한 것은 무척 자연스러운 일이었다.

루쉰의 경계를 유발한 것은 또 비판하고 인도하는 이들과 비판 당하고 인도되는 이들 사이의 관계였다. 그래서 그는 이렇게 관찰하고 서술했다. 베이징대학에서 시험을 쳐서 모집한 '채점관'이 "국문으로 쓴 답안지에서 우습기 짝이 없는 틀린 글자 하나를 발견하고 그것으로 시를 쓰니, 놀림을 당한 이는 그야말로 쥐구멍에라도 들어가고 싶었을 터이다. 막 졸업한 그 중학생들은 "당연히 그 사람이 교수이니, 그가 지적한 모든 것이 틀리지 않다고 여길" 것이다.[92] 그래서 그도 스저춘에게 이렇게 질문했다.

스 선생이 국어 교사였을 때 학생들의 작문 가운데 『장자』의 문법과 『문선』의 어휘가 풍부하게 들어 있는 것을 훌륭하다고 여기고, 편집자가 된 뒤에도 이런 작품을 우선 선정했는지는 모르겠다. 만약 그랬다면 그가 '시험 감독관'이 된다면 틀림없이 『장자』와 『문선』으로 인재를 선발할 듯하다.[93]

---

91 魯迅, 「答曹聚仁先生信」, 『且介亭雜文』(『魯迅全集』 제6권), 78쪽.
92 魯迅, 「"感舊"以後(下)」, 『準風月談』(『魯迅全集』 제5권), 333쪽.
93 魯迅, 「答"兼士"」, 『準風月談』(『魯迅全集』 제5권), 358쪽.

루쉰이 발견하여 비판하고자 한 것은 바로 비판과 인도의 배후에 있는 권력 관계였다. 이것이야말로 급소로서, 더욱 근본적이며 중대한 문제였다. 그리고 그는 전혀 주저 없이 약자의 처지인 청년 학생들의 편에 섰다. 그는 물었다.

지금 여기 두 사람이 서 있다. 한 사람은 중학생인데, '유학생留學生'을 '유학생流學生'으로 써서 한 글자가 틀렸다. 다른 한 사람은 대학교수인데 의기양양하게 시를 썼다.

선생이 하늘만큼 큰 죄를 저질러
서양에서 공부하라고 유배당했구나.
응당 '구류' 가운데 하나가 더해질 테니
글루텐이 한 솥 가득한 기름을 다 졸아들게 하겠구나!
先生犯了彌天罪, 罰往西洋把學流.
應是九流加一等, 面筋熬盡一鍋油.

보라, 우스운 것은 어느 쪽인가?[94]

이것은 또 여자사범대학의 교내 소요에서 그가 했던 말을 떠올리게 한다. 학교를 점령한 관리들이 "공리公理와 정의라는 미명과 정인군자의 휘호, 온순하고 돈후한 가면을 이용하여" "칼도 붓도 없는 약자를

---

[94]   魯迅, 「"感舊"以後(下)」, 『準風月談』(『魯迅全集』 제5권), 334~335쪽.

숨도 쉬지 못하게 하니", 이제 자기는 손에 든 붓을 "늘 써서" 저 "소리 치지 못하는" 청년을 위해 말해야겠다고 깨달았다는 것이다.[95] 루쉰은 생을 마칠 때까지 늘 5·4시기의 약속을 이행했다. 즉, 자기는 "어둠의 갑문을 어깨로 막아 버티면서 그들젊은 세대이 밝은 곳으로 갈 수 있게 해 주겠다"[96]라는 것이다. 어쩌면 이것이 그가 "옛 책에서 살아 있는 어휘를 찾는" 데에 반대한 더 깊은 층위의 동인動因일 것이다. 이에 대해서는 뒤에서 다시 자세하게 살펴보도록 하겠다.

루쉰처럼 "작은 것에서 큰 것을 보고" 바짝바짝 접근하며 캐묻는 것은 대단히 강력한 공격력을 지닌다고 할 수 있다. 그래서 견디다 못한 스저춘은 직접 장자에게 도움을 요청하면서 이렇게 선포했다.

나는 어쩔 수 없이 소용돌이에 말려들고 싶지 않으므로 아무 말도 하지 않겠다. 엊저녁에는 널리 알려진 게어偈語 하나를 찾았다.

이것도 하나의 시비요
저것도 하나의 시비이니
오직 시비를 따지는 관념이 없어야
시비에서 벗어나리라!
此亦一是非, 彼亦一是非.
唯無是非觀, 庶幾免是非.[97]

---

95   魯迅, 「我還不能"帶住"」, 『花蓋集續編』(『魯迅全集』 제3권), 244쪽.
96   魯迅, 「我們現在怎樣做父親」, 『墳』(『魯迅全集』 제1권), 140쪽.
97   施蟄存, 「致黎烈文先生書-兼示豊之餘先生」(『魯迅全集』 제5권), 362쪽.

다만 이것이 또 중대한 문제와 관련됨으로써 더 깊은 차원의 논전을 유발했으니, 바로 "오직 시비를 따지는 관념이 없어야" 한다는 장자의 인생 철학을 어떻게 취급할 것이냐는 것이다. 루쉰은 곧 「어리석게 보이기도 힘들다難得糊塗」를 써서 날카롭게 지적했다.

어리석게 보이자는 주의糊塗主義와 오직 시비를 따지는 관념이 없어야 한다라는 등등의 말은 본래 중국의 고상한 도덕이었다. 그대는 그것이 해탈이요 달관이라고 하지만, 반드시 그런 것은 아니다. 그것은 사실 도덕에서 정통이나 문학에서 정종正宗 따위의 어떤 것을 고수하고 견지하는 것이다.

그리고 루쉰이 특별히 나타낸 것은 스저춘과 같은 문인이 고수하고 선전하는 인생의 태도였다. 즉 그들은 "인생의 권태로움에 대해서는 전혀 어리석게 이해하지 못하는 게 아니다. 삶이 이미 그렇게 '궁핍'하니, 청년들에게 '불교의 인과응보설'과" 『문선』, 『장자』, 『논어』, 『맹자』에서 수양을 구하라고 요청한다. "원망스럽게도 인생은 그렇듯 소란하고 바빠서 몇몇 사람들은 '숨을 곳조차 없어서,' 글자와 어휘 속으로 도망쳐 들어가 '시비에서 벗어나기를 바라나', 그것도 불가능하다."[98] 여기에서도 저우쭤런 등의 희미한 그림자를 볼 수 있다. 루쉰은 자기가 직면한 것은 5·4 신청년뿐만 아니라 그보다 더한 5·4 노전사라는 사실을 아주 분명히 알고 있었다. 이 논전이 그에게 대단히

---

98   魯迅, 「難得糊塗」, 『準風月談』(『魯迅全集』 제5권), 372~373쪽.

중요한 의미가 있었던 이유도 여기에 있었으니, 그의 마음은 절대 느슨하게 풀어질 수 없었다.

다만 그는 이로 말미암아 1930년대 중국의 사상계와 문화계에서 장자 철학이 미친 영향에 대해 관심과 흥미를 갖게 되었다. 그는 '어리석게 보이자는 주의와 오직 시비를 따지는 관념이 없어야 한다는 생각'을 꽉 붙들고 많은 '글'을 썼다. 특히 1935년에 그는 '문인상경文人相輕'을 일곱 차례 논했는데, 그 중심은 "이것도 하나의 시비요, 저것도 하나의 시비"라는 현대판 장자 철학관에 대한 비판이었다. 그의 화법을 이용해 말하자면, '근래의 장자 도우道友'[99]를 단단히 붙드는 것이다. 이미 린위탕과 선총원沈從文과 같은 새로운 '표적'이 생겼음에도 루쉰은 스저춘을 잊지 않은 듯이, '문인상경'에 대한 첫 번째 논의에서 "『문선』에서 어휘를 찾는다면……", "『장자』에서 어휘를 찾는다면……"과 같은 방식으로 논의를 시작했다.[100] 그래서 일곱 번의 논의에서 여전히 스저춘에 대한 응답의 그림자를 볼 수 있으니, 몇 부분을 인용해 보는 것도 괜찮겠다.

문인이 있으면 분란이 일어나지만, 나중에는 누가 옳고 누가 그른지, 누가 살아남고 누가 죽는지 모두 대단히 명백해진다.[101]

올해 새로 나온 '문인상경'과 같은 모호하기 그지없는 악명 때문에 놀

---

99   魯迅, 「三論"文人相輕"」, 『且介亭雜文二集』(『魯迅全集』 제6권), 373쪽.
100 魯迅, 「"文人相輕"」, 『且介亭雜文二集』(『魯迅全集』 제6권), 298쪽.
101 魯迅, 「再論"文人相輕"」, 『且介亭雜文二集』(『魯迅全集』 제6권), 298쪽.

라 정신을 잃는다면 풍류 넘치는 부자와 고아古雅함을 가장한 불량배, 음란한 책을 파는 뜨내기廳三에 대해서도 모두 "이것도 하나의 시비요, 저것도 하나의 시비"라며 일률적으로 공손히 눈을 내리깔고 감히 말하지 못하거나 말할 가치도 없다고 여기게 된다. 그러면 이런 사람이 무슨 비평가 또는 문인이겠는가? 그런 사람은 먼저 '경시'되지 않으면 안 된다![102]

봄의 논객은 '문인상경'으로 흑백을 어지럽히고, 가을의 논객은 "욕하는 사람도 욕을 먹는 사람도 모조리 어릿광대가 되어 버린다"라는 말로 시비를 말살해 버린다……. 문인은 열렬한 증오로 '자기와 생각이 다른 이'를 향해 진격하면서 또 열렬한 증오로 '죽은 설교자'에게 맞서 싸운다. 지금 이 '가련한' 시대에는 죽일 수 있어야 살 수 있고, 증오할 수 있어야 사랑할 수 있으니 살면서 사랑할 수 있어야 비로소 글을 쓸 수 있다.[103]

스저춘이 『자유담自由談』에 진행된 '몇 차례 글 싸움文字爭'(아마 자기와 루쉰 사이의 논쟁을 포함한)을 '고집 피우기鬧意氣'라고 했고,[104] 당시 및 후세, 그리고 지금의 '비평가'들도 늘 갖가지 이유로 논쟁의 의의를 부인하고 시비를 말살하지만, 루쉰은 선명한 기치를 내걸고 이런 논쟁을 엄숙한 시비 분쟁으로 간주한 채, 애증에 관한 자기의 분명한 입장을 조금도 숨기거나 꺼리지 않았다.

1935년에 그는 또 하나의 '고사신편'인 「죽을 고비에서 살아나다起

---

102 魯迅, 「"文人相輕"」, 『且介亭雜文二集』(『魯迅全集』 제6권), 299쪽.
103 魯迅, 「七論"文人相輕"-兩傷」, 『且介亭雜文二集』(『魯迅全集』 제6권), 405쪽.
104 施蟄存, 「致黎烈文先生書-兼示豊之余先生」(『魯迅全集』 제5권, 362쪽).

死」를 써서 장자에게 그다지 심각하지도 사소하지도 않은 농담을 던져서 그의 상대주의 철학이 대중 앞에서 '적나라하게' 망신을 당하게 함으로써, 결국에는 장자가 미친 듯이 경적을 울리면서 그의 진정한 숭배자인 경찰국장과 경찰에게 도움을 구하고, 나중에는 그들의 보호 아래 황야로 도망치게 했다. 이것은 모두 상징적 의미가 담겨 있으며, 게다가 잡문의 필법筆法을 사용했다.

물론 루쉰이 장자를 비웃기만 한 것은 아니었으니, 사람들은 일찍이 그의 학술 저작인 『한문학사강漢文學史綱』에 담긴 그의 장자에 대한 평가에 주목했다.

> (장자의) 저서 10여만 자는 대개 우언寓言이어서 인물이며 지역은 모두 사실이 아니라 허구적으로 지어냈다. 그리고 그 문장은 '시원스럽고 자유자재로 펼치고 거둬들여서 자태가 다채롭고 아름다워서汪洋辟闔, 儀態萬方' 주周나라 말엽의 저작 가운데 그보다 뛰어난 것은 없었다.[105]

그가 "시원스럽고 자유자재로 펼치고 거둬들여서 자태가 다채롭고 아름답다"라고 칭찬한 것은 단지 문장과 어휘만이 아니라 천지를 자유롭게 치달리는 정신과 천마天馬가 허공을 나는 듯이 호방하고 표일飄逸한 상상력이었을 것이다. 장자의 실체적 사고는 현실에 얽매인 유가에게는 없는 것이기에 루쉰이 특별히 중시했다.

다만 그와 동시에 그는 또 이렇게 지적했다.

---

105 魯迅, 『漢文學史綱』(『魯迅全集』 제9권, 364쪽).

사마천 이래 모두 주나라의 근본이 노자의 말로 귀결된다고 했다. 그러나 노자는 유무有無를 얘기하고, 장단長短을 구별하며, 흑백을 알고자 하여 천하를 염두에 두었다. 주나라는 유무와 장단, 흑백을 아울러 통일함으로써 '혼돈'으로 크게 돌아가고자 했으니, '시비에 얽매이지 않고不譴是非', '생사生死를 도외시하며', '처음도 끝도 없다無始終'라는 등등이 모두 이런 뜻이다. 중국에서 속세를 벗어난다는 '출세出世' 이론은 여기에 이르러 비로소 완비되었다.[106]

이것은 반드시 똑바로 봐야 할 사실이다. 장자 철학 가운데 중국의 현실 생활에서 실제로 작용하는 것은 '출세' 이론이며, 그의 '어리석게 보이자는 주의와 시비를 따지는 관념이 없어야 한다'라는 생각은 심지어 일종의 교활한 철학 또는 세상을 혼란하게 하는 철학으로 발전하여 "물밑에 가라앉아 있던 찌꺼기를 수면으로 띄워 올리는" 1930년대의 유행이 되었는데, 루쉰이 비판하고자 하는 것이 바로 이것이었다. 비판의 화살을 직접 장자에게 겨냥한 것은, 그가 말했듯이, "조상의 무덤을 파내려는刨祖墳" 다시 말해서 뿌리를 뽑으려는 뜻이었다.

그와 동시에 이것은 일종의 자기 정리이기도 했다. 이런 비판의 '내부로 전환하는 특성內轉性'은 소홀히 여겨져서 이해하기 어려운 것이었다. 일찍이 엄청난 파란을 일으켰던 '청년필독서' 사건에서 루쉰은 무척 간절하게 말한 바 있다. 즉, "옛사람이 책에 쓴 혐오스러운 사상이 내 마음속에도 항상 있는 듯하여", "나의 이 사상을 늘 저주하면서 또

---

106 위의 책, 366쪽.

후세의 청년들에게 다시는 보이지 않게 되기를 바란다. 작년에 나는 청년들이 독서를 적게 하거나 아예 중국의 책을 읽지 말아야 한다고 주장했는데, 이것은 많은 고통과 맞바꾼 진심에서 우러난 말이다. 그것은 잠시 기분을 풀기 위해서, 또는 농담으로, 아니면 격분해서 한 말이 절대 아니었다". 그리고 "스스로 이 오래된 귀신을 등에 짊어진 채 떨쳐내지 못하여 늘 답답한 무게감을 느끼는" 내심의 고민을 얘기하면서, 아울러 이 떨쳐내지 못하는 '오래된 귀신' 안에 장자 사상이 있음을 분명히 지적했다. "사상에서 장자와 한비자의 해독을 입지 않았던 적이 있었던가? 때로는 제멋대로, 때로는 급하고 모질게."[107]

필자는 일찍이 중국 전통문화에 대한 루쉰과 후스의 비판을 비교한 바 있다. "후스에게 이것은 서양에서 귀신 잡는 무기를 훔쳐 온 문화 영웅과 전통문화 속의 귀신 사이에 벌어지는 전투"였으나, "루쉰으로서는 먼저 자기 목숨 속에 깃든 귀기와 독기毒氣를 느꼈으니", "이른바 '귀신 잡기 운동'은 학술 이론상의 논쟁과 비판일 뿐만 아니라 영혼의 싸움이자 생명의 싸움"이었다.[108] 앞에서 우리는 루쉰이 5·4시기에 한 약속을 살펴본 바 있다. 즉, "스스로 인습의 무거운 짐을 등에 진 채 어둠의 갑문을 어깨에 받친 채 그들청년 세대을 드넓은 광명의 땅으로 내보내려" 했을 때의 '어둠'은 자기 마음속의 어둠 즉 '인습의 무거운 짐'을 포괄하는데, 그 가운데 하나의 중요한 부분은 바로 장자라는 '독'이었다. 명성 높은 지식인들의 영향으로 1930년대 일부 청년들도 장자라는 독에 중독되는 모습을 본 루쉰이 마음의 고통, 심지어 두려움을 느꼈으

107   魯迅, 「寫在『墳』後面」, 『墳』(『魯迅全集』 제1권), 285~286쪽.
108   錢理群, 『與魯迅相遇』, 209~210쪽.

리라는 것은 어렵지 않게 상상할 수 있다. 『장자』에서 수양의 길을 구하고 어휘를 찾아야 한다는 스저춘의 주장에 그가 떨쳐 일어나 반박한 데에는 "나의 이 사상을 늘 저주하면서 또 후세의 청년들에게 다시는 보이지 않게 되기를 바라는" 고심과 자기 영혼의 몸부림이 포함되어 있었다. 그리고 스저춘이 논쟁 도중에 "옛 문학을 수양하지 않았다면 루쉰 선생의 새로운 글은 절대 지금처럼 이렇게 훌륭하게 써질 수 없었다"라는 사실을 예로 들어서 고문古文과 『장자』을 읽어야 할 필요성을 설명한 것은 루쉰의 영혼이 가진 상처에 소금을 뿌린 것과 마찬가지였다. 그의 반격이 특별히 격렬했던 것은 아마 더욱 내재적인 원인이 있었던 듯하니, 이것은 자세히 음미하여 체득할 필요가 있다.

논전에서 루쉰이 했던 또 다른 말은 의미심장하다.

> 그는 『장자』와 『문선』을 읽어야 한다고 주장하는 견실한 이유를 끝내 제시하지 않았고, 내가 쓴 「옛날을 회상하다」와 「옛날을 회상한 이후(상)」에 담긴 오류를 전혀 지적하지 않았다.[109]

이것은 그가 진정한 논쟁의 적수, 자기와 진지하게 '견실한 이유'를 확보한 논쟁을 벌이고 아울러 자기의 진정한 오류(루쉰은 이제껏 자기의 오류를 회피하지 않았으며, 이번 논쟁에서도 자기가 자료를 인용할 때 생긴 기억의 오류를 발견하면 즉시 그것을 바로잡는 글을 써서 공개했는데)[110]를 지적하여 치명적인 충격을 줄 적수를 기대했음을 말해 준다. 루쉰은 그의 생전

---

109 魯迅, 「撲空」, 『準風月談』(『魯迅全集』 제5권), 351쪽.
110 豊之餘, 「『準風月談·撲空』正誤」(『魯迅全集』 제5권, 353쪽).

과 사후에, 지금에 이르기까지 무수한 비판자가 있었으나, 그들은 모두 루쉰이 기대했던 그런 적수가 아니었다. 필자가 보이에 이것은 루쉰의 비애였을 뿐만 아니라, 그보다는 중국 현대 문화의 비애이다. 그에게 진정한 적수가 있었다면 사상의 상호 충격 속에서 루쉰의 사상이 얼마나 힘차게 발전했겠으며, 현대의 사상과 문화에도 얼마나 큰 수확이 있었겠는가! 이것은 아마 영원한 역사의 유감일 것이다.

루쉰은 그가 어떤 적수와 만났는지 감지했다. 「허팅撲空」에는 이런 서술이 들어 있다.

스 선생은 또 '논쟁'을 전혀 원하지 않는다. 그는 두 사람이 싸우는 것은 바로 아크arc 등불 아래의 권투 선수처럼 관객에게 재미를 제공하는 것과 마찬가지라고 생각한다. 이것은 대단히 총명한 견해라서 나는 이 작은 부분에는 찬성한다. 그러나 더욱 총명한 것은 스 선생이 사실은 정말로 손을 쓰지 않은 것은 아니었다는 사실이다. 그는 몸을 빼기 전에 벌써 몇 차례 주먹을 휘둘렀다.

예를 들어서 "(그가) 청년들에게 새로운 책을 보라고 권하는 것은 절대 청년을 위해서가 아니고 거꾸로 자기가 더 많은 군중을 얻기 위해서였고", "『장자』와 『문선』을 추천하는 데에 내루쉰가 반대하는 것은 그가 『화개집花蓋集』의 정편正編과 속편續編, 『위자유서僞自由書』를 추천하지 않는 것을 원망하기 때문"이라는 등등의 암시를 하고 "손을 흔든 후 표연하게 멀리 떠나 버리니, 오히려 가장 초탈한 권법이었다"라고 했다. 이를 통해서 그는 한 가지 사실을 개괄했다.

그저 아무 까닭 없는 모함과 자기의 추측, 아양, 시치미 떼기만 있을 뿐이다. 몇몇 고서古書의 제목을 떼어 버리자, '지난 왕조에 충성을 바치는 젊은이遺少'의 관절關節도 그를 따라 까마득히 사라져 버리고, 결국에는 본래 모습이 나타났다. 그것은 분명히 '양놈 마당상하이의 못된 젊은이 洋場惡少'로 변해 있었다.[111]

이것은 일종의 사상의 비약이다. 루쉰은 논쟁 와중에 자기의 사상을 끌어올리는 데에 능숙했으니, 일단 논쟁이 시작되면 상대를 그저 봉건사회의 '지난 왕조에 충성을 바치는 젊은이' 가운데 하나로 간주했는데, 이제 '양놈 마당의 못된 젊은이'라는 새로운 사회 전형을 발견하게 되었다. 이것은 중요한 사상적 문화적 의의를 구비한 발견으로서, 스저춘과의 논쟁에서 개괄된 것이었다. 그러나 일단 개괄하고 나자 그것은 개인의 구체성을 초월하여 일종의 보편성을 갖춤으로써, 스저춘 개인이 어떤 사람이었는지는 오히려 중요하지 않게 되어 버렸다.

「'문인상경'에 대한 다섯 번째 논의─명술五論"文人相輕"-明術」에서 그는 이렇게 "간략하게 개괄한 별명을 만들어내는" 개괄 방식의 역량과 역할은 "바로 정신을 표현한 사의화寫意畵처럼 수염이나 눈썹을 자세히 그리지 않고, 이름도 쓰지 않은 채, 드문드문 몇 번의 붓질만 하더라도 정신이 아주 똑같이 표현"하는 것인데, "이름이 나오게 되면 하늘 끝 바다 귀퉁이로 달아나더라도 따라다니므로 도저히 떨쳐내지 못한다"

---

111 魯迅, 「撲空」, 『準風月談』(『魯迅全集』 제5권), 348·351·359쪽.

라고 했다. 그는 또 이렇게 개괄하려면 "아주 명확한 판단력과 표현 능력이 필요"하며, 세상에 널리 퍼지게 하는 것은 더욱 어렵다고 했다. 그는 상당히 의기양양하게 말했다. 5·4시기에는 '동성파의 잘못된 씨앗'과 '문선학이라는 요괴'가 있었는데, "이제 이것들에 필적하는 것으로 어쩌면 '양놈 마당의 못된 젊은이'와 '혁명을 팔아먹는 행상革命小販'을 들 수밖에 없을 듯하다. 앞쪽의 둘은 옛날의 '서울北京'에서 나왔고, 뒤쪽의 둘은 지금의 '바다上海'에서 나왔다."[112] 이것은 최소한 루쉰 자신이 '양놈 마당의 못된 젊은이'와 같은 '별명'을 상당히 중시했음을 말해 준다.

흥미로운 것은 루쉰이 '양놈 마당의 못된 젊은이'가 '지금의 바다'에서 나왔다고 단언한 사실인데, 그것은 이 사회적 전형의 시대와 지역적 배경 및 특징을 드러낸다. 여기서 필자는 1931년에 루쉰이 행한 중요한 강연인 「상하이 문예 일별上海文藝之一瞥」을 추천하고자 한다. 그는 만청 이래 형성된 상하이의 '양놈 마당의 문화洋場文化'를 역사적으로 고찰하고, 아울러 그것을 '재자십류맹才子+流氓'의 문화로 개괄했다. '재자'는 당연히 중국 전통문화에서 발전해 온 것이고, '유맹' 즉 불량배는 상하이 양놈 마당의 새로운 '영웅'들이다.

고금을 막론하고 일정한 이론이 없거나 주장의 변화에 전혀 맥락을 찾을 수 없이 수시로 각 유파의 이론을 가져다가 무기로 삼는 사람들은 모두 '유맹'이라고 칭할 수 있다. 예를 들어서 상하이의 유맹은 한 쌍의

---

112   魯迅, 「五論"文人相輕"-明術」, 『且介亭雜文二集』(『魯迅全集』 제6권), 383~385쪽.

시골에서 온 남녀가 길을 가는 모습을 보면, '어이, 당신들 모습이 풍속의 교화를 해치니, 법을 어긴 거라고!' 하고 말하는데, 그가 사용한 것은 중국의 법이다. 어느 시골에서 온 사람이 길가에서 소변을 보는 모습을 보면 그는, '어이, 그건 금지된 거야. 당신은 법을 어겼으니 체포해서 경찰서로 데려가야 해!' 하고 말하는데, 이때 사용한 것은 또 외국의 법이다. 그러나 결과적으로 이른바 합법이니 불법이니 하는 것은 없고, 그저 돈만 몇 푼 뜯기고 나면 그만이다.[113]

사실 이것 역시 "이것도 하나의 시비요, 저것도 하나의 시비"에 해당하니, 시비를 따지는 게 아니라 몇 푼 뜯어내서 자기의 사적인 이익을 충족하는 데에 쓸모가 있는지 아닌지를 따지는 것이다. 그리고 '중국의 법'과 '외국의 법'을 겸용하는 것은 바로 상하이 조계 사회의 산물이다. 서양 식민주의자와 고등高等의 중국인으로서 본국을 통치하는 자가 연합하여 통치함으로써 이중적 성격의 문화가 형성되었으니, 중국의 봉건 전통과 서양의 식민 문화 및 상업 문화가 뒤섞이게 되었다. 이것은 바로 '양놈 마당의 못된 젊은이'의 이중성이기도 하다. 그것은 한편으로는 '지난 왕조에 충성을 바치는 젊은이'로서 전통의 수호자이고, 다른 한편으로는 양놈 마당의 불량배 기질에 물들어 있다. 이것은 1930년대 상하이 문단의 논쟁에서 장자의 제자와 후손들에게 발견되는 현저한 특징이기도 하다. 「문인상경」에 대한 다섯 번째 논의─명술」에는 다음과 같이 대단히 생동적인 묘사와 폭로가 담겨 있다.

---

113 魯迅, 「上海文藝之一瞥」, 『二心集』(『魯迅全集』 제4권), 291~298쪽.

자기가 먼저 쓰레기 속에 누워 있다가 나중에 적을 끌어오니, 바로 '나는 짐승이지만, 내가 당신을 아버지라고 부르니까 당신은 짐승의 아버지이다. 그러니 당신도 짐승이지!' 이런 식의 논리이다.

(…중략…) 누군가의 결점이 다른 누군가에게 지적을 받으면, 그는 이런 일은 지적한 사람에게도 있으며, 게다가 자기는 그것을 지적한 그 사람에게서 배웠다고 주장한다.

(…중략…) 한편으로는 자기에게 불리한 비판을 모조리 '함부로 내뱉은 욕'이라고 하면서, 다른 한편으로는 자기의 장점을 전력을 다해 선전하여 남을 넘어서려고 준비한다.

(…중략…) 이미 다른 사람을 한 푼의 값어치도 없다고 평가해 놓고, 마지막에는 자기는 절대 비평가가 아니니 모든 말은 전부 헛소리나 마찬가지라고 아주 겸허하게 선언한다.[114]

요컨대 일체의 혼란을 마치 정말 시비가 없는 것처럼 만들고, 자기도 그 기회를 이용해서 시비를 어지럽게 뒤섞어 버리고 흑백을 전도시켜 버리는 것이다. 장자의 '어리석게 보이자는 주의糊塗主義와 오직 시비를 따지는 관념이 없어야 한다'라는 철학은 1930년대 상하이 양놈 마당을 부랑배와 거간꾼의 마당으로 만들어 버렸는데, 이것은 대단히 주목할 만한 사상과 문화 현상이었다. 게다가 그것은 신세기 초기 중국의 부활에서 루쉰이 '재자십류맹'이라고 개괄한 '양놈 마당의 불량배'가 곳곳에서 발견되게 했다. 루쉰은 자기가 묘사한 것이 이렇게 기

114 魯迅, 「五論"文人相輕"－明術」, 『且介亭雜文二集』(『魯迅全集』 제6권), 381~382쪽.

나긴 생명력을 가진 불후의 사회적 전형이 될 줄은 아마 미처 예상하
지 못했을 것이다. 그러나 이 역시 '『장자』와 『문선』 논쟁'에서 거둔
주요 성과였다.

4. 『사고전서』 진본珍本 논쟁과 청대 학술 및 출판에 대한 고찰

이것은 그저 『사고전서四庫全書』의 중간重刊으로 유발된 판본 논쟁인
듯하다. 1933년 6월에 국민당 정부는 당시 중앙도서관 기획처籌備處에
지시를 내려 상무인서관商務印書館과 계약하여 베이징 고궁박물관의 문
연각본文淵閣本 『사고전서』 미간본未刊本을 영인影印하도록 했다. 베이징
도서관장 위안퉁리袁同禮[115]와 선본부善本部 주임主任 자오완리趙萬里[116]는
고본庫本 대신 선본善本을 써야 한다고 주장하면서 아울러 차이위안페
이와 푸쩡샹傅增湘,[117] 천위안陳垣,[118] 류반눙劉半農 등 학자의 지지를 얻

---

115 【역주】위안퉁리(袁同禮 : 1895~1965, 자는 서우허[守和])는 1916년에 베이징대학
    을 졸업하고 1942년에 베이핑[北平] 도서관 관장이 되었다. 『영락대전고(永樂大全
    考)』와 송(宋), 명(明), 청(淸)의 『사가장서개략(私家藏書槪略)』 등의 저작을 남겼다.
116 【역주】자오완리(趙萬里 : 1905~1980, 자는 페이윈[斐雲])는 1921년에 난징의 둥난
    [東南] 대학을 졸업하고 칭화[淸華] 학교 국학연구소 조교를 거쳐서 1928년에 베이
    핑 베이하이[北海] 도서관에 들어갔다. 이후 베이징대학과 칭화 대학 등에서 교수로
    서 목록학과 교감학, 판본학 등을 강의했고, 1949년 이후 베이징 도서관 연구원 겸
    선본특장부(善本特藏部) 주임이 되었다. 『베이징 도사관 선본서목[北京圖書館善本
    書目]』과 『고본희곡총간(古本戱曲叢刊)』을 비롯한 다수의 편저(編著)가 있다.
117 【역주】푸쩡샹(傅增湘 : 1872~1949, 자는 룬위안[潤沅])은 광서(光緖) 24년(1898)
    진사에 급제하여 한림원서길사(翰林院庶吉士)가 되었고, 1917년에는 교육총장을 역
    임하기도 했다. 저명한 장서가(藏書家)이기도 한 그는 목록학과 판본학 등에서 그 시

어냈는데, 이로 인해 격렬한 논쟁이 벌어졌다. 루쉰도 「사고전서의 진본四庫全書的珍本」을 써서 스스로 '진본 논쟁'이라고 부른 이 논쟁을 개괄했다.

　　관官, 정부과 상인출판사은 원래 형식에 따라 조속히 인쇄하려 했으나, 학계에서는 고본庫本에 삭제되거나 개정된 부분과 오류가 있으므로 다른 판본을 구할 수 있다면 응당 다른 '선본'으로 대체해야 한다고 여겼다.

　　동시에 그는 "학계의 주장은 통과될 수 없으니, 결과적으로 『흠정사고전서欽定四庫全書』를 따를 수밖에 없다"라고 예언했다. 이유는 당연했다. 첫째는 '조속히' 간행되어야 하고, 둘째는 "'흠정'이라는 단어가 지금도 어느 정도 위엄스러운 광채를 풍기기 때문"이다. "중국에서는 아마 장사가 그래도 '진본'이 잘 될 것이다. 그러면 꾸며 진열할 수도 있는데, '선본'은 그저 실용에 적합할 뿐이기 때문이다." 그리고 "이런 책을 살 능력이 있는 사람은 가난한 서생이라면 절대 생각할 수도 없으니, 사고 나서 반드시 응접실에 넣게 되리라는 것도 알 수 있다". 그러니 "그의 목적은 '진귀珍'한 데에 있지 '훌륭善'한 데에 있지 않고, 더욱이 실용에 적합한지는 따지지 않는다". 그는 중국 사회의 정부 본위와 상업 본위의 본질을 간파한 셈이었다. 이 논쟁의 결과는 과연 그의

　　대를 대표하는 인물이기도 했다.

118 【역주】천위안(陳垣 : 1880~1971, 자는 위안안[援庵, 圓庵])은 베이징대학 교수와 푸런[輔仁] 대학 총장 등을 역임했으며, 역사학과 종교사 등의 분야에서 대가로 꼽힌다. 『원서역인화화고(元西域人華化考)』와 『교감학석례(校勘學釋例)』 등등의 저작을 남겼다.

예언대로였다. 당시 국민당 정부 교육총장과 상무인서관 편역소編譯所의 주장에 따라 1934년부터 1935년까지 '고본'에 따라『사고전서진본초집四庫全書珍本初集』으로 231종을 선정해서 간행했다.

그런데 루쉰은 그만둘 생각이 없었다. 그는 '고본'과 '선본'을 두고 벌어진 논쟁의 배후를 캐내려 했는데, 여기에 은연중에 내포된 것은 더욱 중요한 갈림이었다. 그는 '고본'의 근본 문제는 "고의로 삭제하고 개정한" 데에 있는데, '고본'에 의거한 '새로운 판본'을 유포하면 "더욱 '선본'을 인몰湮沒해서" 역사의 진상에 대한 어떤 은폐가 이루어진다고 지적했다.[119] 분명히 판본의 배후에는 역사에 대한 태도의 문제가 존재했다. 이로 말미암아 다음과 같은 문제가 발생한다. 즉, 청나라 통치자들은 왜『사고전서』를 편찬했으며, 왜 그것을 삭제하고 개정했는가? 이에 루쉰은 청나라 통치자들의 문화 정책을 추궁한다.

청나라 강희제康熙帝 : 1662~1722년 재위와 옹정제雍正帝 : 1722~1735년 재위, 건륭제乾隆帝 : 1736~1796년 재위 세 황제, 특히 뒤쪽의 두 황제의 '문예 정책'은 어쩌면 상당히 큰 '문화 통제'라고 할 수 있는데, 정말 대단히 큰 노력을 기울였다. 문자옥文字獄은 소극적인 분야에 지나지 않았고, 적극적인 분야는『흠정사고전서』와 같이 한족漢族의 모든 저작에 취사取捨의 선택을 한 것이었다. 거기서 취한 책들 가운데 금나라와 원나라에 관련된 모든 것들은 또 대체로 수정해서 정본定本으로 삼았다. 이 외에 '칠경七經'과 '24사史',『통감通鑑』, 그리고 문인 사대부의 시문詩文과 승려의 어

---

119   魯迅,「四庫全書的珍本」,『準風月談』(『魯迅全集』제5권), 266~267쪽.

록어錄語은 감정鑑定하지 않으면 평선評選했으니, 문단에서 사실상 유린되지 않은 곳이 없었다. 게다가 그들은 한문漢文에 아주 통달한 이민족 군주여서 승자의 관점으로 피정복된 한족의 문화와 인정人情을 비평했으니 얕보면서도 두려워했고, 가혹하게 논하면서도 정확하게 평가하기도 했다. 문자옥은 그저 이로 말미암아 발생한 악랄한 수단의 일종이었을 뿐이다. 그 성과는 만주족의 입장에서 확실히 효과가 없었다고 할 수 없다.[120]

주의할 만한 것은 루쉰이 이 글을 발표할 때 '문예 정책'과 '문화 통제'라는 두 어휘가 모두 삭제되었다는 사실이니, 그것은 1930년대 국민당 통치의 금기를 명백히 어긴 것이었기 때문이다. '문화 통제'라는 말은 본래 관방官方에서 나왔다. 1934년 8월에 출판된 국민당 정부의 간행물『전도前途』에서「문화 통제」특집호를 내놓았으니, 이 역시 루쉰이 청나라 통치자의 문화 정책을 폭로한 것이 확실히 현실을 지향한 행동이었음을 거꾸로 증명한다.

그렇다면 청나라 황제가 삭제하고 힘껏 은폐하려 했던 것은 도대체 무엇인가?

「병후잡담의 여운」에서 루쉰은 새로 출판된『사부총간속편四部叢刊續編』에 의거해서 홍매洪邁의『용재수필容齋隨筆』가운데 청나라 때 삭제된「북적 포로의 고통北狄俘虜之苦」라는 조목을 다시 발췌하여 보여준다.

정강靖康의 변고[1127] 이후 금나라의 포로가 된 이들로서 황실의 자손

120　魯迅,「買『小學大全』記」,『且介亭雜文』(『魯迅全集』제6권), 57쪽.

과 벼슬아치 가문의 사람들은 모조리 노비가 되어 일해야 했다. 한 사람
당 매달 피稗子 5말斗을 지급하여 가루로 빻아 쓰게 했고, 해마다 삼麻 5
묶음把을 주어 옷감을 짜서 옷을 지어 입게 했다. 이 외에는 돈 한 푼이나
비단 한 조각도 들어오지 않았다. 옷감을 짤 줄 모르는 남자는 일 년 내
내 발가벗고 지내야 했다. 오랑캐가 간혹 그런 이를 애처롭게 여겨 밥 짓
는 일을 맡기기도 했는데, 잠시 불을 쬐어 온기를 얻을 수는 있었으나,
금방 밖에 나가 땔감을 가져와 다시 불 가에 앉아야 하니 살가죽이 벗겨
져서 며칠 못 버티고 죽었다.

이를 통해서 루쉰은 "청 왕조는 스스로 그 흉악하고 잔인함을 은폐
했을 뿐만 아니라, 또 금나라 사람을 대신해서 그들의 흉악하고 잔인
함을 은폐해 주려 했으니", "그들은 송나라의 주인과 노비 사이의 구
별을 없애서 일률적으로 노예로 만들어 버리고 자기들이 주인이 되었
던 것에 지나지 않았음"을 간파했다.

그는 또 『사부총간속편』에서 행한 송나라 때 조열晁說의 『숭산문집嵩
山文集』에 수록된 「부신대負薪對」에 대한 옛 필사본과 사고전서본을 대
조한 교감을 일일이 인용하면서 이렇게 말했다.

이 몇 조목에서는 이미 '도적賊'이나 '오랑캐虜', '개와 양犬羊'이라는
어휘를 기피했고, 금나라 사람들의 음란함과 약탈 행위를 언급하지 않
았으며, '이적夷狄'이라는 어휘도 당연히 기피해야 했다. 그러나 '중국'이
라는 단어는 보이지 않게 했으니, 이것은 '이적'과 대립되는 단어여서
종족 사상을 끌어내기 쉽기 때문이었다.

이것은 일종의 은폐, 압박하고 노예로 부리면서 잔혹하게 사람을 해치는 '식인吃人'의 피비린내에 대한 은폐였다.

또 하나의 은폐가 있었으니, 루쉰은 그것을 이렇게 지적했다.

건륭 연간에 편찬한 『사고전서』를 많은 이들이 한 시대를 대표하는 성대한 사업이라고 칭송하나, 그들은 고서古書의 격식을 교란했을뿐더러 옛사람의 글을 고쳤고, 내정內廷에 소장하면서 아울러 문풍文風이 비교적 흥성한 곳에 유포하여 천하의 사인士人들이 읽게 함으로써 우리 중국의 작자들 가운데 강직한 기개骨氣를 가진 이들이 있었다는 사실을 영원히 깨닫지 못하게 했다.

이것이 바로 루쉰이 가장 우려했던 점이었다. 그는 진즉 이런 현상에 주목했다. 즉, "예로부터 우리에게는 열성적으로 일에 몰두하는 이들과 필사적으로 강행하는 이, 백성을 위해 자발적으로 나서겠다고 청하는 이, 진리를 위해 목숨을 돌보지 않은 이들이 있었으니", "이들이 바로 중국의 중추"였으며, "이런 사람들이 지금도 없었던 적이 없지 않은가?" 그러나 그들은 "늘 박해당하고 말살당하여 어둠 속으로 소멸해 버렸다".[121] 그는 또 "외국인 가운데 강인한 사람이 중국인보다 많은" 원인에 관해 벗들과 전문적으로 논의했다. 그가 보기에 '다른 나라의 지나친 형벌이 중국에 미치지 못하는 이유'는 주로 유럽의 기독교도 가운데 박해를 받더라도 죽어도 굴복하지 않은 이들은 "역

---

121   魯迅, 「病後雜談之餘」, 『且介亭雜文』(『魯迅全集』 제6권), 182~185쪽.

사에서 그 이름 앞에 '성聖'이라는 수식어를 붙여 주었으므로" 대대로 전해질 수 있었다. 그런데 "중국에도 죽어도 굴복하지 않은 이들이 항상 있었으나 모두 숨기고 드러내지 않는 바람에" 점점 은폐되고 잊혀 버렸다. 이렇게 "꿋꿋하고 바른 이들은 모두 멸망해 버리고 왔다 갔다 망설이는 자는 더욱 타락하니, 이런 식으로 계속 이어가면 중국에는 훌륭한 사람이 하나도 없어지게 될 것이다". 이에 그는 "중국이 끝내 망한다면 이런 술책을 쓰는 사람들 때문일 것"이라고 개탄했다.[122] 통치자(당연히 청나라 황제만이 아닌)가 민족의 중추를 말살하는 정책에 대해 루쉰이 이렇게 끝까지 추궁한 까닭은 바로 이렇듯 심각한 민족의 위기감에서 비롯되었다. 이런 끈질긴 추궁이 통치자와 그들에게 아첨하고 흉악한 행위를 돕는 어용문인들을 불안하게 했으므로, 루쉰이 글을 발표할 때 검열관은 "우리 중국의 작자들 가운데 강직한 기개骨氣를 가진 이들이 있었다는 사실을 영원히 깨닫지 못한다"라는 구절을 삭제해 버렸으니, 그 허약함이 이런 지경에 이르러 있었다.

동시에 그는 이와 마찬가지로 심각한 학술과 출판의 위기를 느꼈다.

청나라의 고거가考據家 가운데 누군가 '명나라 사람들이 고서를 간행하기 좋아해서 고서가 없어졌다'라고 했는데, 그들이 함부로 교정하고 고쳤기 때문이다. 내가 보기에는 이 뒤에 청나라에서 『사고전서』를 편찬함으로써 고서가 없어졌다. 그들이 옛 형식을 어지럽게 변화시키고 원문을 삭제하거나 고쳤기 때문이다. 요즘 사람들은 고서에 표점標點 즉

---

122 魯迅, 「致曹聚仁書」(『魯迅全集』 제12권, 185쪽).

254 살아 있는 루쉰

구두점을 붙임으로써 고서가 없어졌다. 그들이 구두점을 어지럽게 마구 찍는 바람에 부처님 머리에 똥칠한 격이 되고 말았기 때문이다. 이것이 수재와 화재, 전쟁, 벌레로 인한 재앙 외에 고서가 당한 3대 재앙이다.[123]

이른바 "고서가 없어졌다"라는 것은 역사 기록에 대한 훼손과 왜곡된 변조變造로서, 본질적으로 역사의 진실한 면모를 은폐하고 말살하는 행위이며, 더욱이 역사의 피비린내와 혈기를 고의로 은폐하는 행위이다.

역사에 대한 이러한 은폐에 반항하기 위해 루쉰은 두 가지 중요한 건의를 제시했다.

근래에 명대 사람의 소품小品과 청나라 때의 금서禁書는 판매 가격이 높아서 가난한 서생이 감히 훔쳐볼 수 없으나, 청나라 때 장양기蔣良騏가 편찬한 『옹정동화록雍正東華錄』과 건륭乾隆 32년[1767]에 칙명으로 편찬된 『어비통감집람御批通鑑輯覽』, 『상유팔기上諭八旗』,[124] 악이태鄂爾泰가 편찬한 『옹정주비유지雍正朱批諭旨』…… 등은 아무도 관심을 가지지 않은 듯이 편폭篇幅이 큰 다른 모든 책이 따라잡지 못할 정도로 값이 저렴하다. 관심 있는 이가 수집하면 일일이 조사해서 개중에 한족을 부리고, 문화를

---

123 魯迅, 「病後雜談之餘」, 『且介亭雜文』(『魯迅全集』 제6권), 185쪽.
124 【역주】옹정 1년(1723)부터 옹정 13년(1735)까지 팔기(八旗)의 사무에 관해 옹정제가 내린 유지(諭旨)를 모아 연월일(年月日)에 따라 편찬한 것으로, 옹정 9년(1731)에 과친왕(果親王) 윤례(允禮) 등이 옹정 5년(1727) 이전의 유지를 모아 처음 편찬했고, 이후 두 차례에 걸쳐서 속집(續輯)이 엮어져서 건륭(乾隆) 초기에 간행되었다.

비평하고, 문예를 이용한 곳들을 따로 배열하여 하나의 책으로 편집한다면, 아마 그 책략의 광대함과 악랄함을 볼 수 있고, 아울러 우리가 이 민족 군주에게 어떻게 길들여졌는지, 그리고 지금까지 유전遺傳된 노예 근성의 유래를 알 수 있다. 당연히 이것은 성령性靈이 담긴 글을 감상하는 흥미에는 미치지 못하나, 이것을 빌려서 지금의 이른바 성령이라는 것을 연출해 낸 역사를 조금이나마 알 수 있으니, 대단히 유익한 일이 될 것이다.[125]

내 생각에는 종이와 먹, 백포白布를 살 여윳돈이 있다면 차라리 명대나 청대 혹은 지금 사람이 쓴 야사나 필기筆記를 인쇄하는 게 여러 사람에게 아주 유익할 것이다. 다만 진지하게 조금 노력을 기울여서 구두점이 틀리지 않게 해야 한다.[126]

이것은 그의 중요한 판단 가운데 하나를 보여준다. 그가 보기에 '정사正史' 특히 황제가 공인한 '흠정정사欽定正史'는 종종 역사의 진상을 은폐하려 하니, 차라리 민간에서 기록한 '야사'에 역사의 어떤 진실이 어느 정도 보존되어 있다. 「병후잡담」에서 그는 특별히 『안룡일사安龍逸史』[127]라는 금지된 야사에 담긴 역사의 피비린내를 거론했다. 명나라 소종昭宗 영력제永曆帝: 1623~1662 재위 때 진왕秦王의 손가망孫可望[128]이 자기

125 魯迅, 「買『小學大全』記」, 『且介亭雜文』(『魯迅全集』 제6권), 57~58쪽.
126 魯迅, 「病後雜談」, 『且介亭雜文』(『魯迅全集』 제6권), 173쪽.
127 【역주】『안룡일사(安龍逸史)』는 굴대균(屈大均: 1630~1696, 본명은 소룡[邵龍] 또는 소륭[邵隆], 자는 소여[騷餘] 또는 옹산[翁山], 개자[介子])이 영력 6년(1628)에 견문을 기록한 것이다.

를 탄핵한 어사御史 이여월李如月을 죽이고 "살갗을 벗겨 전시"했다.[129]
이를 통해서 루쉰은 역사에 대한 모골송연한 개괄을 제시했으니, "대
명大明 왕조는 살갗을 벗기는 데에서 시작하여 살갗을 벗기는 것으로
끝났다"라는 것이다. 아울러 그는 이렇게 논의했다.

> 조금이라도 자비심이 있는 사람이라면 야사를 보거나 옛 이야기를 듣
> 고 싶어 하지 않는 게 정말 당연하다. 어떤 일들은 정말 인간 세상에서
> 일어난 게 아닌 듯이 모골이 송연하게 하여 마음의 상처가 영원히 완치
> 되지 않는다. 잔혹한 사실이 모두 있으니 듣지 않는 게 최선이다. 그래야
> 만 성령을 보전할 수 있으니, 이 역시 맹자가 "그래서 군자는 주방을 멀
> 리한다"[130]라고 말한 뜻이다. 왕조가 멸망하기에 조금 앞선 시기의 명나
> 라 말엽에 명가들이 쓴 소탈한 소품문이 지금도 성행하고 있는 것도 사
> 실 이유가 없다고 할 수 없다.[131]

여기서 그가 '성령 문학'과 '명대의 소품문'을 거듭 언급한 것은 모

---

128 【역주】손가망(孫可望 : ?~1660, 본명은 가왕[可旺])은 명나라 말엽 장헌충(張獻忠 :
　　1606~1647) 휘하의 장수였다가 남명(南明) 영력제(永曆帝) 조정에서 권력을 장
　　악했다. 그는 진왕(秦王)에 봉해지기 위해 음모를 꾸미면서 대학사 30명을 죽였고,
　　대장군 이정국(李定國 : 1621~1662)과 불화를 일으켰다. 1657년에는 운남(雲南)
　　의 이정국을 공격했으나 부하 장수들이 등을 돌리자 청나라에 투항한 후 청나라 군대
　　를 사천(四川)과 귀주(貴州)로 인도했고, 한군정백기(漢軍正白旗)에 편입되어 의왕
　　(義王)에 봉해지기도 했다.
129 【역주】『안룡일사(安龍逸史)』의 기록에 따르면, 손가망 휘하의 장등과(張應科)가 이
　　여월의 사지를 절단하고 살갗을 벗긴 후, 석회를 발라 말려서 다시 꿰매고, 그 안에 건
　　초를 채운 다음, 북쪽 성문의 통구각(通衢閣)에 걸어 놓았다고 한다.
130 【역주】『맹자』「양혜왕상(梁惠王上)」: "是以君子遠庖廚也."
131 魯迅, 「病後雜談」, 『且介亭雜文』(『魯迅全集』 제6권), 167쪽.

두 저우쭤런과 린위탕을 겨냥한 것이다. 그 배경에는 명대의 소품문을 둘러싸고 전개되었던 사상 논쟁이 있는데, 이것은 앞서 살펴보았던 저 도연명을 둘러싼 논쟁과 내재적으로 연관되어 있다. 이 논쟁은 이미 학술계의 주의를 불러일으켰으니 여기서는 논의하지 않겠으나, 나중에 다시 논의할 기회가 있을지도 모르겠다. 이 역시 할 얘기가 많은 주제이다.[132]

이제 다시 『사고전서』의 중간 문제로 되돌아가 보자. 루쉰이 보기에 1930년의 『사고전서』 열풍은 고립적으로 일어난 게 아니라 주목하고 경계할 만한 시대적 문화적 현상이었으므로, 계속 캐물을 필요가 있었다. 그는 우선 청대의 학술 열풍에 대해 의문을 제기했다.

청대의 학술을 얘기하자면 몇몇 학자들이 늘 득의만만하게 나서서 그것이 전대미문으로 발달했다고 한다. 그 증거도 정말 충분하다. 경전을

---

132 여기에는 흥미로운 주제가 많이 들어 있는데, 예를 들어서 袁宏道(1568~1610, 자는 仲郎 또는 無學)에 대한 평가에서 루쉰은 「"招貼卽扯"」에서 이렇게 지적했다. "원굉도를 논하려면 그가 지향했던 大體를 보아야 한다. 지향이 옳다면 그가 우연히 공허한 말을 하고 소품문을 쓴 것은 용서해도 괜찮다. 그에게는 더 중요한 측면이 있기 때문이다." "원굉도는 바로 세상살이의 도리[世道]에 관심을 가지고 세상 물정 모르고 진부한 '문인 기질[方巾氣]'을 가진 인물에 감탄하는 사람이었으니, 『金甁梅』를 비평하여 소품문을 쓴 것이 그의 전부는 절대 아니었다." 그래서 그는 "원굉도가 매도당해서는 안 되는 것은 그가 입이 삐뚤어졌다고 욕먹어서는 안 되는 것과 마찬가지이다. 다만 이 때문에 그의 좀벌레[蛀蟲]들의 영원한 소굴을 만들어서는 안 된다."(『魯迅全集』 제6권, 228쪽) 이런 말들은 모두 린위탕을 겨냥한 것이나, 도연명에 대한 루쉰의 평가와도 상통하는 바가 있다. 본인(원굉도든 도연명이든)에 대해서는 모두 특별히 긍정적인 태도를 견지하며, 비판한 것은 단지 요즘 사람들의 왜곡일 뿐이다. 아울러 그는 '전부'를 보아야 한다고 강조했으니 자잘한 일부를 과장하지는 않았다. 저우쭤런도 「重刊袁仲郎集序」(『苦茶隨筆』에 수록됨)를 써서 자기 의견을 루쉰 및 린위탕의 관점과 대조했는데, 이 역시 매우 흥미롭다.

해설한 대작大作들이 끝없이 나왔고, 소학小學도 대단히 진보했다. 사론史論을 연구한 이의 자취는 끊어졌으나 역사를 고찰한 이들은 많았다. 특히 고증학은 송대와 명대 사람들이 결코 이해하지 못했던 고서의 뜻을 분명히 밝혀 주었고……. [133]

여기서 말하는 '몇몇 학자들' 가운데는 아마 후스가 포함될 것이다. 일찍이 1923년에 쓴 「『국학계간國學季刊』 발간 선언」에서 후스는 청대가 '고학古學의 부흥 시기'인 것은 "단지 훈고訓詁과 교감이 발달했기 때문만이 아니라 많은 고서를 발견하여 번각飜刻[134]했기 때문"이라고 했다.[135] 1930년에 제목을 바꾸어서 다시 발표한 「반反 이학적理學的인 몇 명의 사상가」에서도 청대의 '박학樸學, 고증학'을 대단히 높이 평가하면서 "'박학'은 '실사구시實事求是'의 공부로서, 증거를 토대로 일체의 옛 문화를 고증하여 교정한다. 그 실질은 사학史學 운동의 하나로서 중국의 옛 문화를 새롭게 연구하는 것이니, (청대는) 중국의 문예부흥 시기라고 할 수 있다"라고 했다.[136] 다만 그와 동시에 그는 청대 학술의 문제 가운데 주요한 것으로 세 가지를 꼽았다. 첫째는 "연구의 범위가 너무 좁아서", "'유가의 전적만을 추존하는儒書一尊' 선입견을 떨치지 못해서 경학經學에만 전력을 기울이고 다른 서적은 그저 남은 역량을 이용해서 연구했다. 그리고 '한나라 때의 유생이 옛날과 그다지 멀리 떨

---

133 魯迅, 「算賬」, 『花邊文學』(『魯迅全集』 제5권), 514쪽.
134 【역주】 간본(刊本)이나 필사본을 저본(底本)으로 해서 목판이나 활판으로 간행하는 것을 가리킨다.
135 胡適, 「『國學季刊』發刊宣言」(『胡適文集』 제2권, 3쪽).
136 胡適, 「幾個反理學的思想家」(『胡適文集』 제3권, 90쪽).

어지지 않았다'라는 선입견을 떨치지 못해서 한나라 학자들만 미신처럼 믿고, 후대의 학자들은 배제했다". 둘째, "공력功力을 너무 중시해서 이해를 소홀히 취급한다", "이 300년 동안 경사經師만 있고 사상가는 없는 듯하며, 역사를 교열校閱하는 사람만 있고 사학가는 없는 듯하며, 교주校注만 있고 저작은 없는 듯하다." 셋째, "참고하고 비교할 자료가 모자라다".[137] 1930년대까지 후스도 아직 장쉐청章學誠의 의견을 인용하며 청대의 학자들이 "공력만 있고 이해는 없이, 평생 자잘한 작업만 하면서 전체를 관철하는 생각은 하지 못했다"라고 비판했다.[138] 그는 "우리는 이 300년의 성적을 박하게 평가하려는 게 절대 아니고, 그저 그들의 성적이 이런 정도에 지나지 않았던 원인을 지적하려는 것일 뿐"이고, "이전 세대 학자들의 성공과 실패를 거울로 삼은 후에야 현재와 장래에 우리가 국학을 연구할 방침을 결정할 수 있을 것"이라고 강조했다. 그런데 그가 제시한 방침이란 이런 것이었다. 즉 "'국고학國故學'를 줄여서 '국학'이라고 칭하는 것"을 연구한다는 것이다. 그러니까 "중국의 모든 문화와 역사를 정리"해야지 경학經學에만 국한되어서는 안 되고 명가名家의 각 학파를 포괄해야 한다. "묘당廟堂의 문학은 본래 연구할 수 있으나 초야의 문학도 연구해야 하며", "'국고'는 '나라의 정수國粹'를 포괄하나, 거기에는 또 '나라의 조악한 찌꺼기國渣'도 포함되어야 한다. 그 '찌꺼기'를 이해하지 못하면 어떻게 '정수'를 알 수 있겠는가?"[139] 그러므로 후스는 완전히 학술 발전사 자체에서 논의를

137　胡適, 「『國學季刊』發刊宣言」(『胡適文集』 제2권, 3~6쪽).
138　胡適, 「幾個反理學的思想家」(『胡適文集』 제3권, 91쪽).
139　胡適, 「『國學季刊』發刊宣言」(『胡適文集』 제2권, 7~8쪽).

수립했음을 알 수 있는데, 그의 견해도 확실히 뛰어난 면이 있다. 특히 당시 몇몇 이들이 '국학'을 고취하며 다시 청나라 때처럼 '유가의 전적만을 추존하던' 옛길을 가고, 게다가 '국고' 가운데 '정수'와 '찌꺼기'가 구별된다는 것을 근본적으로 부인하면서, 더욱이 후스가 청대 학술의 약점이라고 지적한 것을 보물로 간주하면서 '공력'만 강조하고 '이해'와 사상, 이론을 부인함으로써 국학을 단순한 고고학으로 변질시키고 있던 현상과 연계하면, 당시 그가 제시한 국학 연구 방침이 지금도 가치를 잃지 않고 있음을 더욱 실감할 수 있다.

그러나 루쉰은 다른 생각을 갖고 있었다. 한편에서 루쉰은 비웃는 듯한 어조로 "증거도 정말 충분하다"라고 하면서 분명하게 보류하면서도, 그 '증거'가 제기하는 청대 학술의 성취 자체에 대해서는 전혀 부정하는 뜻이 없었다. 차이위안페이가 일찍이 지적했듯이, 루쉰은 "본래 청대 학자에게 물들어" 있었다. 천핑위안은 루쉰의 중국소설사 연구와 '청대 유가의 가법家法' 사이의 관계에 대해 더 구체적으로 분석하고, 그가 '물들었을' 뿐만 아니라 또 '초월'했다고 지적했다.[140] 사실 루쉰의 『중국소설사』는 바로 후스가 「『국학계간』 발간 선언」에서 강조했던 '전문 역사專史' 연구의 전형적인 저작이었다.[141] 그런데 다른 한편에서 루쉰이 더욱 추궁했던 것은 청대 학술의 이런 성취는 어

---

140 陳平原, 「作爲文學史家的魯迅」(『魯迅硏究的歷史批判-論魯迅(二)』, 石家莊 : 河北敎育出版社, 2000, 348~355쪽).

141 후스는 「『국학계간』 발간 선언」에서 '전문 역사 방식의 정리'를 진행해야 제기하면서 아울러 전문 역사를 다루는 사람에게는 반드시 '정밀한 공력'과 '높고 원대한 상상력'이 필요하다고 했는데(『胡適文集』 제2권, 13~14쪽), 공교롭게도 루쉰은 그 두 가지를 겸비하고 있었으니, 후스가 루쉰의 『중국소설사』에 대해 시종일관 높이 평가한 것은 절대 우연이 아니었다.

떻게 이루어졌으며, 전체 중국 민족이 그것을 위해 어떤 대가를 치렀느냐 하는 문제였다. 후스는 그저 청대의 "이 300년 동안 경사만 있고 사상가는 없는 듯하며, 역사를 교열하는 사람만 있고 사학가는 없는 듯하며, 교주만 있고 저작은 없는" 현상만 지적했으나, 루쉰은 그 배후의 원인을 추궁했다. 말하자면 후스가 자기도 모르게 걸음을 멈추었던 지점에서, 루쉰은 예리한 비수로 파헤치면서 의식적이든 무의식적이든 간에 어떤 은폐도 용인하지 않았다. 후스가 학술을 위한 학술을 얘기하면서 학술사 내부에 시선을 제한했을 때, 루쉰은 '지인론세知人論世'의 연구 원칙을 끝까지 견지하여 외부의 학술 환경, 특히 학술 발전 방향과 길을 제약하고 심지어 결정하는 사회적 정치적 요소와 국가의 문화 정책 등등에 관심을 기울였다. 그래서 똑같이 청대 학술을 고찰했음에도 루쉰은 전혀 새로운 관점을 가지고 지극히 예리한 발견 및 폭로를 이루어 낼 수 있었다.

학자들이 청대의 학술을 얘기할 때마다 나는 늘 '양주揚州의 10일'[142] 이랄지 '가정嘉定의 세 차례 도륙[143]'과 같은 자잘한 사건들을 동시에 떠올린다. 그런 것들은 언급하지 않아도 되겠으나, 전국의 땅을 잃고 모든 이들이 250년 동안 노예가 되었는데도 이 몇 쪽의 영광스러운 학술사만

---

142 【역주】사가법(史可法 : 1602~1645, 자는 헌지[憲之])이 양주의 백성을 이끌고 청나라 군대에 저항하다가 패전하여 양주성이 함락되자, 청나라 군대가 10일 동안 약탈과 살육을 자행한 사건으로, 당시 요행으로 살아남은 사가법의 막료 왕수초(王秀楚)가 남긴 『양주십일기(揚州十日記)』 등에 기록되어 있다.
143 【역주】1645년에 청나라 군대가 가정(嘉定)을 점령한 후 삭발령에 반대하는 백성을 세 차례에 걸쳐서 도륙한 사건이다.

얻었을 뿐이니, 이 거래는 도대체 이문이 남는가 아니면 손해인가?[144]

　루쉰은 또 정곡을 찔러서, 바로 "문자옥 때문에 사인±人들이 감히 역사를 다루지 못하고, 더욱이 근대사를 언급하지 못함"을 지적했다.[145] 경전 해석과 소학에 치우쳐서 사상가와 사학가는 없는데 옛날을 연구하는 이들은 적지 않아서 고증학에서는 수확이 컸으니, 청대 학술의 특징은 성취와 부족한 면에서 문자옥이라는 배경이 뚜렷이 보인다. 청대 학술을 심각하게 제약한 내재 기제인 문자옥에 대한 언급을 회피한 채 청대 학술의 번영을 대대적으로 얘기하는 것은 역사의 진상에 대한 일종의 은폐일 뿐이며, 역사의 피비린내는 또 한 번 매몰당하게 된다. 루쉰이 가장 가슴 아팠던 것은 바로 이것이었다.

　게다가 루쉰은 여전히 추궁한다. 이 역사의 피비린내를 왜 은폐하는가? 그는 이것이 절대 고립적이거나 개별적이고 우연한 현상이 아님을 발견했다.

　이 중국 민족의 마음 가운데 일부는 정말 철저하게 정복되어서 지금까지도 전쟁의 재앙과 전염병, 홍수와 가뭄, 바람과 메뚜기 떼의 재앙을 대가로 공자 사당孔廟과 뇌봉탑雷峰塔을 다시 세우고, 남녀가 동행하는 것을 금기로 꺼리며, 『사고전서』의 진본珍本을 발행하는 등의 거창한 외관을 꾸미고 있다.[146]

144　魯迅, 「算賬」, 『花邊文學』(『魯迅全集』 제5권), 514쪽.
145　魯迅, 「買『小學大全』記」, 『且介亭雜文』(『魯迅全集』 제6권), 57쪽.
146　魯迅, 「算賬」, 『花邊文學』(『魯迅全集』 제5권), 515쪽.

이것들은 모두 1934년 중국 문화에서 '성대한 일'이었다. 그해 1월에 국민당 산둥성 정부의 주석主席 한푸쥐韓復榘는 공자 사당을 복구하자고 건의했고, 5월에 국민당 정부가 10만 위안을 지급하고, 장제스가 5만 위안을 출연하여 "시범적으로 제창"했으며, 같은 달에 시륜금강법회時輪金剛法會147 이사회에서는 항저우 뇌봉탑을 중건重建하기로 발기했다. 7월에는 광둥성의 국장局長 정르둥鄭日東이 "길에서는 남자는 오른쪽, 여자는 왼쪽으로 가야" 한다는 『예기』의 내용을 근거로 남녀가 다른 길로 다니고 동행하는 것을 금지해 달라고 국민당 서남정무위원회西南政務委員會에 청원했다. 같은 해에 『사고전서진본초집』이 정식으로 발행되기 시작했다.

루쉰이 보기에는 이것은 그저 '외관門面'에 지나지 않으며, 이것을 빌려 1930년대의 끊임없는 내전과 횡행하는 전염병, 빈번한 재해에 시달리는 현실을 은폐하고 '태평성대'라는 거짓된 모습을 만들어내려는 수작이었다. 역사의 진상을 은폐하는 것은 사실 현실의 진상을 은폐하는 행위이니, 여기에 바로 1930년대 청대 학술 및 출판 열기의 급소가 들어 있다.

재미있는 것은 1990년대부터 21세기 초까지 수많은 문화의 '성대한 일' 가운데 『사고전서』의 중간에 영향을 받은 부분이 아주 큰데, 이것은 "큰일을 위한 인연148이자 100년의 소원이 성취된 것大事因緣, 百年

---

147 【역주】 불교 밀종(密宗)의 의식 가운데 하나이다. 시륜금강(時輪金剛)은 서장(西藏)의 황의파(黃衣派) 밀종의 무상유가(無上瑜伽)의 5대 금강 가운데 하나인데, 1934년 4월에 당시 황의파의 종주였던 반선호국광혜대사(班禪護國廣慧大師)가 항저우[杭州] 영은사(靈隱寺)에서 거행했다.
148 【역주】 이것은 원래 천인커[陳寅恪]가 송나라 때에 신유학(新儒學)이 성립된 것이 역

遂願"이라고 한다. 이번에 중간된 문진각본文津閣本은 당연히 자체로 문헌적 가치가 있으나, 이것을 빌려 "『사고전서』의 명분을 바로잡고", 아울러 성대하기 그지없는 글을 쓴 이들이 있으니, 이것은 주목해야 할 일이다. "과거에 학술계와 문화계에는 『사고전서』에 대한 비판적인 견해가 지나치게 많았다"라고 했을 때 '과거'의 '비판적인 견해'에는 아마 1930년대의 '진본' 논쟁에서 제기된 각종 의견일 테고, 거기에는 루쉰의 의견도 포함될 것이다. 그래서 이 '명분 바로잡기' 역시 21세기 초엽에 제기된 1930년대의 논쟁에 대한 반응 가운데 하나로 볼 수 있다. 그리고 이른바 '명분 바로잡기'는 바로 『사고전서』를 편찬한 것이 "건륭제가 전성기의 국력과 개인의 웅지에 기대어" 완성한 "전대미문의 위대한 문화 사업이며, 지금까지도 그것은 박대하고 정심한 중화 문화의 체제를 가장 잘 대표"한다고 했다. 게다가 이러한 지고무상한 지위는 의심을 용납하지 않는다고 했다. 그래서 루쉰 등이 제기한 '금서와 개편'의 문제를 포함한 모든 비판적 의견은 『사고전서』에 대한 '중상모략'이라는 것이다. 이에 따라 다음과 같이 당당한 변호가 나왔다.

금서라는 것은 역대 봉건 왕조에서 모두 있었던 일이고, 역대의 통치자 가운데 모두가 행했던 일이다. 그것은 『사고전서』가 편찬되기 전과 완성된 뒤에도 있었다. 실제로 이것은 다른 일이므로, 『사고전서』의 편찬과 필연적인 인과관계가 있다고 할 수 없다. 물론 양자의 원인과 결

사의 필연적 귀결임을 강조하면서 쓴 말이다.

과는 관련되어 있다. 전적을 삭제하고 개정하는 일은 건륭제에게만 이로운 일이 아닐 것이다. 건륭제가 정치적 필요에서 많은 전적을 삭제하고 개정한 것도 사실 역사의 논리에 부합한다. 이것은 역대 통치자들의 관용적인 수법이다. 구더기가 무서워서 장을 담그지 못할 수는 없는 것이다.[149]

이런 변호는 상당히 난해하다. 예를 들어서 '원인과 결과가 관련된' 것과 '필연적인 인과관계' 사이에는 실질적으로 어떤 차이가 있는가? 전자를 승인하고 후자를 부인하는 근거는 어떤 논리인가? "역대의 통치자 가운데 모두가 행했던" '관용적인 수법'이었다고 해서, 『사고전서』가 일부 금서를 배제했을 뿐만 아니라 전적을 삭제하고 개정함으로써 역사를 은폐한 것도 따지지 않고 넘어갈 수 있거나 심지어 합리적으로 변하는가? 이 배후에는 "존재하는 것은 합리적이다"라는 논리가 깔려 있는데, 이것은 직접적으로 기성 질서와 통치자에 대한 변호로 이끌어질 수 있다. '명분을 바로잡는' 이가 건륭제가 문헌을 삭제하고 개정한 행위가 '정치적 필요'에 의한 것임을 인정한다면, 이것이 어떤 '정치적 필요'인지에 대해서는 왜 언급을 회피하는가? 공교롭게도 여기에 핵심이 있다. 그러나 이런 문제를 모두 추궁할 수는 없다. '명분을 바로잡는' 이가 이미 『사고전서』를 비판하는 이들과 자기 의견에 동의하지 않는 이들에게 '광망한 게 아니면 문화 허무주의에 빠진 자'라는 죄명을 뒤집어씌울 준비가 되어 있기 때문이다. 게다가 또

---

149 「爲『四庫全書』正名」, 『中華讀書報』, 2003.8.13.

하나의 괴이한 논리가 있다. 『사고전서』를 비판하는 이들은 "대부분 『사고전서』 자체에 대해 별로 이해하는 게 없다"라는 것이다. '무지로 인한 비판'이라는 이런 논리에는 더 많은 횡포가 담겨 있다. 더 중요한 것은 『사고전서』가 "박대하고 정심한 중화 문화의 체제를 가장 잘 대표한다"라는 그의 논리를 인정한다면, 『사고전서』 편찬자들이 건륭제의 '정치적 필요'에 따라 고의로 배제하거나 삭제하고 개정한 문장은 '대표'에서 탈락되어 계속 매몰되어야 하고, 심지어 '중화 문화' 밖으로 배제되어야 한다. 이것은 또 무슨 의미인가?

우리가 보기에 '명분을 바로잡는' 이와 그의 고상한 주장은 마침 한 가지 사실을 증명한다. 당시에 루쉰이 제기한 문제와 경고가 오늘날에도 여전히 의의를 잃지 않고 있다는 것이다. 최근에 강희제와 옹정제, 건륭제의 이른바 '태평성대'를 무한히 미화하고, 그들이 시행했던 문자옥과 전적의 삭제와 개정 등 '문화 통제술'을 고의로 은폐하는 행태와 연계해 보면, 더욱 '재림'하는 듯한 느낌이 생긴다. 이런 상황에서 역사를 관찰한 루쉰의 관점을 끌어들일 필요성을 더 느끼게 된다.

문장가文章家 루쉰

소설가 루쉰
산문가 루쉰
예술가 루쉰

소설가 루쉰

1. 여유의 미학과 위·진 분위기

이번 글의 주제는 입버릇처럼 상투적인 노서생老書生의 말이다. 루쉰 소설을 연구한 글은 수를 헤아릴 수 없이 많아서 더는 할 얘기가 없는 것처럼 보인다. 그러나 필자는 루쉰을 읽을 때마다 새롭게 느끼기에 그의 작품들, 우리가 아주 잘 아는 작품들에서 새로운 계시를 많이 얻는다. 그의 소설에 개척할 만한 새로운 가능성이 또 있는가? 자기의 소설에 대한 루쉰의 평과 저우쭤런의 평가 같은 것도 대단히 흥미롭다. 그런데 필자가 보기에 이 두 가지 평가는 아직 학술계에서 충분히 주목받지 못하고 있는 듯하다. 그래서 이제 이 두 가지 평가로부터 논의를 시작하고자 한다.

루쉰은 두 곳에서 자신의 「광인일기」에 대해 언급한 적이 있다. 하나는 필자가 늘 인용하는 것으로서, 그는 「광인일기」가 러시아 작가 고골Nikolai V. Gogol, 1809~1852의 영향을 받았다고 했다. 즉 "가족제도와 예교의 폐해를 폭로"하는 것인데, 이것은 당시에 큰 영향을 일으켰다.[1] 이것은 그가 정면에서 이 작품을 긍정한 말이었다. 다만 당시 그가 잡지 『신조新潮』에 보낸 편지에서는 「광인일기」에 대해 이렇게 평가했다. "「광인일기」는 아주 유치하고 게다가 너무 다그쳤으니, 예술적으로 말하자면 그러지 말았어야 했다."[2] 여기서 그는 자기 소설이 '너무 다그쳤다'라고 비판적으로 평가했는데, 이것은 그가 개인적으로 학생에게 한 이야기와 관점이 일치한다. 그가 사오싱紹興에서 가르쳤던 쑨푸위안孫伏園이 훗날 유명한 편집자가 되었는데, 그의 기억에 따르면 루쉰이 「약藥」과 같은 소설을 언급할 때 사오싱 말투로 "너무 숨이 가빠 병이 날 지경氣急吼嘖"이라고 했다. 이것은 무슨 뜻인가? 그러니까 충분히 여유롭지 못하다는 것이다. 그가 「약」은 충분히 여유롭지 못하고 「광인일기」는 '너무 다그쳤다'라고 한 것은 한 가지 해설이다. 그 외에 그의 단편소설 가운데 가장 마음에 드는 게 무엇이냐는 쑨푸위안의 질문에 루쉰은 「공을기孔乙己」라고 했다. 이유는 그 작품이 "여유롭기從容不迫" 때문이라고 했다.

여기서 루쉰이 보여준 관점은 우리의 일반적인 이해와는 크게 다르다. 우리는 루쉰의 대표적인 「광인일기」나 「약」처럼 전투력이 대단히 강한 작품이라고 여긴다. 그러나 루쉰은 그것들에 대해 만족하지 않

---

1   魯迅, 「『中國新文學大系』小說二集序」, 『且介亭雜文二集』(『魯迅全集』 제6권), 246~247쪽.
2   魯迅, 「對於『新潮』一部分的意見」, 『集外集拾遺』(『魯迅全集』 제7권), 236쪽.

고 오히려 「공을기」 같은 작품에 흥미가 있다. 실제로 그는 대단히 중요한 소설 개념 혹은 미학 개념을 제기했으니, 그것은 바로 '여유'이다. 사실 이것은 대단히 흥미로운 화제이다. 이에 이와 관련된 자료를 제시하겠다.

루쉰은 어느 글에서 자기는 책의 인쇄에 대해 "일종의 편견이 있으니, 바로 책의 첫머리와 제목 앞뒤에 항상 약간의 공백을 남겨 두기를 좋아하는데…… 책을 펼쳤을 때 까만 글자가 빽빽하고 기름 냄새까지 코를 찌르면 압박감과 난처한 기분이 들게 하는지라, '독서의 즐거움'이 아주 적어질 뿐만 아니라 인생에 '여유'가 없어서 여지를 남기지 않는다"라고 했다. 그가 보기에 글을 쓰든 사람 노릇을 하든 상관없이 모두 "여지를 남겨야" 하며, 이것은 사람의 정신이 발전할 공간이 자유롭고 활짝 열려 있는가 아니면 너무 협소한가 하는 것과 관련되어 있다. 이것은 절대 사소한 일이 아니다. 그는 또 더욱 중요한 말을 했다.

우리가 여유로운 마음을 잃거나 여지를 남기지 않는 마음만 가득 품게 된다면 이 민족의 장래는 우려스럽게 된다.[3]

정신적으로 여유로운가 그렇지 않은가 하는 것은 사람의 정신적 발전뿐만 아니라 민족 발전의 앞날과도 관련된다. 그러니 그것이 루쉰의 사상과 문학적 추구에서 차지하는 위치와 분량을 충분히 알 수 있다. 심지어 그것은 루쉰이 문학을 대하는 기본 관점이라고도 할 수 있

---

3   魯迅, 「忽然想到(二)」, 『花蓋集』(『魯迅全集』 제3권), 15~16쪽.

다. 그가 보기에 문학은 여유의 산물이었다. 「혁명 시대의 문학革命時代的文學」에서 그는 이렇게 썼다.

　　짐을 진 사람은 반드시 짐을 내려놓아야 글을 쓸 수 있고, 수레를 끄는 사람도 반드시 끌채를 내려놓아야 글을 쓸 수 있으니 (…중략…) 다들 삶의 여유가 있게 되면 또 문학을 생산한다.[4]

　　그는 곤궁해야 글을 쓴다는 것을 믿지 않았고, 당연히 돈이 많아서 그것을 누리느라 바빠도 글을 쓰지 못한다고 했다. 문학 창작은 일종의 정신노동이니 물질적 토대가 필요하나 물질에 부림을 당해서는 안 되며, 여유와 차분함이 있어야 비로소 더 활짝 열리고 더 자유로운 정신의 공간을 획득하여 더 자유롭게 상상할 수 있다. 그리고 자유로운 정신과 자유로운 상상은 바로 문학 창작의 가장 기본적인 조건이다.
　　시가詩歌의 미학에 관해 루쉰은 대단히 중요한 관점을 제시했다. 즉 자기는 감정이 격렬할 때는 시를 쓰기에 마땅하지 않으니, 그러지 않으면 칼날이 너무 드러나서 '시의 아름다움'을 죽여 버리게 되기 때문이라고 했다.[5] 그래서 5·4시기 시인을 평가할 때 그가 가장 칭찬한 이는 5·4시기에 가장 큰 영향을 미친 궈모뤄郭沫若가 아니라 펑즈馮至였다. 이것은 대단히 연구할 만한 가치가 있다. 궈모뤄의 시는 종종 "감정이 격렬할" 때 지어졌다. 그의 회상에 따르면 『봉황열반鳳凰涅槃』을 쓸 때 격통을 참지 못해 온몸이 떨렸고, 몸이 떨리기 시작하자

4　魯迅, 「革命時代的文學」, 『而已集』(『魯迅全集』 제3권), 439쪽.
5　魯迅, 『兩地書(三二)』(『魯迅全集』 제1권, 99쪽).

바로 시를 써냈다고 했다. 궈모뤄의 시가 훌륭하지 않다고는 할 수 없고, 그것은 나름대로 가치가 있다. 다만 루쉰의 시학은 예술에서 더 냉담한 처리, 예술적 승화를 더 중시한다. 이래야만 비로소 '여유'의 경지에 이르러서 '너무 다그치는' 지경에 이르지 않게 된다.

더 흥미로운 것은 루쉰이 이를 통해서 중국의 언어와 문자에 대한 검토를 끌어냈다는 점이다. 그는 일찍이 에로센코의 동화를 번역해 본 적이 있는데, 대단히 어려웠다.

애석하게도 중국의 글은 다그치는 글이고 말도 다그치는 말이어서 동화를 번역하기에 가장 부적합하다. 원작의 우아하고 아름다운 면모를 적어도 절반쯤 줄여 버린다.[6]

그는 일본의 언어와 문자가 '우아하고 아름다운 면모'를 더 잘 표현할 수 있다고 여겨서, 일본의 작가 나쓰메 소세키夏目漱石[7]를 특히 좋아하여 '당세當世에 필적할 수 없는 사람'이라고 했다. 그는 소세키가 '배회排徊 취미'를 주장하고 '여유 있는 문학'을 창도한 사람이라고 했다.[8] 중국어는 이 부분에서 조금 결함이 있을 수 있었다.

이렇게 보면, 루쉰이 '여유' 미학을 제기한 데에는 심원한 역사적

---

6   魯迅, 「『池邊』譯者附記」, 『譯文序跋集』(『魯迅全集』 제10권), 221쪽.
7   【역주】나쓰메 소세키(夏目漱石 : 1867~1916, 본명은 나쓰메 긴노스케[夏目金之助]) 는 모리 오가이[森鷗外]와 더불어 메이지[明治] 시대를 대표하는 문호로서 소설과 수 필, 하이쿠, 한시(漢詩) 등 여러 장르에걸쳐서 걸작을 남겼다. 『도련님[坊っちゃ ん]』과 『마음[こゝろ]』, 『나는 고양이로소이다[吾輩は猫である]』 등이 널리 알려져 있다.
8   魯迅, 附錄「觀於作者的説明」, 『近代日本小説集』(『魯迅全集』 제10권), 238~239쪽.

내용이 있으며, 민족정신과 민족 문학 및 언어에 대한 그의 심층적인 사고를 포함했음을 알 수 있다.

이 역시 논의의 흥미를 유발한다. 루쉰의 소설 창작 가운데 '여유 있게' 쓰인 것은 그 자신이 언급한 「공을기」 외에 또 어떤 작품이 있을까? 나를 포함한 학술계의 많은 벗은 『방황彷徨』에 수록된 「주루에서在 酒樓上」을 무척 좋아한다.

「주루에서」는 여유의 아름다움을 느끼게 할 뿐만 아니라, 저우쭤런 도 그에 대해 아주 흥미롭게 평가한 바 있다. 1956년에 홍콩의 저널리스트 차오쥐런曹聚仁이 베이징의 저우쭤런을 방문했다. 대화 도중에 서로 제일 좋아하는 루쉰의 소설이 무엇이냐고 물었을 때 차오쥐런이 「주루에서」라고 하자, 저우쭤런도 흔쾌하게 동의했다. 그도 루쉰의 소설 가운데 가장 뛰어난 것이 이 작품이라고 하면서, "「주루에서」는 루쉰의 분위기氣氛가 가장 풍부한 소설"이기 때문이라고 했다. 여기에 는 실제로 대단히 중요한 개념 즉, '소설의 분위기'라는 것이 제기되었다. 저우쭤런은 '분위기'에 대해 냄새나 기질을 의미하는 '기미氣味' 라고 표현하기도 했다. 그에 따르면 글을 쓸 때는 '사물 바깥의 언어物 外之言와 언어 속의 사물言中之物'을 추구해야 한다. 여기서 '사물物'은 사상을, '언어言'는 어휘文詞를 가리킨다. 한 편의 작품을 평가할 때는 사상과 어휘를 살펴야 한다는 것은 일반적인 견해이다. 다만 저우쭤런은 사상과 어휘 외에 '기미'[9] 즉 소설과 문장의 기미도 살펴야 한다고 했다. '기미'라는 것은 말하자면 상당히 신비로운 듯한데 사실 아주

---

9   周作人, 「『雜拌兒之二』序」(『周作人自編文集』 『苦雨齋序跋文』, 石家莊 : 河北敎育出 版社, 2005, 120쪽).

간단하다. 예를 들어서 사람에게는 마늘 냄새와 양고기 노린내가 날 수 있고, 또 어떤 이에게는 교활한 기질油滑氣이 있을 수 있다. 글에도 마찬가지로 '냄새氣'가 있으며, 그것은 또 '분위기'라고 불리기도 한다. 재미있는 것은 '기미'가 저우쭤런에게서는 미적 기준이었으나, 필자는 '분위기'나 '기미'를 우리가 통상적으로 말하는 '가락調子'으로 이해한다는 점이다. 이것은 작자가 서술하는 어조語調와 소설이 전체적으로 만들어내는 분위기인데, 이것은 모두 작자에게 내재하는 기질이 구현된 것이다.

저우쭤런은 「주루에서」가 루쉰의 분위기가 가장 풍부한 작품이라고 했는데, 그렇다면 '루쉰의 분위기'는 무엇인가? 이렇게 되면 이 문제는 루쉰이 『납함吶喊』과 『방황』 같은 소설집을 쓰기 전의 정신상태, 그의 문학적 준비기로 다시 미루어 고찰해야 한다. 주지하다시피, 루쉰은 1908년에 일본에서 「파악성론破惡聲論」의 절반을 쓰고 나서 1918년에 「광인일기」를 쓸 때까지 10년 동안 침묵했다. 이 10년의 침묵이 훗날 그가 쓴 소설과 일련의 잡문을 배양했다. 『납함』의 「자서自序」에서 루쉰은 일본에서 문학운동에 종사하려고 준비할 당시에 높은 곳에 올라 소리쳤으나 아무도 호응하지 않아 무척 쓸쓸했는데, "이 적막감이 나날이 커져서 커다란 독사처럼 내 영혼을 휘감았다". "이에 나는 온갖 방법을 써서 내 영혼을 마취하여 내가 국민 속으로 깊이 들어가고, 고대로 회귀하게 했다." 여기에는 두 개의 중심 단어가 있으니 바로 '적막'과 '마취'이다.

왜 마취가 필요한가? 저우쭤런은 『루쉰의 옛집魯迅的故家』에서 회상하기를, 루쉰이 베이징 교육부에서 일할 때가 바로 위안스카이가 황제로 자칭하던 시절이었다. 위안스카이 당파의 특무特務가 베이징에 빽빽하게 퍼져 관원官員들을 감시하니, 마치 예전에 광둥의 특무와 같았다. 베이징에서 벼슬살이하는 이들은 대단히 긴장했다. 그들은 갖가지 방법으로 자기를 감춘 채 때를 기다리며 안전을 추구했다. 루쉰은 돈이 없어서 술도 마시지 못하고 기생집에도 가지 못한 채 책을 베껴 쓸 수밖에 없었는데, "이것은 학문을 위한 것이 아니라 술과 여자를 대신한" 행위였다. 당시 루쉰의 심리와 감정, 처지는 위·진 시기 문인과 무척 근접해 있었다. 그렇다면 그는 어떤 고서를 베껴 썼는가? 연구자들은 그가 베껴 쓴 책들의 두 가지 특징을 발견했다. 책의 저자가 위·진 시대 인물이고, 또 절동浙東 지구인 사오싱紹興 사람이라는 것이다. 이것은 무척 흥미롭다. 당시의 외재 환경이 위·진 시대와 비슷했고, 루쉰은 글로 인한 재앙을 피하려고 책을 베껴 쓰면서 위·진 시대 절동 사람들의 저작에 침잠했으니, 이것이 바로 그가 '고대로 회귀' 했다고 말한 것이다. 또 '국민 속으로 깊이 들어간' 것은 바로 절동 지구 자기 고향의 백성들 속으로 깊이 들어가는 것이었다. 그렇다면 침묵의 10년 동안 루쉰은 고대 위·진 사람들, 그리고 그의 고향인 절동의 백성들과 가슴 깊이 새겨진 영혼의 교류를 통해 '위·진 잠재의식' 과 '절동 잠재의식'을 형성했음을 알 수 있다. 그는 이 두 가지 잠재의식을 지닌 채 5·4신문화운동에 가입했던 것이다. 그래서 그가 『납함』과 『방황』을 쓰기 시작했을 때 맨 먼저 붓끝에서 솟아난 것이 바로 「광인일기」의 '랑즈촌狼子村의 소작농'과 「약」의 '화씨 댁華大媽', 「고향故鄕」의 '룬투閏土', 「아큐정전阿Q正傳」의 '아큐'였다. 이들은 모두 10년의 침묵 기간에 마음에 맺혀 있던 민간의 기억이었다. 그리고 이제 다

시 논의하고자 하는 두 편의 단편소설 「주루에서」와 「고독자孤獨者」에
는 그 10년의 침묵 기간에 루쉰이 형성한 위·진 잠재의식이 집중적
으로 구현되어 있다.

2. 「주루에서」 - 유랑 혹은 고수固守

이제 「주루에서」를 함께 읽어보자. 소설의 첫머리는 이렇게 시작한다.

> 북방에서 동남쪽으로 여행하면서 길을 돌아 고향을 방문하면서 S시
> 에 도착했다……. 한겨울 눈이 내린 후 풍경은 처량했고 산만함과 옛날
> 을 그리는 마음이 결합하기 시작하자 잠시 S시의 뤄쓰 여관洛思旅館에 잠
> 시 묵었다.

여관 창밖을 보니, "위로는 납색의 하늘이 멋이라곤 전혀 없이 새하
얗기만 할 뿐이었고, 게다가 약한 눈발이 날리기 시작했다……. 즉시
방문을 잠그고 거리로 나가 그 주루로 향했다." '내'가 주루에 도착하
니, 술집은 '텅 비어 있는 듯' 아는 얼굴이 하나도 없었다. 하는 수 없
이 창가의 탁자 앞에 앉아 "주루 아래의 황폐한 뜰을 바라보았다".
"'손님, 술이요……' 점원은 나른하게 말하며 술잔과 젓가락, 술병, 접
시를 내려놓고 술을 따랐다." 그런 뒤에 '나' 혼자 외롭게 술을 따라 마
셨다. '나'는 "북방은 당연히 내 고향이 아니지만, 남쪽으로 와도 그저
한 명의 나그네일 뿐이니, 저쪽의 마른 눈이 아무리 어지러이 날리거

나 이쪽의 부드러운 눈이 또 아무리 애틋하게 내리더라도 나와는 아무 관계가 없는 듯이 느껴졌다".

「주루에서」의 이 시작 부분에서 무엇을 보았는가? 약한 눈발과 황폐한 뜰, 술과 문인이다. 이것들은 우리를 위·진 시대로 돌아가게 하니, 이것이 바로 전형적인 위·진 시대의 풍경이기 때문이다. 여러분은 또 일종의 산만하고 처량한 분위기, 그리고 그것을 따라 덩굴처럼 뻗어 오는, 쫓아낼 수 없는 유랑의 느낌을 감지할 것이다. 어쩌면 이것이 바로 위·진 시대의 분위기일 테지만, 현실의 루쉰이 느끼는 것이기도 하다. 이것은 가슴 깊이 새겨진 유랑의 느낌으로서, "북방은 당연히 내 고향이 아니지만, 남쪽으로 와도 그저 한 명의 나그네일 뿐"이어서 귀착할 곳을 찾지 못한다.

이런 배경 아래, 약한 눈발과 황폐한 뜰, 술이 있는 가운데 소설의 주인공이 등장한다. 처음에는 그저 소리만 들릴 뿐이다. "그 발걸음 소리는 점원의 그것보다 훨씬 느렸다." 그는 천천히, 묵직하게 걸어왔다. '나'는 고개를 들어 쳐다보고 깜짝 놀랐다. 알고 보니 예전에 함께 공부했던 이였는데, "예전의 민첩하고 야무졌던 뤼웨이푸呂緯甫 같지는 않았다". 주인공 뤼웨이푸의 등장이다. "그러나 그가 천천히 주위를 둘러보다가 황폐한 뜰을 쳐다볼 때는 돌연 학창시절에 늘 보았던 그 쏘는 듯한 눈빛이 번뜩였다." 독자에 대한 그의 첫인상은 무척 차분하고 맥이 빠져 있었는데, 돌연 번뜩이며 쏘는 듯한 눈빛을 드러낸다. 이런 풍채는 위·진 풍도를 연상하게 한다. 위·진의 문인이 바로 이러했다. 맥 빠지고 나태하면서 동시에 갑작스럽게 쏘는 듯한 눈빛을 발산한다. 뤼웨이푸를 보면 자연스럽게 위·진 시대의 혜강嵇康과 완적阮籍

을 떠올리게 된다. 우선 그의 맥 빠진 모습은 위·진 시대의 유령劉伶과 무척 닮아 있다. 다만 이렇게 맥 빠진 가운데 돌연 번뜩이는 눈빛은 혜강과 완적에 더 가깝다.

뤼웨이푸는 '나'에게 두 가지 이야기를 들려준다. 첫 번째 이야기는 이러하다. '내'가 여기서 무엇을 하느냐고 묻자 그는 '무의미無聊한 일'을 한다고 했다. 무슨 일이냐고 하자 그는 이렇게 대답한다.

세 살 때 죽은 동생이 있는데, 바로 이 고을에 묻었지. 그 동생의 생김새조차 제대로 기억나지 않아 (…중략…) 올봄에 사촌 형이 편지를 보내서 동생 무덤 주위가 점점 물에 잠기고 있어서, 얼마 후면 무덤이 강물에 잠길 테니 어서 방법을 마련해야겠다고 하시더군. 사정을 알게 된 어머니는 너무 초조해서 며칠 동안 잠도 주무시지 못했지.

그래서 모친의 분부에 따라 이장을 하러 왔다고 했다. 이어서 그는 이장에 관해 이렇게 설명했다.

당시 나는 갑자기 무척 신이 나서 무덤을 발굴해서 한때 무척 친하게 지냈던 동생의 유해를 보고 싶었지. 이런 일은 평생 경험해 보지 못했거든. 무덤에 가 보니 정말 강물이 계속 먹어 들어서 무덤에서 두 자밖에 떨어져 있지 않았지. 가련하게도 두 해나 배토培土하지 않아서 봉분도 평평해져 있었어. 눈 속에 서서 결연하게 그 무덤을 가리키며 인부에게 말했지.

"파시오!"

나는 사실 평범한 사람이지. 그런데 그때 내 목소리가 좀 이상하게 느껴졌어. 이 명령 역시 내 평생 가장 위대한 명령 가운데 하나인 것 같았어. 하지만 인부는 전혀 이상하게 생각하지 않고 즉시 파 내려갔지. 묘혈墓穴까지 파헤쳐지자 다가가서 살펴보니, 과연 관의 나무는 곧 썩어 없어질 지경이라 대팻밥하고 작은 나무 조각만 남아 있었지. 가슴이 두근거려서 직접 그것들을 헤쳤어, 아주 조심스럽게. 동생을 보고 싶었지. 그런데 뜻밖이었어! 이불이며 옷, 해골 같은 게 전혀 없더라고. 그래서 이렇게 생각했지.

'다 없어진 모양이로구나. 그래도 머리카락은 썩기가 제일 어렵다고 했으니, 아직 남아 있겠지.'

그래서 엎드려서 메개가 있었을 자리의 흙을 자세히 살폈지. 그런데도 보이지 않더라고. 전혀 흔적이 없더라고!

(…중략…) 사실 이 무덤은 애초에 이장할 필요가 없었어. 그냥 봉분을 없애고 관을 묻어 버리면 끝나는 일이었지. (…중략…) 그런데 그러지 않았어. 다시 좋은 이불을 깔고, 동생의 육신이 있었던 자리의 흙은 솜으로 싸서 자루에 담아 새 관에 안치한 후, 아버님이 묻힌 묘지로 운반해서 그분 무덤 곁에 묻어 주었어. (…중략…) 이러면 일을 마친 셈이니, 어머님 마음이 조금 편해지시도록 속이기에 충분했지.

이 서술을 자세히 분석해 보자. 뤼웨이푸는 동창이 어떻게 느끼는지는 모르지만 자기의 직관적인 감각만 얘기하는데, 이런 서술이 그래도 대단히 감동적이다. 동생에 대한 그의 감정이 대단히 깊다. 무덤 안에 아무것도 없었으나 꼼꼼하게 머리카락을 찾으려고 생각한다. 이를 통해 동생과 모친에 대한 그의 진한 혈육 간의 정을 볼 수 있다. 감동적인 정이다. 그런데 다른 측면에서 이런 서술은 대단히 이상하게 느껴진다. 가령, 그는 왜 "파시오!"라는 말을 평생의 가장 위대한 명령이라고 했을까? 그리고 무덤을 파헤치고 나서 아무것도 없었음을, "없어"지고 "전혀 흔적이 없었음"을 왜 거듭 강조했을까? 이것은 이처럼 인정미 가득한 이야기의 배후에 또 무언가가 숨겨져 있다고 느끼게 한다. 그러니까 이 동생의 '무덤'은 일종의 은유인 것이다. 무엇을 은유하는 것인가? 이미 죽은 생명이다. 뤼웨이푸에게 이번 일은 동생의 무덤을 파헤치는 일이었을 뿐만 아니라 이미 없어진 생명의 자취를 쫓는 일이었다. 그래서 그의 감각에서 이것은 평생의 가장 위대한 명령이었다. 그런데 쫓은 결과는 '없음'이었다. 이 '없음'이 바로 루쉰의 전형적인 명제였다. 다만 '전혀 흔적이 없음'을 분명히 알고 있더라도 파헤쳐야 했고, '속임'임을 분명히 알고 있더라도 '나'는 이장을 해야 했다.

사실 여기에서 필자가 감동한 부분은 일종의 인정미, 친동생과 모친에 대한 혈육 간의 정뿐만이 아니었다. 더 중요한 것은 이미 없어진 생명의 자취를 찾고 미련을 버리지 못하는 것이었다. 루쉰은 「『무덤』후기寫在『墳』後面」에서 이와 유사한 말을 한 적이 있다. "이것은 내 삶 속의 옛 자취 가운데 하나에 지나지 않는데", "내 생명의 일부분이 바로 이렇게 쓰였다. …… 결국은 죽어 떠나는 것이다. 모든 것이 시간과 함께 진즉 떠났거나, 떠나고 있거나, 떠날 것이다." 이 말과 조금 전의 서술은 서로 연계되어 있다. 양자 모두 소멸하고 있는, 장차 소멸할, 이미 소멸한 생명에 대한 일종의 미련을 나타냈다. 「『무덤』후기」의 마지막에서 그는 진晉나라의 위대한 시인 육기陸機가 조조曹操를 추념한 「위나라 무제를 애도하다弔魏武帝文」를 인용했다.

    아, 크나큰 미련이 남아 있으니
    명철하더라도 잊지 못하지.

    嗟大戀之所存, 故雖哲而不忘.

    바로 여기에서 그가 위·진 시기 문인들과 정신적으로 서로 통한다는 것을 나타냈다. 위·진 시대 사람들의 표면적인 대범함은 생명에 대한 그들의 깊은 미련을 숨기고 있었다.

    그러므로 뤼웨이푸는 실제로 루쉰 생명의 일부분이었다. 과거에 「주루에서」를 분석했을 때는 뤼웨이푸가 비판받고 부정되어야 할 대상이었다. 실제로 그것은 옳지 않으니, 사실 그는 루쉰 생명의 일부분이기 때문이다. 그에게는 생명에 대한 미련을 버리지 못하는 루쉰의 정감이 집중되어 있다. 이런 진한 인정미, 생명에 연연하는 정감을 루쉰의 저작에서는 일반적으로 잘 보이지 않으니, 루쉰은 자기의 복잡한 정감을 쉽게 드러내지 않았기 때문이다. 다만 바로 이런 이유에서 뤼웨이푸의 형상은 대단히 특수하고 중요한 의의를 갖추고 있다.

    이와 동시에 '나' 역시 루쉰의 일부분이라는 점에 주의해야 한다. 소설 속의 서술자인 '나'와 주인공 뤼웨이푸는 루쉰 생명의 두 측면으로서, 둘 다 루쉰 생명이 외화外化한 것이다. 그러므로 '나'와 뤼웨이푸의 대화는 실제로 루쉰 생명의 자기 대화이다. 두 목소리 모두 루쉰 자기의 것이다.

주의할 만한 것은 뤼웨이푸가 '내'가 주시하는 가운데 이야기를 서술한다는 점이다. 이것은 루쉰이 도스토옙스키의 소설을 얘기할 때 했던 말 즉, 작가는 위대한 범인犯人이자 동시에 위대한 심문자審問者[10]라는 말을 떠올리게 한다. 소설 속의 이 두 인물은 루쉰의 두 가지 자아가 외화한 존재로서 '위대한 심문자'와 '위대한 범인'의 역할을 훌륭하게 연기한다. 뤼웨이푸는 '위대한 범인'으로서 '나'의 감시 아래 있으면서, 동시에 자기 마음속의 훌륭한 것을 자기도 모르게 드러낸다. 그리고 '심문자'로서 '나'는 '범인'을 다그쳐 심문하면서도, 다른 한편으로는 '범인'의 진술을 통해 자기의 문제들을 느낌으로써 스스로 반성하면서 자기를 심문하게 된다. 두 목소리가 서로 충격을 주고 있다. 모두가 심문자이면서 범인이다. 이 충격 과정은 사실 자기와 유사한 지식인의 영혼에 대한 루쉰의 심문이다.

조금 더 깊이 추궁해 보자. 이런 자기 심문과 자기 진술이 루쉰과 같은 지식인에게 어떤 모순이 있음을 나타내는가? 그렇다면 뤼웨이푸와 '나'에 대한 더 깊은 분석이 필요하다. 소설에서 '나'는 루쉰의 어떤 특징을 나타내는가?

'나'는 유랑자인데, 왜 북방에서 남방으로 갔는가? 나는 젊은 시절의 몽상을 가슴에 품고 그것을 추구하려고 사방을 바삐 뛰어다닌다. 그래서 '나'는 유랑자 형상이다. 추구에 대한 유랑자의 집착은 일종의 가치를 나타냄과 동시에 일종의 곤혹을 담고 있다. 즉, 자기의 귀결점을 영원히

---

10   魯迅, 「『窮人』小引」, 『集外集』(『魯迅全集』 제7권), 106쪽.

찾지 못하는 것이다. 그러면 뤼웨이푸는? 현실의 핍박 아래 그는 이미 더 꿈을 꾸지 않고 현실의 일상생활로 돌아와 대지를 고수하는 자가 되었다. 그는 더이상 꿈에 관심을 두지 않았고, 할 수 있는 일이라고는 동생 무덤의 이장과 같은 사소한 가족 윤리뿐이었다. 일상생활에 필요하면서도 대단히 사소하고 큰 의의가 없는 일. 그리고 이웃이 죽은 듯이 장례 예물을 보냈다. 현실생활에서는 어느 정도 타협이 필요하다. 그래서 예전에 공맹孔孟의 도리에 반항하던 뤼웨이푸는 여전히 "공자님이 가라사대, 『시경』에 이르기를"과 『여아경女兒經』을 가르치고 있으며, 마음속에 고민이 있다. 그런 삶으로 돌아감으로써 그는 짙은 인정미를 얻었으나, 지난날 몽상의 미혹을 떨치지 못한다. 그는 마음 깊이 부끄러움을 느낀다. 지난날의 꿈은 깨져서 "작은 뜰의 울타리를 날아갔다가 다시 원래 지점으로 돌아와 멈추었다." 뤼웨이푸와 '내'가 서로를 살펴볼 때는 양쪽 모두 대단히 복잡한 감정을 지니고 있다. '나'의 관점에서 뤼웨이푸를 보면 '나'는 유랑자이며, 삶에서 여전히 예전과 같은 것은 없으며, 지향점도 없다. 그래서 '나'는 뤼웨이푸의 서술 속에 나타난 보통 사람의 인정미를 무척 부러워하지만, 그와 동시에 그의 평범한 삶을 보고 경각심을 일깨운다. 그런데 '나'와 마주한 뤼웨이푸는 유랑자라는 존재의 문제를 간파했으나, '나'는 여전히 지난날의 몽상을 추구하고 있다. 그래서 뤼웨이푸는 '내' 앞에서 부끄러움을, 일종의 압력을 느낀다.

이것은 바로 유랑자와 고수자라는 두 가지 생명의 존재 형태이다. 두 형태는 각기 나름의 가치가 있으며 동시에 각기 나름의 곤혹이 있다. 루쉰은 이 두 가지 선택 가운데서 머뭇거린다. 이 두 인물은 모두 루쉰의 그림자를 가지고 있다. 좀 더 정확히 말하자면, 두 인물에게 루쉰이 있을 뿐만 아니라, 그와 동시에 루쉰은 거기에서 탈출한다. 루쉰은 그들 속에, 또 그들 바깥에 존재한다. 그는 양자 모두에게 미련을 갖고 어느 정도 긍정하면서도, 동시에 양자 모두에게 의문을 품고 있다.

이렇게 서사가 복잡한 소설에는 명확한 가치 판단이 결코 들어 있지 않다. 이 소설에 대한 과거의 가치 판단은 지나치게 간단했다. '나'는 5·4 정신을 대표하고, 뤼웨이푸는 5·4 정신을 배반한 존재라는 것이다. 그러나 루쉰의 태도는 몹시 복잡하다. 그가 긍정하는 것은 대체 '나'인가 뤼웨이푸인가? 그는 태도를 명학히 표명하지 않는다. 여기에 인류 심리의 근본적인 모순이 나타난다. 유랑하는가 아니면 고수하는가?

그래서 이렇게 가치 판단을 명확하게 나타내지 않는 대단히 복잡한 텍스트 앞에서 독자의 반응은 다를 수 있다. 이것은 자기가 어떤 상황에 있는지를 결정한다. 유랑자라면 뤼웨이푸를 더욱 동정할 것이다. 솔직히 필자는 유랑자에 속해서 아직도 꿈을 꾸고 그것을 추구하고 있다. 나는 뤼웨이푸 같은 보통 사람이 일상생활에서 나타내는 인정미를 무척 선망한다. 내 삶에서는 이것이 결여되어 있기 때문이다. 다만 고수하는 사람에게 뤼웨이푸는 하나의 기억이다. 삶의 무료함과 결핍을 느낄 때 그는 뤼웨이푸에 대해 일종의 경각심을 일으키고, '나'에 대해서는 오히려 일종의 부러운 감정을 갖게 될 것이다. 루쉰과 같은 이런 작가의 소설을 읽으면 독자들은 누구나 각기 자기의 생명 체험을 더하여 소설 텍스트를 더욱 풍부하게 할 수 있다. 모든 독자는 피동적이 아니어서 자기의 생명 체험을 소설에 더하는 재창조에 들어간다.

그러므로 우리는 '개방적 텍스트'로서 루쉰 소설의 특징을 체험으로 이해하게 된다. 그 자신의 가치 판단은 대단히 복잡하고 모순으로 충만해 있었으나, 그가 제기한 문제는 근본적인 성격을 지니고 있었다. 필자가 보기에 유랑과 고수는 모든 사람이 직면한, 대단히 지난한 선택 가운데 하나이다. 루쉰의 이렇게 복잡한 표현은 독자에게 창조의 가능성을 갖게 해 준다. 필자는 바로 여기에 루쉰 소설의 매력이 있다고 생각한다.

3. 『고독자』 — 두 자아의 갈등

이어서 두 번째 작품인 「고독자」를 감상해 보자. 후펑胡風[11]의 회상에 따르면, 루쉰은 그에게 직접 "그건 나 자신을 쓴 것"이라고 말했다고 한다.[12] 소설의 서술자인 '나'의 이름은 선페이申飛인데, 이것은 바로 루쉰이 사용한 적이 있는 필명이기도 했다. 루쉰은 어떤 소설이 자기에 관해 쓴 것인지 밝힌 경우가 아주 드물었다. 다만 「고독자」에 대해서는 그렇다고 했다. 그는 소설의 주인공 웨이롄수魏連殳의 모습을

---

11 【역주】후펑(胡風 : 1902~1985, 본명은 장광런[張光人])은 1925년부터 베이징대학 예과와 칭화대학 영문과 등에서 공부하고 국민당에서 잠시 일하다가 1929년 일본 도쿄의 게이오[慶應] 대학 영문과에 유학하여 프롤레타리아 문학과 관련해서 활동하다가 유학생들을 조직해 항일문화단체를 설립했다가 추방되었다. 상하이로 돌아온 이후 좌익작가연맹에서 활동하면서 이론 비평을 하면서 현실주의의 원칙과 실천을 고민했으나, 비판 대상이 되어 논쟁하다가 1954년에 반혁명집단의 수괴로 체포되어 수감되었다. 1979년에 석방되어 이듬해 명예가 회복되었다.

12 胡風, 「魯迅先生」(『胡風文集』 제7권, 武漢 : 湖北人民出版社, 1999, 65쪽).

이렇게 묘사했다.

그는 단신의 비쩍 마른 사람이었다. 장방형의 얼굴과 헝클어진 머리카락, 짙고 검은 눈썹이 얼굴을 절반가량 차지하고 있었고, 두 눈만 검은 기운 속에서 반짝였다.

이 모습은 루쉰 자신과 대단히 비슷하다. 이것은 루쉰에 대한 쉬광핑許廣平의 기억을 떠올리게 한다. 당시 쉬광핑은 루쉰이 가르치던 여자사범대학의 학생이었는데, 저명한 작가였던 루쉰에 대해 학생들은 아주 많이 기대하면서 그의 모습을 보고 싶어 했다. 그런데 "갑자기 교실에 검은 그림자 하나가 드리워졌는데", "두 치쯤 되는 머리카락은 굵고 뻣뻣했으며, 반듯하게 서 있어서 그야말로 노발충관怒髮衝冠한 모양새였다".[13] 온몸이 시커먼 루쉰과 웨이롄수는 대단히 닮았으니, 웨이롄수는 루쉰의 자화상이라고 할 수 있다. 그렇다면 '고독자' 웨이롄수는 도대체 루쉰의 어떤 측면을 드러낸 것인가?

소설의 첫머리는 대단히 특별한데, 그것은 아주 의미 있는 말이다.

내가 웨이롄수와 알게 된 것은 돌이켜 보면 그래도 특별한 맛이 있었으니, 뜻밖에도 납관納棺으로 시작해서 납관으로 끝났다.

이것은 하나의 암시이다. 사망의 윤회하는 그림자가 이 소설 전체

---

13   許廣平, 「魯迅和靑年們」(『魯迅回憶錄』 "專著" 上冊, 北京 : 北京出版社, 1999, 344쪽).

를 뒤덮으리라는 암시.

소설은 시작하자마자 웨이롄수가 조모와 함께 산다고 썼다. 이 조모는 친조모가 아니라 부친의 계모였다. 웨이롄수가 어버이의 장례를 위해 고향에 돌아온 일은 그 지역에 사는 보통 사람들과 친척들을 무척 놀라게 했다. 그는 유명한 서양 학당을 졸업한 이단異端의 인물이었기 때문이다. 다들 무척 긴장했다. 이런 사람이 돌아왔으니 전통적 규범에 따라 일을 처리할 것인가? 그가 돌아오기 전에 그들은 잘 상의해서 세 가지 조건을 내걸었다. 첫째, 반드시 상복을 입을 것. 둘째, 반드시 영전에 무릎 꿇고 절을 올릴 것. 셋째, 승려와 도사를 모셔서 위령제를 지낼 것. 뜻밖에도 웨이롄수는 전혀 주저하지 않고 모든 조건을 수락해서 완전히 옛날 규범에 따라 일을 처리할 수 있게 되었다. 게다가 조모를 염하여 입관할 때 그는 대단한 인내심을 보여주었다. 주지하다시피, 중국 농촌의 습속에 따르면 염하여 입관할 때 다른 사람이 트집을 잡으며 자손이 효성스러운지 따지곤 한다. 그런데 웨이롄수의 대단한 인내는 뜻밖이었고, 다들 무척 만족했다. 다만 한 가지는 그다지 마음에 들지 않았다. 다들 곡을 하고 있을 때 그는 곡을 하지 않아서 다른 이들이 모두 불편했다. 그런데 다른 이들이 곡을 하지 않게 되었을 때도 그는 "여전히 거적때기 위에 앉아 깊은 생각에 잠겼다. 그러다가 돌연 눈물을 흘리더니, 곧이어 목이 메고, 또 즉시 길게 울부짖어서 마치 상처 입은 늑대가 한밤중에 광야에서 으르렁거리듯이, 비통함 속에 분노와 비애가 섞여 있었다".

이러한 웨이롄수는 또 아주 자연스럽게 위·진 시대의 한 사람, 완적阮籍을 연상하게 한다. 『진서晉書』의 기록에 따르면, 모친이 사망했을 때 완적은 다른 이와 바둑을 두고 있었다. 그때 누군가가 찾아와서 모친이 돌아가셨으니 어서 가 보라고 했다. 하지만 그는 거절하고 바로 술을 마시기 시작했고, 술을 다 마시고 나자 "외마디 울부짖음과 함께 몇 되의 피를 토했다". 이 세부 묘사는 웨이렌수가 조모를 위해 곡하는 장면과 대단히 비슷하다. 그리고 이것은 완적에 대한 루쉰의 평가를 떠올리게 한다. 그는 완적이 표면적으로는 예교에 반대했으나 사실 예법을 가장 잘 지킨 사람이었다고 했다.[14] 웨이렌수가 바로 이런 인물이다. 그가 왜 상복을 입고, 큰절을 올리며, 승려와 도사를 모시는 데에 그렇게 시원스럽게 동의했을까? 염하여 입관할 때 왜 그렇게 인내했을까? 알고 보니 그는 정말 효성스러웠다. 그는 진정 효성스럽고, 예법을 지켰으며, 예법을 가장하거나 거짓으로 연기하지 않았다. 오히려 죽을 듯이 곡했던 이들이 일종의 연기를 했었을 수도 있었다. 그야말로 루쉰의 말처럼, 입으로는 무슨 예교를 말하는 자들이 실제로는 예교를 위배하고, 표면적으로 예교에 반대하는 사람이 종종 예법을 가장 잘 지키는 경우이다. 완적과 웨이렌수는 후자에 속한다. 그리고 이것은 공교롭게도 루쉰의 자기 묘사이기도 하다. 그는 예교에 반대한 게 아니라 진정으로 예법을 준수했다. 모친에 대한 효성을 보면 알 수 있다. 웨이렌수에게는 역사 속의 완적과 현실 속의 루쉰이 들어 있어서 삼위일체를 이루고 있다.

그래서 우리는 또 루쉰의 전체 소설에서 두 가지 감정이 두드러진다는 데에 주목하게 된다. 즉 극단적 이류감異類感과 극단적 절망감이

---

14   魯迅, 「魏晉風度及文章與藥及酒之關系」, 『而已集』(『魯迅全集』 제3권), 535쪽.

다. 이 두 가지 감정은 위·진 시대의 것이면서 루쉰 자신의 것이기도 하다. 그러니까 루쉰은 위·진 시대와 자기의 절망감, 이류감을 웨이렌수라는 인물을 통해 감칠맛 나게 표현했다는 것이다.

소설에서 웨이렌수는 그야말로 남들과는 다른 '이류異類'이다. 그는 대단히 괴이해서 "남들에게는 늘 본체만체 대하면서도 자기와 상관없는 남의 사소한 일에 간섭하기를 좋아하니", 다들 그를 외국인처럼 취급한다. 그는 논쟁을 일으키는 것을 아주 좋아하며, 게다가 그가 제기한 논쟁은 모두 대단히 "뛰어나고 재치가 있다奇警". 그리고 기이한 주장을 즐겨 내놓고 남의 일에 간섭하기 좋아하는 것은 전형적인 위·진 풍도이자 전형적인 루쉰의 풍도이다. 이러한 '이류'는 사회와 절대 서로 용납하지 못한다. 그래서 그와 관련된 유언비어가 도처에 퍼지고, 나중에 총장이 그를 해직하여 밥줄이 끊어져 버렸다. 어느 날 '나'는 책을 파는 노점에 나와 있는 웨이렌수의 책을 발견하고 깜짝 놀란다. 그는 책을 목숨처럼 아끼는데, 책을 내놓았다는 것은 그의 생활이 막장에 이르렀음을 말해 주기 때문이다. 결국에는 어느 날 그가 '나'의 집에 찾아와 무슨 말을 하고 싶은 듯했으나 꺼내지 못하다가, 떠날 무렵에야 일거리 좀 알아봐 줄 수 있느냐고 묻는다. "나는 아직 며칠 더 살아야 하기" 때문이라는 것이다. 거만하기 그지없는 그가 결국에는 뜻밖에도 다른 이에게 찾아가 일거리를 구해 달라고 부탁한다. 이것은 그가 이미 궁지에 몰렸음을 말해 준다. 소설의 줄거리는 아주 잔혹하게 전개된다. 소설은 전체 사회가 이단을 어떻게 대하는지, 어떻게 그의 모든 것을 야금야금 박탈하는지, 그리고 마지막에 생존의 가능성마저 잃어버리는 그의 모습을 보여준다. 이것은 사회와 다수의 사람이 이단을 내쫓는 행위이다.

그런데 소설에서 '내'가 웨이롄수의 이야기를 서술할 때 마음속으로는 그를 동정하면서도 서술의 어조는 최대한 객관적으로 유지하려 하는 점에 주의해야 한다. 그는 자기의 감정을 절제하거나 또는 조심스럽게 삼가고 있다. 웨이롄수에 대한 동정심을 자기의 감정 가장 깊은 곳에 감춘 채 우연히 조금씩 노출할 뿐이다. 그는 일종의 자조적 방식으로 자기의 감정을 절제하면서 자기의 글과 자기의 언사言辭를 가리어 꾸민다. 이것이 바로 루쉰의 또 다른 일면이다. 한편으로는 대단히 직설적으로 자기의 모든 것을 호소하며 진실을 얘기하려 하면서도, 동시에 절제하면서 의식적으로 자기를 은폐한다. 여기에서도 루쉰의 발언 방식에 깃든 두 가지 다른 측면이 나타난다.

이렇듯 소설은 웨이롄수와 '나' 사이의 대화를 전개한다. 다만 일반적인 대화가 아니라 논쟁이다. 어느 정도는 '나'와 웨이롄수의 논쟁이 바로 두 자아 사이의 논쟁이다. 소설의 전체 이야기가 전개되는 과정에 '나'와 웨이롄수의 세 차례 논쟁이 삽입되어 있다. 이 논쟁의 방식도 조금은 위·진 시대의 청담淸談과 비슷하다. '나'와 웨이롄수라는 두 개의 자아는 세 차례의 청담을 나눈다. 그런데 여기서 논의한 문제는 일반적인 상황에서 불평이 아니며, 그들이 느낀 문제와 고통은 모두 형이상학의 층위로 끌어 올려진다. 이 세 차례의 논쟁은 어느 정도는 세 차례에 걸친 현학玄學의 토론이다. 이 역시 위·진의 청담 및 현학과 내재적으로 연계되어 있다. 문제는 모두 구체적인 사정에서 시작되나, 나중에는 토론이 중대한 형이상학적 문제가 된다.

먼저 아이에 대한 관점에서 시작해 보자. 웨이롄수는 비록 기괴한 성격이지만 한 가지 특징이 있으니, 다른 이들에게는 모두 흉험하게 본체만체하는데 유독 아이만 보면 두 눈을 빛내며 걷잡을 수 없이 흥분한다는 것이다. 소설에는 다량大良과 샤오량小良이라는 두 인물이 등장한다. 객관적으로 보면 이 두 아이는 지저분하고 역겨우며, 아이들의 조모도 전형적으로 용렬하고 속된 소시민이다. 그러나 웨이렌수는 이 두 아이를 무척 좋아한다. 옆에서 보는 '나'는 도무지 익숙해지지 않아서, 결국에 둘 사이에 논쟁이 벌어진다. 무엇 때문인가? 아이들을 지나치게 좋아하는 그의 모습에 내가 참을 수 없다는 기색을 드러내자 웨이렌수는 이렇게 말한다.

"아이들은 언제나 좋아. 완전히 천진하거든……."

"꼭 그렇지는 않지."

"아냐. 어른들의 못된 성격이 아이들에게는 없어. 나중에 나빠지는 것은 마치 자네가 평소에 공격하는 대상처럼 나쁜 것인데, 그건 환경이 그렇게 만든 것이야. 원래는 전혀 나쁘지 않고 천진했는데…… 내가 보기에 중국에 희망이 있을 수 있다면 바로 여기에 달려 있어."

이것은 웨이렌수의 관점인데, '나'는 이어서 이렇게 말한다.

"아냐. 아이들 가운데 나쁜 뿌리와 싹이 없다면, 자란 뒤에 어떻게 나쁜 꽃과 열매를 맺겠어? 씨앗 하나만 하더라도 그 안에 가지와 잎, 꽃과 열매의 씨눈胚이 있어서 자라고 나면 비로소 이런 것들이 나오는 거지. 어떻게 아무 까닭 없이……."

표면적으로 보면 이것은 아이에 대한 관점을 두고 논쟁하고 있다. 한쪽은 아이의 본성은 훌륭한데 환경 때문에 나쁘게 변한다고 여기고, 다른 한쪽은 아이의 본성 자체가 나쁘다고 여긴다. 그런데 보아하니 아이 문제의 논쟁은 사실 인생의 희망이 무엇이냐는 데에 대한 것이다. 웨이롄수는 희망이 있고, 바로 아이들에게 있으니, 사람의 본성은 훌륭하기 때문이라고 여긴다. 다만 후천적 환경이 성인의 나쁜 상태를 조성한다는 것이다. 그렇다면 개조의 가능성이 있다. 그런데 '나'는 환경 때문이 아니라 사람의 본성, 뿌리와 싹이 나쁘기 때문에 개조할 방법도 희망도 없다고 여긴다. 이것은 사실상 인성의 근본이라는 문제에서 인간의 생존에 희망이 있는지 없는지를 논쟁한 것이다. 인간의 본성이 악하다면 희망은 없고, 선하다면 희망이 있다. 다만 이 두 관점은 서로 의문을 제기하고 서로 전복시키므로, 이런 식의 논의는 결론이 날 수 없다는 점에 주의해야 한다. 이것이 바로 루쉰 마음속의 모순이기에 그는 스스로 이것을 해결할 수 없었다. 마찬가지로 거기에는 명확한 가치 판단도 없다. 그것은 하나의 근본적인 모순을 드러내서 사람의 본성은 어떠하며, 희망은 어디에 있는지 논의할 뿐이다.

두 번째 문제는 '고독'을 둘러싸고 전개된다. 웨이롄수는 무척 고독하지 않은가? 하루는 '내'가 그에게 고독은 그 스스로 만든 것이라고 위로했다.

"자네는 스스로 고독의 고치를 만들어 자기를 감싸 버렸네. 자네는 세상의 빛을 조금 봐야 해."

'내'가 보기에 상황은 마음으로 말미암아 조성되었다. 웨이롄수의 고독은 스스로 만든 일종의 자기 고독이므로, 조정의 방식으로 변화시킬 수 있다. 웨이롄수는 이 문제에 대해 정면으로 대답하지 않는다. 다만 그는 한 가지 이야기를 들려준다. 자기와 조모 사이에는 혈연관계가 없는데 조모의 장례를 치르던 날 왜 그렇게 목놓아 통곡했던가?

바로 자기와 조모의 운명을 생각했기 때문이라고 했다. 생전에 조모는 고독했고, "나는 그분의 피를 전혀 이어받지 않았으나 어쩌면 그분의 운명을 계승했을 것", 바로 조모의 고독한 운명을 계승했을 것이라고 했다. 소설 말미에서 '내'가 웨이렌수를 보았을 때, '나'도 이런 기분을 느낀다. 웨이렌수가 죽자, 그와 친구일 뿐 아무 혈연관계도 없는 '내'가 그의 무언가를 계승했다고 느낀다. 웨이렌수의 조모에게서 그에게로, 다시 나까지, 이 세 사람 사이에는 혈연관계가 없으나 고독자의 계보가 구성된다. 고독은 절대 자기가 만드는 게 아니고, 운명적으로 만들어지도록 정해져서 대대로 전승된다.

고독자의 이런 숙명은 실제로 인생의 생존 상태에 대한 추궁이다. 고독한 생존 상태는 도대체 변화시킬 수 있는가, 아니면 변화 불가능한 숙명인가? 이것은 루쉰이 가진 또 하나의 모순이다. '나'는 고독한 생존 상태가 변화될 수 있다고 생각하나, 웨이렌수는 그렇지 않고 하나의 숙명이라고 여긴다. 이것도 역시 인생의 생존 상태에 대한 루쉰의 어떤 곤혹을 반영한다.

세 번째 문제는 더욱 심각한데, 바로 왜 살아야 하는가 하는 문제이다. '나'의 집에 왔던 날 웨이렌수는 일거리를 구해 달라고 하면서 "나는 아직 며칠 더 살아야 하네!"라는 말로 '삶活'의 문제를 제기한다. 그는 그 말을 하고 나서 '내'가 미처 대답할 겨를도 없이 떠나 버렸다. 그러므로 이 논쟁은 정면으로 전개되지 못했다. 다만 '나'는 그 말을 잊지 못한다. 그날은 "종일 눈이 내리고 밤이 되어서도 그치지 않아서 방 바깥은 고요하기 그지없어서 고요의 소리가 들릴 정도였다. 나는 자그마한 등불 속에서 눈을 감고 우두커니 앉아 있다가", 곧 웨이렌수를 떠올렸다. 까맣게 빛나는 두 눈동자가 '내' 앞에서 반짝이며 여전히 그의 목소리가 들렸다. "나는 아직 며칠 더 살아야 하네!" 이에 '내' 마음속에서 의문이 일어난다. "왜?"

왜 며칠 더 살아야 하는가? 이 문제를 생각하고 있는데 누군가 문을 노크한다. 우체부가 웨이렌수의 편지 한 통을 배달한다. 이것은 일종의 심령의 감응이다. '내'가 그를 생각하는데 그의 편지가 왔다. 이것은 약간 신비롭다. 편지를 열자마자 그 문제에 대한 대답이 들어 있다.

예전에는 내가 며칠 더 살기를 바라는 이들이 있었고 나도 그러고 싶었던 때가 있었는데 살아갈 수 없었네. 그런데 지금은 거의 그럴 필요가 없어졌는데도 살아가야 하네…….

여기서 논하고 있는 것은 "사람은 왜 살아가는가?"라는 문제이다. 사람이 살아가는 가치와 의의는 도대체 어디에 있는가? 이것은 아마 더 근본적인 문제일 것이다.

웨이렌수의 편지에서는 세 층위의 의미를 설명한다. 어쩌면 그가 살아가는 목적이 세 차례 변했다는 뜻일 수도 있다. 첫째는 "자기를 위해", 자기의 어떤 목적과 이상, 혹은 신앙을 위해 살아가는 것이다. 처음에 웨이렌수는 바로 이렇게 살았다. 그런데 왜 다들 그를 이단으로 여겼는가? 바로 그에게 신앙이, 추구하는 바가 있었기 때문이다. 그러나 이렇게 이상과 추구하는 바가 있는 사람은 현실에서 살아가기가 무척 어렵다. 어느 날 그는 발견한다. 현실에서 자기 이상을 실현할 수 없기에 자기를 위해 살 수 없다는 것이다. 이제 어떡하지? 다시 살아갈 동력은 무엇이지? 그의 대답은 "내가 며칠 더 살기를 바라는 이들이", 모친과 벗과 아들이 있다는 것이다. 이때의 그는 남을 위해 살아간다. 이것이 두 번째 층위의 '살아가기'이다. 그러나 슬프게도 '나를 사랑하는 이들'마저 그가 살아가는 것을 바라지 않을 때가 되면, 살아가는 것은 자기에게뿐만 아니라 타인에게도 의미가 없다. 이런 때도 살아가야 하는가? 사람의 생존 가치는 이미 전혀 의미 없는 지경에 이르렀다. 그런데 그가 여전히 살아가겠다고 한 것은 누구를 위해서인가? "내가 살아가기를 바라지 않는 이들을 위해 살아간다." 내가 살아가기를 바라지 않는다고? 그러면 나는 기어이 살아가는 모습을 보여주마. 너희를 불편하게 해 주지! 이 역시 루쉰의 선택이었다. 그의 어떤 말들은 대단히 심각하다. 그는 말한다. 나는 살아가고, 신체의 건강에 신경 쓰면서 신체를 단련하겠다. 이것은 내 아내나 자식을 위해서가 아니라 "나의 적을 위해서"이다. 그들이 별로 만족하지 못하도록, '검은 악귀'처럼 그들 앞에 서겠다.[15] 그의 가장 중요한 가치는 바로 여기에 있다. 물론 이 또한 대단히 잔혹한 선택이며, 점차 변해 간다. 자기를 위해 살다가 남을 위해 살고, 적을 위해 살아간다.

그러므로 웨이롄수는 마지막에 뜻밖의 선택을 한다. 즉 두杜 사단장이라는 군벌에게 투신하여 막료가 됨으로써 권세를 지니게 된 것이다. 그는 이독제독以毒制毒의 방식으로 복수한다. 자기가 장악한 권력을 이용하여 압박하던 자를 압박하고, 모욕하던 자를 모욕한다. 예전에 자기에게 반대하던 자들이 모두 찾아와 아첨함으로써 "새로운 손님과

---

15   魯迅, 「『墳』題記」(『魯迅全集』 제1권, 4쪽); 魯迅, 「九三」, 『兩地書』(『魯迅全集』 제11권), 245쪽.

새로운 뇌물, 새로운 칭송" 앞에서 그는 복수의 쾌감을 느끼지만, 그와 동시에 가장 큰 비애를 느낀다. 왜냐하면 "나는 이미 이전에 증오하고 반대하던 모든 것을 몸소 실행하고, 내가 숭배하고 주장했던 모든 것을 배척했다. 나는 이미 진정으로 실패했다"라고 판단하기 때문이다. 자기와 '나를 사랑한 사람'을 배반한 대가로 적에 대한 승리를 획득했다. 그의 복수는 자기 정신의 왜곡과 궤멸을 대가로 치러야 했고, 결국에는 죽음에 이르렀다. 마지막에 '내'가 웨이롄수에게 달려갔을 때 볼 수 있었던 것은 그의 시체뿐이었다. 그는 "아주 부적절하게 누워 있었는데, 발 옆에는 누런 가죽 장화 한 쌍이, 허리 근처에는 종이로 만든 지휘도指揮刀 한 자루가 놓여 있었다. 장작처럼 비쩍 마른 거무튀튀한 얼굴 옆에는 금테를 두른 군모軍帽 하나가 놓여 있었다." 이어서 웨이롄수가 '나'에게 준 마지막 인상을 적었다.

그는 부적절한 차림새 속에 평온하게 누워 있었다, 눈을 감고 입을 다문 채. 입가에는 냉수 같은 미소를 머금고 이 우스운 시체를 냉소하고 있었다.

이것은 죽은 자의 자기 조소이며 또 언제나 품고 있던 루쉰의 자기 경계였다. 여기에는 실제로 루쉰 자신의 생명 체험이 투입되어 있다. 필자는 이것이 어쩌면 루쉰이 예전에 고려해 보았던 선택이 아닐까 생각한다. 그는 이렇게 말한 적이 있다. "생존과 보복을 위해서라면 나는 무슨 일이든 감히 하겠다."[16] 게다가 루쉰에게는 정말 두 사단장 같은 벗이 있었으니, 바로 일본 유학 기간에 알게 된 인물로서, 나중에 쑨좐팡孫傳芳 휘하의 사단장 겸 저장성浙江省 성장省長을 역임하고 결국에는 장제스에게 살해당한 천이陳儀[17]였다. 루쉰은 실의에 빠졌을 때 쉬광핑에게, "정말 안 되면 천이에게 가서 의탁해야겠어"라고 말한 적이 있다. 그러므로 소설의 이 줄거리는 근거가 있으며, 루쉰이 고려해 본 적이 있는 선택, 비극적 선택이었다.

소설에서 '나'와 웨이렌수는 세 차례 대화하고 세 차례 논쟁하는데, 이것은 마음 깊은 곳에서 전개되는 모순이었다. 여기에서는 세 가지 문제를 논의했다. 인간의 존재 자체의 문제와 인간 존재의 희망, 그리고 인간 생존의 가치와 의의는 어디에 있는가였다. 필자는 이 가운데 가장 놀라운 것은 세 번째라고 생각한다. 자기를 위한 삶에서 남을 위한 삶으로, 적을 위한 삶으로 전환하면서, 설령 마지노선에 도달했더라도 여전히 생명 존재의 의의를 추구한다. 이것은 "살아야 하는가, 죽어야 하는가?"라는 햄릿의 명제를 떠올리게 한다. 사실 이 문제는 인류 공통의 정신적 명제인데, 루쉰은 여기서 중국적 방식으로 사고하고 답변했다. 그리고 이런 정신적 명제는 지금도 여전히 우리 모두를 추궁하고 있다. 루쉰은 아주 깊은 근원을 보았다. 그는 역사에서 현실을, 웨이렌수 시대의 문인에게서 자기 동년배를 보았다. 루쉰과 같은 방식으로 이렇게 인간 존재 자체를 추궁하는 데에는 루쉰 특유의

16   魯迅, 「七三」, 『兩地書』(『魯迅全集』 제11권), 204쪽.
17   【역주】 천이(陳儀 : 1883~1950, 자는 공차[公洽], 호는 투이쑤[退素])는 일본 육군 대학을 졸업하고 제2차 세계대전이 끝난 후 타이완성[臺灣省] 행정장관 겸 경비총사령부 총사령을 역임했다. 국공내전 말기에 전세가 급격히 나빠지자 장제스에게 대륙의 정권을 상실한 데에 미련을 두지 말라고 권하기도 했다. 1948년에는 저장성 정부 주석이 되었고, 1949년에는 중국공산당에 투신했다가, 1950년에 타이완으로 압송되어 처형당했다.

긴장이 충만해 있으며, 아울러 루쉰 특유의 냉기가 주입되어 있다.

소설이 여기에 이르면 독자의 신경은 금방 붕궤될 듯하여 감당할 수 없게 된다. 그래서 곧 하나의 폭발이 일어난다.

나는 잰걸음으로 걸었다. 마치 어떤 무거운 것에서 탈출하고 싶으나 그러지 못하는 것 같았다. 귓속에서 무언가가 몸부림치다가 한참, 한참이 지난 뒤에 결국은 빠져나왔다. 짐승의 긴 울음처럼 은은하게, 상처 입은 늑대가 한밤중에 광야에서 으르렁거리듯이, 비통함 속에 분노와 비애가 섞여 있었다.

이 '상처 입은 늑대'의 형상은 소설에서 두 번 나타난다. 그것은 시작하자마자 작품 전체를 뒤덮는 죽음의 윤회와 절망으로 몸부림치는 생명이 나선형으로 위로 밀려 나가는 느낌을 느끼게 한다. 이 깊은 밤의 광야에서 시작된 긴 울음, 분노와 비애가 섞인 긴 울음은 의심할 바 없이 웨이롄수의 마음의 소리이자 '내' 마음의 소리, 루쉰 자신의 마음의 소리이며, 천고 문인들의 공동 운명을 상징하는 것이라고 할 수 있다.

소설은 여기에 이르면 정점에 도달하니, 누구도 더 써 내려갈 수 없다. 그러나 루쉰은여전히 거기에서 벗어나려고 몸부림친다. 이것이 바로 루쉰다운 모습이다. 절망과 고통이 극단에 이르렀을 때 그는 또 그 절망과 고통에게 질문을 던진다. 그러므로 소설에는 대단히 중요한 전환이 이루어진다. 보통은 소설이 여기에서 끝나고 이미 대단히 훌륭했다고 여기겠지만, 루쉰은 절망과 질문에서 벗어나 최후의 노력을 기울인다.

내 마음은 가벼워지기 시작해서 젖은 돌길 위를 달빛 아래에서 편안
하게 걸었다.

보라. 소설의 결미에서 평정을 회복했다. 더 정확히 말하자면, 이
고통을 진정으로 내면화하여 생명과 심령의 깊은 곳에 은밀히 감춰 버
렸다. 말하자면, 작자는 모든 놀라운 추궁을 오랫동안 돌이켜 음미하
고 심원하게 사색할 것으로 만들어 버렸다. 이렇게 함으로써 비로소
루쉰의 소설이 완성된다. 이런 결말이야말로 진정한 루쉰의 방식이다.
마지막에 그는 모든 몸부림을 생명 내부의 깊은 곳으로 수렴하여 일종
의 평정에 도달한다. 이 소설을 다 읽고 나면 우리는 이른바 '루쉰 분
위기'를 더 깊이 이해하게 된다.

4. 루쉰의 정신적 기질과 소설 예술에 대한 새로운 인식

마지막으로 결론을 내려 보자. 이상 두 편의 소설에 대한 분석을 통
해 우리는 루쉰의 소설과 분위기, 기질, 정신에 대해 어떤 인식에 도달
했는가?

먼저 루쉰 소설의 자기 반박의 성격에 주목하게 된다. 그의 가장 대
표적인 소설들은 모두 일종의 자기 반박의 성격을 지니고 있다. 이런
자기 반박은 루쉰의 의심 많은 사유의 특징을 가장 잘 보여준다. 다들
루쉰이 의심 많은 사람이라고 하는데, 사실 그의 많은 의심은 주로 자
기를 향한 것들이다. 일본의 학자 기야마 히데오木山英雄는 루쉰에게 일

종의 내공적內攻的 충동이 있다고 했다. 루쉰은 자기의 모든 감정과 관념, 선택에 많은 의심을 품고 심문한다. 일반적으로 루쉰을 유랑자라고 여기지만 「주루에서」는 유랑자에 대해 의문을 제기했고, 복수를 주장한다고 여기지만 「고독자」에서는 복수에 대해 의문을 제기했다. 그는 늘 두 개의 명제를 제기하고 또 그 두 명제 사이를 오가며 질문을 던진다. 예를 들어서 「주루에서」를 통해 그는 유랑과 고수라는 대립 명제를 제기하고, 「고독자」에서는 또 희망과 절망이라는 대립 명제를 제기한다. 그는 오가면서 질문하고, 오가는 회전 진입 속에서 사유가 더 깊어지고 더 복잡해진다. 이것은 영원한 탐색자로서 그의 정신적 기질을 보여준다. 그는 영원히 탐색하고 있으며, 탐색하는 가운데 어떤 결론을 내릴 수도 있으나, 그런 결론을 응고시키거나 절대화하지 않고, 결론을 내림과 동시에 질문 속으로 들어간다.

다음으로 우리는 루쉰의 정감과 정신적 기질이 대단히 복잡하고 다층적임을 발견하게 된다. 예를 들어서 위·진 시대와의 관계에서 그는 유령과 같이 의기소침하고 대범한 측면이 있으면서 동시에 완적이나 혜강 같이 격분하고 냉혹한 측면도 지니고 있다. 일반적으로 루쉰은 이단자라고 여기지만, 그와 동시에 가장 모범적으로 예법을 지키는 측면도 볼 수 있다. 그는 유랑자이면서 동시에 고수하는 사람이었다.

이렇게 의심 많은 사유로 인해 형성된 복잡성과 반박성, 그리고 정신적 기질의 다층위성多層位性이 바로 학술계에서 늘 제기하는 루쉰 소설의 다성성多聲性을 형성했다. 그의 작품에는 항상 서로 다투고, 해소하고, 전복하고, 보충하는 다양한 목소리, 그리고 서로 분쟁을 일으켜 격동하고 뒤엉키는 다양한 감정이 들어 있다. 필자는 그것을 일종의

'찢어진 텍스트'라고 부르는데, 거기에서는 조화를 찾을 수 없다. 찢어진 텍스트는 일종의 내재적 긴장을 구비하고 있다. 이렇게 내재적으로 긴장된 작품은 예술 표현에서 촉박함에 빠지기 쉽지만, 루쉰은 또 차분함을 추구한다. 이것도 하나의 모순이다. 그의 모든 정서와 사상, 정감, 심리는 긴장되어 있으나 표현에서는 또 어떤 차분함을 추구한다. 루쉰의 모든 작품이 이 모순을 잘 처리했다고는 할 수 없다. 어떤 작품은 지나치게 촉급하거나 긴장되어 있어서 충분히 차분하지 못하다. 다만 우리가 살펴본 「주루에서」와 「공을기」는 긴장된 내용을 편안하고 느슨한 어떤 리듬 속에 포용되게 했다. 「고독자」처럼 감정을 충격하는 힘이 극도로 큰 작품일지라도 마지막에는 그것을 안으로 수렴하여 심각한 내용을 구비한 평온함을 이루었다. 이것이 바로 루쉰 소설의 매력이다. 내재적 긴장과 표현의 편안하고 느슨함, 차분함 사이의 관계를 아주 잘 처리한다. 충돌이 있더라도 마지막에는 평온함, 심령의 평온함이자 서사의 평온함이기도 한 상태로 전환된다.

우리는 루쉰 소설이 다중多重의 함의를 갖추고 있음을 발견했다. 그는 인간의 역사적, 현실적 운명에 관심을 기울였을 뿐만 아니라 인간 존재 자체에 대한 추궁을 진행했다. 「고독자」와 「주루에서」를 읽으면 현실에 대한 그의 강렬한 관심을 느낄 수 있다. 그러나 그는 현실 층위에 머물지 않고 형이상학적 층위로 끌어 올린다. 현실적 관심과 형이상학적 관심을 유기적으로 통일한다. 필자가 보기에, 위대한 작가와 일반적인 작가의 차이가 바로 여기에 있다. 진정 위대한 작가는 반드시 현실에 관심을 가진다. 인간의 음식을 먹지 않은 작품이 위대할 수 있다는 것을 필자는 믿지 않는다. 다만 현실적 관심에만 머물고 형이상학적 관심, 인성人性과 생명 존재에 대한 추구가 결핍된 작품은 그 가치도 마찬가지로 한계가 있다. 필자가 알기로, 위대한 작가는 현실적 관심과 형이상학적 관심을 통일할 수 있다. 루쉰 자신도 모든 작품에서 이런 경지에 도달했다고는 할 수 없다. 다만 적어도 우리가 살펴본 작품들에서는 이것을 해냈다.

「고독자」와 「주루에서」에 대한 고찰을 통해 우리는 루쉰의 소설, 그의 정신적 기질과 문학예술에 대해 이런 새로운 인식에 도달했다고 생각한다.

산문가 루쉰

　문학가로서 루쉰을 얘기하면 우선 소설가로서 루쉰, 잡문 작가로서 루쉰을 떠올리지만, 산문가로서 루쉰에 주목하는 경우는 비교적 드물다. 그러나 이번에 살펴볼 것은 바로 산문가로서 루쉰이다.

　루쉰 작품의 서로 다른 문제들 사이에는 대체적인 분업이 이루어졌다고 할 수 있다. 그 스스로 말했듯이, 소설을 쓰는 것은 "자기 역량을 이용하여 사회를 개량하기" 위한 것이므로, 재료를 "대부분 병적 상태에 빠진 사회의 불행한 사람들 가운데서 채취하며, 그 의도는 병적 고통을 드러내서 치료에서 주의할 점을 끌어내는 것"이다.[1] 잡문을 쓰는 것은 "유해한 사물에 대해 즉각 반응하거나 항쟁하기" 위한 것이므로 그것은 "감응하는 신경이자 공격하고 수비하는 손발"이다.[2] 그리고 그

1　魯迅, 「我怎麼做起小說來」, 『南腔北調集』(『魯迅全集』 제4권), 525~526쪽.
2　魯迅, 「『且介亭雜文』序言」(『魯迅全集』 제6권, 3쪽).

의 산문은 '마음속의 기이함과 난잡함'을 '환화幻化'하여 '기이하고 난잡한 글'로 만들거나 "기억 속에서 베끼고", "혼란 속에서 조금의 한가하고 고요한 것을 찾는",[3] 자기의 내심 세계를 더 많이 전개하는 것이다. 언젠가 루쉰은 『야초』에 자기의 철학이 담겨 있다고 했고,[4] 자기가 생각하고 쓴 것은 '남을 위한 것'과 '자기를 위한 것'으로 구분된다고 했다.[5] 루쉰의 소설과 잡문 '남을 위한 것'에 치우쳐 있고, 산문(특히 『야초』와 같은 산문시)은 '자기를 위한 것'에 치우쳐 있다고 할 수 있다. 그러니까 그는 산문처럼 개인적 성격의 문체를 빌려 개인의 존재, 개별 생명의 존재와 문학을 통한 개인적 언사의 존재를 상대적으로 진실하고 심도 있게 전개하려 했다. 여기에 바로 루쉰 산문의 특수한 가치가 있다. 그의 산문을 읽는 것도 당연히 특수한 의미가 있다. 그것은 루쉰의 생명 개체에 접근하는 것을 도와줄 것이니, 이것은 심령의 만남이 될 것이다.

그는 "사람의 언행이 낮과 밤에, 태양 아래에서와 등불 앞에서 늘 다른 모습을 나타낸다"라고 했다.[6] 이것은 중요한 일깨움이다. 사람은 서로 다른 상황과 언어 환경에서 개인적 풍모의 다른 측면을 나타낼 수 있는데, 이것은 다른 관점에서 관찰하고 체험함으로써 그 사람에 대대 전면적으로 이해하고 파악할 수 있게 해 준다.

루쉰의 산문은 네 부류로 나눌 수 있는데 『조화석습朝花夕拾』과 『야

3　魯迅, 「『朝花夕拾』小引」(『魯迅全集』 제2권, 235~236쪽).
4　衣萍, 「古廟雜談(五)」, 『京報』副刊, 1925.3.31(「隨筆三種及其他」, 『章衣萍集』, 上海 : 漢語大詞典出版社, 1993, 93쪽).
5　魯迅, 「二十四」, 『兩地書』(『魯迅全集』 제11권), 81쪽.
6　魯迅, 「夜頌」, 『準風月談』(『魯迅全集』 제5권), 203쪽.

초』, 잡문집에 수록된 산문, 그리고 강연 원고가 그것이다. 이것들은 바로 네 가지 다른 관찰과 관점을 제공한다.

1. 민간 언어 공간에서 '내키는 대로 하는 잡담'

우선 『조화석습』부터 살펴보자. 루쉰은 '고향 생각의 미혹'에서 벗어나지 못해서 펜을 들었다고 했는데,[7] 그가 못내 잊지 못한 것은 바로 이런 정경이었다.

강변 마을의 여름밤에 커다란 파초선芭蕉扇을 흔들면서 큰 나무 아래에서 더위를 피하는 것은 지극히 쾌적한 일이다.

남녀 모두 한담을 나누고, 이야기를 들려준다. 아이들은 노래를 부르거나 수수께끼를 푼다.[8]

이것은 그가 평생 잊기 어려운 기억이었다. 만년에 이르러서도 그는 상하이 골목에서 이런 이웃들 사이에서 '한담을 나누는' 재미를 찾았다.

올해 상하이의 더위는 60년 만에 처음이라고 한다. 낮에는 밥벌이하

---

7   魯迅, 「『朝花夕拾』小引」(『魯迅全集』 제2권, 236쪽).
8   魯迅, 「自言自語」, 『集外集拾遺補編』(『魯迅全集』 제8권), 114쪽.

러 나갔다가 밤이면 머리를 숙인 채 귀가하는데, 방안은 아직 덥고 모기까지 있다. 이때는 그저 문밖이 천당이다. 바닷가인 까닭에 늘 바람이 조금 부는지라 부채가 필요 없다. 서로 조금 아는 사이라 해도 늘 만나지 않는 사방의 정자나 누각에 있는 이웃도 모두 나와 있다. 그들 가운데는 점원도 있고 출판사 교정인, 솜씨 좋은 제도공製圖工도 있다. 다들 이미 기진맥진한 채 가난의 고통을 탄식하지만, 이때는 그래도 어쨌든 여유가 있는 셈이라서 한담을 나눈다.

한담의 범위도 좁지 않다. 가뭄과 기우祈雨, 여자 꼬드기기, 괴짜의 이상한 짓, 외국 것에 빠진 이들洋米, 맨다리를 내놓고 다니는 일裸腿, 그리고 고문과 백화, 표준어까지 한담의 대상이었다.[9]

마치 루쉰의 그림자를 보는 듯하다. 어린 시절에 보통 시골의 아이들과 함께 노래하고 수수께끼를 풀고, 간혹 부모 곁에 앉아 눈을 휘둥그레 뜨고 어른들의 한담을 듣는다. 자라서는 시골 이웃들과 한담을 나누는 성원 가운데 하나가 되고, 게다가 가장 감칠맛 나고 많은, 가장 환영받는 한담을 나눈다. 이것이 보통 사람들의 일상생활로 돌아가 편안하게 이런저런 한담을 나누는 루쉰, 우리 주변의 삶에서 흔히 볼 수 있는 중년인이다.

무슨 얘기를 나누는가?

자기 보모「阿長與『山海經』」와 아버지「五猖會」, 「父親的病」이다. 이상하게도 만년에 이를 때까지 모친에 관해서는 얘기하지 않다가, 죽을 무렵에야 비

9　魯迅, 「門外文談」, 『且介亭雜文』(『魯迅全集』 제6권), 86쪽.

로소 전적으로 '어머니의 사랑'을 얘기하는 글을 쓰려 했으나,[10] 끝내 쓰지 못하고 평생의 유감으로 남겼다. 당연히 학교와 선생의 이야기도 할 것이다. 이것은 학생으로서 영원히 끝내지 못할 화제이지 '방정'하고 머리를 흔들며 곤댓짓하는 서당 선생「從百草園到三味書屋」부터 엄숙하고 수시로 '목소리의 고저와 곡절이 리드미컬한' 외국 교수「藤野先生」까지 포함한다. 또 항상 얘기할 수밖에 없는 것들로 또 어린 시절 가장 싫어했던 이웃「瑣記」과 가장 좋아했던 책이나 제일 싫어했던 책「阿長與『山海經』」, 「二十四孝圖」, 가장 잊지 못할 민간 연극 속의 귀신과 사람「無常」, 사랑했거나 불쌍히 여겼거나 미워했던 동물들「狗·猫·鼠」이 있다. 가장 하고 싶었으나 가장 하기 어려운 이야기는 죽은 벗의 이야기「范愛農」와 같은 것이었으리라.

루쉰의 감칠맛나는 이야기를 듣노라면 그의 심령 세계에서 가장 온유한 일면과 접촉하게 되는데, 이것은 무장하고 전장에 나서는 잡문 가운데 대단히 보기 어려운 것이다. "어질고 후덕한 어둠의 지모신地母神이여, 당신의 품 안에서 그녀의 영혼을 영원히 평안하게 해 주소서"라고 소리 높여 기도하거나「阿長與『山海經』」, "나는 장차 백초원에 자주 오지 못할 것이다. Ade, 내 귀뚜라미들아! Ade, 내 복분자들과 목련들아!"와 같은 탄식「從百草園到三味書屋」. 부친이 임종하실 때 왜 죽어라고 소리를 질러 당신의 평안을 방해했을까? "이것이 바로 내가 아버님께 저지른 가장 큰 잘못이었다"「父親的病」라는 내심의 자책도 있고, "지금은 그의 외동딸의 정황을 모른다. 진학했다면 이미 중학교를 마쳤으리

10 馮雪峰,「魯迅先生計劃而未完成的著作」(『魯迅回憶錄』"散篇"中冊, 北京 : 北京出版社, 1999, 698쪽).

라"「范愛農」와 같은 영원한 염려도 있다. 이런 등등은 모두 대단히 감동적이다.

전혀 신경 쓰지 않은 이런 한담 속에서도 여전히 루쉰의 심오한 사상과 진지한 정감을 느낄 수 있다. '사랑'(부자간의 사랑, 스승과 학생 간의 사랑, 벗 사이의 사랑, '하등인下等人'의 사랑, 자연적 생명의 사랑)을 소환함과 동시에 '죽음'을 주시하니, 이것은 인간 개개인에서부터 우주에 이르는 '지극히 사랑하는 이'(보모와 부친, 벗, 혁명가 그리고 동물들)가 "죽음에 포획되는" 이야기라고 할 수 있으니, 그 배후에는 말로 표현하지 못할 생명의 슬픔이 있다. 그래서 이 책 전체에서 가장 매력적인 글인 「귀신無常」이 나오게 되었다.

나는 지금도 확실히 기억한다. 고향에 있을 때 '하등인'과 함께 늘 이렇게 신나게 똑바로 바라보았던 귀신과 사람을. 이성적이고 정감 있으며, 두려우면서도 사랑스러운 귀신. 게다가 그의 얼굴에 떠오른 통곡 또는 웃음, 입에서 나오는 거친 말과 농담…….

이것은 루쉰의 어린 시절에 마음 깊이 새겨진 신성한 기억을 구성했다. 그의 생명이 끝나기 전에 이런 기억이 다시 떠올랐다. 그는 여전히 이 고향 사람들이 만들어 낸 '특색 있는 귀신'의 매력을 느꼈다. "어쩔 수 없이 죽고 또 아무것도 신경 쓰지 않는 '귀신無常'[11]"은 바로 죽음에 대한 초월을 상징했다. 그러므로 루쉰의 한담은 한없이 아득해 보

---

11   魯迅,「女吊」,『且介亭雜文末編』(『魯迅全集』 제6권), 637쪽.

이고 이른바 '내키는 대로' 말하지만, 마음에 걸리는 무엇 즉, 잠재적인 공통의 화제가 있다고 할 수 있다. 그것은 바로 '사랑'과 '죽음'에 대한 체험과 사색이다. 이로 말미암아 진작된 '자애慈愛'와 '슬픔'이 정서는 서로 표리表裏가 되어 루쉰의 이런 한담에서 특수한 정취를 구성한다.

한담이기는 해도 루쉰은 여전히 현실에 대한 관심과 사상의 칼날을 피하지 않는다. 이 역시 본래 '한담'의 특징이기도 했다. 보통의 민중은 설령 '시골 사람'일지라도 한담을 나눌 때 시대와 정치를 논할 수 있다. 그래서 「개·고양이·쥐」와 「귀신」 등의 글에서 모두 지식계의 '정인군자'에 대한 루쉰의 '비스듬한 던짐'을 읽을 수 있고,[12] 「24효도二十四孝圖」에는 다음과 같이 하늘을 뒤흔드는 노호怒號가 담겨 있다.

나는 항상 위아래 사방으로 어떤 가장 시커먼, 가장 시커먼 주문呪文을 찾아 헤맸다. 그것으로 먼저 백화를 방해하고 백화에 반대하는 모든 이들을 저주할 것이다. 사람이 죽어서 정말 영혼이 있다면 가장 지독한 이 마음 때문에 응당 지옥에 떨어지겠지만, 그래도 절대 회개하지 않겠다. 어쨌든 그것으로 먼저 백화를 방해하고 백화에 반대하는 모든 이들을 저주할 것이다.

---

12 魯迅, 「這樣的戰士」 : "그들의 머리 위에는 자선가나 학자, 문사(文士), 어른, 청년, 고상한 사람, 군자 등등의 갖가지 그럴싸한 명칭을 수놓은 깃발들이 있다. (…중략…) 머리 아래에는 학문이나 도덕, 국수(國粹), 민중의 뜻, 논리, 공의(公義), 동방 문명 등등의 갖가지 멋진 무늬를 수놓은 외투들이 있다. (…중략…) 그러나 그가 창을 들어 던지자 (…중략…) 그가 미소를 지으며 비스듬히 던지자 정확히 그들의 명치에 적중했다."

이처럼 스산하고 원한과 분노에 찬 모습은 앞서 서술했던 루쉰의 '자애'와 '슬픔'을 더욱 풍부하게 하면서 풍골風骨 즉 웅건하고 힘 있는 풍격을 보여준다. 한담 속에 기개가 담겨 있으니, 이와 같은 하룻밤의 이야기를 들을 수 있다면 참으로 지극히 큰 사상적 미적 향수享受일 것이다.

여기서는 루쉰의 『조화석습』을 '한담'의 텍스트로 간주하고 있는데, 이것은 그 특유의 매력을 깨닫는 데에 도움이 될뿐더러 모종의 독서 방법을 제시한다. 즉 그것을 여름밤에 더위를 식히며 한담을 나누는 장면 속에 두고 경청하는 것이다. 예를 들어서 같은 화제라도 몇 번에 나누어 얘기하면서 매번 하나의 측면을 얘기할 수 있다. 자기와 부친 사이의 관계를 얘기하면서 루쉰은 두 차례로 나누어 얘기했는데, 그것을 대조하여 듣고 읽는 것도 대단히 흥미로울 것이다. 「오창회五猖會」에서는 어린 시절에 가장 선망했던 축제에서 부친이 고서를 암송하게 했던 이야기를 들려주면서, 아울러 "지금 생각해도 아버님이 왜 당시 내게 책을 암송하게 하셨는지 궁금하다"라고 하여, 부자지간의 서먹서먹한 거리를 얘기했다. 그런데 「아버님의 병父親的病」에서는 앞서 언급했던 것처럼, 부친이 임종하실 때 갑작스럽게 영원한 이별을 의식하고 '아버님을 잃는' 두려움 때문에 끊임없이 소리쳐 부친의 안녕을 교란한 일을 평생의 가책으로 느낀다고 하여, 부자지간의 끊을 수 없는 생명의 인연을 얘기했다. 두 글을 합쳐서 읽으면 부자지간의 생명의 얽힘을 절실히 음미할 수 있으니, 이것은 루쉰의 마음 깊이 새겨진 유년의 기억이자 독자의 마음 깊이 새겨지는 감동이기도 하다.

시골과 도시 골목의 한담은 일반적으로 "네 노래가 끝났으니 내가 등장해야지"와 같은 형식으로 이루어지며, 심지어 혼자 얘기할 때도 많은 이들이 수시로 끼어들어 참견함으로써 왁자지껄함 속에 정취를 느낄 수 있다. 같은 사람, 같은 사건일지라도 얘기하는 사람에 따라 항상 화법이 다르니, 그것들을 대조해 듣는 것도 아주 재미있다. 이렇게 생각해 보자. 루쉰과 그의 동생 저우쭤런이 함께 한담을 나누는 현장에 와서 먼저 루쉰이 자기 기억 속의 '백초원'에 대해 이야기를 마친 후, 다시 저우쭤런의 이야기를 듣는다면 얼마나 색다른 재미가 있겠는가?

백초원에 대한 루쉰의 묘사는 잘 알려져 있다. 그는 채소밭의 '벽록색'과 오디의 '자홍색紫紅色', 벌과 유채꽃의 '황금색'에 주목하고 매미의 '긴 울음'과 귀뚜라미의 '거문고 연주', 그리고 방울벌레의 '낮은 노래'를 느낀다. 이 모두 타고난 예술성을 지닌 아이가 대자연의 소리와 색채의 아름다움에 대해 느낀 감성이자 체험, 기억이다. 그리고 벽려薜荔 덩굴을 휘감은 하수오는 "사람의 모습을 닮아서 먹으면 신선이 될 수 있는" 전설이 있어서, 시인 기질을 가진 소년 루쉰의 상상과 추구 열정을 자극한다.

그래서 종종 그것을 캐서, 뿌리가 끊어지지 않게 캐느라 흙 담장을 망가뜨리기도 했으나 여태 사람의 모습을 닮은 것은 하나도 보지 못했고……

그런데 저우쭤런에게 백초원은 감각을 환기할 수도, 상상을 자극할 수도 없고, 그저 탐구할 동물과 식물만 제공할 뿐이었다. 그래서 그는 동물의 이름에 관심을 가지고, 루쉰이 '거문고를 연주彈琴'한다고 한 것에 대해 고증했다.

　　귀뚜라미蟋蟀는 귀뚜라미蛐蛐의 정식 이름官名인데, 혼자 울 때는 '운다叫'라고 하고, 암수가 마주 보고 낮은 소리로 노래할 때는 '거문고를 연주'한다고 한다. (…중략…) 또 유즉령油唧蛉이라는 것이 있는데 북방에서는 유호로油壺蘆라고 부르며, 귀뚜라미와 비슷하지만 좀 더 살이 통통하고 크다. (…중략…) 그놈들은 그저 '쉬쉬' 하고 곧은 소리만 낼 줄 아니, 그들에게 거문고를 연주하는 재주는 장담컨대 없다.

'정원의 식물'에 대한 흥미도 그 식용 가치에 있을 뿐이다.

　　벽려 덩굴木蓮藤은…… 연실蓮實과 비슷한 과실을 맺는데 샘물에 주물러서 녹두묵凉粉 같은 것을 만들어 목련두부木蓮豆腐라고 부르는데, 배탈이 나기 쉬워서 감히 먹을 수 있는 사람이 많지 않다.

하수오를 얘기할 때면 당연히 '신선이 되는' 전설은 믿지 않고 다른 관점을 제시한다.

　　의서醫書에 따르면 하何 아무개라는 노인이 항상 이 뿌리를 먹어서 머리카락이 세지 않고 검었으므로 하수오何首烏라고 불렸다고 했으니, 애초에 꼭 사람 모습을 닮아야 하는 것은 아니었다. 『야채박록野菜博錄』에 따르면 구황救荒에도 쓰일 수 있으니, 죽도竹刀로 얇게 잘라서 물에 삶아

쓴맛을 제거하면 대체로 감자처럼 먹을 수 있다고 했다.[13]

이런 기억과 서술은 '지혜를 사랑하는 이'의 이성을 보여주지만, 나름대로 재미가 있다. 루쉰의 『조화석습』과 저우쭤런의 『루쉰의 옛집』, 그리고 루쉰의 셋째 동생 저우젠런周建人의 『루쉰 옛집의 쇠락魯迅故家的敗落』을 함께 놓고 읽어보면서 동시에 저우씨 집안 형제들의 '옛이야기'를 들어보면, 유년 기억의 차이를 통해서 이후의 서로 다른 그들의 삶을 떠올려 보자. 말을 들으면 그 사람을 알게 되니, 이 모두 대단히 흥미로울 것이다.

2. 군중을 떠나 자기를 고문하며 '혼잣말'하는 루쉰

그러나 '백초원'의 『조화석습』에 너무 오래 머물 수는 없으니, 루쉰의 '또 하나의 뜰'인 『야초』의 숲으로 가 보자.

루쉰의 기억 속에서 농촌의 여름밤 더위를 식히는 민간의 이야기 가운데는 함께 교류하는 '한담' 외에 또 일종의 '혼잣말'이 있다.

다만 타오陶 영감만 매일 혼자 앉아 있었다. 평생 도시에 가본 적이 없어서 식견이 유한하니 할 얘기가 없기 때문이다. 게다가 눈도 어둡고 귀도 잘 들리지 않아서 여러 번 물으면 겨우 서너 번 대답하니 상당히 짜증

---

13   周作人, 『魯迅的故家』, 石家莊 : 河北敎育出版社, 2002, 15~17쪽.

스러운지라 아무도 그에게 신경 쓰지 않았다.

그런데 그는 늘 눈을 감은 채 혼자 뭐라고 중얼거린다. 자세히 들어보면 황당한 말도 많지만, 우연히 조금 재미있는 부분이 몇 구절 들어 있기도 했다.

밤이 깊어서 더위를 식히러 나온 이들이 모두 떠났다. 집에 돌아와 등불을 밝혔으나 자고 싶지는 않아서, 들은 이야기들을 써 놓고 다시 보았는데, 전혀 재미가 없었다.

사실 타오 영감과 같은 이들이 정말 훌륭한 얘기를 할 리 있는가? 하지만 기왕 써 놓았으니 잠시 그대로 두기로 했다.

남겨 두어서 또 무얼 하려고? 이건 나도 대답할 수 없다.[14]

이것은 공동의 대화에 들어가지 못하거나 배척당한 고독자의 '혼잣말'이다.

그런데 작자가 가치 평가를 망설이는 데에 주목할 만하다. 그는 먼저 "아무도 신경 쓰지 않았다"라고 부정하고, 또 "조금 재미있는 부분이 몇 구절 들어 있기도 했다"라고 긍정했다가, 다시 "전혀 재미가 없었다"라고 부정하고, 또 "잠시 그대로 두기로" 하여 긍정했다가 다시 "남겨 두어서 또 무얼 하려고?"라며 부정한다. 이런 '혼잣말'과 그 가치에 대한 반복적인 질문은 모두 루쉰만의 특색이며, 루쉰식의 사유 방식과 발화 방식을 보여준다.

게다가 『혼잣말自言自語』과 같은 텍스트와 6, 7년 뒤에 쓴 『야초』가

---

14   魯迅,「自言自語」,『集外集拾遺補編』(『魯迅全集』 제8권), 114쪽.

있는데, 어떤 의미에서 『혼잣말』은 『야초』의 초고라고 할 수도 있다. 이 두 텍스트는 창작의 맥락과 작법作法에 앞뒤로 일관성이 있을뿐더러 어떤 글들은 대조해서 읽을 수도 있다. 예를 들어서 『혼잣말』에 수록된 「불의 얼음火的氷」과 「내 동생我的兄弟」은 『야초』에 수록된 「꺼진 불死火」과 「연風箏」과 대조해 읽을 수 있다. 『혼잣말』에는 또 「내 아버님我的父親」이 수록되어 있는데, 이 역시 『야초』에 수록된 「아버님의 병」과 대조해 읽을 수 있다. 흥미 있는 독자라면 한 번 시험해 보기 바란다.

이것은 『조화석습』의 '한담'과는 완전히 다른 언어 환경과 발화 방식으로서, 루쉰 스스로 다른 상태를 드러낼뿐더러 독자와도 또 다른 형태의 관계를 맺는다. 루쉰은 이렇게 말했다.

확실히 나는 수시로 다른 사람을 해부하지만, 더욱 무정하게 나 자신을 해부하는 경우가 더 많은데, 조금이라도 드러내면 따스한 것을 좋아하는 이들은 이미 냉혹하다고 느끼니, 내 피와 살을 완전히 드러낸다면 결말이 어떻게 될지 모르겠다. 때로는 이런 방식으로 주변 사람을 쫓으려 하는데, 그때도 나를 미워하여 버리지 않는다면 설령 요사한 도깨비나 귀신일지라도 내 벗이니, 이들이야말로 진정한 벗이다. 이런 이들조차 없다면 혼자라도 괜찮다.[15]

그는 또 자기에 대해 이렇게 말했다.

---

15   魯迅, 「寫在『墳』後面」, 『墳』(『魯迅全集』 제1권), 300쪽.

이제껏 몸소 겪은 일은 정말 한마디로 다 표현하기 어렵지만, 나는 늘 야수野獸처럼 상처 입고 머리를 돌려 풀숲으로 파고 들어가 핏자국을 핥으며, 기껏해야 몇 마디 신음을 흘릴 뿐이다.[16]

우리 앞에 있는 것은 바로 이렇게 인간의 무리에서 멀리 떨어져 "풀숲으로 파고 들어간" 외로운 짐승, 고독한 생명의 개체이다. 그는 혼자 고통을 감당하며 외부 세계와 타인이 남겨놓은 상처의 '핏자국'을 핥고 있다. 더욱이 혼자 자기 앞에 서서 "무정하게 자기를 해부"하여 자기의 존재에 대해, 자기와 타인, 세계의 관계에 대해 냉정하게 추궁하며 근본적인 질문을 던지고, 자기의 피와 살을 모두 드러내 선혈이 낭자하여 참혹한 진실을 게시한다.

이것은 진정한 자기 고독이다. '혼잣말'은 청자나 독자가 필요하지 않고, 적어도 다른 사람이 듣거나 읽는 데에 관심을 두지 않는다. 한담이 친절하고 조화로우며 편안한 분위기를 만들어 심령이 편안하게 교류하도록 하는 것과는 반대로, 혼잣말은 자각적으로 독자를 일정한 거리 밖으로 밀어내거나 심지어 작자와 독자 사이의 긴장이나 배척을 존재의 전제 조건으로 삼는다. 다른 사람의 간섭을 배제해야 비로소 자기 영혼의 가장 깊은 곳에 곧장 다가갈 수 있기 때문이다.

동시에 이것은 자기 회의懷疑이자 경계이기도 하다. 루쉰은 여러 차례 밝혔다. 자기가 "추구하는 가운데" "내 미숙한 열매가 하필 내 열매를 편애하는 사람들을 독살할까 두려우냐",[17] "나 자신은 아무것도 두

---

16 魯迅,「致曹聚仁」(『魯迅全集』 제12권), 405쪽.
17 魯迅,「寫在『墳』後面」, 『墳』(『魯迅全集』 제1권), 300쪽.

320 살아 있는 루쉰

렵지 않다. 생명은 나 자신의 것이므로 스스로 갈 수 있다고 여기는 길을 과감하게 걸어도 된다. 설령 앞쪽에 깊은 연못과 가시밭, 협곡, 불구덩이가 있더라도 모두 내 책임이다. 그러나 청년에게 그래도 된다고 말하기는 어려우니, 눈먼 말을 탄 장님瞽師처럼 위험한 길로 끌어들인다면 나는 수많은 목숨을 모살謀殺한 죄인이 될 것이다".[18] 이 역시 일종의 진정한 자기 부담이다. 그러므로 루쉰은 『야초』에 '나의 철학'이 들어 있음을 강조하는 한편, 『야초』는 "심정이 너무 퇴락했으니, 그것은 내가 수많은 장애에 부딪힌 후에 쓴 것이기 때문"이라고 하면서 젊은 벗들은 "이 퇴락한 심정의 영향에서 벗어나기" 바란다고 했으니,[19] 이것은 여전히 "자기에게만 시험할 수 있을 뿐 감히 다른 사람을 초청하지는 못하는" 마음이다.[20]

그러면 독자인 우리는 어떻게 해야 하는가? 여전히 한쪽에서 조용히 (절대 방해하지 말고!) 루쉰의 혼잣말에 귀를 기울여야 하는가, 아니면 이를 통해서 그의 내심 세계로 가까이 다가가야 하는가?

이 글들은 모두 자기 영혼에 대한 고문, 생명 존재에 대한 추궁이다.

'나'는 누구인가?

'하나의 그림자에 지나지 않는다.' 군체群體에서 분리되어 나온, 육체의 형상에서 분리되어 나온 정신 개체의 존재이다.

'나'는 무엇을 거절했는가?

---

18   魯迅, 「北京通信」, 『花蓋集』(『魯迅全集』 제3권), 54쪽.
19   魯迅, 「致蕭軍」(『魯迅全集』 제13권, 224쪽).
20   魯迅, 『雨地書』第一集 「二四」(『魯迅全集』 제11권, 81쪽).

군체의 '공의公義'에 따라 살아가는 '너'의 '천당'과 '지옥', '너'의 '황금 세계', 그리고 '네' 자기이다.

'내' 운명은 어떻게 될 것인가?

"그러나 어둠이 또 나를 삼킬 것이고", "광명이 나를 소멸할 것이니", "나는 차라리 몸 둘 곳 없는 상태로 방황하는 게 낫다."

'나'는 무엇을 선택했는가? 그래서 무엇을 가지게 되었는가?

"나 홀로 먼 길을 가니 너도 없을뿐더러 어둠 속에 있는 다른 그림자도 더는 없다. 나는 그저 어둠에 묻힐 뿐이고, 그 세계는 모두 내 것이다."「그림자의 고별[影的告別]」

다른 사람이 내게 '구걸'할 때 어떻게 대처하지?

"나는 보시普施를 베풀지 않아, 내겐 그런 마음이 없어. 그저 보시하는 자의 위에 있으면서 싫증과 의심과 증오를 줄 뿐이야."

내가 '구걸'하면 무엇을 얻을 수 있지?

"보시도, 보시하려는 마음도 얻지 못하고 보시하는 이 위에 있는 이의 싫증과 의심과 증오만 얻을 뿐이지."

내가 '무소위無所爲와 침묵으로 구걸'한다면?

"최소한 허무를 얻게 되겠지."「구걸자[求乞者]」

"행인들이 사방에서 달려와" "이 포옹 또는 살육을 감상하려 하면" 이런 관객을 어떻게 해야 하지?

"포옹하지도 살육하지도 말고, 게다가 포옹하거나 살육하겠다는 마음조차 드러내지 말고", 오히려 "이 행인들의 메마르고 피 흐르지 않는 크나큰 살육을 감상"해야지.「복수[復仇]」

"지금 왜 이렇게 쓸쓸하지? 설마 내 몸 바깥의 청춘마저 모두 떠나 버리고, 세상의 청년마저도 대부분 노쇠해져 버렸는가?" "희망은 무엇이지?" '절망'은?

"절망이 허망한 것은 바로 희망과 같지." "어쩔 수 없이 나 스스로 이 허공 속의 어두운 밤에 육박전을 벌여야 해."

"그런데 어두운 밤은 또 어디에 있지?"「희망[希望]」

"너는 무엇이라고 불리지?"

"몰라."

"어디서 왔어?"

"몰라."

"그럼, 어디로 가는지 물어봐도 돼?"

"몰라."

"앞이 어떤 곳인지 알겠어?"

"앞? 앞쪽은 무덤이야."

"그 묘지를 다 지나고 나면?"

"그야 나는 모르지."

"앞쪽에서 나더러 떠나라는 목소리가 들리는데", "신경 쓰지 말까?" 아니면 "떠날까?"

"하지만 난 그럴 수 없어! 떠날 수밖에 없어. 그래도 떠나는 게 낫겠지……."「나그네[過客]」

이것이 '꺼진 불'의 두 가지 곤란한 점이다. "얼음 계곡을 벗어나" "완전히 타 버릴 것인가", 아니면 "계속 여기에 있다가" "얼어서 스러져 버릴 것이다." "어쩌지?"

"그럼 차라리 완전히 타 버리겠어!" 「꺼진 불[死火]」

"심장을 도려내어 스스로 먹는 것은 본래의 맛을 알고 싶기 때문이다. 그런데 상처가 지독하게 아플 테니 본래의 맛을 어찌 알겠는가?……"

"통증이 가라앉고 나면 천천히 먹어. 그런데 그 심장은 이미 케케묵어 버렸으니, 본래의 맛을 또 어떻게 알지?……" 「비갈문[碑碣文]」

사람이 죽으면 "그저 운동신경이 없어질 뿐이고 지각은 아직 남아 있으니", 장차 어떻게 될까?

난 정말 "꿈속에서라도 자신이 길에서 죽는 것을 보고 싶어서" '죽은 후'에 "참을 수 없이, 너무나 참을 수 없이 나를 귀찮게 하여", "거의 까무러칠 만큼 분노하게 하는" 갖가지 기이한 일들이 생기지만, 끝내 이해할 수 없다. 사람이 '마음대로 생존할 권리'가 없고 '마음대로 죽을 권리'도 없다면 죽어도 "사람들 전체의 의견에 들어맞기가 무척 어려울 것"이다. 「사후[死後]」

이런 긴장된 추궁과 주시注視를 통하여 루쉰은 다음과 같은 여러 폭의 자화상을 남겼다. 이것은 뒤뜰의 '대추나무'이다.

그는 아예 잎을 다 떨어뜨리고 줄기만 남았으나, 당초 과일과 잎이 가득 달렸을 때의 아치형에서 벗어나 아주 편안하게 기지개를 켤 수 있었다. 그리고 아무것도 없는 줄기지만 여전히 무쇠처럼 묵묵하게 높은 하늘을 찌르며 오로지 필사적으로 그것을 통제하려 할 뿐, 각양각색으로 윙크하는 수많은 유혹의 눈동자는 아랑곳하지 않았다.「가을밤[秋夜]」

이것은 '북방의 눈'이다.

끝없는 광야에, 살을 에듯 추운 하늘 아래, 반짝이며 소용돌이로 올라가는 것은 비의 영혼이다. 그래, 그것은 고독한 눈, 죽은 비, 비의 영혼이다.「눈[雪]」

이것은 저 '노년의 여인'이다.

그녀는 벌거벗은 몸으로 황야의 한가운데에 석상처럼 서 있었다가 …… 찰나 간에 모든 것을 합병했다. …… 그리움과 단호한 결별, 애무와 복수, 양육과 섬멸, 축복과 저주 …… 이에 그녀는 두 손을 하늘로 한껏 치켜든 채 입술 사이로 인간과 짐승의 소리를 흘렸다. 그것은 인간 세상에 없는, 표현할 어휘가 없는 언어였다. …… 그녀는 석상처럼 위대했으나 이미 황폐해졌고, 퇴락한 몸뚱이 전체가 떨렸다. 이 떨림은 점점이 물고기 비늘처럼 변해서, 뜨거운 불길 위에서 끓는 물처럼 비늘들이 모두 기복起伏을 일으켰다. 공기도 즉각 함께 진동하여 마치 폭풍우 몰아치는 황량한 바다의 파도 같았다.「퇴패선의 떨림[頹敗線的顫動]」

이것은 '이런 전사'이다.

이런 지경에서는 누구도 전쟁의 고함을 듣지 못하고 태평하다. 태평하나
…… 그는 창을 들어 던졌다!「이런 전사[這樣的戰士]」

단풍나무의 '병든 잎'이다.

잎사귀 하나에 단지 하나의 좀 벌레가 파먹은 구멍蛀孔이 새까만 테두
리를 두른 채, 빨강, 노랑, 초록의 얼룩 속에서 맑은 눈동자처럼 사람을
응시하고 있다.「말린 나뭇잎[臘葉]」

'반역의 용사'이다.

그는 우뚝 선 채 지금의 폐허와 황량한 무덤으로 변해 버린 모든 것을
간파하고, 심원하고 오래된 모든 고통을 기억하며, 겹겹이 쌓여 응고된
모든 피를 똑바로 응시하고, 이미 죽었거나 막 태어난, 장차 태어날, 그
리고 아직 태어나지 않은 모든 것을 잘 알았다. 그는 조물주의 유희를 간
파했다. 그는 인류를 소생시키거나 멸절하려 했다, 이 조물주의 선량한
백성들을. 조물주는 비겁하고 허약한 자여서 부끄러워 피해 숨는다. 천
지는 용사의 눈에서 이제 색이 바뀐다.「담담한 핏자국 속에서[淡淡的血痕中]」

황야의 '나그네'이다.

상태는 몹시 고달프고 깐깐했으며, 눈빛은 음침했다. 검은 수염과 헝클어진 머리카락, 검은 옷은 위아래가 모두 낡았으며, 맨발에 해진 신을 신고 있었다. 옆구리 아래로 포대 하나를 걸친 채 자기 키만큼 긴 대나무 지팡이를 짚고 있었다. 그는 들판을 향해 비틀거리며 뛰어들었는데, 밤빛이 그의 뒤에서 따라갔다. 「나그네[過客]」

그는 이제 여기에 서 있다. 그 '새까만' 눈동자로 나와 그대를 '응시'하면서…….

3. 어둠 속에서 모든 것을 보다
─ 깨어 있는 사회 관찰자이자 비판자

이제 루쉰의 '기타 산문 작품'을 읽어보자. 『조화석습』과 『야초』 외의 산문들은 모두 그의 잡문집에 수록되었다. 루쉰은 자기의 잡문집이 "그저 쓴 날짜에 따라, 문체는 따지지 않고 한 데에 모아" '잡다하게' 엮었다고 했으므로, 그것들을 다시 분류할 수 있을 것이다. 즉 의론에 치우친 것은 '잡문'으로 귀결하고, '서사와 서정'에 치우친 것과 편폭이 상대적으로 길고 의론과 서사, 서정이 융합된 '수필'은 '산문' (또는 '산문 소품'으로 부를 수도 있으니, 저우쭤런이 말한 '미문美文'이 그것이다)으로 부른 것이다.

이런 산문들을 '야기夜記'라고 부르는 것은 루쉰 자신이 본래 계획하기를, "우연한 감상을 등불 아래 기록하여 하나의 문집으로 남기려"

했기 때문이다. 1927년 7월에 『조화석습』의 「후기後記」를 완성한 뒤에 또 같은 해 10월과 12월에 연속으로 「어떻게 쓸 것인가?怎麼寫」와 「종루에서在鐘樓上」를 연속으로 쓰고, 아울러 부제副題에서 '야기 1'과 '야기 2'라고 명확하게 썼다. 그 자신의 말에 따르면 나중에 "흉악한 도륙에 느낌을 받아 또 한 편하고 반을 써서 「학살虐殺」이라고 제목을 붙였는데", 이것은 응당 '야기'의 3과 4가 될 것이다. "먼저 일본 막부幕府가 기독교도를 잔인하게 처형하고 러시아 황제가 혁명당을 학대한 일 따위를 얘기했는데", 창조사創造社와 태양사太陽社의 많은 '인도주의' 부류의 글들이 비판당하고 살육당하는 상황이 되자 이런 글들도 쓰지 못했고, "심지어 원고조차 사라져 버렸다". 1930년에 루쉰은 '러우스柔石[21]의 약속'에 호응하여 다시 '야기'를 쓰려고 생각하여 「고문을 짓고 훌륭한 사람이 되는 비결做古文與做好人的祕訣」을 쓰고, '야기 5'라고 명시明示했다. 다만 이 글은 완성하지도 발표하지도 못했다. 러우스가 국민당 정부에게 학살되고 '일 년 남짓' 뒤에 루쉰은 "어지러운 종이 더미 속에서 이 원고를 찾아내고 정말 비통함을 이기지 못해", "전체 글을 보완하려 했으나 끝내 하지 못했고, 막 글을 쓰기 시작하려 하는데 또 갑자기 생각이 다른 곳으로 옮겨 갔다". 그는 "이른바 왕헌지王獻之가 죽자 그가 아끼던 거문고도 가락이 맞지 않게 되었다는 '인금구망人琴俱亡'이라는 게 아마 이런 상황인 듯"하다고 생각했다. 그래서 반쪽의

---

21   【역주】 러우스(柔石 : 1902~1931, 본명은 자오핑푸[趙平復])는 작가 겸 번역가, 혁명가로서 단편소설집 『미치광이[瘋人]』와 『희망』, 중편소설 『2월』과 『세 자매[三姊妹]』 등을 발표하고 『어사(語絲)』 등의 잡지사에서 편집을 담당하기도 했다. 그러나 1931년에 국민당 군경에 체포되어 인푸[殷夫] 등 23명의 동지들과 함께 비밀리에 살해당했다.

글을 『이심집二心集』에 수록하여 "러우스를 기념"했다.[22] 이때부터 그는 「야기」의 창작과 편집을 더욱 잊지 못해서, 죽기 전에도 병을 앓고 나서 쓴 「"이것도 삶……這也是生活……"」과 「죽음死」, 「여신女弔」, 「반하소집半夏小集」까지 네 편을 따로 놓아 두고, 다시 "10여 편을 쓰려고" 준비했는데 "이미 마음속에 두 편을 구상해 두었으니" 바로 "'어머님의 사랑'과 '가난窮'에 관한" 것이라고 했다. 아울러 이미 바진巴金의 요청에 따라 이 산문집을 문화생활출판사文化生活出版社에서 출판하려 했는데, 제목은 여전히 『야기』였다.[23] 루쉰이 세상을 떠난 후, 쉬광핑은 루쉰이 따로 두었던 4편의 글과 『차개정문집』 및 2집, 말편末編에서 10편을 골라서 합쳐 『야기』라는 제목으로 편집하고, 1937년 4월에 상하이 문화생활출판사에서 출판했다. 『야기』는 이처럼 우여곡절을 거쳐서 창작되고 편집되었는데, 이 역사는 하나의 큰 배경을 구성했다.

그리고 '야기'라는 제목 자체는 더 구체적이고 형상적인 창작 상황을 제공한다. 루쉰 잡문집 속의 산문들 가운데 상당히 많은 것들은 직접 '밤'에 써졌거나 혹은 '등불'을 제목으로 삼았으니, 「등하만필燈下漫筆」과 「어떻게 쓸 것인가」, 「밤의 찬가夜頌」, 「가을밤의 나들이 기록秋夜紀遊」, 「깊은 밤에 쓰다寫於深夜裏」 등등이 그 예이다. 이것은 아마 우연이 아닐 것이다. 그렇다면 이 가운데 몇 편을 통해 '야기'의 문학 세계로 들어가 볼 수 있을 것이다.

---

22 魯迅, 「做古文與做好人的祕訣」"附記", 『二心集』(『魯迅全集』 제4권), 277~278쪽.
23 馮雪峰, 「魯迅先生計劃而未完成的著作-片斷回憶」(『魯迅回憶錄』"散篇"中冊, 695~696쪽); 許廣平, 「魯迅『夜記』編後記」(『許廣平文集』 제1권, 南京 : 江蘇文藝出版社, 1998, 413쪽).

'밤'의 이미지는 루쉰의 '야기' 창작에서 세 층위의 의의를 갖추고 있다. 표면적으로 이것은 일종의 야간 창작을 강조한다. 샤오훙蕭紅[24]은 이에 대해 아주 사실적으로 묘사했다.

건물 전체가 고요해지고, 창밖에도 아무 소리가 들리지 않게 되자, 루쉰 선생이 일어나 책상 앞에 앉더니 그 녹색의 탁상용 전등 아래에서 글을 쓰기 시작했다.

쉬광핑 선생의 말에 따르면 루쉰 선생은 날이 밝을 무렵에도 거기 앉아 있었고, 거리에서 자동차의 경적이 "뚜뚜" 울리기 시작할 때도 여전히 그 자리에 있었다.

가끔 쉬광핑 선생이 깨어서 새하얗게 변한 유리창을 쳐다보면 등불도 그다지 밝아 보이지 않고, 루쉰 선생의 뒷모습도 밤에 보았던 것처럼 검고 크게 보이지 않았다고 한다. 루쉰 선생의 뒷모습은 거무스름했는데, 여전히 거기에 앉아…….[25]

루쉰과 친밀하게 교유했던 마스다 와타루增田涉[26]도 이렇게 관찰했다.

---

24 【역주】샤오훙(蕭紅 : 1911~1942, 본명은 장슈환[張秀環], 나중에 장나이잉[張迺瑩]으로 개명)은 챠오인[悄吟]과 링링[玲玲], 톈디[田娣] 등의 필명을 쓰기도 했다. 하얼빈의 지주 가문에서 태어난 그녀는 1933년에 「버려진 아이[棄兒]」를 발표했고, 1935년에는 루쉰의 지지를 받아 대표작인 「생사의 마당[生死場]」을 발표했다. 1936년에 일본으로 갔다가 1940년에 홍콩으로 돌아와 장편소설 「후란허 전기[呼蘭河傳]」 등을 발표했으나 폐결핵으로 사망했다.

25 蕭紅, 「回憶魯迅先生」(『魯迅回憶錄』"散篇"中冊, 717쪽).

26 【역주】마스다 와타루(增田涉 : 1903~1977)는 도쿄 제국대학을 졸업하고 중국문학에 심취하여 1931년에 상하이에서 루쉰에게 중국소설사를 공부하고 『중국소설사략』을 일본어로 번역했다. 1935년에 스승인 사토 하루오[左藤春夫]와 함께 『루쉰 선

한번은 밤중인 2시에 그분이 거주하시는 건물 아래를 걸어 지나는데, 오직 그분의 방에만 아직 등불이 밝혀져 있었는데, 푸른 등불이었다. 탁상용 전등의 덮개를 투과해 나온 푸른 빛이 칠흑 같은 밤에 오직 하나의 창문만 비추고 있었다. 그것은 달빛이 아니었으나 나는 마치 이때의 루쉰이 달빛 속에 있는 것처럼 느껴졌다.

달처럼 밝지만, 처량한 분위기를 띤 광휘 안에서 그는 민족의 미래를 주시하고 있었다.[27]

샤오훙이 보았던 루쉰의 '거무스름한' 뒷모습과 마스다가 느꼈던 '처량한 분위기를 띤 광휘'는 모두 우리를 숙연하게 깊은 생각에 잠기게 한다.

'밤'은 루쉰에게 일종의 심경心境, 생존 상태를, 심지어 일종의 창작 상태를 의미한다. '야기 1'이라고 명시한 「어떻게 쓸 것인가」에는 이런 서술이 들어 있다.

밤 9시가 지나서 모든 별이 흩어지고, 아주 큰 서양식 건물 안에 나 외에는 아무도 없다. 나는 차분해졌다. 차분함이 술처럼 진해지자 조금 취한 듯하다. 뒤쪽 창밖으로 뼈처럼 서 있는 어지러운 산속에 수많은 하얀 점을 바라본다. 공동묘지다. 짙은 황색의 불꽃 하나는 남보타사南普陀寺의 유리등이다. 앞쪽은 바다와 하늘이 어슴푸레하고, 검은 솜 같은 밤의 색

집」을 번역하는 등 루쉰의 많은 작품과 어록을 번역했고, 『사기 이야기[史記物語]』 등의 저작을 남겼다. 시마네[島根] 대학과 간사이[關西] 대학 등의 교수를 역임했다.

27　増田涉, 「魯迅的印象」(『魯迅回憶錄』"專著"下册, 1384~1385쪽).

깔은 차라리 명치로 뛰어들 것 같다. 돌난간에 기대어 먼 곳을 조망하며 내 심장 소리를 듣는다. 사방에는 무량한 비애와 고뇌, 영락零落, 사멸死滅이 모두 적막 속으로 섞여 들어가 약주藥酒로 만들려고 색깔과 맛과 향을 더하는 듯하다. 이런 때는 글을 쓰고 싶은 적도 있으나 쓰지 못했고, 쓸 까닭이 없었다. 이것은 바로 "나는 침묵할 때 충실함을 느끼고, 입을 열려고 함과 동시에 공허함을 느낀다"라고 말했던 상황이기도 하다.[28]

"검은 솜 같은 밤의 색깔은 차라리 명치로 뛰어들 것 같은" 이런 감각이 바로 전형적인 '밤'의 감각이다. 이것은 자연스럽게 『야초』에 수록된 「그림자의 고별」에서 "나는 그저 어둠에 묻힐 뿐이고, 그 세계는 모두 내 것"이라고 했던 구절을 떠올리게 한다. 그래서 "사방에는 무량한 비애와 고뇌, 영락, 사멸이 모두 적막 속으로 섞여 들어간다." 바로 심야의 고요 속에서 낮의 소란스러움과 경박함은 점차 사라지고, '나'는 "말없이 홀로 사색하는" 생명의 침잠 상태로 진입하여 자기의 내면세계를 혼자 마주 봄과 동시에 외부의 광활한 세계를 마주 보고 "모든 것을 생각한다". "세계는 어떠하고", "인류는 어떠한가?"[29] "끝없이 넓은 심사는 드넓은 우주로 이어지고",[30] 이에 '나'는 진정으로 크고 넓음과 풍부함을 획득하여 '침묵' 속에서 '충실함'을 느낀다. 그래서 곧 "쓰고 싶은" 욕망과 충동이 생기지만, "쓰지 못하고, 쓸 까닭이 없는" 곤혹을 느낀다. 외재 환경의 제약뿐만 아니라 창작의 의의에 대한 자신의 의혹에서

28 魯迅, 「怎麼寫」, 『三閑集』(『魯迅全集』 제4권), 18~19쪽.
29 魯迅, 「關於知識階級」, 『集外集拾遺補編』(『魯迅全集』 제8권), 228쪽.
30 魯迅, 「戊年初夏偶作」, 『集外集拾遺』(『魯迅全集』 제7권), 472쪽.

비롯된 곤혹이다. 그는 "입을 열려고 함과 동시에 공허함을 느낀다". 여기에서 비어 있음과 채워져 있음, 없음과 있음, 말하고 말하지 않음은 한없이 풍부하나 또 곤혹으로 충만한 영혼을 나타낸다.

6년 뒤에 1933에 루쉰은 또 「밤의 찬가」를 써서 자기와 밤의 관계를 정면으로 논했다.

가장 눈길을 끄는 것은 당연히 자기를 '밤을 사랑하는 사람'이라고 부른 점이다. 이 배후에는 더 심각하고 중요한 자기 위상의 정립이 있다. 그가 '밤을 사랑하는 사람'이라고 한 것은 틀림없이 "고독하고, 하릴없으며, 싸울 수 없고, 광명을 두려워하는 사람"이라는 뜻일 테니, 이는 대단히 의미심장하다.

루쉰은 일찍이 '진정한 지식계급'은 현상에 영원히 만족하지 못하는 영원한 비판자이자 영원한 고독자라고 말한 바 있다. 그 자신은 영원한 비판자의 입장을 견지하기 때문에 계속해서 홀로 전투에 나설 수밖에 없다. 5·4운동 이후 "『신청년』 단체는 해산해 버려서 어떤 이는 높이 출세하고 어떤 이는 은퇴했으며, 어떤 이는 전진했는데", 여전히 "사막을 오가는" 루쉰은[31] "새로운 문단은 쓸쓸하고 옛 전장이 평안한데, 그 사이에 졸병 하나가 창을 메고 홀로 방황하는"[32] 고독과 비애를 느낄 수밖에 없었다. 1930년대에 상하이에 도착했을 때 그는 또 "문호文豪들의 붓끝에 포위당해"[33] 갖가지 죄명을 뒤집어쓰고 '하릴없는 사람'이니 '싸울 수 없는 자', '광명을 두려워하는 자'로 간주되었다. 확

31   魯迅, 「『自選集』自序」, 『南腔北調集』(『魯迅全集』 제4권), 468쪽.
32   魯迅, 「題『彷徨』」, 『集外集』(『魯迅全集』 제7권), 156쪽.
33   魯迅, 「『三閑集』序言」(『魯迅全集』 제4권, 4쪽).

실히 여기에는 근본적인 갈림이 있다. 루쉰이 보기에 진정한 암흑을 똑바로 봐야만 진정한 싸움을 할 수 있었는데, 저 '비非 혁명적인 급진 혁명론자들'은 "까치를 환영하고 올빼미 울음을 증오하며 그저 길상吉 祥의 조짐만 찾아, 눈을 감은 채 허구의 빛으로 자기를 도취시킬" 뿐이 었다.[34] 이에 루쉰은 다시 한번 자기 '전우'들의 분열에 직면하자 자발 적으로 변두리로 나갔다. 동시에 이것은 중대한 의미가 담긴 선택이었 다. 사회의 중심을 떠나 '고독'하게 변두리에 선 채 (그래서 '하릴없는' 상 태였으나) 여전히 "감히 질펀한 선혈을 똑바로 쳐다보고 참담한 인생에 과감하게 직면하는" 태도를 견지한 채 (어떤 이들이 보기에는 '광명을 두려 워하며') 사회의 냉정한 관찰자이자 깨어 있는 비판자가 되었다. (저 '비 非 혁명적인 급진 혁명론자들'은 이것이 '싸울 수 없는 자'라고 여겼다.) 이것이 바 로 『야기』를 쓴 루쉰의 기본 처지이자 발화 입장이었다.

그는 이러한 사회의 냉정한 관찰자이자 깨어 있는 비판자는 틀림없 이 '밤을 사랑하는 사람'이라고 했다. 사람은 오직 밤에만 진실에 직 면할 수 있기 때문이다.

사람의 언행은 낮과 밤에, 태양 아래와 등불 앞에서 늘 다르게 나타난 다. 밤은 조물주가 짠 어두운 천의天衣여서 모든 사람을 덮어 따뜻하고 마음 편하게 해 주어서, 자기도 모르게 스스로 사람이 만든 가면과 옷을 점점 벗고 적나라한 상태로 이 가없이 넓은, 검은 솜과 같은 큰 덩어리에 감싸이게 된다.

---

34 魯迅, 「太平歌訣」, 『三閑集』(『魯迅全集』 제4권), 105쪽.

다시 나타난 '검은 솜'의 이미지에 자연스럽게 다시 주목하게 된다. 샤먼夏門의 '그 큰 건물'의 검은 밤중에 루쉰이 밤의 풍부함을 느꼈다면, 상하이 아파트의 이 밤에는 밤의 적나라한 진실 속에서 도취되었다.

그는 말했다. "밤을 사랑하는 사람은 밤의 소리를 들을 수 있는 귀와 밤의 모습을 볼 수 있는 눈이 있어서 어둠 속에서도 편안하게 모든 어둠을 본다." 이것은 일종의 새로운 관찰과 사유, 그리고 발화 방식을 요구한다.

"모든 어둠을 보는" 것은 두 가지 측면을 포괄한다.

밤이 강림하여 문인과 학자들이 대낮에 눈부신 백지에 썼던 초연하고 혼란하며, 황홀하고, 왕성하며, 찬란한 모든 문장을 말살해 버리고, 오직 동정을 구하고, 비위를 맞추고, 거짓말하고, 남을 속이고, 허풍 치며, 음모를 꾀하는 밤의 기운만 남았다.

그러니까 발견하고 폭로하는 데에 뛰어나다는 것이다. 밤의 엄호 아래 폭로할 수 있는 어두운 본성과 진상이 이른바 '검은 밤의 어둠黑夜之暗'이다.

더욱 기특한 것은 예민하게 발견하고 폭로할 수 있다는 점이다. 대낮의 '번화함과 소란' 속에서, "높은 담장 뒤 큰 건물 안 깊은 방 안, 검은 감옥 안, 객실 안, 비밀 기관 안에" 가득 찬 '놀라운 진짜 크나큰 어둠驚人的眞的大黑暗'이다. 이것은 '대낮의 어둠'과 싸워야 하므로 예사롭지 않은 눈(식별력)과 특별한 용기 및 지혜(전투력)를 갖춰야 한다.

이런 시점으로 루쉰의 '야기'를 보면, 대개 두 가지 유형으로 나뉜다. 「혼잣말」과 같은 산문들은 『조화석습』과 『야초』의 선구가 되거나 혹은 그 연장선에 있다. 예를 들어서 「우두 접종我的種痘」와 「내 첫 번째 사부我的第一個師傅」와 같이 유년을 회상하는 글들은 당연히 「유모와 『산해경』阿長與『山海經』」 등의 글과 대조해서 읽을 수 있다. 특히 그가 세상을 떠나기 전에 쓴 「여신女弔」은 1925년과 1926년에 큰 병을 앓고 나서 쓴 「귀신無常」과 멀리서 호응한다고 할 수 있다. 그리고 「웨이쑤위안에 대한 기억憶韋素園君」과 「류반눙에 대한 기억憶劉半農君」, 「장태염 선생의 두세 가지 일에 관하여關於太炎先生二三事」, 「판아이눙范愛農」[35], 그리고 「후지노 선생藤野先生」은 분명히 한 계열에 속한다.

다만 '야기'를 구성하는 주체는 「밤의 찬가」가 소환하는 저 "어둠 속에서도 편안하게 모든 어둠을 본다"라는 문장이다. 「류허전을 기념하며記念劉和珍君」와 「망각을 위한 기념爲了忘却的記念」, 그리고 「심야에 쓰다」와 같은 글들은 중국 현실의 '놀라운 진짜 크나큰 어둠'에 직면했으며 「등하만필」과 「중국의 두세 가지 사건에 관하여關於中國的兩三件事」, 「병후잡담」, 「병후잡담의 여운」 등은 중국 역사의 '놀라운 진짜 크나큰 어둠'에 직접 저항하므로 언제 읽어도 늘 놀라운 감동을 느낀다. 이것들은 앞서 살펴본 『조화석습』과 『야초』의 주제인 '사랑'과 '죽음'을 대대적으로 심화했다. 루쉰은 "대명大明 왕조는 살갗을 벗기는 데에서 시작하여 살갗을 벗기는 것으로 끝났다"[36]라고 했는데, 그 자신은 또

---

35 판아이눙(范愛農 : 1883~1912, 본명은 자오지[肇基], 자는 쓰녠[斯年], 호는 아이눙)은 청나라 말엽 혁명 단체인 광복회(光復會)의 성원이었으나, 폭풍우 속에서 배를 타고 가다가 물에 빠져서 죽었다.

1930년대에 "수많은 청년의 피가 층층이 엉겨 쌓이는 모습을 목도"하고 "묻혀서 숨을 쉴 수 없을 정도"가 되었다.[37]

벗이나 학생이 죽을 때마다 어디서 어떻게 죽었는지는 몰라도 어쨌든 아는 것보다 더 슬프고 불안했다. 이를 통해서 저 어두운 방에서 몇몇 도살자의 손에 목숨을 잃었으리라 상상하면 그 역시 군중 앞에서 죽는 것보다 더 쓸쓸할 게 분명했다.[38]

이 모두 피가 묻은 글이며, 게다가 선혈이 이미 종이 뒷면까지 스며서 곧장 독자의 마음에 뚝뚝 떨어진다. 어쩌면 피비린내 나는 도살 속에서 루쉰은 진정한 '사랑'의 섬광을 보았을 것이다. 그는 '용감하고 우애에 찬' 세 여성이 "빗발치는 총탄 속에서 죽음을 불사하고 서로 구해 준" 일을 알게 되자 똑같이 '놀라운 위대함'을 느꼈다.[39]

루쉰은 인푸殷夫[40]의 시가 '사랑의 큰 깃발'이자 '증오의 금자탑'이어서 "별세계에 속한다"라고 했다.[41] '야기'에 들어 있는 루쉰의 산문도 이렇게 봐야 할 듯하다.

---

36 魯迅, 「病後雜談」, 『且介亭雜文』(『魯迅全集』 제6권), 172쪽.
37 魯迅, 「爲了忘却的記念」, 『南腔北調集』(『魯迅全集』 제4권), 502쪽.
38 魯迅, 「寫於深夜裏」, 『且介亭雜文末編』(『魯迅全集』 제6권), 520쪽.
39 魯迅, 「記念劉和珍君」, 『花蓋集續編』(『魯迅全集』 제3권), 292~293쪽.
40 【역주】인푸(殷夫 : 1910~1931, 본명은 쉬바이[徐白], 학명[學名]은 쉬주비[徐祖畢])는 바이망[白莽], 원슝바이[文雄白], 런푸[任夫] 등의 필명을 쓰기도 했던 시인이다. 공산당원으로서 1931년에 회의에 참가하려고 상하이에 갔다가 영국 순경에게 체포되었다가 러우스[柔石] 등과 함께 비밀리에 살해당했다.
41 魯迅, 「白莽作『孤兒塔』序」, 『且介亭雜文末編』(『魯迅全集』 제6권), 520쪽.

4. 공공장소 속의 루쉰

우리는 이미 시골의 민간 언어 환경에서 "마음대로 한담하는" 루쉰과 사람들의 무리를 떠나 "풀숲으로 들어가" 자기를 고문하고 '혼잣말하는' 루쉰, 그리고 "어둠 속에서도 편안하게 모든 어둠을 보는" 사회에 대한 냉정한 관찰자로서 끊임없이 깨어 있는 비판의 '욕설惡聲'을 퍼붓는 루쉰을 살펴본 바 있다.

그러면 공공장소 속의 루쉰은 또 어떤 태도와 심경으로 어떻게 말했는가? 이제 루쉰의 연설문을 살펴보자.

다만 루쉰의 연설을 잘 들었던 이들의 기억을 먼저 들어봄으로써 현장감을 조금 느껴 보자.

1936년 11월에 출판된 『루쉰의 인상魯迅印象記』(작자인 왕즈즈王志之는 베이핑北平사범대학 중문과 학생이었음)에서는 "군중에 포위된 루쉰"이라는 제목 아래, 1932년에 그가 베이징에서 강연한 장면을 이렇게 묘사했다.

사람들이 쏟아져 나와 서로 밀치며 다투어 알리기를, 교원 휴게실과 모든 사무실이 다 문이 잠겼다고 했다. 소란 속에서 함성이 터졌다. "저우 선생을 모셔서 강연을 들읍시다. 학교 당국에서 초대하지 않더라도 우리가 모십시다!" "학생회로 갑시다!"…… 그 큰 방은 금방 사람들로 가득 찼고, 걸상과 창틀에도 겹겹이 쌓이기 시작해서 빈틈 하나 없었다.

"여러분, 선생님께 걸상 하나를 주시오!"

목이 터져라 외쳐도 전혀 효력이 없었고, 사람들이 자발적으로 몰려들자 노인의 열정은 이미 이 열광하는 군중과 하나로 녹아들었다.

"선생님", 소란 속에서 누군가 소리쳤다. "그 모자 몇 년 동안 쓴 겁니까?"

노인은 대답도 없이 빙긋 웃더니, 손때에 절어 반질반질한 그 모자를 식탁 위에 놓고 메이리美麗 상표의 궐련갑을 꺼내더니 한 개비를 뽑아 불을 붙였다.

"선생님, 담배는 하루에 얼마나 피시나요?"

"조금 줄이셔요, 선생님!"

군중들은 계속 그에게 농담을 했다. 사람들의 마음에는 일종의 특수한 감정이 충만해 있었다. 이 노인에게 경의를 표하면서도 허위적인 공손함 따위는 전혀 없이 억누를 수 없이 미친 듯이 치솟는 친근함이었다.

우천 체조장의 그 넓은 방은 이미 물 샐 틈 없이 사람들로 가득했고, 창틀에도 사람들이 가득 앉아 있었으며, 그러고도 아직 많은 군중이 대문 어귀에 가득 몰려와 있었다.

"비켜요, 비켜!"

"창문으로 들어가자!"

무수한 사람들의 고함 속에서 사람들은 저절로 이리저리 밀려다녔고, 우리 몇몇은 온 힘을 다해 몸부림치며 필사적으로 노인을 보호했다.

"여러분, 비켜 주셔요! 선생님이 깔리시겠습니다!"

…… 간신히 강단으로 올라갔는데 내 외투는 단추가 두 개나 떨어졌고 온몸이 땀에 젖었다. 노인은 강단 옆에 서서 땀을 닦으며 기침을 했다.

…… 박수소리가 울리고 뒤이어 또 함성이 터졌다.

"안 들려요!"

창밖에서도 고함을 질렀다.

"안 들려요!"

강단 어귀에 서서 나는 두 손을 들고 흔들었다.

"여러분, 조용히 해 주셔요! 질서를 지켜 주셔요!"

그러나 함성은 갈수록 더 격렬해졌다.

"안 들려요!"

"밖으로 나갑시다! 야외에서 강연해 주셔요!"

…… 방 안의 군중은 그야말로 폭동을 일으키는 듯했다. 무수한 사람들의 거친 물결이 밖으로 쏟아져 나가자 문과 창문은 순식간에 이 모진 물결에 휩쓸려 망가져 버렸다.

밖으로 나가니 체조장의 뜰에는 이미 사각형 탁자가 놓여 있었고, 인산인해로 몰려든 이들이 주위를 둘러싸고 있었다.

노인은 사람들 머리 위에서 탁자로 올라갔다.

무려 몇 분 동안 박수가 이어지고 나서 강연이 시작되었다.

그렇게 많은 군중 속에서 강연을 제대로 듣지 못한 이들도 상당히 있었을 것이다. 노인의 목청은 세차게 불어대는 바람 소리를 이기지 못했고, 온통 저장浙江 사투리로 가득한 그의 말은 그의 발아래 탁자 언저리를 에워싸고 기록하고 있던 이들조차 잘 알아들을 수 없었다. 그러나 사람들은 대단히 조용했고, 마치 이미 충분히 만족한 듯이 다들 입을 다문 채 고개를 들고 그를 바라보았다. 시종일관 아무도 떠들지 않았다.

강연이 끝나자 박수 소리가 울리고 또 함성이 울렸다.

"조금 더 말씀해 주셔요!"

"조금만 더요!"

노인이 웃으며 허리를 숙이고 내게 물었다.

"잘 안 들렸을 텐데?"

"조금 더 말씀해 주셔요!" 함성 소리가 더 높아졌다.

군중의 요청에 따라 노인이 또 몇 마디를 보탰다.

군중들이 체조장으로 몰려 나오자 노인은 사람들에 의해 겹겹으로 포위되기 시작했다.[42]

지금도 이렇게 루쉰이 노천 광장에서 강연하는 장면을 담은 사진을 볼 수 있는데, 대단히 감동적이다. 루쉰 자신의 말에 따르면, 남방의 청년은 북방의 청년보다 더 열정적이어서 늘 자기를 들어 올려 헹가래를 치는데, 어떤 때는 머리가 어지러워지고 나서야 그만두기도 했다고 한다.

"북방 청년들은 상대적으로 차분한데, 지금은 더 활발해진 듯하다.[43]"

다만 루쉰의 강연이 모두 이처럼 '사자후'를 터뜨리는 것은 아니었다.(이 강연을 할 때 그 스스로 사람이 너무 많아서 뒤쪽 젊은이들은 듣지 못할 것 같아서 "어쩔 수 없이 목소리를 높여야" 했다고 했다.)[44] 그래서 또 이런 회고도 있다. 창조사의 정바이치鄭伯奇[45]는 루쉰과 동시에 강연 초청을 받은 적이 있는데, 먼저 강연한 정바이치가 경험이 없어서 상당수 청중이

42   王志之, 「魯迅印象記』(『魯迅回憶錄』"專著"上冊, 25~27쪽).

43   李霽野, 「魯迅先生兩次回北京」(『魯迅回憶錄』"散篇"上冊, 278쪽).

44   荊有麟, 「魯迅回憶片斷」(『魯迅回憶錄』"專著"上冊, 141쪽).

45   【역주】 정바이치(鄭伯奇 : 1895~1979, 본명은 룽진[隆謹], 자는 바이치)는 1910년에 동맹회(同盟會)에 가입하여 신해혁명에 참가했고, 1917년에 일본에 유학하여 제국대학에서 공부했으며, 1920년에 『소년중국(少年中國)』에 시 「이별 후[別後]」를 발표하고 이듬해 창조사에 가입했다. 1926년에 졸업하고 귀국하여 중산[中山] 대학교수와 황푸[黃埔] 군관학교 교관을 역임했고, 중화인민공화국에서 시베이[西北] 대학 교수를 역임했다.

떠나 버렸다. 이윽고 루쉰이 강단에 올랐다.

　아마 병이 있었기 때문인 듯 루쉰 선생의 목소리는 높지 않았으나, 조금은 침착한 저음이었다. 어조는 느렸으나 집안사람과 평범한 집안일을 얘기하듯이 친근했다.

　먼저 자기 고향 이야기부터 시작했다. 자신은 저장 동부의 유명한 술 생산지 출신이지만, 술은 전혀 좋아하지 않는다고 했다. 이렇게 그는 일찍이 '몽롱하게 취한 눈'을 하고 있다고 했던 펑나이차오馮乃超[46]에게 가볍게 가르침을 내렸다…….

　소박한 어구 가운데 수시로 번뜩이는 풍자의 빛을 드러내…… 곧 열렬한 박수와 강당을 울리는 웃음소리를 끌어냈다.

　언제인지 모르지만, 강당 안에 그렇게 많은 사람이 들어찼다. 그 큰 강당은 들어찬 사람들로 물 샐 틈이 없었다. 심지어 창틀에서 책을 옆구리에 낀 학생들이 올라가 있었다.[47]

　이것은 루쉰의 강의 기풍과 대체로 일치한다. 그의 학생들이 회상

46　【역주】펑나이차오(馮乃超 : 1901~1983)는 일본 요코하마에서 태어나 도쿄 제국대학 철학계 사회학과에서 공부하고 다시 미학과 미술사를 공부했다. 1926년 3월에『창조월간』에 연작시「환상의 창[幻想的窓]」을 발표했다. 1927년에 학업을 포기하고 귀국하여 혁명 운동에 참가하면서『문화비판』과『창조월간』, 공산당 기관지인『홍기주보(紅旗週報)』를 편집했다. 이후 좌익작가연맹이 결성되는 데에 주도적으로 참여했고,『항전문예(抗戰文藝)』를 편집하고, 이후 중국공산당 중앙 홍콩 분국의 '공위(工委)' 위원으로서『대중문예총간』을 편집하기도 했다. 중화인민공화국에서는 중산 대학교 부총장과 중국공산당 8대 대표 등을 역임했다.

47　鄭伯奇,「魯迅先生的演講」(『魯迅回憶錄』"散篇"中冊, 610~611쪽).

한 바에 따르면 그가 강의할 때의 모습은 이러했다.

무슨 특별한 것은 보이지 않았다. 위엄을 세우지도 않았고 자애롭고
온화하지도 않았다. 말을 시작하면 목소리는 고르고 느릿하여 고저와
장단의 변화가 없었고 비분강개하여 격앙된 어조도 없었다. 분필과 강
의안을 든 두 손은 말을 보조할 만한 어떤 동작도 시종일관 없었고, 얼굴
도 늘 그렇게 냉정해서 얄팍한 피부와 살은 완전히 응고된 듯 움직임이
없었다.

……그러나 교실에서는 갑작스럽게 웃음이 터져서, 지극히 평범한
그의 말은 거의 한마디가 끝날 때마다 멈추거나 중단되어야 했다. 모든
청중의 눈앞에 마름다움과 추함, 선과 악, 진실과 허위, 광명과 어둠, 그
리고 과거와 현재와 미래가 적나라하게 나타났다. 그의 '중국소설사' 강
의를 듣노라면 마치 전 인류 영혼의 역사를 듣는 듯했다. 모든 사태의,
심지어 사람 마음의 겹겹이 쌓인 외투가 모조리 찢겨 버렸다. (「위·진
풍도 및 문장과 약, 술 사이의 관계」나 「상하이 문예의 일별」과 같은 루
쉰의 학술 강연도 아마 이런 감각을 느끼게 할 것이다─인용자) 그래서
교실 안의 모든 이들이 웃기 시작하면 웃음 속에 즐거움과 비애, 애련과
증오, 수치와 분노가 뒤섞여 있다. 모두 고개를 들면 루쉰 선생의 창백하
고 냉정한 얼굴 위에 자상하고 친절한 이 광휘를 볼 수 있는데, 그것은
마치 엄혹한 겨울의 태양 같았다.[48]

---

48   魯彦, 「活在人類心裏」(『魯迅回憶錄』 "散篇" 上冊, 121쪽).

이것은 강의를 들었던 학생들의 거의 공통적인 감각에 가깝다.

　때로는 듣는 학생들이 거의 웃겨 죽을 지경인데도 전혀 멈추지 않고, 웃음도 짓지 않고 강의를 계속한다. 본래 '우스운 연기나 대사揷科打諢'로 웃기려는 의도는 전혀 없고 그저 진지하게 강의하는데, 깊은 곳을 파고 들어 피부 안쪽의 뼈를 건드리면 '환약이든 탕약이든 삼분오전三墳五典 같은 고서든' 간에 일체의 하찮은 것들을 죄다 찢어 버린다. 그저 눈을 가늘게 뜨고 진지하게 찢고 있을 뿐, 구차하게 잔혹한 박해를 가하거나 살상을 저지르는 짓은 전혀 하지 않는다…… 웃음이 통쾌함을 나타낸다면 또 어찌 웃지 않을 수 있겠는가? 그리고 그는 또 굳이 웃을 필요가 어디 있었겠는가?[49]

　훗날 저명한 언어학자가 된 웨이젠궁魏建功[50]은 루쉰의 강의와 연설에 쓰인 언어에 더 주목했다.

　선생은 보통화를 쓰셨는데 사오싱紹興 방언의 색채가 짙은 구어口語였다. 음절 하나하나를 뚜렷하게 발음하면서도 대단히 침착하면서도 고아古雅하고 힘이 있었다. 선생의 글을 읽으면 현대 중국어의 서면어와 같은 예리함과 강인함이 함께 연관되어서 정말 말할 수 없이 유쾌하다.[51]

49　冶秋, 「懷想魯迅先生」(『魯迅回憶錄』 "散篇"上冊, 171쪽).

50　【역주】웨이젠궁(魏建功 : 1901~1980, 자는 궈광[國光] 또는 이싼[益三])은 중국 현대 언어학의 개척자이자 베이징대학 중문과의 고전문헌학 전공의 토대를 다졌다. 중국과학원 철학사회과학 원사(院士) 등을 역임했고, 『신화자전(新華字典)』의 편찬을 주관하기도 했다.

다만 루쉰의 강연 현장에는 이러한 열렬하고 왕성한, 혹은 친근하고 유쾌한 분위기 외에도 사실은 일종의 긴장감이 더 많았다. 위다푸郁達夫는 이 강연 뒤에 있는 복잡한 배경에 대한 루쉰의 설명을 들은 바 있다.

> 대학에서 내게 강연을 해 달라고 초청하자 위선적인 자들이 요행을 노릴 기회를 얻어서 나를 무고할 증거를 짜 맞출 수 있었다. 하지만 나는 서두르지도 쫓기지도 않은 채 위·진 시대 사람들의 풍도와 같은 것을 강의하고, 시국이나 정치에 대해서는 한마디도 언급하지 않았다.[52]

여기서 얘기하고 있는 것은 아마 1927년 7월 23일과 26일에 국민당 정부 광저우廣州 교육국이 주관한 광저우 하기夏期 학술 강연회에서 했던 「위·진 풍도 및 문장과 약, 술 사이의 관계」라는 강연일 것이다. 바로 일주일 전에 국민당은 '7·15 대살육'을 자행했으므로, 당시 루쉰에게 강연을 요청한 데에는 암중에 살기를 품고 있었음이 분명했고, 동시에 일종의 함정이기도 했다. 루쉰은 '시국과 정치'를 정면으로 건드릴 수도 없었고 각종 암시를 통해서 자기의 원칙을 견지했다. 그 사이에 내재한 발화의 곤경과 몸부림은 세심하게 이해해야 할 것이다. 어쨌든 그가 자유롭지 못한 상태에서 공개적으로 연설했다는 기본적인 사실을 소홀히 여겨서는 절대 안 된다. 그는 이에 대해 분명하게 의식하고 대단히 높은 수준의 경계를 유지했다. 앞서 소개한 왕즈즈王志之

---

51   魏建功, 「憶三十年代的魯迅」(『魯迅回憶錄』 "散篇"上冊, 258쪽).
52   郁達夫, 「憶憶魯迅」(『魯迅回憶錄』 "散篇"上冊, 157쪽).

의 회고에서는 또 하나의 작은 에피소드를 제공한다. 루쉰이 노천에서 연설할 때 어떤 학생이 사진을 찍으려 하자 그는 찍히지 않으려고 몸을 숨겼다. 그리고 나중에, "미리 얘기하지 않았으니, 그 사람들이 누군지 어찌 알겠나!"라고 해명했다. 이런 감시의 그림자는 시종일관 그의 강연 활동을 뒤덮었고, 그의 심경은 물론 강연의 내용과 발언 방식에도 직접 또는 간접적으로 영향을 주었다.

위다푸와 대화하면서 그는 특별히 '위선적인 자偽君子'를 언급했는데, 교육계 및 학술계의 '정인군자'와 문화계 및 언론계의 불량한 문인도 하나의 그림자를 구성했다. 루쉰은 이런 '문학가'에 대해 얘기한 적이 있다. 이른바 '소묘'라는 글에서 그녀는 "루쉰은 연설을 아주 좋아하나 말을 조금 더듬고, 게다가 '남북의 방언이 뒤섞여南腔北調' 있다"라고 했다는 것이다. 이에 그는 이렇게 대답했다.

앞의 두 가지는 무척 이상하지만, 뒤쪽의 한 가지는 무척 동감한다. 정말 나는 아름답고 부드러운 쑤저우 말蘇白이나 크고 시원시원한 베이징 말투京腔는 할 줄 모르니 말의 규칙도 지키지 않고 유행에 뒤져서 품격도 낮은지라 정말로 '남북의 방언이 뒤섞여' 있다.

심지어 그는 자기 논문집의 제목을 아예 『남강북조집南腔北調集』이라고 명명했다.[53] 그는 자기가 중국의 사회 구조와 언어 체계에서 "규칙도 지키지 않고 유행에 뒤져서 품격도 낮은不入調, 不入流" 이질적이고 주

---

53   魯迅,「『南腔北調集』題記」(『魯迅全集』 제4권, 427쪽).

변적인 처지에 놓여 있었음을 충분히 의식하고 있었다.

　동시에 이것은 루쉰이 공개 강연자가 행하는 공공의 배역에 대해 마음속으로 경계했거나 혹은 익숙하지 않아서 편안하지 못했고, 심지어 전력을 다해 피하려 했음을 의미한다. 그는 거의 매번 강연의 첫머리에서 반복적으로 설명했다.

　　내 강연이 여러분께 유익하거나 흥미를 갖게 할 수 없음을 스스로 알고 있습니다. 나는 정말 아무것도 모르기 때문입니다. 다만 너무 오래 미루었으므로 결국에는 여기 와서 몇 마디 하지 않을 수 없게 되었습니다. 「未有天才之前」

　　나는 강연할 줄도 모르고 얘기할 만한 무언가를 생각해 내지도 못합니다. 「關於知識階級」

　　나는 전체적으로 식견 높은 언론도 없고 고명한 견해도 없습니다. 「文藝與政治的岐途」

　　(제 강연은) 들을 만한 것도 없고 무료합니다. 「無聲的中國」

　　이 학교에서 몇 차례 저를 초청했으나 항상 핑계를 대고 미루면서 오지 않았습니다. 「革命時代的文學」

　　저도 얘기할 만한 무엇이 없습니다. 「讀書雜談」

이런 말들을 강연자가 의례적으로 하는 겸사라고 볼 수는 없으며, 적어도 루쉰에게는 달랐다. 필자가 보기에 이것은 바로 루쉰이 강연할 때 내재했던 긴장감을 나타낸다.

앞서 설명한 것들이 외재 환경의 긴장이라면 이런 마음속의 긴장은 어쩌면 더욱 심각하다고 할 수 있다. 그것은 루쉰의 내재적 모순을 드러낸다. 그는 물론 강연의 작용을 알고 있었고 부인하지도 않았다. 특히 청년들이 강연을 듣는 과정에서 나타낸 열정과 사상 및 지식에 대한 갈망은 그도 느끼고 있었고, 게다가 거기에서 어떤 격려도 받았다. 그러나 그는 공개 강연에서 발언하기는 곤란하다는 것을 더 깊이 알았고, 어쩌면 더 절실하게 느꼈다.

이런 발언의 곤경을 직시하는 것은 사실 루쉰의 강연에서 상당히 핵심적인 부분이자 강연의 주요 내용이었으니, 말하자면 그의 정면적인 표현은 일종의 장력張力을 형성했다. 다만 모두 살짝 언급했을 뿐이어서 소홀히 여겨지기 쉬웠으니, 우선 이 점에 주의하며 읽어야 할 것이다.

「지식계급에 관하여」라는 강연에서 그는 "팔고문을 짓는 것에 가깝게 강연한다는 것은 지극히 어려우니, 강연의 천재라면 그럴 수 있겠으나 나는 하지 못한다"라고 했다.[54] 이야말로 한마디로 급소를 찌른 것이었다. '팔고문'은 사실 루쉰이 같은 강연에서 '각종 이해관계를 생각해서' 자각적으로 혹은 자기도 모르게 했던 '지휘도指揮刀 아래에서 명령을 듣는' 말이었거나 혹은 조금 듣기 좋게 말하자면, 사회에서 공

54   魯迅, 「關於知識階級」, 『集外集拾遺補編』(『魯迅全集』 제8권), 223쪽.

인된 규칙 즉 '공의公意'에 따라 발언한 것이었다. 이것은 바로 루쉰이 거부하고자 했던 '전체적으로 식견 높은 언론'이나 '고명한 견해', '유익'하고 '흥미로운' 말이었다. 그가 분명히 말했듯이, '진정한 지식계급'은 "이해관계를 고려하지 않고", "의견을 발표해야 한다면 생각나는 대로 얘기하는데", 이것은 '팔고문'처럼 강연하는 데에서는 금기이기 때문이다. 이것이 바로 직면한 곤경이었다. 자기가 하고 싶은 말은 허락되지 않거나, 혹은 말해 봐야 듣는 사람이 없었다. 권력을 쥔 사람뿐만 아니라 '공의'와 심지어 청중을 포함한 다른 사람들이 자기에게 해 주기 바라는 말을 자기는 할 생각도 없고, 하고 싶지도 않으며, 할 수도 없다. 그래서 그는 자기가 '강연의 천재'가 아니라서 연기를 할 줄 모르기 때문에 강연을 '할 줄' 모른다고 선포할 수 밖에 없었다.

이것은 동시에 한 가지 문제를 제기한다. 강연은 마음속의 말을 완전히 노출하여 진실한 자아를 남김없이 보여줄 수 있는가? 그는 「소리 없는 중국無聲的中國」에서 "강연할 때는 나의 진정한 태도가 아니니, 벗이나 아이들에게 얘기할 때와는 태도가 다르기 때문"이라고 솔직하게 인정했다. 그는 일찍이 이렇게 말했다. "내 작품을 편애하는 독자는 때로 내 글이 진실을 얘기한다고 비판하곤 한다. 이것은 사실 지나친 칭찬인데", "당연히 나도 남을 그다지 속이고 싶지 않으나 마음속의 말을 그대로 다 얘기한 적은 없으며, 대체로 그저 할 만하다고 여겨지는 이야기만 하면 그만"이라는 것이다.[55] 공개 강연은 더욱 "마음속의 말을 그대로 다 얘기"할 수 없으니, 그는 일찍이 젊은 벗에게 "친구와 얘기

55　魯迅, 「寫在『墳』後面」, 『墳』(『魯迅全集』 제1권), 299쪽.

할 때는 조심할 필요가 없이", "옷을 벗을 수 있으나, 전장에 나가려면 갑옷을 입어야" 한다고 했다. "귀신이 너무 많아서", "방비를 해야지 웃통을 벗고 나설 수는 없기" 때문이라고 했다.[56] 그의 공개 연설은 확실히 '갑옷을 입고 출전한' 것인지라 절대 모든 곳에서 솔직하게 직언하지 않았다. 다만 그는 "상대적으로 진실한 말을 하며 상대적으로 진실한 목소리를 냈다.[57]" 사실 이것이야말로 해 내기 어려운 일이었다.

「독서잡담」에 들어 있는 분석도 대단히 정미精美하다. "일단 교원教員이 되면 어쩔 수 없이 고려할 게 생긴다. 교수는 나름의 자세가 있으니 하고 싶은 말을 마음대로 할 수 없다." "여기에 반박하는 사람도 있을 것이다. 하고 싶은 말을 하면 되지 왜 그리 조심스럽게 구느냐는 것이다." 그러나 실제로 "교원 자신은 설사 스스로 이렇게 대범하다고 여기더라도 잠재의식 안에는 어쩔 수 없이 나름의 자세가 있을 수밖에 없다".[58] 이것은 또 『야기』에 들어 있는 말을 떠올리게 한다. 낮의 공개적인 장소에서 사람들은 늘 '인조의 가면'을 쓰고 '옷'을 차려입는다는 것이다. 교원이나 교수는 모두 일종의 신분이자 사회적 지위이니, 이런 신분과 지위에 적응하려면 '가면'과 '옷'이 필요하고 "어쩔 수 없이 나름의 자세가 있을 수밖에 없다". 강연자도 나름의 신분이 있고, 게다가 공개된 장소에서는 자기의 신분을 '고려'하지 않을 수 없다. 루쉰도 예외가 아니어서 각 신분마다 그에 상응하는 '가면'과 '옷', 그리고 '자세'가 있어서 다른 이에게 말할 때 어떤 제약이 되었

---

56 魯迅, 「致蕭軍蕭紅」(『魯迅全集』 제13권, 408쪽).
57 魯迅, 「無聲的中國」, 『三閑集』(『魯迅全集』 제4권), 15쪽.
58 魯迅, 「讀書雜談」, 『而已集』(『魯迅全集』 제3권), 460쪽.

으니, 진정으로 "하고 싶은 말을 하는" 것은 대낮의 연설에서는 불가능했다. 이렇게 연설에서 피할 수 없었던 제약에 대해 루쉰은 아주 명확하게 파악하고 있었다.

루쉰은 강연에 있을 수도 있는 함정을 경계했다. 「문예와 정치의 기로文藝與政治的岐途」에서는 특별히 "조금 전에 제가 한 강연을 듣고 여러분이 박수를 쳤는데", "그 박수는 무척 위험한 것이어서 저 스스로 위대하다고 여기고 발전하지 못하게 할 수도 있으니, 차라리 치지 않는 게 좋습니다".[59] 뜻밖에도 그는 청중의 '박수'를 '위험'하다고 여겼는데, 이런 정도의 민감함은 대단히 특수하면서도 심각한 의미를 담고 있다. 「노라가 떠난 뒤에 어떻게 되었는가?」(이하 「노라가……?」로 표기함 -역자)라는 유명한 강연에서 그는 평생을 관철했던 하나의 명제 즉 '군중'을 제기했다. "군중, 특히 영원히 희극적인 관객인 중국의 군중은 희생이 제단에 오르는데 뚜렷하게 비분강개한다면 비장미 넘치는 연극을 보고, 희생이 벌벌 떨고 있다면 희극滑稽劇을 본다." 루쉰이 제기한 '관객' 현상에 대해 필자는 이렇게 해석한 바 있다. "중국인은 살아가면서 자기가 배우가 되어 남에게 보여줄 뿐만 아니라 남의 행위를 연극으로 간주해 구경한다. 연극(남의 행위)을 구경하고 (남에게 보이는) 연기를 하는 것이 중국인의 기본적인 생존 방식이 되었고, 아울러 사람과 사람 사이의 기본 관계를 구성했다." "매일 매 시각, 도처에서 '많은 이들의 부릅뜬 눈'이 '구경'하는 상황에 놓여 있고, 자기도 수시로 남을 '훔쳐본다.'"[60] 강연자와 청중 사이에서 루쉰도 이런 '보임'과

59   魯迅, 「文藝與政治的岐途」, 『集外集』(『魯迅全集』 제7권), 119쪽.
60   錢理群, 「"遊戲國"裏的看客」(『魯迅作品十五講』, 北京 : 北京大學出版社, 2003, 39쪽).

'봄'의 관계를 강렬하게 느꼈으리라는 것은 어렵지 않게 상상할 수 있다. '많은 이들의 부릅뜬 눈'이 '구경'하는 상황에 놓이자 루쉰의 마음에도 연기를 한다는 느낌이 들 수밖에 없어서 엄숙한 사상 계발과 심령의 교류는 연극으로 변해 버렸다. 열렬한 박수는 연기가 훌륭하여 청중의 오락 욕망을 충족시킴으로써 '스타'가 되었다는 것을 나타낼 뿐이다. 이것이야말로 그가 가장 두려워하고 전력을 기울여 피하려 한 것이었다. 역시 「노라가……?」에서 그는 "이런 군중에 대해서는 방법이 없으니 그저 볼 만한 연극이 없다고 여기도록 하는 게 오히려 치료법"인지라,[61] 루쉰이 강연을 미루거나 거절한 것은 바로 이런 뜻에서 나온 태도였다.

'박수'의 위험은 강연자의 머리를 혼미하게 만들기 쉽다는 데에도 있다. 이것이 바로 루쉰이 "박수는 저 스스로 위대하다고 여기고 발전하지 못하게 할 수도 있"다고 한 뜻이다. 표면적으로 강연장에서는 강연자가 청중을 이끌고 있으나, 실제로는 청중의 반응 특히 그들의 박수도 강연자에게 영향을 주거나 심지어 그를 이끌기도 한다. 특히 강연자가 박수에 머리가 혼미해진다면 자각적이든 그렇지 않든 간에 박수로 나타난 군중의 의지에 지배당하여, 자기도 모르게 청중의 바람과 요구를 말하게 된다. 이렇게 열렬한 분위기와 자아도취 상황에서 발화 주권을 상실하는 것이야말로 루쉰이 보기에 진정 위험했다.

루쉰이 또 추궁하려 했던 것은 강연자가 자기 역할을 인정하는 것이었다. 「지식계급에 관하여」에서 자신은 "개인적인 의견을 조금 발

---

61   魯迅, 「娜拉走後怎樣」, 『墳』(『魯迅全集』 제1권), 170~171쪽.

표할"뿐이지 "인도자의 자리에 서 있게 아니"라고 분명하게 나타냈다.[62] 이것은 대단히 중요한 자리매김이니, 이로 인해 그는 강연자로 나서는 다른 많은 지식인과 경계를 분명히 그었다. 그들은 '청년의 지도교수'로 자임하거나 '나라의 스승國師'를 자기 소임으로 삼았으므로, 강연을 듣는 이들과 그들은 '이끌고' '이끌어지는' 관계였다. 그들은 진리를 장악했다고 스스로 생각했으며, 강연의 목적은 청중에게 자기 말을 믿어서 자기를 따라 광명의 탄탄대로를 가도록 하는 것이었다. 그러나 루쉰은 청중에게 분명히 말했다. 자기는 결코 "여러분 모두 제 말을 믿으라고 요구하지" 않는다는 것이다. 그 이유는 단순하고 소박했다. "제가 가는 길조차 제대로 알지 못하는데 어떻게 여러분을 이끌 수 있겠습니까?"

자기에 대한 이러한 회의는 많은 지식인에게 결여된 것이고, 바로 루쉰이 가장 중시하는 '진정한 지식계급'의 기본 특징 같은 것이었다.

그런데 관심이 가는 것은 이로 인해 결정된 루쉰의 강연 언사의 특징이다. 그것은 어쨌든 자기의 사고 과정과 자기의 곤혹을 청중에게 솔직하게 드러내면서, 동시에 개인의 의견일 뿐임을 강조한 것은 의문을 제기할 수 있고 또 그래야 한다는 뜻이었다. 그는 청중도 자기와 함께 사고하고 탐색하기 바랐다. 「노라가……?」라는 연설은 첫머리부터, "인생에서 가장 고통스러운 것은 꿈에서 깨어났는데 갈 길이 없는 상황이다". (이 '고통'은 누구보다도 먼저 루쉰 자신의 것일 텐데) 이어서 "지금 사회에서는 경제권이 가장 중요해 보인다"라고 하고, 또 곧바로

---

62   魯迅, 「關於知識階級」, 『集外集拾遺補編』(『魯迅全集』제8권), 223쪽.

"애석하게도 나는 그 칼자루를 얻는 방법을 모르고 그저 여전히 싸워야 한다는 것만 알 뿐"이라고 인정했다. 마지막으로 "아주 큰 채찍으로 등을 치지 않으면 중국은 스스로 움직이려 하지 않을 것"이라면서 아예 솔직하게, "그러나 (그 움직임이) 어디에서 어떻게 오는지는 나도 확실히 알 수 없다"라고 밝혔다.[63] 자기가 '아는' 게 무엇인지뿐만 아니라 '모르는' 게 무엇인지까지 밝혔다. 자기가 진리를 장악하고 이미 만들어진 길로 청중을 이끄는 게 아니라 자신도 길을 찾고 있다. 그저 앞으로 나아가려 할 뿐 어떻게, 어디로 가야 하는지는 청중과 함께 연구하고 실천하려고 한다.

그래서 필자는 "루쉰의 강연을 듣는 것은 후스의 연설을 듣는 것보다 어려울 수도 있으니, 모든 것이 명확하지 않고 스스로 생각해야 하기 때문"이라고 말한 적이 있다.[64] 바로 여기에 루쉰 연설의 매력이 있다. 그것은 청중에게 긴장된 사고를 유지하며 강연자와 청중 자신에게 끊임없이 따져 책망하게 한다. 그와 동시에 그 속에서 발언권의 평등과 사상의 자유라는 즐거움을 누릴 수 있다. 루쉰의 산문을 읽고 감상하고 결과적으로 이런 즐거움을 누릴 수 있다면, 그야말로 멋진 일이 될 것이다.

---

63   魯迅, 「娜拉走後怎樣」, 『墳』(『魯迅全集』 제1권), 166 · 168 · 171쪽 참조.
64   錢理群, 『與魯迅相遇』, 217~218쪽.

예술가 루쉰

이번 주제는 '예술가로서 루쉰'이다. 이것은 대단히 중요하고 흥미로운 주제라고 할 수 있다. 다만 필자는 적합한 보고자가 아니다. 필자는 예술을 모르기에 이 주제와 연관될 수밖에 없는 미술과 음악, 서예, 영화에 모두 전문 지식이 없다. 게다가 나이도 이미 많고 정력도 분산되어서 보충수업을 듣고 더 깊이 연구할 수도 없다. 다만 이 문제가 대단히 중요하며 루쉰에 대한 우리의 인식과 연관되어 있음을 알면서도 많은 이들이 홀시하고 있으니, 약간 호소할 필요가 있다. 지금은 그저 하나의 주제를 제시하고 자료를 설명하면서 기존의 연구 성과를 소개함으로써 선전 효과를 일으키려는 것이다. 독자가 흥미가 생기고 또 필자의 설명에 만족하지 못하여 스스로 연구하려 한다면 필자의 목적은 달성될 것이니, 이야말로 명실상부한 '포전인옥抛磚引玉'이라 하겠다.

1. 예술가 사이의 심령의 만남

2001년에 발표한 『루쉰과의 만남』과 『원행 이후－루쉰 수용사에 대한 하나의 서술遠行以後-魯迅接受史的一種描述』에서 필자는 이미 "사람들이 종종 사상가와 문학가로서 루쉰에게 주목하지만, 그의 예술가적 천성은 종종 소홀히 여기는" 문제를 제기한 바 있다. 그런데 '예술가 루쉰'에 대해 필자가 한층 더 주목하고 사고하게 한 것은 미술가들이 루쉰에 관해 언급한 글을 2005년에 연속으로 읽으면서 크나큰 계발을 받고 심지어 큰 충격을 받았기 때문이다.

우선 언급해야 할 것은 현대미술가 천단칭陳丹青[1]이 루쉰 박물관에서 행한 '위대한 선생에 대한 담소笑談大先生'이다. 필자가 보기에, 루쉰과 관련한 이 특별한 글은 2005년 루쉰 연구의 중요한 성과 가운데 하나이다.

잠시 그의 말을 살펴보자.

나는 그의 사진과 모습을 좋아한다. 나는 루쉰 선생이 아주 보기 좋다고 생각한다.

이 얼굴은 대단히 체면을 차리지 않고 무척 별 볼 일 없으면서도 대단히 쿨하고 대단히 자비롭다. 얼굴 가득한 청빈함과 강직함, 거리낌

---

1 【역주】천단칭(陳丹靑 : 1953~)은 1970년부터 1978년까지 농촌에서 활동하여 자습으로 그림을 익히고 1980년에 '시짱[西藏]' 연작으로 시대를 획한 작가로 명성을 날렸고 적지 않은 문학 작품도 발표했다. 2006년에 '시대 예술가' 대상을 수상했다.

없는 편안함을 볼 수 있으나 그 뼈대 안에는 풍류와 세련된 매력이 담겨 있고…….

뼈대 안에 간결하게 담긴 그런 깊은 학식과 의젓한 태도, 소탈하고 공허함, 그리고 이탈리아의 영화감독 베르톨루치^{Bernardo Bertolucci : 1941~2018}가 정확하게 형용했듯이 '고귀한 소극^{消極}'의 기질 / 중국화의 먹 색깔 같은 / 정말 압도적인 문인의 기세를 풍기면서도 전혀 오만방자하지 않은.

천단칭은 자기가 견지한 것이 '화가의 입장'이어서 역시 이른바 '시각적 기억'을 얘기한 것이라고 솔직히 말했다. 그가 보기에 "모습은 일종의 숙명이며, 숙명은 모습에 각인될 수 있다. 톨스토이의 그 큰 수염은 『전쟁과 평화』를 쓸 수밖에 없게 하는 것이었고, 루쉰의 작은 수염은 『아큐정전』을 쓸 수밖에 없게 했다". "가장 높은 의미에서 개인의 얼굴 모습은 바로 그의 사람됨이다."

천단칭은 또 루쉰의 '놀기 좋아함^{好玩}'을 얘기하면서, 그가 "문학 창작의 즐거움과 어휘 배치의 쾌감, 문장의 유희성을 잘 알았기에" 문장의 말미에 이르면 "지극히 만족하게 될 수밖에 없다"라는 등등으로 설명했다.

나중에 루쉰 박물관의 쑨위^{孫郁}[2] 관장이 필자에게, 루쉰이 "보기 좋

---

2 【역주】쑨위(孫郁 : 1954~, 본명은 쑨이[孫毅])는 선양(沈陽) 사범대학 중문과에서 문학석사 학위를 받았고, 2002년에 루쉰박물관 관장, 2009년에 런민(人民)대학 문학원(文學院) 원장을 역임했고, 후에 중국루쉰연구회 회장을 역임했으며 루쉰과 현대문학

고 놀기 좋아했다"라는 천단칭의 의견에 대해 어떻게 생각하느냐고 물었다. 필자는 그것이 민감한 화가가 사람을 관찰하는 특수한 시각이라고 하면서, 루쉰의 얼굴을 보면 확실히 선조감線條感이, 아주 강한 선조감이 있다고 대답했다. 더 중요한 것은 심령의 감응이다. 필자와 같은 루쉰 연구 전문가는 종종 루쉰을 지식이나 학술, 이데올로기로 만들어 버리기 때문에, 우리가 아주 많은 것을 설명함에도 루쉰의 심령과 성정을 누락한다. 그런데 천단칭은 바로 루쉰을 심령으로 만든다. 예술가로서 그는 똑같이 예술가인 루쉰과 심령의 대화를 나누며, 일종의 예술적 직관으로 루쉰을 파악한다. 그런데 마침 이런 직관이야말로 본질에 직접 다가갈 수 있다. '보기 좋음'과 '놀기 좋아함'이야말로 모든 진정한 예술가가 추구하는, 예술의 근저가 아닌가?

이로 인해 필자는 『루쉰과의 만남』에서 제기했던 한 가지 생각을 더욱 굳히게 되었다.

어쩌면 이미 학과學科의 경계를 타파하여 루쉰과 같은 위대한 사상가이자 위대한 문학가, 위대한 예술가에 대해 종합적으로 연구하고 파악할 때가 되지 않았나 싶다. 심지어 나는 이렇게 예감한다. 루쉰 연구의 한계를 돌파하는 것은 루쉰 연구 자체에서가 아니라 기타 학과의 수양을 갖추고 루쉰을 잘 아는 학자에게서 이루어지리라는 것이다. 실제로 최근에 이미 이런 추세가 나타났다.

을 연구하고 있다.

흥미로운 것은 이런 추세를 처음 나타낸 것이 화가들이라는 사실이다.

2006년 1월『독서讀書』에는 사회과학원 문학연구소 연구원 둥빙웨董炳月의 글「화가로서 루쉰, 작가로서 장팅³畵家的魯迅, 作家的張汀」이 실렸는데, 거기에서 "장팅 선생은 현대 화가 가운데 가장 루쉰을 우러르는 사람"이라고 하면서 1942년에 장팅이 옌안에서 쓴 두 편의 글을 소개했다.

첫째는「만화와 잡문漫畵與雜文」인데, 여기서는 "최근 10여 년 동안 중국에서 성장하고 있는 만화와 잡문은 사회적 토대에서도 본래 같은 뿌리에서 나왔을뿐더러 외모도 같고, 정신도 닮았으며, 표현 방법도 일치하는 쪽으로 나아갔다"라고 했다.

다음은「루쉰 선생 작품 속의 회화 색채魯迅先生作品中的繪畵色彩」인데, 여기서는 명확하게 제시했다. "루쉰 선생은 그림을 그려 본 적이 없는 화가인데", "이것은 루쉰이 중국 대중미술운동을 육성하여 판화를 제창하고 미술 이론을 소개한 일을 가리킬 뿐만 아니라, 루쉰 선생의 회화 재능과 회화에 관한 풍부한 지식이 문예 작품에 충분히 표현되었다는 뜻이다."

필자는 특히 장팅이 화가의 눈으로 루쉰 작품을 관찰하고 분석한데에 특별히 흥미를 느낀다.

---

3   【역주】장팅(張汀 : 1917~)은 1938년 옌안(延安)으로 가서 루쉰미술학원 미술계 교수가 되었고, 1949년에는 국휘(國徽)와 중화인민공화국 최초의 기념우표를 디자인하여 제작했다. 중앙공예미술원 원장 등을 역임하고 중국미술가협회 상무이사를 지냈다.

루쉰 선생의 작품은 얼른 보면 단색 판화와 아주 유사한데, 매서운 칼 끝에 새겨진 풍경과 인물 위에 엷은 안개가 덮여서 아스라한 가운데 색채를 갖추고 있다. 그러나 이 색채는 너무 암담하여 자세히 변별하지 않으면 알아보기가 무척 어렵다.

장팅은 또『아큐정전』에서 '첸씨 집錢家의 회를 바른 하얀 담장에 비친 남색의 무지개 그림자'와 「보천補天」의 "전신의 곡선이 엷은 장밋빛 빛의 바다로 녹아들었다가 신체 중앙에 이르자 진해져서 순백의 덩어리가 되었다"라는 묘사에서 루쉰의 인상파 방식의 색채 수용을 발견했다. 또 「주루에서」에 담긴 눈 속의 동백꽃山茶花에 대한 묘사에서는 "고졸古拙하면서도 힘찬 당·송 시대의 두루마리 그림을 보았다"라고 했다.

이를 통해 둥빙웨는 다음과 같은 견해를 발표했다. "명명命名은 일종의 인식 방식이며, 인식의 기점起點을 구성한다. 루쉰이 장팅에 의해 '화가'라고 명명되었을 때 루쉰의 정신 및 작품과 회화 사이의 관련이 발견되어 해석된다". 확실히 그러하다.

2005년에 필자는 또 책을 한 권 구입했다. 2004년에 출판된 우관중吳冠中[4]의 자서전『나는 그림을 저버렸다我負丹靑』이다. 이 책의 제1부 「생명의 흐름生命之流」의 마지막 한 절은 「나는 그림을 저버렸고, 그림은 나를 저버렸다我負丹靑, 丹靑負我」라는 눈에 띄는 제목과 함께 이런 내용을 담고 있다. 젊었을 때 "나는 문학과 회화 양쪽의 문 앞에서 방황

---

4   【역주】우관중(吳冠中 : 1919~2010)은 화가이자 미술교육가, 산문가이다.「장강삼협(長江三峽)」과「루쉰의 고향」등 유화 작품이 대표적이다.

했고", 말년에 "70년 동안 가꿔 온 미술가의 정원에 대해 늘 다른 느낌을 받았다. 내가 숭배한 대가와 작품 가운데는 암담해지는 것들도 있어서 걸출한 문학 작품처럼 내게 심각하고 영원한 영향을 주지 못했다". 이에 그는 다시 루쉰을 마음에 새기고 미련에 빠져들었다.

만년에 나는 스스로 회화 대가들을 뒤따름으로써 루쉰을 따르려던 젊은 날의 초심을 거슬렀고, 미술의 역량이 문학만 못하다는 것을 느꼈다. 문학은 사유에서 탄생하고, 미술은 기술에 탐닉하여 그르치게 된다. 사유에 뛰어나 깊이 사유하는 미술가를 찾기란 얼마나 어려운가! 나는 우다위吳大羽[5]가 진정한 시인이자 사상가임을 분명히 깨달았다. 그는 젊은 시절 회화의 외투를 전혀 중시하지 않고, 만년의 작품에는 아예 서명조차 하지 않았다.

미술계의 인사들이 우관중의 이런 '분명한 깨달음'을 어떻게 보는지는 모르지만, 그가 루쉰으로 회귀한 것은 당연히 다른 사람들이 깊이 성찰하고 감동하게 하는 면이 있다.

이에 필자는 또 오랜 벗 추사裘沙[6]와 왕웨이쥔王偉君[7] 부부를 떠올렸

---

5 【역주】 우다위(吳大羽 : 1903~1988)는 1922년 프랑스 국립고등미술전문 아카데미에서 유화를 공부했고, 1927년에 상하이 신화예술전문학교 교수가 되었고, 중화인민공화국이 성립된 후인 1965년에는 상하이 서화원(書畫院) 부원장을 역임했다. 그러나 주요 작품들은 '문화대혁명' 때에 모두 훼손되었고, 만년의 일부 작품과 크로키, 수필, 시 등만 보존되어 있다.

6 【역주】 추사(裘沙 : 1930~ , 본명은 추보후[裘伯滸])는 1951년 항저우 국립예술전문학교를 졸업하고 중앙미술학원 교수 등을 역임하면서 루쉰 사상 연구에도 힘쓰고 있다.

7 【역주】 왕웨이쥔(王偉君 : 1932~)은 1948년 시후(西湖) 예술연구소에서 서양화를

다. 그들은 40년 전의 그 '지독한 재앙浩劫' 즉 문화대혁명을 겪고 '루쉰 사상의 진제眞諦'를 찾은 후, "그림으로 루쉰 선생의 놀라운 심령 예술의 세계를 재현하고, 전 세계를 환히 비추는 루쉰 선생의 사상 내용을 그림 그리는 붓으로 드러내는" 역사적 '사명'을 자발적으로 짊어지고 30년 동안의 피나는 노력을 기울여 『루쉰 화전魯迅畫傳』이라는 찬란한 거작을 완성했다. 이 책은 루쉰의 문학 언어를 회화 언어로 창조적으로 전환하여, 루쉰의 문학과 예술이 교통할 수 있는 다리를 자기 생명으로 건조해 냈다.

여기서 말하는 것은 모두 현대의 화가이다. 사실 루쉰과 현대 화가의 관계는 더욱 관심을 기울일 만한 주제이다. 쑨푸시孫福熙[8]는 루쉰의 제자 쑨푸위안孫伏園의 동생으로서 루쉰의 『야초』와 그의 번역서 『작은 요한小約翰』 및 『사상·산수·인물』의 표지를 다자인함으로써 루쉰과 상당히 많이 교유했던 화가이다. 루쉰이 세상을 떠난 후 그는 「루쉰, 예술가魯迅·藝術家」라는 애도문[9]을 써서, "루쉰이라는 이름은 예술사에서 크게 다뤄야 하는데, 문학에서 이룬 공적 때문에 예술사의 기록이 가려져 버렸다"라고 했다. 이것은 '예술가 루쉰'에 대한 최초의 확인이라고 할 수 있다. 그 의의는 당연히 경시할 수 없으나, 이 글은 많은

공부했고, 추사[裴沙]와 함께 루쉰 관련 연구에 힘쓰고 있다.

8 【역주】쑨푸시(孫福熙 : 1898~1962, 자는 춘타이[春苔], 필명은 딩이[丁一]와 밍자이[明齋] 등)는 1915년에 저장성 제5 사범학교를 졸업하고, 1919년에 베이징대학 도서관 관리인으로서 5·4운동에 참가했다. 이듬해 차이위안페이의 소개로 프랑스에서 미술을 공부하고 1925년에 귀국하여 산문집 『산야철습(山野掇拾)』과 소설집 『춘성(春城)』 등을 발표했다. 1928년에는 항저우 국립 시후예술학원의 교수로서 잡지 『예풍(藝風)』을 편집하기도 했다.

9 魯迅先生紀念委員會, 『魯迅先生紀念集』, 1937 초판, 1979년 上海書店 復印.

애도문 속에 묻혀 버려서 지금도 그 존재를 알고 주목하는 이가 아주 드물다.

쑨푸시가 가장 먼저 강조한 것은 루쉰의 예술가 기질이다.

루쉰 선생은 풍부하고도 열렬한 감정을 지니고 계셨는데 예술가에게 필수적이나 얻기 어려운 것이고, 문학보다는 예술에서 더 필요한 것이었다. 선생의 애증은 대단히 심후해서 오로지 벗과 적이라는 두 극단만 있었을 뿐이고, 그분의 벗이나 적도 모두 극한점에 도달해 있었다. 게다가 수시로 이 극한점에서 저 극한점으로 달려갈 가능성이 있었다. 이런 성정은 인간사에서는 장애를 일으키기 쉬우나, 문예에서는 큰 도움이 된다. 그분은 문장이나 사상을 과장할 필요가 없었으며, 외래에 감각에서 즉각 주정酒精이나 강철鋼鐵과 같이 농후하고 빼어나며 날카로운 추출물을 정련해 낸다.

흥미로운 점은 쑨푸시는 루쉰과 같은 지역 출신인데, 루쉰의 예술가 기질이 사오싱의 문화와 전혀 어울리지 않는다고 강조함으로써 루쉰의 이질성을 강조했다는 사실이다.

사오싱의 습관은 일을 할 때 잘 계산하여 계획하고 목표를 미리 정한 후에 차근차근 진행하는 것이다. 월왕越王 구천句踐이 10년 동안 인구를 늘리고 가르쳐 훈련한 것이 대표적인 예이다. 진행은 직선적이고 여러 방면에 함께 나아가거나 길을 돌아가지 않으며, 모든 것은 냉정하고 참을성 있게 행한다. 루쉰 선생의 평생은 장경성長庚星, 금성과 같아서 사방으로 빛을 발산하며 홀연히 신축伸縮하되 직선이 없으면서도 돌아보는 것을 두려워하지 않았다. 이에 수군水軍과 철도, 광산, 의학, 문학을 공부하면서 끊임없이 벗을 사귀고 적을 만들었다. 이처럼 감정이 풍부하고 열정적인 사람은 사오싱의 선현先賢 가운데 즉, 시인과 화가 가운데서도 한 사람도 찾아볼 수 없다. 사오싱의 지방 색채는 학자와 사상가를 낳을 수는 있어도 예술가를 낳기에는 부적합하다. 루쉰 선생은 확실히 특수한 분이셨다.

이 관찰과 분석은 독자적이고도 심각한 것이었다.

쑨푸시가 마지막으로 얘기한 루쉰의 문장과 미술의 관계도 핵심을 장악한 것이었다. "선생은 사회의 어두운 측면을 완전하게 묘사하셨다. 다만 그분의 어둠에는 모두 아름다운 색채가 사용되어서 다른 이의 밝은 면보다 더 아름다웠다. 이 아름다움은 사람들이 보고 싶어 하고, 즐겨 보게 만들며, 보고 나면 밝음을 향해 나아가게 한다."

그는 "이것이 예술가의 사명"이라고 했다.

그러므로 루쉰은 바로 화가와 예술가 사이에서 지음을 얻었음을 강력하게 느낄 수 있다.

앞에서 둥빙웨가 『독서』에 발표한 글을 언급한 바 있는데, 그는 "20세기 중국 문예의 발전 과정에서" '문단의 고전적 작가'와 '화단의 고전적 화가'의 역사적 '만남'의 문제를 제기했다. 21세기 초에 우리는 또 이런 만남의 경향을 발견했다. 둥빙웨는 이것이 화가의 행운일 뿐만 아니라 "루쉰의 행운이기도 하다. 이로 인해 루쉰은 더 광범한 존재 가치와 더 다양화된 존재 형식을 획득했다. 이런 만남을 통해 문학과 미술, 사상이 어떻게 함께 엮여서 상호 작용하는지 알 수 있다"라고 했다.

오늘의 논의 주제에서 강조하고자 하는 것은 이것이 예술가 사이의 심령의 만남이자 상호 간의 발견이며, 우리 독자도 이로 인해 '예술가로서 루쉰'을 발견하고 그에게 다가갈 수 있게 되었다는 사실이다.

2. 미술가 루쉰

루쉰과 미술의 관계에 관한 저작은 이미 많이 출판되어 있으니, 『루쉰과 미술^{魯迅與美術}』_{王觀泉, 上海人民美術出版社, 1979}이나 『루쉰 소장 그림 감상^{魯迅藏畵欣賞}』_{李允經, 西北大學出版社, 1999} 등등이 그것이다. 필자가 이제 특별히 소개하고자 하는 것은 장정^{裝幀} 예술가 양융더^{楊永德}가 편찬한 『루쉰의 장정 계년^{魯迅裝幀繫年}』_{人民出版社, 2001}이다. 필자는 서적의 표지 장정 자체가 일종의 예술이지만, 그것은 책의 내용과 밀접하게 연계되어 있음이 분명하다고 여기기 때문이다. 루쉰의 장정 예술에 대한 감상에서 시작한다면 문학가 루쉰과 예술가 루쉰의 내재적 연계를 이해하는 데에 도움이 될 것이다. 지금부터 제시하는 자료와 관련된 분석은 모두 양융더의 저작에서 가져온 것이니, 우선 이 점을 밝히고 양 선생에게 감사한다.

먼저 루쉰이 디자인하고 화가 타오위안칭^{陶元慶}[10]이 그린 루쉰 소설

---

10 【역주】타오위안칭(陶元慶 : 1898~1929, 자는 쉬안칭[璇卿])은 상하이 예술전문사범학교에서 펑쯔카이[豊子愷]와 천바오[陳抱]에게서 서양화를 배우고 중국화와 동

집 『방황』<그림 1>의 표지를 보자. 이것은 "불타는 듯한 주황색 바탕에 짙은 남색으로 그린 세 명의 춤꾼이 똑같이 짙은 남색으로 그린 어두컴컴한 큰 태양을 앉은 채로 마주 보고 있는데, 강렬한 햇볕 아래 왔다 갔다 방황하는 모습과 둥근 듯하나 완전히 둥글지는 않은 태양의 모습은 장식미가 아주 짙다."

당시1926년로서 이것은 상당히 전위적前衛的이었다. 누군가 루쉰에게,

〈그림 1〉 루쉰, 『방황』, 1926.

화가는 왜 둥근 태양 하나도 제대로 그리지 못해서 둥글지도 네모나지도 않고 비뚤어져 있느냐고 물었다고 했다. 그런데 루쉰은 타오위안칭에게 보낸 편지에서 이렇게 썼다.

어떤 학생이 EEKE라는 독일 미학자에게 『방황』의 표지를 보여주자 그가 훌륭한데…… 다만 의자 등받이와 자리 위의 둥근 선은 전체의 직선과 조금 부조화를 이룬다고 했다는군. 태양은 아주 잘 그렸다고 했다네.

그는 또 "『방황』의 표지는 정말 대단히 힘이 있어서 보는 이를 감동하게 한다"라고 찬탄했다.

양의 도안(圖案)에도 조예가 깊었으며, 서적의 장정 예술에 토대를 다진 인물이기도 하다.

이에 루쉰은 타오위안칭의 그림을 무척 칭송했다. 「『타오원안칭 서양화 전시회 목록』 서문」에서 그는 이렇게 썼다.

어둡게 매장된 작품에는 작가 개인의 주관과 정서가 충분히 나타나 있어서 그가 붓 터치와 색채, 취향에 대해 얼마나 힘쓰고 마음을 기울였는지 알 수 있다. 게다가 작자는 중국화에도 조예가 깊어서 고유한 동양의 정조가 또 자연스럽게 작품에 스며들어 융합함으로써 특별한 풍채를 이루었으나, 그 역시 의도적인 게 아니다.

「타오원안칭의 그림 전시회當陶元慶君的繪畫展覽時」에서는 또 "그는 새로운 형태, 특히 새로운 색채로 자기의 세계를 묘사했는데, 그 가운데 이제까지 이어진 중국의 혼령이 여전히 담겨 있고", 아울러 "반드시 지금 세계의 사업에 참여하려는 중국인의 마음속에 있는 척도로 헤아려야만 그의 예술을 이해할 수 있다"라고 했다.

젊은 화가를 칭찬하는 글을 거듭 쓰는 것은 루쉰에게 드문 일이었다. 게다가 그의 평가에는 "남 얘기를 했으나 사실상 자기 얘기를 한夫子自道" 듯한 느낌을 분명히 느낄 수 있다. 이것을 통해 루쉰 자신의 장정 예술을 평가할 수도 있는데, 주목해야 할 부분은 그 가운데 담긴 "붓 터치와 색채, 취미", 그리고 '새로운 형태'와 '새로운 색채', 나아가 '동양적 정조'와 '개인의 주관과 정서'이다.

1927년에 처음 출판된 루쉰의 『무덤墳』<그림 2>은 독자가 책을 집어들었을 때 먼저 타오위안칭이 다자인한 표지에 주목하게 된다. 하얀 바탕에 커다란 자황색赭黃色 덩어리를 쌓고, 그 위에 검은색과 암록색暗綠色

〈그림 2〉 루쉰, 『무덤』, 1927(좌 : 표지 / 우 : 속표지).

의 삼각형 산을 두 개 그렸다. 그리고 겹치는 곳에는 또 흰색의 작은 삼각형을 이루게 하고, 앞뒤로 흰색의 관과 나무 기둥을 똑바로 세워 놓았다. 그리고 커다란 색의 덩어리 위쪽에 인쇄체로 책의 제목인 '무 덤墳'을 쓰고, 그 위아래에는 작자의 이름 '루쉰魯迅'(오른쪽에서 왼쪽으로 읽도록)과 창작 시간인 '1907~1925'(왼쪽에서 오른쪽으로 읽도록)를 가로 로 배열했다. 전체 화면은 고요하고 엄숙한 느낌을 준다. 표지를 열면 속표지에서 또 루쉰이 직접 그린 또 하나의 표지를 볼 수 있다. 중간에 정사각형의 도안이 있고, 테두리 안에 "루쉰·무덤"이라고 적혀 있으 며, 테두리 바깥 우상단 모서리에는 한쪽 눈은 뜨고 한쪽 눈은 감은 부 엉이가 서 있고, 가장자리의 틀에는 비와 하늘, 달, 구름, 1907~1925 등의 도형과 문자가 들어 있는데, 모두 검은색이다. 상당히 고심한 이 조합組合 디자인은 또 타오위안칭의 디자인과 상호 보완한다. 하나는 '산'과 '관'을 돌출시키고, 하나는 '부엉이'를 돌출시켜서 '무덤'의 이 미지와 그 배후의 암시 및 상징의 의미를 대단히 힘차게 표현하면서도 극도의 장식적 의미를 갖추었다. 다시 책을 펼쳐서 '후기'「寫在『墳』的後面」
를 읽으면 ('후기'를 먼저 읽는 것은 일반 독자의 독서 습관이니) 이런 내용이
보인다.

내 생명의 일부분이 바로 이렇게 쓰였다……. 결국은 떠나고 떠난다.
모든 것이 시간과 함께 진즉 떠났거나, 떠나고 있고, 떠날 것이다…….

아마도 눈앞에는 또 이런 장면이 번뜩 나타날 것이다. 두 가지가 엮임
으로써 특별한 어떤 힘을 갖게 되었다.

루쉰이 직접 그린 책과 간행물의 표
지를 살펴보자.

〈그림 3〉은『마음의 탐험心的探險』高
長虹, 北新書局, 1926이다. 책의 목록 다음
에는 "루쉰이 육조시대 무덤의 화상畵
像을 탈취하여 표지를 제작함"이라고
밝혀져 있다. 이것은 루쉰이 한漢·위
魏 시대의 조상造像과 묘지墓志에 특별
히 흥미를 느끼고 있었음을 나타내는
데, 그것을 현대 도서의 표지에 활용
한 것은 대담한 창조 행위이자, 장정
예술의 '동양적 정조'를 추구하려는
자각적인 시험이었다. 표지는 청회색
青灰色의 발사지髮絲紙에 붉은색赭色 도안

〈그림 3〉 루쉰, 『마음의 탐험(心的探險)』, 高長虹, 北新書局,
1926.

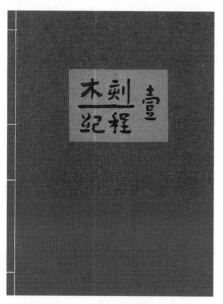

<그림 4> 루쉰, 『목각기정(木刻紀程)』, 鐵木藝術社, 1934.

을 찍었는데, 귀신 무리가 구름을 타고 춤을 추는 모습을 그려서 괴이하면서도 자유로운 느낌을 주며, 작자가 행하고자 하는 '마음의 탐험'과 서로 돋보이게 한다. 그리고 도안은 위에서 아래로 배열하고, 책 제목과 작자 이름은 모두 왼쪽 도안의 공백에 두었다. 이것은 모두 디자이너가 '전력을 기울이고 주의했음'을 보여준다.

〈그림 4〉는 『목각기정木刻紀程』鐵木藝術社, 1934으로서, 루쉰의 또 다른 시험 가운데 하나이다. 즉 현대의 도서를 디자인하면서 전통적인 선장서線裝書 형식을 차용한 것이다. 황토색 바탕에 옅은 주황색의 가로로 긴 색채 덩어리를 책의 중간에서 약간 위쪽에 두어서, 표지 전체도 책 전체를 위해 따뜻한 색조를 만들었다. 루쉰이 쓴, 활발하고 힘찬 책 제목은 가로 방향으로 손으로 그린 하나의 검은 선에 의해 네 글자가 위아래로 나뉘어 있고, 직사각형으로 약간 길게 쓴 '일壹'이라는 글자가 네 글자 오른쪽에 적혀 있다. 글자체와 구조를 교묘하게 안배하여 대단히 전아典雅하면서 대범하다.

〈그림 5〉는 『화개집속편花蓋集續編』北京 : 新華書局, 1927년 5월, 표지에는 '1926'이라고 잘못 인쇄되어 있음이다. 책 제목은 검은색의 송체宋體 글씨로 되어 있고, 작자의 이름은 가로로 쓴 외국어영문인데 두 개의 검은 점을 찍어서 제목과 구분해 놓음으로써 단정하고 활발하다. 절묘한 것은 '속편續編'이

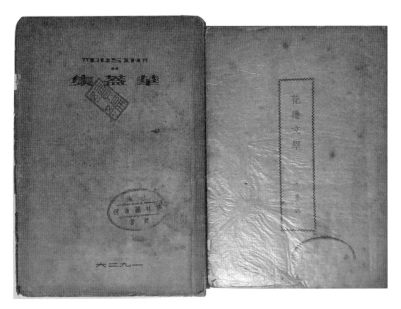

〈그림 5〉 루쉰, 『화개집속편(花蓋集續編)』, 北京 : 新華書局, 1927.5.

라는 두 글자를 하나의 도장으로 새겨서 책 제목 아래쪽에 붉은색으로
비스듬하게 찍었고, 아울러 바짝 붙어 있게 함으로써 '검은색'과 '붉
은색'의 선명한 대조를 이룬 점인데, 이것은 정말 신묘한 재능이 반영
된 것이다. 아래쪽에는 공백이 큰 면적을 차지하고 있고, 바닥 부근에
가로로 쓴 '一九二六'이라는 검은색의 반듯한 글자가 꼭대기 부분의
작자 이름과 호응한다. 이렇게 '금석문金石文의 맛'이 진한 디자인은 지
극히 풍부한 상상력과 창조력의 산물이다.

〈그림 6〉은 『인옥집引玉集』三閑書屋, 1934의 표지이다. 이 책의 출판 배경
에는 일화가 있다. 루쉰이 중국의 목판화 운동을 추진하기 위해 차오징
화曹靖華[11]를 통해 중국의 선지宣紙를 주고 많은 소련 화가의 판화와 바꾸

---

11 【역주】차오징화(曹靖華 : 1897~1987, 본명은 롄야[聯亞])는 1919년 카이펑[開封]
의 성립제이중학(省立第二中學)에 다니던 중에 5·4운동에 투신했고, 이듬해 상하이
외국어학사에서 러시아어를 배운 후 사회주의 청년단에 가입하여 모스크바 동방대학
에 파견되어 유학했다. 이후 귀국하여 1924년에 문학연구회에 가입했고, 1927년에

었다. 루쉰은 이 작품들이 자기 손에 있는 것이 "무거운 짐을 지고 있는 듯하고", "일부는 이미 없어지고, 일부는 전쟁의 재앙을 당할 뻔했는데, 지금의 삶도 부추 잎의 이슬처럼 스러지지 않으리라 보장할 수 없으니, 만약 둘이 나란히 사라진다면 나로서는 목숨을 잃는 것보다 애석한 일"이라고 했다. 이에 일부

〈그림 6〉『인옥집(引玉集)』, 三閑書屋, 1934.

를 골라서 자비로 출간하면서 『인옥집』이라는 제목을 붙였으니, '포전인옥抛磚引玉'의 뜻을 취한 것이었다. 이것은 이 판화들이 선지를 주고 바꾼 것임을 암시하는 것이기도 했다. 이에 루쉰은 "지금의 중국은 정말 험한 가시밭이라, 보이는 것은 그저 여우와 개가 발호하는 와중에 꿩과 토끼가 구차하게 목숨을 이어가는 상황뿐이고, 문예에는 냉담과 파괴만이 간신히 남아 있을 뿐"이라고 개탄했다. 그러나 그는 또 "역사의 거대한 수레바퀴는 절대 어용 문인들의 불만 때문에 멈추지 않을 것이다. 장래에 광명은 우리가 문예유산의 보존자일 뿐만 아니라, 개척자이자 건설자이기도 했음을 반드시 증명할 것"이라고 했다.「『引玉集』後記」

이 예사롭지 않은 책의 출판에 완벽한 아름다움을 이루기 위해 루

다시 소련으로 가서 1933년에 귀국하여 베이징대학 교수로서 문학 번역에 종사했다. 1959년부터 1964년까지 『세계문학』을 편집했다.

쉰은 직접 표지를 디자인하기로 결정했다. 그는 옅은 미황색微黃色 바탕 위에 붉은색의 색채 덩어리를 찍고 검은색 글씨를 썼다. 필자는 예전에 「심령의 탐색心靈的探尋」을 썼을 때 이미 '붉은색'과 '검은색'이 루쉰의 기본색이라는 데에 주목했다. 여기서 붉은색 덩어리와 검은색 글자체를 운용할 때 색의 채도彩度가 충만하고 색조도 차분히 안정되어 있으면서 열렬하여, 그야말로 그가 「후기」에서 보여준 정감과 잘 호응한다. 다시 그 구도를 살펴보자. 검은색 글씨와 가로 세로로 분할된 표가 붉은 바탕 위에 대단히 장중하게 놓여 있다. 그리고 세로로 배열한, 검은색 손글씨로 쓴 책 제목은 아주 눈에 잘 띄고, 검은색의 원형 바탕을 파내서 쓴 '전全'이라는 글자는 더욱 장식성을 강화했다. 또 가로로 배열한, 손으로 쓴 알파벳으로 나열한 소련 판화의 명칭들과 '목각 59폭木刻60幅[12]'이라는 글씨는 가로 선으로 구분해서 활발하면서도 어수선하지 않으며, 역시 장식성이 강하다. 여기서도 곳곳에서 디자이너의 각별한 마음 씀씀이를 볼 수 있다.

루쉰은 또 많은 간행물의 표지를 디자인하기도 했는데, 여기서는 『맹아월간萌芽月刊』1930년 1월, 제1권 제1기, 光華書局만을 예로 살펴보겠다.<그림 7> 루쉰의 표지 디자인은 일반적으로 모두 상당히 여백이 많아 산뜻하나, 이것만은 특별히 가득 차 있다. 하얀 바탕에 커다랗게 쓴 4개의 도안 문자는 거의 화면을 넘칠 듯하다. 그리고 글자체도 세심하게 설계했다. 선은 위쪽은 가늘고 아래는 굵으며, 둥근 안쪽 각과 삼각형의 점을 썼고, 필획筆劃이 서로 연결된 부분도 있다. 전체 표지의 구조도 대

---

12 【역주】원문에는 '60幀'이라고 했으나 '60幅'으로 판독해야 할 듯하다.

〈그림 7〉 『맹아월간(萌芽月刊)』 제1권 제1기, 光華書局, 1930.1.

단히 정교하다. 잡지 이름은 아주 특이하게 배치되어 횡절형橫折形, 'ㄱ'자를 이루면서 검은색을 썼다. 간행물의 기期와 호號를 나타내는 부분은 좌하 귀퉁이에 배치하고 붉은색을 썼으며, 또 커다란 '1'자를 중앙에 수직으로 세워서 눈에 잘 띄게 한 다음, 그 위아래에 각기 한 줄로 '제1권'과 '1930'을 작은 글씨로 배열했다. 전체 표지는 간결하면서 명쾌하여 상당히 형식이 잘 구비된 느낌이다.

지면 관계상 여기까지만 소개하기로 하자. 다만 루쉰 장정 예술의 몇 가지 특징은 이해할 수 있겠다.

우선 루쉰의 서적과 간행물 표지 디자인은 '글자'를 주체로 한다는 데에 주목했다. 그는 행서와 해서, 송체宋體, 검은 글씨와 갖가지 변화된 도안 문자를 민첩하게 운용하면서 또 알파벳 외국문자와 아랍 문자까지 끌어들여서 글자체가 그야말로 천변만화千變萬化하다. 이것은 모두 그가 한자의 아름다움을 맛보고 장악했다는 사실과 그의 글자 취미, 서예 취미를 보여준다. 그의 장정 예술에서 가장 정묘한 부분은 바로 '한자의 장식성'을 마음껏 발휘한 데에 있다고 하겠다. 그리고 그의 표지 디자인에 중국 전통의 인장印章 예술을 도입한 것은 그의 '금석문 취미'를 나타내고 있는데, 이것은 '시서화일체詩書畵一體'라는 중국의 전통에 대한 깊은 이해와 몸소 실천하려는 노력에서 비롯되었다.

그러므로 루쉰이 중국 한자의 아름다움을 장악했다는 점을 얘기하자면 그의 서예 취미와 서예 예술에 대해 언급할 수밖에 없다. 필자는 이 분야에 더욱 소양이 모자라기에 무슨 말도 할 수 없다. 그러나 근래에 몇몇 젊은 벗들이 이 분야의 연구를 시작한 것은 즐거운 일이다. 필자는 본래 량이梁弈(새로 알게 된 벗인데)가 쓴 두 편의 논문을 소개할 생각이었다. 「아주 장엄하고 산뜻한 아름다움-루쉰의 부채 글씨 두 편을 읽고渾身靜穆, 疏朗有致-讀魯迅的兩幅扇面」와 「점점 노숙해지나 신기해지는-루쉰이 쉬쉬徐訏에게 써 준 가로의 서예를 읽고漸老漸熟, 却造新奇-讀魯迅書贈徐訏的橫幅」가 그것이다. 그러나 지면에 한계가 있고 몇 마디 짤막한 말로는 제대로 설명할 수 없는데, 마침 그의 글이 『루쉰 연구 월간』에 발표될 예정이니, 흥미 있는 분은 읽어보시기 바란다. 루쉰의 서예는 무척 주목하여 연구할 만한 것이며, '예술가 루쉰'을 얘기할 때 반드시 언급되어야 할 부분인데, 여기서는 문제를 제시한 셈으로 치자.

사실 루쉰의 장정 예술과 관련된 문자 취미와 서예 취미, 금석문 취미는 모두 그가 타오위안칭의 예술을 평가할 때 강조했던 '중국의 민족성' 및 '동양적 정조'와 직접 관련이 있다. 그와 동시에 그의 디자인은 또 대단히 '전위적'이고 '현대적'이어서 "안팎에서 모두 세계의 시대 조류와 합류한" 것이었다. 이야말로 그가 말했듯이, "새로운 형태, 특히 새로운 색채로 자기의 세계를 묘사했는데, 그 가운데 이제까지 이어진 중국의 혼령이 여전히 담겨 있는" 것이다.

여기에도 마찬가지로 선명한 루쉰의 개성이 있다. 그는 중국 희극과 회화 전통을 이용해 자신이 창작에서 추구하는 바를 설명한 적이 있다.

나는 글을 쓸 때 잔소리를 늘어놓는 것을 피하고, 그저 내 생각을 충분히 전달할 수만 있다면 차라리 어떤 보조 요소도 끌어들이지 않겠다. 중국의 옛 희극에는 배경이 없고, 화지花紙 즉 새해에 아이들에게 사 주는 세화歲畵에는 중요한 몇 명만 들어 있을 뿐인데, 내 목적을 이루기 위해서는 이런 방법이 적합하다고 깊이 믿는다.「我怎麽做起小說來」

루쉰이 디자인한 표지는 대부분 도안이 없거나, 도안이 있더라도 아주 간단해서 이와 똑같이 있으나 마나 한 장식들을 제거하여 최대한 간단하면서도 세련되게 만들어서 아주 많은 공백을 남겨놓았음을 발견했다. 루쉰이 보기에 공백이 없으면 "너무 빽빽이 들어차서" "보는 이에게 압박감과 궁색한 느낌이 들게 하니", "이렇게 '여지를 남기지 않는' 분위기에 둘러싸이면 사람의 정신은 대개 갑갑하고 조그맣게 쥐어짜이고 말 것"이었다「忽然想到[二]」. 그래서 루쉰의 문학예술과 장정 예술의 간결하고 세련된 풍격은 항상 '여유로운 느낌'을 주며, 어떤 커다란 도량을 내포하고 있다.

루쉰의 표지 디자인을 감상할 때는 곳곳에서 그의 세심함과 음미할 만한 도리를 느끼게 된다. 글자체의 선택과 크기, 색깔이 농담, 위치 안배 등등 모든 세부를 엄청나게 고심하여 독자적으로 구상하면서 반드시 완벽한 아름다움에 도달하고자 한다. 루쉰의 미적 취미와 아름다움을 감상하는 능력, 아름다움에 대한 민감함을 느낄 수 있다. 그는 바로 그 속에서 도취하여 있었으니, 천단칭의 말처럼 '놀기 좋음好玩'을 느끼고, 이 예술의 즐거움을 마음껏 누리려고 했다. 이렇게 정밀하고 아름다운 디자인을 설계했을 때 그는 분명히 극도로 만족했으리라는 것은 상상할 수 있다. 우리 앞에는 이렇게 풍부한 창조력과 상상력을 갖추고 예술 자체에 마음을 기울인 진정한 예술가가 서 있다.

루쉰의 만년에, 특히 그의 삶의 여정에서 마지막 코스인 1936년, 그러니까 지금으로부터 딱 70년 전에 그는 독일의 여성 화가 케테 콜비츠^{Kathe Kollwits}[13]와 특별한 정신적 교유를 나누었는데, 이 자체로 중요한 정신적, 문화적, 예술적 사건이었다.

루쉰은 그 해에 쓴 글에서 콜비츠를 자주 언급했을 뿐만 아니라, 『케테 콜비츠 판화 선집』을 직접 편집해서 출판하고 광고를 기획했으며, 또 전문적인 「서문과 목록序目」을 써서 콜비츠의 작품 하나하나를 해설했다. 이것은 회화 언어를 문학 언어로 전환하는 하나의 시험이었다. 콜비츠의 판화와 루쉰의 글을 동시에 감상하는 것은 '문학가이자 예술가인 루쉰'의 세계로 들어가는 중요한 길이다.

「자화상」: 이것은 작자가 판화로 제작한 많은 초상화 가운데 직접 골라 중국에 보낸 것으로서 그녀의 동정심과 분노, 자상함을 은연중에 볼 수 있다.

「농부」: 여기에 새긴 것은 태양도 없는 하늘 아래 두 농부가 밭을 갈고 있는 모습이다. 이들은 아마 형제인 듯한데 새끼줄을 두르고 쟁기를

---

13 【역주】케테 콜비츠(Kathe Kollwits, 1867~1945)는 중산층 가정 출신으로 베를린과 뮌헨에서 그림을 공부했고 그래픽 아트에 전념하여 에칭과 석판화, 목판화, 소묘 등을 제작했다. 독일 표현주의의 실천가이자 사회적 저항가로서 「직공들의 반란」과 「죽음」, 「농민전쟁」 등의 연작으로 가난하고 억압받는 사람들을 묘사했다.

끌면서 소나 말처럼 거의 기듯이 앞으로 나아가고 있다. 그들이 흘린 땀이 보이고, 거친 숨소리가 들리는 듯하다. 뒤쪽에는 또 쟁기를 붙들고 있는 아낙이 보이는데, 아마 그들의 모친인 듯하다.

「낫 갈기」: 여기에는 한없이 고초를 겪은 여자가 등장한다. 그녀 남편의 거친 손은 숫돌에 큰 낫의 날을 갈고 있고, 그녀의 작은 두 눈에는 극도의 증오와 분노가 충만해 있다.

「반항」: 누구나 초원에서 목숨을 걸고 앞으로 나아가는데, 가장 앞에 선 이는 소년이고, 소리치는 이는 한 여성이며, 온몸에 복수의 분노가 흘러넘친다. 그녀는 전신의 힘을 다해 손을 휘두르고 발을 굴러서, 그 모습을 보면 용감하게 곧장 전진하려는 마음이 들게 하며, 하늘의 구름마저 그 소리에 호응하여 조각조각 찢어지는 듯하다. 그녀의 자세는 모든 명화 가운데 가장 힘찬 여성 가운데 하나이다. 여성은 늘 특별한 사변事變에 참가하고, 게다가 지극히 힘이 있으니, 이 역시 "여기 대장부의 기개를 가진 아낙이 있다"라는 정신이라 하겠다.

「죽음에 사로잡힌 아낙」: '죽음'은 그녀의 그림자에서 나타나 등 뒤에서 그녀를 습격하여 그녀를 얽매어 뒷짐을 지워 묶었다. 혼자 남은 연약한 어린아이는 자애로운 어머니를 되살릴 길이 없다. 순식간에 두 세계에 직면한다. '죽음'은 세계에서 가장 뛰어난 무술가이고, 죽음은 현 사회에서 가장 감동적인 비극이니, 이 아낙은 이 작품들 전체에서 가장 위대한 한 사람이다.

「빵!」: 굶주린 아이가 절박하게 먹을 것을 찾으니 어미의 마음이 찢어진다. 여기 아이들은 부질없이 슬퍼하지만, 열렬한 희망에 찬 눈빛이고, 어미는 그저 힘없이 허리를 숙일 뿐이다. 그녀는 어깨가 추켜올려진 채 다른 이를 등지고 울고 있다. 그녀가 등을 진 것은 도와주려는 이는 그녀와 마찬가지로 무력하고, 힘 있는 이는 도와주려 하지 않기 때문이다. 그녀도 아이들에게 보여주고 싶지 않으니, 이것이 그녀에게 겨우 남은 자애이다.

(마지막 판화)「독일의 아이들을 굶주리고 있다!」: 그들은 모두 빈 그릇을 들고 사람들을 향하고 있다. 수척한 얼굴에 커다랗게 뜬 눈동자 안에는 불꽃 같은 열망이 뜨겁게 타오르고 있다. 누가 손을 뻗어 줄 것인가? 알 수 없다.

필자는 『루쉰과의 만남』에서 이렇게 썼다.

여기서 콜비츠의 판화와 루쉰의 글이 하나로 융합되었는데, 이것은 동양과 서양의 두 위대한 민족의 위대한 생명이 융합한 것이며, 세계에서 가장 강력한 남성과 마찬가지로 강력한 여성의 생명이 융합한 것이다.

동시에 이것은 두 명의 진정한 예술가의 생명이 융합한 것이라고도 할 수 있다.

어쩌면 콜비츠에 대한 루쉰의 평가(이것은 분명히 '남 얘기를 했으나 사실상 자기 얘기를 한' 것의 하나인데)를 통해 '예술가 정신'의 정수를 이해할 수도 있을 것이다. 루쉰은 이렇게 썼다.

　　여성 예술가 가운데 예술계를 진동한 이로는 현대에서 케테 콜비츠보
　　다 뛰어난 이가 없을 듯하다. 사람들은 그녀를 찬미하거나 공격하거나
　　혹은 공격에 대해 그녀를 변호한다.
　　　이 판화집을 펼치면 자상한 어머니로서 그녀의 심원한 사랑을 알 수
　　있다. 그녀는 모욕받고 해를 당한 모든 이들을 위해 항의하고 분노하고
　　투쟁한다.
　　　이것은 바로 작자의 자화상과 같다. 얼굴에는 증오와 분노가 있으나
　　그보다 더 많은 자애와 동정심이 있다. (…중략…) 이것은 '모욕받고 해
　　를 당한' 모든 이들의 어머니의 마음을 그린 것이다.

루쉰은 어느 일본 비평가와 미국의 여성 작가 스메들리[14]Agnes Smedley
의 말을 인용하여 이렇게 썼다.

　　그녀는 주위의 비참한 삶에 자극을 받아 그림을 그릴 수밖에 없었으
　　니, 이것은 인류를 착취하는 자들에 대한 한없는 '분노'였다.
　　그녀(의 작품)의 초기 주제는 반항이었으며 만년에는 죽을 때까지 어

14 　【역주】스메들리(Agnes Smedley : 1892~1950)는 가난한 소작농의 둘째 딸로 태어났으
　　나 저널리스트로 활동하면서 인도 독립운동과 중국 혁명에 가담했다. 그녀의 유해는 1951
　　년 5월 6일에 베이징 혁명가 묘지에 안장되었으며, 주더[朱德]가 '미국의 혁명적 작가이
　　자 중국 인민의 벗'이라고 쓴 묘비가 세워져 있다. 주요 작품으로는 『대지의 딸』(1925)과
　　주더의 성장기인 『위대한 길』(1955), 『중국 홍군은 전진한다』(1934), 『중국 혁명의 노
　　래』(1943) 등이 있다.

머니의 사랑을 주제로 했다.

루쉰은 특히 진정한 예술은 국경과 시대, 시공時空을 초월한다고 했다.

　독일 예술가의 판화집을 통해 다른 부류의 사람을 보았다. 영웅은 아
니지만 가까이 다가가 동정할 수 있고, 게다가 보면 볼수록 아름다움과
감동을 주는 힘을 느끼게 된다.
　그렇다. 인류를 위한 예술은 다른 힘으로 막을 수 없다.

3. 루쉰 작품의 음악성

　이제 루쉰 소설의 음악성에 관해 살펴보고자 한다. 물론 이것은 분
명히 얘기하기가 쉽지 않은 문제이다. 루쉰이 회화 분야에 대단히 높
은 소양이 있었다는 점은 이미 학술계에 공인되어 있고 또 실증할 자
료도 아주 많지만, 그가 높은 음악적 소양이 있음을 증명할 자료는 지
금으로서는 전혀 없다. 오히려 그것을 반증하는 자료는 있다. 차이위
안페이의 기억에 따르면, 당시 교육부에서 '국가'를 작곡하려고 루쉰
에게 들어보라고 청하자, 자기는 음악을 전혀 모른다고 대답했다고
한다. 이 말은 두 가지로 해석할 수 있다. 즉 정말로 음악을 모른다는
뜻이거나 핑계일 가능성이 있다는 것이다. 어떤 연구자는 루쉰이 가
장 흥미를 보인 인물들이 모두 높은 음악적 소양을 가졌음을 발견하기
도 했는데, 예를 들어서 완적과 혜강은 중국의 위대한 음악가였고, 또

니체나 에로센코 등도 모두 음악과 밀접한 관계가 있었다. 이 현상은 주의할 가치는 있으나 여전히 증거로 삼기에는 부족하다. 아마도 루쉰 본인에게 음악적 소양이 있었느냐 아니냐 하는 각도에서는 논의를 진행할 수 없으니, 생각의 방향을 바꿔야 할 듯하다.

필자의 직관에 따라 논의를 시작해 본다. 예전에 루쉰의 「사희社戲」[15]를 읽을 때 특별히 훌륭하다고 느껴서 영화로 만들어도 좋겠다고 생각했다. 나중에 누군가 정말로 영화에서 사희를 실제로 촬영했는데, 대단히 사실적이었음에도 갑자기 그런 아름다운 느낌이 사라져 버린 듯했다. 이런 현상에 일어난 이유에 대해 생각해 본 결과, 이것은 루쉰이 쓴 고향의 풍토와 인정, 풍속의 아름다움에는 그의 주관적인 정서가 녹아 들어가 있고, 게다가 그 배후에 심각한 철학적 이치가 함유되어 있기 때문이었다. 그러니까 루쉰의 소설은 구상과 추상이, 시와 철학이 결합된 것이라는 뜻이다. 그의 소설에는 강렬한 서정성이 있으나, 그의 서정은 항상 철학적 사고와 하나로 융합되어 있으므로, 이른바 '추상적 서정'이라고 할 수 있다. 그러므로 완전한 실제 촬영이 오히려 시적인 맛을 잃어버리게 할 수도 있다.

그리고 이와 같은 '추상적 서정'이 오히려 음악에 더 접근할 수 있다. 선총원沈從文은 이렇게 말했다.

어떤 추상적이고 아름다운 인상을 표현하는 데에 문자는 회화보다 못하고, 회화는 수학보다 못하며, 수학은 또 음악보다 못한 듯하다. 이른바

---

15 【역주】사희(社戲)는 농촌에서 봄과 가을에 신을 맞이하는 행사를 할 때 공연하던 연극이다.

'감동적인 인상'은 대부분 구체적이고 사실적인 감각기관의 경험에서 얻는다. 이 인상을 문자로 보존하는 것이 어렵기는 해도 완전히 어려운 것은 아니다. 다만 환상에서 비롯된 유동하는 형식을 가진 아름다움은 오직 음악만으로, 웅장하거나 부드럽고 차분하게, 똑같이 추상적인 형식 속에서 유동하게 해야만 비로소 그것을 잘 보존하고 재현하기를 바랄 수 있다.「燭虛[五]」

  말하자면 루쉰의 창작이 '구체적이고 사실적인 감각기관의 경험'을 초월하여 자유로운 환상으로 들어가 '유동하는 아름다움'을 창조할수록 음악에 더 접근하게 된다는 뜻이다. 그러므로 필자는 직관에 따라, 루쉰의『야초』를 음악으로 개편한다면 대단히 훌륭할 수 있으리라 생각한다. 이것은 필자의 꿈이자 기이한 생각이니 당연히 논리적으로 설명할 수 없다. 그러나 루쉰의 작품, 특히『야초』와 같은 작품을 읽으면 항상 사람들의 상상력을 끌어낼 수 있다는 것은 어쨌든 사실이다.
  필자의 두 번째 직관은 루쉰의 작품은 묵묵히 보기만 해서는 안 되고 낭독해야 한다는 것이다. 그의 작품에 담긴 정취와 진하면서 수없이 변화하는 정감, 마음으로는 이해할 수 있으나 언어로는 표현하지 못할 것은 모두 낭독을 통해 독자의 심령을 건드려야 한다. 이것은 필자의 경험이기도 하다. 루쉰의 작품을 얘기하는 데에 가장 중요한 것은 읽기인데, 읽음을 통해 들어오는 상황과 읽음을 통해 포착한 감각, 얻은 깨달음은 루쉰의 내면세계와 그의 예술에 접근하기 위해 '입문'하는 통로이다. 근래에 중학교에서 루쉰 작품을 강의하다가 이런 실험을 해 보았다.『야초』의 몇몇 부분을 떼어서 하나의 장章으로 모아

「천·지·인」이라고 제목을 붙였다. 그런 뒤에 학생들에게, 우선 분석해서 무슨 상징적 의미가 있는지 따지지 말고 그냥 낭독하면서, 그 와중에 거기에 담긴 정취와 기세를 느껴 보라고 했다. 내가 앞장서서 읽고 나서 전체 학생들에게 일어서서 큰 소리로 낭독하게 했다. 계속 그렇게 하다 보니 학생들이 흥분하기 시작해서 눈동자가 빛났다. 어쩌면 바로 그 순간에 무언가를 깨달았을 수도 있으나 반드시 말로 분명하게 설명할 수는 없었을 텐데, 사실 이때야말로 루쉰의 문학 세계로 들어가 있었던 셈이다. 물론 이후에 분석하고 설명할 필요는 있을 수 있으나, 낭송을 통해 도달한 최초의 깨달음은 대단히 중요하다.

사실 루쉰 자신도 낭송을 좋아했다. 저우쭤런의 『지당회상록知堂回想錄』에 따르면, 그가 시산西山에서 요양할 때 「지나간 생명」이라는 시를 지었는데, 루쉰이 보더니 "곧 낮은 소리로 천천히 읽기" 시작했다고 했다.

지나간 내 석 달의 그 생명은 어디로 갔는가?
없다. 영원히 지나가 버렸다!
나는 직접 들었지, 그가 침울하고 천천히 한 걸음 한 걸음
내 침대맡을 지나가는 소리를.

그의 낭독을 들은 저우쭤런은 "정말 무언가가 지나가는 듯이 느꼈다". 그는 몇십 년 후의 회상에서도, "이 장면은 아직도 눈에 선하다"라고 했다. 루쉰이 저우쭤런의 병상 옆에서 낮은 소리로 낭독하는 모습을 상상하면 말로 표현하지 못할 감동적인 무언가가 있다.

필자가 보기에 루쉰이 언어의 음악감을 파악한 것은 음악적 소양이 있었기 때문이라기보다 중국의 한자에 대해 특별한 깨달음의 능력과 제어력이 있었기 때문이었다.

먼저 모두들 잘 아는 루쉰의 글을 읽어 보자.

처참한 장면은 이미 차마 눈 뜨고 볼 수 없을 지경이 되었다. 유언비어는 더욱 귀를 열고 들을 수 없을 지경이 되었다. 또 무슨 말을 하겠는가? 쇠망한 민족이 아무 소리가 없는 이유를 깨달았다. 침묵이며, 침묵이여! 침묵 속에서 폭발한 게 아니라 침묵 속에서 멸망했다.

慘象, 已使我目不忍視了. 流言, 尤使我耳不忍聞. 我還有什麼話可說呢? 我懂得衰亡民族之所以默無聲息的緣由了. 沉默呵, 沉默呵! 不在沉默中爆發, 就在沉默中死亡.

필자는 문학 언어의 관점에서 이 문장을 이렇게 분석한 바 있다. "루쉰은 그렇듯 편안하게 중국어의 갖가지 문장 구조를 구사했다. 구어와 문어를 뒤섞기도 하고, 대구對句나 대우對偶, 중복된 문장 구조를 교차로 운용하기도 하며, 긴 구절과 짧은 구절, 진술과 반문의 구절을 교차시키기도 한다. 산문의 소박함과 변문駢文의 화려함 및 기세를 혼합하여 그야말로 '음색과 감정이 모두 풍부聲情並茂'하다고 할 수 있으며, 중국어의 표의表意 능력과 서정 기능을 극치로 발휘했다." 여기서 '음색과 감정이 모두 풍부'하다는 부분이 바로 '음악성'이라고 할 수 있다.

다시 음악성의 관점에서 분석해 보자. 우선 70자도 되지 않는 위 단락에서 '침묵'이라는 단어는 네 차례나 중복되었고, 또 '아무 소리가 없음默無聲息'과 같은 동의어도 포함되어 있다. 그리고 '중복'은 바로 음악성을 구성하는 중요한 수단이다. 여기에서 '침묵'은 완전히 음악의 '테마 악상musical idea'이자 '주조主調'로 간주할 수 있다. '침묵'이 주는 음감音感 자체가 침울하니, 이것이 바로 이 단락의 기조基調이다. 그리고 전체 문장에서 긴 구절과 짧은 구절이 교차하고, 말의 속도도 빠르고 느리게 변화하며 오르락내리락하는 사이에 일종의 음악적 리듬감이 더욱 생겨난다. 첫머리의 '처참한 장면慘象······'과 '유언비어流言······'의 대우는 문장 구조의 중복과 어휘의 중복(두 개의 '不忍'을 연속 사용했으니)은 모두 억압감을 준다. 그런 다음에 "또 무슨 말을 하겠는가?"라고 반문함으로써 정서가 조금 느슨하게 되고, 이어서 "······ 깨달았다"라는 긴 문장은 리듬을 완만하게 했으니, 사실 이것이 바로 정서의 울적함과 숙성熟成이다. 그리고 마지막으로 "침묵이며, 침묵이여! ······"라는 급한 리듬과 격분한 어조는 글 전체의 정서를 고조시키면서 일종의 놀라운 역량을 만들어낸다.

여기서는 또 변문駢文의 영향을 분명하게 볼 수 있다. 중국 언어와 문자의 특징을 얘기하면서 저우쭤런은 아주 훌륭하게 개괄했으니, 거기에는 장식성과 유희성, 음악성이 갖춰져 있다는 것이었다. 그는 또 "중국 국민은 음악을 무척 좋아하여, 팔고문八股文에는 많은 음악 성분이 함유되어 있다"라고 했다. 그리고 팔고문의 특징은 바로 "고금 변문과 산문의 정수菁華를 모아 놓은" 데에 있으므로「論八股文」, 그는 '산문의 소박함과 변문의 화려함을 혼합한 문장'을 제창했다「苦竹雜記」後記.

재미있는 것은 그의 이 주장을 진정으로 실현한 사람은 그가 아니라 그의 형 루쉰이었다는 사실이다. 루쉰이 중국어의 음악성을 이렇듯 잘 파악한 것은 변문에 대한 그의 소양과 관련이 있다. 말이 나온 김에 「『진수쯔金淑姿[16]의 편지』 서문淑姿的信·序」이라는 빼어난 글을 한 편 소개하겠다. 이것은 벗의 부탁에 따라 그와는 면식이 없는 1930년대의 어느 보통 여성의 유서를 위해 쓴 서문이다. 본래 부탁받아 쓴 글에는 별로 할 말이 없이 그저 형식적으로 쓸 뿐이다. 그래서 루쉰은 변문을 썼다.

아리따운 아가씨 산촌에서 자라, 숲과 샘이 지혜로운 마음 도야해 주었고, 봉우리와 산들이 속세와 격리해 주었지. 밤이면 밝은 달을 보고 하늘과 사람이 반드시 원만히 만나게 되리라는 것을 깨달았고, 봄이면 무성한 꽃을 따면서 향기가 영원히 머물 줄 알았지. 오래된 집에서 태어났으나 신식 유행도 알았고, 사랑의 싹이 터서 사랑의 편지 주고받으며, 작은 물결 헤치고 달려가 굳은 맹세하고 짝이 되었고, 먼 장래를 향하면서 찬란한 멋진 꿈도 꾸었지.

爰有靜女, 長自山家, 林泉陶其慧心, 峰嶂隔玆塵俗, 夜看朗月, 覺天人之必圓, 春擷繁花, 謂芳馨之永住. 雖生舊第, 亦濺新流, 旣苗愛萌, 遂通佳訊, 排微波而徑逝, 矢堅石以偕行, 向曼遠之將來, 構輝煌之好夢.

---

16 【역주】진수쯔(金淑姿 : 1908~1931)는 저장 진화[金華] 출신으로서 신식 교육을 받고 사촌 오빠인 청딩싱[程鼎興]과 결혼했으나, 남편이 사업을 위해 상하이로 가서 오랫동안 돌아오지 않자 우울증으로 죽었다.

이것은 당연히 우연스럽게 지은 유희의 글이지만, 쉬광핑의 회고에 따르면, 루쉰은 이것을 쓰고 나서 "자기도 무척 좋아했고", "글 전체 어휘들의 발음이 가락에 맞아서 우리 둘이 함께 낭독했다"라고 했다. 루쉰은 분명히 글의 정취와 리듬에 도취했다.

중국의 언어와 문자에 내재한 음악성을 이렇게 정밀하게 파악하고 자유롭게 운용함으로써 그의 작품에는 음악적 특징이 갖춰졌다. 적어도 이것은 루쉰의 소설 시학詩學에 담긴 이 흥미진진한 문학 현상을 부분적으로 해석할 수 있게 하지 않을까?

루쉰의 작품 한 편을 읽으면서 거기에 담긴 음악적 리듬과 운율을 맛보는 것도 괜찮을 듯하다. 이것은 『야초』에 수록된 「구걸자求乞者」이다. (…중략…)[17] 그러므로 우리는 이 작품을 완전히 한 편의 음악시音樂詩로 볼 수 있다.

게다가 이것은 무의식적으로 해낸 것이다. 그야말로 궈모뤄의 말처럼, "루쉰 선생은 무심히 시인이 되어서 우연히 지은 것이 항상 걸작이 되며", "또 무심히 서예가가 되어서 남긴 글씨가 저절로 풍격을 이룬다." 그런 의미에서 루쉰은 무심히 미술가가 되기도 했으나 음악가는 아니었는데, 다만 그의 작품에서는 회화와 음악 예술의 신운神韻을 깊이 이해할 수 있다. 이것들은 모두 그의 내재적 기질, 본성에 담긴 시적 성격과 회화적 성격, 그리고 음악적 성격을 잘 보여준다.

---

17 【역주】원문에는 「구걸자」의 원문에 담긴 색조(色調)와 성조(聲調)에 따른 느낌과 이미지, 글자 수의 구조 등을 분석하여 설명하고 있으나, 중국어를 모르는 독자에게는 불편한 부분이므로 생략했다. 이 분야에 관심이 있는 독자라면 錢理群의 저서 『遠行以後』(貴州教育出版社, 2004)에 수록된 「『求乞者』細讀」을 참조하기 바란다.

4. 루쉰의 스크린 형상

우리는 이미 루쉰 문장의 화면감畫面感과 색채감, 음악감을 강렬하게 느꼈다. 이런 화면감은 사실 일종의 카메라 감각이다. 「구걸자」와 같은 작품은 바로 하나하나의 장면scene으로 구성되어서 TV 단편극을 찍기에 아주 적합하다. 그리고 「공개처형示衆」에 대해 필자는 한 가지 실험을 해 본 적이 있으니, 즉 소설의 문장을 약간 생략하고 행을 나누어 배열했더니 자연스럽게 영화의 촬영 대본continuity이 되었다. 예를 들어서 소설의 첫머리는 이와 같다.

타는 듯한 태양

혀를 빼문 여러 마리 개

나무 위의 까마귀와 까치는 두중이를 벌리고 숨을 내쉬고

멀리서 두 개의 구리 잔 부딪치는 소리 은은하게 들려온다, 나른한, 단조로.

발걸음 소리. 인력거꾼은 묵묵히 앞으로 달려간다.

"뜨끈한 만두요! 금방 쪄낸……."

12살의 뚱뚱한 아이가 눈을 가늘게 뜨고 입을 비틀며 말한다. 잠긴 목소리에 졸린 듯이.

낡은 탁자 위에는 2, 30개의 만두가 전혀 온기가 없이 차갑게 앉아 있다.

火焰焰的太陽.

許多狗都拖出舌頭來.

樹上的烏老鴉張着嘴喘氣.

遠處隱隱有兩個銅盞相擊的聲音, 懶懶的, 單調的.

脚步聲. 車夫默默地前奔.

"熱的包子咧! 剛出屉的……"

十一二歲的胖孩子, 細着眼睛, 歪了嘴叫, 聲音嘶啞, 還帶些睡意.

破舊桌子上, 二三十個饅頭包子, 毫無熱氣, 冷冷地坐着.

이것은 '거리 풍경 1'이라고 할 만하다. 전체 소설은 이런 7개의 거리 풍경으로 구성되어 있으며, 촬영하면 바로 단편극이 된다. 필자는 『루쉰 작품 15강講』北京大學出版社, 2003에서 이에 대해 더 상세하게 분석한 바 있으니, 관심 있는 독자는 참조하기 바란다.

앞서 우리는 루쉰의 문학과 미술, 음악의 내재적 연계를 살펴보았는데, 여기서는 또 영화와의 연계를 살펴보기로 한다. 몇몇 연구자들은 루쉰이 영화 관람을 좋아했다는 사실에 주의하고, 또 루쉰이 썼거나 번역한 영화 관련 글에도 주목했다. 예를 들어서 『이심집二心集』에 수록된 「현대 영화와 유산계급現代電影與有産階級」이라는 번역문과 「부기附記」는 모두 가치 있는 글이다. 이제 각도를 바꾸어 살펴보자.

2005년에 필자는 꿈을 하나 꾸었다. 그 꿈을 촉발한 것은 그해에 저명한 영화감독 딩인난丁蔭楠[18]이 『루쉰』이라는 영화를 찍으려고 필

---

18 【역주】 딩인난(丁蔭楠 : 1938~)은 1979년 『소슬한 봄비[春雨瀟瀟]』를 시작으로 『역광(逆光)』(1982), 『쑨중산[孫中山]』(1986), 『저우언라이[周恩來]』(1992), 『영원한 동반자[相伴永遠]』(2000), 『덩샤오핑[鄧小平]』(2003), 『루쉰』(2005), 『평화장군 타오즈웨[和平將軍陶峙岳]』(2009) 등을 감독했다.

자를 찾아 자문한 일이었다. 이것은 필자의 열정과 상상을 자극했다. 루쉰을 스크린에 옮겨 놓을 때는 그의 작품 속에 담긴 미술과 음악, 영화의 요소를 충분히 고려하고 이용해야 하지 않을까 생각했다. 당시 필자는 딩 감독에게 여러 의견서를 써 주었고, '스크린 속의 루쉰에 대한 꿈'을 생생하게 꾼 적이 있다.

필자는 우선 이것이 어떤 유형의 영화가 될까 상상했다.

그래서 딩인난이 예전에 『쑨중산』을 감독할 때 '역사 사건'과 역사 인물의 '심리 과정' 사이의 관계, 그리고 그것을 스크린에서 어떻게 처리하느냐 하는 문제를 논의하면서 아울러 "구체적 사건은 뒤로 미루어 두고" "심리 과정을 앞으로 내세운다"라는 원칙을 제기했던 데에 주의했다. 필자는 이 원칙이 아주 중요하다고 생각한다. 스태프에게 보낸 의견서에서 한 가지 관점을 제시했다. 루쉰과 같은 문학가이자 예술가에게는 두 개의 전환 과정이 있으니 먼저 역사 사건이 개인의 심리 사건으로 전환되고, 그런 뒤에 또 개인의 심리가 문학예술(이미지와 화면, 색채, 목소리 등등)로 전환된다는 것이다.

우리는 오랫동안 루쉰의 작품을 포함한 문학 작품이 역사 사건을 단순하게 모사한 것이라고 여겼고, 이로 인해 단순화되고 표면화된, 필자가 보기에는 비문학적인 해독이 나타났다. 중학교에서 「류허전劉和珍을 기념하며」를 읽을 때 교사들은 모두 교재의 참고서에 설명된 것을 근거로, 루쉰의 이 글이 "봉건 군벌의 잔인함과 어용 문인의 후안무치를 반영하여 애국 청년의 대범한 희생정신을 표현했다"라는 등등을 강조한다. 이런 설명은 뉴스 보도나 평론과 다를 게 없으니, 당연히 이런 의문이 제기된다. 이게 그래도 문학 작품인가? 문학이 문학인 까닭, 혹은 우리에게 문학이 필요한 까닭은 바로 그것이 시종일관 사람, 사람의 심령에 관심을 기울이기 때문이다. 루쉰이 「류허전을 기념하며」를 쓴 것은 결코 역사적 사실을 기록하거나 재현하려는 게 아니라 '3·18참사'가 그의 마음에 준 충격 즉, 그의 심리 반응을 서술하려는 것이었다. 그래서 이 글은 피비린내 나는 도살을 둘러싸고 '말하기'와 '말하지 않기' 사이의 모순과 곤혹을 펼쳐 보인다. "선생, 예전에 류허전을 위해 무슨 글을 쓴 적이 있소?" "아니오." "그래도 뭔가를 쓰는 게 좋지 않겠소?" "나도 진즉부터 그럴 필요가 있다고 생각했소." "하지만 나는 정말 할 말이 없소." "거기에 또 무슨 말이 있을 수 있겠소?" "마침 뭔가 쓸 필요가 생겼소." "또 무슨 할 말이 있겠소?" "침묵이며, 침묵이여! 침묵 속에서 폭발한 게 아니라 침묵 속에서 멸망했다." "하지만 난 아직 할 말이 있소." "아, 말할 수 없소!", '말하기(쓰기)'와 '말하지 않기(쓰지 않기)' 사이를 배회하며 왔다 갔다 오르락내리락하는 것이 글 전체에 내재한 심리적 맥락을 구성하며, 또한 '문기文氣'의 풍부한 변화를 형성한다. 「류허전을 기념하며」를 읽을 때는 바로 이렇게 변화하는 '문기'를 포착해야 하는데, 사실 이것이 바로 앞서 얘기했던 '리듬', 심리적 리듬이자 문장의 리듬이다. 「류허전을 기념하며」는 본질적으로 말하자면 한편의 심령의 시이다.

그런데 강렬한 예술 감각을 가진 문학가인 루쉰은 또 이 '심령의 시'를 외재화하여 화면과 색채, 목소리로 만들었다. 「류허전을 기념하며」는 많은 화면과 색채, 목소리를 조합한 것이다. 글 전체는 다음과 같은 개별 장면으로 변화시킬 수 있다.

(추도회장 밖)

루쉰이 혼자 배회하고 있다.

배경에는 류허전의 빈소가 보인다.

여학생 청쥔程君: 선생님, 예전에 류허전을 위해 무슨 글을 쓴 적이 있나요?

루쉰 : 아닐세.

청쥔 : 조금 써 주시는 게 좋지 않을까요? 류허전이 생전에 선생님의 글을 무척 좋아했거든요.

(깊은 밤, 루쉰의 거처인 '호랑이 꼬리老虎尾巴' 안)

루쉰은 담배 한 개를 들고 혼자 앉아 있다.

화면 밖의 소리 : 하지만 나는 정말 할 말이 없어. 그저 내가 있는 곳이 절대 인간 세계가 아닌 것 같아.

루쉰은 담배를 응시하다가 돌연 환각에 빠진다. 40여 명의 청년이 흘린 피가 주위에 넘실거리며 그를 집어삼키려는 바람에 숨을 쉬기고 보고 듣기도 어렵다……

화면 밖의 소리 : 진정한 용사는 참담한 인생에 과감히 직면하고, 낭자한 선혈을 똑바로 쳐다보지. 이 애통해하는 사람과 행복한 사람은 어떻게 된 거지?

루쉰, 손을 뻗어 펜을 잡는다.

화면 밖의 소리 : 망각의 구세주여, 어서 강림하소서! 나는 마침 무언가 써야 할 필요가 생겼소.

(환영 1)

류허전이 종마오 후퉁宗帽胡同에서 루쉰의 강의를 듣고 있는데, "미소를 띠고 아주 온화한 자세이다".

류허전이 루쉰이 편집한『망원莽原』잡지를 읽으며 여전히 "미소를 띠고 있다."

류허전이 루쉰과 다른 교수들 앞에서 "침울한 표정으로 있다가 눈물을 흘린다".

(환영 2 : 3월 18일, '호랑이 꼬리' 안)

루쉰, 글쓰기에 열중해 있다.

여학생 하나가 달려 들어와 소식을 알린다.

루쉰, 깜짝 놀라 일어나며 : 비열한 자들의 흉악함이 이런 지경에 이를 줄이야!

(환영 3 : 정부 청사 앞)

류허전과 동료들이 "흔쾌히 앞으로 나아간다".

총성이 울린다.

류허전이 갑자기 쓰러진다. 총탄이 "등에서 들어가 가슴을 비스듬히 관통한다".

장징수張靜淑가 그녀를 부축하려다가 "네 발을 맞고" "바로 쓰러진다".

양더췬楊德群도 그녀를 부축하려다가 "역시 총탄에 맞고" "바로 쓰러진다".

클로즈업 : 류허전의 시신. 양더췬의 시신. 병원에서 신음하는 장징수.

(환영 4)

살인자는 "고개를 치켜들고" 있는데 "모두의 얼굴에 핏자국이 묻어 있다."

정인군자가 소문을 퍼뜨리고 있다.

식당과 찻집에서 '한량'들이 류허전 등의 희생을 '식후 화제'로 삼아 신나게 떠든다.

화면 밖의 소리 : 처참한 장면은 이미 차마 눈 뜨고 볼 수 없을 지경이 되었다. 유언비어는 더욱 귀를 열고 들을 수 없을 지경이 되었다. 또 무슨 말을 하겠는가? 쇠망한 민족이 아무 소리가 없는 이유를 깨달았다. 침묵이며, 침묵이여! 침묵 속에서 폭발한 게 아니라 침묵 속에서 멸망했다.

(다시 '호랑이 꼬리'에 있는 루쉰의 방 안)

담배연기 속에서 루쉰의 모습이 나타난다.

화면 밖의 소리 : 그러나 이미 핏자국이 생겼으니, 당연히 모르는 사이에 확대되겠지. 적어도 친척과 스승, 학우, 연인의 마음을 적실 테고⋯⋯.

(플래시백) 류허전의 "미소 짓고 온화한 옛 모습"

화면 밖의 소리 : 빗발치는 총알 속에서 서로 목숨을 아끼지 않고 도와준 사실은 중국 여인들의 용맹은 음모와 모략을 당해 수천 년 동안 억압당해도 끝내 없어지지 않는다는 분명한 증거가 되기에 충분하지.

(플래시백) 류허전과 양더췬, 장징수가 빗발치는 총탄 속에서 서로 돕는다.

클로즈업 : 담배를 쥔 루쉰의 옆모습

화면 밖의 소리 : 겨우 살아남은 사람은 옅은 핏빛 속에서 어슴푸레한 희망을 어렴풋이 보겠지만, 진정한 용사는 더욱 분연하게 전진한다.

아, 나는 말할 수 없으나 이것으로 류허전을 기념하노라!

(플래시백) 류허전의 빈소와 영정이 점차 클로즈업된다. 그녀는 미소를 띤 채 우리 모두를 바라본다.

사실 루쉰의 많은 작품이 다 이렇게 문자에서 영화 장면으로 전환될 수 있을 텐데, 이것은 그의 작품에 '영화적 성격'이 내재해 있음을 말해 준다.

그래서 필자의 상상 속에서 『루쉰』이라는 영화는 "심리 정서를 주도적인 내용으로 하고, 예술적 조형과 목소리를 표현 형식으로 하는 영화"가 되어야 했다.

그러나 필자는 여전히 만족할 수 없다. 「의견서」에서 필자는 또 이런 관점을 제시했다.

루쉰에게는 늘 소홀히 취급되는 또 다른 측면이 있으니, 바로 그가 현실에 대한 강렬한 관심이 있었을뿐더러 그와 동시에 초월적이고 형이상학적인 데에 관심을 기울이고 그런 사고도 많이 했다는 사실이다. 다들 루쉰과 위·진 문학의 관계를 자주 얘기하는데, 사실 '삶과 죽음', '있음과 없음', '실질과 공허', '언어와 뜻意' 등등 위·진 현학玄學의 몇몇 기본 명제는 모두 루쉰의 사고 속으로 들어갔고, 그의 작품에도 어느 정도 반영되었다. 필자가 보기에 『야초』에도 이러한 생명 발전의 단서와 궤적이 들어 있다. 현재의 '있는' 모든 것을 거절하고 '공허'를 파고 들어가 철저한 '없음'에 도달하고, '어둠'을 최대한 떠맡음으로써 홀로 어둠을 옹유擁有하고 나아가 '없음' 가운데 '크나큰 있음'을, '공허' 가운데 '크나큰 실질'을 획득한다. 이것은 생명의 크나큰 미혹이자, 말로 표현할 수 없는 생명의 명징한 상태, '어둠에 충만한 광명', 더 풍부하고 넓고 크며 자유로운 생명의 경지이다. "다만 나는 마음에 거리낄 게 없이 편안하고 기쁘다. 껄껄 웃으며 노래하리라!"

필자는 루쉰이 이 크나큰 경지가 스크린에서 예술적으로 표현될 수 있기를 진정으로 희망한다.

그래서 딩인난이 『쑨중산』을 감독할 때 강조했던 바에 주목했다. 즉 "인류 발전사와 중국 사회사, 철학사의 수준에서 영화 제작의 기점基點을 확립"함으로써 역사의 위인과 사람의 '인생 전체의 존재 가치'를 보여주어야 한다는 것이다. 그래서 필자는 또 이렇게 상상했다.

영화 『루쉰』은 풍부한 심리적 내용을 담아야 할 뿐만 아니라, '루쉰과 사람의 생명 존재를 보여주는 철학적인 시'가 되어야 한다. 필자는 극작가의 설계 속에서, 『루쉰』 전체에서 양싱푸楊杏佛[19]의 죽음과 취추바이瞿秋白의 죽음, 그리고 루쉰의 죽음까지 세 개의 죽음을 묘사하고 있다는 점에 주목했다. 이것은 대단히 절묘한 구상이자 훌륭한 토대라고 하겠다. 이를 근거로 필자는 두 가지를 건의했다. 첫째, 이런 죽음이 유발하는 살아 있는 이들의 심령의, 생명의 전투를 집중적으로 나타내야 한다. 둘째, 그 배후에 담긴 더 보편적이고 초월적이며 형이상학적인 사고와 생명의 체험을 발굴해야 한다. 그래서 대담하게 상상해 보았다.

『루쉰』이라는 영화에서 중심적으로 표현해야 할 것은 응당 '삶과

19　【역주】 양싱푸(楊杏佛 : 1893~1933, 본명은 취앤[銓], 자는 훙푸[宏甫], 호는 싱푸)는 상하이 우쑹중국공학[吳淞中國公學]에서 공부하다가 동맹회에 가입했고, 1911년에 탕산로광학당(唐山路礦學堂)에 입학했다가 신해혁명이 일어나자 우창[武昌]으로 가서 혁명에 참여했다. 1912년 11월에는 위안스카이의 찬탈에 분개하여 미국으로 유학하여 하버드 대학 등에서 기계공학과 공상관리학(工商管理學)을 공부하고 중국과학사에 참여하여 『과학』 잡지를 출판했다. 1918년에 귀국해서 난징 고등사범학교 교수로서 경제학과 공학을 가르쳤고, 1924년에는 쑨원의 비서로 제1차 국공합작에 참여했다. 1933년에는 쑹칭링[宋慶齡]과 차이위안페이, 루쉰 등과 더불어 중국민권보장동맹을 결성하여 집행위원 겸 총간사로 활동하는 등 국민당의 반동적인 탄압 정치에 반대하다가 상하이에서 국민당 특무(特務)에게 암살당했다.

죽음의 의의와 전환'이어야 한다. 그 주제어는 '삶의 찬란하고 영원함과 죽음의 찬란함과 영원함'이다.

문제는 이것을 어떻게 표현하느냐이다.

극작가는 극본에서 『야초』의 일부를 채용했는데, 이것이 필자에게 큰 계시를 주었다. 『야초』는 루쉰의 창조력과 상상력을 가장 잘 보여줄 수 있는 작품이며, 루쉰에게 내재한 회화와 음악, 영화에 대한 감각이 극도로 발휘된 작품이다. 그래서 필자는 『야초』안의 '꿈'을 영화 『루쉰』에 도입하고 아울러 고향의 '훌륭한 이야기'의 꿈과 양싱푸가 죽은 후의 '꺼진 불死火'의 꿈, 취추바이가 죽은 후의 '묘갈문墓碣文'과 '눈雪'에서 변화한 꿈, 그리고 루쉰이 죽은 후『야초』의 제사題辭와 「나그네過客」에서 변화한 꿈을 구체적으로 설계하고, 또 거기에 '말린 나뭇잎臘葉'과 '여신女弔'의 꿈을 삽입했다. 이것은 또 하나의 대담한 상상이었다.

"루쉰 작품 속의 초현실주의 수법으로 루쉰을 표현하고", 아울러 이를 통해 영화 전체의 풍격을 형성한다. "현실과 초현실의 수법을 엮고 전환하면", 진정으로 한 편의 '철학적 시'가 이루어지는 것이다.

한 가지 예로 '양싱푸의 죽음'에 관해 살펴보자.

루쉰이 군중 속에서 질주하고 있다.

화면 밖의 소리 : 호쾌한 정서가 어찌 예전과 같으랴? 꽃이 피고 지는 것도 다 맡겨 놓았지. 어떻게 바랄 수 있을까, 강남의 비처럼 눈물 흘리며 이 국민을 위해 사나이의 죽음을 통곡하기를?[20]

환각 속에서 음침한 하늘에 돌연 비가 쏟아지기 시작한다.

강남의 궂은 비가 칼로 변한 듯 거센 빗줄기가 대지를 향해 찔러 오다가 홀연 또 하늘 가득히 날리는 눈으로 변한다.

눈송이가 맴도는 와중에 하나하나 백의를 입은 시체로 변하여 루쉰을 내리 눌러 온다, 계속해서……

그러다가 홀연 또 겹겹으로 쌓인 피가 되어 응고되어 루쉰을 숨조차 쉬지 못하게 묻어 버리고…….

흐릿한 비 그림자 속에서 루쉰은 기이한 대오隊伍들을 본 듯하다.

총소리가 울리고, 뛰어 달아나는 사람들.

'옛 □정자 어귀'²¹의 형장刑場…….

톈안먼天安門 앞……

정부청사 대문 앞의 큰 사자상…….

총소리가 울리고 사람들이 쓰러진다.

총소리가 울리고 또 사람들이 쓰러지고 또 쓰러져서 산이 무너지는 듯하다.

루쉰은 시체와 피바다 속에서 막막하게 서 있다가 끝내 고함을 지르기 시작한다.

그는 미친 듯이 달리고 있고, 배경은돌연 '높고 큰 빙산'으로 변한다. 그 빙산은 하늘에 닿아 하늘에는 얼어붙은 구름이 가득한데, 모두 물고기 비늘 같다. 산기슭에는 얼어붙은 숲이 있고, 나뭇가지는 모두 솔삼나무松杉 같다. 모든 것이 싸늘하게 얼어 창백하다.

---

20 【역주】魯迅, 「悼楊銓」: "豈有豪情似舊時, 花開花落兩由之. 何期淚灑江南雨, 又爲斯民哭健兒."

21 【역주】루쉰의 소설 「약(藥)」에 나오는 지명 '古□亭口'를 가리킨다.

루쉰은 갑자기 얼음 골짝에 떨어진다.

위아래와 사방이 온통 얼음이고, 창백하다.

루쉰은 돌연 눈을 부릅뜨고 놀랍고도 기쁜 표정으로 바라본다. 온통 창백한 얼음 위에 무수한 붉은 그림자가 붉은 산호처럼 얽혀 있다.

루쉰이 허리를 숙이고 발아래를 보니 불꽃이 있다.

이것은 꺼진 불死火이다. 불꽃의 형상은 있으나 전혀 흔들리지 않고 전체가 얼어붙어 있는데, 산호 가지처럼 생긴 그 끝에는 또 응고된 검은 연기가 있다. 얼음으로 된 사방의 벽에 그것이 비치고 다시 서로 비춘다. 순식간에 창백한 얼음 골짝은 붉은 산호색으로 변한다.

루쉰이 꺼진 불을 집어 들자 순식간에 붉은 불꽃이 움직이더니 그를 포위하고, 붉은색이 스크린에 가득해진다.

여기에서는 루쉰의 「꺼진 불」을 끌어들여 일종의 전환을 이루었다. 희생자의 '피'에서 '꺼진 불'로 전환된 것은 생명의 '죽음'을 상징하고 은유하지만, 생명의 '불(씨)'은 아직 남아 있다. 이 역시 '죽음'에서 '삶'으로 전환하는 것이다. 정조도 극도의 분노와 절망에서 절망에 반항하는 가운데 생기는 희망으로 전환한다. 주의할 것은 이 꿈속의 상황에서 전반부 '피'의 붉은색과 후반부 '꺼진 불'의 붉은색은 서로 관련이 있으면서도 다른 정서를 내포하고 있으므로, 색조 운용에서 구별할 필요가 있다.

이런 상상과 구상을 하면서 필자는 걷잡을 수 없이 흥분했는데, 어쩌면 천단칭의 말처럼 "극도로 만족했을" 것이다.

게다가 필자의 구상은 딩 감독에게 지지를 받았다. 앞서 언급했듯이 그는 『쑨중산』의 감독을 맡았을 때 비슷한 것을 추구했으나, 마지막에는 이런 구상을 대부분 실현하지 못했다. 그의 말에 따르면, 이를 위해서는 큰 투자가 필요한데 현재 중국에서 『루쉰』과 같은 영화는 큰 경제적 지원을 받지 못할 것이라고 했다.

물론 마지막으로 찍은 『루쉰』도 상당히 훌륭했고, 특히 푸춘신濮存昕[22]의 연기는 대단히 특색이 있었다. 필자는 정중하게 추천하는 바이다. 이 영화는 한 번 볼 만하다. 다만 필자의 상상과는 확연히 다른데, 그 역시 필연적이었다. 필자의 상상은 본래 영화의 문외한에게 떠오른 엉터리 같은 것이고, 계속 쏟아지는 엉터리 같은 상상 가운데 하나일 뿐이기 때문이다. 그리고 필자의 이런 상상은 대부분 실현 불가능하다. 설령 부분적으로 실현되더라도 모양새가 변할 것이고, 결국에는 필자만의 영원한 꿈이 될 것이다. 이런 데에는 이미 익숙하다. 다만 필자는 이런 몽상들을 아주 진지하게 여기고 또 무척 아낀다. 오늘 강연에서는 여러분께 '잠꼬대夢話'를 한 셈이다.

다만 말이 여기까지 이르렀으니 마무리를 지어야겠다. 날씨가 이렇게 무더우니 모두 등이 땀에 흠뻑 젖었으리라.

---

22 【역주】 푸춘신(濮存昕 : 1953~)은 1969년에 생산건설병으로 헤이룽장 지역에 파견되었다가 1977년에 문화대혁명이 끝나면서 베이징으로 돌아와 쿵정화극단[空政話劇團]에 들어갔다가 1987년부터 정식으로 베이징 인민예술극원에 들어갔다. 중국희극가협회 회장을 역임하고, 2020년 12월에는 중국극작가협회 회장으로 선출되었다.

5. 몇 가지 남은 생각들

루쉰은 결국 어떤 부분에서 예술가와 상통하는가? 이것은 본래 이번 논의에서 반드시 고찰하거나 언급했어야 하는 문제이다. 다만 하필 필자가 이 주제에 대해 분명한 생각이 없어서 혼자 생각한 몇 가지를 간략하게 얘기하고 문제를 제기했는데, 이를 통해 더 깊은 사고가 끌어 내지기를 바란다.

필자는 우선 정신 기질이 통해야 한다고 생각한다. 모두 호방하고 자유로운 천성과 기성의 규범에 속박되지 않는 창조성, 기성 질서에 반항하는 이질성과 이단성, 타고난 풀뿌리 정신이 있어야 한다.

동시에 이것은 예술적 사유와 상통한다. 예술적 직관을 중시하고 구상과 추상 사이를 자유롭게 드나들어야 한다.

루쉰의 경우는 아마 '중국어의 장식성과 음악성'에서 자기 안에 내재한 문학가 소질과 예술가 소질을 찾음과 동시에 그것을 발휘할 어떤 촉발점을 얻었다. '문학가' 루쉰과 '예술가' 루쉰은 '중국어 언어 예술가'라는 지점에서 통일되었다. 루쉰 문학예술의 '민족성'과 '중국성', '동양성'도 바로 여기에 표현되어 있다.

현대 사상사와 문화사 속의 루쉰

루쉰과 중국 현대 문화

루쉰과 중국 현대 문화

이것은 뎬스 대학電視大學 학생들이 제시한 주제이니, '작문 문제'라고도 할 수 있다. 다만 글은 잘 쓰지 못했다. '루쉰과 중국 현대 문화'와 관련해서 유행하는 아주 많은 견해는 필자가 보기에 모두 약간 사이비似而非여서 반박할 부분이 많기 때문이다. 그런데 의문을 제기하는 순간 논의해야 할 문제가 복잡해진다.

1

예를 들어서, 흔히 루쉰을 5·4신문화운동의 '주장主將'이라고 얘기하는데, 이로 인해 "루쉰의 방향이 바로 중국 신문화의 방향이다"라는 식의 고전적 논단論斷이 나타났다. 루쉰은 자기의 창작에서 5·4의 '계몽주의'를 견지한다고 확실히 말한 적이 있고,[1] 『신청년』에 발표한 「광인일기」와 「공을기」, 「약」 등의 소설이 "'문학 혁명'의 실적을 보여주고", "일부 청년 독자의 마음을 상당히 격동하게 했다".[2] 이 때문에 그는 5·4문학혁명의 '선구자의 명령'을 '받들어尊奉' 창작하고, 아울러 자각적으로 "선구자와 보조를 함께 했다"라고 인정했다.[3] 다만 '받들었다'라는 의견 자체는 그가 '주장'이었다는 견해를 부정하는 것인데, 루쉰 스스로 후스를 5·4문학혁명의 '제창자'라고 명확하게 여기고 있었고,[4] 천두슈가 5·4신문화운동의 주장이었다는 것은 이미 현재 학술계에서 공인된 인식이다. 『신청년』과 5·4신문화운동에서 루쉰과 저우쪄런의 지위와 역할에 대해 천두슈는 이렇게 회상한 바 있다.

루쉰 선생과 그의 아우 치밍啓明 선생은 모두 『신청년』의 작자 가운데 하나로서, 가장 주요한 작자는 아니었고 발표한 글도 아주 적었으며 특히 치밍 선생이 그러했다. 그러나 두 분 모두 자기만의 독립적인 사상이 있어서 『신청년』 작자들 가운데 누군가에게 부화뇌동하여 참가한 게 아니었으므로, 그들의 작품은 『신청년』에서 특별한 가치가 있다.[5]

가장 주요한 작가가 아니었으니 당연히 '주장'이 아니었으나, '자기만의 독립적인 사상'이 있었기에 '특별한 가치'가 있다는 것이다. 이

---

1   魯迅, 「我怎麽做起小說來」, 『南腔北調集』(『魯迅全集』 제4권), 526쪽.
2   魯迅, 「『中國新文學大系』小說二集序」, 『且介亭雜文二集』(『魯迅全集』 제6권), 246쪽.
3   魯迅, 「『自選集』自序」, 『南腔北調集』(『魯迅全集』 제4권), 469쪽.
4   魯迅, 「無聲的中國」, 『三閒集』(『魯迅全集』 제4권), 13쪽.
5   陳獨秀, 「我對魯迅之認識」, 『宇宙風』 제52기, 1937.11.

것은 객관적이고 정확한 평가이다.

그렇다면 루쉰의 '가치'는 어디에 있는가? 이것은 우선 5·4 '계몽주의'에 대한 그의 말과 실천의 복잡한 태도에 나타나 있다. 그는 확실히 계몽을 위해 창작했으나, 처음부터 계몽의 작용에 대해서는 마음속에서 회의하고 있었다. 이에, 저우쭤런의 회고에 따르면, 루쉰은 처음에는 『신청년』에 대해 '무척 냉담한 태도'였으며,[6] 게다가 첸쉬안퉁錢玄同[7]이 원고를 의뢰하자 곧바로 계몽주의에 대해 두 가지 질문을 제기했다. 즉 '쇠로 된 방鐵屋子'을 단지 사상 비판만으로 깨부술 수 있겠는가? '깊이 잠든 이들'을 깨우면 그들에게 빠져나갈 길을 제시할 수 있는가?[8] 그래서 5·4운동 1주년에 쓴 통신에서 학생들의 애국주의운동 및 신문화운동이 유발한 '학계의 분란'에 대해 의외로 냉정하고 준엄하게 저평가하면서, "내가 보기에 (그것들은) 사실 중국에 아무 영향도 주지 못한 일시적인 현상이었을 뿐"이라고 했다.[9] 신해혁명이 실패하고 젊은이들이 피를 흘리는 모습을 목도하자 그는 고통스럽게 자책했다. 자기의 계몽적 창작이 "착실하면서 불행한 청년들의 머리를 똑똑하게 밝히고 그들의 감각을 민감하게 함으로써 그들이 만약 재앙을

---

6   周作人의 「錢玄同的復古與反復古」에 인용된 1923년 7월 9일에 錢玄同이 周作人에게 보낸 편지를 참조할 것(『周作人文類編』 『八十心情』, 長沙 : 湖南文藝出版社, 1998, 481쪽).

7   【역주】 첸쉬안퉁(錢玄同 : 1887~1939, 본명은 샤[夏], 호는 더첸[德潛])은 일본 와세다[早稻田] 대학을 졸업하고 귀국하여 베이징대학 등에서 언어학과 역사학을 강의했다. 일본 유학 도중 동맹회에 가입했고, 『신청년』에서 한자를 폐지하고 로마자를 쓰자고 주장하기도 했으며, 중국 고대 문헌을 과학적으로 재검토하자는 '의고파(擬古派)'의 일원으로 활동하며 『고사변(古史辨)』 저작에 참여하기도 했다.

8   魯迅, 「『吶喊』自序」(『魯迅全集』 제1권, 441쪽).

9   魯迅, 「致宋宗義」(『魯迅全集』 제11권, 382쪽).

당하면 몇 배로 고통을 느끼고, 동시에 그들을 증오하는 자들이 이 생생한 고통을 즐기며 특별한 향락을 누리게 했으니", 자기는 '식인의 잔치'에 '안주를 만드는 조수'에 지나지 않았다는 것이다. 그러나 그는 또 "이후로 묽어진 '옅은 핏자국 속에서' 보게 되는 것들을 지면에서 칭송할 생각"이라고 했다.[10] 견지하는 가운데 회의하고, 회의하는 가운데 견지하는 이런 계몽주의자는 현대 중국의 사상계와 문화계에서 확실히 무척 특별하고 독창적이었다.

5·4신문화운동의 두 가지 핵심 테마인 '과학'과 '민주'에 대해서도 루쉰은 남다른 견해를 지니고 있었다.

일찍이 20세기 초[1908년]에 쓴 「과학사교편科學史教篇」에서 그는 동양의 낙후된 민족국가에 대해 과학이 가지는 특수한 의의를 충분히 긍정하고 높은 기대감을 표시했다. "과학이란 그 지식으로 자연현상의 깊고 미묘한 부분을 탐색하는데, 오랜 시간이 지나 효과를 얻으면 개혁이 사회까지 미치고, 계속 널리 퍼지다가 멀리 동방의 중국까지 스며들었는데, 그 거대한 물결이 지향하는 바는 크고 넓은 것을 숭상하여 멈춤이 없다"라는 것이다. 그런데 그와 동시에 그는 다른 점을 일깨웠다. 만약 "과학을 종교로 삼는다면"(요즘 식으로 표현하자면 '과학만능주의'일 텐데) 새로운 폐단이 생겨난다는 것이다. "온 세상이 과학만을 떠받든다면 인생은 필연적으로 메마르고 적막해질 수밖에 없고, 그런 상태가 오래되면 아름다운 감정은 각박해지고, 총명하고 영민한 사상은 상실될 것이니, 이른바 과학이라는 것도 없는 것과 마찬가지

10   魯迅, 「答有恒先生」, 『而已集』(『魯迅全集』 제3권), 474·477~478쪽.

가 될 것"이라고 했다. 여기에는 사실 과학에 대한 루쉰의 독특한 이해가 내포되어 있다. 그가 보기에 "과학적 발견은 늘 초과학적 힘에 영향을 받으므로", 과학과 신앙, 이성과 비이성은 서로 모순되면서도 서로 스며들어 촉진하는 것이었다.[11] 이것이 바로 전형적인 루쉰의 특수한 사유이다. 그는 항상 어떤 단일한 명제(예를 들어서 '과학'이나 '이성' 같은)에 대해 고립적으로 고찰하지 않고 테제와 안티 테제('과학'과 '신앙', '이성'과 '비이성')의 대립 속에서 변증법적으로 사고했다. 또 테제와 안티 테제의 대립을 절대화하지 않아서 어느 한쪽을 절대적으로 긍정하거나 절대적으로 부정하지 않고 긍정 속에서 질문을 제기하고, 질문 속에서 긍정했다. 그와 마찬가지로 과학을 제창하면서도 그것을 회의했다.

'민주'에 대한 관점과 태도도 마찬가지였다. 20세기 초에 쓴 「문화편향론文化偏至論」 등의 글에서 그는 영국과 미국, 프랑스 등의 혁명이 이끈 "정치의 권력은 백성이 주인"이라는 '사회 민주의 사상'과 봉건 군주전제에 대한 반항이 가지는 거대한 의의를 충분히 긍정함과 동시에 또 이렇게 일깨운다. 만약에 '민주'가 극단으로 치달려 '다수의 군중'을 숭배하여 "다수의 힘을 빌려 소수를 능멸하고", "군중의 통치라는 명분에 가탁해서 폭군보다 더 지독한 압제를 행하도록" 변질된다면,[12] 그것은 새롭게 '다수의 전제정치'를 형성할 것이고, 그 결과는 필연적으로 역사의 순환 즉, 이른바 "혼자서 다수를 통제하는 것은 옛날의 제도이고" "다수가 개인을 학대하는 것은 지금의 제도"가 되어

---

11   魯迅, 「科學史敎篇」, 『墳』(『魯迅全集』 제1권), 25・29・35쪽.
12   魯迅, 「文化偏至論」, 『墳』(『魯迅全集』 제1권), 46・49쪽.

서[13] 전통적인 봉건 전제정치를 타도한 뒤에 또 새로운 현대식 전제정치로 전락하게 된다는 것이다. 이에 그는 유신파維新派가 장려하는 '입헌국회立憲國會'에 의문을 제기했다. 그는 이것이 "공허한 명분을 빌려 사적인 욕망을 이루는"데에 지나지 않으며, 그 결과는 필연적으로 "일을 처리하는 권한과 논의를 모조리 출세를 위해 분주한 자들이나 지극히 우둔한 부자, 아니면 농단에 능숙한 거간꾼에게 주게 되니", "옛날에 백성 앞에 군림하는 자는 한 명의 폭군이었는데, 지금의 방법을 따르면 또 갑자기 수많은 무뢰배로 변하게 되는지라 백성은 감히 그들을 부릴 수 없게 되니, 나라를 일으키는 데에 결국 무슨 도움이 되겠는가?"라고 했다.[14] 그는 중국을 잘 알았다.

새로운 제도, 새로운 학술, 새로운 명사名詞가 중국에 전해 들어오면 검은 염색 항아리에 빠진 듯이 즉각 새까맣게 물들어 자기 잇속을 챙기는 데에 써먹는 도구로 변할 것이다.[15]

그가 서양의 헌정국회憲政國會 제도가 중국에서 일으킬 수 있는 변질을 경계한 것은 당연히 무차별적인 비난이 아니었다. 이것은 '민주'를 받들어 숭배하여 절대화하고 신격화하는 이들이 이해할 수 없는 것이었다. 지금도 그들은 루쉰이 민주를 견지함과 동시에 거기에 의문을 제기했다는 이유로 그를 '반反민주주의자'라고 매도하는데, 이러한 거

---

13 魯迅, 「破惡聲論」, 『集外集拾遺補編』(『魯迅全集』 제8권), 28쪽.
14 魯迅, 「文化偏至論」, 『墳』(『魯迅全集』 제1권), 47쪽.
15 魯迅, 「偶感」, 『花邊文學』(『魯迅全集』 제5권), 506쪽.

리 두기는 참으로 슬퍼할 만하다.

또 하나의 유행하는 견해가 있다. 루쉰이 1930년대 좌익 혁명 문학 운동의 영수 즉 '좌련左聯'의 '맹주盟主'였다는 것이다.

그는 1930년대에 좌익 혁명 문학이 나타난 것은 "참으로 사회적 토대를 갖추고 있었으므로 새로운 분자들 가운데는 지극히 견실하고 정확한 사람이 있었다"라고 확실히 인정하고,[16] 자발적으로 거기에 참여하여 지지하면서 그것을 자기의 사업으로 여기며 극도로 찬양했다.

> 무산계급 혁명 문학은 고생스럽게 혁명하는 대중과 똑같이 압박당하고, 살해당하며, 전투하고, 똑같은 운명을 지닌, 고생스럽게 혁명하는 대중의 문학이다.[17]

또한 바로 이런 이유에서 진정으로 '좌련'을 장악한 중국공산당 상하이 당 조직이 '좌련'의 해산을 결정했을 때, 루쉰은 초래될 수 있는 엄중한 후과後果를 고려하지 않고 결연하게 반대의 태도를 견지했다. 그 이유는 "좌련은 진압되더라도 지하에 남아 있는 사람이 있기" 때문이라고 했다.[18] 그가 중시한 것은 바로 이것이었다. '좌련'의 좌익 작가들이 진압의 위험을 무릅쓰고 '지하'의 중국 하층 민중과 함께 서 있는 것은 중국의 미래를 위해 묵묵히 분투하기 위해서이다.

그러나 그는 자신이 절대 '영수'가 아니고, 더욱이 '맹주'는 아니라

---

16   魯迅, 「上海文藝之一瞥」, 『二心集』(『魯迅全集』 제4권), 304쪽.
17   魯迅, 「中國無産階級革命文學和前驅的血」, 『二心集』(『魯迅全集』 제4권), 290쪽.
18   魯迅, 「致沈雁氷」(『魯迅全集』 제14권, 25쪽).

는 점을 분명히 알고 있었다. 좌련에 참가한 후 벗에게 보낸 편지에서 그는 자기가 "사다리를 만드는 위험을 무릅쓸 수밖에 없었음"을 설명하면서, "중국에서 사다리를 만들 수 있는 사람은 사실 나 외에는 몇 명이 되지 않는다"라고 탄식했다. 같은 편지에서 그는 또 좌련의 일부 사람들은 '모두 가지 꽃 같은 보라색'이어서 악한 자와 선한 자가 마구 뒤섞여 있으니, 갈림이 생겨서 결국에는 해산되는 것도 피할 수 없다고 했다.[19] 그가 보기에 단체는 큰 목적이 정확하다면 개인을 '사다리'로 삼아도 되지만, 거기에도 마지노선이 있었다. 노예가 되어 독립성을 잃어서는 안 된다는 것이다. 이에 그는 "쇠사슬에 묶인 채 직공장에게 등에 채찍을 맞는다고 느낄" 때,[20] 그는 바로 떨쳐 일어나 반항하며 저 '혁명의 위대한 인물'이나 '문단의 황제', '노예 감독'을 폭로하려 했다.

더 중요한 것은 루쉰이 좌익 문학 운동의 기본 이념에 대해서도 역시 받아들이면서도 회의했다는 점이다.

예를 들어서 '혁명'이 그러했다. 루쉰은 '혁명'이라는 말을 들으면 바로 무서워하는 이들도 있으나 사실은 "혁신에 불과하다"라고 했다.[21] 그래서 그는 "캠퍼스의 평화롭고 차분한 공기에는 혁명 정신으로 가득 차야" 한다고 주장하며[22] '영원한 혁명자'를 소환하고, 혁명을 위해 희생한 열사에게 거듭해서 최대의 경의를 표했으니, 이 모두 글로 증명된다. 다만 그는 또 저 "철저한 혁명가인 듯이 보이지만 사실

19   魯迅, 「致章廷謙」(『魯迅全集』 제12권, 226~227쪽).
20   魯迅, 「致胡風」(『魯迅全集』 제13권, 543쪽).
21   魯迅, 「無聲的中國」, 『三閑集』(『魯迅全集』 제4권), 13쪽.
22   魯迅, 「中山大學開學致語」, 『集外集拾遺補編』(『魯迅全集』 제8권), 194쪽.

은 지극히 혁명적이지 않거나 혁명을 해치는 개인주의 논객들"은 경계해야 하니,[23] 왜냐하면 그들은 "일종의 극좌 경향의 흉악한 면모를 드러내서 마치 혁명이 도래하면 일체의 비非 혁명가는 모두 죽어야 하는 것처럼 주장하여 혁명에 대한 공포감만 안겨 주고, 사실 혁명은 사람을 죽이는 게 아니라 살리는 것"이기 때문이다.[24] 이에 그는 끊임없이 "혁명하고, 혁명을 혁명하고, 혁명을 혁명한 것을 또 혁명하는"데에 대해 근본적인 의문을 제기한다. "혁명하는 이가 혁명에 반대하는 이에게 피살되고, 혁명에 반대한 이는 또 혁명하는 이에게 피살된다. 혁명하지 않은 이가 혁명한 것으로 간주되어 혁명에 반대하는 이에게 살해당하거나, 혁명에 반대하는 것으로 간주되어 혁명하는 이에게 피살당하고, 혹은 아무것도 하지 않았는데 혁명하는 이나 혁명에 반대하는 이에게 살해당하기도 한다." 이는 모두 '혁명'의 기치 아래 무고한 이들을 함부로 살해하고 상호 간에 살상을 자행하는 것이니,[25] 루쉰으로서는 절대 받아들일 수 없었다.

'평등'과 '사회주의'도 마찬가지였다. 「문화편향론」에서 루쉰은 프랑스 대혁명이 이끈 "문벌을 타파하고 신분의 존비尊卑를 평등하게 하는" '자유, 평등의 사상'에 대해 충분히 긍정했다. 1930년대에 이르러 그는 소련이 진행한 사회주의 실험에 대해서도 적극적으로 평가했다.

'일체의 신성불가침한' 것은 쓰레기처럼 내던져 버리고 참신한, 진정

23 魯迅, 「非革命的急進革命論者」, 『二心集』(『魯迅全集』 제4권), 232쪽.
24 魯迅, 「上海文藝之一瞥」, 『二心集』(『魯迅全集』 제4권), 304쪽.
25 魯迅, 「小雜感」, 『而已集』(『魯迅全集』 제3권), 556쪽.

으로 이전에 유례가 없던 사회제도가 지옥에서 솟아나 몇억의 군중이 자기 운명을 스스로 지배하게 되었다.[26]

이후의 사실을 통해 루쉰의 이 판단이 잘못되었음을 증명할 수는 있으나, '평등'을 핵심으로 하는 '사회주의' 이념에 대한 그의 선망은 진심에서 우러난 것이었다. 그러나 처음부터 그는 '평등'이 유발할 수 있는 편향성에 대해서도 회의를 제기했다. '평등'을 극단까지 추구하여 "무차별로 크게 귀결한다면", "이른바 평등 사회는 대부분 높은 계층을 없애고 낮은 계층은 없애지 않는데, 정말 정도가 대대적으로 같아지는 상황에 이르면 틀림없이 이전의 진보 수준보다 아래여서", "전체가 평범하고 용렬한 상황으로 전락할 것"이라고 했다.[27] 그렇게 되면 필연적으로 사회와 문화, 역사가 전면적으로 퇴보할 수밖에 없다. 그리고 소련의 사회주의 실험에 대해서도 선망함과 동시에 그 속에 존재할 수도 있는 문제를 긴밀히 관찰하고 사색했다. 옌쟈옌嚴家炎[28]이 공개한 후스 회고록의 원고에 따르면, 루쉰은 소련에서 반혁명 분자에 대한 대대적인 숙청 운동이 일어났다는 소식을 듣자 "자기 사람들에게 문제가 생겼음"을 민감하게 느끼고 '걱정'했으며, 아울러 이것이 "그가 소련에 가려 하지 않은 이유 가운데 하나"가 되었다고 했다.[29]

---

26 魯迅, 「林克多『蘇聯聞見錄』序」, 『南腔北調集』(『魯迅全集』 제4권), 436쪽.
27 魯迅, 「文化偏至論」, 『墳』(『魯迅全集』 제1권), 52쪽.
28 【역주】 옌쟈옌(嚴家炎 : 1933~)은 1958년에 베이징대학 중문과 박사과정을 마치고 같은 대학에서 교수로서 중국 현대문학을 연구하고 강의하고 있다.
29 嚴家炎, 「東西方現代化的不同模式和魯迅思想的超越」(『論魯迅的復調小說』, 上海 : 上海敎育出版社, 2002, 252~253쪽).

그리고 펑쉐펑馮雪峰은 만년의 루쉰이 자기에게 여러 차례 이렇게 얘기 했다고 한다.

가난은 좋은 게 아니니 줄곧 가난을 좋게 여겼던 관념을 변화시켜야 한다. 가난하면 약해지기 때문이다. 또 원시사회의 공산주의는 가난했 으니, 그런 공산주의는 우리에게 필요 없다.

이것은 그가 쓰려고 계획했다가 죽는 바람에 쓸 겨를이 없었던 두 편의 글 가운데 하나이다.[30] 이런 예들은 모두 루쉰이 시종일관 자기 의 독립적인 사고와 비판적 입장을 견지했음을 말해 준다.

최근 학술계에서는 아주 많은 이들이 '자유주의'가 현대 중국의 사 상사와 문화사에서 가지는 의의와 가치를 강조하고 있고, 이에 루쉰 과 자유주의의 관계는 널리 주목받는 화제가 되었다. 대체로 두 가지 의견이 있다. 어떤 이들은 루쉰이 "전반적인 서구화를 주장하던 자유 주의자들에 비해 서양 자유주의의 본질에 더 근접했으며", "자유주의 지식인과 같은 뿌리에서 태어났고", "루쉰과 자유주의자 사이의 진정 한 구별은 각자의 신념이 달랐다는 데에 있는 게 아니라 신념을 위해 노력을 기울인 부분에서 구별된다"라고 생각한다.[31] 다른 일부 학자들 은 루쉰이 자유주의를 비판한 것은 그가 반反 자유주의자였음을 나타 내며, 바로 여기에 루쉰의 한계가 있다고 생각한다. 재미있는 것은 루

---

30 馮雪峰, 「魯迅先生計劃而未完成的著作」(『魯迅回憶錄』"散篇"中冊, 696쪽).
31 郜元寶, 「自由"的"思想與自由"地"思想-魯迅與中國現代自由主義」(『魯迅六講』, 上海： 三聯書店, 2000, 191~192쪽).

쉰이 '반 자유주의자'라고 처음 주장했던 취추바이는 바로 이것이 루쉰의 정신 가운데 귀중히 여길 만한 것이라고 여겼다는 사실이다. 그리고 오늘날 논자들도 비슷하게 주장하고 있으나, 가치 판단은 확연히 상반된다. 이 모두 중국 사회 사조의 변화를 반영한다.

필자는 아직 구체적인 논쟁에 대한 견해를 표명할 준비가 되어 있지 않으므로, 이전의 사유 맥락에 따라 '자유' 문제에 대한 루쉰의 복잡한 태도를 고찰하고자 한다.

아무래도 100년 전에 루쉰이 일본에서 발표한 글에서 시작하는 게 좋겠다. 앞서 언급했던 '과학'과 '민주', '평등'에 대한 루쉰의 회의를 자세히 살펴보면 그의 회의가 사실은 한 가지에 집중되어 있음을 발견할 수 있다. 즉 개인의 정신적 자유와 독립성을 억압할 수 있는 가능성, 이른바 "인간의 자아를 멸절하여 감히 자기를 남들과 구별하지 못하고 군중 속에 민멸하도록 혼란에 빠지게 할" 가능성이다.[32] 이에 그는 명확히 제시했다.

> 개인의 사상과 행위는 반드시 자기를 중추로 삼고 또 자기를 종극終極으로 삼아야 하니, 이것이 바로 자기 성정의 절대적인 자유를 수립하는 것이다.[33]

사람이 자기 존재의 근거라면 '타자'에 의지하는 모든 것을 떨치고 타자에게 노예로 부려지는 상태에서 철저하게 벗어나 개인의 생명의

---

32   魯迅,「破惡聲論」,『集外集拾遺補編』(『魯迅全集』제8권), 28쪽.
33   魯迅,「文化偏至論」,『墳』(『魯迅全集』제1권), 52쪽.

자유 상태로 들어가게 된다. 그리고 이러한 개인의 생명은 또 우주 만물의 생명과 연결된다. 이에 대해 필자는 어느 글에서 이렇게 썼다.

루쉰의 개인 생명 자유관은 일종의 박애 정신, 불교에서 말하는 대자비大慈悲의 감정을 포함한다. 그가 말하는 개인 정신의 자유는 대단히 큰 생명의 경지인데, 그의 말을 빌리자면 바로 '하늘의 치달리는 천마와 같은 호방함天馬行空'이다. 이 비유는 그의 사상과 예술의 정수이며, 그의 자유는 하늘의 치달리는 천마와 같은 호방한 자유로서 독립적이고, 의타적이지 않으며, 구속되지 않고, 그와 동시에 사물과 나, 타인과 나 사이를 자유롭게 드나드는 것이다. 이것은 위대한 경지에 이른 자유의 상태이다.[34]

우리가 말하는 루쉰의 '사람으로 바로 서기立人' 사상은 바로 이러한 개인 생명 자유관 이에 건립된 것이다. 그 핵심은 바로 '개인의 정신적 자유'를 추구하며 어떤 형태든 그것을 박탈하고 노예로 부리는 행위에 대해서는 반대한다는 것이다. 이런 의미에서 '자유'는 루쉰 사상 가운데 기본 개념이라고 할 수 있다.

5·4신문화운동에서 루쉰의 창작 업적은 바로 이런 개인의 정신적 자유를 추구하는 '사람으로 우뚝 서려는' 이상의 문화적 실천이었다. 1930년대에 이르러 그의 자유 이론은 "전제정치에 반대하며 자유를 쟁취하기 위한" 사회적 실천으로 발전했다. 그가 '자유운동대동맹'과

---

[34] 錢理群, 『루쉰과의 만남』, 80쪽.

'중국민권보장동맹', '좌련'에 가입한 것은 모두 그런 실천이었다. 누군가 "선생 앞에 선 중학생이 내우외환이 교차하는 비상시국에 처해 있다면 무슨 말씀을 해 주어서 노력의 방침으로 삼게 하겠습니까?" 하고 묻자 그는 "가장 먼저 언론의 자유를 쟁취하기 위해 노력해야 합니다"라고 명확하게 대답했다.[35] 후기에 그는 잡문 창작에 정력을 집중하고, 아울러 잡문집의 제목을 『거짓 자유의 책僞自由書』이라고 했는데, 이것은 의미심장한 것이었다. 그의 잡문은 본질적으로 자유롭지 못한 시대에 영원히 굴복하지 않는 자유 의지와 멈출 수 없는 자유로운 생명을 나타낸 것이었다. 루쉰, 특히 후기의 루쉰을 자유와 대립시키는 것은 진정 두려운 거리 두기라고 할 수 있다.

루쉰은 어느 잡문에서 롤랑 부인Madame Roland[36]의 말을 인용했다. "자유여, 자유여, 그대의 이름을 빌려 얼마나 많은 죄악이 저질러지고 있는가![37]" 그는 '자유' 이념이 중국에 들어와 변형되고 변질되는 데에 대해 항상 고도로 경계했다. 1920년대에 그가 현대비평 논객들과 벌인 논쟁은 그가 중국의 자유주의 지식인들과 벌인 최초의 공개 논쟁이자 결렬이라고 할 수 있다. 주목할 만한 점은 루쉰의 비판이 결코 '자유' 이념 자체를 겨냥한 게 아니라는 것이다. 그는 이렇게 문제를

---

35 魯迅, 「答中學生雜誌社問」, 『二心集』(『魯迅全集』 제4권), 372쪽.

36 【역주】 롤랑 부인(Madame Roland : 1754~1793, 본명은 Manon Jeanne Phlipon) 은 제판공의 딸로 태어나 1780년에 롤랑과 결혼했다. 1791년에 파리에 자리를 잡고 나서는 프랑스 혁명에서 남편의 정치 활동을 배후에서 조종하여 부르주아 혁명 분파 인 지롱드 당(Girondin)의 정책에 큰 영향을 미쳤다. 그러나 1793년 5월 31일에 폭동을 일으킨 자코뱅 당(Jacobin) 당원들에게 체포되어 5개월 동안 수감되었다가 단두대에서 처형당했다.

37 魯迅, 「偶感」, 『花邊文學』(『魯迅全集』 제5권), 506쪽.

제기했다. 이 중국의 자유주의 지식인들은 '소수 보호'와 '관용'과 같은 서양 자유주의의 이론을 가져왔는데, 과연 그들은 "믿음을 가지고 따랐는가?" 아니면 "두려워하고 이용했는가?" 답은 분명했다. 그들이 얼마나 "언행이 부합하지 않고, 명분과 실질이 부합하지 않으며, 앞뒤가 모순되는가?"를 보고, "그들이 변화에 능숙하고, 전혀 지조가 없으며, 아무것도 믿고 따르지 않는 모습만 보면 그만"이라는 것이다. 예를 들어서 그들은 입만 열면 '관용'을 외치지만, 자기와 의견이 다른 교수에게는 관용을 베풀지 않고 심지어 권세의 힘을 빌려 그들을 "승냥이와 범에게 던져 주겠다"라고 떠들어 댄다. 그리고 갑작스럽게 '소수 보호'를 명분으로 여자사범대학 총장 양인위楊蔭榆[38]를 변호하다가, 또 홀연 '다수'의 명의를 내세워 당국에 고용된 불량배들에게 강제로 학교에서 끌려 나온 학생을 대대적으로 공격한다. 이에 그는 다음과 같은 결론을 얻었다. 자칭 '자유주의자'인 이들은 "장난질하는 무정부주의자"에 지나지 않으며,[39] 1920년대 초에 루쉰이 통렬하게 비판했던 '위선적인 인사僞士'의 신품종이라는 것이다.[40]

　루쉰이 현대비평 논객들을 비판한 또 다른 측면은 그들과 집권자(예

38　【역주】양인위(楊蔭榆 : 1884~1938)는 젊은 시절 불행한 결혼생활을 경험하고 나서 평생 독신으로 지내면서 학문에 열중하여, 1918년 미국 콜롬비아 대학에서 교육학 석사 학위를 받았다. 1922년에 귀국한 후 상하이에서 잠시 교사로 있다가 얼마 후 북양정부 교육부의 초빙으로 베이징에 와서 1924년에 국립 베이징 여자사범대학 총장이 되었다. 그러나 독재적인 횡포를 부리다가 1926년에 면직되었는데, 중일전쟁 와중에 쑤저우[蘇州]에서 목숨을 잃었다.

39　魯迅, 「馬上支日記」 「十四年的"讀經"」 「"公理"的把戱」 「這回是"多數"的把戱」(『魯迅全集』 제3권, 138・176・186・346쪽).

40　'위선적인 인사[僞士]'라는 개념은 魯迅, 「破惡聲論」, 『集外集拾遺補編』(『魯迅全集』 제8권, 30쪽)에 보임.

를 들어서 당시 돤치루段祺瑞이 정부의 교육부 총장이었던 장스자오章士釗)와 애매하거나 심지어 빌붙는 관계였다는 데에 있다. 그러니까 그는 그들의 신사복 안에 은밀히 숨겨진 '벼슬살이 정신官魂'을 폭로하려 했던 것이다. 1930년대에 신월파新月派와 논쟁할 때에도 그들이 자발적으로 국민당 정부의 '간언하는 신하諍臣' 내지 '잘못을 지적하는 벗諍友'가 되었다는 점을 붙들고 '(소설『홍루몽』에 등장하는) 가부賈府 안의 간사한 하인 초대焦大'와 같은 자들이라고 칭했다.[41] 이것은 '질서' 유지를 주장했던 중국 자유주의자의 이념과도 관련된다. 후스는 정부가 "정부를 뒤집거나 정부에 반항하는 모든 행위를 제재하는" 것의 합법성을 옹호해야 하며, 정부를 향해 '혁명의 자유권'을 요구해서는 안 된다고 강조했는데,[42] 이것이 바로 '간언하는 신하'와 '잘못을 지적하는 벗'의 기본 입장이었다. 이것은 또 그들과 관방의 애매한 관계를 결정했는데, 이는 자발적으로 체제 밖의 민간 비판자가 됨으로써 '민간의 정신民魂'을 지닌 루쉰과는 이념과 현실적 선택에서 근본적으로 달랐다.

주목할 만한 점은 '자유주의' 이념에 대한 루쉰의 또 다른 비판이다. 1928년에 자기가 번역한 일본인 츠루미 유스케鶴見祐輔: 1885~1972의 수필집 『사상·산수·인물』을 위해 쓴 「제기題記」에서 "이 책의 취지는 정치이고, 제창한 바는 자유주의"라고 얘기하면서 "나는 이런 것들에 대해 모두 알지 못한다"라고 했다. 그러나 이어서 "나 자신은 오히려 자유와 평등은 함께 추구할 수 없고 또 함께 얻을 수 없다는 괴테의 말이 더 식견 있으니, 사람들은 개중에 하나만 취할 수밖에 없다고 생각

---

41   魯迅, 「論自由的界限」, 『僞自由書』(『魯迅全集』 제5권), 122쪽.
42   胡適, 「民權的保障」(『胡適文集』 제11권, 295쪽).

한다"라고 했다.[43] 여기에서는 눈길을 끌 듯이 '자유'와 '평등'의 문제를 제기했다. 앞서 언급했듯이 20세기 초에 루쉰은 단편적이고 극단적인 '다수'와 '평등'이 '개인의 자유'에 대해 가할 수 있는 억압을 강렬하게 느꼈으므로 '자유'에 대한 호소를 돌출시켰다. 1920년대와 1930년대에 그는 중국의 일부 자유주의 지식인들이 스스로 '특수한 지식계급'임을 자처하면서 나날이 엄중해지고 있던 사회적 불평등을 무시하고, 자유에 대한 호소를 다수(특히 보통 평민)를 배척하는 소수 '엘리트의 자유'로 변질시켰음을 발견했다. 마찬가지로 이것은 그가 추구하는 '자유' 이념과 이상(앞서 설명했듯이 여기에는 일종의 박애가 포함되어 있으니, 당연히 평등 의식의 위대한 생명의 경지도 포함하고 있는데)의 또 다른 해소였으므로, 그는 또 '평등'의 호소를 돌출시켰다.

어느 연구자의 분석처럼 "루쉰은 자유를 위해 싸웠으므로 이중의 몸부림을 나타낼 수밖에 없었다. 일방적으로 평등을 추구하는 집단주의자에게 개인의 자유를 요구하면서, 평등을 추구하는 과정에서 최종 목표가 자유라는 점을 잊지 말아야 한다고 강조했다. 또 일방적으로 개인의 자유를 추구하는 자유주의자에게는 현실의 불평등을 직시하라고 요구했다. 이런 불평등은 때로 개인의 자유가 결핍된 결과이기도 하고, 때로는 개인의 자유를 발양한 결과이기도 하다. 그는 이와 같은 이중의 몸부림으로 자유와 평등의 본질적 동일성을 지켜 유지하려 했다." 그리고 중국의 현실 정치와 사회, 문화생활에서 "이런 이중의 몸부림으로 인해 그는 '평등'을 추구하면서 '자유'를 경시하는 좌익

---

43   魯迅, 「『思想・山水・人物』題記」, 『譯文序跋集』(『魯迅全集』 제10권, 299~300쪽).

문화계에서뿐만 아니라 '자유'를 강조하면서 '평등'을 경시하는 자유주의자들에게도 용납되지 못했다. 자유로운 루쉰은 줄곧 이렇게 찢긴 자유의 틈에서 고독하게 고통을 겪어야 했다. 이상의 쌍방은 모두 각자가 이해하는 자유 이념에서 출발하여 루쉰을 반동을 비난할 이유가 있었다."[44] 필자가 보충하고자 하는 것은 이러한 '비난'이 지금까지도 줄곧 이어지고 있다는 사실이다.

그러므로 "루쉰의 방향이 바로 중국 신문화의 방향"이라는 말은 일종의 가치 경향을 나타낸 것일 뿐, 진정한 의미는 루쉰의 이름을 빌려 자기의 문화적 방향을 추진하려는 것이다. 이것은 역사적 사실을 진술한 게 아니며, 실제 상황은 루쉰이 영원히 고독하고 쓸쓸한, 중국 현대 사상계와 문화계의 영원히 특별한 존재였다는 것이다.

이와 같은 구체적 고찰을 하고 나니, 이제 논의의 주제인 '루쉰과 중국 현대 문화'의 관계라는 문제로 돌아갈 수 있다. 우리가 논의하는 '계몽주의'와 '과학', '민주', '혁명', '평등', '사회주의', '자유' 등등이 사실상 모두 '중국 현대 문화'의 주요 개념으로서 그 주체를 구성하고 있음은 어렵지 않게 알 수 있다. 그리고 고찰을 통해서 이런 개념과 중국 현대 문화의 주류 관념에 대한 루쉰의 태도가 복잡했음이 드러났다. 그는 그것들을 흡수하고 심지어 견지하면서도 끊임없이 의문을 제기하고 그 뒷면을 폭로하여 적시에 경계경보를 울리려 했다. 이러한 긍정과 부정은 인정과 질의 사이를 오가며 나선형으로 나아가는 와중에, 자기의 사고를 점차 심화하고, 자기의 가치 판단을 충분히 복잡

44   郜元寶, 「自由"的"思想與自由"地"思想─魯迅與中國現代自由主義」.

하고 상대적인 것으로 만들었다. 그러므로 그의 독자적인 사유 방식 (다른 사상가는 대부분 "긍정하거나 아니면 부정하는" 이원대립의 틀에 빠져 있는 데)으로 인해 그와 중국 현대 문화의 관계를 지극히 복잡하고 독특한 상태가 되었다고 할 수 있겠다. 그러니까 그는 중국 현대 문화를 구축한 사람이자 중국 현대 문화를 해체한 사람이었다. 이에 그의 사상과 문학은 실제로 중국 현대 문화의 범위를 넘어섰고, 어쩌면 중국 현대 문화가 포괄할 수 없을 만큼 특수한 풍부성과 시대를 앞선 특성을 갖춘, 진정 미래를 향해 개발된 것이었다고 할 수 있다.

2

어쩌면 이를 통해 루쉰 사상의 어떤 특징을 논의할 수도 있겠으나, 역시 문제를 제기할 수 있을 따름이다. 더 자세한 논의는 나중에 다른 기회를 기다릴 수밖에 없다.

우선 루쉰의 사상은 어떤 부류에 귀결하도록 개괄할 수 없다. 필자가 왕첸쿤王乾坤과 함께 쓴 「사상가로서 루쉰作爲思想家的魯迅」에서 이 문제를 논의한 적이 있다. 당시 우리는 "루쉰의 어떤 모순적 구조에 주목했다. 그에게는 너무 많은 모순이 있어서 심지어 그의 풍부함을 개괄할 만한 어떤 대응된 명사를 만족스럽게 찾아낼 수 없다." 예를 들어서 그는 전통에 반대했는가? "(이것은) 너무나 분명하여 의심할 필요가 없을 듯하다. 그러나 해석의 오류를 적당히 극복하면 유교와 도교로 대표되는 중화민족의 가장 우수한 기질과 지혜가 모두 그의 새로운

가치 기반 위에서 격발되었음을 어렵지 않게 발견할 수 있고”, “중국
역사에서 『논어』와 『맹자』를 전수한 이들 가운데 얼마나 많은 이들이
그보다 더 ‘군주는 가볍고 백성이 귀중하며君輕民貴’, ‘부귀하더라도 법
도를 넘어서지 않고, 권위와 무력에 굴복하지 않으며, 빈천하다고 해
서 절조를 바꾸지 않고’, ‘천하의 우환을 먼저 근심하고’, 나아가 그보
다 ‘정성眞誠’과 ‘큰 지향大心’을 더 풍부하게 지니고 있는가? ……『도
덕경』과 『장자』를 읽은 이들 가운데 얼마나 많은 이들이 그보다 더
‘독특獨異’하고, ‘얽매이지 않으며不羈’, ‘천마天馬가 허공을 나는 듯이 호
방하고 표일飄逸하고’, 그보다 더 일찍이, 그리고 체계적으로 공업사회
의 ‘외부 사물에 부림 받고物役’ ‘지식만 숭배하는’ ‘자아 상실’을 비판
했는가?” 그렇다면 그는 ‘실존주의자’인가? “인간의 존재 상황에 대해
그는 확실히 하이데거M. Heidegger나 사르트르J. P. Sarte, 까뮈A. Camus 등과
같은 ‘혐오’와 ‘공포’, ‘고독’에 대한 체험 혹은 종교적 정서를 지니고
있었으나, 어떤 실존주의자도 그처럼 쉼 없이 외부를 향해 현실을 교
란하고 반항하지 않았다.” 그렇다면 그는 ‘계급투쟁의 전사’인가? “그
럴 수도 있다. 중간자 의식으로 인해 그는 자기가 사는 인류에 공리적
公理的 가치가 존재한다고 인정하지 않았고, 항상 한쪽 끝을 잡은 채 하
나의 이익집단의 입장에서 다른 이익집단을 향해 선전포고를 했다.
그러나 그와 동시에 그는 굳이 인도주의의 정서를 이용하여 폭력으로
폭력을 대체하는 구식의 반란과 톨스토이를 ‘품격 낮은’ 존재로 취급
하는 신식 혁명을 거부했다.” 그렇다면 계몽주의자인가? 자유주의자?
인도주의자? 개성주의자? 사회주의자? 혁명자? 등등 “모두가 그럴듯
하기도 하고 또 모두가 아닌 것 같기도 하다. 루쉰은 바로 이런 모순적

구조이다." "이 모순 구조는 중국 역사 교체기의 사상과 문화 충돌을 집중적으로 구현하며", "동시에 인성, 인류의 내재적 모순이 전개된 것이기도 하다. 전자는 후자의 역사적 형태에 불과하다. 그의 많은 명제는 역사적이면서도 영원한 것이다".[45] 바로 이렇게 부류를 개괄하여 귀납할 수 없는 특성이 있으므로 루쉰의 사상을 어떤 기성의 사유 체계에 납입하기보다는 그 자신의 것으로 환원하여 간단하고 직접적으로 '루쉰 사상'이라고 부르는 게 나을 것이다. 그러나 '루쉰주의'라는 것도 없다.

다음으로 앞서 언급했던 중국 현대 사상의 모든 주요 개념과 명제는 '계몽'이든 '과학', '민주', '평등', 그리고 '혁명'이나 '사회주의'를 막론하고 모두 외래의, 주로 서양에서 들어온 사상이다. 그런데 루쉰이 그것에 대해 긍정하고 또 부정하는 복잡한 태도를 취한 것은 사실 그의 기본 입장과 특징에 뿌리를 두고 있다. 그의 명언이 있다.

지난날을 앙모한다면 지난날로 돌아가라! 속세를 벗어나고 싶다면 어서 벗어나라! 하늘에 오르고 싶거든 그렇게 해라! 영혼이 육체를 떠나고 싶거든 어서 떠나라! 지금 이 땅에는 응당 현재에, 이 땅에 집착하는 사람들이 살아야 한다.[46]

중국이라는 이 대지에, 이 현실에 발을 딛고 '현재'와 '이 땅'에 집

45 錢理群·王乾坤,「作爲思想家的魯迅」(『走進當代的魯迅』, 北京 : 北京大學出版社, 1999, 80~82쪽) 본문에서 인용한 이 부분은 王乾坤이 초고를 쓴 부분이다.
46 魯迅,「雜感」,『花蓋集』(『魯迅全集』제3권), 52쪽.

착한다. 이것이 바로 루쉰의 가장 기본적이고 본질적인 특징이다. 「20세기 중국의 경험을 과학적으로 총결하자」라는 글에서 필자는 루쉰이 "진정으로 중국 본토의 현실에 입각한 변혁을 통해 현대 중국의 문제를 해결하는 것을 자기 사고의 출발점이나 귀결점으로 삼은 사상가이자 문학가"라고 했다.[47]

루쉰보다 중국의 문화와 역사, 현실을 더 잘 이해한 사람은 없었다. 그에게는 세 개의 '깊은 지식'이 있었다고 할 수 있다. 우선 중국 전통문화의 문제가 어디에 있는지, 특히 중국이 현대 사회에 진입한 후 이미 완숙하게 발전한 중국 전통문화는 수입된 외래문화의 신선한 피로 새로운 발전의 추동력을 신속하게 획득했어야 했음을 잘 알았다. 다음으로 한漢과 당唐의 문화로 대표되는 중국 전통문화의 역량과 생기는 바로 '넓고 자유분방한' 가슴과 '웅대'한 '기백', '아무 거리낌 없이' '외래의 사물을 활용하고', '자유롭게 구사'하는 데에 있음을 잘 알았다.[48] 이에 그는 이 전통을 완전히 자각적으로 계승하고 선명한 기치로 '나래주의拿來主義'를 제기하여 "우리는 뇌수腦髓를 운용하고 눈빛을 방출하며 스스로 가져와야 한다!"라고 선언했다.[49] 앞서 서술한 것처럼 새로운 개념과 관념을 도입한 것은 바로 이러한 '스스로 가져오기'의 결과라고 하겠다. 그것들은 모두 서양 사상과 문화의 정수이며, 그 안에는 인류 문명의 성과가 누적되어 있으니, 중국 현실의 변혁

---

47 錢理群, 「科學總結20世紀中國經驗」(『追尋生存之根－我的退思錄』, 桂林 : 廣西師範大學出版社, 2005, 22~23쪽).

48 魯迅, 「看鏡有感」, 『墳』(『魯迅全集』 제1권), 208~209쪽.

49 魯迅, 「拿來主義」, 『且介亭雜文』(『魯迅全集』 제6권), 40쪽.

에 지극히 필요한 사상 자원이기도 했다. 다만 그와 동시에 루쉰은 중국이 새로운 사상과 새로운 제도를 받아들일 기본 조건이 근본적으로 갖춰지지 않았다는 사실도 잘 알았다.

> 자유주의? 사상을 발표하는 것조차 범죄가 되니 몇 마디 말도 하기 어렵다. 인도주의? 우리 몸은 아직 사고팔 수 있지 않은가![50]

더욱 중요한 것은 중국 사회와 문화의 역사적 타성憻性과 전통적으로 습관이 된 세력에 대한 두려움으로 인해 중국 문화는 아주 강력한 동화력同化力을 갖추게 되었다는 사실이다. 이것이 바로 루쉰이 말한 '염색 항아리'의 능력이었으니, 어떤 새로운 제도나 사상, 관념, 명사도 일단 중국에 오면 다른 모양으로 변해 버린다. 이러한 '염색 항아리' 문화의 또 다른 특징은 바로 중국인과 중국 지식인이 "늘 하나의 '이름'을 좋아해서 신선한 이름만 있다면 바로 가져와서 한번 놀아 보는데, 얼마 후에는 이름까지도 손상되어 버리고, 그러면 바로 내버리고 다른 것을 가져온다". 그래서 중국에서는 오직 '주문符呪'이 되어 버린 명사만 있을 뿐, 진정한 '주의'는 없다. 이런 변질과 이렇게 새로운 명사를 가지고 노는 '위선적인 인사'에 대해 그는 대단히 민감했고 또 무척 경계했다. 이에 그는 새로운 사상이나 명사를 고취하는 어떤 사람에게도 의심스러운 눈길을 던지고 그의 언행을 유심히 살피면서 절대 함부로 믿지 않았다.

---

50   魯迅, 「"來了"」, 『熱風·隨感錄·56』(『魯迅全集』 제1권), 363쪽.

다른 한편, 심후한 토대를 가진 독립적 사상가이자 문학가인 루쉰은 당연히 일체의 문화적 신화神話를 거절했다. 그는 중국 전통 문인이 본래 가지고 있던 '중화 중심주의'를 벗어 던지고 대담하게 서양의 신문화를 흡수했고, 그와 동시에 서양 문화에 지고한 성격과 절대적인 보편성을 부여하는 '서양 중심주의'도 거절했다. 이것이 그가 사상 발전의 출발점에서 '과학'과 '민주', '평등' 등 서양 공업 문명의 기본 이념에 의문을 제기한 가장 중요한 원인이었다. 그는 저 "서양 논리에 맞지 않으면 말하지 않고, 서양 방식이 아닌 일은 하지 않는" '유신 인사'들과 명확하게 경계를 그었다.[51] 그의 '나래주의'의 가장 기본적인 원칙은 바로 '새로운 주인'의 자세로 "사용하거나 보관하거나 박멸하며", "스스로 가져와서" 자기가 주관해야 한다는 것이었다.[52] 그리고 취사를 헤아리는 기준은 중국 사회의 변혁에 이용할 수 있는가, 현대 중국인의 생존과 건전한 발전에 이로운 게 있는가였다. 이런 독립성과 주체성은 루쉰 사상의 가장 중요한 특징이자 가장 고귀한 정신적 전통이다.

마지막으로, 우리가 경시하지 말아야 할 것은 루쉰에게서 구현된 사상가와 문학가의 통일이다. 그러니까 "루쉰은 논리의 범주를 쓰지 않고 사상을 나타낸 사상가였다. 대개 그의 사상은 개념 체계에 호소하지 않고 비이성적인 문자 부호와 잡문체의 웃고 꾸짖는 글에 나타난다." 게다가 문학화된 표현뿐만 아니라 문학화된 사유까지 포괄한다. 그가 관심을 기울인 것은 시종일관 인류의 정신 현상이었다. 그에게

---

51 魯迅, 「文化偏至論」, 『墳』(『魯迅全集』 제1권), 45쪽.
52 魯迅, 「拿來主義」, 『且介亭雜文』(『魯迅全集』 제6권), 40~41쪽.

모든 사상적 탐구와 곤혹은 개인 생명의 생존과 정신적 곤경의 체험으로 전환되었다. "바로 생명 철학이 루쉰을 동시대 중국의 다른 사상가들과 구별되게 하는 독특한 측면 가운데 중요한 것이었고", "문학화된 형상과 이미지, 언어는 루쉰 철학이 관심을 기울인 인류의 정신 현상과 심령 세계에 전체성과 모호성, 다의성多義性을 부여하여 그 본래 면모의 복잡성과 풍부성을 본래대로 돌려놓았다. 이렇게 함으로써 루쉰이 탐구한 정신 본체의 특질과 외재적 문학 부호 사이에 일종의 화해와 통일이 이루어졌다."[53] 많은 이들이 루쉰 사상과 그 표현의 '풍요로운 혼합'이라는 특징에 주목하면서도 그것을 그의 한계로 간주하는데,[54] 이것도 여전히 슬픈 거리 두기이다.

그러나 거리 두기 외에 이해하는 길도 있다. 여기서 필자는 특히 일본 루쉰 연구소의 선배인 마루야마 노보루丸山昇가 최근 2년 사이에 연속으로 발표한 두 편의 글을 소개하고자 한다. 「20세에 살았던 루쉰이 21세기를 위해 남긴 것」『魯迅硏究月刊』, 2004년 제12기와 「루쉰의 눈을 통해 돌아본 20세기의 '혁명문학'과 '사회주의'」같은 잡지, 2006년 제2기가 그것이다. 노보루는 이렇게 우리의 주의를 환기한다. 21세기 초에 인류가 이전까지 경험해 본 적이 없는 복잡하고 많은 문제에 직면했을 때, "루쉰의 경력과 사상, 특히 기존의 개념에 의존하지 않는 그의 사고방식 속에", "우리가 아직 충분히 수용하지 않은 대단히 귀중한 성분이" 아주 많이 담겨 있다는 것이다. 이 일깨움은 대단히 중요하면서도 시

---

53 錢理群·王乾坤, 「作爲思想家的魯迅」(『走進當代的魯迅』, 64~65·70쪽).
54 林毓生, 「魯迅個人主義的性質與意義-兼論"國民性"問題」, 『魯迅硏究月刊』, 1993년 제12기.

의적절하다. 중국에서는 지금 일부 지식인들이 루쉰의 의의와 가치를 폄하하거나 없애려고 애쓰고, 심지어 부정하려 하고 있기 때문이다. 이에 당시 위다부가 했던 그 심각한 말을 떠올릴 수밖에 없다.

위대한 인물이 나타난 적이 없는 민족은 세계에서 가장 가련한 생물 집단이다. 그런데 위대한 인물이 있었는데도 옹호하고 우러러 숭상할 줄 모르는 나라는 희망이 없는 노예의 나라이다.[55]

---

55   郁達夫, 「懷魯迅」(『文學』月刊 제7권 제5기, 1936.10.24.).

제 4 편

루쉰과의 만남

원행遠行 이후
루쉰 수용사(受容史)에 대한 하나의 독해(1980~1990년대)

아버지와 아들
중학생 대상 강연

타이완 '90후' 청년과 루쉰의 만남
타이완 칭화(淸華) 대학 "루쉰 선독" 과목의 시험 답안을 읽고

원행遠行 이후

루쉰 수용사受容史에 대한 하나의 독해(1980~1990년대)

1980년대에 중국의 사상계와 문화계, 학술계에서 가장 크게 울렸던 구호는 "5·4로 돌아가자!"와 "루쉰에게 돌아가자!"였다. 그리고 이 둘 사이의 관계는 명백했다.

'문화대혁명' 후기에 이미 배양되어 끝내 실현된 새로운 계몽 운동 혹은 사상 해방 운동에서 루쉰 연구는 어떤 선구적인 역할을 하여 일시적으로 저명한 학설이 되었다.

1981년 루쉰 탄생 100주년의 성대한 기념식을 지금도 기억하는 이가 많다. '문화대혁명'의 경험과 사유를 겪은 몇 세대의 학자들은 모두 한시도 지체할 수 없다는 듯이 자기들이 새롭게 발견한 루쉰에 대해 설명했다. 갑자기 루쉰을 언급한 저작과 논문이 얼마나 많이 나왔는지 모른다. 1980년대, 특히 초반은 바로 이런 시대였다.

작자는 이렇게 지치지 않고 서술했고, 독자도 이렇게 취한 듯이 경청했다. 이러한 지식의 갈망과 지식인에 대한 관심, 학술 저작에 대한 호감은 5·4시기에도 없었던 것이었다.[1]

그와 마찬가지로 시선을 끌었던 것은 당과 국가의 최고 영도 기구와 각급 지방 조직이 모두 루쉰 탄생 100주년을 기념하는 학술 활동을 대단히 중시하고 적극적으로 조직했다는 사실이다. 루쉰 연구는 "루쉰 본인의 학식과 공헌에 대한 평가와 관계된 것일 뿐만 아니라 중국 신문화운동의 평가와 중국 혁명사에 대한 평가, 우리 민족 문화의 미래 발전의 길과 관련된" 것으로 여겨졌으며, 이에 "마오쩌둥 동지의 루쉰에 대한 과학적 평가는 고전적인 논술이며, 그것은 우리의 루쉰 연구가 올바른 방향으로 발전하면서 나날이 심화하도록 이끌었고, 이후에도 여전히 우리가 루쉰 연구에 종사하는 지침이 될 것"임을 강조했다.[2]

루쉰 연구는 여전히 "당과 국가의 이데올로기 규범을 책임지는 중요한 임무[3]"였으나, 다른 한편에서는 또 루쉰 연구자를 포함한 지식인의 사상 해방과 사상 계몽 욕구를 만족시켜야 했다. 이 양자의 모순과 충돌, 통일이 1980년대 루쉰 연구의 국면을 결정하고 또 1980년대 사람들의 마음속에 담긴 루쉰의 형상에도 심각한 영향을 주었다.[4]

---

1   錢理群, 「回顧八十年代」(『拒絕遺忘−錢理群文選』, 汕頭 : 汕頭大學出版社, 1999, 448쪽).
2   梅益, 「紀念魯迅誕生一百周年學術討論會開幕詞」(『紀念魯迅誕生一百周年學術討論會論文選』, 長沙 : 湖南人民出版社, 1983).
3   汪暉, 「魯迅硏究的歷史批判」(『魯迅硏究的歷史批判−論魯迅(二)』, 石家莊 : 河北敎育出版社, 2000, 315쪽).

1981년에『루쉰 전집』이 출판된 데에는 바로 이런 배경이 있었다. 그리고 그것은 사상계와 문화계, 학술계 및 국가의 정치에서 중대한 사건이었다. 이 전집에는 1958년에 삭제되었던 서신이 수록됨과 동시에 1958년 판본 이후 계속 발견된 글들과 서신들이 보충됨으로써 분량이 230만 자에서 400만 자로 늘어났다. 아울러 교감과 주석이 더해졌는데, 주석에는 당시 연구의 최신 성과가 포함되었을 뿐만 아니라 여전히 강렬한 이데올로기적 성격을 보존하고 있었다. 그럼에도 그것은 여전히 루쉰 저작 출판의 역사에서 상대적으로 완비된 판본이었으며, 1980년대와 1990년대에 루쉰이 저작이 전파되는 데에 긍정적인 역할을 했다.[5]

1980년대 계몽 운동과 사상 해방 운동에서 루쉰 연구는 두 분야의 임무를 담당했다. 우선 자기 해방이다. 어느 논자가 말했듯이, "모든 것을 유일하게 최종적으로 해석하여" "규범적인 이데올로기 체계를 만드는" 정치적 권위에서 해방되어,[6] 루쉰 자신의 독립성과 연구자의 독립적 사고의 품격을 회복하는 것이다. 이에 많은 연구자는 우선 자

---

4   1980년대 국가 이데올로기의 요구와 지식인의 사상 해방 욕구에는 아직 어떤 통일된 분야가 있었는데, 심층적 원인 가운데 하나는 이 시기의 '개혁개방'이 당 내부의 개혁파와 개혁파 지식인 사이에 어떤 묵계(默契)와 협력이 있었다는 것이다.

5   1981년 판본에는 세 가지 장정(裝幀)이 있다. 보통 정장본(精裝本)은 종이 표지를 쓰고 책 등[書脊]에 천을 대고 외부에 무늬가 들어간 진한 미색의 종이로 만든 책의(冊衣)를 입혔다. 특별 정장본은 비단 표지를 쓰고 책등에 금박을 붙였으며, 무늬가 들어간 진한 황토색 종이로 책의를 입혔다. 특별히 제작한 기념본은 우수한 품질의 종이에 정밀하게 인쇄하고, 3면의 책의 배[書口]에 금박을 두르고, 책의는 특별 정장본과 같으나 외부에 유기적인 유리 상자를 마련했는데, 상자 하나에 4권씩 담을 수 있게 했다(王錫榮,「『魯迅全集』的幾種版本」,『魯迅著作版本叢談』, 北京 : 書目文獻出版社, 1983, 162쪽 재인용).

6   汪暉,「魯迅研究的歷史批判」(『魯迅研究的歷史批判-論魯迅(二)』, 314쪽).

기 사상을 정리하고 정신적으로 자기 속죄를 해야 했다. 오랫동안 루쉰 연구에서 지배적인 역할을 했던 취추바이의 해석 모델과 천융陳涌[7] (과 그 배후의 마오쩌둥)의 해석 모델이 바로 이런 배경 아래에서 의혹의 대상이 되었다. 이른바 '당의 루쉰'이나 '마오쩌둥의 루쉰' 등 이데올로기화된 루쉰의 형상은 곧 보편적으로 배제되었다. 사람들은 "루쉰에게 돌아가서,[8]" "'루쉰'이 하나의 독립된 '세계'이며 그 나름의 독특한 사상과 사유 방식, 독특한 심리적 소질과 내재적 모순, 독특한 감정과 그것의 표현 방식, 독특한 예술적 추구와 예술적 사유, 예술적 표현 방식을 가지고 있었음"을 인정해야 했다. "루쉰의 독특한 사상과 예술을 기존의 어떤 이론적 틀에 집어넣으면 연구의 임무는 루쉰이라는 재료를 이용해 어떤 기존 이론의 정확성을 해석하고 논증하는 행위로 변할 것이니, 그러면 실제로는 루쉰의 독립적 가치를, 루쉰 연구 자체의 독립적 가치를 부정하게 된다."[9]

　1980년대 사상 계몽과 사상 해방 운동은 분명히 중국의 '개혁개방'을 위한 길을 열어놓았다. 예전 이데올로기의 권위가 근본적으로 의심받는 상황에서 다들 한시도 지체할 수 없다는 듯이 새로운 정신 자원을 모색했다. 이런 배경 아래에서 1980년대 중국의 사상계와 문화계는 음식을 가릴 겨를도 없이 굶주린 듯이 대량으로, 그리고 광범하

---

7 【역주】천융(陳涌 : 1919~2015)은 1938년 옌안[延安]으로 가서 루쉰예술학원 문예이론연구실 연구생을 수료하고 『해방일보(解放日報)』 부간(副刊)에서 일하기도 했다. 중화인민공화국이 건국된 후에는 중국과학원 문학연구소 등에서 일하기도 했고 『문예보(文藝報)』 주편(主編)을 역임했다.

8 王富仁, 「「吶喊」, 「彷徨」綜論」(『魯迅硏究的歷史批判 − 論魯迅(二)』, 314쪽).

9 錢理群, 「心靈的探尋・引言」(『魯迅硏究的歷史批判 − 論魯迅(二)』, 8쪽).

게 서양(주로 유럽과 미국)의 자원을 흡수하는 한편, 5·4를 향해 다른 한 손을 내밀어서 루쉰의 전통이 특별히 중시됨으로써 '계몽자 루쉰'의 형상이 1980년대 중국에서 새롭게 구르는 계몽 운동의 무대에 올려졌다. 사람들은 루쉰의 작품을 '반反봉건적 사상 혁명의 거울'로 여겼다.[10] 루쉰의 '국민성 개조' 사상과 '개성주의' 사상, '인도주의' 정신, 그리고 '나래주의' 특히 서양 모더니즘 문화에 대한 수용까지 모든 것은 1950~70년대까지 중국에서는 억압당하거나 루쉰의 한계로 간주되었다. 그러나 1980년대에 이르러서는 시대의 필요에 따라 조명되어서 의도적으로 부각됨으로써 가장 광범한 관심과 연구, 해설, 전파의 대상이 되어 심원한 영향을 미쳤다.

이에 따라 루쉰 형상에 대한 관심의 중심도 옮겨졌다. 1983년에 베이징 사범대학교 79학번의 한 학생은 『루쉰 연구』에서 공모한 "내가 이해한 루쉰"이라는 주제의 글에서 이렇게 썼다.

> 루쉰의 작품을 떠받들 때마다 내가 제일 먼저 느끼는 것은 다른 문제 즉, 그의 작품에 담긴 '자아'이다……. (그는) 인류가 끊임없이 탐색하고 추구해 왔던 진취 정신의 불꽃을 태웠을 뿐만 아니라 장악할 수 없는 인생의 고통과 망설임을 유출했다. 우리 중화민족의 고상한 정조와 품덕의 광채를 빛냈을 뿐만 아니라 루쉰만이 가질 수 있는 강인함 속에 취약함을 지닌 기질을 표현했다.[11]

---

10 이것은 王富仁이 맨 먼저 제기한 연구 모델로서 1980년대에 가장 영향력 있는 루쉰 연구이자 인지 모델이었다. 王富仁, 「「吶喊」, 「彷徨」綜論」(『魯迅硏究的歷史批判－論魯迅(二)』, 199~239쪽 참조.)

이 청년의 '루쉰관'은 관심을 끌어서 "주목하고 심사숙고할 만한 시대 정보를 제공"한다고 여겨졌다.

중화민족이 다시 각성하고 궐기하는 1970년대와 1980년대에는 민족정신을 다시 발양해야 할 뿐만 아니라 역사에 대한 보충수업을 통해 자아의 가치를 다시 인식하고 평가하며 발양해야 한다. 이에 젊은 세대는 루쉰의 자아로 시선을 돌려서 우리 민족이 관문을 닫고 외부와 왕래를 끊었던 궁지에서 다시 벗어나 세계와 직면하기 시작함으로써 인류라는 대가족의 일원으로서 세계 문화의 창조에 적극적으로 참여해야 한다. 그래서 인류 문화의 발전에 대한 루쉰의 잠재적 가치가 발굴되어 관심의 중심 가운데 하나가 되어야 한다. 루쉰을 관찰하는 시야는 '민족'이라는 단층에서 '개인'과 '민족', '인류'가 통일된 다층으로 전향함으로써 민족적 시야의 확대를 근본적으로 반영하고, 일방적 사유에서 다방면의 사유로 발전해야 한다. (…중략…) 루쉰의 위대함을 의심하는 이는 없으나 사람들의 흥미는 이미 20세기 중국의 위대한 선구자로서 그가 민족의 변혁과 부흥의 길을 모색하는 도중에 직면한 모순(외재적이고 더욱이 내재적인)과 복잡하기 그지없는 심리상태 및 정감, 그의 격분과 초조함, 감상感傷과 고통 (…중략…) (이것은) 실질적으로 사람들이 루쉰과 같은 민족 영웅이나 역사의 위인과 평범한 '자아' 사이의 마음의 통로를 애타게 찾고 있음을 나타낸다. 루쉰은 비로 이런 탐색을 통해 민족 대다수 보통 국민의 심령 깊은 곳까지 파고 들어가 그것을 진정한 정신

---

11   李麗, 「一個偉大而又複雜的人－我所理解的魯迅」(『魯迅硏究』, 北京 : 中國社會科學出版社, 1983, 168~169쪽).

역량으로 전환했다.[12]

이 글의 행간에는 1980년대 특유의 이상주의와 낙관주의가 넘치지만,[13] 이를 통해 유발된 탐색과 노력은 확실히 엄숙하고 진지한 것이었다. 1980년대의 루쉰 연구에서는 루쉰 특유의 정신 구조와 그의 내심 세계(그 특유의 사유와 심경, 정감 등······)를 발굴하고, 정신적 기질과 개성을 파악하는 부분에서 모두 새로운 수준에 이르렀다. 그리고 루쉰의 '중간자' 의식과 '절망에 반항하는' 철학 등의 명제를 제시하고 설명한 것은 이후의 루쉰 연구와 그에 대한 인식에 더욱 중요한 영향을 미쳤다.

'개인'으로서 루쉰에게 주의를 집중함으로써 그의 인격적 역량이 소환되어 신세대 젊은이들과 지식인이 인격을 새롭게 형성하는 데에 중요한 정신적 자원이 되었다. 이러한 인격의 새로운 형성이 바로 1980년대 사상 계몽과 사상 해방 운동의 역사적 요구였다. 몇몇 베이징대학 중문과 81, 82, 83, 84학번 학생들과 베이징대학 분교 중문과, 국제관계학원 중문과, 옌타이烟臺 대학 중문과 학생들이 교실에서 작업한 '나의 루쉰관'이 남아 있다.[14] 한 학생의 글에서는, "다른 어떤 현

---

12 錢理群, 「心靈的探尋·引言」(『魯迅研究的歷史批判─論魯迅(二)』, 3~5쪽.
13 이후의 역사 발전이 증명하듯이, 중화민족이 부흥하여 세계 문화의 창조에 참여하는 일은 상당히 지난하고 우여곡절이 있었다. 루쉰이 "민족 대다수 보통 국민의 심령 깊은 곳까지 파고 들어가려" 한 것은 더욱 아름다운 꿈에 지나지 않았다. 맹목적인 낙관에 빠졌을 때 사람들은 또 루쉰과 멀어졌는데, 당시로서는 아무도 이것을 예상하지 못했다.
14 1980년대에 루쉰 연구 과목은 대학에서 학생들에게 가장 환영받았다. 아주 많은 학교에 루쉰 연구 그룹이 조직되고 학회가 이루어지기도 했다.

대 작가에 비해 루쉰이 현재의 삶에 미치는 영향은 훨씬 강렬한데",
"이것은 민족의 약점과 사회의 폐단에 대한 그의 뛰어난 비판이 오늘
날에도 여전히 경종을 울려서 사람들의 기억을 더 새롭게 하기 때문만
은 아니다. 더 중요한 것은 그의 거대하면서 독특한 인격적 역량이 하
나의 기치를 구성하기에 충분하다는 데에 있다"라고 했다. 1980년대
중국 청년은 바로 루쉰에게서 일종의 '이상적 인격'을 보았으므로, 대
단히 깊은 매력이 생겼다. 그리고 이 학생의 말처럼, "루쉰 자신의 개
성이 복잡하고 풍부하기 때문에 사람들은 자기의 개성을 근거로 각자
선택할 수 있었고", 이에 따라 자아의 건전한 발전을 위한 새로운 천
지를 개척했다. 그래서 충분히 개성화되어서 서로 다르면서도 상호
보완적인 '루쉰'을 '발견'하게 되었다.

루쉰은 바로 우리가 찾고 있던 '사나이男子漢'였다. 그는 호소했다.
"인간 현실을 단단히 붙들어야 하며, 자기 머리카락을 당겨서 인간 세
계에서 벗어나려 하지 말라. 인간 세계라는 사막에 있으니 모래바람
을 피하지 말고, 자기의 깨끗한 피부를 아깝게 생각하며 흉터를 부끄
럽게 여기지 말라. 현대 중국이 정치 투쟁을 사회 발전의 중심적인 부
분으로 삼고 있으니 정치의 진창 속에서 구르고, 자기의 맑고 고결한
명예를 위해 지식인의 '사회적 양심'이라는 역사적 책임을 포기하지
말라." "중국의 사회 현실은 '투박'하고 온몸에 상처투성이인 청년과
지식인 투사를", '루쉰과 같은 사람'을 필요로 한다.

루쉰은 굴원 이래 세속에 분개하는 중국 지식인의 굳센 전통에 행동
이라는 혈액과 희망이라는 빛을 주입했다. 이것이 바로 이후의 청년들

이 그를 민족혼으로, 기치로, 진정한 용사로 여기는 이유이다.

루쉰처럼 '거리낌 없는 삶'을 살면서 "거리낌 없이 사랑하고, 미워하고, 냉소하고 뜨겁게 풍자하며, 세상 사람들의 온갖 잡담과 냉정한 비판을 솔직담백하게 직면하여 그들에게 마음껏 얘기하고, 중상中傷하게 한다면", "설령 문학가나 사상가, 무슨 무슨 '가'라는 수식이 붙은 각양각색의 무미건조한 괴물이 아닐지라도, 그리고 설령 시정의 무뢰배나 좀도둑, 강도, 외진 담 모퉁이에서 쿨쿨 잠자는 문둥병 걸린 거지일지라도 그렇게 솔직담백하고 거리낌 없이 자기 생명의 여정을 걷는다면 바로 마음을 다해 사귈 수 있는 훌륭한 사나이가 될 것이다. 그러나 이런 사람은 지극히 드물다. 그래서 루쉰은 더욱 드물다. 이것이 바로 루쉰이 내 마음속에서 대단히 이상하고 진귀해진 원인이다."

사람의 본성은 어디에나 있고 천마天馬가 허공을 나는 듯이 호방하고 표일飄逸한 경지를, 어떤 극한을 자랑하기 마련인데…….

내가 루쉰을 찬양하는 것은 그가 추구한 파랑波浪의 삶 때문이다. 중국에서 많은 이들이 안정적인 삶을 추구하고 있어서, 설령 투쟁을 겪었더라도 일단 물질적 안일을 얻으면 스스로 '성숙'했다고 여기고 지난날의 '유치'하고 '분별없음'을 비웃으며, 자기가 이미 '사람'의 정신을 상실하고 '용속庸俗함'에 동화되었음을 모른다. 중국에서 기복起伏하는 인생의 길을 가는 이는 아주 드물고, 끝까지 가는 이는 더욱 드물다. 루쉰이 귀중한 이유는 그가 더욱 드문 경우에 속하기 때문이다.

정말로 기만당하고 우롱당했음을 의식할 때 나는 루쉰의 저작 속에서 진정성을 찾았다. 내 마음속에서 루쉰은 가장 진정성 있는 사람이며, 과 감하게 바른말을 할 줄 아는 사람이다.

루쉰의 작품을 읽고 나자 놀랍게도 강인하고 엄숙한 표면 아래 뜻밖에도 그가 일반인에게 없는 부드러운 마음을 가지고 있었음을 발견했다. 자연 속의 작은 생명에 대해서조차 그는 무한한 연민과 사랑을 보여주었다. 오늘날에는 루쉰과 같은 감탄부호가 하나도 나타나지 않고 있는데, 설마 이 시대에 '전 인류를 감지'하는 사랑을 가진 영혼이 너무 결핍되어 있기 때문이 아닌가?

중국에서 낡은 세력과 항쟁하는 것은 실제로 수천 년의 오랜 전통과 관념에 맞서 싸우는 것이면서 사회 전체와 싸우는 것이기도 하다. 투사의 하나로서 응당 받아야 할 사회의 저주를 다른 사람이 이해해 주기를 바랄 필요는 없고, 더욱이 가까운 이들의 사랑을 포함해서 다른 사람이 베푸는 보시를 경계해야 한다. 응당 이렇게 고독하게, 난관을 두려워하지 않고 용감하게 필살의 전장으로, 죽음으로 나아가야 한다. 생각을 정하면 주위를 둘러싼 모든 어둠과 철저하게 싸워야 한다.[15]

이 젊은 대학생들이 루쉰에 관해 이야기할 때 실제로는 자기에 대해서, 혹은 자기가 추구하는 이상적인 사람의 생명 형태를 얘기하고

---

15 이상 인용문은 錢理群, 「七八十年代青年眼裏的魯迅」(『走進當代的魯迅』, 274〜284 참조).

있음을 어렵지 않게 알 수 있다. 여기서는 루쉰을 읽고 수용하는 일이 다시 개인적 행위로 환원하여 더는 정치적 '의식'(이것이 바로 1950년대부터 1970년대까지 유행했던 방법인데)이 아니게 되었으므로[16] 충분히 개성화되었다. 사람들은 각자 처한 시대와 개인의 사상과 감정, 인생의 체험, 심리적 소질, 미적 요구에 따라 서로 다른 각도와 측면에서 '루쉰'의 본체에 접근하여 나름대로 발견하고, 설명하고, 재창조하게 된다. 루쉰에 대한 수용과 발견 즉, 자아의 개발은 개인이 자기 인격을 스스로 형성하는 과정이다. 오늘날에는 당시 대학생들의 루쉰에 대한 설명 속에서 1980년대 중국 청년의 풍모 가운데 어떤 측면을 볼 수 있다. 이 세대(정확히 말하자면 그 가운데 상당수)가 자기의 정신적 성장 속에서 루쉰의 영향을 받았다는 사실은 당연히 경시할 수 없는 의의가 있다. 그들 자신에게뿐만 아니라 중국 민족 전체에게도 마찬가지이다.

1980년대 중국 대학생에 미친 루쉰의 영향을 얘기하다 보면 같은 시기 중학생들의 루쉰 작품 읽기에 주목할 수밖에 없다. 1978년에는 '문화대혁명'을 끝내려는 혼란 상태에서 또 전국 초·중학교 통합 언어 교재를 회복해야 했다. 관련 연구에서 제공된 자료에 따르면, 루쉰의 작품은 여전히 큰 비중을 차지하고 있었는데, 가장 눈길을 끄는 것은 뽑힌 글이 '문화대혁명' 이전과 대체로 같았을 뿐만 아니라 작품에 대한 해설과 제시도 여전히 예전의 사유 맥락을 따르고 있었다는 점이다. 즉 루쉰의 작품을 마오쩌둥 사상 명제(농민의 혁명성과 자산계급의 취약성, 지식인의 개조 필요성 등)의 예증例證으로 여김으로써, 앞서 설명했던

---

16   黎湘萍, 「是萊謨斯, 還是羅謨魯斯?」, 『收穫』, 2000년 제3기.

것과 같은 1980년대의 학술계에서 진행된 루쉰 연구의 반성과는 뚜렷하게 대비되었다는 것이다. 어느 연구자의 말처럼 이것은 일종의 '17년 전(의 사상과 문화, 교육 모델)으로 회귀'하자는 지도 사상을 반영한 것이었다.[17] 그리고 구체적인 교육 과정에서 또 루쉰의 작품을 어떤 언어 지식에 대한 예증으로 간주하여 그것을 해체하고 파편화함과 더불어 학생들에게 억지로 암기하여 기계적으로 측량하는 각종 시험에 응하도록 압박했다. 이렇게 중국 대학생들이 루쉰에 대한 개성적이고 자유로운 독서를 시작할 때 중국 중학생들은 오히려 '루쉰'에게 얽매였는데, 어느 학생은 자기 마음 상태를 이렇게 서술했다.

> 매 학기 언어 교과서에서 늘 보는 루쉰이라는 위대한 이름과 「한 가지 작은 일一件小事」이나 「류허전을 기념하며」 등등을 보는 것은 내게 가장 어렵고 곤란한 일이었다. 게다가 문언과 백화가 반반씩 섞인 언어와 어렵고 이해하기 어려운 글자들, 모호하여 뜻이 분명하게 파악되지 않는 문장은 말할 것도 없고, 선생님이 펼쳐 놓은 교과서 단락의 대의大意랄지 중심 사상에 대한 결론은 두통에 시달려 발을 구르게 하기에 충분했으니, 두려워할 만했다.[18]

이로 말미암아 1980년대의 중학생 가운데 상당수가 루쉰과 소원해지고 심지어 거부 반응을 일으키게 되었는데, 이것이 이 시기에 성장

---

17 葛飛, 「意識形態的理想－第五套中學語文課本」(미발표 초고).
18 錢理群, 「做溝通魯迅與當代青年的橋梁」(『走近當代的魯迅』, 北京 : 北京大學出版社, 1999, 217쪽).

한 청소년 세대에게 미친 영향도 경시할 수 없다.

이 모든 일이 "1980년대 말엽의 저 세계를 놀라게 한 역사의 풍파가 일어난 뒤[19]"에 일어났다.

루쉰의 수레를 덮은 양산이 바뀌자 돌연 시의時宜에 맞지 않게 되었다.

한 시대를 풍미했던 신보수주의자가 급진주의를 반성하면서 '5·4'를 '문화대혁명'을 유발한 죄악의 원류로 여기면서, 루쉰의 계몽주의는 전제주의와 같은 뜻으로 변해 버렸다.

"소리 없이 일어난" '국학 열풍' 속에서 민족주의자와 '신유학' 및 '신국학新國學'의 대가들이 새로운 중국 중심론을 고취하면서, 자연스럽게 루쉰은 전통을 단절시킨 죄악의 수괴가 되었다. 어떤 이들이 보기에 루쉰은 심지어 '간첩漢奸' 혐의를 피할 수 없었다.

'후기지수後起之秀'라고 불리는 중국 특유의 포스트 모더니스트들은 이성을 죄악으로, 지식을 권력의 공모자로 여기면서 세속을 내세워 이상을 없앴으니, 루쉰과 작별한 것은 필연적인 결론이었다.

후後 식민주의의 시선으로 5·4 세대를 보면, 그들이 주장했던 국민성 개조 사상과 아큐에 대한 루쉰의 비판은 그저 서양의 문화 패권주의의 문화적 확장에 부화뇌동한 것에 지나지 않았다.

자유주의자는 관용을 장려하고 신사의 풍모를 자랑하니, 속 좁게 관용을 용납하지 않는 루쉰에 대해 당연히 관용을 베풀 수 없었다. 그래서 그는 독재정치의 공모자로 선고되었다.

---

19   李銳, 「未來不再忘却的紀念」(『21世紀-魯迅和我們』, 北京 : 人民文學出版社, 2000, 198쪽).

그리고 '신생대新生代'를 자처하는 작가들도 더는 기다릴 수 없다는 듯이 '루쉰'이라는 이 '오래된 돌덩이'를 "치워서", "문학의 신기원을 창립"하려 했다.

이것은 대단히 흥미로운 사상적 문화적 현상이었다. 1990년대 중국의 문단과 학계에서 돌아가면서 각양각색의 주의를 고취했던 이들도 거의 예외 없이 루쉰 비판을 통해 자기의 길을 개척했다.

게다가 이런 비판들은 예전에 나왔던 말을 다시 제기하는 '옛 족보의 답습老譜襲用'일 뿐이라는 것이 발견되었다. 이에 호사가들은 『은원록－루쉰과 그 논적들의 문선』[20]을 편찬했는데, 여기에 대조해 보니, 루쉰에게는 진즉 '매국노'랄지 '매판買辦', '간첩', '파시스트', 심지어 '장애물絆脚石' 등의 악의적인 별칭이 얹혀졌고, 지금은 그저 새로운 명사를 얹어 포장하여 시대적 특징을 조금 드러낼 뿐임을 알 수 있다. 사실 "해 아래 새것이 없"듯이, 1990년대의 루쉰에 대한 비판은 1920년대와 1930년대에 벌어졌던 각종 논쟁의 계속이자 농축에 지나지 않은데, 이러한 역사적 순환이 오히려 심사숙고할 만하다. 루쉰은 일찍이, 중국에는 진정한 '주의'가 있을 수 없고 "종종 몇 개의 명사만이" "적을 저주하는" 주문으로서 '사적인 이익을 챙기는 도구'가 되니, 결국에는 '놀이'에 지나지 않는다고 했다.[21] 진즉 먼 길을 떠난 루쉰은 바로 이렇게 1990년대의 새로운 '주의' 고취자들의 '저주'와 '놀이'의 대상이 되었다. 1920년대 말엽에 몇몇 '후진 청년'들이 돌연 루쉰의

---

20 『恩怨錄－魯迅和他的論敵文選』上下册, 北京：今日中國出版社, 1996.

21 魯迅,「現代新興文學的諸問題·小引」,『譯文序跋集』(『魯迅全集』 제10권), 291쪽; 魯迅,「偶感」,『花邊文學』(『魯迅全集』 제7권), 480쪽.

그림자가 "마치 커다란 '장애물'처럼 앞을 가린" 것을 발견하고 치워 버려야 속이 시원하겠다고 했을 때, 루쉰은 "원대한 목적을 위해서, 절대 개인의 이익을 위해 나를 공격하는 게 아니라면, 어떤 방법을 쓰더라도 나는 절대 원망하지 않을 것"이라고 했다. 그러나 "그저 세상에 글을 발표하려는 청년"에 대해 그는 '한마디의 간곡한 충언'도 하려 하지 않았고, "다른 이를 말살하는 데에 힘써서 타인도 자기처럼 아무것도 아닌 존재로 만들어 버려서는 안 되고, 반드시 앞에 선 사람을 넘어서 그보다 더 높고 큰 존재가 되어야 한다"라고 했다.[22]

어쩌면 더 실질적인 것은 1990년대의 시대 분위기가 확실히 루쉰의 생존에 불리했다는 사실이다. 이에 관해서는 어느 연구자가 아주 잘 설명했다.

이것은 가벼운 것을 숭상하고 잊으려 노력하는 시대이자 세상에 순응해 살면서 때맞춰 즐기는 시대이다. 이런 시대에 루쉰은 대단히 부적합한 듯하다. 사람들은 너무 피곤한 삶을 원하지 않는데, 역사를 떠안은 루쉰은 너무 피곤하게 살았다. 사람들은 소탈한 것을 필요로 하는데 분투하고 탐색하는 루쉰은 너무나 소탈하지 못했다. 사람들은 가볍고 유쾌한 것을 바라는데 현실을 비판하는 루쉰은 항상 살풍경을 보여서 너무 심각한 느낌을 준다.

세기말 중국에서 관용을 강조하는 것은 시대의 우렁찬 목소리여서,

---

22   魯迅, 「魯迅譯著書目」, 『三閑集』(『魯迅全集』 제4권), 184쪽.

사회의 주류적 이상은 바로 우리 모두 잘 지내는 것인지라, 화기애애하게 돈을 벌고 안정되게 사는 것이 다른 무엇보다 중요하다. 이런 상황에서 루쉰은 자연스럽게 경계해야 할 인물이 되었다. 그는 유해무익하고 심지어 지진을 유발할 위험인물로 여겨졌다.[23]

이것은 바로 루쉰이 말했던 것이기도 하다.

그는 끝내 '무물지진無物之陣' 속에서 노쇠하여 생을 마쳤다. 그는 끝내 전사가 아니었으나 '무물'이라는 것은 승자였다. 이런 처지에서 누구나 싸움을 독려하는 소리를 들었을 테지만, 너무나 평안했다.[24]

모든 귀신의 외침은 너무 소리가 낮았으나 질서가 있었고, 분노한 불꽃의 소리나 끓는 기름 소리, 진동하는 쇠스랑 소리와 어울려 심취할 만한 장대한 음악이 되어 삼계三界에 포고했다. "지하는 태평하다!"[25]

이런 '태평'의 시대에, 이런 세기말의 광희狂喜 속에서 루쉰의 비판 정신이 필요했겠는가? 그야말로 "한 번만 소리치면 사람들이 대부분 놀라게 되는 진정 고약한 욕설惡聲이었다!"[26]

1990년대에 루쉰에 대한 사람들의 태도와 평가는 자기들이 살고 있는 중국 현실의 사회와 시대에 대한 관점과 가치 평가, 관계와 태도,

23　李新宇,「面對世紀末文化思潮對魯迅的挑戰」.
24　魯迅,「這樣的戰士」,『野草』(『魯迅全集』제2권), 215쪽.
25　魯迅,「失掉的好地獄」,『野草』(『魯迅全集』제2권), 199쪽.
26　魯迅,「"音樂"?」,『集外集』(『魯迅全集』제7권), 53쪽.

각자의 삶의 이상, 사상, 문화, 그리고 정치적 선택과 긴밀하게 연계되어 있었음을 뚜렷이 알 수 있다. 바로 여기에서 루쉰의 영향을 보게 된다. 현대 중국, 특히 현대 중국의 지식인들 속에서 그는 이미 피할 수 없는 존재가 되었다, 그에 대한 평가가 어떠하든 간에.

그래서 '오늘날 중국 사회에서 루쉰의 의의'와 '자기'와 루쉰과의 관계를 어떻게 처리할 것인가라는 문제가 1990년대 대학생들(당연히 '일부')의 논의 과제가 되었다. 여기에 1993년에 개설한 '루쉰 연구'라는 교과목 수강생들의 기록이 있다. 개중에 한 학생은 자칭 '대단히 흥미롭고 깊은 상징적 의미를 내포한 가설'을 제시했다.

루쉰이 갑자기 소비가 모든 것을 해결하고 대처하는 당대當代 사회에 직면한다면, 끊임없이 나오는 패스트푸드 같은 문학과 음악, 영화로 사람들의 마음과 두뇌를 가득 채우는 이 정보화 사회에서 그는 어떤 반응을 보일까? 이런 실리 추구의 시대, 무지로 인해 사색하는 이를 조롱하는 대중, 너무나 잘 알기에 역시 비웃으면서 사상가와 그 현대적 사고를 인정사정없이 비판하고 해체하는 일부 지식계의 엘리트들에 직면한다면, 루쉰이나 그와 같이 사유하는 이들이 어떻게 이런 주체와 객체의 위배를 보고 비탄할 만하고 깊이 생각할 만한 비웃음과 곤혹을 나타내지 않을 수 있겠는가? 그러나 그와 동시에 이런 비웃음과 곤혹으로 인해 사유하는 이의 가치와 위대함이 있는 것이기도 하다. 더는 엄숙하지 않은 외부 세계에 직면하여 이미 가소롭고 허망한, 시대에 뒤떨어진 사고를 굳이 견지한 채 '비웃음'과 '곤혹'이라는 확연히 상반된 평가를 상황과 결합하려 한다면, 어쩌면 우리가 처한 시대의 대단히 특이한 현상이 될 것이다.

이 민감한 청년이 제시한 것은 확실히 중요한 문제이다. '소비'와 '정보'를 특징으로 하는 당대 사회에서 '루쉰이나 그와 같이 사유하는 이들'이 맞이하게 될 운명과 처지, 가치는 무엇일까? 그 의의는 당연히 당대 대학생의 범위 안으로 제한되지 않는다.

구체적으로 인생의 선택을 하고 있거나 해야 한다는 요구를 받고 있는 청년 세대에게 이것은 다음과 같은 문제로 변할 것이다.

이 시대는 응당 물질과 정신이 양방향에서 충족되어야 하는 시대인 듯하나 하필 또 새로운 의혹이 생긴다. 일체의 추구가 모두 허망했다는 결론이 나거나 추구 도중에 돌연 원래 이상이라고 여겼던 목표가 뜻밖에도 아무 가치가 없는 것임을 발견하거나, 아니면 추구한 결과가 도래했을 때 모든 이상이 무너져 버린다면 인간은 도대체 무언가를 추구해야 하는가, 아니면 평범하고 용렬한 상황으로 전락하여 그런 평생을 자연스럽게 살아가야 하는가?

지금 논의하는 범위 안에서는 문제가 조금 간략하게 된다. 즉 우리에게 아직 루쉰 정신이 필요한가, 혹은 우리에게 루쉰은 아직 의미가 있는가?

그에 대한 답은 진솔하고 다양하다.

개인적 입장에서 나는 루쉰의 견해와 정신에 대단히 감복한다. 그러나 그가 사회적 이상을 위해 전투에 뛰어든 방식에는 찬성하지 않는다. 역사는 너무 방대하고 혼란스러워서, 그것이 우리를 물어도 우리는 아무엇도 할 수 없기 때문이다. 나는 역사를 우리가 꾸고 있는 꿈을 파악하듯이 파악해야 한다고 생각한다. 강력하고 큰 현실을 진지하게 대하고, 거기에 화를 내고, 뜨거운 피를 뿌리는 것은 이지적이지 않은, 불필요한 일이다. 설령 우리가 그것을 바꾸더라도 그것은 더 나쁘게 변할 수 있다. 이런 의미에서 루쉰은 틀렸다.

나는 평범한 사람이라 가볍게 살고 싶으며, 생명의 무게를 떠안을 능력이 없다. 위인은 그 나름의 고명함이 있고, 거인은 그 나름의 거대함이 있으니, 나는 그들을 둘러싸고 맴도는 것은 좋아하지 않는다. 그저 위인이 한 말의 여운을 듣고 거인의 웃음소리가 이어지는 것을 듣고 싶을 뿐이다.

나는 심각하게 살고 싶지 않다. 너무 많은 책임을 짊어지고 너무 큰 압력을 떠안으며 너무 많은 고통을 받아야 하기 때문이다. 왜 굳이 우리 자신과 타인의 영혼을 그렇게 잔혹하게 고문하고 그렇게 진지하게 양심과 도덕을 추구하면서 자기에게 자학에 가까운 정신적 고통을 주는가?

루쉰의 작품을 나는 그저 옛날 그리스의 조각에 비교할 뿐이다. 숭고하고 위대하다는 충격을 주긴 하지만, 그보다는 다른 시대의 것이라는 느낌이 더 크다. 현실적 의의가 없다는 게 아니라, 내가 현실 속에서 그것의 의의를 찾고 싶지 않다는 뜻이다. 시간 속에서 한때 찬란하게 빛났던 인물에게 시간도 찬란한 결말을 주기 마련이니, 영원한 지위와 가치를 확정할 수 있는 것은 없다. 루쉰도 이와 마찬가지이다.

루쉰의 심각함은 양심 있는 사람이라면 누구도 피할 수 없다. 제물祭物이 될 용기는 없어도 되나 자기반성의 자각과 사람으로서 양심이 없어서는 안 된다. 20세기 말엽의 지금, 우리는 시시각각 황폐함과 공허함을 느낀다. 우리의 정신은 절박한 물욕物慾에 이처럼 창백하게 씻겨 버렸고, 신앙은 격파되었으나 다시 만들 힘이 없으며, 우리가 이어받은 고난의 육체와 신경은 이처럼 허약하게 변해 버렸다. 루쉰이 심각함 속에서 승화시킨 정신의 위대한 비상, 위대한 기백, 위대한 경지는 우리가 가장 갈망하는 자아 상승의 동력이다. 어쩌면 루쉰과 같은 방식의 심각함이야말로 겉만 화려하게 들뜬 이 시대에 가장 훌륭한 각성제일 것이다.

우리는 이런 몸부림 속에서 루쉰에게 접근한다. 감정과 신앙을 갈망하는 열망, 이성과 맑게 깨어 회의하는 정신의 대립. 없다는 것을 분명히 알면서도 갈망하고 추구할 수밖에 없고, 있다는 것을 잘 알면서도 탐색 과정에서 늘 자기를 깊이 조소하고 부정한다. 이런 이중의 모순은 벗어날 수 없는 무거운 짐을 가져왔다.[27]

이를 통해 알 수 있듯이, 1990년대의 젊은 세대는 '평상심'을 가지고 루쉰을 대하면서 그와 자유롭고 평등하게 대화하면서 심령의 충돌을 일으키기 시작했다. 묵계하거나 찬동하고, 반박하거나 논쟁하고, 친근하거나 받아들이고, 소원하거나 거절하는 모든 것이 완전히 자주적이고 독립적인 선택에서 비롯되었다.

---

27 이상 학생들의 글은 錢理群, 「魯迅與九十年代北京大學學生」(『走近當代的魯迅』, 293~296쪽 참조).

1990년대의 루쉰 연구도 평상의 심리 상태로 진입했다. 빼어난 학설로서 강한 파급력을 잃고 경솔함을 많이 줄이면서 시야가 더 넓어졌다. '문체가'로서 루쉰이 더 많은 주목을 받았고, 많은 연구자가 약속이나 한 듯이 루쉰 소설의 '실험성'에 주목하고 강조했다. 루쉰 소설의 '유의미한 형식'에 대한 분석을 통해 더욱 보편적인 의미를 지닌 심층의식을 탐구했고, 어떤 연구자는 "루쉰의 문학 문체로 돌아갈 것"을 호소하기도 했다. 또 다른 연구자들은 루쉰의 예술가적 기질에 주목하여 그의 작품에 담긴 색채와 음악성을 탐구하기도 했다. 1980년대에 시작된 『야초』 연구 열풍은 1990년대까지 이어졌고, 『고사신편』은 새로운 관심의 초점이 되었으며, 『납함』과 『방황』의 형식을 탐구하는 데에서도 새로운 성과가 있었다. 많은 연구자가 깊이 파고들고 개척한 결과 루쉰과 외래 문화의 관계, 전통문화 및 학술과의 관계('문학사가'로서 루쉰의 특질과 공헌을 포괄한)에 관한 각각의 측면이 더욱 충분하게 드러났다. 루쉰과 동시대 지식인의 서로 다른 선택에 대한 세밀한 분석을 통해 루쉰은 광범하면서도 구체적인 역사적 연계 속으로 회귀했고, 그의 의의와 가치는 오히려 더 사실적으로 드러났다. 사람들은 결정론의 질곡에서 벗어남과 동시에 "보편성 개념으로 루쉰의 사상과 문학을 연구하는" 고질병을 극복하려고 노력하면서, 루쉰의 개성적인 화법으로 그의 사상과 문학의 진정한 독창성을 찾으려고 힘썼다. 이 모든 엄숙한 탐색으로 인해 아카데미 학파의 루쉰 연구는 점차 성숙하면서 아울러 대학 내의 많은 (당연히 전부는 아니고) 창조력 있는 학자를 끌어들여 광활한 연구 전망을 과시했다. 아카데미 학파의 연구는 루쉰의 사상과 문화, 문학의 풍부성과 방대함, 개방성을 전례 없이 발굴했고, 루쉰의 인격적 매력의 다면성과 독특성을 충분히 드러냈다. 이런 연구가 일반 독자들이 루쉰을 수용하는 데에 미친 영향은 낮게 평가할 수 없다. 어떤 연구자는 또 이런 현상에 주목했다. 즉, 1990년대 학술 연구에서 루쉰을 전문적으로 연구하지 않은 많은 학자가 "학술의 심층 구조로 들어갔을 때 정신 깊은 곳에 루쉰의 그림자가 드리워졌다. 마치 숙명처럼 중국 학술계에서 루쉰의 영향은 문단에서 그의 명성보다 절대 낮지 않았다".[28] 그와 동시에 이런 엄숙하고 근엄한 학술적 탐구는 (루쉰을 포함한) 문인-학자의 상품화 경향에 대한 일종의 항거이기도 했다. 1990년대에는 모든 것이 상품이 되었으니, 루쉰의 작품에 등장하는 인물과 작품 제목 등등이 모두 상표가 되어 '셴형 주점咸亨酒店'과 '산웨이 서점三味書店', '축복祝福' 택시회사 등이 나타났다. 심지어 그의 사생활도 '문탄文攤[29]'에서 '인기 상품'이 되었고, 어떤 '학술 연구'에까지 상업화가 스며들어 루쉰을 '개인화' 또는 '생물화'하는 경향을 형성하기도 했다.[30] 1930년대에 만년의 루쉰은 (몇몇 대중 전파 미디어를 포함한) 상업 분야로부터 상해를 입고 너무나 증오해 마지않았음에도 어쩔 수 없었다. 1990년대에 이르러서는 이미 먼 길을 떠난 루쉰의 상업적 상처가 본래보다 더 심해졌으니, 이런 역사적 순환은 두려움을 느끼게 한다. 이런 상황에서 아카데미 학파의 진지한 연구가 갖

---

28   孫郁, 「文字後的歷史」(『21世紀-魯迅和我們』, 148쪽).

29   【역주】문탄(文攤)은 문단(文壇)을 비하하여 부르는 말이다.

30   劉吶, 「"也是人"的魯迅作爲"人"的獨異性」(『21世紀-魯迅和我們』, 120쪽) 참조. 작자는 루쉰의 말을 인용하여 '생물성을 표현하는 문학'을 '지고한' 문학으로 만드는 경향을 경계하면서, "나는 '역시 사람[也是人]'의 관점에서 루쉰을 이해하는 게 어떤 의의가 있는지 모르겠다"라고 하면서, "루쉰 '역시 사람'이고 인간 세계에 살았음은 당연하고도 의심할 바 없이 확정된 사실이니, 더 주목할 만한 가치가 있는 것은 '역시 사람'인 루쉰의 '사람'으로서 특이성"이라고 했다.

는 의의는 말이 필요 없이 자명하다.

그러나 학계의 일부 더욱 민감한 지식인들은 은근히 불안감을 느낀다. 앞서 언급했던 바와 같이 루쉰에 대한 외재의 각종 비판에 대해 학계에서 적시에 유력하게 반응하지 못함으로써 아카데미 학파의 루쉰 연구가 지니는 어떤 한계성을 반성하도록 압박하는 것 외에도, 더욱 중요한 것은 그들이 어떤 위기를 느낀다는 사실이다. 학계의 직업화된 지식 생산은 지식인과 사회의 관계를 약화하거나 심지어 소멸하게 하며, 더욱이 지식인의 비판 능력을 억압할 가능성이 있다. 이에 '정신계 전사'로서 루쉰이 다시 모범으로서 의의를 과시하게 된다. 어느 연구자는 이렇게 말했다.

> 바로 이러한 지식 상황에서 '유기적 지식인'이 나날이 주변화되는 문화 현상의 시대에 루쉰이 창조한 찬란한 업적은 깊이 생각해 볼 만하다. 지식인이 나날이 전문가가 되고, 미디어가 나날이 시장 규칙과 소비주의의 통제를 받는 문화 상태에서 사회의 불공정에 대해 극도로 민감하고, 지식과 사회의 관계에 대해 심각하게 비판하며, 문화와 대중의 관계에 오래도록 관심을 기울이면서 민첩하게 문화적 실천을 진행했던 루쉰은 새로운 역사 조건에서 지식인의 '유기성'을 재창조하는 데에 가능성을 제공한다. 이것이 중국 지식인의 위대한 전통이다.[31]

사실 선구적이고 영원한 비판자로서 루쉰은 현대의 문학 연구에서

---

31   汪暉, 「死火重溫」(『21世紀-魯迅和我們』, 184쪽)

대상이 되는 많은 이들과는 시종일관 비슷해질 수 없고, 순수하게 '과거식'의 역사적 존재는 원거리에 있는 객관적인 연구 대상이다. 루쉰은 당연히 자신의 역사성을 지니고 있으며, 이로 인해 앞서 설명한 아카데미 학파의 연구는 절대 말살할 수 없는 가치를 지니게 된다. 그러나 그는 더욱 '현대식'의 어떤 존재이다. 이에 1990년대 중국 학계와 민간 사상가들은 힘겨운 몸부림 속에서, 루쉰이 현실의 중국에서 살면서 형형색색의 새로운 노예와 압박, 새롭게 범람하기 시작하는 기묘하기 그지없는 사상과 문화의 쓰레기들에 직면하게 되면 강력한 비판의 목소리를 낼 것이라는 사실을 돌연 발견했다.

이것은 대단히 흥미로운 문화적 시험이었다. 어느 호사가가 루쉰의 원문을 그대로 베껴 써서 『루쉰, 90년대 문화를 '논'하다』라는 제목과 그에 상응하는 소제목을 붙여서 1996년 10월 16일 『광명일보光明日報』에 발표했다.

"국제적으로 '상을 받은' 중국 영화들을 논함": "중국이 영원한 골동품으로 그들에게 감상할 기회를 제공하기를 바라는 일부 외국인들이 있는데, 이것은 가증스러우나 기이한 일도 아니다. 그들은 어쨌든 외국인이기 때문이다. 그런데 중국도 자기 것만으로 부족해서 젊은이들과 어린아이들을 이끌고 함께 커다란 골동품이 되어 그들에게 감상용으로 제공하려 하니, 무슨 정의감이 생겼기 때문인지 모르겠다."「忽然想到」

"어느 간행물에서 '한가로운 글閑文'을 늘린 것을 논함": "이레 만에 하나를 보도하고, 열흘에 하나를 얘기하면서 쓸데없는 자료를 수집해

독자의 머릿속에 채워 넣는데, 일 년 반쯤 보고 나면 머릿속에는 온통 부자들이 무슨 놀이를 즐기고, 어느 스타가 어떻게 재채기를 했다는 등의 이야기만 가득 차게 된다. 처음에는 당연히 재미있다. 그러나 인간 세계도 이렇게 재미있는 일을 환영하는 사람들 속에서 끝나 버릴 것이다."「幇閑法發隱」

"출판계에서 낡은 쓰레기를 대량으로 다시 간행하는 일을 논함": '진본'은 절대 '선본'이 아니고, 어떤 것들은 바로 무료하기에 아무도 보려하지 않으니, 이것들은 금방 없어져 버려서 아주 소수만 남아 있게 된다. 그런데 남아 있는 것이 적어서 '진귀'해진 셈이다.「雜談小品文」[32]

바로 여기에 루쉰의 비판 역량이 들어 있다. 그것은 시공을 초월하여 시종일관 현실을 겨냥하며 생명의 활력을 유지하고 있다. 다른 측면에서 말하자면, 이 역시 중국 사회 발전의 어떤 순환을 반영한다. 1930년대 중국과 1990년대 중국 사이의 유사성은 확실히 깊은 성찰을 촉발하는 부분이 아주 많다.

이것은 또 한 차례의 역사적 만남이다. 1990년대 중·후기에 이르러 거대한 상업적 조류 속에 정신의 위기와 위기에 대한 반성이 나타나자, 갈수록 많은 이들이 루쉰을 다시 발견하게 되었다. 1950년대와 1960년대에 성장한 세대는 '문화대혁명'이라는 '10년의 지독한 재난'의 절망 속에서 루쉰과 만났다. 이제 1970년대에서 1990년대까지

---

[32]   王彬彬, 『魯迅晚年情懷』, 上海 : 上海教育出版社, 1999, 164~65쪽.

의 젊은 세대 가운데 사유하려는 이는 '재난과 다를 바 없는 각종 충격'을 경험하고 또 루쉰과 마음으로 소통하게 되었다. 개개인의 구체적 경험은 다를지라도 모두 진정한 정신적 탈바꿈을 경험했다. 뼈에 사무치는 절망의 체험을 통해, 기만과 속임수의 커다란 못에서 벗어나 외부 세계와 자아의 진정한 생존 상황에 직면하여 몸부림 속에서 스스로 구원하고 스스로 속죄하는 길에서 애쓰고 있다. 바로 이렇게 한 걸음 한 걸음씩, 이미 먼 길을 가고 있는 루쉰의 그림자에 접근하게 된다.

사람들은 루쉰을 관조하면서 그와 동시에 자기와 이 시대도 관조하게 된다. 시대가 제기한 문제에서 출발하여 루쉰에 대해 새롭게 발견하게 된다. '사람으로 바로 서기'라는 그의 사상은 1980년대에 학자들이 정밀하게 논의한 바 있고,[33] 1990년대의 '모더니즘 반성'이라는 문제의식이 격발됨으로써 더욱 광범한 관심과 열렬한 토론을 끌어냈다.

또 루쉰에 대한 자기의 인식에 대해서도 반성하고 있다. 1990년대의 빈부격차가 유발하여 나날이 첨예해지는 사회 갈등과 이익 관계의 변동으로 유발되어 나날이 엄중해지는 지식인의 분화에 직면하여 사람들은 루쉰의 선택이 지니는 의의를 갈수록 더 의식하게 되었다. 그와 동시에 '개인의, 민족의, 인류의 루쉰'에 대한 관조라는 1980년대의 관점이 루쉰 연구의 새로운 사유의 단서를 열어서 당시의 역사 조건에서는 확실히 사상 해방의 역할을 해냈으나, 그와 동시에 루쉰의 어떤 중요한 분야를 가려 버렸다. 특히 후기의 루쉰과 그의 잡문에 대

---

33 王得後, 「魯迅留日時期的"立人"的思想」(『魯迅研究的歷史批判-論魯迅(二)』, 184~
    198쪽)

해 일반적인 경시하거나 심지어 의식적 혹은 무의식적으로 폄하했으며, 더욱이 루쉰의 비판 정신을 어떤 식으로든 축소하거나 약화했다. 이런 상황에서 "루쉰은 레무스Remus[34] 즉 들짐승의 젖을 먹고 자란 존재로서" "자기의 길에서 늑대의 품으로 돌아갔다"라는 취추바이의 논술과 "루쉰은 뼈대가 가장 강한 사람"이라는 마오쩌둥의 논단이 새로운 공명共鳴을 유발했다.[35] "시종일관 피被억압자의 입장에서, 억압받는 인민의 입장에서 문제를 보고", "어떤 형식으로 어떤 범위 안에 존재하는 권력 관계와 억압도 모두 거부하며", "이런 불평등 관계를 합법화하는 모든 지식과 설교, 황당한 거짓말을 증오하던" '전사' 루쉰이 분명하게 나타난 것이다.[36] 루쉰에 대한 인식은 분명히 새로운 조건에서 깊어졌으나, 함정이 없었던 것은 아니다. 이로 인해 "영원히 회의하고, 그럼으로써 발 디딜 곳 없이 방황하는 탐색자 루쉰"(이것이 1980년대 루쉰 연구의 주요 성과였는데)이 경시되거나 은폐된다면 그의 형

---

34 【역주】로마의 옛 역사가 파비우스 픽토르(Fabius Pictor)의 설에 따르면 레무스 (Remus)는 트로이 전쟁의 영웅 아이네아스(Aeneas)의 후손 누미토르(Numitor)의 딸인 레아 실비아(Rhea Silvia)가 전쟁의 신 마르스(Mars)에게 강간당해 낳은 쌍둥이의 형이다. 누미토르의 동생인 아물리우스(Amulius)가 무력으로 씨족의 우두머리가 된 후, 누미토르의 혈통을 없애려 함으로써 쌍둥이는 바구니에 담겨 테베레 강(Tiberis)에 버려졌다가 늑대의 젖을 먹고 자랐다. 훗날 이들은 아물리우스를 죽이고, 동생인 로물루스(Romulus : ?~기원전 717)가 자기들이 구조된 자리에 거대한 도시 로마를 세웠는데, 그 와중에 다툼이 일어나 레무스는 로물루스에게 살해당했다. 이후 로물루스는 사비니(Sabini)의 왕 타티우스(Tatius)와 함께 통치하다가 타티우스가 일찍 죽자 유일한 왕으로서 로마를 다스리다가 폭풍우 속에서 사라졌다. 로마인들은 그를 군신(軍神)으로 숭배하여 퀴리누스(Quirinus)라고 불렀다.

35 林賢治,「魯迅三題」(『21世紀-魯迅和我們』, 298~303쪽); 曠新年,「被背棄和禁錮的遺産」(『21世紀-魯迅和我們』, 223쪽)

36 曠新年,「被背棄和禁錮的遺産」(『21世紀-魯迅和我們』, 220쪽); 汪暉,「死火重溫」(『21世紀-魯迅和我們』, 173쪽)

상이 단순화되고, 나아가 '전사 루쉰'을 극단으로 밀고 나가려는 이들이 있다면 그 역시 어떤 남모르는 우려를 우발하지 않겠는가? 즉, '당의 루쉰'이나 '마오쩌둥의 루쉰'이 '재림'하지 않겠느냐는 것이다.

이상의 인식이 역사의 순환에 착안하여 오늘날 루쉰의 의의를 강조했다면, 다른 방식의 사유는 "오늘날의 현실적 문제와 신세기 초기의 중국(즉, 루쉰이 살았던 시대 – 인용자)의 차이성에 입각하여", 오늘날 우리는 선구자가 겪어 본 적이 없는 많은 새로운 문제에 직면해 있으므로 단지 "지난날 루쉰이 했던 말에 접근"하는 것만으로는 불충분함을 강조하는 것이다. 그와 반대로 루쉰의 사상이 도달한 극한을 고려하면서 아울러 한 걸음 더 나아가 새로운 돌파구와 상상력, 창조력을 찾아야 한다. 비판의 정신을 루쉰 자신에게 실시해야만 비로소 진정 독립적이고 비판적인 "루쉰식의, 심지어 그를 초월한" 지식인이 나타날 수 있다.[37]

또 다르게 문제를 제기하는 방식도 있다. 어느 연구자는 「그림자의 작별影的告別」에 들어 있는 루쉰의 말을 특별히 중시하여 루쉰의 '어둠'을 21세기 중국에 주는 '선물'이라고 강조했다.[38] 이 연구자가 보기에 "루쉰의 어둠은 무엇보다도 존재론적 의미의 체험"이며, 이로 인해 문제가 생겼다. 즉 "우리는 언제쯤 하이데거가 얘기했던 '사람들' 혹은 '보통 사람'의 수준에서 시비를 얘기하고 그의 생존론에 깊이 들어가 함께 논쟁할 수 있을까? 이런 층위에서 논의할 만한 것이 그에게는 확

---

37   吳炫, 「被學問化和戰士化了的魯迅」(『21世紀-魯迅和我們』, 244~245쪽)

38   魯迅, 「影的告別」, 『野草』. "너는 아직 내 선물을 생각하지. 내가 네게 무얼 바칠 수 있을까? 다른 게 없으니, 어둠과 공허뿐이지."(『魯迅全集』 제2권, 166쪽)

실히 많다. 이를 위해서는 인내심을 갖고 아주 오래 기다려야 한다."[39]

아마 정말로 이 학자의 말처럼 하려면 우리는 그저 "말하면서 기다리는" 수밖에 없다. 끊임없이 루쉰을 얘기면서 그를 넘어설 준비를 하는 것이다.

이에 20세기와 21세기의 역사 전환기에 우리는 또 루쉰에 관한 갖가지 말들을 듣는다. 우선 미디어에서 끊임없이 '뉴스'를 전파하며 '20세기에 가장 환영받는 중국 현대 작가작품'가 무엇이냐는 각종 조사에서 루쉰이 늘 최우선으로 꼽혔다고 한다. 이어서 잡지『수확』에서 "루쉰에게 다가가기"라는 칼럼을 개설하면서 격렬한 논쟁이 유발되었다. 조금만 조사해 보면 루쉰이 먼 길을 떠난 뒤에, 특히 1990년대 이래 그에 관한 논의들이 한 차례 집중적으로 재현되고 있음을 어렵지 않게 발견할 수 있다. 루쉰에 대한 서로 다른 평가의 이면에는 여전히 지식인의 서로 다른 현실적 선택이 은연중에 내포되어 있다.

이것은 루쉰이 21세기 중국에 아직 살아 있음을 예시하고 있는 듯하다.

보아하니, "나를 잊으라",[40] "나 홀로 먼 길을 가서 더는 어둠 속에 다른 그림자가 없도록 하리라. 오직 나만이 어둠 속에 침몰하여 그 세계를 전부 차지하리라"라고 기대했던 시대와 상황은 아직 요원한 듯하다.[41]

---

39   王乾坤,「說呢還是不說呢」(『21世紀－魯迅和我們』, 13, 15, 27쪽)
40   魯迅, 『且介亭雜文』「死」(『魯迅全集』 제6권, 612쪽)
41   魯迅, 『野草』「影的告別」(『魯迅全集』 제2권, 166쪽)

아버지와 아들

중학생 대상 강연

지난 시간 수업을 마칠 때 이번 시간의 과제가 루쉰의 재발견과 루쉰을 새롭게 느끼기라고 얘기했었는데, 그러면 그것을 어디서부터 시작해야 할까요? 우선 '루쉰 느끼기'가 필요합니다. 그래서 저는 여러분께 글을 한 편 추천하여 이 책의 서문을 대신할까 합니다. 바로 샤오홍蕭紅의 루쉰에 대한 회상이지요.

제가 보기에 샤오홍의 회상은 루쉰의 심령에 가장 근접해 있는데, 자기의 마음으로 느끼기 때문입니다. 여성 작가 특유의 섬세함과 민감함으로 근거리에서, 대단히 감성적으로 루쉰을 느낌으로써 그녀는 독특한 관찰을 제공할 뿐만 아니라, 감동적이고 아득한 상상으로 이끌 만한 구체적인 일화들을 아주 많이 제공합니다. 구체적인 일화를 통해 사람을 살피는 것은 대단히 중요한 방법 가운데 하나입니다. 여러분은 이미 예습했을 테니, 그럼 가장 인상적이었던 일화에 대해 얘기해 볼 사람은 누구인가요?

학생 1 : 제가 가장 감동한 것은 루쉰이 묘지에서 '귀신에게 발길질한踢鬼' 이야기입니다. 루쉰은 당연히 귀신을 믿지 않았고, 제 생각에는 이 자리의 학우들 가운데도 귀신을 믿는 이가 몇 명 되지 않을 겁니다. 하지만 한밤중에 무덤에서 '변화무쌍'한 하얀 그림자가 갑작스럽게 지나가는데 매섭게 발길질하려면 용기가 필요합니다. 저는 이 점에 감동했습니다.

첸 : 루쉰과 귀신. 중요한 문제를 파악했군요. 말이 나온 김에 배경 자료를 하나 제공하겠습니다. 루쉰은 세상을 떠나기 하루 전인 1936년 10월 18일에 어느 일본 부부의 집에서 한담을 나누었지요. 주목해 보셔요. 이것은 그의 생애 마지막 한담이었는데, 주제가 무엇이었을까요? 바로 귀신이었습니다. 일본과 중국의 귀신 이야기였지요. 그 와중에 또 샤오훙이 얘기했던 그 '귀신에게 발길질한' 이야기가 다시 언급되었어요. 그가 삶의 마지막 순간에도 귀신을 얘기했다는 것은 무척 흥미로운 일이지요. 그의 목숨이 귀신과 얽혀 있었다는 것도 음미할 만하고요. 어떤 학자는 심지어 루쉰의 세계로 들어가려면 '루쉰과 귀신'을 고찰하는 것이 훌륭한 진입구 가운데 하나라고 생각합니다.

학생 2 : 저는 샤오훙이 이 '귀신에게 발길질한' 이야기를 회상한 후 발표한 논의가 흥미롭습니다. "내 생각에 귀신이 항상 루쉰에게 차인 것은 그래도 괜찮은데, 그에게 사람이 될 기회를 주었기 때문이다"라고 했지요. 그래서 저도 생각해 보았는데, 이런 관점에서 루쉰과 그 작품의 의의를 볼 수도 있지 않을까요? 오직 루쉰만이 자기가 살았던 그 사회의 어둠을 꿰뚫어 보고, 귀신을 가장한 사람을 한눈에 간파하여,

글을 통해 뜨끔하게 찌르고 매섭게 '발길질'함으로써 그들이 다시 눈을 크게 뜨고 새롭게 사람 노릇을 할 수 있게 해 주었습니다.

첸: 맞아요. 루쉰은 확실히 인간 세상의 귀신과 평생 싸웠지요. 다만 그와 귀신 사이의 관계에는 또 다른 측면이 있어요. 그의 글에는 아주 사랑스러운 두 귀신이 등장하는데 '무상無常'과 '여신女弔'이지요. '루쉰과 귀신'은 오늘 루쉰을 읽으면서 처음 발견한 것이네요. 하지만 이후에 전문적으로 논의해야 할 화제입니다. 오늘은 그저 살짝 맛보기를 보여준 셈으로 치고, 암시를 하나 남기기로 하지요. 또 다른 걸 발견한 사람이 있나요?

학생 3: 저는 루쉰이 병을 앓는 와중에도 늘 보았던 그 그림에 가장 감동했습니다.

첸: 아주 훌륭합니다. 나도 거기에 제일 감동했거든요. "뛰어난 사람의 안목은 대개 비슷한 법"이라고나 할까요? 해당 부분을 함께 읽어 봅시다.

병을 앓고 있는 도중 루쉰 선생은 신문도 책도 보지 않고 그저 차분히 누워 계셨다. 다만 침대 옆에 놓인 작은 그림 하나만은 계속 바라보셨다. 그 그림은 루쉰 선생이 아프지 않았을 때 많은 다른 그림과 함께 가져와 사람들에게 보여주셨던 것으로, 담뱃갑 속에서 뽑아낸 그림과 별 차이가 없이 조그마했다. 그려진 것은 긴 치마를 입고 머리카락을 흩날리는 여인이 거센 바람 속에서 달리고 있고, 그녀 옆의 땅 위에는 자그맣고 빨간 장미 꽃송이가 있었다.

<그림 8> 피코프(M. Pikov), <『서정시집』 삽화>.

마침 내가 이 그림을 찾았어요. 이것은 페르시아의 위대한 시인 하페즈Khwaja Shamsu ad-Din Muhammad Hafez as-Shirazi, 1315~1389의 『서정시집』 첫 페이지의 삽화로서 소련의 화가 피코프M. Pikov, 1903~1973의 판화지요. (프로젝터를 켜고) 보고 나니 어떤 느낌이 드나요? 솔직히 나는 처음 보았을 때 조금 실망했어요. 이 그림은 샤오홍이 묘사했던 것처럼 그렇게 아름답거나 공상을 유발하지는 않았기 때문이지요. 사실 이것도 어렵지 않게 이해할 수 있어요. 작가로서 샤오홍은 분명히 자기의 감성과 이해, 그리고 상상을 묘사에 투사해 넣었지요. 그와 동시에 여기에는 루쉰에 대한 그녀 나름의 이해도 들어 있어요. 이것은 확실히 보통의 그림이지만, 이처럼 깊이 루쉰을 끌어들였다는 사실 자체로 무척 음미할 만하지요. 한번 상상해 봅시다. 중병을 앓고 있는 루쉰이 이 그림을 응시할 때, 그는 무엇을 보고 느꼈을까요? 긴 머리카락과 긴 치마, 젊은 여인, 별이 총총한 하늘, 장미…… 이 모든 게 아름다움과 사랑의 상징, 활기차고 건전한 생명의 상징이지요. 이런 그림이 생의 마지막 시간을 보내는 루쉰과 함께했으므로, 그의 생명 깊은 곳에 아름다움과 사랑, 활기차고 건전한 생명이 깊이 감춰져 있었다고 할 수 있겠군요. 이것도 루쉰에 대한 새로운 발견임이 분명합니다. 조금 전에 얘기해 주신 학우에게 감사합시다. 또 무얼 발견했지요?

학생 4 : 저는 루쉰이 중병에 걸렸을 때 어린 아들 하이잉海嬰이 "내일 만나요, 내일!" 하고 소리치는 장면이 아주 감동적이었습니다. 특히 루쉰은 중병을 앓고 있는데도 애써 고개를 들고 "내일 보자꾸나, 내일!" 하고 큰 소리로 말했는데, 여기에 루쉰의 고집스러운 성격과 강인한 정신이 나타나 있다고 생각합니다.

첸 : 그건 아주 중요한 발견이고, 내가 오늘 여러분과 중점적으로 토론하려고 준비한 내용이니, 이게 아마 "암암리에 서로 마음이 통한" 경우겠지요. 이 부분을 함께 읽어 봅시다.

위층도 아래층도 모두 조용해졌고, 단지 하이잉만이 신이 나서 친구들하고 떠들어 대며 햇볕 속에서 뛰어다녔다.

매일 저녁 잠들 때면 하이잉은 늘 엄마 아빠에게, "내일 만나요!" 하고 말했다.

하루는 그 아이가 삼층으로 내려가는 계단 어귀에 서서 소리쳤다.

"아빠, 내일 만나요!"

루쉰 선생은 당시 병세가 위중해서 목에 가래가 잠긴 듯해서 대답 소리가 무척 작아 하이잉이 듣지 못했다. 그러자 그 아이가 또 소리쳤다.

"아빠, 내일 만나요!" 잠시 기다렸는데 대답 소리가 들리지 않자, 그 아이는 큰 소리로 연이어 소리치기 시작했다.

"아빠, 내일 만나요! 아빠, 내일 만나요! …… 아빠, 내일 만나요! ……"

유모가 위층으로 데려가면서 아빠가 주무시니 큰 소리를 내지 말라고 했으나, 아이는 막무가내로 계속 소리쳤다.

이때 루쉰 선생은 "내일 보자꾸나!" 하고 말씀하셨는데, 목 안에 무언가 막혀 있는 듯이 목소리가 아무래도 크게 나오지 않았다. 나중에는 루쉰 선생이 애써 고개를 들고 비로소 아주 큰 소리로 말씀하셨다.

"내일 보자꾸나, 내일!"

말을 마치고 나자 기침을 하기 시작했다.

쉬廣 선생이 깜짝 놀라서 아래층에서 달려와서 계속 하이잉을 꾸짖었다.

하이잉은 울면서 위층으로 올라가면서 중얼중얼 투덜거렸다.

"아빠는 귀머거리인가봐!"

루쉰 선생은 하이잉의 말을 듣지 못한 채 여전히 기침을 하고 있었다.

여기서 하이잉이 소리치고 루쉰이 애써 대답하는 장면은 확실히 무척 감동적이지요. 다만 이 일화의 의미에 대해서는 사람마다 느낌이 다를 겁니다. 조금 전의 저 학우는 루쉰의 강인한 성격을 느꼈다고 했는데, 일리가 있습니다. 하지만 내 느낌은 다릅니다. 나이가 많아서인지, 당시 루쉰은 54살이었고 지금 나는 이미 66살이니까, 당시의 루쉰보다 늙었지요. 노년이 되면 '생명'에 특히 민감해지기 때문에 (칠판에 '생명'이라고 쓰고) 하이잉이 소리치고 루쉰이 애써 대답하는 장면에서 나는 두 개의 생명을 느꼈어요. 스러져 가는 아버지의 생명과 모든 것을 이제 막 시작한 아들의 생명이 거기서 서로 호응하고 있었어요. 하이잉은 루쉰 생명의 일부분이고, 게다가 루쉰의 생명 가운데 가장 귀중하고 중요한 부분이니, 하이잉이 소리쳐 부를 때마다 루쉰은 생명의 마지막 힘을 쥐어짜서 애써 대답해야 했지요. 그런데 어린 하이잉은 이렇게 애써 들려준 대답에 무슨 특별한 의미가 담겼는지 전혀 이해하지 못한 채, 그저 이상하게 여길 뿐이지요. 아버지는 왜 자기가 소리쳐 말한 것을 듣지 못하지? "아빠는 귀머거리인가봐!" 이 부분을 읽으면서 나는 특히 마음이 아팠고, 아울러 줄곧 한 가지 문제를 생각했어요. '루쉰과 하이잉의 관계'지요. 그리고 그 이면에는 더 큰 문제 즉, '아버지와 아들의 관계'라는 문제가 있어요. 이것이 바로 오늘 이 교실에서 여러분과 가장 토론해 보고 싶은 화제입니다. 아버지와 아들에 관해 얘기해 봅시다(칠판에 쓰다).

이것은 전형적인 루쉰식의 명제입니다. 일찍이 『수감록隨感錄·49』에서 그는, "유년에서 장년까지, 장년에서 노년까지, 노년에서 죽음까지" 가는 이것이 생명의 길이라고 했지요. 이 길에는 두 개의 중요한 시각이 있으니 하나는 '누군가의 아들人之子'이고 (칠판에 쓰고) 다른 하나는 '누군가의 아버지人之父'이지요(칠판에 쓰다).

어떻게 '누군가의 아들'이 되고 '누군가의 아버지'가 되느냐 하는 것도 인생에서 두 가지 어려운 문제이지요. 루쉰은 이 때문에 평생을 시달렸어요.

여러분은 아직 '누군가의 아들' 단계에 있지요. 그러니까 여러분의 생명은 아직 부친의 강력한 영향 아래에 있으니, "어떻게 누군가의 아들 노릇을 할 것인가?"라는 것이 마찬가지로 여러분이 직면해야 할 중대하고 피할 수 없는 인생의 과제지요. 게다가 여러분도 장차, 조만간 어느 날 "어떻게 누군가의 아버지 노릇을 할 것인가?"라는 문제에 직면하겠지요.

이렇게 되면 우리는 루쉰과 만나게 됩니다. 그와 우리는 '아버지와 아들'이라는 공통된 생명의 명제를 가지고 있지요.

먼저 "루쉰은 어떻게 아버지 노릇을 했는지", 아들을 어떻게 대했는지 살펴봅시다.

이것은 우리 교재의 첫 번째 작품인 「우리 하이잉我家的海嬰」입니다. 이것은 내가 루쉰의 서신에 담긴 문장을 근거로 편집한 것이지요. 나는 하이잉이 태어난 뒤로 루쉰이 끊임없이 친구들에게 자기네 하이잉에 대해 주절주절 얘기했다는 것을 발견했어요.

아내(쉬광핑)가 9월 26일 오후 3시에 복통이 와서 즉시 푸민福民 병원에 입원시켰는데, 이튿날 아침 8시에 사내아이를 낳았네. 아마 나이 탓인지 진통도 점차 심해지지 않아서 분만이 상당히 늦어졌지. 다행히 의사가 아주 능숙해서 모자가 모두 무척 평안했네.

이것은 아들이 태어났음을 친구에게 알리는 글이니까, 하이잉이 1929년 9월 26일에 태어났다는 것을 알 수 있지요. 그리고 지금 하이잉은 이미 75살이 되었으니, 75년 전에 태어난 이 남자아이를 그 아빠가 어떻게 대했는지 살펴봅시다.

우리에게 남자아이가 하나 생겼다. 벌써 한 살하고도 4개월이 되었는데, 태어나고 두 달도 채 되지 않아서 신문에서 '문학가'에게 두세 차례 욕을 먹었으나, 그에 영향받지 않고 상당히 튼튼하게 자랐다.

가족이 상하이에 있고, 어린아이 하나까지 있는데, 서로 의지해 살아가다가 헤어지면 양쪽 모두 상심한다.

하이잉이 태어나자 루쉰은 그의 생명과 자기 생명이 서로 뒤얽혀 있음을 느꼈으니, 이것은 확실히 "서로 의지해 살아가는" 것이었다. 주지하다시피 루쉰은 50살에 아들을 얻었으니, 이렇게 의지해 살아간다는 느낌은 특별히 강렬했을 것이다.

요즘 세상을 살면서 아이가 많으면 정말 귀찮은 일인데, 낳는 데에 들어가는 경비 문제야 그래도 가벼우나 큰 문제는 장래의 교육이다. 나라는 너무나 가볍고 개인은 더욱 어쩔 도리가 없으니, 나는 본래 후손을 끊을 생각이었으나 우연히 조심하지 않은 바람에 아이가 생겨 버렸다. 그 아이의 장래를 생각하면 항상 슬프지만, 일이 이왕 이렇게 되었으니 어쩔 수 없다. 이하李賀의 시에, "제 목숨은 제가 먹여 살려야 하는지라, 짐 지고 일하러 성문을 나선다己生須己養, 荷擔出門去"[1]라고 했으니, 더 노력해서 어린 아들의 종이 되어야 할 뿐, 더 무슨 말을 하랴!

(일본의 폭격 때문에 하이잉을 데리고 조계租界로 갔는데) 떠도는 무렵에 하이잉이 갑작스럽게 홍역에 걸렸는데, 여관에서 일주일 동안 살았던 것은 거기에 있는 석유 난로를 탐냈기 때문이다. 그런데 난로에 석유가 없어서 방은 이전 집처럼 추웠으나 비용은 더 많이 들었다. 그런데 뜻밖에 하이잉이 따뜻한 방에 있는 것처럼 홍역 증상이 아주 괜찮아서 18일에는 완전히 나아 상당히 건강해졌다. 석유 난로를 설치해 놓고 때지 않아도 위생에 매우 유익하다는 사실을 처음 알았다.

---

1 【역주】이것은 이하의 「감풍感諷 5수首」 가운데 제4수에 들어 있는 구절이다.

하이잉에게는 제대로 된 장난감이 하나도 없다. 장난감에 대한 녀석의 이론은 "보고 나면 뜯어 버리는 것"이다.

집안 모두가 건강한데 하이잉만 아메바성 이질을 앓아서 14차례나 주사를 맞았고, 이제는 나았는데 또 장난이 심하다. 이 녀석 때문에 상당히 바쁜데, 부모님께 이렇게 할 수 있다면 24효孝에 하나를 더해 25효가 될 터이다.

아이는 귀찮은 존재여서, 아이가 생기면 골치 아픈 일이 많이 생기는데, 어떻게 생각하는가? 근래에 나는 거의 한 해 내내 아이 때문에 바쁘네. 하지만 낳았으니 길러야지. 다시 말하자면, 이것은 인과응보인지라 원망할 필요는 없네.

하이잉은 아주 잘 있네. 얼굴은 햇볕에 탔고 몸도 작년보다 건강하고, 게다가 요즘은 제법 말도 잘 듣는 듯해서 까닭 없이 소란을 피우는 일도 그다지 많지 않네. 당연히 나이를 먹어 가기 때문이겠으나, 밤마다 작은 곰이 어떻게 생활하고, 무가 어떻게 자라는지 등등의 이야기를 들어 줘야 해서 상당히 많은 시간을 써야 할 뿐이네.

우리는 모두 잘 지내네. 단지 저 '하이잉 씨'가 상당히 장난이 심해서 늘 내 일을 방해하는지라, 지난달부터는 그 녀석을 적으로 대하기 시작했네.

남자아이들은 대부분 엄마를 무시하는데, 우리 아이도 그렇네. 엄마 말을 듣지 않을뿐더러 늘 반항하지. 나까지 나서서 한마디 하면 녀석이 오히려 이상하게 여긴다네.

"아빠는 왜 이렇게 엄마 편만 들어?"(아빠도 남자니까 하는 말, 남자는 남자 편을 들어야지 왜 엄마 편을 드느냐는 뜻)

우리 아이도 장난이 아주 심해서, 밥 먹을 때 왔다가 목적을 이루면 바로 나가 놀면서도 동생이 없으니 너무 쓸쓸하다고 불평하니, 제법 위대한 불평가라네.

하이잉 이 개구쟁이 녀석이 이삼일 전에 뜻밖에도 상당히 반동적인 선언을 했다네. "무슨 아빠가 이래!" 정말 다루기 힘들구면.

녀석은 여름을 좋아하는지라, 올해는 이렇게 더워서 다른 아이들은 대부분 몸이 마르거나 부스럼이 나는데, 이 아이는 아무렇지도 않네. 날씨가 추워지면 감기 걸리기 쉽겠지. 지금은 매일 아주 바빠서 오로지 시끄럽게 떠들거나 쓸데없는 일에 간섭만 하고 있네.

내 아이는 이름이 하이잉(상하이의 아이)이지만, 자라면 스스로 고쳐야 할 걸세. 제 아비는 성까지 바꿨으니.

하이잉을 대신해서 자네들이 작은 방망이를 보내 준 데에 감사하네. 이건 나도 처음 보는군. 다만 나에게 녀석은 확실히 정신을 차리도록 매질하는 존재일세. 작년에는 이렇게 묻더군.

"아빠, 먹어도 돼?"

"먹을 수야 있지만 안 먹는 게 좋겠구나."

올해는 다시 묻지 않는 걸 보니, 아마 안 먹기로 결정한 모양이네.

한 해가 지나서 아이가 또 한 살을 더 먹었는데 나도 한 살을 더 먹었으니, 이렇게 가면 아마 내가 저 녀석을 이기지 못하고, 혁명도 눈앞에 닥치겠지. 이걸 정말 어떻게 불러야 하나?

다만 이곳의 하이잉이라는 신사는 공부하지 않는 게으름뱅이라서 책도 읽으려 하지 않고 늘 병사 흉내만 내네. 그에게 잔혹한 전쟁 영화를 보여주면 깜짝 놀라서 조금 안정되리라 생각했는데, 뜻밖에 지난주에 데려가서 보여준 뒤로 더욱 거칠게 소란을 피워서 할 말을 잃게 만들지. 히틀러에게 그렇게 많은 당원이 있었다는 것도 이상하지 않아.

이제 아이는 더욱 성가시게 굴어서, 이번 달에 엄마가 또 상하이로 가는데 짐은 하나인데 짊어질 사람은 노인 하나와 어린애 하나이니, 어쩌지?

그 녀석은 무슨 일이든 나를 흉내 내고, 나와 비교하는데 오직 옷만은 나처럼 편한 대로 아무렇게나 입지 않고, 예쁜 것을 좋아해서 양복을 입으려 하네.

녀석이 시험에 한 번 일등을 하자 아이답게 티를 내려고 여기저기 이야기하고, 편지가 왔는데 앞쪽 절반은 녀석이 자기 이야기를 쓴 것이었네. 녀석은 아마 200자 정도 익힌 것 같은데, 예전에 나에게 글자를 못 쓰면 자기한테 물어보라고 하더군. (아버지가 어떤 사람인지 모르고, 아버지에게 글을 가르치려 한 것.)

하이잉은 아주 잘 지내네 …… 겨울엔 살이 잠깐 통통해졌는데 근래에는 또 마르기 시작했네. 아마 아이들은 봄에 키가 크는데, 자랄 때 살이 빠지나 보네. (아이의 생장에 관한 기후학자)

5월 16일부터 돌연 열이 나고 기침이 심해졌는데(당시 이미 죽을 날이 머지않은 상황이었음), 이날부터 점점 심해져서 월말에는 상당히 위험한 상황에 이르렀으나, 다행히 하루 이틀 뒤에 호전될 기미가 보였네. 하지만 열은 없어지지 않았어. (이렇게 심각한 편지에서도 사랑하는 아들에 관해 얘기했음.) …… 하이잉은 이미 일등으로 유치원을 졸업했는데(아주 만족스러움), 사실은 "산중에 호걸이 없으니 원숭이가 왕 노릇을 하는 꼴"에 지나지 않지.

아들에 관한 루쉰의 이런 묘사를 보니 어떤 느낌이 드나요? 나는 이 서술들을 읽고 나서 이런 글을 썼지요.

중국의 연로한 부모들이여, 이 아버지의 묘사에서 무엇을 볼 수 있는가? 아들이 이렇게 자유롭고 전혀 얽매이지 않은 채 나이 많은 세대에 대한 불만과 이해할 수 없음, 불평, 반항을 표현하고, 심지어 일부러 연장자를 무시하며 아이다운 교활함을 보여준다. 그런데 아버지는 연장자의 관용과 이해하는 마음으로 어린애의 기괴한 생각을 조롱하면서도 어린애의 탈선행위에 대해 속수무책이 된다. 여기에는 아버지와 아들 두 세대 사이에 서로 같고 또 서로 다른 '천진한 정서赤子之情'가 나타나 있다. 이것은 자연 상태에 더 접근한, 순진한 심령의 세계이다. 이 세계를 주재하는 것은 단지 사랑, 봉건의 속박도 받지 않고 자본주의의 오염에서 영향을 받지 않은 천성天性의 순진한 사랑이다. 그와 동시에 여기에서 루쉰의 유머 감각을 느낄 수 있다. 필자가 보기에, 각종 전통 관념에 묶여 자유롭지 못한 심령에게는 이런 유머 감각이 없다. 그래서 루쉰의 유머 감각 이면에는 자유로운 심령이 있다. 나이가 많든 젊든 간에 우리 부모들 가운데 아이의 진지하거나 그렇지 않은 선언 앞에서 이렇게 관용의 미소를 지을 수 있는 이가 몇이나 되는가? 아이의 반동적인 선언을 들었을 때 어떤 부모는 버럭 화를 낼 것이다.

이와 동시에 우리는 루쉰의 침중한 마음을 느낄 수 있어요. "짐은 하나인데 짊어질 사람은 노인 하나와 어린애 하나"인 상황에 대한 염려지요. 이걸 어쩌나? 그는 본래 후손을 끊을 생각이어서 아이를 낳지 않으려 했는데, "그 아이의 장래를 생각하면 항상 슬프지만······ 더 노력해서 어린 아들의 종이 되어야 할 뿐"이지요. 루쉰이 자기 생명의 짐을 얼마나 무겁게 느꼈는지 알 수 있어요. 이 무거운 부담은 어디서 비롯되었을까요? 한편으로는 아이를 양육하는 부담일 테고, 더욱이 자기 아이의 미래 생명의 발전에 대한 걱정 때문이겠지요. 부모로서 자식의 성장에 대한 갖가지 염려와 근심이라고 할 수 있지요. 그렇다면 '누군가의 아들'인 여러분은 '누군가의 아버지'인 루쉰과 모든 '누군가의 아버지', 아마도 여러분의 아버지를 포함한 이들이 하이잉에 대한, 그리고 여러분에 대한 사랑과 걱정을 어떻게 대해야 할까요? 이 문제는 오늘 이 자리에서 논의하지 않고 여러분 스스로 생각하도록 남겨 두기로 하지요.

다시 누군가의 아들로서 루쉰을 살펴봅시다. 그는 자기 부친을 어떻게 대했으며, 부친과의 관계는 어떠했을까요? 내 생각에 이것은 똑같이 누군가의 아들인 여러분이 더 흥미를 느낄 듯합니다.

루쉰의 두 번째 글 「오창회五猖會²」을 읽어 봅시다.

루쉰의 저작을 읽을 때는 가장 중요한 구절, 즉 문장의 '벼리綱'를 장악하는 데에 뛰어나야 합니다. 벼리가 들리면 그물코가 넓어지니, 작품 전체의 문장도 모두 그물질에 걸리게 되지요. 「오창회」의 '벼리'는 바로 마지막의 이 한 구절입니다.

지금 생각해도 아버님이 왜 당시에 나더러 책을 암기하라고 하셨는지 의아하다.

'의아詫異'라는 이 단어에 주목하셔요. '분노'나 '원망'이 아니에요. 그렇게 쓰면 감정이 지나치게 되겠지요. 어쨌든 자기 아버님이니까요.

---

2   【역주】 '오창(五猖)'은 '오통신(五通神)', '오랑신(五郎神)' 등으로도 불리며 원래 강남의 민간에서 모시던 사악한 신으로서, 다섯 형제라고 전해진다. 일설에는 동서남북과 중앙을 합친 오방(五方)의 귀신이라고도 하는데, 이들은 도둑질과 약탈, 방화, 부녀자 희롱 등 못된 짓을 일삼는다고 한다.

'의아'하다는 것은 이상하다, 이해할 수 없다 즉, 부자지간에 서로 이해되지 않는 것이지요. 당시에 부친이 나의 감정을 이해하지 못했을 뿐만 아니라, 나도 '지금'도 부친이 왜 '당시'에 나더러 책을 암기하라고 하셨는지 이해하지 못하지요.

그럼 '당시' 루쉰의 심정과 바람을 살펴봅시다. 이 부분에 주목하셔요. 동관東關에서 「오창회」 연극을 본 것은 "내 어린 시절에 드물었던 성대한 행사"였다고 했어요. 여기서 그가 사용한 어휘는 모두 대단히 중요해요. '드물었던' '성대한 행사'는 아주 드물게 만난 성대한 일이라는 것인데, 왜일까요? 그 모임은 전 지역縣에서 '가장 성대한' 것이었고, 동관도 루쉰의 집에서 '아주 먼' 곳이어서, 마을을 나와서 60리가 넘는 뱃길을 가야 했는데, 그곳에는 두 곳의 '특별한' 사당이 있었어요. '가장最'과 '매우很', '특별'이라는 어휘는 모두 오창회가 어린 시절의 루쉰에게 특별한 매력이 있었음을 강조하고 있지요. 아이들은 언제나 가장 떠들썩하고, 매우 멀고, 낯설며, 특별한 곳을 갈망하지요. 바로 그런 천성적인 호기심 때문에 어린 루쉰은 "웃으며 팔짝팔짝 뛰었"어요. 글이 여기에 이르면 기대에 충만하여 즐거운 분위기가 절정에 이르지요.

갑자기 일꾼의 얼굴이 무척 조심스럽고 엄숙해졌다.

'조심스럽고謹 엄숙肅'하다는 어휘는 분위기를 급전직하하게 하지요. 아버지가 나타나서 "내 뒤에 서셨다." 이곳의 서술에 부친의 표정은 없으나, 앞서 묘사한 일꾼의 표정 변화로부터 부친이 "내 뒤에 서신"

위력이 간접적으로 나타난 점에 주목하셔요. 여기에서 독자는 당시 '나'의 심리가 어떠했는지 완전히 상상하고 느낄 수 있지요.

"가서 네 책을 가져오너라." 그분이 천천히 말씀하셨다.

이렇게 간단명료하고 또 이렇게 논의를 용납하지 않아요. 한마디 한마디씩 천천히 내뱉는데, 말하는 속도가 느릴수록 위엄이 더 뚜렷해지고, 아이에 대한 압력이 갈수록 커져서, 모든 단어가 '나'의 마음에 못처럼 박히게 되지요.
'나'의 반응을 봅시다.

나는 안절부절 못하고 책을 가져왔다. 그분은 나를 당뿔 중앙의 탁자 앞에 앉히더니 한 구절 한 구절씩 읽으라고 하셨다. 마음을 졸이며 한 구절 한 구절씩 읽어 나갔다.

'앉히고' '읽으라고 하신' 표현 형식과 '한 구절 한 구절씩'의 중복 표현에 주목하셔요. 이것은 모두 절대적인 명령에 절대적으로 복종하는 모습을 나타내고 있지요.

나에게 잘 읽어 주셨다. 암송하지 못하면 오창회에도 갈 수 없다고 하셨다.

이 역시 절대적이고 반박의 여지가 없는 명령이니, 이야말로 부친의 위엄과 위압을 극도로 묘사한 것이지요.

머리에 찬물을 뒤집어 쓴 것 같았다. 하지만 무슨 방법이 있겠는가? 당연히 읽고 또 읽어서 억지로 기억하고, 게다가 암송해야 했다.

복종할 수밖에 없고, 마음속으로는 복종하지 않으나 자기의 반항을 나타낼 수 없이 그저 계속 읽어 나갈 뿐이지요.

'월자반고粵自盤古[3]'는 그대로 '월자반고'이니 읽어서 기억해야지. '월자반고'야! '생어태황生於太荒'아……

주위 사람들의 반응을 살펴봅시다. 집안은 바쁘고 혼란했다가 '조용하고 엄숙하게' 변했고, 어머니와 일꾼 우두머리長工, 보모長媽媽는 말없이 '조용하게 기다렸고', '모두가 조용한百靜' 가운데 공기도 정체되어 버렸어요. 연속해서 세 번이나 '조용靜'이라는 단어가 나옴으로써 더욱 '조용'해졌고, 압력도 더욱 커졌지요.
루쉰의 느낌을 봅시다.

모두가 조용한 가운데 나는 머릿속에서 많은 쇠집게가 나와서 '생어태황'이니 뭐니 하는 것들을 집는 것 같았다.

3　【역주】청나라 때 왕사운(王仕雲 : ?~?, 자[字]는 망여[望如])이 편찬한 『감략사자서(鑒略四字書)』의 첫부분이 "반고라는 이가 아주 먼 옛날 혼돈의 시대에 태어났다[粵有盤古, 生於太荒]"라는 구절이 들어 있다.

'쇠집게'로 '집는다'라는 비유에 주목해 보셔요. 쇠집게에서 나는 '끼익!'하는 소리가 들리지 않나요?

　다급하게 암송하는 소리의 떨림이 마치 깊은 가을날 귀뚜라미가 밤중에 우는 것처럼 들렸다.

음미해 보셔요. '깊은 가을'의 '밤'에 '우는' 등의 어휘는 모두 무척 처량한 느낌을 주고, 그 순간 '나'는 한 마리 벌레로 변해서 귀뚜라미처럼 살아는 있되 슬피 울고 있군요! 그래서 외부 분위기의 '처량'함은 내심의 '슬픔', 생명의 슬픔으로 전환하지요.

결국에, "나는 책을 들고 아버지의 서재로 가서 단숨에, 꿈을 꾸듯이 다 암송했고", 부친은 고개를 끄덕이며 "괜찮구나. 가 봐라" 하고 말했어요.

전체 묘사에서 부친의 말은 지극히 간단해요. 내가 전부 계산해 보니 겨우 23자밖에 안 되고, 게다가 무슨 쓸데없는 묘사도 없었어요. 간단하게 객관화할수록 어떤 내재적인 냉담함이 더 잘 나타나지요.

사람들의 반응은 이러했어요. "웃는 얼굴로······ 나를 높이 안아 올리고······ 잰걸음으로 맨 앞에서 걸었다"라고 했군요.

그런데 '나'의 반응은 거대한 대비를 이루었어요.

　하지만 나는 그들처럼 신나지 않았다. ······ 내게는 아무것도 큰 의미가 없는 듯했다.

'않고', '없다'라는 말을 연이어 씀으로써 '나'의 흥미가 싹 사라져서 아이의 호기심은 이미 하나도 남아 있지 않고, 아이의 천성도 액살^{縊殺}당했음을 모두 표현했어요.

남은 것은 뜻밖에도 이렇게 억지로 암송해야 했던 기억뿐이지요!

사람에게 유년의 기억은 아주 중요하지요. 그것이 즐겁고 신성한지 아니면 슬프고 심각한지가 사람의 일생을 결정하거든요.

하지만 이 모든 것이 아들에게 어떤 유년의 기억을 남겨 주는지 부친은 절대 이해할 수 없었고, 루쉰도 이해하려 하지 않았어요.

남은 것은 여전히 루쉰의 문제였지요. 아버지는 왜 "당시에 내게 책을 암송하게 하셨을까?" 부친은 아이에게 가장 중요한 것이 책을 읽는 것이고, 책을 읽으려면 암송해야 한다고 생각했기 때문이지요. 이것은 부친의 논리지요. 게다가 주관적으로 부친은 완전히 아이가 잘되게 하려 했다는 것은 인정할 수밖에 없어요. 하지만 아들이 무얼 바라는지 고려하지 않았고, 더욱이 흥이 깨지게 할 생각은 없었으니, 이건 또 무슨 의미일까요? 자기 아들에게 상처를 주었음에도 전혀 느끼지 못했지요. 이런 건 생각지도 않았고, 게다가 이런 걸 생각해야 한다는 생각도 하지 않았어요. 그의 사상 안에서 아들은 독립적인 존재가 아니라 자기에게 속한 존재로서, 자기 논리가 없는 존재였기 때문이지요. 설령 있더라도 부친에게 절대복종해야 한다는 논리여야 했어요.

하지만 이들로서는 영원히 이해할 수 없지요. 아버지는 왜 이 모든 것을 생각하지 못하시는 거지? 왜 이 모든 것을 생각하려 하시지 않는 거냐고!

이것은 두 세대 사이의 거리, 부자 세대 간의 거리지요. 여기서 부자지간에 충돌이 일어나지만, 정면충돌은 아닙니다. 아들은 반항할 수 없고, 반항해야 한다고 의식하지도 않아요. 이 충돌은 부자지간에 일어나는 내심의 충돌이고, 뼈에 사무치는 거리감隔膜感이지요. ('거리'라고 칠판에 쓰고) 루쉰은 이 때문에 극도의 고통을 느꼈고, 그것은 산처럼 그의 마음을 짓눌렀지요!

이 글을 읽으면 루쉰과 그의 부친이 함께 있을 때 마음속의 느낌을 이해해야 할 뿐만 아니라 그가 자기의 느낌을 어떻게 표현했는가에도 주의해야 합니다. 그래서 부친에 대한 묘사에 사용된 어휘가 매우 간결하고, 상세한 묘사가 없다는 데에 주의해야 하지요. 다만 앞서 분석했듯이, 간결하고 객관적일수록 그 이면의 냉담함과 변명을 허용하지 않는 부친의 권위를 더욱 잘 구현하지요. 루쉰이 간접적으로 드러내는 것은 '나'의 심리와 주위 환경인데, 언어의 끊임없는 중복 속에서 전달하는 것은 생명의 억압감과 심각함이었어요. ('억압'과 '심각'를 칠판에 씀.)

(쉬는 시간)

조금 전에 얘기했던 것은 너무 심각했을 수도 있어요. 그럼 이제 비교적 재미있는 화제를 다시 논의해 봅시다. 「오창회」에서 루쉰이 묘사한 것은 아이의 심리를 이해하지 못하고 엄숙하며, 두려움을 주는 아버지였지요. 하지만 루쉰의 부친 저우보이周伯宜가 정말 이렇게 두려운 사람이었을까요? 엄숙하고 두려워할 만하다는 점 외에 다른 측면은 없었을까요? 그래서 루쉰의 두 동생 즉, 둘째인 저우쭤런과 셋째인 저우젠런周建人은 부친에 대해 루쉰과 달리 회상한 점에 주목하게 됩니다. 다른 교재에 수록된 두 편의 부록, 「저우쭤런의 글에 나타난 어르

신周作人筆下的伯宜公」과 「저우졘런이 회상하는 부친周建人回憶中的父親」이 있음을 보셨지요? 저우쭤런이 기억하기로 부친은 "대단히 엄정해 보이지만 실제로는 전혀 엄격하지 않았"다는데, 그는 한 가지 예를 들었어요. 어느 날 그들 형제가 있는 방에 부친이 오셨는데, 무심코 이불을 들췄다가 루쉰이 그린 만화 한 장을 발견하셨다지요. 뚱뚱한 소년 하나가 땅에 쓰러져 있는데 가슴에는 화살이 하나 박혀 있고, 위쪽에 "여덟 근을 쏘아 죽이다射死八斤"라는 제목이 적혀 있었어요. '여덟 근'은 바로 이 뚱뚱한 아이, 저우씨 집안의 이웃인데, 태어날 때 몸무게가 여덟 근이었으니 얼마나 튼튼했는지 알 수 있지요. 그 아이는 늘 루쉰 형제를 무시했는데, 주먹 싸움으로는 안 되니까 루쉰이 만화로 분을 푼 것이었어요. 이 만화가 부친에게 발견되었으니 꾸중을 면할 수 없었겠지요. 하지만 부친은 그저 루쉰을 불러 물어보기만 하고 꾸짖지 않았으며, 껄껄 웃으며 아주 온화한 태도였다고 해요. 그래서 저우쭤런은 "아버지는 아마 아이들의 반항심리를 잘 이해하신 듯했다"라고 했지요. 이것은 루쉰의 기억과는 완전히 반대지요. 저우쭤런은 자기의 판단이 맞았음을 증명하기 위해 또 부친은 "아이를 때린 적이 전혀 없었다"라고 했어요. 하지만 그의 이 기억은 저우졘런에 의해 뒤집혔으니, 부친은 아이를 때린 적이 있고 그 대상이 바로 저우쭤런이라고 했지요.

이건 아주 재미있는 현상이지요. 똑같은 아버지인데 삼형제의 기억이 왜 이렇게 다를까요? 어디, 여러분 생각을 들어 봅시다.

학생 5 : 루쉰은 장자인데, 부친은 대개 장자에게 항상 상대적으로 엄격하고, 그보다 어린 두 동생에게는 상대적으로 사랑을 베풀었겠지요. 그래서 기억이 서로 다를 겁니다.

첸 : 루쉰이 '장자'라는 점에 주목했는데, 이것은 루쉰을 이해하는
데에 대단히 중요한 점 가운데 하나입니다.

학생 6 : 그들 삼형제의 관찰 각도가 그다지 같지 않았을 수도 있습
니다. 아버지는 여러 측면을 가지고 있는데 어떤 아들은 이쪽을, 어떤
아들은 저쪽을 주목하는 겁니다.

첸 : 일리 있네요. 누구나 복잡한 다면체이니, 아버지도 마찬가지지
요. 엄격함과 자애로움이 모두 아버지라는 한 몸에 통일되어 있어요.
이런 식으로 아버지라는 형상이 풍부하게 구성되는 거지요.

학생 7 : 저는 개인의 처지나 성격과 관련이 있는 것 같습니다. 루쉰
이 보고 느낀 것은 모두 사회의 어두운 측면입니다. 그의 기억에 남은
것은 항상 그다지 아름다운 게 아니었습니다.

첸 : 아주 좋은 얘기군요. 다시 보충할 학우가 있나요?

학생 8 : 저도 동감입니다. 또 저는 다른 외국 작가를 떠올렸는데, 오
스트리아의 카프카Franz Kafka, 1883~1924입니다. 그의 아버지에 대한 기
억도 공포로 가득 차 있어서, 늘 귀퉁이 숨어서 덜덜 떨었다고 했습니
다. 제가 보기에는 그 사람도 루쉰처럼 애써 피하려 했던 것을 기억하
고 비교적 억압적인 것을 썼던 것 같습니다.

첸 : 두 학생의 얘기 모두 훌륭합니다. 나도 조금 보충하지요. 여러
분도 루쉰의 「『납함』자서」를 읽었는데, 주목하셨을지 모르지만, 글
의 첫머리에서 바로 "나는 젊었을 때도 많은 꿈을 꾸었다"라고 하고,
이어서 또 '기억'을 얘기하지요. 기억은 "사람을 기쁘게 할 수도 있으
나, 어떤 때는 쓸쓸하게 할 수도 있는데", 자기가 쓴 것들은 모두 "완

전히 잊을 수 없는" 기억이라고 했어요. 이것은 독일의 위대한 작가 괴테의 말을 떠올리게 해요. 즉 기억은 "시와 진실의 결합"이라는 것이지요. 그러니까 기억은 사실 하나의 꿈, 기억하는 이의 심령을 통해 표현된 하나의 '과거'예요. 그것은 '진실'한 것이면서 또 주관적 심령의 선별을 거쳐서 '시'적 상상이 강화되거나 담박하게 처리된 것이지요. 무엇을 선별하는지는 기억할 때의 구체적인 상황에 따라 결정될 뿐만 아니라, 기억하는 이의 성정과 성격, 기질 등에 따라 결정되기도 하지요. 보통 사람들의 기억은 늘 "무거운 것을 피하고 가벼운 것을 지향"하니, 과거의 삶에서 고통과 쾌락, 추함과 아름다움에 대해 늘 후자를 선택하고 부각하며 강화하면서도 전자는 회피하고 은폐하며 담박하게 만들어 버리지요. 이것은 아마 인지상정일 겁니다. 그런데 루쉰은 굳이 "가벼운 것을 피하고 무거운 것을 지향"했어요. 그의 기억에 남겨진 것은 생명 속의 음침하고 차가우며 심각한 것이 더 많았지요. 이것이 바로 조금 전의 저 학우가 얘기했던 루쉰의 특별한 점이지요. 이것은 당연히 루쉰의 성격과 정신적 기질을 반영하지요. 그는 삶과 생명 속의 어둠에 특별히 민감했고, 더욱이 용납하지 못했어요. 그의 심령은 상처받기가 대단히 쉬웠는데, 일단 상처를 받으면 그것을 영원히 마음에 새겨 두었어요. 어린 시절 아버지에게 받은 상처는 이렇게 그의 생명 속에서 영원한 고통이 되었고, 게다가 이후의 사상발전과 인생의 선택에 심각한 영향을 주었지요. 상대적으로 저우쭤런은 형에 비해 훨씬 평화로웠고, 자기 생명의 기억 속에 자애로운 아버지의 형상을 남기고 싶었지요. 그래서 어쩌면 있었을 수도 있는 유쾌하지 못한, 심지어 고통스러운 기억을 자기도 모르게 잊어버렸을 테지요.

조금 전에 저 학우가 카프카를 언급했을 때 나는 무척 기뻤어요. 강의를 준비하면서 나도 아버지에 대한 루쉰과 카프카의 기억이 상통한다는 점을 떠올리고 관련 자료를 준비하기도 했거든요. 하지만 가져올까 말까 조금 망설였어요. 시간도 충분하지 않고 여러분이 카프카를 모른다면 받아들이기 곤란할 것 같았거든요. 이제 저 학우가 자발적으로 카프카를 언급했으니, 나도 준비한 자료를 가지고 얘기해 보겠어요.

루쉰과 카프카는 동시대 사람이지요. 루쉰은 1881년에 나날이 몰락해 가는 대청제국大淸帝國 사오싱紹興의 퇴락한 가정에서 태어났고, 두해 뒤인 1883년에 카프카가 똑같이 붕궤에 직면한 오스트리아-헝가리 제국의 유대인 상인 집안에서 태어났지요.[4] 물론 더 중요한 것은 그들 모두 20세기의 가장 위대한 소설가라는 사실이지요. 그들 사이에 문학적 정신적으로 상통하는 점에 관해서는 전문적으로 연구하고 논의할 과제 가운데 하나예요. 여기서는 그저 한 가지만 얘기하겠습니다. 오늘 읽었던 루쉰의 「오창회」와 조금 후에 읽을 「부친의 병父親的病」은 모두 1926년에 쓴 글인데 그보다 7년 전, 그러니까 1919년에 카프카는 유명한 「아버님께」를 썼는데, 이 편지에서도 어린 시절의 기억을 얘기했어요.

어느 날 밤에는 계속 물이 마시고 싶었는데, 목이 말라서가 아니라,

---

4 【역주】카프카는 오늘날 체코의 수도인 프라하(Praha)에서 태어났는데, 당시 그곳은 오스트리아-헝가리 제국의 영토였다.

조금은 당신의 심기를 건드리고, 조금은 재미 삼아서 그랬을 겁니다. 몇 번 강력하게 위협했으나 통하지 않자 당신은 저를 침대에서 끌어내서 베란다로 안고 가더니, 문을 잠가서 저 혼자 속옷만 입은 채 거기에 한참 동안 서 있게 하셨지요.

이렇게 장난치다가 벌 받은 일은 아마 여러분을 포함해서 모든 이들이 어렸을 때 경험했겠지요. 그런데 카프카의 반응은 주목할 만합니다.

그 후로 저는 당연히 말을 잘 들었으나, 이 일은 제 마음에 상처를 주었고⋯⋯ 여러 해가 지난 뒤에도 저는 이런 장면을 두려움에 떨며 상상합니다. 그 거대한 사람, 제 아버지가 나를 심판하는 최후의 법정에서, 거의 아무 이유도 없이 제게 다가와서, 밤중에 침대에 있는 저를 안아 베란다에 내놓으니, 그분의 눈에 저는 이렇게 대수롭지 않은 존재인 셈입니다.

이런 기억과 마음속의 상처는 루쉰이 「부친의 병」에서 쓴 기억과 느낌과 대단히 비슷하다는 것을 알 수 있지요. 카프카의 많은 말은 루쉰이 마음속으로 부친께 했던 호소라고 볼 수 있어요. 당신은 내 '정신의 통치 권력'이니, "의자에 기대앉아 세계를 통치하시고, 당신의 생각만 정확할 뿐 다른 어떤 생각도 모두 병적이고 극단적이며 미친 것이고 비정상적"이지요. "당신은 제 감정을 전혀 고려하지 않고, 저의 평가를 전혀 존중하지 않으니", "제가 시종일관 이해할 수 없는 것은 당신의 말씀과 논단이 제게 가져다줄 엄청난 고통과 치욕을 어떻게 전혀 느끼지 못하셨느냐는 것입니다." "당신은 제 마음속에 어떤 신비한 현상을 일으키셨는데, 이것은 모든 폭군이 공유하는 현상이지요. 즉 그들의 권력은 사상이 아니라 그들의 신체 위에 건립되었다는 것입니다."

이것이 바로 카프카와 루쉰의 대단히 독특한 '아버지 의식'이지요. 이 아버지는 불완전한 아버지예요. 카프카나 루쉰의 마음에서 부친의 권력은 일체의 '폭군'의 권력을 상징해요. 그래서 자기와 부친 간의 어떤 의존 관계로 인해 정신적 반항이 생겨나지요. 카프카는 전혀 거리낌 없이 말했고, 루쉰도 마찬가지였어요. 자기의 창작이 실제로는 '아버지'에게 억눌려 있던 '아들'이 '도피'하고 '탈출'하기 위한 몸부림에 가까웠어요. 하지만 카프카는, 그리고 루쉰도 잘 알고 있었지요. 이 '폭군'이 바로 자기 부친, 자기를 무척 사랑하는 부친이고, 게다가 자기도 부친을 무척 사랑한다는 것을 말이에요. 그래서 무척 사랑하는 아버지에게 반항하고 도피하는 행위 자체가 일종의 죄악이 되니, 이것이 또 더 큰 고통을 가져오지요. 우리는 늘 카프카와 루쉰의 작품에서 어쩔 수 없는 냉기를 느끼는데, 이것은 분명히 유년의 고통스러운 기억과 관련이 있어요. 카프카는 '아버지'가 자기를 "계속해서 이상한 생각을 하고, 대부분 냉혹한 분위기를 풍기는 아이로 변하게 했다"라고 했으나, 사실 이것이 (칠판에 '奇想迭出, 寒氣逼人'이라고 쓰고) 카프카의 정신적 기질과 문학적 기질을 개괄할 수 있는 말이고, 루쉰도 마찬가지지요.

지금까지의 논의는 이미 더 깊은 층위의 내용에 관련되었어요. 아

버지에 대한 원망의 이면에는 아버지에 대한 사랑이 있었다는 사실이
지요. 그래서 다시 「친구에게」라는 카프카의 다른 편지를 읽어 보면,
전혀 이상한 느낌이 들지 않지요.

　　자네는 사랑을 표현해야 하네. 자네의 평정과 관용, 인내심으로, 한마
　　디로 자네의 사랑으로 자네 부모에게서 이미 없어지고 있는 것을 일깨우
　　게. 그분이 자네를 때리거나 불공정하게 대하더라도 자네는 그분들을 사
　　랑하고, 그분들이 공정과 자존을 회복하시도록 다시 이끌어야 하네……
　　그렇지 않으면 우리는 사람이 아니지. 고통스럽다고 해서 그분들을 탓해
　　서는 안 되네.

　부모가 자기를 어떻게 대하더라도 그분들을 사랑해야 하니, 이것은
우리가 사람인지 아닌지를 결정하는 것과 관련되기 때문이지요. 이런
관념은 루쉰에게도 있었어요. 다만 루쉰은 자기만의 특수한 경로, 부
친의 병환과 죽음을 통해 이것을 체득했지요.
　이제 루쉰이 부친을 회상하며 쓴 다른 글 「부친의 병」을 읽어 봅시다.
　우선 문장을 쓰는 기법에서 이야기를 시작합시다. 「부친의 병」과
「오창회」는 모두 수필에 속하지요. 수필의 가장 큰 특징은 글 속에 본
문과 어느 정도 관련이 있으나 아무렇게나 갖다 붙이거나 끌어들인
'한필閑筆'이 많이 들어 있다는 것이지요. 「오창회」의 첫머리에 영신迎
神 대회에 대해 길게 묘사한 게 바로 이런 경우지요. 그리고 본문 가운
데 거의 3분의 2가 한의학의 치료법을 서술하고 있으니, 이 역시 마찬
가지의 한필이지요. 교사들은 글을 쓸 때 제목에 부합해야 한다고 하

지만, 정말 글을 잘 쓰는 사람은 그런 데에 신경 쓰지 않고 이것저것 다 가져다 쓰면서 이른바 "편하게 얘기"해 나가지요. 이런 글이야말로 상대적으로 풍부하고, 흔들거리며 다양한 자태를 자랑하는 겁니다. 하지만 능력이 있으니, 아무리 천마天馬가 허공을 나는 듯이 호방하고 표일飄逸한 상상력으로 어디론가 치달리더라도 되돌릴 수 있지요. 글을 쓰면서 제목하고 주제에만 매달리거나 거기에서 벗어나 돌아오지 못하는 경우가 많으나, 루쉰과 같은 고수들은 "마음대로 풀어놓고 거둬들일" 수 있어요. 「부친의 병」을 보시면 한의학 치료법을 주절주절 얘기하다가 마지막에 가장 주요한 부분 즉, 부친의 죽음으로 수습하니, 글의 흐름이 이로 인해 엄숙한 품위를 갖추게 되지요. 앞에서 한의학을 얘기할 때 그가 조롱하는 수법을 활용하여 유머를 가득 채웠음을 분명히 느낄 수 있는데, 마지막에 이르면 심각한 서술로 변하지요.

부친의 헐떡거림이 상당히 길어져서 나도 듣기 힘들 정도였으나, 아무도 그분을 도와주지 못했다.

부친이 중병을 앓고 있고 장차 홀로 죽음에 직면할 텐데 자기는 아무것도 할 수 없음을 돌연 의식하지요. 더욱이 이것은 처음으로 부친을 잃는 재난에 직면한 것이기도 해요. 오직 이때에만, 원래의 각자기 불만과 원망이 모두 이 순간에 사라지지요. 오래도록 가려지고 억눌려져서 의식하지 못했던 부친에 대한 사랑이 갑작스럽게 폭발하는 겁니다.

어떤 때는 번개처럼 이런 생각이 들기도 한다.

'차라리 좀 빨리 헐떡거림을 끝냈으면……' (몸부림치며 사는 것은 부친에게 너무 고통스러운 일이므로.)

즉시 이런 생각을 해서는 안 된다는 것을 깨달았다. 그것은 바로 범죄였다. 다만 그와 동시에 또 이 생각이 사실은 정당하다고 느꼈다.

'해서는 안 되는' 것과 '정당한' 것은 바로 모순된 심리인데, 여기서 비로소 부친에 대한 자신의 사랑이 얼마나 깊은지 드러나요. 이에 그는 이렇게 목놓아 소리칩니다.

나는 아버지를 무척 사랑합니다!

주목하셔요. 이것은 루쉰의 저작 가운데 유일하게 부친에 대한 사랑을 고백한 것으로서, 대단히 감동적이고 파급력이 있지요.

그래서 이웃의 옌 아주머니衍太太가 일깨워 주기도 했으나, 그보다는 자기 마음속에서 시작되어 외치지요.

"아버지! 아버지!"

나는 곧 외쳐 부르기 시작했다.

"아버지!!! 아버지!!!"

세 개의 감탄사가 연이어 있는 데에 주목하셔요. 이것은 루쉰의 작품에서 거의 유일무이한 것이거든요. 여기에서는 그 마음속의 두려움,

부친을 잃었음을 돌연 의식하게 된 두려움을 나타내고 있지요. 자기에게는 부친이 없으면 안 되기에 이렇게 진정한 생명의 부름이 나오게 된 것이지요!

하지만 부친의 반응은 이러했지요.

이미 평온해진 그분의 얼굴이 홀연 긴장되더니 눈을 조금 뜨셨다. 마치 조금 고통스러우신 것 같았다.

이것은 사실 부친의 마지막 바람, '평온'하게 이 세상을 떠나고 싶은 바람이었지요.

다만 '나'는 이 점을 이해하지 못하고, 여전히 부친을 잃은 두려움과 부친에 대한 미련과 사랑 속에 빠진 채 고함칩니다.

"아버지!!!"

"왜? …… 떠들지 마라. …… 마……." 당신은 낮은 소리로 말씀하시더니 또 다급하게 헐떡이셨다. 한참 후에야 원래대로 회복하여 평온해지셨다.

이것은 루쉰이 나중에야 의식한 것입니다. 부친의 마지막 당부는 뜻밖에도 "하지 마라不"였지요!

다만 극도의 두려움과 당황 속에 빠져 있던 '나'는 여전히 신경 쓰지 않았어요.

"아버지!" 나는 여전히 당신을 불렀다, 그분이 숨을 멈추실 때까지.

몇십 년 뒤에야 마지막으로 깨닫게 되었지요.

지금도 당시의 내 목소리가 들린다. 그 소리가 들을 때마다 그게 내가 부친께 저지른 가장 큰 잘못이었다는 것을 깨닫는다.

이 마지막 문장은 부친을 잃게 되리라는 것의 의심함으로써 느낀 두려움과 부친이 임종하기 전의 평온함을 교란했다는 사실로 인해 느낀 평생의 부끄러움을 나타내고 있으니, 참으로 심금을 울리지요.

이것은 또 루쉰의 생명에 남은 영원한 기억일 테지요!

이것은 아들이 아비를 잃은 두려움과 부친에 대한 영원한 마음속의 부끄러움이지요. (칠판에 '부친을 잃은 두려움'과 '마음속의 부끄러움'이라고 씀.)

더욱이 이 이면에는 부자지간의 생명의 얽힘이 있어요. (칠판에 '얽힘'이라고 쓰고) 이게 무슨 뜻일까요? 아버지와 아들은 두 개의 독립된 생명이므로, 그들 사이에는 우리가 「오창회」와 카프카의 「아버님께」를 읽으며 논의했던 것처럼 거리감이 생기고 충돌에 이르게 되지요. 다만 이 두 생명은 또 혈연관계여서 서로 의존하니, 아버지 속에 내 생명이 있고 내 생명 속에 아버지의 생명이 있어요. 내 생명을 아버지가 주었을 뿐만 아니라 그것은 아버지 생명의 연속이기도 하지요. 말하자면 아버지의 생명은 내 생명 안에 '부재不在'하니까 생명의 독립이 있는데, 그것은 또 내 생명 안에 '존재'하니까 생명의 의존이 있는 거지요. (칠판에 '부재'와 '존재'를 쓰고) 이 '부재'와 '존재'의 복잡한 관계가 생명의 상호 '얽힘'을 구성하는데, 아버지와 아들의 생명과 같은 얽힘은 다른 관계에서는 볼 수 없지요. 교사와 학생, 친구 사이의 관계가 아무리 밀접하더라도 모두 떨어질 수 있어요. (이른바 '의기투합'하는 경우처럼) 같음으로 인해 가까워질 수 있고, 다름으로 인해 떨어질 수 있지요. 부자 관계는 그와 달라서 같거나 다르거나 모두 서로 사랑해야 하지요. 이것은 일종의 자연적인 사랑이어서 이유도 없고, 후천적인 도덕의 느낌에서 나온 게 아니라 사람의 자연스러운 생명에 내재하는 것이지요.

루쉰의 「오창회」에서는 부자지간에 뼈에 사무친 거리감의 비애를, 「부친의 병」에서는 부친을 잃은 데에 대한 뼈에 사무친 두려움과 부끄러운 회한을 느꼈는데, 이제야 마침내 알게 되었군요. 이 모두가 뼈에 사무친 사랑에서 비롯되었어요! (칠판에 '뼈에 사무친 사랑'이라고 쓰고) 여기의 모든 감정은 '뼈에 사무치는' 것이니, 부자지간에는 끊으려 해도 끊을 수 없고 정리해 봐야 여전히 어지러운 생명의 얽힘이 있기 때문이지요.

이것은 루쉰의 영원한 생명의 명제입니다. 부친의 임종 전에 루쉰이 외쳐 불렀던 것에서부터 루쉰의 병이 위중할 때 하이잉이 외쳐 불렀던 것까지, 이런 상황은 생명의 명제가 대대로 전해지는 것임을 설명하지요. 게다가 루쉰과 카프카가 통하는 부분에서는 이런 부자지간 생명의 얽힘이 인류 공통의 정신 현상임을 알 수 있어요.

이제 그것은 우리에게 전해졌어요. 우리 모두 이와 마찬가지로 부자지간 생명의 얽힘에 직면하게 되지 않겠어요? 여러분은 이미 17, 8살로 성년이 되어 가고 있으니 자신과 부친 사이에 얽힌 생명의 관계를 정리해 보는 것도 특별한 의미가 있겠지요. 어쩌면 마음에 특별한 재미가 있는 일일 수도 있어요. 그래서 이제 두 가지 제목으로 과제를 내려고 합니다. 첫째, 저우보이周伯宜와 저우수런周樹人, 루쉰, 저우하이잉周海嬰의 관계에 대해 생각해 봅시다. 둘째, '나와 내 아버지'를 회상하고 생각하고, 아울러 이것을 제목을 글을 한 편 써 봅시다. 둘 가운데 하나를 고를 수도 있고, 당연히 둘 다 쓰셔도 돼요.

부록 : 학생들의 글 번역 생략

타이완 '90후' 청년과 루쉰의 만남

타이완 칭화[淸華] 대학 "루쉰 선독" 과목의 시험 답안을 읽고

타이완 칭화 대학의 황치춘黃琪椿 교수가 2010년 가을부터 "루쉰 선독"이라는 과목을 개설하여 교양교육 가운데 핵심 과정 가운데 하나로 삼았다. 필자는 다행히 기말고사 답안지를 입수해서 아주 흥미롭게 읽고 메모하는 와중에 아주 큰 계발을 얻었다. 이것은 필자가 2009년에 타이완 칭화 대학 중문과에 같은 유형의 과목을 개설한 적이 있어서 칭화 대학 학생들과 특별히 친하기 때문만이 아니라 황 교수의 과목에 또 다른 특색이 있기 때문이다. 첫째, 수강 대상이 중문과 이외의 학부생이어서 아주 일부 문과(외국어와 경제 또는 인문사회과학) 외에 대부분 이공학을 배경으로 한 학생이라는 점이다. 이로 인해 과목의 위치가 '문화경전文化經典'인데, 중국 문화 전통에서 심원한 영향력을 지닌 문학과 사상 분야의 고전을 선택하여 "학생들의 독립적인 사고를 통해 자기 전공 이외의 학과를 인식하여, 다른 지식을 융합하고 관통하는 능력을 배양하는" 것을 목적으로 한다. 루쉰의 작품을 '문화경전'으로 삼은 것은 이제껏 "옛날을 중시하고 현대를 경시하던" 타이완 문화계와 교육계에서는 파격적인 것으로서 비범한 안목을 보여준다. 그리고 루쉰의 사상과 문학을 중문과 이외의 젊은이들에게 전파하는 것은 예사롭지 않은 의미가 있는 일이다. 둘째, 수강생들은 모두 1990년 이후에 타이완에서 태어난 이른바 '90후' 세대라는 점이 필자의 호기심을 극도로 유발했다. '90후'의 타이완 청년들은 루쉰의 만남 뒤에 어떤 반응을 보일까? 이것은 사실 근래에 대륙의 사상계와 문화계, 교육계, 그리고 루쉰 연구계의 문제이기도 하다. '90후'의 중국 청년 세대는 루쉰을 수용할 수 있는가? 이 문제에 관해서도 논쟁이 있었다. 필자는 베이징 사범대학 제2 부속중학교의 허제何杰 선생의 교습 경험을 근거로 「더 의미 있게 살자讓自己更有意義地活着 — '90후' 중학생의 '루쉰 읽기' 문제에 관한 논의」라는 글을 쓴 적이 있다. 이제 또 황 교수가 타이완 학생을 대상으로 실험한 게 있으니 '루쉰과 90후 중국 청년의 만남'이라는 문제에 관해 더 깊이 논의할 수 있게 되었다.

황치춘 교수는 「루쉰이 더는 금기가 아니어야 한다 — 타이완에서 루쉰을 가르친 경험과 곤란」이라는 글에서 말했듯이 타이완의 '90후'는 루쉰을 수용하는 데에 일정한 곤란과 장애가 있다. 이에 대해 황 교수는 아주 흥미롭게 분석했다. 즉 "더 심각한 원인은 학생 '개인'이 사실 루쉰의 '개인'과 다르다는 데에 있다." 그에 따르면 '90후' 세대의 생활 배경은 이러하다. "타이완 사회는 이미 소비 시대의 심화기에 진입했다. 이에 상응하는 것이 타이완 문화가 나타내는 포스트 모더니즘 색채이다. 중심화를 떠나서 차이를 강조하는 다원주의多元主義와 권위에 대한 반발 등이 주류적인 가치가 되었다. 이런 사회에서 성장한 '90후' 학생들은 기본적으로 국가와 사회, 역사의 거대 서사를 배척하고 흥미도 느끼지 않는다. 그들은 늘 '개인의 차이를 존중하라'라는 말을 입에 달고 지낸다. 그들의 상상과 사유 속에서 '개인'은 최우선적인 지위에 놓여 있고, '개인'에게 가장 중요한 것은 자기에 대한 책임이다. 다른 이의 시선에 신경 쓸 필요도 없고, 타인의 차이도 존중해야 한다." 그러니까 "90후 학생들의 '개인'은 중산계급(혹은 더 정확히 말해서 소비력이 있는 계층)의 소비 사회를 주력으로 하고, 발전주의에 의거하면서, 미국 친화적인 선거 민주주의를 장기적 모델로 삼아 상상하는 것을 핵심으로 발전하기 시작한 '개인'이니, 사실 루쉰이 말했던 저 집단의 운명과 긴밀히 결합된 개인의 경험과 만나기란 쉽지 않다." 황 교수의 이런 분석에서 필자가 가장 주목하는 것은 타이완의 '90후' 청년 학생들에게 대한 묘사이며, 이 때문에 필자도 내륙의 청년 학생들을 떠올리게 되었다. 2009년에 타이완에서 학생들을 가르치다가 발견한 것인데, 내륙의 청년 학생들, 특히 이미 포스트 모더니즘의 사회에 진입한 베이징과 상하이 같은 대도시의 '90후' 청년과 타이완의 '90후'는 생활하고 성장한 배경이 대단히 유사하며, 사상과 가치, 생활, 행위 방식에 갈수록 근접해지고 있다. 그래서 황 교수가 제기한 문제 즉 '90후' 청년 학생들과 루쉰의 만남에 작용하는 장애는 거의 해협의 양안兩岸을 모두 포괄할 수 있을 듯하다.

그래서 필자는 황 교수의 시험지 가운데 이 문제에 특히 주목했다 : "이번 학기에 읽은 작품 가운데 본인이 가장 좋아하는 작품과 가장 싫어하는 작품을 지목하고, 그 이유를 설명해 보시오." '가장 싫어하는 작품' 및 그 '이유'에서 대체로 6가지의 문제가 있음을 발견할 수 있었다.

우선 시대와 생활 경험의 거리로 인해 조성된 인지의 거리이다. 상당수 학생이 「류허전을 기념하며」에 묘사된 사회 현실을 이해하고 받아들이는 데에 상당히 곤란을 겪었다.

태평성대에 사는 나로서는 정말 이해하기 어렵다.양바이이[楊柏益]

우리에게 혁명은 낯선 것인 듯하다. 우리는 혁명을 이해하기가 무척 어려워서, 작품 속의 인민들처럼 혁명을 알지도 못하고 지지하지도 않으며, 심지어 그에 대해 실망한다.홍성팅[洪聖庭]

어떤 학생은 국민당의 국민 혁명에 대한 서사에서 영향을 받은 듯이, 국민 혁명에 대한 루쉰의 기대와 실망이 조금 성급했다고 여겼다.

내 생각에 루쉰이 현대 사회의 모습을 보았다면 국민 혁명에 대해 달리 평가했을 것이다.린위더[林雨德]

여기서 갑자기 근래 내륙 지식계의 중화민국에 대한 서술과 상상에도 상당히 이상화한 부분이 있다는 점이 떠올랐다. 그 영향을 받은 청년도 아마 국민 혁명과 중화민국에 대한 루쉰의 비판을 이해하기가 무척 어려울 것이다.

다음은 루쉰 작품의 '난해성'이다. 한 학생은 처음 「사자死者에 대한 애도傷逝」를 읽었을 때의 느낌을 이렇게 썼다.

명칭을 미화해서 애정소설이라고 하나 알 수 없는 글자와 문장, 일부 심층적 의미로 가득 차 있어서 어렵고 이해할 수 없으니 입문하기 곤란하다.허관팅[何冠葶]

이 학생은 교수의 설명과 수업시간의 토론을 통해 조금 느끼는 바가 있었으나, 어쨌든 이렇게 '일목요연'하지 않은 작품을 읽어야 한다는 것은 조금 불편하다고 했다. 그러나 루쉰의 작품이 처음에는 읽기 힘들지만, 일단 무언가 깨달으면 아주 재미가 있어진다고 한 학생도 있었다. 그래서 많은 학생이 「사자死者에 대한 애도」를 '가장 좋아하는 작품'으로 꼽았는데, 그 이유는 "루쉰은 사랑을 위해 모든 것을 팽개치는 사람들을 일깨우며, 나도 거기에서 사랑에 대해 새롭게 인식하게 되었다"린위더라거나, "소설은 내게 경각심을 주었다. 사람이 목표가 없어서는 안 되겠지만, 이것을 달성했다고 생각한 뒤에는 반드시 새로운 목표를 정해야지, 그러지 않으면 삶이 점점 시들게 된다"린순자[林舜家]라거나, "안녕과 행복은 응고되지 않으니 사람은 부단히 걸어 나가야 한다"라이이쥔[賴弈均]라는 등이었다. 이로 인해 다른 몇몇 학생은 "루쉰의 모든 작품에는 우의寓意가 담겨 있는데", 일단 "찾아내지 못하면" 표현이 너무 직접적으로 노출되어 있어서 아무 재미가 없다고 느낀다고 했다.린이셴[林宜賢]

셋째, 많은 학생이 루쉰 작품의 '심각성'을 언급했다. 한 학생은 자기가 가장 싫어하는 작품은 「묘갈문墓碣文」인데, "주로 작품이 심각한 억압, 심지어 약간의 공포를 느끼게 하여 춥지도 않은데 떨리게 하기" 때문이라고 했다. 설령 "바로 이런 작품을 통해 루쉰을 이해할 수 있음"을 알더라도 자기는 받아들이기 어렵다고 했다.장리여우[張立酉] 또 다른 학생도 「광인일기」를 읽고 "비할 데 없는 괴로움과 놀라움을 느껴서 이렇게 심각한 글은 읽는 것은 달갑지 않다"라고 했다.천야[陳雅] 그러나 그의 학우 천관위陳冠羽는 그렇게 보지 않고, 「광인일기」나 「약」을 읽으면 "비극적인 이야기로 가득 차 있어서 처음에는 그다지 유쾌하지 않지만, 루쉰이 제기한 사회와 인생의 테마를 생각해 볼 기회를 주므로" 아주 좋다고 했다. 또 다른 학생은 아주 재미있는 분석을 했다. 그에 따르면, 루쉰의 「광인일기」는 "정상과 비정상의 경계를 전복했으며, 광인의 눈에 비친 것은 호시탐탐 식인의 기회를 노리는 세계"이지만, "나는 이런 세계가 너무나 비참하다고 생각하나 아직 세계의 아름다움과 즐거움을 누리는 것을 상대적으로 더 좋아한다"라고 했다. 그와 마찬가지로 루쉰은 "고향이 이미 완전히 아름답지는 않게 변해 버렸음을 목격"했으나, 마음속에서는 아직 고향을 '아름답고 훌륭한 존재'로 만들고 싶어 했다는 것이다.뤼쭝정[呂宗政] 이로 인해 필자는 1980년대의 풍파가 지나간 후 베이징대학에서 루쉰을 강의할 때 학생들이 보여준 다른 반응을 떠올렸다. 일부 학생은 생명의 가벼움과 유쾌함을 추구하기 때문에 루쉰이 자기의 삶에 심각하게 개입하여 감당하지 못할 정도로 무거운 짐이 되는 것은 거절하고, 그저 그를 '박물관'에 두고 감상의 대상으로만 삼고 싶다고 명확하게 뜻을 밝혔다. 그런데 다른 일부 학생은 지금 부족한 것은 바로 '생명의 무게'라고 지극히 감정적으로 얘기하면서 루쉰 정신의 재림을 열렬히 호소했다. 보아하니 루쉰에 대한 수용 여부는 개개인의 세계관, 인생의 선택, 생명 존재의 추구와 연계되어 있으니, 루쉰을 좋아하든 싫어하든 간에 모두 나름의 논리가 있다.

넷째, 한 학생은 자기가 「광인일기」를 '좋아하지 않는' 이유를 "사람의 어두운 측면을 극한으로 묘사하여 두려움을 느끼기 시작하게 하며", "나 자신도 그 속에서" 그들과 함께 '식인'할까 두렵고, 더욱이 "자기를 바꾸어서" "조류를 따르지 않는 것은 무척 두려운 일"이기 때문이라고 했다. "매번 진정한 자기를 직면해야 하지만", 수시로 곳곳에서 직면할 용기가 부족하다는 것이다.^{황즈하오[黃致豪]} 이 타이완 학생은 솔직함이 가상하게도 루쉰 수용의 역사에서 많은 이들이 애써 회피하는 문제를 솔직하게 얘기했다. '90후' 청년들뿐만 아니라 각 시대의 많은 성인成人이 루쉰을 멀리하는 까닭이 바로 루쉰이 우리를 곤란하게 하기 때문이었다. 그는 우리에게 현실 사회와 자기 인성의 어둠을 직면하라고 몰아붙인다. 그러나 감히 직시하지 못한다면 도피할 수밖에 없다.

다섯째, 한 학생은 「광인일기」를 읽을 때 처음에는 무척 불편하고 절망했으나, 마지막에 "아이들 구하자!"라는 외침을 읽으면 돌연 고무되어 충격을 느끼고, 아울러 "어떻게 구해야 하는지 무척 궁금한데", 소설은 갑작스럽게 끝나 버렸다고 했다. "루쉰은 명확한 결론이 없으므로" 조금 실망했는데, 다시 자세히 생각해 보니 '사물에 대한 루쉰의 태도'를 조금 이해할 수 있었다고 했다. 즉, 루쉰은 부정하고 회의하지만, "충분히 긍정적인 답안을 주지" 않으며, 그의 목적은 "독자가 더 깊이 사고하도록" 자극하는 것이라고 했다.^{장바오위[張寶玉]} 여기에서는 이미 루쉰의 회의주의적 사유 방식을 언급했는데, 이처럼 '불확정적인' 사유는 확실히 모든 것에 '명확한 답안'을 바라는 젊은이로서는 이해하기 어려운 것이다. 다른 측면에서 보면 루쉰의 사유는 젊은이들이 받아들이는 습관적인 사유에 대한 일종의 도전인데, 장기적인 안목에서 보았을 때 이런 전복은 젊은 세대의 사유가 발전하는 데에 유익한 면이 있다.

마지막으로 감상 습관의 차이를 언급하지 않을 수 없다. 많은 학생이 루쉰의 소설을 더 좋아하며, 산문 작품은 "이야기보다 서술이 더 많아서 그다지 재미가 없다"라고 했다.^{왕스차[汪世恰]} 그리고 루쉰의 소설도 자기들의 미적 취향에 따라 읽었다. 한 학생은 「광인일기」가 좋았던 이유가 "공포 스릴러 소설 같고, 그 안에 어느 정도 미스터리가 들어 있기" 때문이라고 했다.^{천야} 「귀신無常」이 좋았다고 한 다른 학생이 제시한 이유도 자기가 귀신을 소재한 소설을 좋아하기 때문인데, 루쉰의 묘사는 "귀신에 대한 우리의 뮈토스^{mythos}를 타파하여" 귀신을 '공평한 사자使者'로 묘사함으로써 신기한 느낌을 주기 때문이라고 했다.^{쉬첸하오[徐千浩]} 또 많은 학생이 루쉰의 일부 묘사가 '조금 지루한 느낌'이 있어서 '참을성 있게' 읽을 수 없다고 했다.^{류위야오[劉宇曜], 왕쩌웨이[王則惟], 웡웨이쉬안[翁唯軒], 허관팅} 이런 반응은 필자와 같은 노인에게는 조금 의외로 여겨질 수 있으나, 그게 사실이기도 하고 아울러 우리 노인들을 일깨우기도 한다. 신세대의 미적 취향과 감상 습관에 충분히 주의해야 한다. 미학적인 측면에서 그들이 루쉰 작품에 접근하도록 이끌 방법을 찾는 것은 실제 교육에서 해결해야 할 문제 가운데 하나이다.

이상과 같은 6가지 측면의 문제가 있긴 하나, 답안지를 통해 보건대, 황 교수의 '90후' 학생들은 여전히 자기의 방식과 자기의 길을 통해 루쉰의 세계에 접근하여 루쉰을 좋아했다. 심지어 한 학생은 루쉰이 '주변의 한 사람'으로 느껴진다고 했고린쥔루이[林均毅], 또 다른 학생은 루쉰에게 "공감이 간다心有戚戚焉"라고 했다.홍성팅 그러면 그들은 또 어떤 경로로, 어떤 방식으로 루쉰에게 다가갔을까? 이를 통해 우리는 또 루쉰에 대해, '90후' 청년에 대해 무엇을 새롭게 인식하게 되었는가?

시험지에는 또 이런 문제가 있다. "샤오훙이「루쉰 선생을 회상하며回憶魯迅先生」에서 묘사한 것은 어떤 루쉰인가?" 보아하니 황 교수는 일부러 샤오훙의 묘사를 통해 학생들이 루쉰에게 다가서도록 유도한 듯하다. 이것은 필자가 쓰는 방법이기도 하다. 내륙의 중학생과 타이완 대학생들을 대상으로 루쉰을 강의할 때 필자는 우선 샤오훙의 회상을 읽게 하면서 아울러 이렇게 설명했다.

여성 작가 특유의 섬세함과 민감함으로 근거리에서, 대단히 감성적으로 루쉰을 느낌으로써 그녀는 독특한 관찰을 제공할 뿐만 아니라, 감동적이고 아득한 상상으로 이끌 만한 구체적인 일화들을 아주 많이 제공합니다. 구체적인 일화를 통해 사람을 살피는 것은 대단히 중요한 방법 가운데 하나입니다.첸리췬, 「아버지와 아들―중학생 대상 강연」

필자도 이로 인해 샤오훙이 제공한 일화 가운데 어떤 것이 이 타이완 '90후' 청년들에게 특히 공명을 일으켰는지에 대해 흥미를 느꼈다. 필자의 발견에 따르면, 많은 학생이 약속이나 한 듯이 감동적인 두 가지 일화를 얘기했다. 루쉰은 샤오훙의 차림새를 좋아하지 않았으나, 그 자리에서 대놓고 얘기하지 않고 나중에야 말했다. 학생들은 이를 통해 '루쉰의 세심함과 센스'를 알 수 있었고, 심지어 그가 '센스 있는 신사'라고 하기도 했다.린주민[林久民] 하이잉이 푸젠福建 식당의 생선 완자魚丸를 먹자마자 신선하지 않다고 하자 모두 믿지 않았는데, 유독 루쉰만이 집어 먹어 보고 그의 말이 맞다고 증명하면서 이렇게 말했다.

"저 아이가 신선하지 않다고 한 것은 분명 나름의 이유가 있으니, 검증도 해 보지 않고 바로 묵살해 버리는 것은 옳지 못해."

학생들은 이를 통해 루쉰이 아이를 존중하고 "아이의 개인성과 판단을 믿고자" 한 데에 감동했다.랴오위칭[廖禹晴] 이렇게 '친절하고 남을 존중하는 루쉰'은 (연구자를 포함한) 내륙의 많은 이들이 경시하는 부분인데, 이 '90후' 타이완 청년들에게 강렬한 공감을 일으킨 것은 필자에게도 감동적이었고 또 많은 생각을 하게 했다. 필자는 황 교수의 학생들이 이를 통해 전개하는 루쉰에 대한 상상과 이해, 해석에 주목했다.

루쉰은 자기 나름의 이상과 견지하는 바가 있었으며, 아울러 오랜 세월을 통해 얻은 경험이 있었다. 그는 이렇게 성숙하고 정련된 생각을 가지고 있었으나 그것을 타인 제약하는 기준으로 삼지는 않았다.훙자잉[洪嘉霙]

그는 자기의 생각을 절대 진리로 여기지 않았고, 그와 같은 원칙을 다른 사람에게도 적용했다.랴오위칭

그는 늘 "다른 이의 입장에서 생각해서", "5·4운동에 참여한 많은 문인이 자기를 중심으로 삼았던 것과 달리 루쉰은 다른 관점을 포용하고 받아들였다. 자신은 가망이 없다고 느꼈을지라도 타인의 희망을 절대 부정하지 않았다."황즈하오 루쉰은 "스스로 보통 사람보다 뛰어나

다고 여겼던 니체와 달리", "사상의 한계를 타파한 선구자이면서도 절대 자기가 위대하다고 여기지 않았고,"쉬훙시[許聞蜇] 그저 "높은 곳에 서서 예리한 언어로 타인을 비판"하기만 한 게 아니라 "타인을 해부할 때 자기도 해부하고,"량위청[梁育誠] "글을 쓸 때마다 반드시 자기를 괴롭혔다."쉬훙시 "루쉰은 나이가 다른 이들을, 심지어 다른 계급의 사람들을 존중할 줄 알았고, 청년 학생은 더욱 중시했으며", "청년 학생 외에도 약자와 어린이, 여성에 대해 어떤 슬픈 연민의 심정을 지니고 있었다."랴오위칭 그는 항상 "작은(지위가 낮거나 소수의) 이들과 대중(보통 민중), 비주류의 목소리에 귀를 기울였다"라이이전 필자가 보기에 '90후' 타이완 청년들의 루쉰관은 사실 황 교수가 묘사한 그들 자신의 '개인적 경험'에 따라 '다원주의'를 강조하고 '개인과 타인의 차이'를 존중하는 '개체 의식'의 토대 위에 건립되었다. 이것은 또 루쉰이라는 개인과 '90후' 청년이라는 개인 사이에 차이가 존재한다는 것이 이론의 여지가 없는 사실임을 나타낸다. 다만 그와 동시에 서로 같고 상통하는 측면이 있다는 것도 이론의 여지가 없는 사실이다. 주지하다시피, '사람으로 바로 서기'라는 루쉰 사상과 이상에서 핵심은 바로 '개인의 정신적 자유'이고, 루쉰이 견지한 5·4 계몽주의에서 중요한 부분 가운데 하나가 바로 '개성 해방'이었다. 그는 "어둠의 갑문[闡門]을 어깨로 막아 버티면서" 자기의 아이를 '해방'하여 "드넓은 광명의 땅으로 내보내" '독립적인 개인'이 되게 하겠다고 했다.「우리는 지금 어떻게 아버지 노릇을 하고 있는가?[我們現在怎樣做父親]」 이런 의미에서 '90후' 젊은 세대의 강렬한 개인의식이야말로 루쉰이 기대했던 것이었다. 물론 그와 동시에 그는 타인, 특히 유약한 이들에 대한 동정과 관심을 강조하고, 아울러 오직 개인만을 중심으로 여기자는 생각에는 찬성하지 않았다. 앞서 시험 답안지에 담긴 분석은 '90후' 청년 학생들도 이 점에 대해 이해하고 인정한다는 것을 보여주었다. 루쉰과 '90후' 청년 사이에는 확실히 상호 간에 이해하고 소통, 대화, 교류하는 사상의 토대가 있다.

필자는 아주 많은 학생이 「고향」을 가장 좋아한다고 한 점에 주목한다. 그 가운데 한 학생은 그 이유를 이렇게 설명했다.

나 자신도 유사한 예가 있으나 작자의 것과 차이가 클 뿐이다. 초등학교 때 처음으로 타이베이臺北라는 도시를 떠나 가족과 함께 타이둥臺東의 작은 산에 있는 어느 민박집에 묵으며 산수를 유람했다. 민박집 주인 아들은 나와 나이가 같아서, 마치 어린 룬투閏土처럼 게를 잡고, 용과火龍果와 귤, 패션푸르트passionfruit, 百香果를 따고, 사마귀를 잡는 법 등을 가르쳐주었다. 그는 마치 유년 시절이란 무엇인지 가르쳐주는 듯했다! 타이베이로 돌아온 후에는 여름과 겨울의 방학이 되면 항상 타이둥의 그 산으로 나의 '어린 룬투'를 찾아가고 싶었다. 그러나 늘 학업에 얽매어 '국민중학國民中學'에 입학하고, 고등학교 입시를 치러야 했다. '국민중학'을 다닐 때 또 한 번 그를 만났으나, 그의 천진난만함은 이미 태반이 사라져서 상급 학교로 진학하는 일에 대해 고민하고 있었으니, 어떤 무형의 힘이 우리를 시들게 하는 듯했다. 나는 고등학교 입시에 합격하여 첫 번째로 지망한 학교에 입학했으나, 그는 시름에 잠겨 있어서 내 마음속의 '작은 룬투'는 이미 사라져 버렸다. 그는 내가 까마득히 높은 곳에 있다고 여겼고, 나는 내 주위에 보이지 않는 높은 담장이 있어서 고립된 느낌이었다. 한때는 무엇을 위해 노력하는지도 몰랐으나, "희망은 본래 있다고도 없다고도 할 수 없다. 마치 땅 위의 길과 같다. 사실 땅 위에는 본래 길이 없었으나, 다니는 사람이 많아지자 길이 생겼다"라고 했으니, 나는 계속 나아가야 한다.^{장관더[江冠德]}

이것은 확실히 시공을 초월한 만남이다. 루쉰의 붓 끝에 있던 '나'와 '룬투'가 이렇게 '90후' 타이완 청년의 삶 속으로 들어가서 강렬한 공감을 일으켰다. 그런데 장관더의 학우 장샤오천張筱晨은 루쉰의 「축복」에서 '성전환자와 그 가족의 심리적 발버둥과 방관자의 혐오'를 묘사한 영화 「친밀한 폭풍親密風暴¹」을 연상하게 하는데, 이런 동성애와 성전환자는 "전통 관념에 부합하지 않고 또 풍속을 파괴한다고 여겨져서 온갖 시련을 겪다가 끝내 자살하거나 아니면 평생 어둠 속에 숨어 지낸다"라고 했다. 이 학생은 「축복」을 읽을 때마다 "어느 귀퉁이에 또 이렇게 고통받는 사람이 있을 거라고 생각하지만, 또 어떻게 할 힘이 없어서 낙담하게 된다"라고 했다. 이런 연상은 대개 우리가 예상하지 못한 것이지만, 타이완의 '90후'는 자기만의 경로로 루쉰에게 다가갔다. 그래서 아주 자연스러운 반응이 나왔다. 자기는 루쉰의 작품을 읽으면 "내 삶에 아주 친근하다고 느꼈고",^{린주민} "현대에 이르러서도 루쉰이 관심을 기울였던 문제가 여전히 존재한다"^{쉬첸하오}라는 것이다.

시험지에는 또 두 개의 문제가 있었다. "루쉰의 작품을 이용해서 '인의와 도덕이 사람을 잡아먹는다'라는 것이 무슨 뜻인지 설명해 보

---

1 【역주】원제는 『정상인[Normal]』. 제인 앤더슨(Jane Anderson)이 감독하고, 제시카 랭(Jessica Lange)과 톰 윌킨슨(Tom Wilkinson) 등이 주연한 미국 영화로서, 2003년에 개봉되었다.

시오.""루쉰이 말한 '구경꾼看客'은 무엇인가?" 루쉰의 '식인'과 '구경
꾼'이라는 두 명제는 아마 황 교수의 강의에서 중점을 둔 부분일 텐데,
이는 아주 정확하게 파악한 것이었고, 학생들의 반응도 특별히 강렬
했다. 필자는 거의 모든 학생이 오늘날의 현실 생활에도 여전히 '식인'
과 '구경꾼'이 존재한다고 얘기한 점에 주목했다. "구경꾼은 마치 인
류의 축소판처럼 우리 주위에 있고,"린웨이청[林瑋城] "아큐 정신은 이미
현대인의 삶 속에서 절실한 의미를 담은 대체 어휘가 되었고, 현실 사
회 곳곳에 아큐와 같은 사람이 가득 차 있다."라오즈웨이[廖芷微] "강한 권
력으로 압박하는 사람만이 식인종인 게 아니라, 심지어 남의 불행을
화제로 삼고 남의 불행을 관망하는 이들도 모두 식인종"이니, 이런
'식인'은 없는 곳이 없다.린주민 "여성이 권익을 쟁취한 지 여러 해가 되
었으나 아직 약자의 무리가 있으니, 법령으로 명확히 보장하고 있음
에도 항상 비극이 일어나서 「축복」에 묘사된 샹린祥林 아주머니 같은
이들이 사회 곳곳의 모퉁이에 계속 존재한다. 혁명은 아직 성공하지
못했으니, 동지들은 여전히 노력해야 한다."쩌우한루[鄒函儒] 가장 주목해
야 할 것은 청년 학생들이 비판의 칼끝을 사회와 국민에게 돌림과 동
시에 자기에게도 향하게 함으로써 자기반성을 일으켰다는 사실이다.
한 학생인 이렇게 문제를 제기했다. "우리는 구경꾼인가? 내 생각에는
모두의 마음속에 확실하고 적절한 답안이 있으나 그저 모르는 것처럼
가장하고 있을 뿐"이니, 루쉰의 날카로운 붓끝이 노려보는 시선 아래
에서 달아날 방법이 없다는 것이다.류위야오 이로 인해 일종의 자기 각
성이 유발되었으니, "누구나 루쉰처럼 남을 소비하는 것을 취미로 즐
기는 구경꾼이 되지 않도록 경계하고,"라오즈웨이 자기 인성의 심층을 추

궁해야 한다는 것이다. 한 학생은 아주 훌륭한 말을 했다. 우리 개개인의 마음속에는 모두 '구경꾼 성향'이 있으면서 동시에 '동정심'이 있어서, 루쉰은 "자비를 출발점으로 삼아 한 가지 일에 관심을 기울였고, 연극을 보는 방식으로 남을 구경하지 않았으며, 눈이 아니라 마음으로 가장 심층의 문제를 보았으니", 그의 목적은 우리가 "자기 마음속의 구경꾼 성향을 억제하고" 마음속의 '자비로운 동정심'을 발양하여 '자기반성'을 함으로써, 더는 '구경꾼'이 되지 않고 루쉰이 기대했던 진정한 '사람'이 되어야 한다고 했다.^{황즈하오} 여기서 언급된, 루쉰의 작품이 인성에 대해 발휘하는 '권선징악'의 작용은 대단히 계발하는 바가 있다.

필자가 보기에, 황 교수의 학생들이 이처럼 현실과 연계하여 삶을 되돌아보고 자기를 반성하는 태도와 방법은 루쉰의 세계로 통하는 올바른 길이다. 어느 학생의 말처럼, 루쉰의 목적도 자기 작품의 의의와 가치가 바로 우리가 '이전에 인지하고 있던 것'을 전복하여 비판적 시선으로 사회와 자기를 다시 보게 하는 것이었다.^{왕위러우[王予柔]} 여기에서 한 가지 계시를 볼 수 있다. 루쉰의 작품은 사실 두 측면이 있다는 것이다. 하나는 강력하게 현실을 겨냥하고 비판하면서 동시에 초월적인 사고와 비판을 통해 역사와 문화, 인성의 심층을 추궁함으로써 '이것'과 '이런 부류', '구체성'과 '보편성'을 고도로 통일한다는 점이다. 그래서 시간의 추이와 사회의 변화에 따라 루쉰 작품이 구체적으로 겨냥하는 현실 사회와 인생은 오늘날 '90후' 청년 학생에게 이미 낯설고 거리감이 있음에도 거기에 담긴 인생과 사회, 역사, 문화에 대한 초월적이고 보편적인 사고, 인성에 대한 심각한 발굴은 오히려 더욱 두드러져서 '90후' 청년들이 관심을 기울이고 공감하게 되었다. 앞서 언급했던 '시공을 초월한 만남'은 바로 이런 식으로 일어난다.

필자는 또 '90후' 청년들이 사회와 자기를 변화시키려고 시도하면서 어쩔 수 없이 고독감을 느낄 때 종종 루쉰에게서 계발을 받고 힘을 얻는다는 사실을 발견했다. 한 학생은 루쉰과 만나게 된 과정을 얘기하면서, "처음에는 루쉰을 싫어했는데 깊이 이해하게 된 뒤에는 그와 무척 닮았다는 것을 발견"했다고 했다.

> 나 자신은 이공계 학생의 관점에서 출발해서 주위의 학우들이 사회에 무관심하고 흥미도 없이 그저 엔지니어가 되어 자기만 잘 되면 그만이라고 생각하면서, 사회가 어떻게 되든 상관하지 않는 단순한 구경꾼이 되었음을 발견했다. 나는 그들의 생각에 동의할 수 없다. 모든 대학생이 자기와 사회의 관계에 대해 사고하기 바란다. 다만 나와 얘기하는 이들은 종종 내가 사서 고생할 뿐, 사회는 고칠 수 없을 정도로 부패해 있다고 한다. 반박하려 해도 그런 사실들은 인정할 수밖에 없다. (다만) 루쉰을 생각할 때면 어떤 격려를 받고 감동하게 된다. 막다른 길에 이르러 한 가닥 동아줄을 발견한 것처럼 단단히 쥐고 놓지 않는다. (루쉰은 내게 알려주었다.) "설령 미래가 불확실하다는 것을 알더라도 여전히 나아가야 하니, 나아가야 희망이 있고 돌아서면 틀림없이 절망하게 될 것이다. 미래는 황금 세계가 아닐 수도 있으나 여전히 나아가야 하고, 오직 앞으로 나아갈 때만 비로소 희망이 있다. 만은 곤란이 있더라도 나아가야 하니, 앞으로 나아가야 생명도 살 수 있기 때문이다."황즈하오

이것은 루쉰 정신을 진정으로 이해한 말이며, 게다가 그것을 자기의 정신 자원으로 만들었음을 보여주는 말이다. 이로 인해 '90후' 청년들을 새롭게 인식하게 되었다. 앞서 언급했듯이 '90후' 청년 가운데 상당수가 현실과 자기를 변화시키는 것을 두려워하거나 거부하므로 루쉰도 거부하지만(사실 역사와 현실에서 많은 성인成人이 더욱 그러했는데), 여전히 적지 않은 청년이 현실에 만족하지 않고 사회와 자기의 개조를 갈망한다. 루쉰은 일찍이 이렇게 말했다.

> 왕년에 호화로웠던 이들은 복고를 원하고, 지금 호화로운 이들은 현상 유지를 원하고, 아직 호화롭지 못한 이들은 혁신을 원한다. 대체로 이러하다. 대체로! 「小雜感」

청년은 '아직 호화롭지 못한 이들'에 속한다고 할 수 있으니, 그들에게는 현실을 개혁하고 자기를 변화시킬 수 있는 거대한 잠재 동력과 역량이 있다. 그리고 왕더허우王得後의 말처럼 루쉰의 사상과 문학은 본질적으로 일종의 "사회와 인생을 개혁하는" 것이니, 각 세대의 청년들이 모두 루쉰의 저작에서 정신적 계발과 지지를 얻는 것은 절대 우연이 아니다. 물론 루쉰 자신도 청년들도 모두 루쉰의 계몽 작용에 한계가 있음을 알았다. 사회의 역량은 종종 교육의 역량보다 훨씬 강하다. 한 학생은 이렇게 고백했다. "루쉰의 글에서 나 자신을 보았다. 사실 나도 구경꾼의 일부였고 식인종의 하나였다." 다만 모르겠다. "깨어나고 나서 무력감에 시달리다가 또 계속 깊은 잠에 빠지는 것을 선택하지나 않을까?"후카이팅[胡凱婷] 대단히 심각한 말이지만, 어쨌든 '각성'하고 '쇠로 된 방' 속의 삶과 사상에 회의를 느껴서 몸부림치고 행동을 변화시키거나 그러려고 노력했다면, 그것으로 충분하다.

여기에 또 하나 주목할 만한 특징이 있다. 타이완 '90후' 세대 가운데 일부는 더욱 행동력이 있어서, 책에서뿐만 아니라 사회적 실천 속에서 루쉰의 사상을 실현하고 이해한다는 사실이다. 한 학생은 자기의 경험과 인식을 이렇게 얘기했다. 그녀는 국제사면위원회Amnesty International의 국제 인권 봉사자로 일하면서, 2011년 5월 28일에 국제사면위원회 50주년을 기념하는 활동을 하다가 타이베이臺北 거리에서 서명을 받았다. "세 시간 동안 지나는 인파 속에서 무수한 행인들을 내키는 대로 붙들었는데", 완전히 다른 반응이었다. "눈을 흘기며 상대조차 하지 않은" 이들은 아마 루쉰의 글에서 언급한 '구경꾼'이었을 테지만, "열정이 있는 사람도 있었다." "그날은 내게 큰 충격이었다. 인권사업은 정말 조금씩 천천히 진행하여 점점 누적되어야 하고, 길은 아직 멀다고 느꼈다." 이에 루쉰의 「고향」에 담긴 말이 떠올랐다. "땅 위에는 본래 길이 없었으나, 다니는 사람이 많아지자 길이 생겼다." 게다가 "설사 앞에 길이 없더라도 계속 가다 보면 길이 만들어질 것이다. 미래에는 희망이 있으니 그저 꾸준히 나아갈 뿐"이라고 스스로 느꼈다.쩌우한루 사실 이렇게 독서와 실천을 결합하고 언행을 통일하는 것이야말로 루쉰이 청년들에게 기대했던 것이다.

루쉰은 이렇게 타이완의 일부 '90후' 청년들의 삶에 들어갔고, 학생들은 자기들의 수확을 이렇게 얘기했다.

나는 루쉰에게서 문제를 용감하게 직시하는 정신을 배웠다. 이 과정에는 일반적으로 자기반성이 필요하고, 때로는 그다지 편하지도 않고 쉽지도 않다. 그리고 문제를 직시한 뒤에는 또 실제로 집행하는 행동력이 필요한데, 이것은 물길을 거슬러 배를 미는 것과 같다. 한 가지 일에 피로와 권태를 느낄 때 강인하게 몸을 끌며 용감하게 전진하는 루쉰의 모습을 떠올리면 다시 몇 걸음 더 내디디고 싶어진다. 어쩌면 아주 작은 한 걸음이지만, 하나의 훌륭한 시작이라고 믿는다. 류밍이[劉名逸]

루쉰에게 배운 가장 중요한 것은 바로 독립적으로 사고하는 능력이다. 자기만의 사상이 있어야 한다!천징런[陳敬仁]

수시로 자기를 반성해야 한다는 것을 배웠다. 량위청

루쉰의 작품을 읽고 나도 미래에는 사회와 국가에서 일어나는 크고 작은 일들에 관심을 기울이게 되리라 기대한다. 우저우쥔[吳周駿]

루쉰이 준 가장 심각한 느낌은 그의 사상과 행동이 모두 견지하는 가운데 질문을 던지고, 질문하는 가운데 견지한다는 것이다. 다만 그는 시종일관 대단히 굳건하게 전진하는 걸음을 멈추지 않았다. 아무리 음울하고 많이 회의했더라도 그는 결국에 '강인'한 인상을 준다. 장젠청[張見承]

이것은 대학 4년 가운데 가장 나를 계발해 준 과목 가운데 하나이다. 루쉰은 내게 새로운 시야와 관심을 가져다주었고, 아울러 사회 문제에 직면했을 때 비판적으로 사고하는 방식을 가지게 해 주었다. 정즈카이[鄭志楷]

이런 자기 결론에서 이 '90후' 타이완 청년 학생들이 루쉰의 작품을 공부하는 과정에서 정신적으로 성장했음을 분명히 느낄 수 있다. 청년은 적응력이 있는데, '90후' 세대는 우리를 포함한 각 세대와 마찬가지로 어떤 특징과 우세를 지님과 동시에 자체의 약점과 문제를 가지고 있다. 다만 그들은 배우고 성장하는 과정에서 극복하고 조정하여 자기 문제를 스스로 해결할 것이다. 물론 그들에게도 스승과 성인의 인도가 필요하다. 정즈카이 학생은 결론에서 특별히, "루쉰을 읽기는 정말 쉽지 않아서 인솔할 스승이 있어야 시작할 수 있다"라고 했다. 학생들의 답안지를 읽으면서 필자는 곳곳에서 황치춘 교수의 존재를, 그의 차근차근한 가르침과 지혜로운 인도를 느낄 수 있었다. 그는 먼저 자기 마음으로 루쉰과 학생들에게 친근하게 다가간 후에, 학생들이 자기와 함께 정성을 기울여 루쉰을 읽고 그의 세계로 들어가도록 인도했다. 이 기간에 장애를 넘느라 고생하기도 했으나 더욱 활짝 열린 즐거움도 있었으며, 마지막 답안지는 바로 나름의 수확에 대한 기록이다. 거기에서 루쉰의 생명과 타이완 청년 학생들의 생명, 그리고 황 교수의 생명이 서로 모이고 융합했으니, 이는 지극히 큰 성공을 거둔 것이다. 이에 필자는 내륙의 「'90후' 중학생의 '루쉰 읽기'에 관한 토론」에서 했던 말을 떠올렸다.

근본적으로 90후 세대의 마음속에는 당연히 루쉰을 수용할 만한 불씨가 들어 있으나, 단지 우리 교육자가 인식하지 못하거나 불을 제대로 붙이지 못해서 그 불씨가 저절로 생겼다가 꺼지도록 방치할 뿐이다. 관건은 교사에게 달려 있다.

이제 황 교수 수강생들의 답안지를 읽고 나자 필자는 이것을 더욱 굳게 믿게 되었다. 그 글에서 필자는 내륙에 적지 않은 수의 "루쉰을 사랑하고 그의 사상과 문학을 자발적으로 전파하는" 중학교 국어 교사들이 있다고 제시했는데, 이제 또 이 타이완 학생들 속에서 황 교수와 같이 루쉰의 '문화 경전'을 전수하는 것을 자기 소임으로 삼은 분을 보니 기쁘고 위안이 된다. 이로써 필자의 세 가지 '믿음'이 더욱 단단해졌다. 루쉰의 역량에 대한 믿음과 중국 청년에게 루쉰이 영원히 필요할 것이라는 믿음, 그리고 대학교수와 중학 교사들 가운데 자발적으로 루쉰을 전파하는 이들의 역할에 대한 믿음이다. 이에 황치춘 교수와 그의 학생들에게 감사와 경의를 표한다.

첸리췬의 루쉰연구 논저 목록

논문

1. 「魯迅與進化論」, 『中國現代文學硏究叢刊』 1980年 第2期.

2. 「試論魯迅與周作人的思想發展道路」, 『中國現代文學硏究叢刊』 1981年 第4期.

3. 「"改造民族靈魂的文學"-紀念魯迅誕辰100周年與蕭紅誕辰70周年」, 『十月』 1982年 第1期.

4. 「魯迅的「吶喊」與「彷徨」」-"中國現代文學講座" 第2講, 『陝西敎育』, 1983年 第11期.

5. 「魯迅, 周作人文學觀發展道路比較硏究」, 『中國社會科學』, 1984年 第2期.

6. 「讀「野草」, 「朝花夕拾」隨筆」, 收 『現代文藝論叢』 第3期, 陝西人民出版社, 1984.

7. 「魯迅的雜文創作與故事新編」-"中國現代文學講座" 第14講, 『陝西敎育』 1984年 第8期.

8. 「魯迅, 周作人文學觀發展道路比較硏究「摘要」」, 『中國現代文學硏究叢刊』 1985年 第1期.

9. 「關于魯迅硏究的一些思考」, 『中國現代文學硏究叢刊』 1987年 第1期.

10. 「魯迅心態硏究」, 『文藝硏究』 1987年 第1期.

11. 「魯迅思維方式與中外文化關系的隨想」, 『安順師專學報』 1987年 第2期.

12. 「人與獸-魯迅的藝術世界之一」, 『社會科學』 1987年 第4期.

13. 「魯迅 : 先驅者心靈的探尋」, 收 『文化 : 世界與中國』 第3輯, 三聯書店, 1987.

14. 「在人生道路的十字路口-周氏兄弟比較硏究之三」, 『魯迅硏究動態』 1988年 第1期.

15. 「"于一切眼中看見無所有吟"」, 『魯迅硏究動態』 1988年 第3期.

16. 「關于魯迅散文藝術的斷想-讀書札記」, 『江海學報』 1988年 第3期.

17. 「在"魯迅與中國現代文化名人"學術討論會上的講話」, 『魯迅硏究動態』 1988年 第4期.

18. 「部分當代靑年眼裏的魯迅」, 『魯迅硏究動態』 1988年 第8期.

19. 「做溝通"魯迅"與"當代靑年"的"橋梁"-在高校"魯迅硏究敎學硏討會"上的發言」, 『魯迅硏究動態』 1988年 第8期.

20. 「試論五四時期"人的覺醒"」, 『文學評論』 1989年 第3期.

21. 「試談王瑤先生的魯迅硏究」, 『魯迅硏究月刊』 1990年 第1期.

22. 「心靈的探尋」13章「人·鬼·神」, 載(日) 『中國圖書』, 1990年 第2卷3, 4, 5 號, (日)木原葉子譯.

23. 「從高長虹與二周論爭中看到的……」, 『魯迅硏究月刊』 1990年 第5期.

24. 「近年來魯迅小說硏究的新趨向」(與王得後合作), 『中國現代文學硏究叢刊』 1991年 第3期.

25. 「「魯迅散文全編」前言」(與王得後合作), 『魯迅研究月刊』1991年 第6期.

26. 「魯迅作品賞析:「隨感錄·三十五」,「隨感錄·四十八」,「再論雷峰塔的倒掉」,「論辯的魂靈」,「論睜了眼看」,『魯迅名作鑒賞辭典』, 中國和平出版社, 1991.

27. 「「魯迅雜文全編」前言」(與王得後合作), 『魯迅研究月刊』1992年 第6期.

28. 「魯迅書信鑒賞」, 『魯迅作品賞析大辭典』, 四川辭書出版社, 1992.

29. 「「記念劉和珍君」的一種讀法」, 『語文學習』1993年 第3期.

30. 「對「阿Q正傳」的重新審視」, 『語文學習』1993年 第5期.

31. 「作爲思想家的魯迅」(與王乾坤合作), 『魯迅研究月刊』1993年 第6期.

32. 「「故鄉」:心靈的詩」, 『語文學習』1993年 第6期.

33. 「「祝福」:"我"的故事和祥林嫂的故事」, 『語文學習』1993年 第7期.

34. 「解讀魯迅小說的一把鑰匙」, 『語文學習』1993年 第9期.

35. 「魯迅與九十年代的北大學生」, 『東方』1994年 第2期.

36. 「「孔乙己」敍述者的選擇」, 『語文學習』1994年 第2期.

37. 「「孤獨者」細讀」(與薛毅合作), 『魯迅研究月刊』1994年 第7期.

38. 「魯迅多疑思維方式－兼談對「一件小事」的一點看法」, 『語文學習』1994年 第8期.

39. 「讀一讀「社戲」的全文」, 『語文學習』1994年 第9期.

40. 「中國知識者"想","說","寫"的困惑－讀魯迅作品札記」, 『國際漢學論壇』, 西北大學出版社, 1994.

41. 「「狂人日記」細讀」(與薛毅合作), 『魯迅研究月刊』1994年 第11期.

42. 「作爲思想家的魯迅」, 載(日)『東洋文化』第7·4期, 1994年, (日)丸尾常喜, 任明信譯.

43. 「試論魯迅小說中的"復仇"主題－從「孤獨者」到「鑄劍」」, 『魯迅研究月刊』1995年 第10期.

44. 「讀兩篇奇文的聯想」, 『魯迅研究月刊』1995年 第10期.

45. 「「故事新編」解說」, 收韓文版『吹哨子的莊子』, 我們的教育出版社, 1995.

46. 「試論魯迅小說中的"復仇"主題－從「孤獨者」到「鑄劍」」, 『安順師專學報』1996年 第1期.

47. 「恩怨錄·魯迅和他的論敵文選序言」, 『魯迅研究月刊』1996年 第11期.

48. 「魯迅對"現代化"諸問題的歷史回應」, 『文藝研究』1996年 第6期.

49. 「魯迅的力量在民間－魯迅精神與當代青年」, 『南方文壇』1997年 第3期.

50. 「絶對不能讓步」, 『魯迅研究月刊』1998年 第1期.

51. 「有意味的參照－讀孫郁:「魯迅與周作人」」, 『魯迅研究月刊』1998年 第3期.

52. 「魯迅是誰:世紀末的回答－讀「魯迅新畫像」」, 『當代作家評論』1998年 第4期.

53. 「魯迅的西方文化觀－北大演講錄之三」, 『中州學刊』 1999年 第3期.

54. 「生命的兩次相遇－我與魯迅的「臘葉」」, 『文藝爭鳴』 1999年 第3期.

55. 「「魯迅小說的形式意義」序」, 『魯迅研究月刊』 1999年 第7期.

56. 「精神火種的傳遞－讀王吉鵬和他的學生的魯迅研究論著」, 『魯迅研究月刊』 1999年 第9期.

57. 「析"主與奴"－周氏兄弟"改造國民性"思想之四」, 『文藝爭鳴』 2000年 第1期.

58. 「錢理群教授就「魯迅『狂人日記』解讀」給黃澤銑先生的信」, 『成都教育學院學報』 2000年 第2期.

59. 「尋找走向"魯迅世界"的通道－陳方竞「魯迅與浙東文化」序」, 『魯迅研究月刊』 2000年 第6期.

60. 「「野草」精讀二題」, 『曲靖師範學院學報』 2001年 第5期.

61. 「魯迅作品三讀」, 『婁底師專學報』 2002年 第1期.

62. 「魯迅：遠行以後(1949～2001)[之一]」, 『文藝爭鳴』 2002年 第1期.

63. 「魯迅：遠行以後(1949～2001)[之二]」, 『文藝爭鳴』 2002年 第2期.

64. 「魯迅＝遠行以後(1949～2001)[之三]」, 『文藝爭鳴』 2002年 第3期.

65. 「魯迅＝遠行以後(1949～2001)[之四]」, 『文藝爭鳴』 2002年 第4期.

66. 「在魯迅改造國民性思想研討會上的發言(提綱)」, 『魯迅研究月刊』 2002年 第5期.

67. 「"于我心有戚戚焉"－讀王景山先生「魯迅五書心讀」」, 『魯迅研究月刊』 2002年 第9期.

68. 「魯迅與現代評論派的論戰」, 『魯迅研究月刊』 2002年 第11期.

69. 「與魯迅生命的相遇」, 『博覽群書』 2002年 第11期.

70. 「"爲人生"的文學－關于「吶喊」和「彷徨」的寫作(一)」, 『海南師範大學學報』 2002年 第6期.

71. 「對宇宙基本元素的個性化想象－讀魯迅「死火」, 「雪」, 「臘葉」」, 『蘇州科技學院學報』 2003年 第1期.

72. 「十年沉默的魯迅」, 『浙江社會科學』 2003年 第1期.

73. 「以"立人"爲中心－魯迅思想與文學的邏輯起點(上)」, 『涪陵師範學院學報』 2003年 第1期.

74. 「"爲人生"的文學－關于「吶喊」和「彷徨」的寫作(二)」, 『海南師範大學學報』 2003年 第1期.

75. 「"爲人生"的文學－關于「吶喊」和「彷徨」的寫作(三)」, 『海南師範大學學報』 2003年 第2期.

76. 「以"立人"爲中心－魯迅思想與文學的邏輯起點(下)」, 『涪陵師學院學報』 2003年 第2期.

77. 「關于"現在中國人的生存和發展"的思考－1918～1925年間的魯迅雜文(上)」, 『貴州師範大學學報』 2003年 第2期.

78. 「關于"現在中國人的生存和發展"的思考－1918～1925年間的魯迅雜文(下)」, 『貴州師範大學學報』 2003年 第3期.

79. 「文本閱讀：從「朝花夕拾」到「野草」」, 『江蘇社會科學』 2003年 第4期.

80. 「北京大學教授的不同選擇－以魯迅與胡适爲中心(上)」, 『文藝爭鳴』 2003年 第3期.

81. 「北京大學教授的不同選擇－以魯迅與胡适爲中心(中)」, 『文藝爭鳴』 2003年 第4期.

82. 「北京大學教授的不同選擇－以胡适與魯迅爲中心(下)」, 『文藝爭鳴』 2003年 第5期.

83. 「人間至愛者爲死亡所捕獲－一九三六年的魯迅(上)」, 『魯迅研究月刊』 2003年 第5期.

84. 「人間至愛者爲死亡所捕獲－一九三六年的魯迅(下)」, 『魯迅研究月刊』 2003年 第6期.

85. 「與中學生的網上對話」, 『魯迅研究月刊』 2004年 第1期.

86. 「讀什麽, 怎麽讀：引導中學生"讀點魯迅"的一個設想－「中學生魯迅讀本」編輯手記」, 『涪陵師範學院學報』 2004年 第3期.

87. 「讀什麽, 怎麽讀：引導中學生"讀點魯迅"的一個設想－「中學生魯迅讀本」編輯手記」, 『魯迅研究月刊』 2004年 第4期.

88. 「結束"奴隸時代"－讀「論照相之類」及其他」, 『魯迅研究月刊』 2004第11期.

89. 「兩個"無名的人"對20世紀世界圖景的預言式解讀－在"隔離"中讀張天佑「魯迅, 卡夫卡解讀」」, 『現代中國文化與文學』 2005年 第1期.

90. 「把魯迅精神扎根在孩子心上」, 『福建論壇』 2005年 第4期.

91. 「"魯迅"的"現在價值氣發言提綱－對韓國學者劉世鐘教授又和韓龍雲革命的現在價值」一文的響應」, 『魯迅研究月刊』 2005年 第8期.

92. 「周氏兄弟失和始末」, 『出版參考』 2005年 第8期.

93. 「"魯迅"的"現在價值"」, 『社會科學輯刊』 2006年 第1期.

94. 「鄉村記憶與都市体驗：走進魯迅世界的一個人口－大師名作坊(魯迅卷). 在酒樓上, 傷逝, 阿金」導讀(上)」, 『海南師範大學學報』 2006年 第1期.

95. 「二十世紀三十年代有關傳統文化的幾次思想交鋒－以魯迅爲中心(一)」, 『魯迅研究月刊』 2006年 第1期.

96. 「二十世紀三十年代有關傳統文化的幾次思想交鋒－－以魯迅爲中心(二)」, 『魯迅研究月刊』 2006年 第2期.

97. 「魯迅散文漫談」, 『南京師範大學文學院學報』 2006年 第2期.

98. 「魯迅和北京, 上海的故事(上篇)」,『魯迅研究月刊』2006年 第5期.

99. 「魯迅和北京, 上海的故事(下篇)」,『魯迅研究月刊』2006年 第6期.

100. 「「魯迅十講」後記」,『魯迅研究月刊』2006年 第9期.

101. 「我們爲什麼需要魯迅」,『同舟共進』2006年 第10期.

102. 「讓魯迅走進孩子的心靈世界」,『基礎敎育』2006年 第12期.

103. 「建構"能承擔實際歷史重負的强韌歷史觀"－2005年11月27日在丸山昇先生「魯迅‧
     革命‧歷史」一書出版座談會上的講話」,『魯迅研究月刊』2007年 第2期.

104. 「如何對待從孔子到魯迅的傳統－在李零「喪家狗－我讀『論語』」出版座談會上的講
     話」,『魯迅研究月刊』2007年 第9期.

105. 「讓魯迅回到兒童中間－劉發建「親近魯迅」序」,『魯迅研究月刊』2008年 第12期.

106. 「對比閱讀：從「我的兄弟」到「風箏」」,『語文建設』2009年 第1期.

107. 「我們來看看魯迅的演說詞」,『文學敎育』2009年 第1期.

108. 「漫說"魯迅五四"」,『書城』2009年 第5期.

109. 「當代中學生和魯迅－「魯迅作品選讀」課的資料彙集」,『魯迅研究月刊』2009年 第7期.

110. 「「藤野先生」：魯迅如何寫老師」,『語文建設』2009年 第9期.

111. 「對比解讀魯迅先生的「我的兄弟」和「風箏」」,『語文建設』2010年 第1期

112. 「陳映眞和"魯迅左翼"傳統」,『現代中文學刊』2010年 第1期.

113. 「部分臺灣靑年對魯迅的接受」,『魯迅研究月刊』2010年 第3期‧

114. 「"白眼看雞蟲"：魯迅筆下的"畸人"范愛農」,『語文建設』2010年 第2期.

115. 「魯迅筆下的鬼一讀「無常」和「女弔」(一)」,『語文建設』2010年 第11期

116. 「魯迅筆下的鬼一讀「無常」和「女弔」(二)」,『語文建設』2010年 第12期.

117. 「且說父親和兒子(上)」,『名作欣賞』2010年 第19期.

118. 「且說父親和兒子(下)」,『名作欣賞』2010年 第25期.

119. 「兒時故鄉的蠱惑」,『名作欣賞』2010年 第28期.

120. 「魯迅與動物」,『名作欣賞』2010年 第31期.

121. 「魯迅筆下的鬼和神」,『名作欣賞』2010年 第34期.

122. 「「憶韋素園君」：魯迅喜歡什麼樣的靑年」,『文學敎育』2011年 第1期.

123. 「魯迅的命題：睜了眼看」,『語文建設』2011年 第1期.

124. 「魯迅談民國－2011年1月8日在廣西師範大學出版社"民國座談會"上的講話」,『書城』
     2011年 第5期.

125. 「要有會看夜的眼睛」,『名作欣賞』2011年 第6期.

126. 「作爲藝術家的魯迅」, 『名作欣賞』 2011年 第7期.

127. 「睁了眼看(上)」, 『名作欣賞』 2011年 第10期.

128. 「睁了眼看(下)」, 『名作欣賞』 2011年 第13期.

129. 「讓自己更有意義地活着一"90後"中學生"讀魯迅"的個案討論」, 『魯迅研究月刊』 2011年 第7期.

130. 「在朗讀中感悟魯迅語言世界裏的童年」, 『語文建設』 2011年 第10期.

131. 「聰明人和傻子和奴才(一)」, 『語文建設』 2011年 第11期.

132. 「聰明人和傻子和奴才(二)」, 『語文建設』 2.011年 第12期.

133. 「說說說不盡的魯迅」, 『文學敎育』 2012年 第1期.

134. 「和中學老師談魯迅作品敎學」, 『魯迅研究月刊』 2012年 第1期.

135. 「臺灣"90後"青年和魯迅的相遇－讀臺灣清華大學"魯迅選讀"課程學生試卷」, 『魯迅研究月刊』 2012年 第2期.

136. 「"時時想到中國, 想到將來"－讀王景山「魯迅五書心讀」」, 『中國現代文學研究叢刊』 2012年 第6期.

전문 저서

1. 『心靈的探尋』, 上海文藝出版社, 1988(初版), 北京大學出版社, 1999(再版).

2. 『話說周氏兄弟』, 山東畵報出版社, 1999.

3. 『走進當代的魯迅』, 北京大學出版社, 1999.

4. 『與魯迅相遇－北大演講錄之二』, 三聯書店, 2003.

5. 『魯迅作品十五講』, 北京大學出版社, 2003年.

6. 『他行以後－魯迅接受史的一種描述』, 貴州敎育出版社, 2004.

7. 『名作重讀』(魯迅作品部分), 上海敎育出版社, 2006.

8. 『魯迅九講』, 福建敎育出版社, 2007.

9. 『錢理群講學錄』, 廣西師範大學出版社, 2007.

10. 『與周氏兄弟相遇』(選本), 復旦大學出版社, 2010.

11. 『錢理群中學講魯迅』, 三聯書店, 2011.

12. 『經典閱讀與語文敎學』("魯迅作品敎學"與"敎學文本解讀"魯迅作品部分), 漓江出版社, 2012.

편저 및 선집

1. 『魯迅小說全編』(與王得後合編), 浙江文藝出版社, 1991.

2. 『魯迅散文全編』(與王得後合編), 浙江文藝出版社, 1991.

3. 『魯迅雜文全編』(與王得後合編), 浙江文藝出版社, 1993.

4. 『魯迅語萃』(與王乾坤合編), 華夏出版社, 1993.

5. 『魯迅學術文化隨筆』(與葉彤合編), 中國靑年出版社, 1996.

6. 『中學生魯迅讀本』, 江蘇敎育出版社, 2004.

7. 『魯迅作品選讀』(與南師附中語文敎硏室合編, 署名"趙黔生"), 江蘇敎育出版社, 2010.

8. 『小學生魯迅讀本』(與劉發建合編), 廣西師範大學出版社, 2008.

9. 『魯迅入門讀本』, 臺灣社會科學硏究雜志社, 2009.

후기

 1962년 첫째 아침에 구이저우貴州 안순위생학교安順衛生學校의 작고 추운 방 안에서 굶주림을 참으며 (그해는 바로 전국적인 대기근이 들었는데) 루쉰 연구 찰기札記인 「루쉰과 마오쩌둥」을 썼을 때부터 지금 2012년 초가을의 더위 속에서 땀을 흘리며 이 연구문집을 편찬할 때까지 마침 50년이 되었다. 50년의 세월을 거치면서 내 인생의 길은 모두 루쉰과 함께했다. 개인의 생명 역사와 자기의 루쉰 연구 역사가 뜻밖에도 이처럼 긴밀히 뒤얽혀 있다는 것이 어쩌면 나의 루쉰 연구에서 가장 큰 특징일 것이다. 이제껏 루쉰은 대게 객관적인 연구 대상이 아니었다. 청년 시절에 그는 마오쩌둥과 함께 나의 정신적 지도자였고, 1970년대 말엽부터 1980년대까지 내가 정신과 인생에서 독립의 길을 가려할 때 가장 먼저 하려 했던 것은 마오쩌둥 시대의 루쉰 연구 모델을 버리고 독립적인 길을 찾아 루쉰에 대한 '심령의 탐색'을 하면서 '마오쩌둥 시대에서 벗어나려고' 노력했는데, 사실 그것은 거의 동일한 길이었다. 1980년대 말엽과 1990년대, 그리고 2010년까지 중국의 정치와 사회, 사상, 문화, 교육이 위기에 처하고 또 그로 인해 유발된 몇 차례의 개인의 정신적 위기를 맞았을 때도 늘 루쉰에게서 비판적인 사상 자원을 찾고, 정신적 역량과 지혜를 흡수했다. 이 과정에서 루쉰에 대한 나의 인식은 점차 심화되고 승화되어 내 나름의 루쉰관과 그에 상응하는 방법론을 형성했다. 생명과 연구가 보조를 같이해 성장하는 것이야말로 인생에서 큰 행운이자 즐거운 일이며, 루쉰 연구가 내게 영원히 매력적인 일일 수밖에 없는 원인도 여기에 있다.

나의 루쉰 연구 방법론을 얘기하자면, 스스로 독립적인 연구를 시작할 때 확정한 한 가지 관념과 원칙을 언급해야 할 것이다. 이것은 『심령의 탐색』 서문에서 맨 먼저 제기한 것이다.

'루쉰'(루쉰이라는 사람과 그의 작품) 자체는 바로 심각한 모순과 다양한 층위, 다양한 측면으로 가득 찬 유기체이다. 시대가 다르고 층위가 다른 독자와 연구자는 모두 각자가 처한 시대와 개인의 역사철학과 사상, 감정에 따라 나름의 발견과 해석, 발휘, 재창조를 경험하게 되고, 이로 말미암아 '루쉰'의 본체에 끊임없이 접근하고 또 그것을 끊임없이 풍부하게 하면서 영원히 끝나지 않는 운동 과정을 구성한다. 또 각 시대의 사람들이 광범하게 참여하는 과정에서 '루쉰'은 점차 민족 공동의 정신적 재산이 되어 간다.

실제로 이 말에는 많은 이론적 문제가 담겨 있으나 여기서 펼칠 수는 없다. 다만 거기서 두 가지를 강조한다는 것은 언급해야 할 듯하다. 첫째, 루쉰 저작의 내용과 의의, 가치는 '시대'가 제시한 문제에 따라 격발되고 조명되어야 한다. 이 역시 나중에 내가 끊임없이 밝힐 것이다. 루쉰의 특수한 매력은 바로 그의 작품이 자기가 살았던 시대에 직면했다는 데에 있을 뿐만 아니라, 시대의 문제를 깊이 파헤침으로써 초월성과 예견성을 갖추었으며, 아울러 당대성當代性을 갖추고 있다는 데에 있다. 루쉰의 사상과 문학은 당대의 중국이 직면한 문제에 대해서 여전히 거대한 비판력과 해석력을 지니고 있다. 둘째, 나는 연구자의 능동적인 역할을 특히 중시하니, 연구 대상에 대해 '해석'만 할 게 아니라 또 '발견하고, 발휘하고, 재창조 해야' 한다는 것이다. 물론 발견과 발휘, 재창조는 연구 자체의 제약을 받아야 하니, 임의성을 절대 피해야 한다. 나중에 나는 또 이렇게 풀이했다. 사실상 학술사에서 고전과 고전적 작가는 연구되고 해석되는 과정에서 끊임없이 풍부해지고 발전된다. 진정 창조력을 가진 연구자라면 모두 고전 텍스트의 내용에 대해 자기 나름의 이해와 발휘, 첨가 행위를 하게 되니, 경학사經學史에서 '유학'이 이미 완전히 '공구孔丘' 개인의 창조물이 아니라 역대 유학자들의 집단 창조물이 된 것과 같은 상황에 이르게 될 것이다. '루쉰학魯迅學'에 대해서도 이렇게 보아야 한다. 바로 이런 인식을 바탕으로 나는 또 루쉰 연구를 위해서는 "루쉰을 강구講究할" 뿐만 아니라 "루쉰을 뒤이어 강구하고", 심지어 "루쉰을 뒤이어 행동해 나가야" 한다는 생각을 제시했다. 이런 이론적 자각 아래, 서로 다른 역사의 단계에서 시대와 자기 정신의 발전으로 제기된 문제에 호응하면서 루쉰에 대한 나의 연구와 해석에서도 다른 발견이 있었고 중점도 달라졌다. 구체적으로 1980년대의 '역사의 중간자로서 루쉰'은 1990년대에 '정신계의 전사'이자 '진정한 지식계급', '사람으로 바로 서기'라는 명제를 제기한 루쉰, 그리고 새로운 세기의 '좌익 루쉰'이 되었다. 이 5가지 연구 중심은 우선 "루쉰을 강구"하여, 루쉰 자체의 어떤 측면을 해석한다. 그와 동시에 "뒤이어 강구"하면서 루쉰이 제기한 명제의 현실적 의의를 강구할 뿐만 아니라, 새로운 역사 경험을 근거로 루쉰이 제기한 명제의 내용을 발휘하고, 심화하며, 풍부하게 한다. 그리고 이런 발견 속에서 나 자신은 현실의 삶 속에서 나의 역사적 자리를 찾았으니,

아마도 이것이 "뒤이어 행동해 나가는" 것이 아니겠는가?

내 최초의 루쉰 연구 저작인 『심령의 탐색』에서 "중국인과 사회의 개조에 힘쓰고 있는 젊은 벗들에게 삼가 바친다"라는 헌사獻詞와 함께 다름과 같은 제시題詞를 썼다.

> 청년 학생들에게 나의 루쉰관을 강의하는 것은 10년 동안 꿈꾼 것이었다. 이제는 사명을 완성했으므로 스스로 은거해야 마땅하지만, 여전히 후래자後來者에게 희망을 기탁한다. 루쉰의 진정한 지음知音은 틀림없이 지금 이 시대의 청년들 속에서 나올 것이다.

여기에는 분명히 '루쉰과 청년' 사이의 관계에 대한 인식이 담겨 있으며, 더욱이 '역사의 중간자'라는 루쉰의 의식으로부터 받은 영향이 담겨 있다. 그래서 '루쉰과 당대 청년이 소통할 수 있는 교량'이자 루쉰 연구의 역사적 중간자로서 나의 위상을 정하게 되었다. 이것은 이후의 내 인생행로와 루쉰 연구에 결정적인 작용을 할 것이다. 나는 내 생명의 가장 빛나는 지점이 바로 중국의 6세대 청년'40후'에서 '90후'까지과 모두 혈육과 같은 정신적 연계를 유지하고 있는 것이라고 얘기한 바 있는데, 그런 연계를 가능하게 해 준 중요한 끈이 바로 루쉰이었다. 일찍이 1970년대 '문화대혁명' 후기에 나는 '민간사상의 마을'에서 젊은 벗들에게 루쉰을 강의했고, 1985년부터 2002년까지는 베이징대학에서 22개 학번의 학생들에게 17년 동안 루쉰을 강의했다. 퇴임한 뒤에는 또 내 모교인 난징 사범대학 부속 중학교 등 세 곳의 중학교에서 선택과목으로 루쉰를 개설했다. 이렇게 나의 루쉰 연구와 교육은

양호한 상호작용을 이루어서, 청년은 내 연구 저작을 수용하는 주요 대상일뿐더러 정도는 다를지라도 내 연구에 참여하기도 했다. 더욱이 그들은 내 연구 저작의 논술 방식과 언어 풍격에 심각한 낙인을 찍음으로써 '강연체' 내지 '담화풍談話風'의 학술 문체를 형성하게 했다.

　게다가 연구하고 강의하는 과정에서 루쉰의 의의와 가치에 대한 인식이 점차 깊어졌는데, 주로 두 가지였다. 하나는 "그는 진정 '현대 중국'에 속한다. 그의 사상은 '현대'적이며 전통 사상을 답습하지 않았다. 그의 사상은 '중국'적이며 서양 사상을 가져다 자랑한 게 아니었다. 그래서 그의 사상은 진정한 창조력을 갖춘 '20세기 중국 사상'이며", '20세기 중국 경험'의 결정체라는 것이다.「科學總結20世紀中國經驗」,「追尋生存之根─我的退思錄」 다른 하나의 결론은 "루쉰의 사상과 문학은 민족정신의 원천 가운데 하나"로서 "후세 사람들은 끊임없이 그것으로 되돌아가서 반성하고, 부단히 새로운 계시를 얻고, 새로운 사고와 창조를 격발한다."『魯迅作品十五講』「前言」라는 것이다. 이렇게 인식하고 나서 나는 하나의 확신을 가지게 되었다. 즉 청년 학생들에게 루쉰을 강의하여 그의 사상과 문학이 아이들의 마음에 뿌리를 내리게 하는 것은 민족정신을 건설하는 데에 기초적인 작업 가운데 하나가 된다는 것이다. 이러한 역사적 책임감과 사명감으로 인해 내 연구와 루쉰의 사상과 문학을 전파하는 일은 새로운 높이로 끌어 올려져서 거대하고 지속적인 열정을 격발함으로써 '루쉰 독본讀本 시리즈'를 편찬하게 되었다. 『소학생小學生 루쉰 독본』과 『중학생 루쉰 독본』에서 대학생을 위한 『루쉰 작품 15강』, 대학원생들과 토론한 『루쉰과의 만남』, 그리고 문학청년을 위한 『루쉰 9강』에 이르기까지 생명 발전의 서로 다른 단계에 있는 사람들을 위해 루쉰에 접근하거나 루쉰에게 들어가는 통로를 제공하려고 시도했다. 그와 동시에 공장으로, 지원자 집단으로, 해협 저편의 타이완 대학교 캠퍼스로 가서 모든 기회를 이용해 루쉰을 강의하면서 정말 지칠 줄 모르고 그 일에 몰두했다.

루쉰에 대한 또 하나의 중요한 인식은 바로 시종일관 그를 현대 중국어 문학 언어의 대가, 지극히 창조적인 문체가文體家로 간주한다는 점이다. 그의 작품은 청년 학생과 젊은 세대에게 정신적 고향임과 동시에 현대 중국어를 공부하는 교과서로서 그들 중국어의 고향이 되어야 한다. 그래서 나는 루쉰이 소설과 산문, 잡문 등 각종 문체에서 이룩한 창조, 언어의 창조를 연구하는 데에 지극한 정열과 에너지를 쏟았고, 아울러 '예술가로서 루쉰'에 주목하여 그가 문학과 예술을 소통시킨 점을 중시했다. 학생들을 교육하면서 루쉰 언어의 음악성에서 출발하여 '낭독'을 통해 학생들을 루쉰의 세계로 인도하려고 시도해 보기도 했고, 아울러 연구 방법에서도 텍스트의 정밀한 읽기와 미적 체험을 유기적으로 결합하여 루쉰의 '문학식文學式'을 느껴 깨닫고 파악하는 경지에 도달하려고 시도하기도 했다. 루쉰이 도달한 사상과 문학의 지극한 경지와 지고한 인생의 경지가 나로서는 이를 수는 없는 것일지라도 마음으로 동경하는 바이다.

2012년 8월 11일
첸리췬

역자 후기

　역시 쓸데없는 오지랖 때문이다. 소명출판에서 루쉰 연구 시리즈를 번역하여 발간하는데 한 권만 남은 상태라는 얘기를 듣고 어떤 책인지 궁금해하자, 대뜸 복사본 한 권이 배달되었고, 거의 동시에 언제까지 번역해 줄 수 있느냐는 편집자의 전자우편도 도착했다. 제 발로 수렁에 빠진 셈이다. 비록 중국 고전문학을 전공하지만, 나도 중국어 번역 과목에서 종종 학생들에게 루쉰의 소설과 잡문을 읽히고 함께 번역해 보기도 할 정도로 호감이 있기에 이런 일이 생겼다는 사실도 부정할 수 없다.

　어쨌든 뜻밖에 읽고 번역하기 시작한 첸리췬의 저작은 예상 밖의 재미를 주었다. 『살아 있는 루쉰』이라는 제목에 맞게 저자는 루쉰을 '당대當代'에 살려 놓고 갖가지 문제를 깊이 있게 논의하게 한다. 그의 표현대로 '발견하고, 발휘하고, 재창조하는' 작업은 특히 강연과 토론이라는 형식을 통해 더욱 참신하게 구현된다. 그가 '살려 놓은' 루쉰은 사상가이자 문학가, 예술가의 신분으로 '90후'를 포함한 신세대와 다양한 형태로 만나서 대화한다. 이것은 무엇보다도 루쉰이 살았던 시대와 현대 중국에 공통으로 스며든 '과도적' 성격과 견고한 의지 위에 끊임없이 질문을 제기하는 루쉰 자신의 열린 사고 때문에 가능했을 것이다.

　이따금 저자의 지나친 루쉰 사랑이 눈에 거슬리기도 하지만, 그가 진행한 폭넓은 의미의 '고전의 현대화'는 음미할 만하다. 무엇보다도 인간성의 본질을 탐구하며 올바로 서기 위해 치열한 일생을 살았던 루쉰에게 새로운 생명을 불어넣음으로써, '결점을 씻어낸' 모습으로 부활시킨 점이 흥미롭다. 다만 그것은 또 저자의 결점으로 지적될 수도 있을 듯하다.

이 번역에서 한 가지 밝혀 둘 점이 있다. 원작에 인용된 루쉰의 소설과 잡문을 포함한 모든 글은 이미 우리나라에 '전집全集'이 번역되어 있음에도 그것을 참고하지 않고 그냥 내 나름대로 번역했다. '전집'을 구입해서 찾아볼 여력도 되지 않을뿐더러, 대부분 단편적으로 인용되어 있으므로 해당 부분의 의미만 그런대로 전달할 수 있다면 저자의 설명을 따라가는 데에 큰 문제가 없으리라 판단했기 때문이다. 다만 이로 인해 루쉰 전공자들의 노력이 담긴 '전집'의 번역이 '의문의 일패'를 당한 것은 아니라는 점은 다시 확인하고자 한다.

2022년 5월
홍상훈